U0876167

海天龙战·其血玄黄

THE MIRROR

镜

龙战

沧月 著

北京联合出版公司
Beijing United Publishing Co.,Ltd.

图书在版编目（CIP）数据

龙战 / 沧月著. -- 北京 : 北京联合出版公司,
2016.5
（镜）
ISBN 978-7-5502-7635-2
Ⅰ. ①龙… Ⅱ. ①沧… Ⅲ. ①长篇小说—中国—
当代 Ⅳ. ①I247.5
中国版本图书馆CIP数据核字(2016)第083136号

镜·龙战
作者：沧月
责任编辑：张萌
选题策划：读客图书　021-33608311
特约编辑：周汝琦　江培芳
封面设计：80零·小贾
版式设计：顾红　陈宇婕
责任校对：绳刚　张新元　曹振民

北京联合出版公司出版
（北京市西城区德外大街83号楼9层　100088）
北京华联印刷有限公司印刷　新华书店经销
2016年5月第1版　2016年5月第1次印刷
字数 292千字　680毫米×990毫米　1/16　25印张
ISBN 978-7-5502-7635-2
定价：42.80元

如有印刷、装订质量问题，
请致电010-85866447（免费更换，邮寄到付）

目录 Contents

目录

Contents

目录 Contents

第一章 星之陨

沧流历九十一年六月初三的晚上，一道雪亮的光芒划过了天空。

那是一颗白色的流星，大而无芒，仿佛一团飘忽柔和的影子，从西方的广漠上空坠落。一路拖出了长长的轨迹，悄然划过闪着渺茫光芒的宽阔的镜湖，掠过伽蓝白塔顶端的神殿，最后坠落在北方尽头的九嶷山背后。

观星台上玑衡下，烛光如海，其中有一支忽然无风自灭。

伽蓝白塔神殿的八重门背后，一双眼睛闪烁了一下，旋即黯淡。黑暗中一个含糊的声音低低发出了几个音节，似乎简短地陈述了某个事实。然而那几个外人无从得知含义的音节，却让刚进入神殿的巫真云烛脱口低呼，匍匐在地。

“那颗一直压制着破军光辉的星辰，终于坠落了。”

——方才那一刹那，智者大人是这么说的。

十六年来的与世隔绝，却不能阻挡她每夜于万丈白塔之巅眺望星空，为亲人长夜祈祷。她知道智者口中的“破军”，是指代此刻正在北荒执行绝密任务的弟弟云焕。然而，她不知道智者所说的坠落星辰，是不是她多年来一直在默默观望的那颗“虚无”和“静止”的暗星。

她一直认得和弟弟妹妹宿命对应的那两颗星辰，也留意着牵制它们的辅星。每一夜，她都看到一颗黯淡的星辰悬于正北。那颗星没有光芒，不会移动，有一瞬她甚至以为那是一颗已经湮灭的星辰留下的幻影。然而，正是这颗星，一直压制着破军的光芒。她长久地守望，看着夜空中破军旁边那颗寂灭不动的暗星，无数次地猜测过那颗星辰对应的又是什么样的人。

今夜，不祥之星萤惑现于北方——其南为丈夫丧，其北为女子丧——那么，今夜对应流星而死去的，应该是一位女子。

她甚至不知道，弟弟生命中何时出现了这样重要的女子。

她也无法推算这颗星辰若坠落，破军的星轨又会变得如何？弟弟将从砂之国找回如意珠并顺利返回帝都，还是又将面临着一场失利？

前日，幼妹云焰在服侍智者大人打开水镜的时候，不知何故忽然间触怒了智者，被褫夺了头衔赶下伽蓝白塔。此消息一出，十大门阀中一些宿敌已是暗中蠢蠢欲动——如果弟弟此次在砂之国没有完成任务，那么整个云家就岌岌可危了吧？

“在西方的尽头，他正在度过一生中最艰难的时刻。”

智者大人再一句含混低语，打断了她此刻千头万绪的种种假设。

“啊？”云烛大惊，然而十几年的沉默让她丧失了说话的能力，她只能发出同样含糊的语声，急切地表达着自己的意愿。

“你想求我救你弟弟，是吗？”黑暗中的语调不徐不疾，却毫无温度，“你弟弟很有意思，我会一直看着他的。但我不救他……也没有人能够救他。不过，我答应你，如果他这次在西域能够救回自己，那么他回到伽蓝城后，我或许可以帮他度过下一次的危机。”

什么？巫真云烛惊疑不定地抬起头，在黑暗中茫然前视——智者大人这番话，又是什么意思？

“你知道我前几日开水镜，看到的是什么吗？”智者大人在黑夜里笑起来了，声音含混，仿佛一团化不开的黑，“空海之盟已经结成了。我看到了云荒命运转折的那一刹那……真是有意思……让我们继续看下去吧。”

巫真震惊地睁大了眼睛。空海之盟？智者大人难道是说，空桑和海国结下了盟约？发生了这样重大的事情，智者居然一直不曾告知十巫中的任何一位吗？

云焰触怒智者，难道就是因为此事？

“是的，你妹妹她太自以为是了……”果然，她的所有想法都被洞悉，黑暗中那个含混的声音里带了低低的冷笑，“在我面前，她也敢自以为是！还想将天机泄露给十巫，干预云荒的命运……不是一个合格的守望者啊……你，应该比她聪明吧？”

“啊……”喉中发出了惊悚的低呼，巫真云烛叩首于地，不敢抬头。

“我，曾以为云荒在失衡后已经无可救药了。不想这片失去了‘护’之力量的土地居然自身也有修复平衡的力量……”黑暗里那个声音仿佛有悠长的回音，意味深长，“云烛，我们一起来看着这天地吧……直到最后一颗星辰坠落。”

白光从遥远的西方迢迢而来，向着这一片弥漫着冥气的山峦坠落。

九嶷山的尽头，一道倒流的瀑布横亘在那里，仿佛一堵隔断阴阳两界的巨大墙壁。那自下而上汹涌流动的苍黄色之水来自苍梧之渊，沿着幽冥路一路向高处奔流，汇集了梦魇森林和云梦泽的妖气和怨气，浸透了空桑王陵的死意和暝色，最后在九嶷山顶卷地而起，汇成了巨大的瀑布，倒流着消失在天尽头。

那便是九嶷山上分隔阴阳两界的“黄泉”——它如同立于天地间的巨大照壁，将生死隔离。

所有死去的灵魂，都会投入那一道倒流的苍黄色瀑布中，被带往看不见的天际，然后，从那里转生。

那道白光迢迢而来，转瞬湮没在巨大洪流中，随着滔滔黄泉消失在天际。一个名字忽然从一面碑上浮凸出来，放出淡淡的光华，然后隐没：“慕湮”。

九嶷山麓金碧辉煌的离宫中，忽然有人抬起头，望着天际长长吐了口气，低声叹道：“空桑一代剑圣，竟也湮灭于此夜。”

那是个五十许的中年男子，峨冠博带，赫然王者装束。然而和那一身装束不相配的，却是他眼中一直闪动的阴冷狡狠气息。仿佛是倦了，观星的王者垂下头去，嘴角忽地出现了一丝冷笑：“九十年了……这世上和空桑相关的事情是越来越少了。我想再过百年，只怕云荒上已经没有人会记起‘空桑’这两个字了吧？”

侍立在侧的是一位白发苍苍的老人，听得王者这样的叹息，他不知如何回答。

当日，出卖故国勾结外敌、带领冰族人入侵云荒的，就是眼前这个人——因为识时务，应变得快，所以在那个腐朽的空桑王朝轰然倒塌后，其余五部全灭，青之一族却毫发无损。不仅没有在改朝换代中遭到损失，甚至连属地九嶷都保留了下来，此后近百年里更得到了沧流帝国的特别看顾，待遇不低于前朝。

如今，该得到的都得到了，荣华、封位、富贵，甚至长生……贵为九嶷王的眼前人，为何还念念不忘前朝？若是十巫知道了，不知又该作何感想。

沉默了半晌，白发老人弯下腰来，殷勤开口："父王，夜也深了，您不要再在往生碑前久留，回去歇息吧！"

"骏儿，你先回去吧。你年纪大了，得早些休息。"王者开口，如唤晚辈那样唤着那个须发皆白的老人，淡淡地道，"我还要多留一会儿。最近往生碑上不停闪现新的名字——我想，大约云荒的变乱又要到了。"

那个老人一惊："您说天下又要大乱？可沧流帝国的统治，谁能轻易撼动？"

"呵……"九嶷王仰着头轻轻笑了起来，没有解释，只是道，"你下去休息吧。"

"是。"白发老人无奈，只得领命退下。

一直到穿过了游廊，走入了最浓重的阴影里，老人才暗地里回头，看了王者一眼。那一眼里，却是多年的厌恶与憎恨，在暗夜里如匕首般雪亮！然后，那个白发萧萧的世子沿着建筑的阴影往外走了开去。

离宫里，又陷入了死一样的寂静。

——九嶷山的山腹里，那些连绵不断的巨大墓室中，应该也是这样的寂静吧？

万籁俱寂后，九嶷王独自面对着那一面往生碑出神。

那座一丈高、三尺宽的碑寂静无声地矗立在夜色里，碑身洁白如玉，上面隐约有点点红斑浮现，底座是一只形状怪异的巨大骷髅头——嘴里衔着一把剑，深深的眼窝似乎看不到底。

传说这座往生碑是开创空桑王朝的星尊大帝所立，也是这位最伟大帝王留在九嶷的唯一一件标记。七千年王朝更替，九嶷山遍布着历朝皇帝皇后的寝陵，几乎将山脉彻底凿空。然而，其中唯独缺少的，却是第一代星尊大帝和白薇皇后的遗体灵柩。

这一对伟大的帝后，被视为远古时期魔君神后的转生。相传他们在生命终结的时候，踏上了倒流往天际的黄泉瀑布，离开了尘世，去往上古神人葬身的北海轩辕丘，因此并无留下遗骸。他们留在九嶷山的，除了衣冠冢外，不过是一座石碑。

石碑上没有一个字，底座是狰狞恐怖的骷髅头，嘴里衔着那柄传说中星尊帝当年的佩剑“辟天”，隐喻着一将功成万骨枯。

然而，没有人知道一生叱咤睥睨、所向披靡的星尊大帝为什么要在死前立下这样一座碑。那空无一字的石碑，是暗示着是非功过任后人评说，抑或是对自己的一生无言以对？

然而，这一面无字石碑凝聚了帝王之血的神力，却成了沟通阴阳两界的镜子。每当有灵魂前来九嶷，投入黄泉，石碑上便会闪现那个人的名字。

在这里不曾被修筑成九嶷王离宫，不曾与世隔绝之前，这块碑是可以被所有空桑百姓所触摸的——每次云荒上有人亡故，他们的亲友便会在转生期满之前，千里迢迢来到这里，送亡灵最后一程。然后，对着这面石碑上一闪而灭的亲友名字痛哭祭奠。

所以往生碑在空桑民间又被称为“坠泪碑”。

千年来空桑人在此碑前哭泣，血泪浸入石碑，洁白的石头中竟隐隐蔓延开了红丝，而石碑下那个骷髅底座，也被抚摩得光可鉴人。这座由星尊大帝立下的守望着子孙后裔的石碑，凝聚了多少人的血泪和悲哀，成为通灵的神物。

九十年前空桑覆灭那一日，天摇地动，无色城开。

那一日，密密麻麻的名字飞快地从往生碑上掠过，如同生命消逝的洪流。无数的新死亡灵如同风一样呼啸着，从云荒的各地来到此处，从黄泉里去往彼岸。

那样宏大的死亡，千百年未见，几乎令往生碑都为之战栗。

引导外族入侵的青王独自怔怔地站在碑前，看着无数个亡灵的名字闪过，眼神复杂而黯淡。那之后，原本就是此地藩王的青王辰得到了沧流帝国的特许，被冰族册封为九嶷王，也保留了这块封地。

然而新封的九嶷王却无法享受这种安定的生活——因为一夕之间，整座九嶷山都颤动起来！无字的碑上忽然沁出血珠，沉默衔剑千年的骷髅忽然张开了口，仰天大吼，眼中泪流如血！

仿佛地底下埋葬着的空桑历代帝后全睁开了眼睛，怒视着叛国的青之一族，发出了诅咒。王陵中原本蛰伏封印的邪灵纷纷出洞，吞噬封地上的百姓；而倒流的黄泉居然改成了顺流，将无数冥界冤魂厉鬼从地底带入这个世间！

无论九嶷神庙的神官和巫祝怎样日夜祈祷，都无法平息整座帝王谷中的愤怒。最后无奈之下，新任的九嶷王听从了伽蓝白塔顶上智者的谕示——他来到往生碑前，从怒吼的骷髅嘴里抽出那把长剑，将一妻六妾九子，尽数斩杀在碑前！

血泼碑面，待到最后一个儿子被杀掉，骷髅眼中流的血终于停止，牙齿合拢，“咔嚓”一声咬住了那把剑，重新沉默。

九嶷王以全家的血平息了地底的怨恨，将封地重新安定。

妻子总会再有的。那时候他是那么想的，因此无视结发之妻和子女的哀求痛哭。

然而，那之后他安享这片土地上的一切，也纳了十多名姬妾，然而十年中却一无所出。他曾求于伽蓝帝都的十巫，然而即使是最精通炼丹的巫咸长老，都无法可想。甚至，连属地上的青族都开始人丁寥落，每一对夫妇生育的子女往往早夭，只有伶仃一两个存货，甚至无子——整整一族都开始逐渐衰弱。

那时候，他才知道由于青之一族的叛国，这块土地上浸透了空桑先皇的诅咒，根本不会容许他再有子孙后人！

有一段时间，九嶷王疯狂地纵情于声色之间，直到身体虚弱不堪，再也无法临幸女子，更无法生育。十年之后，他对子嗣之事终于绝望，于是听从了属下臣子的建议，收养了同族内兄的长子青骏，并立其为世子。然后，他再也不接近女色。

然而这些年来，一直服用着巫咸赠予的延年驻颜灵丹，他的外貌丝毫不见衰老，依然保持着五十多岁的模样，反倒是当年收养时才十三岁的青骏不可避免地老去，青骏如今已经是八十高龄，却一直只是世子的身份。

“他定然在想：你怎么还不死？”

忽然间，空无一人的离宫内，有一排字慢慢浮凸在碑上。

九嶷王悚然一惊，低下头看着底座上那个骷髅，面色厌恶至极。又是这个阴魂不散的东西！自从得到了这块封地后，每夜都要听着这个骷髅的喋喋不休，至今已经将近百年。

那个骷髅瞪着深不见底的空眼眶，牙齿依然紧紧咬着那把剑，然而字迹却慢慢浮现在无字的石碑上，一字一字地："你的死期到了。"

"闭嘴！"九十年来的高枕无忧和锦衣玉食，让当初权臣的阴枭冷定似被消磨了不少，九嶷王一怒踢在骷髅牙齿上，冷笑，"青骏那小子狼子野心，和帝都里巫朗那厮勾结，你以为我会不知道？他杀得了我？倾国之乱我都过来了，岂会栽在那小子手上？"

骷髅深深的眼窝里，似乎有冷笑的表情："我说的，不是他。"

"那是谁？"九嶷王倒是一惊。

石碑没有说话。洁白的玉碑上，忽然闪现出了一幕景象：木叶萧萧而下，一名黑衣的傀儡师在暗夜里赶路，他的蓝发拂过密林的枝叶，悄无声息，他的身后，一只有着妖艳女童面容的鸟灵静静跟随。

"那是……"九嶷王凝视着那一闪即逝的身影，被那样无俦的美丽震惊，恍然觉得眼熟，却想不起是谁。

"当年你手上的那个傀儡小奴隶。不记得了吗？"那个骷髅似乎在笑，那种笑容仿佛是从地底涌出的，凝聚了无数恨意——

"当初种的因，请看如今结成什么样的果吧。"

幽暗的密林里，山风簌簌而下，带来远方九嶷山上阴冷的寒意。

然而傀儡师却在这样阴邪的气息中，舒展地叹了口气，他肩上坐着的那个偶人同时也长长做出了一个叹气的动作——当然，不会有任何气息从这个傀儡口中吐出。

一个多月前从桃源郡出发，一直昼夜不息地向着北方走，苍梧之渊已经近在咫尺，九嶷山上亡灵的叹息也近在耳侧。他不敢有半丝耽搁。

过了前面这一片密林，便是目的地了。

有一片叶子拂到了他的脸上，轻轻触了一下便飘开。然而这样轻微的触碰，却让走着的鲛人忽地一震，在原地顿住了脚。全身的"眼睛"都张开了，在暗夜里窥探着外物。

这是……梦魇森林？居然在这里遇到了梦魇森林？那一片传说中位于九嶷山麓，却四处漂移无定的邪魅森林，居然在今夜选上了他？

傀儡师的眼睛陡然睁开了，他静默地站在无穷无尽的黑暗中，握紧了手指。

“呀！这是什么？”前方传来惊呼，黑暗中扑簌簌一声响，有什么东西轰然倒塌——探路的幽凰扇着翅膀跳了起来，费尽力气将那棵树整个击断，才从一头撞上的藤萝里解脱出来。

“见鬼啊，我刚才分明还看到这里有幢房子，里面有灯火的！怎么一头就撞上了这些藤萝？”看到已经有好几根漆黑的长羽被藤萝卷走，鸟灵疼得皱眉，忽地看到了一条依旧牢牢卷在她翅膀上的藤萝，脱口惊呼。

能吓到一只鸟灵的，当然是非同凡响的东西——那个藤萝居然白皙如肌肤，末端还长着如人一样的小小的手，紧紧揪住她的羽毛！

鸟灵爱惜自己的羽毛就如人爱惜自己的容貌，眼见自己的羽毛被揪落，幽凰宛如看到老鼠爬上裙子的少女般尖叫起来：“啊！啊啊！这是什么鬼东西？”

一边说着，一边跳脚，她向着那条藤萝抓去。一抓之下，那条藤萝立刻冒起了白烟，发出了一声尖叫。那声尖叫在空寂的森林里回荡，居然激起了无数回音。暗夜里，似乎有无数看不见的东西涌过来了。

“糟了，”苏摩脱口低声，“闭嘴，不要乱叫！”

幽凰吓了一跳，扑扇着翅膀后退，她变回女童的形貌，落到了苏摩身边。

“那……那是什么？真见鬼，那是什么？”她结结巴巴地问，眼光却是看向整座动起来的树林，她霍然发现整座森林根本不是由树木组成，而是由活动着的无数巨大藤萝组成的。那些藤萝有着白皙的肌肤，宛如人纤长的手臂，在暗夜里舞动。

苏摩没有回答，只是站在原地沉默，脸上的表情有些复杂。

看到同伴被伤害，那些藤萝发出了尖叫，纷纷逼了过来。无数雪白诡异的枝条直伸过来，枝条末端的手原本是纤细秀丽的，犹如雪白的花苞，此刻却从指尖上铮然弹出了一寸长的青色指甲来！

邪异鬼魅的气氛弥漫在风里，令所有活物都噤声。

幽凰知道强敌环伺，唰地展翅，连忙又从女童形貌化回了真身，九子铃铮然发出，削向那些不停逼过来的触手。只听一声脆响，一条藤萝应声断裂，裂口里流出冰冷鲜红的汁液，然而九子铃上也有一个铃铛碎裂开来，落到地上。

“这到底是什么？”幽凰看着满空抓过来的修长利爪，又是恼怒又是惊慌。

一路行了几千里，都是平安无事，居然快到九嶷山的时候遇到了这种鬼东西！

原本就充满了杀戮气的鸟灵眼里露出了冷光，她再也不愿多纠缠，忽地尖啸一声。随着她的尖啸，每一支方才脱落的黑羽拔地而起，宛如利剑般绞杀漫空的藤萝！幽凰恢复了鸟灵首领应有的模样，在半空中重新展开了翅膀——那些弥漫着惨白色辉光的羽毛，一支支如同刀剑般锋利！

她展开翅膀，在这一片诡异的森林里冲来飞去，仿佛一把巨大的剑展开，鸟灵翅膀碰到的地方，所有藤萝都应声断裂，尖呼着避开来。

“是鸟灵！她是鸟灵之王！”忽然间，地底传来了一个语声，沿着地面闷闷地传开，让人脚底感到了某种震颤，“不要捕食了，快走！”

所有藤萝“嗖”地抽回，立刻风一样地在黑暗中后退。

然而就在那一刹，一直漠然旁观的傀儡师忽然动手了——苏摩足尖一点，疾冲而出，没入黑暗森林的某一处，他霍然驻足探身，抬手插入了地下，直将整条手臂都没入泥土。

地底下陡然传来了一声痛呼，整个地面都颤了一下。

“抓到你了。”苏摩单膝跪在地上，发出一声冷笑。

“放开她！”那些刚刚退去的藤萝忽地又出现了，漫天漫地地扑过来，再也不顾一边张着翅膀虎视眈眈的幽凰，奋不顾身地抢身前来解救同伴。幽凰急忙阻拦，然而尽管她努力张开了双翅，能挡住的范围依然有限。一个顾不上，好几条藤萝穿过她直奔苏摩而去。

傀儡师没有动，他肩头的小偶人看着漫天伸来的雪白手臂，仿佛觉得有趣，抬手一划，“哧啦”一声，那些东西便藕片般地掉落下来，冷冷的、鲜红的汁液洒在小偶人脸上——然而就在那一瞬间，阿诺的表情也有些僵硬，仿佛震惊般地，它侧头看了傀儡师一眼，顿住了手，眼里有疑问的光，仿佛遇到了什么难解的问题。

“住手。”苏摩喝道，“别弄死那些东西！”

阿诺应声住手，然后苏摩下探的手臂一用力，便破开了腐土，将地下那物提了上来。

那是一个柔软的囊，三尺长，囊下仿佛植物的根茎一样，长着蓝色的根须。从那个根茎上生长出了四根白皙的藤萝。那藤萝原本有数丈长，此刻被苏摩一提出地面，便立刻向着囊里收缩回去。

“咦，那是什么？”幽凰看得奇怪，忍不住踢了踢那个囊——声音如击败革，里面仿佛还有水在晃荡。她好奇心大起，双翅一挥，便要斩开那只皮囊看个究竟。然而苏摩一挥手，将她拦了下来。

“你是要我剖开紫河车呢，还是自己出来？”苏摩漠然对着那个囊发问，“如果我剖开，把你扯出来，你就再也回不去了。”

囊起了一阵轻微的颤抖，仿佛里面的水在波动。

“你为什么要我出来？”里面有个诧异惊慌的声音问，竟似女子声调，“捕食错了人，遇到你们这般高手，算是我们命不好——杀了就是，何必多问？”

“我没有杀你的意思。”那个动辄杀人的傀儡师，此刻居然毫无杀气，“出来。”

“那你要我出来干什么？”囊里那个声音问，稍微有了松动。

“我要你看看我是谁。”苏摩嘴角忽然浮出一丝冷笑，他忽地提高了声调，“把你们的眼睛，都从土里浮出来吧！那么多年浸泡在黄泉的水里，让你们都变瞎了吗？”

那冷肃的声音响彻密林，傀儡师一挥手，头顶浓密的森林全数分开，月光直洒而下。

那一瞬间，整片林子都起了诡异的颤抖，仿佛雷霆陡然击下，那些修长的藤萝急速缩短，没入了土壤。土底下发出了无数窃窃的议论声，仿佛惊骇地争论着什么。然后，地底开了无数个小口子，似乎有无数双碧色的眼睛看了过来。

“还认不出我吗？”苏摩忽地冷笑，将长衣拂落。

月光洒在他赤裸的上身，挺拔清瘦，美如雕塑。

那种恍非人世的极致美丽镇住了地底下的争论，所有声音戛然而止，空茫的森林里静得似乎可以听得到远处九嶷山上亡灵的叹息。那一刻，月光穿过密林洒落在傀儡师宽阔的肩背上，在那上面，竟赫然有一条黑色的龙纹，张牙舞爪，直欲破空而去！

“龙魂！”地底的沉静忽然被打破，藤萝们惊呼起来，“是海皇！”

“天哪……真的是海皇？”

“是传说中的那个人吗？”

整座梦魇森林仿佛沸腾了，地底在起伏，无数的声音窃窃私语。

只听“噗”的一声，那只被他擒住的囊率先裂开了，藤萝先伸了出来，然后化为四肢如同十字星般展开，紧接着一张脸从囊里的水中浮出来，睁开了碧色的眼睛。从地底浮出的是一个女子，她梦呓般看着苏摩，开口道：“是海皇？真的……是海皇？我们在这里守着蛟龙，已经等了你很多、很多年……”

“我知道。”苏摩微微闭了一下眼睛，回答宛如叹息。

“是海皇……是海皇来了！”地底一处处地裂开，不知有多少藤萝浮出了地面。囊口张开，先是四肢，然后是脸，接着是蓝色的长发，最后是身躯——满身淋漓着汁水，无数苍白美丽的女子从地下的囊里滑了出来，仿佛初生婴儿一样，赤裸地从地底下钻出来，抬起碧色的眼睛看着傀儡师。

“呀，她们的眼睛和头发，和你一模一样！”幽凰看得呆了，脱口惊呼，“她们……她们都是鲛人吗？”

方才那些纠缠的藤萝，就是这些人从囊中探出的手脚——她们居然可以随意变化形体，如藤萝一样无限地延长，抓取着来往的旅人。而刚才囊中探出的根茎般的蓝色，就是这些人的一头长发！

然而同样是碧色的双眸，这些女萝的眼睛却是混沌的，带着一种死气，恍如那些死了的鱼类的眼睛，不瞑地望着世间一切。

苏摩压低了声音，道：“她们是女萝。”

在那个地底出来的女人一眼看过来时，幽凰心里一冷，感觉到了一种非人的气息，再度脱口：“啊？她们是死人！”

“是的。”女萝低声，仿佛一离开那个囊，力量就迅速消散，“我们几百年前就死了。”

同样身为死去的怪物，幽凰却为第一次在云荒上看到这样的东西而诧异，她打量着对方，惊诧莫名：“你、你不是鸟灵也不是冥灵？你算是什么呢？是鲛人？鲛人死后不是没有灵魂、重归天海之间的吗？你怎么死了还能动？”

“对啊……我们……算是什么呢？”那个地底浮出来的鲛人低着头，双手交叉着环住肩头，喃喃道，“我们被活埋入地下殉葬，已经几百年……不肯死去，也不能重生……我们算是什么呢？”

赤裸而雪白的身体毫无遮掩，越发显得右肩上那个烙印刺眼——那是奴隶的烙印，在苏摩的肩膀上她也曾看到过。

“殉葬？”幽凰抬头就看见远处阴冷巍峨的九嶷，忽地明白了。

原来，这些都是被殉葬在空桑王陵里的鲛人？

在前朝，因为鲛人数量稀少，因此拥有这种美丽奴隶是财富和地位的象征，空桑贵族巨富无不争相畜养。有的空桑贵族在临死前，便将生前最珍爱的珠宝和奴隶一起殉葬，一为炫耀毕生财富和权势，二为不可抑制的独占欲。

——这种行为的极致，便是历代空桑帝王的大葬。

空桑人相信宿命和轮回，所以非常重视地宫王陵的建设。往往新帝即位的同时，便在九嶷山上选址动工修建身后的寝陵，直至驾崩之前，日夜不停。

作为这片大地的绝对帝王，空桑王室掌握着天下所有的财富和性命，为了表示这样至高无上的地位，每位空桑帝王薨后，便会在陪葬坑里活埋无数的奴隶和牲畜。

而所有东西里，最珍贵的，无疑就是鲛人。

以密铺的明珠为底，灌入黄泉之水，然后将那些生前在宫中最受帝王青睐的鲛人奴隶活着装入特制的、称之为“紫河车”的革囊中，沉入挖好的陪葬坑里，再将坑填平，加上封印——那便是给帝王殉葬的最贵重的珍宝了。

因为鲛人生于海上，所以尽管土下没有可以呼吸的空气，黄泉之水也极为阴寒，可有些鲛人还是可以在坑里活上多年而不死。因为怨恨和阴毒，那些处于不生不死状态的鲛人某一日冲破了封印，从墓里逃脱，便化成了可怕的邪魅。

这种鲛人，被称为“女萝”。

——这个传说是自五百年前，从盗宝者嘴里流传开的。

那些北荒的大盗觊觎王陵重宝，无数次试图闯入机关重重、恶灵遍布的墓室。五百年前的天玺王朝时期，有一个盗宝者成功地撬开了陪葬坑，想挖取紫河车里的凝碧珠。然而，在打开一个被活埋五六年之久的革囊时，他震惊地发现里面的鲛人还活着，而且依然保持着那种凌驾于其他种族之上的惊人美丽。

一睁开眼看到盗宝者，那个鲛人便哀求他救自己出去，不惜以身相许。虽然贪图对方的美貌，也知道活鲛人更值钱，但因为地宫机关恐怖，恶灵遍布，只身出入都极度危险，那个盗宝者在地宫里满足了自己的兽欲之后，便杀死了那个鲛人，还挖去了她的双目做凝碧珠，然后弃尸于地，孤身返回。

那之后他靠着这一笔横财，逍遥享受了很多年。在财富耗尽后，重新落魄潦倒。一次酒后，他忍不住将此事说出口，向同伴夸耀，然后受到了怂恿，带着更多同伴和更精密的工具，重返王陵。

然而，在下到三百丈深的地底，返回相同处所的时候，那个盗宝者赫然发现那具被他剜去双目的鲛人尸体不见了——不仅如此，那个被他撬开的陪葬坑里所有的紫河车，也全部从这个密不透风的墓室里消失不见！

“你破坏了陪葬坑上的封印！”看到当初被盗宝者撬开的一处痕迹，同伴里有人忽然惊呼起来。那个经验丰富的同行，刹那间似受了极大惊吓，一把拉住了他，连声：“快走！这间墓室不安全了！”

那一行盗宝者里，最后只有一个人返回了地面。然而幸存者的神志也错乱了。

“那些手！地底下冒出来的手！”那人不停地发抖，惊呼着，“紫河车里长出来的手！”

但，没有人理会一个疯子的话。

十几年后，另一队盗宝者无意中进入了这间空空的墓室，他们发现了一堆尸体。令他们惊讶的是，在这几百丈深的地底，居然长着奇异的雪白藤萝，缠绕着那些遗骸。

那些人的身体早已朽烂成白骨，唯独眼珠依然完好，甚至有着活人一样的表情，死死盯着前来的人，露出了乞求和痛苦之意。

那一行盗宝者震惊之下挥剑砍去，那些藤萝却骤然扬起，卷住了刀刃。一番血战后，藤萝松开了那些白骨，缩入地下。那些白骨得了自由，竟然开口说自己也是北荒来的盗宝者，并祈求对方杀死自己。

盗宝者大惊，一一询问姓名，才发现果真就是十多年前失踪在地宫里的先代同行！

显然，当年那一行盗宝者受到了极其残酷的报复。他们被那些地底下伸出的藤萝抓住，被当成了汲取养分的泥土。那些东西紧紧裹着他们，一点点汲取他们的生命，却不让他们立刻死去。这些人就如那些被活埋入地底的鲛人一样，挣扎呼号，却无法死去。直到十几年后同行无意闯入，挥剑将白骨粉碎，才结束了他们的痛苦。

九嶷地宫里鲛人之灵的传说由此而始。此后还有更多的盗宝者看到过这种诡异而恶毒的东西——那些东西在地宫的土壤和水里自由地来去，躲在那个葬身的革囊里，手脚却能无限地延长，宛如土里长出的植物。

因为清一色为鲛人美女，所以也被称为“女萝”。

那些女萝从破开的封印里离开了地宫，游荡在九嶷山至苍梧之渊一带，抓取地面上的活人，以此为食，群集在一处，仿如白色的森林，飘忽来去，行踪不定。多有行人商旅或盗宝者，被这片游弋的森林吞噬，尸骨不留，因此，在云荒大地上就有了“梦魇森林”的传说。

不同于鸟灵和沙魔，女萝是安静的，她们从不露出地面，甚至从未离开过九嶷王的封地，只在苍梧和九嶷两郡出没，偶尔捕食过往行人，却没有造成过大规模的伤害，因此沧流帝国建立起来后，倒也没有被这些魔物惊动。

在今夜，幽凰第一次看到了这种从不露面的神秘东西。

“你们……一直不肯死，就是为了等待苏摩？”幽凰收起了翅膀，讷讷看着那些苍白诡异的女子，又看了看同行的傀儡师，“等到他了，又如何呢？你们……你们是想回到碧落海里去吗？”

听得鸟灵这样的问话，女萝首领忽地抬头看了她一眼，用苍白的手臂抱着自己的肩膀，笑了起来：“鸟灵，你还想转生成人吗？”

听出了语气中的讥讽，幽凰怔了一下，却不以为忤：“开什么玩笑？我们这些怨气集成的东西，早就已经死了，气散则消，再也无法进入轮回。”

“是呀，”女萝抬起头，看了一眼头顶星星点点的天空，“我们也回不去那一片碧海了……也无法化成云，无法升到星空之上——若不是凭着意念支撑，还能怎么办呢？”

她看着暗夜里走来的傀儡师，混沌的眼珠里忽然有了一丝亮光：“我们尽管化身为魔物，却依然不敢离去，一直在苍梧之渊附近徘徊，守着龙神，也等待着海皇，等着能向那一族复仇的时机！”

她对苏摩点头，似是感慨，也似是疲惫：“海皇，您和龙神一样已经沉默了七千年，无声无息，我以为直到我们的眼睛都化成了土，都无法看到您的归来了。”

苏摩一直不曾说话，只是站在那一片由死去的族人组成的诡异森林里沉默。

很久以来，他的内心都在桀骜地抗拒着加之于他身上的“海皇”宿命，不承认自己是鲛人的希望和少主，更不希望成为被无形之手操纵的傀儡——然而此刻，在看着那一双双死去多年犹自不肯闭合的眼睛时，某种力量让他忽然无法出口否认。

如果，这个承受了多年苦难的民族唯一的希望就是自己，那么，不妨就让他们这样希望下去吧……

沉默许久，他开口，直截了当：“你们，能帮我什么？”

“海皇，我们知道苍梧之渊最深处，星尊帝当年囚禁龙神的具体所在！”女萝也不含糊，立刻回答，“我们能带您前去释出龙神，复兴海国——如果九嶷王被惊动前来阻拦，我们也能帮您对付那些到来的军队。”

“哦。”苏摩简短地应了一声，也不多言，“那么，带路吧。”

“连夜就走？”幽凰有些不安，“您连日跋涉，不休息一夜吗？”

“不需要。”傀儡师的语气里竟然微微有些急躁，“事情很多，得一件件快些解决——我怕沧流帝国得到消息会前来封锁苍梧之渊，所以得赶快去和白璎碰面，带着她一起去破开封印。”

“白璎？”领头的女萝忽地一惊，脱口，“前朝空桑太子妃？您……要去苍梧之渊和她会面？”

“是。”苏摩回答得越来越简短，“空桑现在是我们的盟友。快走吧。”

然而，整座活动的森林忽然停止了，一时间气氛变得极其凝滞，仿佛风都静止。那一瞬间迅速凝聚起来的敌意和杀气，让偶人的眼睛蓦地睁开了，它的手指不知不觉地抬了起来，牵起丝丝引线，隐约放出白光——

那些丝线无声无息蔓延，围绕着苏摩，将他严密地保护了起来。

“你说什么？空桑人现在是我们的盟友？”忽然间，一个尖厉的声音划破了寂静黑夜，大笑起来，“姐妹们，你们听听！‘海皇’说，空桑人是我们的盟友！他去苍梧之渊，不是为了释放龙神，而是去见空桑人的太子妃！那个九十年前为他跳下白塔的太子妃！”

树林里爆发出了令人骇然的大笑，那些安安静静听着说话的女萝仿佛触到了什么痛处，忽然间变得疯狂和不安，敌意霍然而起。

“我们被弄成这样，全是因为空桑人！”

“海国所有的鲛人都和空桑誓不两立！几千年的血债，决不能忘！”

“绝不原谅，绝不能宽恕那天罚的一族！”

“说出这种话的，不是海皇！绝不是我们期待的海皇！”

在这样疯狂的敌意和愤怒里，苏摩眉间隐约有不耐，却罕见地克制了下来，他开口，声音不响，却压过了所有女子尖厉的呼叫：“以沧流帝国目前的实力，我们根本无法单独对抗，所以必须要借助空桑人的力量。”

树林里那疯狂的笑声慢慢平息，然而那些女萝睁着没有生气的眼睛，看着月夜下的傀儡师，语气却尖刻：“空桑人现在躲在水底，也想复国吧？哈哈哈……怎么能让他们如愿！那些罪孽深重的家伙，应该也像我们一样，一辈子活活地关在地底，永远不见天日！”

苏摩听着，忽然间仿佛忍耐力到了极点，脱口厉叱：“血债自然都要还！可眼下你们如果连暂时的忍耐也做不到，那就算了！如果觉得我就是什么海皇，那么和空桑结盟就是海皇的决定！如果不是，那么这就是我个人的想法，也不需要向你们解释！”

那样脱口而出的话语里，带着某种杀气，让那些恶毒诅咒的女萝都安静下来。

“你们都已经死了，不管眼睛闭合与否，都已看不到新一天的阳光，只能在土下怨恨诅咒，”傀儡师冷笑，话语尖锐得毫不留情，“但是，请别用你们埋入腐土的眼睛，来阻碍年轻的孩子们看到新的一天——这场仗必须要打赢，我们必须联手击败沧流帝国。就算我们都在云荒化成了腐土，那些孩子也要回到碧落海！”

仿佛被那样一针见血的话震慑，女萝们相互看看，手指纠缠着握紧。

多少年来，她们心心念念想着的，便是如何等待龙神和海皇到来，带领她们向空桑人复仇，血洗云荒，杀尽一切凌辱、欺压他们一族的仇敌……执着于那样强烈的怨恨，她们才能不瞑目地活到了今天。

这些年来，她们只关心自己的憎恨和仇视，不肯宽恕分毫，今天第一次想到：除了她们这些已死的人之外，那些海国活着的同族，将来的命运又会如何？

“你们被困在地下，不知道世间的变迁。百年过后，早已经不是过去那个云荒了。”仿佛知道女萝们内心骤然而起的迷惘，苏摩开口道，“那些年轻的孩子应该有自己的未来。他们将在蓝天碧海之下幸福地生活，远离一切战乱流离，住在珊瑚的宫殿里，子孙绕膝，直到死亡将他们分开……他们，必不会再如我们一样。”

那一句话，出自于空桑皇太子之口，当日曾在一瞬间打动了傀儡师冷酷如铁的心。此刻那样的描绘，同样勾起了那些死去多时的鲛人内心的残梦，女萝们蓦然爆发出了啜泣，无数苍白的手臂纠缠着，掩住脸：“是的，他们……必不会如同我们一样……在云荒的土里腐烂……”

“不是只为了复仇，女萝，”苏摩的声音忽然缓和下来，收敛了杀气，“这不是最重要的。最重要的，是先得让海国复生，让活着的同族在有生之年能返回故乡——为此我可以和空桑暂时结盟。未来，永远比过去重要。”

女萝们不再哭泣，她们放下了手，相互间窃窃私语了片刻，间或有激烈的争辩。

在幽凰都等得不耐烦时，领头的女萝终于统一了意见，回头来到苏摩面前，她睁着没有生气的眼睛，定定看着他：“你能保证在海国复兴之后，会让空桑人血债血偿，会让我们所有的怨恨都得以平息，会让所有眼睛都可以闭合吗？”

被这样一问，苏摩在刹那间迟疑了，然而只是一刹那，他立刻开口：“我保证会让你们的怨恨得以平息。你们的血债，必然会得到偿还！”

一语既出，背后的密林陡然起了扭曲，所有的手臂都伸展开来，长得诡异可怕，然而那些藤萝般的手臂却是相互纠缠和击掌起来，发出了尖厉的欢呼。

“好！那么，您就是我们的海皇！”领头的女萝弯下了苍白的身体，所有女萝随着她跪倒，暗夜下是一片苍白的肌肤和蓝色水藻般的头发，“一切唯您是从！”

“起来。”经过方才那一场争辩，傀儡师却似乎厌倦到了极点，他抱着傀儡转过身去，“我们快走吧，若延迟我怕会惊动沧流帝国。”

女萝笑了起来：“这里是九嶷王的封地，沧流帝国轻易也不会来干涉。”

苏摩身子一震，忽地问：“这里的九嶷王，是……”

女萝沉默了一下，神色忽地有些奇怪，终于低声道："就是前朝空桑最后一任的青王辰——您……还记得他吧？"

暗夜里忽然传来了一声"咔嗒"轻响，傀儡仿佛吃痛，蓦然张开了嘴，然而眼睛里却有欢喜的表情——每次主人出现那样凌厉杀气的时候，阿诺的神色就分外欣喜，仿佛预见到了一场杀戮的狂欢。

青王辰……青王辰！

"赶路。"强自压下刹那间涌出的强烈杀气，傀儡师铁青着脸转过身去，对幽凰吩咐了一声，便立刻拔脚走开，"去完了苍梧之渊，就去九嶷！"

"去九嶷做什么？"幽凰被那样的语气吓了一跳，然而苏摩并没有回答。

暗夜里一片窸窸窣窣的声音，是那些女萝纷纷缩回了革囊中，悄无声息地沉入了地下，伴随着苏摩一起上路。那样的情景宛如梦魇——冷月下，黑衣的傀儡师带着一只会自己活动的偶人，身后跟着一只美艳的鸟灵女童，而跟随着他移动的，却是整片苍白的森林！

转出那片山坳时，前方陡然闪出一点灯火，点破死寂阴沉的夜。一幢玲珑精致的阁楼，忽然出现在一行旅人的面前，里面灯火幢幢，隐约有人影。

"咦，我刚才没看错啊，前面果然有人家！"不好插手鲛人内部的事情，幽凰憋了半日，此刻忍不住欢呼。然而旁边的女萝们却起了不安的骚动，苏摩也仿佛觉察到了什么，他立住了脚步，用空茫的眼睛长时间凝望着前方，似在默测。

"刚刚我们来的时候，还没见这里有人家。"地底下传来低沉的声音，女萝有些诧异，"这片苍梧之渊旁的地方，向来无人居住，只怕前面的也不是凡类。"

苏摩忽地冷笑了一声，说道："走吧，没事。"

"那究竟是什么……"幽凰却觉得畏惧，磨磨蹭蹭地跟在他身后走着，嘀咕道，"我觉得有些不对啊……你看，女萝们也在地下畏缩呢，前面的到底是……"

"自然不是人。"傀儡师冷笑，"不过也不是和你一路的，而是让你畏惧的东西。"

“啊？”幽凰诧然抬头，看着暗夜里那一点灯火，依稀可见的是一个女子临窗抬笔书写的身影——那个影子果然有着让她惊骇的力量，她只看了一眼便双目如火烧，立刻侧过头去，颤声惊呼：“那、那究竟是谁？”

“是云荒三女仙之一的慧珈。”应该是在方才的默测中得出了结果，苏摩微微哼了一声，“也和魅婀一样试图阻拦我吗？这些天神，都是如此多事。”

就在那一瞬，窗子被撑开了，里面的女仙放下了笔，侧头看着窗外赶路的一行人。

那个号称云荒三女仙中智慧化身的慧珈年轻美丽，完全看不出年纪——作为自魔君神后时期就守望着这片土地的翼族，她已然存在了万年。推开窗子，慧珈侧头微笑：“谁在骂我多事？”

“哼。”傀儡师没有理会，只道，“你来这里干什么？”

慧珈笑了起来，旁边的黑衣小婢递上一卷书，她一页页地翻开，停在最后空白处：“我有自己的事——我是来引接一个灵魂去往彼岸的。”

苏摩微微怔了一下：云荒土地上凡人不知几许，碌碌如蝼蚁，能让三女神为之瞩目的，又不知是哪一个？

她手中的书，一页页都是空白，只有在苏摩这样的人看来才明白上面的内容。只是微微一瞟，傀儡师便变了脸色——“慕湮”。

在最后一页上，他赫然看到了这两个字！

那，不是白璎的师父吗？那个先代空桑女剑圣，竟然刚刚死去？

“我们其实并不是云荒人的所谓神祇。我们守望着这片大陆千年，只为另一个目的。”女仙手里的笔点着雪白的书页，嘴角含笑。不知是看过了多少沧桑起落，才能有如此的镇定从容，“今夜，我要等的那个灵魂终于来到了。”

“剑圣慕湮？”苏摩低声道，眼神有些恍惚，“你在等她？”

慧珈微微一笑，眼神深远：“是的，她这一世的身份，只是空桑的‘剑圣’——但是，对于我们而言，她却是我们的同伴和姐妹，是云浮城的继承者。”

云浮城？就是上古神话里，那个由大神头颅化成的天外飞岛吗？

云浮是翼族的居所。那个传说中生活在九天之上的近乎神话般的民族。那些以凤凰为图腾的云浮人背有双翅，可以自由来去于天地之间，他们拥有远超陆地和大海里任何种族的力量，寿命长达万年，曾经一度是海天之间最强大的民族。

然而在上万年前，那个民族忽然和云浮城一起消失了，于今早已湮没在传说里。

苏摩没有明白慧珈话里的意思，但却没有再问下去——无论是慕湮的魂魄去向，还是三女神的真正身份，这些，都不是他所感兴趣的。

站在窗外，看着房内烛影摇红，沉默许久的傀儡师忽然开口，问了一个问题："慧珈，我想问你，七千年前，白薇皇后是否真的死于星尊帝之手？"

虽然真岚复述过，可生性猜忌阴暗的他一直质疑那一段没有旁证的历史。

"你不相信吗？"慧珈微微一怔，抬头看着苏摩，"否则，你又为何前来苍梧之渊？"

苏摩沉默下去，没有回答，只是转头看向前方黑暗。

"白薇皇后……是的，白薇皇后，她就在那里……"慧珈忽地对着窗外的暗夜伸出了手，直指北方尽头，"七千年了。被丈夫封印的她不能解脱，这个云荒也不能解脱。命运的天平是从七千年前开始失去平衡的——若不是'护'的力量消失，这片土地何至于变成现在的模样！"

那样的话，让幽凰和女萝都听得一头雾水，唯独傀儡师身子一震。

"我守望了这片大地几千年，可依然不明白你们凡人的想法，你们都追求至尊或霸权……可这个世间，哪里会存在没有制衡的'绝对力量'呢？"女仙凝望着这片大地，旁边比翼鸟幻化的小婢捧书而立，"即使是星尊大帝那样的一代英主，也不明白这个道理啊……"

慧珈翻着那一卷书页，往上翻到开篇，久久凝望，神色黯然。

苏摩却微微冷笑起来："可是，沧流帝国的那个智者，又比空桑星尊帝好上多少？"

慧珈抬起了眼睛，饶有深意地看了他一眼，微微一笑："那位智者还是比星尊帝好上一些的……至少在某些方面。"

傀儡师一惊动容，看着这位智慧女神的眼睛。

对于那位神秘的智者圣人，云荒上没有任何人知道他的丝毫底细——哪怕拥有力量如苏摩，也无法看出对方丝毫的过去和未来。

然而，在他转头询问地看过去时，慧珈却竖起一根手指放在唇上：“天机不可泄露。”

“慕湮的魂魄已然抵达黄泉路，我得去了。”女仙忽地笑了起来，手指一按窗台，身子便轻飘飘地飞了出来，身后的楼阁蓦然消失。旁边捧书的黑衣小婢和捧笔的红衣小婢随之飘出，在半空一个转折，化成一朱一黑比翼双鸟，驮着慧珈往北飞去。

“我在天上看着你，海皇。”俯身在比翼鸟上，慧珈回首微笑，转瞬消失。

苏摩站在黑暗里，似乎长久地想着什么问题，面上渐渐有了疲倦的神色。

“喂，走不走？”直到女仙走开，幽凰才敢说出话。地底下一直蛰伏着不敢动的女萝也将手露出地面来，询问地看向傀儡师。

“休息一下。”苏摩忽地改了主意，就靠着方才楼阁位置的一棵桫椤树坐下。

“真是出尔反尔。”幽凰没好气地喃喃，但是又不敢拂逆他的意思，只好扇动翅膀飞上树去，用巨大的漆黑羽翼包裹着身子，在九嶷山麓阴冷的寒气中睡去。

女萝们都安静下来了，纷纷缩入了地底，这一片森林又恢复到了平日的森冷寂静。

傀儡师靠着参天大树，眼睛无神地望向密林上方暗黑的天空，不知心里在想些什么。他身侧的那个偶人，从看到慧珈那一刻起，就一直不出声地缩在他怀里，此刻却悄然把手从主人的衣襟里挣了出来，用诡异安静的眼睛，看着苏摩，嘴唇无声地翕动。

“是吗？”不知阿诺说了些什么，苏摩只是望着天，淡淡回答，“只怕未必。”

阿诺“咔啦咔啦”地抬起手，拉住了主人的衣襟，仿佛冷笑着回答了一句。苏摩的脸色这才微微一变，收回了望向天空的目光，低头看着那个阴冷微笑的傀儡，忽地抬手卡住了阿诺的脖子，将这个偶人提到眼前来。

应该是很用力，阿诺的眼睛往上翻，四肢挣扎不休。

苏摩看着那个凌空舞动手脚的偶人，忽地有某种说不出的厌恶，扬手一挥，将阿诺扔了出去，苏摩重新靠到了桫椤树上，闭上了眼睛。幽凰被惊动，张开翅膀探出头来，看着树下。一见阿诺居然被主人如此对待，她忙不迭地飞了下来，瞪了苏摩一眼。

偶人四脚朝天地落在地上，同样深碧色的眼睛瞪着天空，嘴角浮起一丝冷笑。

“你怎么可以随便摔阿诺？会摔坏它的！”幽凰恨恨地骂，将偶人抱紧，准备飞上树去休息，“跟我来，我们不理他了！”

“或许，你说的没错。”忽然间，树下的傀儡师开口了，带着一种疲惫，似是在对天空说话，“那个智者，应该就是这样的身份。”

什么身份？幽凰大吃一惊，从树上探出头来。

然而那一句话过后，就再也没有了下文。

偶人苏诺伸出冰冷的小手，搭在鸟灵温暖的羽毛间，将小脸贴了过来。不知为何，在面对着这个由白族亡灵怨念凝结而成的女童时，阿诺的神色就会变得分外欢喜——仿佛一个镜像里恶的孪生，喜欢另一个镜像里的同类。

“我一直想不通为什么会是这样……”苏摩喃喃对着虚空自语，他的身体在九嶷的寒气中微微颤抖，“这七千年来平衡的倾覆和倒转，应该有一种力量在操纵。可我不明白……我以为我已经可以穿破所有，直抵最后那一面石壁。然而，却……”

幽凰抱着阿诺，看着自言自语的傀儡师，忽然一惊，挪不开眼神。

此刻，苏摩脸上有某种令人战栗的表情——星月的辉光照耀在他苍白的脸上，他的肌肤在寒冷的空气中有玉石般坚润的感觉，空茫的眼睛因为凝神思索而具有了某种光芒——那一瞬间，这个鲛人之皇身上闪现出的那种极致之美，竟让幽凰刹那间神为之一夺！

就是那样的美吧？足以让姐姐从万丈白塔上飞跃而下，足以让沧海横流天地翻覆。鸟灵眼睛里陡然闪过杀气，却不作声地抱紧了偶人阿诺，掩饰着自己内心的憎恨。怎么能不恨呢？在她身体里，无数的声音在呼啸，要她去杀了这个引来白族厄运的人。

然而，在桃源郡废墟里一看到对方出手，她就知道这个傀儡师的力量绝非她所能匹敌。而那个偶人，看似是他的孪生，其实可能就是他最大的弱点和缺陷。

所以，她只有跟随着他，设法将阿诺控制在手里，希望能寻得复仇的良机。

为此，她甚至放弃了带着族人一年一度去往空寂之山哭祭的职责，也不知道罗罗他们一路前往西方的砂之国，如今是否顺利。

一路从桃源郡跟着苏摩一行到了苍梧郡，她百般小心地观察着他的一言一行，却始终不知道这个喜怒无常、沉默寡言的傀儡师，究竟有着什么弱点。

“他很冷。”忽然间，她听到有人在心底说话，吓了她一大跳。

四顾无人，只有怀里的傀儡开启了小小的嘴巴，无声地对着她笑，神色莫测。

“咦？”幽凰硬生生压住了冲到嘴边的惊呼，低头看着偶人。

“去温暖他。”阿诺在心底向她传话，小小的手抱着她的脖子，将脸埋在她蓬松温暖的羽毛里，声音尖细而恶毒，居然是十几岁幼童的腔调，“你知道吗？这世上，寒冷，才是他唯一畏惧的东西——你得先取得他的信任。”

幽凰诧异地低下头，看着怀里对着她微笑的偶人，她忽地打了个寒战。

阿诺……到底是什么东西？它，也在希望它的主人死吗？

然而片刻之间，她便打定了主意。她展开翅膀，从树梢翩然落地，站到了苏摩面前，看到傀儡师的脸果然因为九嶷深夜的寒气而变得苍白。

“很冷吗？”幽凰微笑起来，施施然展开了双翅，将他裹住。

女童美艳的脸上有着成年女子才有的娇媚，将温暖柔软的翅膀覆盖上了他的肩背。幽凰带着一种奇特的天真，轻笑起来：“我听说，你们鲛人都是没有体温的……如果不在水里，到了陆地上全身的血就会因为寒冷而凝固……是真的吗？”

一边说着，她一边将翅膀收紧，微笑起来：“那么，让我来温暖你吧。”

傀儡师一直没有说话，然而他身上因为寒冷而起的微微战栗，在那双黑色羽翼裹上来的同时止住了。在幽凰微笑着收紧翅膀时，苏摩忽地笑了一笑，抬起头来，捏住了女童尖尖的下颌，眼里骤然凝聚了某种妖异的杀意。

“是有点像啊……”就在幽凰几乎屏息的一瞬间，傀儡师嘴里吐出了一句低语——然后，突如其来的冰冷拥抱和深吻，几乎将她的气息阻断。

刹那间她展露出欢喜的笑，漆黑的巨大羽翼围合起来，裹住了里面的人。傀儡师冰冷的手沿着羽毛的缝隙，一直探了进去，仿佛追索着那种温暖。

“你能温暖我吗？死去的怨灵啊。”苏摩埋首在漆黑的羽翼里，忽地低声微笑起来了，“憎恨能温暖我吗？来试试吧……”

那一瞬间，幽凰忽然觉得畏惧，仿佛这个人将会把自己吞噬。

然而身体已经被擒住了，无法动弹，她只觉得那个冰冷的怀抱让自己窒息。然而在这几乎看不见底的冰冷和绝望里，有一种极致的欢乐在她身体里如花般绽放。她抓着苏摩的后背，牙齿用力地咬住嘴角，却依然压抑不住透出的愉悦。

原来……是这样的吗？就算是化成魔物在这个世上苟延残喘，也还有这样的欢乐？

女萝们都在地下沉默，不敢惊扰。只有树上吊着的那个傀儡偶人低下头看着这一切，嘴角露出了一丝诡异的笑意。

第二章 石中火

露水滴落、晨曦微露的时候，傀儡师在巨大的黑色翅膀中醒来，凝望着桫椤树顶的天空，忽地开口：“其实那天晚上，我看到了那颗流星。”

也不知在和谁说话，他只是喃喃：“居然是由云荒三女神来迎接她的魂魄返回天界……”

萤惑现于北——是空桑有女子亡故前来九嶷转生了。但那颗星，是一颗暗星啊。应该已经消亡多年了……可奇怪的是，似乎是它一直在牵制破军。难道，那，便是慕湮剑圣的星辰？

难道，她真的来自云浮城——那个传说中的天界？

“嗯？你在说什么？”幽凰被惊醒，慵懒地簌簌抖了抖羽毛，在清晨的寒气里裹住自己赤裸的身体，貌似未醒地开口，懵懂地问，“你说谁死了？什么破军？”

苏摩却没有接她的话，只是沉吟。似乎是片刻间没有想到什么头绪，他站了起来，手指一动，树梢上那个晃荡的傀儡就“啪”地掉落在他手心。在寒风里挂了一夜，阿诺发间凝满了寒气，脸也冻得发白，然而一对眼睛依然是灵动的，似笑非笑地看着主人。

“走吧！”忽然间感到烦躁，苏摩牵起偶人转过身去，跺了跺脚，和地底的女萝们打招呼，“我们去苍梧之渊！”

顿了顿，他嘴角浮出一个冷彻的笑意："然后，再去九嶷离宫！"

是的，他必须要去九嶷离宫，找那个百年前折辱过自己的空桑人！

每一次看到傀儡师露出这样的表情，幽凰心里就是一阵寒冷——被这个傀儡师如此憎恨的人，不知道将会得到怎样的报复？

现任的九嶷王就是先代空桑的青王辰，也是她生母的胞兄，她的舅舅。

正是这位青王，在九十多年前将府中作为娈童的少年鲛人奴隶送入伽蓝塔顶，引诱太子妃破了戒。当时，青王的目的是想扰乱选妃典礼，拖延时间，让当时尚年幼的外甥女有机会当上空桑国母，这样便更有利于他继续把持朝政，而不让白族夺权。

尽管最后皇太子出乎意料地赦免了太子妃，然而白族的白璎郡主还是从伽蓝白塔上一跃而下——那一跃，震惊了天下。

倾国之乱由此而起，白族和青族结下不解的冤仇。

那时候，最痛苦的，便是她身为青族郡主的母妃。知道继室和胞兄勾结谋划了此事，白王一怒之下将王妃废黜，连着女儿一起放逐到了荒漠。

那时候她只有六岁，还处于什么都不懂的时期。唯一知道的，便是忽然间所有的仆人都不见了，锦绣金玉忽然间消失，母亲居然要亲自出门去汲水，要出头露面地和那些贱民打交道，买菜买柴，自己生火。

那样的剧变让她无法忍受，六岁的她恨父亲，顺带着也恨那个从小几乎没有见过几次面的异母姐姐——虽然，在那个时候白璎已经死去。

"她夺走了你的一切。"当每一个艰苦漫长的白昼过后，入夜，母亲都会那样怨毒地在她耳边喃喃，如失心疯的妇人，"那个私奔贱人丢下的女儿，她夺走了你的一切！麟儿，你本该是云荒的女主、空桑的皇后啊！"

她并不知道什么是云荒的女主、空桑的皇后，然而，她隐约地知道，正是这个人夺走了她的仆人、她的锦绣玩器、她的父王，害得她和母亲被赶到这里住，必须和那些贱民为伍——还在什么也不懂的时候，她就下意识地学会了恨。

那样的生活过了七年，她在怨恨和不甘中长到了十三岁，出落得惊人的美丽。

每日里都听着白族和自己母族相互征战的消息，眼看两族之间仇恨越来越深，眼看着冰夷入侵云荒，天下动荡不安，知道白王再也不会原谅自己，母亲的生命终于在担忧的煎熬和艰苦生活里消耗殆尽——在她十三岁的某一夜，母亲外出提水，在归家的路上摔倒在坎儿井里，被泡了一日一夜，才被路过的人救出，从此一病不起。

昔日青族骄傲尊贵的青玟郡主，就这样在贫病交加之中含恨逝去。

“我的麟儿，比那个贱人的女儿漂亮多了……”在最后的弥留中，母亲看着她，脸上有傲然的自得，然而满怀怨恨，不停地念叨，“你本该是云荒的女主……空桑国母……她夺走了你的一切！”

母亲挣扎了半日，终于断了气，手抓得她手臂一片青紫。十三岁的她开始懂事，知道那凝聚着多少的恨意和不甘。

怎么能不恨？怎么能不恨！她们母女的生活，因为那个人，从天堂落入了地狱！十三岁的她，在用一席蒲草卷着母亲下葬后，在坟头默不作声地发誓：总有一天，她要夺回属于她的一切！她要回到白王的宫殿里，重新成为父王最宠爱的孩子！

而被遗弃在荒凉之地的这一对母女并不知道，其实，早在五年前，所谓的白之一族，所谓的宫殿，就已经不存在了。

西海上的冰夷从狷之原登陆，在神秘智者的指点下，在云荒长驱直入。而在这样的紧要关头，因为白璎的死去，白族和青族却连年内战。当泽之国被收服后，冰夷依次灭了玄族、紫族和赤族，最终围困了叶城，并且直指六部中实力最强的白族封地——白之一族的灾难，终于到来。

无数的同族战死，头颅被斩下，悬挂在冰夷的九翼旗帜上，鲜血染红了封地。而父王带领一些勇将拼死杀出血路，西归帝都。剩下的白族无路可逃，被冰夷尽数俘虏，押往西方尽头的空寂之山——

在那里，早已为他们挖好了坟墓。

可笑的是，她们母女被白之一族遗忘了那么多年，当入侵者占领封地时，她作为白王唯一的小女儿，却又被从名册上翻了出来。

那些冰夷将她从流放地抓了回来，和其他白之一族的贵族一起押往西方尽头的空寂之山。那样漫长的路上，不停地有族人病倒、死去，人数骤减到只有一半。那些平日锦衣玉食的白族贵族吃不了苦，一个个倒毙途中，反而是十三岁的她，因为从小过惯了风餐露宿的苦日子，反而经受住了那样的考验，抵达了空寂之山。

然而，她没有想到的是，等待她们的不是拘役，而是屠杀！

驱逐入地宫后，屠杀便开始。那样血腥的一幕，她活着的十三年来最战栗、最刻骨铭记的一刻——血流满地……那真的是血流满地！头颅一个个地滚落，鲜血没过了她的脚背，每一个白族死前都在叫着一个人的名字：白璎！

她知道，他们喊的是她的异母姐姐。那个白之一族最强的战士，手上戴着“后土”神戒，被视为白薇皇后转生、司掌“护”之力量的姐姐白璎。

“如果白璎郡主在的话……”

——无数白族人在被屠杀的时候，都是那么想的吧？

在屠刀临头的时候，十三岁的女童终于因为恐惧忍不住哭起来，忘记了自己是如何憎恨那个异母姐姐，她如旁边所有族人一样，脱口喊着“白璎”，仿佛那是一句符咒，可以将那个殉情而死的战士重新召唤出来，保护大难临头的族人。

然而那个女人，哪里还记得什么族人和土地？！在从白塔上一跃而下时，她便将这一切都抛弃了吧？

那一刹那，她好恨！

那个贱女人，从自己手里夺去了一切，却完全不能担起和那个地位匹配的责任！她怎么可以这样？如果自己是太子妃的话，必然不会……

然而，在想到那一刹那的时候，屠刀已然斩落。血色泼溅，剧痛让魂魄飞散。她作为“人”的记忆，终止在那一刻。

怎么能不恨？怎么能不恨！

灵魂腾出躯壳的刹那，她恨极地呼啸，在虚空里盘旋，听到墓室里全是新死魂魄的声音。然而，地宫里的封印镇压着他们，他们无法离开死时的地方，满腔的仇恨也无处发泄。渐渐地，为了避免消弭，更多的恶灵凝聚融合在了一起，顺带着将种种恨意和不甘汇集，凝聚成了巨大的恶灵。

然而在白族的所有恶灵里，她的恨是最强烈的，她的灵也是最尊贵的，因此她便成了白族恶灵的主宰。因为智者封印了空寂之山，他们无所逃逸，一直蛰伏了四十多年。那么漫长的岁月里，很多亡灵都因为执念的消退而渐渐衰竭，只有她的恨意越来越强烈。没有人知道一个死时才十三岁的女童，为何心里会有那样难以泯灭的仇恨和不甘。

她咬牙收爪地忍受，积聚着恶的力量，只为等待着复仇的时机。

终有一日，有一群盗宝者来到空寂之山的地宫，想要寻找某一样被封印的宝物。那些闯入者破坏了智者设在空寂之山的封印，她趁机逃脱，从而进入了阳世，成为一只强大的鸟灵，被拥立为同类中的王。

出来的时候，她才知道外面已经天翻地覆。

空桑早已亡国，六部无一幸存，父王战死阵前，帝都的十万百姓沉入水底无色城沉睡。皇太子被车裂封印，六王自刎于九嶷神庙的传国宝鼎之前，空桑人亡国灭种……如今的云荒，已然是冰夷的天下。

种种宛如当头冷水浇下，灭绝了她复仇的可能。枉费她忍受了那么多年，等终于重见天日的时候，却再也没有了复仇的机会！

如何能不恨？如何能不恨！

百年来，她曾带领鸟灵们四处袭击军队和冰夷百姓，以帝国为敌，然而很快就吃到了苦头，知道了沧流军队的可怕。为了自保，她只有暂时地隐忍下去，和十巫达成了协议，从此收敛锋芒，在夹缝中求生。

重生了一次，游荡了近百年，家与国的概念在她心里都变得模糊。唯一越来越清晰的，便是生前积累的那种恨意——不仅仅恨冰夷，更恨无色城里沉睡的那个人！

当然，她也深深地恨着这个引起了一切灾难的鲛人傀儡师。

然而这种恨意里，却夹杂着无数复杂的感受——是这个人，让自己最恨的姐姐从万丈高塔上一跃而下，伤心亡故。那种报复了姐姐的快意，每一念及她心里都快活得要颤抖起来；然而，也正是这个卑贱的鲛人引起了倾国大祸，从而让她的父族和母族反目，让空桑最终覆灭。

被封在空寂之山地宫的时候，她无数次揣测过那个傀儡师的样子，带着无限好奇——究竟是怎样一个人呢？竟然能引得文静安分的姐姐做出这种疯狂的事情来！

种种快意、好奇、鄙视、仇恨被搅拌在一起，调出了百味的毒液来。

在桃源郡屠杀过后的晚宴上，第一眼认出那个傀儡师时，她第一个念头就是扑上去杀了他——然而一击之下，便知道自己的力量和这个人相差得太多。

心念电转，一瞬间她便装出了和面貌相称的懵懂天真，装作喜欢他身侧的那个玩具偶人，故意示好接近，想解除他的敌意。

“你是不是想杀他？”然而，在抱起那个诡异偶人的刹那，她听到了那个傀儡忽地在她心底说话，带着似笑非笑的表情。她因为震惊几乎摔了那个偶人，然而那个小小的东西却自动张开冰冷的手抱住了她的脖子，在她耳边轻声道：“我喜欢你……白族的恶灵，我们一起杀了他吧。”

她因为惊骇而踉跄后退，折身飞走。

那一瞬，傀儡师对她动了杀气，却被赶来的冥灵女子阻拦。

——她终于在几十年之后，第一次看到了异母姐姐。

果然，她并没有自己美丽！一眼看过去的时候，她骄傲地想。然而在第二眼的时候，她却忽然间无法直视——那个已经死去的冥灵，眉间依旧保存着纯净淡定的神色，周身发出的微微光芒，刺痛了她的眼睛。

那是恶灵终其一生也无法拥有的光芒。

从心到魂，这个异母姐姐都拥有这样纯白的颜色吗？那一瞬间，她的嫉恨无法抑制，甚至比百年前死去时更甚！

在振翅飞去的时候，她遇到了迎面前来的空桑冥灵军团——那一瞬间，她下意识地别过头去，不想和紫王、赤王照面。

然而那两个王者还是认出她来了吧？所以眼里才有那样的震惊和鄙夷。六部中最高贵的白之一族，如今化成了这样的恶灵。以前那两个不如白族的贱族，心里一定在偷偷地笑吧？

那一瞬间，她心里的恨意更加凛冽，几乎就要折身返回，直接杀了那个异母姐姐。但念及傀儡师和那个诡异的木偶，她终究还是不敢。

她没有料到，还未飞出桃源郡，却是苏摩前来寻着了她——原来是那个叫阿诺的偶人说服了主人，前来寻找她，问她是否愿意一起去往北方。

为什么不？当然愿意啊！

她毫不犹豫地回答，做出欢喜的表情，去拥抱那只木偶。

跟着你，总有机会可以杀掉你……或者，从姐姐那里，夺走你。

然而，就在她默不作声暗怀心思，跟着傀儡师往苍梧之渊继续赶路的时候，身侧游弋的白色森林瞬间收入了地下——“小心！”同时，她听到地底传来闷闷的警告。

他们此刻已经快要走出那一片桫椤林，就在那一瞬间，苏摩一抬手，一个回肘就将踏出林子的她挡了回去！幽凰猝不及防，痛得哼了一声，却发觉苏摩同时将手一挥，她身侧立刻结起了雾气般的屏障。

怎么了？鸟灵也感觉到一股强大力量在迅速通过头顶上空，她诧异地抬头。

“征天军团？！”那一瞬间，看到遮蔽天日的巨大机械，她变了脸色脱口惊呼。然而苏摩看了她一眼，随即加强了结界，干脆将声音也封闭起来。

咦，他这是想保护她吗？幽凰忽然觉得沾沾自喜，昨夜的种种压不住地涌上心头，那种迷乱狂欢的极乐，无论生前还是死后的一百多年里，都是从未体验过的。她仿佛初经人事的少女，忽然被打开了另一扇乐园的门。

那一瞬间，她才知道生于世间，竟然有这样微妙极乐的滋味，顺带着她对面前这个傀儡师也有了微妙的改观。那种情绪是只知道憎恨的她所不清楚的，似是迷惘、憎恨或者轻贱，却又带着某种说不出的狂热和欢欣。

她从来都不曾料想，自己某一日会失身于一个鲛人——那从来都是空桑奴隶的卑贱鲛人！

一念及此，她内心便有一种隐秘的战栗。

纯粹靠着怨恨维系着的灵体里，忽然有了奇异的波动。

姐姐，姐姐当年也和这个鲛人做过这样的事吧？所以不能当上太子妃，所以才在婚典上从高入云霄的白塔顶，一跃而下？

胡思乱想的一刹那，鸟灵女童根本没有注意到周围起了激烈的变化。

女萝全缩回了地下，消弭了形迹。那一瞬间，巨大的阴影平移着通过了上空，呼啸的气流卷过上空，九嶷山麓的树木如同水草在浪中起伏不定，一波波漾开。

那一支闪电般移动的编队前列，赫然有一辆体积超过同类一倍的机械，色为赤玄两色，一翅红色一翅黑色，在阳光下发出耀眼的光。那庞大的机械移动速度极快，一路带领着风隼编队直奔北方尽头而去。

“比翼鸟？”幽凰睁大了眼睛，不可思议，“他们……出动了比翼鸟？！”

沧流帝国建国将近百年，征天军团建军也有五十多年，然而麾下可以出动的比翼鸟座驾，却不过区区五架，一般只有十巫级别的元老才可以动用。除了五十年前巫彭元帅操纵首架比翼鸟，远征北荒平叛，此后帝都从未向属地派出过这种杀伤力巨大的武器。

虽然以前也曾和帝国军团交过手，但鸟灵们始终没见识过这种传说中的可怕机械，然而仅风隼的攻击力，已经让幽凰刻骨难忘。

如今，他们居然出动了比翼鸟？！

——是预知了苏摩一行的到来，所以要去苍梧之渊戒严？

那一瞬间，满心憎恨的鸟灵也有了微微的畏缩——毕竟还是十几岁孩子的心性，虽有着偏执的恨意，然而也有着娇生惯养带来的畏惧和退缩。

“是比翼鸟啊……”她有些无措地转头看着傀儡师，语气已经不由自主地带上了无助和求询，“他们去了九嶷了！我们……我们还要去苍梧之渊吗？”

“自然要去。”待得那一支军队呼啸去远，苏摩撤了结界，想也不想，“走吧。”

幽凰缩了一下翅膀，嗫嚅道：“可……可去苍梧之渊不是自投罗网？你一个人打得过比翼鸟吗？何况还有那么大一支军队！那不是去送死吗？”

连她自己都没有发觉，仅仅过了一夜，她的语气里已经有了如此微妙的转变，有抱怨，更有担忧。

然而她的话还没结束，傀儡师已经自顾自带着阿诺走远了。

地底下窸窸窣窣的，是那些女萝潜行跟上的声音。幽凰站在桫椤树林里迟疑了半天，最终还是一咬牙，拍打着翅膀跟了上去。

是的，哪怕前面有危险，她还是想跟着他！

“上次苍天部在桃源郡失手，帝都这次出动的是玄天部？”仿佛在潜心默算着什么，傀儡师一边走，一边沉吟，根本没有顾到身侧鸟灵有无跟上，他只是凝神望着虚空某一处，喃喃道，“这么说来……来的是和云焕齐名的飞廉少将？帝国双璧吗？”

然而他立即微微摇头，否定了自己方才的推算：“不，以飞廉的军衔，还无法操纵比翼鸟座驾——那么，方才比翼鸟里的肯定是十巫中的某一位了……巫礼？巫即？巫抵？”

但所有靠着幻力的推算，一旦抵达和十巫相关的外延就完全阻断，无法进一步深入——他的力量和十巫还处于相同的位面上，所以无法预测十巫。

“那么，飞廉如今又在哪里？”傀儡师眼睛再度合起，开始进行急速的逆算，很快他便吐出了一口气，微微蹙眉，喃喃道，“原来还在康平郡？那么，应该是被派去做先遣追捕‘皇天’，从而遇上了空桑西京那一行人了吧。云焕在哪里……砂之国？又是为何？”

“你是说谁啊？”幽凰听了这许久，忍不住诧异插话。

苏摩的默算被她打断，一瞬间忽然爆发出难以压制的怒意，霍然挥手：“滚开！”

随着怒斥，银光在空气中一闪而过，幽凰惊惧之下后退，堪堪避过了迎面而来的指环，肩头长羽有六七根被齐刷刷地切断。女童抚摩着珍爱的羽翼，脸色惨白：他……他怎么忽然像变了一个人似的？他居然这样粗暴地呵斥自己！

傀儡师已然没有耐心：“够了，你滚吧！”

怀里的偶人“咔嗒”一下抬头，仿佛要劝说什么，然而苏摩不容它发话便径自转身。

幽凰怔怔站在那里，看着这个喜怒无常的傀儡师如弃敝履地离她而去，忽然觉得一种莫名的巨大荒谬感包围了自己，耳边轰然响起刺耳的嘲笑声——自作多情。原来，这个鲛人根本不曾把自己放在眼里半分！尽管他曾来要求她同路，尽管他们曾结伴走过数千里的旅途，尽管在昨夜他们还在一起恣意欢乐，仿佛天生就该如此合为一体。但这一切，原来并不曾在这个鲛人心里留下半分影子。

这算什么？这个卑贱的鲛人，居然敢这样对待她——高贵的白麟郡主！

可是，她忘记了九十年前，这个鲛人早已这样对待过另一个白族郡主。这一刻，鸟灵之王只觉得狂怒和杀意如潮卷来，全身的羽毛在一瞬间立起。她的眼睛转为血红色，她绞动着双手，九子铃发出了阵阵摄魂夺魄的声音。

应该是迅速觉察到了背后的杀气，傀儡师的脚步微微一缓，然而他始终没有回头，就这样带着阿诺扬长远去。地底下的女萝显然也发现了这个同行者霍然间显露的杀气，她们发出了不安的骚动，瞬间有无数支雪白藤萝从地底蔓延而起，相互交错缠绕，结成了一道藩篱，阻拦在她面前，虎视眈眈，想要保护她们的海皇。

幽凰绞着双手，直到皮肤从苍白变得血红，她的脸色极其恐怖，然而终究压住了内心的狂怒和憎恨，她看着傀儡师远去，并不曾贸然出手。

是的，她不会是他的对手！无论她此刻是多么想要把这个玩弄了自己又弃如敝履的卑贱鲛人活活撕裂吃掉，她心里也清楚地知道，只要一动手，死的必然是自己。

所以，她只能忍耐。就如百年来她一直做的那样。

苏摩头也不回地离开，身影消失在密林里。在确定他已经走到了安全的地方之后，一根接一根地，那些女萝缩回了地面，迅速潜行离去。

只有幽凰站在苍梧郡密林的边缘，交握着双手，伫立良久。

巨大的翅膀在身后霍然展开，一阵旋风过后，鸟灵振翅飞上半空，凌空扭头看着远去的傀儡师，恨恨地怒骂，狠厉的声音响彻了整片森林："苏摩，你给我等着！你这个卑贱的鲛人，总有一天我会挖出你的心，来看看到底是怎么长的！"

听到了虚空中那个鸟灵恶毒的叱骂，已经走出密林的傀儡师却只是不作声地笑了笑，没有回答，甚至懒得回头看上一眼，只是继续赶路。

怀里的偶人怒目而视，嘴巴开合，似乎大声抗议着鸟灵女童的离去，然而苏摩一把将它的头按到了自己怀里，不让这个小东西继续喋喋不休，冷冷道："我知道你喜欢那个鬼东西……不过，确实不能再带着她了。"

顿了顿，傀儡师望着前方嵯峨群山中已然露出一角的湛碧深渊，冷然道："这小鬼不比她姐姐，凭她那点德行，到了苍梧之渊，除了送死之外毫无益处，还不如早早打发她回去。"

脸被摁到衣襟里，所以看不到此刻偶人的表情。

然而那一刻，阿诺的脸上，确确实实是闪过了一种莫测的表情，它的小手揪紧了主人的衣襟，嘴角微微裂开。

鸟灵那一阵当空厉叱，响彻了整片九嶷山麓。

苍梧之渊对面的九嶷王府门前，巨大的羽翼遮蔽了日光，投下云一样的阴影，狂风在耳边呼啸，军队沿着飞索降落，瞬间乌压压站了一排，军容严整，刀兵如雪，刺眼夺目。

九嶷人从未看到过如此强大的军队，一时间都怔在了原地。只有九嶷王长长松了口气。玄天部的人已经到来，巫抵大人甚至亲自驾驶着比翼鸟前来助阵，那么这一次空桑人试图卷土重来夺取王陵里的六合封印，他也没有多少好担心的了。

然而，忽然一抬头，却依稀听得风里传来了一个声音："苏摩，你给我等着！"

那一句厉叱，前来迎接帝都贵客的九嶷王，脸色却瞬间变了！

苏摩？苏摩！这个当空炸响的名字仿佛一支呼啸的响箭，洞穿了他心里某一处，让他惊得如噩梦初醒。

这个已经极其遥远的名字，霍然从记忆的血池里血淋淋地浮出，提醒他当年做过的种种。那个双目失明的盲人鲛人少年，就带着那样让人心寒的笑容，仿佛又站在了他面前——这是个绝不简单的孩子。经历了那么多苦难，居然能将憎恨和杀意完全隐藏，只是那样对什么都毫不在意地空茫地冷笑。

在遥远的过去，相遇的那一日，他正在叶城最负盛名的青楼星海云庭里微服寻欢，却骤然听到内庭里传出尖叫和惊呼。据说是一个新买来不久的小鲛人，因为不听调教，又受不了折磨，竟然杀掉了龟奴想要逃跑。

星海云庭的打手们抓住了那个孩子，为了杀一儆百，便把他拉到庭院里捆住，要在其他所有鲛人奴隶面前当场活生生地打死。鞭子如雨一样劈头盖脸地落下，那个看上去只有十四五岁的孩子却一言不发，毫无畏惧，那张苍白而绝美的面容被鞭子抽得全是鲜血，他也不吭一声。

鲜血之下，那一双眼睛如同黑洞，令人凛然恐惧。

只是看得一眼，他心里就乍然一惊——那样的容颜，即便是在鲜血的覆盖下也有一种惊心动魄的美，令见惯了天下美色的青王也不禁心动。

"想活下去吗？"在打手们下去喝水的间隙里，他走到那个被捆住的孩子面前，用足尖踢了踢，道，"求我救你。"

然而，那个孩子却紧紧抿住了嘴唇，似乎宁愿被活活打死也不肯说一个字。

"求我，我能救你。"他以为那个孩子不信，便道，"我是青王。"

"你是青王？"似乎被他的来头震撼，那个血肉模糊的小鲛人忽地动了一下，慢慢抬起头，“那么，带我走吧……几十年了，我终于等到了你。”

那个声音细微而冰冷，如同一柄薄薄的刃，令他一惊。

他花了一千金铢，很便宜地将这个残废了的小鲛人买了下来，带回了青王府。那个孩子一路上阴沉而寡言，一语不发。从叶城出发，回到九嶷山青王领地之前，漫长的一路上，这个孩子病重得差点死掉——然而，在垂死挣扎里，孩子居然一声呻吟都没有，一直颤抖地咬牙忍受。

这个小家伙，到底有着什么样的过往啊……

作为青之一族的王，他一向好色，当时是想把这个尚未分化出性别的绝色鲛人收入后宫。然而那个孩子一路上病得太厉害，回到封地就卧床不起，足足一年多才渐渐好了起来。而那个时候，他接到妹妹青玟从白王府里传来的消息，说她所生的女儿白麟因为年纪尚小，不符合入宫的年龄，白王最终还是决定将长女白璎送入帝都册封太子妃——他们两个人筹划多年的事就这样落空了。

“白王这个老浑蛋，居然让白璎当了太子妃？”他愤然而起，“空桑的太子妃，必须是流着我们青之一族血脉的！”

“是吗？”忽然，他听到一个声音说，“我可以帮助你完成这个心愿。”

那个声音细微而冰冷，依旧如同雨中一柄薄薄的刀刃——他回过头去，竟然看到了那个久病刚愈的鲛人少年站在门外，眼神空洞而诡异。

青王长时间地沉默，上下打量着这个鲛人少年。

伽蓝白塔上的神庙戒备森严，白璎一进入那里，便会由大司命在眉心画上封印，成为“不可触碰”的皇太子妃，不能见任何男人，直到大婚——也只有这样尚未变身、没有任何性别的鲛人，才能进入那一座神圣的伽蓝白塔神庙，接近太子妃白璎了吧？

在将那个叫苏摩的孩子派上伽蓝白塔神殿时，他就在心里做了决定——无论此次计划是否成功，事后这个鲛人孩子必须除去！

此外别的事情都容易。虽然白王宠爱长女，一心偏袒，但若白璎被废，那么按照空桑王室必须从白族嫡系里选妃的规矩，幼女白麟便成为了唯一的候选人。反正也是从本族之中选妃，白王虽然不忿，却也绝不会因此和青族撕破脸。

然而，即使是深谋远虑的青王，也没有料到接下来的事情会急转直下——皇太子真岚居然会维护污名已著的太子妃，坚持立那个不洁的女子为妃；而那个一直安静得有些怯懦的少女，居然义无反顾地从万丈白塔上纵身一跃而下！

事情脱离了控制，瞬间恶化到了无以挽回。

在看到太子妃飞身跃下时，他的第一反应，便是要杀了那个鲛人少年灭口。

但事情再一次转变得出乎他意料。尽管怒气冲天，然而皇太子真岚居然真的如约赦免了那个引起如此大祸的鲛人，只是将其驱逐出了云荒。

“放心，我守住了你的秘密。”

在被驱逐前，他几次试图暗杀那个鲛人少年，却被其一一识破。在被押解离开云荒的时候，那个鲛人孩子忽地立足，转身微笑着，对他低语：“空桑有你这样的王，真是福气啊……继续努力去抓住你的权杖吧！既然白璎死了，你还有大把机会呢……”

那双自行刺瞎的眼里，发出的诡异而恶毒的光，震慑了弄权的藩王。

那个卑贱的鲛人孩子……到底心里都想过些什么，又看穿了些什么？

如果不是这个该死的鲛人少年被驱逐出了云荒，永生不得返回，只怕他首先要做的事情，不是如何暗通冰族为日后做打算，而是先杀了那孩子灭口吧？

那之后，过去了近百年……时间的洪流呼啸而来，呼啸而去，将所有的一切改变。如今，他已经握住了权杖，拥有了享不完的富贵和生命，稳坐在权势的巅峰上，却忽然凌空响起了一个霹雳，将那个近百年前让他凛然心惊的名字重新揭出。

苏摩！那个鲛人孩子的名字，居然会在九嶷上空回响！

他恍然明白那一夜往生碑上闪现的，究竟是哪一张面容了——是那个昔年鲛人少年回来了……是他！

直奔九嶷而来，毋庸置疑，是找自己复仇吧？

九十年前那双无神的碧色眼睛里，曾经暗藏过多少的恨意和恶毒啊……今日，他是回来想一把火燃尽当年一切操控和折辱过他的东西吗？

九嶷王在洗尘的宴席上，就这样握着酒杯，失态地怔怔望着空荡荡的天空。仿佛那个名字随着那个一闪即逝的声音，用鲜血大大地书写在了九嶷山上空。

“王爷！”不知道旁边的巫抵是叫了第几声，才传入他耳中。

九嶷王一惊，发现自己握着酒杯发呆已经很久，旁边所有下属都带着诧异的神色。他连忙干笑几声，对着帝都贵客举了举杯，一口将酒饮尽，以掩饰自己的失态。

“呵呵。”分明也是听见了半空回荡的那两个字，看到九嶷王如此神色，巫抵却没有深问，只是举杯一同喝尽了，将手指一弹，那一只空酒杯仿佛长了翅膀一般，飞入碧空，向着声音传来的方向飞去，转瞬消失为目力不能及的一点。

旁的人不明所以，只是继续喝酒。

征天军团军官士兵作为沧流帝国最核心的精英，被属地上的官员殷勤款待着，身侧簇拥满了美姬和美食，阿谀奉承不绝于耳。军纪严格，那些前来赴宴的军官平日受多了约束和艰苦的训练，乍一入如此富贵温柔乡里，虽然个个按军规正襟危坐，目不斜视，眼神却已然流露出动摇之意。

客气地应酬着九嶷王封地上的官僚们，军官们的眼神不时在美姬盛宴之间流连，只是惧于巫抵在座，不好有出格举动。

“难得来一趟，九嶷王的盛情，大家可不能辜负了啊。”弹出那只空杯后，没有回答九嶷王疑问的目光，巫抵只是大笑了起来，揽过身侧两名绝色的美姬，对着席间僵硬坐着的下属挥手，“除了留在风隼上照顾机械的人，其余都可以过来一起放松一下——很快就要有一场大仗要打了，大家先热一下身吧！”

听得巫抵长老如此吩咐，所有将士眼里闪过了欢跃的光芒，齐齐点头，发出了短促的应答。那样短促凌厉的声音吓得斟酒的美姬手一颤，然而那些杀气逼人的军人转瞬就重新坐了下来，解下腰间的佩剑，松开日光下晒得灼热的铁甲，立刻恢复到了常人的装束。

在享受着美人投怀浅笑、美酒金樽环绕的时候，所有军人都在感慨自己的好运气，居然还能在九嶷遇到如此一场狂欢——要知道变天部的弟兄，还跟着飞廉少将在泽之国苦苦追查“皇天”的持有者呢。据说沿路遭遇了好几场血战，很是折损了一些人手，甚至连飞廉少将都受了伤。在变天部浴血奋战的时候，他们这些跟着巫抵大人的玄天部军队，居然能坐享歌舞声色，不能不说是幸运。

回望着九嶷王疑惑的眼神，巫抵莫测地微微一笑，随手另外拿了一个金杯斟酒。

九嶷王也是久历人世的，当下便不多问，只道：“为何不见飞廉少将？”

“他吗……”巫抵就着美姬手中，喝了一口酒，眯着眼睛微微笑道，“年轻人心急，主动请缨，带着一支人马去泽之国了。我总不好阻拦他建功立业，是不是？”

“哦？”九嶷王心里雪亮，却只含糊笑，“毕竟是年轻人嘛……”

巫抵大人在开国时就追随着智者，开国后帝国内派系迭出，局面纷繁微妙——虽然他也算是国务大臣巫朗那一派的势力，可对年少得势的飞廉一向心怀戒备。何况此次又是追索“皇天”那样的大事，老谋深算如十巫，哪里会让大功落到旁人手中？

看着眼前的声势，此次分明是精英大部云集于此——这个老狐狸，吩咐飞廉带了一支人马前去半道截击搜捕，他却自行带领精锐先行来到了九嶷，守着六合封印所在的空桑王陵！飞廉所带的那些人马，虽不足以击溃“皇天”力量，可那一行空桑人多少会受到损伤吧？这样，他带着玄天部养精蓄锐地等待对方自投罗网，便是十拿九稳了。

就算飞廉那小子技艺惊人，真的半路有能力擒获“皇天”，巫抵这老狐狸少不得也早早做了手脚，绝不会轻易让如此大功落到这个才二十多的毛头小子手里去。好一个螳螂捕蝉，黄雀在后！

九嶷王心里明镜似的，冷冷笑着，嘴里却一迭声地客套寒暄，看巫抵喝酒喝得甚为无聊，便适时地一击掌，令手下将畜养了多时的一位美姬打扮整齐推了上来。沧流十巫中，巫咸沉迷炼药，巫即痴于机械，巫罗敛财，巫抵好色——这些，都是云荒皆知的。

虽然举座喧闹，然而在那个美人脚步盈盈走过时，所有军人都不知不觉地忘了说话喝酒，目光牢牢黏着她，一直跟随了过去。

“啊呀，王爷哪里得来这样的女子！”那名美人盈盈上前娇声劝酒，欲语还休，见多了世间丽色的巫抵眼前也不由得一亮，诧然道，“是空桑血统，还是泽之国人？难道是鲛人？可发色不对啊……不是蓝发？”

一边问，巫抵一边粗鲁地捏住了美人的下颌，查看她的眸子颜色和耳后，诧异道：“没有鳃？果然不是鲛人！”

九嶷王坐在玉座上，笑了一笑：“大人血统尊贵，洁身自好，向来不沾卑贱的鲛人——小王如何敢犯忌讳？”

“嘿嘿。”巫抵心计虽深，行事说话却看似粗鲁，大大咧咧地道，“不过那些贱民里偏偏出美女，弄得我看得到吃不下，也是憾事。想不到如此绝色也并非鲛人族里才有。王爷果然好本事！如何寻来这样的美人？”

“不过是多费了些工夫罢了，”九嶷王懒懒坐着，用长指甲挑起杯中的茶沫，“多年前小王也好色，却同样不愿召幸那些卑贱的鲛人，就派人去叶城市场上挑选容貌出色的男女奴隶，寻来一一配对，那样所生子女往往更优于父母。如今已经是三代之后，所衍生的众多子女辈中，这一个算是最出众了。想着能入大人的眼，才敢拿出来孝敬。”

“哦？”巫抵听得有趣，捏着美人的脸左看右看，笑起来，“果然毫无瑕疵！在我见过的所有美人里，算是翘楚了。王爷真非常人也。不过如此丽色，怎舍得割爱？”

“一个美人算什么？大人喜欢就好。”九嶷王客套地笑，“小王年事已高，消受不了如此艳福啦，不像大人老当益壮。”

“哈哈哈！”巫抵心情舒畅，将那个一直娇柔微笑的美人揽入怀中，回到自己的座上抱于膝头，抚摩狎弄了良久，才想起来问：“你叫什么名字？”

“离珠。”那个美人娇羞地笑。

“你父母都是哪一族的？”巫抵抚摩着那隐隐透着红色的长发，看着美人隐约带着冰蓝的眼睛。这样的眸色，以他之能，却还是猜不出到底是如何混血才能得出，不由得诧异，“你是哪里的人？”

“奴婢是为了服侍您而出生的人。”离珠嫣然一笑，辗转在他胸前，娇声回答，“是大人的人。”

“说得好！”巫抵心下一乐，扬声大笑起来，也不再问，只是猛喝了一口酒。

“砰。”极远处，忽然传来一声碎裂声。

那声音也不怎么响亮，淹没在满座的喧嚣中，然而巫抵的脸色却是骤然一变，也不管膝上美人，他霍然起身，一声断喝，右手便往虚空里一挥！离珠一下滚落，然而身形却轻捷，也不见她如何动作，身子尚未落地便是轻轻一跃，正好跌入身侧空座上。然而脸上却是一副惊吓的表情，不知所措地看看巫抵，又看看九嶷王。

那一声断喝惊动了所有人。回头之间，只见巫抵右手里捏着一只杯子。

九嶷王脸色微微一变——他认得这只杯子便是片刻之前，巫抵向着对岸声音传来方向甩出的空杯！

“大人，怎么了？”玄天部的律川将军诧然询问，手已按上佩剑。

“没什么。”巫抵却只是淡淡回答，一挥手，“你们喝你们的去！”

军队领命而去，满座重又起了欢声笑语。然而巫抵默然坐入椅中，双手轻轻围住了那只金杯，眼睛微微合起，似是在默念着什么。忽然手指一动，那只空杯子忽然活了一般地跳了起来，在半空中一连跃了几次，扭曲着变形，仿佛痛极而挣扎，然后霍然化为一堆灰烬。

“什么‘影像’都没有‘盛’回来吗？这般厉害的法术……”巫抵松开手，看着指间沁出的血丝，“到底是谁？”

黑袍的元老霍然抬首，注视着身侧的九嶷王，一字一顿：“对岸，来的是谁？是那个叫‘苏摩’的人吗？”

九嶷王似乎有点儿失神，许久才道：“是一个九十年前的故人。”

“九十年前？”巫抵霍然警惕起来，“空桑余党？”

片刻的沉默，九嶷王看着北方湛蓝的天，吐出一口气：“是。”

传说中，只要看过碧落之海的人，便会在蔚蓝中忘记一切烦恼忧愁；而在满月之夜注视镜湖波光的人，一定会看见内心里最渴望得到的东西，不顾一切纵身跃入，而见过苍梧之浪的人，则将被永远地埋葬，成为龙神不熄愤怒的殉葬品。

还没有穿出密林，空气就骤然冷了下来，风的流动开始加快，树木猎猎作响，向着一边倾斜。四周没有丝毫人烟，甚至也没有生灵活动的迹象，连地上的草都开始稀疏起来。露出的岩石地面上，居然干净得连一粒尘沙都看不到。

“快到了。”仿佛是畏惧什么，女萝们纷纷将肢干缩入地下，闷闷地提醒。

苏摩却没有停顿一下，径直走向越来越烈的风中。

脚步踏到的地方，已经寸草不生。耳边已经有隐隐的轰鸣，裸露的岩石上传来剧烈的震动，一下，又一下，仿佛地下有激流暗涌。苏摩心猛然跳了一下，深碧色的眼里闪过一丝雪亮，却只是默不作声地往前走。

风猛烈得如同刀子，将区域内的一切毫不留情地斩杀，一切生灵都无法存在。

苏摩走得越来越慢，手指不作声地握紧，那些无形的引线扣着他的指节。肩头的傀儡被他微微一拉，已经由漫不经心地趴着变成霍然挺身坐起。那小偶人的眼睛里，闪出了某种狂喜的意味，开始自行动了起来，左顾右盼。

“少主，前方三十丈。”女萝的前进速度远远不及他，已经落后甚多，在地底传来这句话的时候，声音也已经微弱，“前方三十丈，苍梧之渊。”

苍梧之渊！

苏摩的脚步踏落在裸露荒凉的岩石上，感觉地底在一下一下地震动——那种震动，居然从脚底一直传入了心底去。

仿佛炸雷一个接着一个在地底下响起，震得地面微微抖动。空气中有冷冷的水汽，卷在剧烈的风里吹到傀儡师的脸上，那种带着死气的水的味道，让生于海上的鲛人都微微震惊。是的，这不是普通的水，而是流向冥界的黄泉之水，每一滴水里，都有血泪般苦涩的滋味，带着邪异的力量——那是某一种腐朽的、绝望的、疯狂的力量，蛰伏在地底，已经几千年。

若不是他身怀异术，仅仅这些风、这些水汽，就足够让他粉身碎骨。

地面的搏动越来越剧烈，仿佛地下有地火在运行，有什么就要立即挣脱束缚，裂土而出。苏摩走向前方，眼神渐渐雪亮。地底下那个搏动仿佛有莫名的力量，居然催起了他久已平静的心，竟不由自主地心跳加速，隐隐应和着地底下那个节拍。

他听到了巨浪拍击在岸上的声音，纷飞的水珠簌簌落到他脸上。他感觉到了血和泪的味道——已沉积千年。剧烈的气流卷起他的衣角，竟展开得猎猎如刀。

“少主，”地底下女萝的声音已经落后很远，“小心，前方三丈。”

话音落下的时候，傀儡师的脚已经踏上了崖边那块突兀的巨石。

巨石之下，裂渊万丈，宛如天地尽头的那堵断崖！

那，便是苍梧之渊？

总以为是如何浩渺的深渊，令千年来无人能渡，却不料是眼前宽不过十丈的一线。然而，那一线沉沉墨色，却仿佛是地狱之门裂了一线，放出烈烈红莲之火，恶鬼怨念汹涌如涛。

传说中，星尊帝合六部之力擒回龙神后，挥剑裂土，劈成苍梧之渊以囚蛟龙。渊成后放下金索，封闭深渊，故唯余一线。之后数千年，不见天日的蛟龙便只能在地底怒哮，始终无法回到大海。

虽然宽不过十丈，然而站在这里，居然望不到彼岸。

也不是风浪阻隔，也不是雾气凛冽，只是望不到那边的九嶷郡土地。就如凭空忽然起了透明的罗网，将所有人的视线都隔断，而回顾深渊这边的苍梧郡，却也是方圆数十里之内都是惨白一片，毫无生的气息。

苏摩忽然一惊，发觉了什么似的低头看去——果然，在这座深渊里，临渊而照，自己居然没有影子！

死寂中，他更加清晰地感觉到地底一下下的震动。

仿佛这深渊地底的搏动，才是这一片土地上唯一“活”的象征。傀儡师终于明白自己已经进入一个力量骇人听闻的结界中——这个结界封印了一切有生命的东西。在这里，没有生死的轮回，没有日夜的更替，这是一个硬生生靠着强大灵力封闭起来的时空。有一种无比强大的力量，将这一块土地封印，让它生生从云荒上割裂了出来！

苏摩站在渊旁突兀的巨石上，只觉风浪如刀割面而来，他微微动了一下脚，坚硬的岩石居然被他随便踩下一块来，直坠那一线深渊。

“哧——”一阵白烟升起。风浪卷来，尚未坠入渊中的石头居然烟消云散。

傀儡师拍拍肩头的偶人，默不作声地吸了一口气。

“少主，”背后女萝的声音开始断断续续，努力地把知道的一切都禀告，“从石下西北角攀下一百丈，有困龙台。金索的钉入点便在此上。但……我们试过了，有封印的力量笼罩着那里，无法打开金索……那个封印，是在水下我们姊妹的力量不能到达的地方……请您务必下水一探。”

下水一探？苏摩看着脚下连顽石都成齑粉的深渊，嘴角浮出一种笑意。

——龙之怒，有谁敢忤其逆鳞？

何况，还有如此灵力惊人的封印存在。

女萝们的声音更加微弱，在地下如丝般断绝：“我们力量有限，已经无法再跟随下去……”话音未落，地上却忽然重新生长出了雪白的藤萝森林。她们居然离开了赖以为生的紫河车，那些早已死去的鲛人纷纷挣扎上来，匍匐在地上，向着黑衣傀儡师深深行礼。

“少主，请您一定将龙神带出苍梧！”

天风如刀，吹得那些从地底出来的死白肌肤处处碎裂，然而那些遍身流血的女萝却不肯离去，望着那个站在渊旁的黑衣傀儡师，竟是不见他答复便不退半步。

苏摩漠无表情地看着脚底那一线裂开的大地，地底下的搏动越发激烈。

一下，又一下，撞击着坚硬无比的岩石大地。

自己学成法术以来停息已久的心竟随之跃动起来，似活过来一般在胸腔中跳着，一下，又一下，回应着大地深处的搏动。刹那间他有些吃惊地回手按在胸口正中，看着地底——它要出来？它在呼喊着要挣脱出来？

有什么声音，越来越激烈地在他心魂中呐喊着，说着要出来！是龙神？是地底的那条蛟龙，对着他身上冥冥传承着的海皇之血呼喊吗？

看着那一线深不见底的黑，仿佛一瞬间被看不到的力量支配了，顾不上身后的女萝，他足尖一点便从巨石上跃下！

落下去百丈，果然是崖壁上凭空挑出的一个石台。三丈见方，临着底下深不见底的深渊。

苏摩站在那里的时候，只觉呼吸微微有些凝滞。

崖下的风浪已经直扑到了脸上，黄泉之水的死气和冷意在风中呼啸，仿佛地底的恶灵从缝隙中争先恐后地涌出。石壁震得越来越厉害，底下的水沸腾一样，发出“刺啦刺啦”的声音，拍打着崖壁。

然而，在这个壁立千仞飞鸟难渡的地方，凭空却有这样一个石台，五棱之形，一半色洁白，一半却漆黑。平整、空阔，泛着玉石般清冷的光，仿佛是造化用鬼斧神工，让这粗砾石壁上生长出了一枚灵芝。

——这，便是空桑传说中星尊帝设下的困龙台？

然而，如此美丽的灵芝却是破损的。台上残留着凌厉的刀剑交击痕迹，竟深达尺许，劈碎了台面上精美的浮雕。石台中心黑白两色交融的地方透出隐隐的暗红，裂开一道细微的缝，有强大的灵力汹涌而上。凝神透视，裂痕里有一道金光直射出来，照亮了漆黑汹涌的苍梧之渊。

肩上的偶人刹那睁大了眼睛——金索！在石台之下，钉着的便是那一条上古设下困住蛟龙的金索！

认出这是上古某种图腾，苏摩在落下的时候，便想直接落到这个石台的中心。

然而，渊下有某种力量，极力阻拦着傀儡师进入。苏摩身在虚空，却落下得极其缓慢，似在一寸寸前行。到得后来，一脚终于踩在黑与白纠结交融的中心，身上的黑衣却发出了轻轻的哧响，裂开一道长长裂缝，仿佛有什么凌厉的剑擦着他脊背掠过！

裂开的衣缝里，背上那一条腾龙文身，隐隐探出一爪，作势欲扑。

然而苏摩的脚步刚一落到台心，另一种诡异力量随即从足底涌上，不容他反应，瞬间将他从中心推离，推到台上黑色的那一半上。

苏摩在瞬间发力，迅速点足抢占台心方位——然而无论他用哪一种法术，自下而上涌来的那个力量居然都比他快上一瞬，永远在他发动之前将他逼回原处。到得后来，他终于愕然发觉并不是外来的力量在推拒他——而是那个石台本身，随着他的举步在变幻！

他对着石台中心那一处金光伸出手，尚未接触到那缕光芒，便被再度震开——无论他如何极力想去接近那个金索钉入点，却永远被留在那一半黑色的石台上。那是什么样的力量，居然远远凌驾于他的力量之上？！

那一瞬间，一直眼高于顶的傀儡师霍然止步，盘膝坐下，用灵力追溯。

然而这样强大的力量，却是温和的。仿佛只是守护着这一处困住龙神的结界，不容许他接近，却对他没有半分伤害，当他静止不动，那力量便悄然消退。

满地刀剑交击的上古痕迹中，傀儡师凝视着石台中心那一道裂痕。那一剑的力量是令人震惊的，然而剑势到后来却有衰竭的迹象，只斩开一线便无力深入。在裂痕周围有淡淡的暗红，掺杂在黑白两种纯色中。

这个困龙台上，何时曾有过这样惨烈的搏杀？

他穷尽力量去追溯，然而这个结界的力量是如此强大，无论如何用幻力遥感，他只能看到模模糊糊的景象。

那是一片泼天的血之红色。台心，有一袭白衣如血，握剑站立。站在黑曜石上的是另一个人。那两双眼睛……那样的两双眼睛！闪耀如星，竟然让傀儡师瞬间停止了呼吸。那是多少年前的事情了？在这小小的一方石台上，竟有两种旷世力量在静默地对峙，似要将时空都凝定。

"阿琅！阿琅！愿吾死而眼不闭，见如此空桑何日亡！"

一个女子的声音恍然回响。瞬间，风起，浪涌，巨大的声音在地底呼啸着，满空充斥着愤怒、绝望和不甘。血在一瞬间溅满了虚空。

大浪从深渊涌起，瞬间将那袭白衣卷去。

忽然间，有一行空桑文，就这样浮凸在他的记忆里。

> 后奔至苍梧之渊下，欲开金索而力竭。见帝提剑至，知不可为，乃大笑，咒曰："阿琅，阿琅，愿吾死而眼不闭，见如此空桑何日亡！"语毕，断指褪戒，血溅帝面，乃死。帝解袍覆之，以手抚其额而眼终不瞑。帝忽悲不自胜。乃集白薇皇后之灵力，镇于苍梧之渊下，为龙神封印，携后土神戒罢兵归朝。

那一瞬间，仿佛明白了什么，苏摩霍然抬头！

——这是"护"的力量？！

这，就是当年被星尊帝封印在苍梧的、白薇皇后"护"之力量？位于苍梧之渊最深处，和被困的蛟龙同在了千年！

一念出，脚下风浪汹涌直上，凌厉如刀。仿佛地下蛟龙感知到数千年后又有人来临，更加不安愤怒起来。地底隆隆的震动，台心殷红的残血，一分分催动傀儡师静默已久的心。七千年过去了，如今空桑已亡，一切苦难却还没有终结。

已经不能再等下去！那一瞬间，阴枭的傀儡师居然压不住心中涌动的念头，便要径直从困龙台扑下渊底。

但就在同一瞬间，这个封闭的结界里，忽然起了微妙的波动，仿佛又有什么人来到。

苏摩抬起头，头顶是一线灰白，看不到天的颜色——这个被幻力封闭起来的、无始无终的结界里，没有六合，没有天地。光阴，似乎永远停留在结界设立的那一瞬间。

然而，这个到来的人，却给这凝滞的空间带来了微妙的改变。

第三章 梦中身

裂成一线的灰白中，忽然有柔风吹过。

松开缰绳，白色天马在结界上空长嘶一声展翅飞回，一袭白衣如同飘雪般翩然而落，在半空中随着风浪飘飘转转，向着那一线裂开的深渊坠入，最后不偏不倚地落在困龙台正中心。

方才苏摩竭尽全力却无法靠近的那个位置，她却踏入得那般容易。

苏摩神色一动，却不曾起身迎接。

“正是六月初十——你来得这般早？”白璎看到台上静坐的傀儡师，微微笑了笑，“以你的身手，孤身潜行，一路上定然没什么拦得住。可怜西京带着那笙虽和你一起出发，此刻却还被堵截在康平郡。”

苏摩没有回答，望着从天而降的白衣太子妃，眼神忽然微微一变：“后面有人追你？”

“是飞廉少将。”白璎一边说，一边微微震了震衣襟，有血色从雪白的衣衫上被震落，她忽地笑了起来，“从无色城出来，恰好又看到变天部在到处追那笙他们，我便趁机将他们引开了一部分——反正，这个结界他们也难以追杀进来。”

孤身引开征天军团，那是多么危险的事情——她却只是这样笑笑地一句掠过。

苏摩坐在黑曜石的石台上，一身的黑衣将他融入其中。唯独那双眼睛是深碧色的，听得她这样淡淡地说笑，那眼里的神色却有些越发琢磨不透起来。

“沧流也算是人才辈出，有一个云焕也罢了，居然还有飞廉这样的人才。”刚从一场厮杀中脱身前来，空桑太子妃有些微微的疲惫，“西京在桃源郡的伤势还未愈，半路又碰上飞廉，若不是天香酒楼的魏夫人帮忙，只怕不等我半夜赶去支援，他们便要在半途被截杀。魏夫人是如意夫人的手帕交，说起来，还应谢谢你们复国军。”

然而，只由她这般说着，黑衣傀儡师却是一句未答。那双碧色的眼睛是空茫的，似是直视着白璎，却又仿佛看到了不知在何处的彼岸。

白璎一眼也看到了石台中心的金索钉扣，然而她尝试着伸手解开时，却同样被一种外力推开——和苏摩一样尝试了几次，她最终也明白是封印的作用，霍然一惊，注视着台上的残血，恍然大悟地转过身来，想说什么。

转身之间，终于发觉了苏摩这样奇特的眼神，忽然间便是一惊。

他原来尚在用心目进行观测。她知道靠着“心目”来观测外物的术士，往往能看到比常人更多的东西——因为在他们的意念里，被感知的不仅仅是眼睛能看到的世间一切，还有常人看不到的东西：时间。

他可以看到过去和未来。但，如今他这般神色，却不知道看到的是什么。

白璎不敢打扰，便在另半边白色的地面上坐下，开始闭目静坐，恢复自己在片刻前的遭遇战中消耗的力量——潜入苍梧之渊解开封印，释出龙神，这是如何艰难的事情，她并不是不明白。

然而这样的寂静中，苏摩这样沉默的凝视，却让她不能安心。

她霍然睁开眼睛，直视着对面的黑衣傀儡师，想知道他到底看到了什么。两个人就这样静默无声地分坐在黑白两色的石台上，仿佛各自都融入了背后的底色里。

很久，依然不知道苏摩在看什么，白璎似乎微微有些急躁，侧头看向台下汹涌奔腾的黄泉怒川，看着那一条金索的另一端垂入深不见底的水下，默默估计着深度，她伸手捻了一滴飞溅上来的黄泉之水，感受着水中的恶灵，开始做下水一探的准备。

然而转头之间，她忽然发觉有一双眼睛在水底看着她，带着某种隐隐的召唤。她霍然出了一身冷汗。然而等到定神再望去，那双眼睛却已经在怒川巨浪中消失不见——那是什么样的眼神？那样熟悉、亲切，似乎几生几世魂梦中看见过。

那一瞬间，空桑太子妃恍然有一种冲动，便想立刻投身于这万丈深渊之中，追随那一双清亮的眼睛而去。

然而苏摩依然只是聚精会神地凝望着虚空，面上的神色瞬息万变。

“阿琅！阿琅！愿吾死而眼不闭，见如此空桑何日亡！”

一声声厉咒回荡在这个凝定的时空里，那样的愤怒穿越千年依然不曾熄灭。他看到台心那个白衣女子对着虚空厉声诅咒，浑身浴血，已然魂魄将散。

“竟为鲛人背弃我？你是我的皇后，朕所有的一切都与你共享，这天，这地，这七海——你为何如此？”有另外一个声音在虚空里回响，同样的愤怒、绝望和不甘，“你是我的皇后啊……阿薇！”

是谁？那个站在“黑”位上的人，是千古前的星尊大帝吗？

他努力想看得更清楚。然而穿越七千年时空的景象已经是如此模糊，他看不清白衣女子的脸，更看不清那个黑衣帝王的模样。

“并肩百战，得此天下。愧为君妻，终不能共享如此天下！”那个白衣女子忽然抬起头来了，毅然回答——不再是片刻前那样面目模糊，面容已然清晰可见。一语毕，她居然挥剑硬生生将手指斩断！

铮然作响。一枚细小的指环随着喷涌的血跃上半空，折射出晶莹夺目的光。

苏摩没有去看那只戒指，只是震惊地看着瞬间抬起脸的女子。

——白璎？那……居然是白璎？

那一瞬间他几乎要脱口惊呼出来。是虚像，还是真实？还是因为在同一地点，在用心目看来的时候，隔了七千年的两张脸，重叠在了一起？

他吃惊地站起来，想努力分辨清楚。然而仿佛追溯忽然间变得艰难，他“看到”的所有景象在一瞬间变得极其缓慢。

那枚银白色的戒指从断裂的手指上滑落，在虚空里旋转着慢慢上升，划出优美的弧线。戒指上蓝色的宝石折射出夺目刺眼的光，血珠一滴一滴飞溅满了空气。一切忽然变得如此缓慢。那一瞬间，天地间没有丝毫声音。

血洒落在那枚“后土”神戒上。戒指极其缓慢地上升、下跌，最后落入了一只带着同样款式戒指的手里。

那只手沾满了血，颤抖着握紧了那一枚戒指，然后轻轻覆上女子已然无神的眼睛。然而，那双明亮锐利的眼睛却至死不瞑，愤怒地凝视着虚空，湛如晴天。那是斩断一切关联后，依然永不原谅的眼神——

"愿吾死而眼不闭，见如此空桑何日亡！"

他恍然明白，这是她临终发下的誓愿。

"薇儿。我斩下了那个海皇的头颅，灭了海国。为了这些，你如此恨我，"他听到那个黑衣的帝王用某种非常熟悉的语气，说着这样的话，"那么，就如你所愿吧！"

帝王的手瞬间探入，竟将皇后不瞑的双目挖出！

凌崖而立的帝王黑衣翻飞，沾满血的手心握着那一只临死前退还给他的"后土"神戒，将白薇皇后的眼睛剜出，沉入深渊，低沉的声音中带着某种毁灭性的疯狂："那么，你就在这里和蛟龙一起永远看着空桑吧……我必不让你的眼睛在空桑亡故之前化为尘土！"

瞬间，风起，浪涌，巨大的声音在地底呼啸着，血在一瞬间溅满了虚空。

他看到黑衣帝王开始低沉地祝诵，召唤天地之间的六合之力，无比强大的力量在他手中凝聚——深渊裂开，那双明亮的眼睛慢慢沉入漆黑的水底，最终消失不见。帝王催动力量，那一道裂渊又一分分地闭合，最终只得十丈宽。

血染红了石台，地底下龙的哀号更加清晰，一下一下地撞击着岩壁，似乎为死去的女子痛哭。忽然间一个大浪从深渊涌起，瞬间将那袭白衣卷去。

时空就此永远地凝定。

当这些幻象从眼前消失的时候，他却看到空桑的太子妃正站在石台边缘，正要朝着深渊纵身一跃！

"不要！"在白璎想要纵身潜下一探的时候，忽然被人从背后一把拉住。她吃惊地回过头，看到的是苏摩的脸——那样焦急恐惧的神色，让她忽然间有某种异样。

"不要下去！"苏摩眼里的碧色是奇异的，仿佛看着极远的地方，然后渐渐凝聚起来，看到了她脸上，喃喃道，"不要下去。那人在底下等着你，你若下去了……"

那人？白璎微微一惊："你也看到水里那双眼睛了？那是谁？"

"那是……"苏摩没有回答，忽然有一种苦笑：为何还不闭呢？既然已经看到了空桑的覆灭？白薇皇后，你为何还不瞑目？是否你心里尚有不甘，在等待着白璎的归来，然后想借着她的神魂复生？

"水底下的绝不是邪魔……我能感觉出来！"然而温婉的太子妃这一次却罕见的固执，她凝视着底下的黄泉之水，"我要下去看一看……我一定要下去看一看！而且封印不解开，龙神也无法挣脱束缚。我们这次不正是为此而来？"

然而苏摩只是从背后紧紧扣住她的肩膀，却没有说一句话，他的身体微微发抖，心脏在更加急促地跳跃，有另一种力量在冥冥中召唤着他，近在咫尺。背上仿佛有烈火在烧，文身之处越发火热——那样的痛苦，在记忆中只有一次可以比拟：幼年时开膛破腹拿出阿诺，再劈开尾鳍塑出双腿之时。

白璎回头看到他，忽然脱口惊呼起来："火！苏摩，你背上有火！"

金色的火，居然无声无息地在傀儡师背上燃烧起来！

腾龙文身之处剧痛，仿佛有什么要破开血肉冲出。背后衣衫"哧啦"一声裂开，金色的火忽然笼罩了苏摩，火光中隐约看到一只探出的利爪。

"那是幻火……烧不到我。"背上只有剧痛却没有炙热，苏摩忍痛短促地回答，然而胸腔中的心跳得越发厉害，似乎他的躯体再不前去，它便要自行跳出奔走一般——是地底的龙神感应到了自己的到来，已经急不可待了吗？

他不能再拖延，道："我先下去，你在这里等。"

不等她答应，苏摩将偶人塞入她手中，短促地吩咐："替我看着阿诺。"

金色的火焰在这短短几句话之间更加猛烈，几乎将傀儡师整个人都包围，苏摩只觉体内的催促再也无法拖延，只来得及说一句"若引线一动便立刻引我上来"，便足尖一点，跃入苍梧之渊最深处！

通体被金色火焰包裹着，宛如一条金色的巨龙霍然跃入深渊。

白璎尚未来得及回答，只觉手中的引线蓦地一沉，似乎是被一下子拉长到了极限，然后那些无形无质的引线便在巨浪中漂漂转转，再无声息。

"苏摩！"她有些失神地扑到困龙台边，失声往下看，只有漆黑的大浪从下涌起，呼啸卷成巨大的旋涡，然后消失在地狱的缝隙里。而人，早已不知被卷入何处。

抬头看，头顶是无天无日的惨白，白璎恍然间有种说不出的恐惧。

虽然知道苏摩拥有惊人的力量，自己也是冥灵之身，然而跌入了这一方时空的裂缝，她恍然觉得这些力量突然就渺若草芥——不知道是否能活着走出这一线之天，也不知道是否就这样永远消失在这凝固的时空里。

“苏摩！”她看不到那些透明的引线落在何处，忍不住对着深渊大喊。

然而，只有怀里那个小偶人无声地看着她，带着诡异莫测的表情。

白璎急切地顺着那些引线看去，想知道此刻水下的情形。但巨浪滔天，哪里能看清？在呼啸而过的风浪中，她忽然又隐约看到了那一双漂浮的眼睛，在漆黑的浪里一闪即逝。

忽然，她清清楚楚地听到了一句话：“来呀！”

那样温和而亲切，传入她心底，如同那双眼睛里的光芒一样亲切而熟稔。是谁在叫她……那般的熟悉？那样莫名的亲切，没有丝毫邪魅的气息。

白璎霍然长身站起，也不顾等待苏摩上来，便要投入渊底，去追寻那个声音——然而，在她站起的瞬间，阿诺似已知她的心意，忽然自己动了起来，微微一挣，竟要从她手中挣脱，不愿和她同赴黄泉！

白璎一怔，下意识地捉紧手中的偶人，不让它逃遁。忽然间感到那些引线被剧烈地扯动了一下，似是有一只看不见的手猛然攫住了引线那端的人，往地底拉去。

苏摩？是苏摩遇到了危险，在召唤她吗？

那一瞬白璎来不及多想，腾出手抓住那些透明的引线，用尽全力往上提拉。

一股巨大的力量沿着纤细透明的引线传递上来，她在瞬间被拉得跌倒在困龙台上，死死攀住边缘才不至于跌落深渊。那个刹那她将引线在手上绞紧，不顾这些锋利的东西会切割她的灵体，只顾将力量提升到最大。

纤细的线在瞬间绷紧，僵持停顿了几秒。

僵持之中，偶人阿诺仿佛感到了痛苦，脸色扭曲起来，全身关节咔咔作响。显然，作为“镜像”的傀儡，已经感觉到了水下主人的危险。白璎丝毫不敢松懈，用尽全力，维持着手上的平衡，不让引线那一端的苏摩失去联系。

寂静中，“啪”的一声轻响，有一根线忽然断裂了。

手蓦然往下一沉，她来不及惊呼，立刻闪电般探身出去，双手抓紧了另外九根引线！然而她的大半身子也已经被拉出了石台，在风浪中摇摇欲坠。她不知道自己还能支持多久，只是用尽全力拉住那些线，知道手心握着的是另一人的生命。

深渊底下的潜流在呼啸着，然而僵持中，一根接着一根地，那些引线都断了！

"苏摩！"在第九根引线断裂的瞬间，她看到偶人的七窍里流出了殷红的血。那一刻，阿诺忽然自发动了起来，用力一挣，居然挣断了最后一根连着他颈关节的引线。偶人眼里有恐惧而阴郁的光，"咔嗒咔嗒"，它连着倒退了几步，远远离开了台边。

怎么？难道连阿诺都知道主人危险已极，不愿再与之同休戚了？苏摩……苏摩他在底下，到底遇到了什么样的危险？

"苏摩……苏摩！"她恐惧地对着漆黑的深渊呼喊，不顾一切地将所有力量凝聚到剩下的唯一一根引线上，却不顾自己也即将随之跌入。

在她以为这最后一根引线会断裂时，巨浪忽然再度涌起——浪尖上，她看到苏摩苍白的脸。恍惚中她看到他对自己大声叫着什么，脸色焦急而恐惧，然而她却一时听不真切。

浪只是将潜入水底的苏摩抛上来一瞬，随即重新将他埋没，仿佛地底有巨大的力量拉扯着他，如影随形。

"放手！"

就在苏摩重新没入深渊的刹那，白璎终于听清了他的怒吼。

随着他的下沉，她手中仅剩的引线蓦地重新往下一顿。然而她根本没有松开手，反而将全身的力量都用了上去，不顾一切——那一刻，水下那巨大的力量，顿时将她如断线风筝一样地从困龙台上拉了下去！

她直线般地坠落，黑色的浪兜头将她淹没，瞬间就无法呼吸。

——冥灵本是不需要呼吸的，然而这瞬间的感受，就如常人在水下窒息一模一样！

不，这根本不是水……而是充溢着死气的恶灵！

她坠入了苍梧之渊，只觉得四周漆黑如铁，水更是冷得像冰。那些黑色的激流在呼啸，似发出苍老的笑声，形成巨大的旋涡，往最底下一道深不见底的缝隙中流去——那一线黑，白璎只看得一眼便悚然心惊。

那，的的确确，是地狱的裂口！

她终于相信了那个远古的传说：是星尊帝劈开了炼狱，放出九泉之下的恶灵，汇集成了这苍梧之渊！那样强大而恶毒的力量隔绝了所有人，永远封印着龙神和他的皇后。

巨浪涌动，将她推向那一线漆黑。她用尽全力对抗着来自地狱的力量，想拔出光剑斩杀那些充斥着的恶灵，然而身在虚空居然无从发力。她的身形不由自主地随着潜流往底下漂去，却下意识地将手上的线一分分地扯回。她不知道苏摩是不是已经被卷入到那个裂缝中去了，她只是极力拉着那条引线，不放松分毫。

只要稍稍一松手，便是堕入炼狱。

可若是不松手，又能如何？最多，一起堕入炼狱。

“唉……”忽然间，漆黑一片的水里，她听到一声轻微的叹息。

谁？白璎在巨浪中勉力保持着自己的身形，瞬间回头四顾。然而瞬间她就发现了异常：这个声音，是没有来源的。就仿佛忽然在四面八方同时传来一样，虚无缥缈。

“傻孩子。”漆黑的水底，忽然浮现出一双清冷的眼睛，漂漂浮浮地看着她，“你终于来了……快去那里吧。”

去哪里？她来不及问，手上引线一动，一股温和而强烈的力量忽然从乱流中涌来，一下子将她扯出即将进入的深渊——她在瞬间远离了那一线地狱入口的黑暗，不知落到渊底何处，然而周围的水流显然已经平静许多，也不再充斥着邪气。

“谁？”她急切地转头，寻找那双会说话的眼睛，“你是谁？”

然而只是瞬间，这双眼睛便已远去，变成水底幽幽可见的两点光亮。

白璎站在苍梧之渊水底，茫然无所适从。

这是哪里？没有风，没有光，只有漆黑一片的虚无的水。那一瞬间她几乎有种时空已经终结的错觉，然而手心里握着的那条引线却是真实的，在她无所适从紧抓的时候，忽然间微微紧了紧，仿佛黑暗的彼端，有人在微微致意问好。

“苏摩，”她脱口惊呼，四顾，“你在哪里？”

没有回答，她随着水流浮沉，大声呼喊，感觉自己的声音在不受控制地发抖——是的，他……他去了哪里？是不是……是不是已经被吸入了那一线黑暗之中？

她在慌乱之中四处寻找，然而却是什么都看不见，只能在空无的深渊底下盲目地摸索：“苏摩……苏摩！你在哪里？”

黑暗中，忽然一只手悄然伸过，用力握了一下她的手，低声道：“这里。”

那个近在咫尺的声音让她惊得一颤——什么？那是苏摩？苏摩没事？！

“走。”不等她发问，耳边的声音吩咐，在黑暗中拉着她往前走去，“跟着我。”

她不由自主地跟着往前，诧异在这样无论眼睛还是心目都无法看到东西的地方，他如何还能这般行动自如——然而她瞬间便想起来了，在这个鲛人的少年时期，曾经有过长达上百年的真正什么都看不到的日子。

那是盲人的本能。

黑暗中他紧握她的手，鲛人的肌肤依然毫无温度，然而她却感觉到了他心脏在急速地搏动——那是这一片黑暗的死地里唯一的“生”。她默不作声地随着他的牵引一路向前，盲女般无所适从。四周是一片虚无的黑，仿佛时空都已经不存在。

这样沉默地跋涉不知道经过了多久，在白璎忍不住开口问“到底要去哪里”时，眼前忽然出现了两点漂浮的光亮。

——那一瞬间，她几乎以为自己又看到了水中那一双漂浮的眼睛。然而等眼睛恢复了视觉后，她才发现那只是两点极其遥远的光亮。

“在那里。”苏摩停了下来，长久地凝望着前方的光亮，“封印。”

“你怎么知道？”再也忍不住地，白璎诧异地脱口，“你来过？”

苏摩默默摇头，仿佛倾听着什么声音，淡淡回答：“龙在告诉我。”

龙？白璎忽然发觉，走了那么长的路，居然再也感觉不到地底的震动——仿佛那条愤怒挣扎的巨龙已经安静下去。他们，此刻到底是在哪里？

“我们已经在结界里行走了很久。”苏摩凝视着那两点依稀可见的白光，抬起手指着前方，“从那里走出去，便是封印——你的力量无法穿越地狱之门，所以我带你来到了这里。可是，接下来解开封印的事情，我无法再帮忙。”

“苏摩！”虽然他语气平静，白璎却察觉到有冰冷的液体顺着他的手流到自己的手心，她诧然回顾，将手放到鼻下一嗅——竟然有血的腥味！

“你怎么了？”她急切地问，回身一把抓住他，想查看伤势。然而四围漆黑，远方依稀的光无法照亮这里的死寂，只有冰冷的血的腥味在暗夜里弥漫。

“你受伤了？”那一瞬间白璎想起了困龙台上那个傀儡偶人全身是血的样子，恍然明白——是的，如果阿诺都已如此，镜像的本体又怎么可能无恙？穿越地狱之门，进入水底结界，他只怕是付出了极大的代价。而他竟然什么都没说，就这样在暗夜里牵着她走了这样长的路。

“伤得如何？”顺着血流的来处，她在黑暗中惊乱地探寻着伤口，摸到了满手的血——他全身竟然有九处伤口！伤口上贯穿着细细的线，想来是他用引线硬生生将那些恐怖的伤口缝合起来。脑中浮出偶人阿诺痛苦的模样，她知道此刻苏摩的痛楚必不在此之下，惊惶失措，连声音都变了：“别动！快坐，包扎一下！”

“不用。还死不了……”苏摩在黑暗中回答，只是继续往前方的光亮处走去，“只要我不想死，就不会死。”

顿了顿，仿佛补充一般，又道：“起码现在，我，不想死。”

他往前走了几步，白璎手上的引线便绷紧了。于是，两个人一前一后，继续着这样的沉默跋涉。

忽然间，她听到有人轻轻地笑，不由得惊讶地回首。

“你来了。”只见暗夜里，那一双眼睛对着她眨了一下，依稀有喜悦的神色，轻轻地说了一句，然后再度隐去，消失在远处的那一点白光里。

“苏摩！你看到没？”白璎终于忍不住叫起来，一把拉住前面走着的傀儡师，“眼睛！有一双眼睛在看着我！”

“那双眼睛，我是看不见的——就如你听不到龙的声音。”苏摩却毫不惊讶，淡然回答，“在这里，我们只能各自听从各自的召唤，奔赴各自的命运。”

说话间，又不知道走了多久，那两点依稀可见的白光终于慢慢扩大，宛如地道不远处的出口，青钱般大小，透出淡淡的亮光。

借着光亮，白璎在一瞬间看到了苏摩身上正在愈合中的伤口，虽然已经靠着幻力进行了催愈，依然恐怖得超出她的想象。她吃惊地想问什么，然而在那时候苏摩却放开了牵着她的手，径自走向其中一处光亮。

她下意识地跟过去，苏摩却摇摇头，指给她看：“你该去那里——我们的路不同。”

——那一处白光，正是那双眼睛消逝的所在。

她只看得一眼，依稀又看见那双眼睛在白光里浮现，对着自己微笑了一下。

“只能到这里了，接下来我们宿命中要做的事情是不一样的。”苏摩的声音却是在耳边传来，“我要去龙神那边，而你，要去解开星尊帝留下的那个封印——从此刻开始，我们不再同路。”

“好。”虽然暗夜里想到要孤身前行，不免有一丝的畏惧和茫然，但是明白这是此行的必然使命，她依然点头应承，扬起脸，想了想，又问，“在路的那头，我们会再见吗？”

“会。”傀儡师微笑起来——那一瞬间，不知想到了什么，他从手上褪下一只引线已经断裂的指环，拉过白璎手里一直攥着的那根引线，打了一个结。

“一切完成后，就顺着这根线回来。”

他将戒指戴在她的手指上，低声嘱咐。透明的引线脆弱而纤细，一头连着他的拇指，另一头连着她左手的无名指，仿佛轻轻一拉就会断裂。但她知道这种无形的线不同寻常，会无限地延展，哪怕从云荒的一头到另一头。

无论走出多远，只要顺着这一线，便能返回彼此身旁。

“好。”她转动着那枚小小的戒指，心头忽然便是一定，不再犹豫，“那就到了路的那头再见。”

苏摩只是对着她微微一颔首，便隐没在白光之内。

她也不再迟疑，向着另一处的白光举步奔去。

踏入光中的一瞬，凝滞的空间仿佛忽然动了。她看到那一点光在不停地扩大、扩大，恍然将她全部包围。就像是天门开了，她恍惚中看到白光的周围有流云如水般翻卷，五色绚烂，梦幻一样的美丽。她听到有无数美妙的声音在歌唱，恍如天籁。

在白光的中间，有什么景象在一幕幕地转变。

她仰着头，看着那光、那色、那景象，忽然间有些神不守舍。

她甚至不知道自己是不是还在奔走，意识忽然间就变得模糊。她低下头，看到了自己的手——居然隐隐透明，进而一分分地变得稀薄，如即将散去的雾气。她本是灵体，凝聚成形，而此刻，在奔向那点光亮的途中，她居然看到自己在慢慢涣散开来。

然而，却感觉不到丝毫的痛苦。她的心居然是平静的，仿佛是在迎接一场宿命。

她其实已经感觉不到自己是在奔跑，然而四周的景象的确是在平缓地向后移去——不知何时，她周围不再是一片漆黑，而浮现出了各种奇妙的景象。

最初，她仿佛在一条长得看不到底的镜廊上奔跑，脚底、四周，映出的都是一个个一模一样的自己。以各种角度、各种姿态，重复着同一个动作。

渐渐地，镜子里的“她”开始有了自己的眼神，好奇地相互顾盼。

她诧然地看着，有做梦般的不真实。然后，她看到那些镜子里的“自己”的动作开始脱节，慢慢地自行活动起来，不再跟随着她做一样的举止。“她们”仿佛脱线的木偶，开始自顾自做出各种举动——她们背后的景象，也随之换成了各种不同的时空。

她看到“她”坐在一艘巨大的木兰舟上，领着船队远航深海，天风吹动她的头发。

她看到碧绿的水如同蓝宝石在头顶荡漾，水底珊瑚如同树一样扶疏，七色海草深处，依稀有鲛人在歌唱。

她看到一个鲛人将一把长剑送给了一个黑衣男子，指着遥远的陆地，说着什么。

她看到一支箭呼啸而来，穿透她的肩膀，她策马驰骋在万军之中，叱咤凌厉，身侧有人和她并骑，他们所到之处无不披靡。

她看到自己坐在高高的王座上，殿中万人下跪，八方来朝，声音震动云天。

“皇天后土，”她听到一个似乎熟悉的声音在低沉地说，“世代永为吾后。”

——她看到一枚银色的戒指戴上了她的右手。

“阿琅！阿琅！愿吾死而眼不闭，见如此空桑何日亡！”

白光里忽然回荡起一声厉咒，响彻了这个凝定的时空，令一切震动起来——是什么样的愤怒？穿越七千年依然不曾熄灭！

就在那个瞬间，她看着镜中无数个自己，忽然明白过来了。那不是她……那不是她！镜子里的每一个影像，都是另一个人——那是……

“白薇皇后！”她忽然惊呼起来了，指着镜中的自己，“你是白薇皇后！”

“咔啦啦”一声响，无数的镜子忽然一起碎裂了——所有的记忆轰然坍塌，恍如银河天流席卷而至，将她推向那点白光的出口。她在无数的幻象中，穿越了几生几世的记忆，忽然间淹没，忽然间又从那些破碎的影像中浮出来。

她穿越了那一点白光，忽然发现眼前换了另一个世界。

那是纯白色的世界，茫茫一片，空洞无比，唯独中心有一条巨大的金色锁链，仿佛从天而降一般垂坠，贯穿了这个世界，不知始，不知终。这个白色的世界在震动，一下，又一下，仿佛是在一个心脏里跳跃着。而那颗愤怒的心脏，却被系在金索的另一端。

白璎顺着那条金索往上看去，看到锁链上有一个六芒星形状印记，在闪着刺眼的光。金色的印记旁边，有飞翼的形状——细细看来，那双翅膀却是人手所烙下的印迹，不知多少年前，有某一双手交错着十指，雷霆万钧地在金索上结下了这个封印。

带着双翼的六芒星？和她的戒指多么相像！

白璎下意识地低头看着自己的手：右手，是一模一样的那枚银色戒指。而左手，是牵引着她的那条引线——她忽然一惊，发现自己已然重新凝成了虚幻的形体，恢复了自己的意识。

有一双眼睛，就在这虚无的白中，宁静地看着她。

在第一眼的对视之后她就明白了，那双眼睛，是她前世的眼睛。

——隔了几千年的时空，终于能这样与她相对而视。

“等了你很久。”那双眼睛看着她，微笑起来，“空桑都亡了，你才来。”

“白薇皇后！”她终于忍不住对着那双眼睛低低惊呼起来，“是您？”

那双眼睛依然微笑着，凝视着她，带着某种叹息和感慨的表情。忽然间一个飘忽，就停在了她的掌心。秋水般湛亮，大海般安详，这样一瞬不瞬地看着她，没有说话，仿佛想看出这个后世之身的一切。

那一瞬间她只觉得安心，仿佛所有的心中想法都被对方了解。而那样平静舒缓的心情，是自从飞跃下白塔后近百年来，再也没有过的。

然而终究想起了这一次的目的，她开口打破了这一刻的沉默："白薇皇后，请您借我力量，让我打开这个困住龙神的封印吧！"

“借给你力量？那是自然的……只有你能继承我的力量。”那双眼睛在她掌心看着她，不知为何有悲悯的神色，看了许久，忽地开口，“可是，我的血之后裔啊……你那样年轻，却已经是冥灵之身了吗？”

“是的，”那一瞬，白璎低下头去，“在九十年前，我已经死了。”

“那么，你是虚幻，我亦是虚幻。”白薇皇后的眼睛飘浮而恍惚，那双经历过无数苦难的眼睛里隐藏着叹息，“没有了实体，你拿什么承载我的力量呢，我的血裔？”

如冰雪当头泼下，白璎忽然间呆住。

白薇皇后叹息着问："白之一族，还有别的嫡系女子吗？"

“没有了。九十年前，白族被沧流帝国灭族。皇后，是我葬送了全族人。”白璎低声回答着，忽然间因为羞愧而微微颤抖，“所以，现在我无论如何都要将空桑挽救过来！不，不只是空桑，还有海国……甚或还有冰族。我希望能有新的平衡，让各族都好好地繁衍生息，让云荒不再是现在这个样子！希望您成全我……把力量借给我！”

听到这样急切的话语，那双眼睛凝视着她，没有说话。

那是这个血裔的愿望吗？如此强烈，如此坚定。

然而，冥灵是不能转生的，他们在死时靠着自身的念力，拒绝进入轮回，用死前的信念维持着死后魂魄不散，成了三界之外的游魂——他们是没有将来的一群。若有朝一日心愿已偿，冥灵便会如烟雾般消散在六合之中。

这样的虚无，是无法承载“后土”的力量的。

“对……对了！我还有一个妹妹！”忽然间，白璎冲口而出，“还有白麟！她……她有形体！”

“白麟？她是什么样的人？”那双眼睛微微合了一下，似乎对这个名字的所有者在进行着遥感和推算，片刻沉默，眼睛睁开了，里面却有更加哀伤的表情，“那个鸟灵也是我的血裔？为何如此……白之一族，竟然都已经沦入魔道了吗？”

“魔道……是不可以承载的吗？”白璎诧然，分辩道，“可她是有形体的！”

“我知道。她是将心魂和阴界的魔物结合，从而获得了新的躯体。”白薇皇后凝视着虚空，眼睛里有叹息的神色，“魔，也并不是不能继承我的力量——‘护’的力量并没有魔神之分，若要传承给白麟，不是不可以。只是……”

那双眼睛忽然凝定了，有冷肃的光，语气也忽然变得严厉：“只是她的心，也已经被魔污染了！我的力量，并不能传给满心恶念的魔——无论是不是我的血裔，有这样心魂的人，是注定不能继承我的！”

那一瞬间，这双一直微笑的眼睛里有冷芒四射而出，震慑了白璎。

“护的力量，不能交给这样的心。”白薇皇后冷然回答，“宁可永闭地底，也好过如此。”

听到这样的拒绝，白璎忽然间没了主意，定定看着掌心上那一对飘浮的眼睛——来的时候，无论是她，还是真岚，还是学识最渊博的大司命，都没有想过会遇到这样的问题。他们都以为只要血缘不断，无论生死都可以继承上一代的力量，来打破这个封印。

然而，白薇皇后却说：没有实体的冥灵，无法承载她身上的力量。

如果她无法获得力量，就无法打开龙神的封印——空桑和海国之间的盟约，已不能完成。回去要如何和真岚他们解释，又如何对苏摩交代？他们约定在路的尽头相会，然而她却连走到那个终点的力量都没有了。

她在刹那间不知转了多少念头，忽然有了决定，却仍有一丝犹豫。

那样重大的决定前，她想寻求旁人的意见。然而她在下意识中拉动引线时，那条线却是纹丝不动。白璎吃惊地看着那条纤细的引线，发现在这个雪白空洞的地方，这条线不知消失于何处——如那条垂落的金索一样，看不到终点，也没有长度。

只有震动越来越剧烈，让雪白的空间都战栗不已，仿佛大地的心脏已经到了无法负荷的地步——那是龙的咆哮和挣扎吧？千年的屈辱和困顿，已经让这大海之神变得如此疯狂愤怒，带着毁灭一切的火焰。

她不敢想苏摩如今又是如何，用力地拉动着那条线，想知道彼方人是否安好。

仿佛知道她的想法，那双眼睛微笑起来了："你找不到他。"

看着她诧异的表情，白薇皇后叹息："现在你们站在两个不同的位面上，即使只隔一线，又如何能碰面？就如天光云影，永远无法重合——亦如你我，如今虽站在这里对话，可之间已是七千年的距离。"

白璎悚然心惊，忽然觉得有冷意直侵入骨。

那双眼睛里闪过凌厉的光芒，忽地厉声："回去吧！虽等你七千年，却不能将力量传承给你——这也是宿命。当初，是他一手铸成空桑的厄运，如今既然云荒已倾，我也不必为此再费心了。"

白薇皇后瞬忽飘去，然而白璎急切之间忽地探手，竟将那一对眼睛抓入手中——

"皇后！我愿成魔，"顾不得失礼，女子双手合十，低声断然请求，"我愿成魔！请将力量借我！"

那双眼睛忽地凝定了，注视着后裔的脸庞。许久，那双眼睛里没有表情，只是道："那很方便——下一个位面，便是阴界黄泉，其中恶鬼魔物无数。你只要跃入其中，以魂饲魔，便能获得新的形体。"

随着她的话语，雪白的空间里，忽然裂开了一线，透出无穷无尽的死气和邪异。

那双眼睛静静地注视着，声音也是漠然的："你想清楚了。冥灵，不过是有一个永恒的'死'罢了；而一旦沦入魔道，却是一场无涯的'生'。"

白璎已经走到了阴界裂口边上，听得这样简单的一句话，却颤抖了一下。

"你将再也无法回到无色城，也无法回到世间，你要以血和腐尸为食，永远与肮脏、杀戮为伴——直到魔性将你的神志侵蚀殆尽。那之后，便是一只凭着本能蠕动的恶灵了，而且，永远不会死。”看着血裔眼里掠过的一丝恐惧，白薇皇后的话语冷静锋利，“我的一个后裔已经成了魔，另一个也要成为魔吗？”

“我不会玷污白族的血。”白璎紧紧交握着双手，咬牙回答，眼神却坚决，“到时候，等六合封印解开，帝王之血复生，等到所有的事情都已完成，真岚……”她吸了一口气，抬头望着某个方向，眼神坦然，“真岚他会杀了我——他必不会让我受苦。”

那个陡然而出的帝王名字，让那双眼睛里的光凝定了一下。

“真岚……”听得那个名字，仿佛想起了什么，皇后轻微地叹息。

不等白薇皇后回答，冥灵女子已经将手探入那道冥界的裂缝，回头对着那双眼睛一笑：“等着我变成魔物回来吧，皇后——记住，你答应把力量借给我的！”

然后，便是纵身一跃。

一生中，她曾有过一次这样“飞翔”的感觉。

她至今怀念那一刻伽蓝白塔顶上的风。那些风是如此的温柔凉爽，托着她的襟袖，仿佛鸟儿在里面扑簌簌地拍打着翅膀，活泼而欢跃。她仰面从万丈白塔顶上坠落，神色却安宁和平，瞳孔里映着云荒蔚蓝的天空、洁白的浮云。

那种安宁的、轻松的感觉，是她一生里仅有。

然而奇怪的是，在堕入地狱的瞬间，她却再次感受到了那种涅槃般的喜悦。她的身体，忽然变得轻灵而空明，仿佛不再受到任何拘束。

奇怪的是，地狱里什么都没有。没有邪灵，没有恶鬼，没有呼啸而来吞噬她灵体的魔物——当她从时空的裂缝中纵身而下时，漆黑包围了她，有的只是无穷无尽的坠落，看不到底。她期待着能直接落入一只魔物的口中，从而同化，然而不知道坠落了多久，周围却只是一片虚空。

虚空里，隐约有一点一点的金光浮动，仿佛萤火。

在她凝神去看的时候，这些金光忽然又浮动着变幻开来。这次她看清楚了，居然是满空开合着的金色贝壳！里面吞吐着光亮，忽聚忽散，绚丽无比。

这个空间在震动，而每震一次，这些金色的浮光就随之变幻一次，在那些浮动着的金光中心，悬浮着一颗明珠般的东西，发出幽幽的光。

——这，便是地狱里的景象？

她看得呆了，直到在某个坚硬的实体上停止了坠落的趋势，才回过神。已经落到底了吗？她的手摸索着接触到地面，触手之处冷而坚硬，宛如金铁铺就，之间有密密的接缝。

“小心！”忽然间，她听到有人厉声喝了一句。

苏摩？苏摩的声音？她惊诧得几乎脱口而出，然而不等她站起来，地面忽然裂开了——黑暗中，她感觉到有巨大的利剑当空刺来，带起凌厉的风。她在空中转折，回手一劈，想借势避开那带着可怕杀意的一击。

然而奇怪的是，她只是轻轻一提气，整个身体瞬间便飞上百丈上的虚空。背后有嘶吼声，空气中回荡着巨大的力量，满空的金光都在剧烈搅动。

那样的力量在空气中交错回荡，让白璎惊得呆住——那是她方才的随手一击？那样瞬间释放出的惊人力量，居然来自于她手中？

到了这里，她身上的各种感官似乎突然敏锐无比，不用眼睛，不用耳朵，她瞬间就知道了黑暗中有什么庞然大物再度逼近——该躲开吧，先去刚才金光最密的地方看个究竟，这里究竟是哪里？

念头一起，她甚至没有动一下身形，忽然便转瞬移到了金光之中。

她诧异地看着自己的双手和双脚——这样迅速的移动，早已超出了她的极限。这个灵体，似乎再也不归她自己所有，它随着她的意念随心所欲地移动变幻，发挥惊人的力量，仿佛是一个附身的魔物。

魔物？自己，自己已经在不知不觉中入魔了？

闪电般穿梭来去的念头，让她心里不知是惊骇还是惊喜。然而一边想着，在看到身侧金光中那一颗“明珠”时，她忽然惊叫起来，将所有疑问都抛到了九霄云外。

不，那些不是金色的贝壳……而是无数金色的鳞片！

黑暗中，盘绕着一条巨大得可怕的龙，开合着鳞片，扭动着身躯，吞吐着火焰——然而让她惊呼的是，巨龙护卫着的那一颗“明珠”——那，那居然是——

“苏摩？！”

再也顾不得什么地狱、什么魔物，她脱口惊呼，定定看着金光凝聚之处，心胆欲裂。是的，那是苏摩的头颅！就这样被巨龙盘绕着，护在中心！

她的躯体再度随着她的意念瞬移，她的手指在瞬间就接触到了那颗头颅——鲛人深蓝色的长发拂在她手上，然而碧色的眼睛合起了，绝美的脸上有某种已经凝定的从容淡然。白璎看着这一颗被斩下的头颅，忽然所有意识都变得空白——这样熟悉的脸，有着世间无双的绝美光辉，然而脸上最后一刻的表情却是如此陌生。

只是一瞬间，便已如此？他……他便已经死去？！

“你回不到他那里……哪怕只有一线之隔。”

恍惚间，片刻前白薇皇后的话回响起来，那样不经心的短语，如今听来却是惊雷。

“苏摩！苏摩！”她将他的头颅捧在手中，不敢相信地低语，连身边那些金光已经再度活动和凝聚她都没有感觉——不是说只要不想死便不会死吗？为何只是短短一瞬，便成了这样？是因为穿越地狱之门已经透支了所有力量，所以一进来就被疯狂的龙神所杀？

这里，原来便是路的终点？

她凝望着那张从少女时期就无比熟悉的面庞，忽然间再也控制不住地哭出声来：“苏摩！”

“快躲！”暗夜里有火光闪现，耳边却是听到又一声厉喝，“待着干什么？”

苏摩的声音？！白璎看着手中那颗头颅，然而被斩下的头颅毫无表情，也没有开口说话。她惊在当地，怔怔看着手心里的头颅，根本不顾黑暗里迎面扑来的熊熊烈火。

“快躲开！”苏摩再度厉喝，声音已经焦急万分，“龙发狂了！”

然而她站在原地捧着头颅，居然没有来得及转身。眼看自己守护的东西被闯入者拿走，龙爆发出了狂怒的呼啸，扭转巨大的躯体撞击着禁锢它的空间，对着她吐出红莲烈火，转瞬将闯入的白衣女子吞没！

“白璎！”暗夜里，苏摩的声音再度响起，“你疯了？快躲开啊！”

然而声音未落，那一袭白衣沐火而出，似有巨大的力量笼罩着，竟是毫无损伤。白璎站在虚空里，手捧那颗头颅，看了又看，脸色渐渐又变得悲戚起来。是苏摩……那个死去了的人，居然还在继续和她说话，提醒她小心！

“你站在那里干什么？”暗夜里，忽然有风掠过，一只手猛然拉住她扯向一边，“快闪开！”

龙狂怒的火焰从身侧喷过，她直冲出去，跌倒在坚硬冰冷的鳞片上。

“苏摩？”借着火光，她终于看到了暗夜里身侧的鲛人，不可思议地惊呼出来，“你——你——还活着？！”

“哼。”好容易将她拉回，立刻又将手按在了龙颈下的逆鳞上，尽力平息着龙神的疯狂怒意，“我当然活着。”

“你活着？”龙喷出的火已经熄灭，眼前重新陷入了黑暗，白璎还是不敢相信地低呼，急切地伸手触到了他的手和脸，声音发抖，“你……你真的还活着？”

“我还不至于被这条发疯的蠢龙弄死。”苏摩双手都按在怒龙片片竖起的逆鳞上，平息着巨龙的愤怒。

然而看到自己的“龙珠”被外人夺走，这条巨龙更加疯狂起来。傀儡师下意识地侧头躲开她的手，冷冷催促：“你拿了蛟龙的什么东西？快扔回去！”

白璎没有回答，只是急切地沿着他的手臂摸索。直到摸到了右手上那枚连着引线的指环，终于确认了眼前人的真实性，才陡然喜极而泣：“太好了！你……你真的还活着！真的是你！”

“怎么了？”被她这样的举止震惊，进来后一直在和怒龙搏斗的苏摩停下了手，有些愕然地看着她——为什么哭呢？即使那一日在神殿顶上，她都没有哭过吧？被他欺骗，被他出卖，被万众唾弃，从万丈绝顶上纵身一跃，她都一直只是那样温柔地沉默着，眼神里有哀伤绝望，却并无半滴眼泪。

百年后，他却第一次看到她掉下了泪。

那一刻，心里有惊涛骇浪掠过，令他竟然说不出话。

“既然你还活着，那这又是谁？”火光明灭中，白璎霍然将怀中抱着的那颗头颅捧起，直递到他面前，“这个，又……又是谁？”

“这是……”苏摩忽然惊住。

宛如面前陡然出现了一面镜子，他在镜中照见了自己：一模一样的脸，一模一样的发色，在这个诡异的封印里，他居然看到了自己被斩下的头颅！

他不由自主地接过那一颗头颅，久久注视，恍如做梦："这、这是……"

有一个名字……是的，他知道那个名字！然而，仿佛已经在舌尖上打滚，却怎么也说不出来。

"这是纯煌。"

忽然间，有人替他回答了，平静而深沉："这是纯煌的头颅。"

"纯煌？"白璎茫然地反问，"是谁？"

"七千年前的先代海皇。"那个声音回答着，"我和琅玕曾经的、共同的朋友。"

"白薇皇后！"苏摩在那一瞬间闪电般抬头，碧色的眼里有闪电般的冷光，直视着黑夜，"谁在说话？是白薇皇后？"

然而，抬首之间，他只看到一双飘浮的眼睛。

恍如无穷黑夜中唯一的星辰，平静、柔和而又广博，仰望之心便会不自禁地生出敬畏和爱戴。那条巨大的龙还在咆哮，张开口吐出火焰，然而那双眼睛只是那么一转，看着洪荒中的神兽，微笑道："龙，是我来了。"

只是看得一眼，这个充满愤怒和躁动的空间就忽然平静下来了。

所有怒张的鳞片缓缓闭合，磨爪咬牙的咆哮消失，火焰和怒意在一瞬间泯灭，暗夜里的密闭空间中，巨大的神兽陡然反常地安静下来。漆黑中燃起两轮明月般的光，从半空中俯视着虚空中的几个人——那是龙的眼睛，从金索上方看下来。

"七千年。"白薇皇后仿如看着老友，又转瞬看了苏摩和白璎一眼，轻轻叹息。

白璎忽觉手中一空，那颗头颅凭空飘起，转瞬已和白薇皇后面面相对。那双眼睛静静凝视着死去的人，忽然开口："纯煌，你可安息了——剩下的事，我自当担待。"

暗夜里，忽然有白光如烈火燃起，照彻虚空。白薇皇后的眼睛缓缓合起。

只是一瞬，那颗头颅便在光影中消失。

第四章

往世书

念力之火在虚空中燃起。

苏摩和白璎都来不及反应，就看到海皇之首没入了火中。而如珍宝般守卫着纯煌的蛟龙，居然没有丝毫阻拦，就这样在半空中静默地注视，巨大的双目犹如明月皎洁。

那一瞬间，他们看见银白色的火中飞散出无数幻象——

一片一片，仿佛是破碎的梦和记忆，从这颗死去几千年的头颅中散逸，然后在火光中消散湮灭，直至无痕。

一切只是一瞬，然而苏摩和白璎都是灵力超人，幻象消失得再快，也能一一收入眼底。那个瞬间，两个人忽然都静默下去。

那已被斩下数千年的头颅里保存着的，是那样的记忆？

历经七千年，丝毫不曾枯萎和褪色，依然栩栩如生，宛如昨日。

——那样蓝的海，那样蓝的天，美丽得不真实。波光在头顶荡漾，眼前是无穷无尽的五彩鱼类，结队成群地游弋而过；红色的珊瑚林立，其间珠光闪动；海带随着潜流起伏，仿佛跳着舞蹈。鲛人们从海底花园中携手游过，雪白的文鳐鱼是他们传信的鸽子。

那样美的记忆……和她少女时期想象中的海国一模一样。

“苏摩，那……是你的故乡？”白璎叹息般地低语，问身边的傀儡师。

然而那个一出生就在奴隶市场的鲛人没有回答，他仰望虚空的眼睛里，有茫然的碧色。他什么都没有看见过……他们是在奴役中出生的一代。那么多年了，他的双脚从未踏上过故土，他的眼睛，也从未看到过故乡的碧海和蓝天。

“是吧。”终于，苏摩回答了一句，茫然地看着转瞬消失的幻象。

碧海，蓝天，银沙，鲛绡明珠，采珠的鲛人少女，吞云吐雾的蛟龙，贴着水面飞翔的海鸟，在月下歌唱的鲛人，一年一度的海市，远洋的巨舟船队，船头远眺的红衣女船长……应该也是经历海天裂变的一代，然而这个先代海皇的记忆，留下的居然都是这样美丽的画面，没有丝毫的阴暗或者仇恨。

那个叫作纯煌的海皇，是和他正好相反的人吗？

虽然只是短短的一瞬，然而两个人都从一闪即逝的记忆碎片里，看到了熟悉的脸。

——那是白薇皇后。

那样的年轻，不过十四五岁。明朗、高爽而亮丽，如一株秀丽的白蔷薇。

帆已经扬起了，龙在天空盘旋着鼓起风。风向北吹，吹向远方的云荒大陆。大红斗篷的白衣少女站在木兰巨舟的船头，恋恋不舍地挥手，大声说着什么。站在她身侧的，是一个身形高大的黑衣男子，携着一柄样式奇异的剑——奇怪的是看不清脸。

“我会回来找你！”

在那个记忆碎片湮灭后，他们才从她的口型中隐约猜出了那句话。

不知多少年前，未谙世事的少女在离开碧落海时，曾对着鲛人皇子那样许诺，而之后呢？谁都知道，是离乱，是战争，便是两个民族之间的征服与被征服……最后云荒一统，海国覆灭，白薇成为云荒历史记载中的第一位皇后，和星尊帝并称“双圣”。

史籍记载，她死于三十四岁那年的深秋。至死，再也没能回到那片大海。

而在太初五年之后，那片海上浮满了尸体，也已经成为死海。

“鲛人是不信轮回的……”将头颅焚烧的一瞬，那双眼睛是一直闭着的，没有看。然而声音却悠远，“纯煌在七千年前就化成了海上的云，回归故土——可笑琅玕依然顾忌他的力量，将他的头颅和龙神一起封印。”

在火光消失，一切恢复空白后，白薇皇后的眼睛睁开了，带着苦笑。

"皇后……真岚给我看过《本纪》的第十二章，所以，有些事情我都知道了。"白璎忽然不知说什么好，"可、可是，你很早就认识鲛人，你早年曾生活在碧落海，这些……都没有写进去啊……"

白薇皇后眼里带着淡淡的笑："史记？不过是一面镜子罢了……镜像中是否真实，又有谁知道？只怕照镜的，自己也不知道自己当时的模样吧。

"就像每次回想起那时琅玕的样子，我都几乎不相信自己的记忆。"

星尊帝和白薇皇后，宛如乱世里陡然升起的一对星辰，璀璨夺目。

然而，那之前，没有人知道他们那般强大的力量从何而来；那之后，也没有人知道他们的尸骸归于何方。

史籍中关于这一对伟大帝后的记载甚多，然而每次他们的名字都是和重大的历史转变一起出现，其中关于他们个人的描述，却是极少极少。

> 帝与后幼时相戏，互许婚姻。帝尝谓后曰："若得此天下，当以阿薇为妇，共享之。"
>
> ——《六合书·星尊帝本纪·卷一》

他们幼年相识于动荡不安的云荒大陆，肩并着肩长大，彼此形影不离。她是白族人，更是南方望海郡中三大船王世家的幺女，深得家人宠爱，自幼随父亲来往于七海诸国，十几岁已能指挥一支庞大的船队；而他，则是她的家族请来的星象师的弟子，给白家观测天文、占卜航期已有数十年。

传说开始之前，他们本皆平凡。

她虽出身富贵，但全家族亦在战乱中如履薄冰。她的几个兄长或在战乱中被杀，或在出海中遇难失踪，家族人丁寥落。她小小年纪便懂事，开始帮着父辈分担家族事务；他没有父母，不知身世，只跟着年老的师父漂流在云荒，以星象占卜为生，生活困顿潦倒，习剑术，研天象，刚毅沉默，有的往往是空负大志的寂寥眼神。

相识之初是如何，早已无人知晓。

但从八岁初识到三十四岁死去，一生中，她只离开过他两次。

一次，是毗陵王朝建立后她在宫中待产，而星尊帝远征；另一次则更早，是她在少女时，出海前往传说中的羽民国旧址，遇到海啸，在海上漂流了一年多才回到陆地。

那一次是他们一生中最长久的离别。她生死未卜，从未出过海的少年星象师不顾一切地找遍了四海，最后在南方极遥远的碧落海璇玑群岛上找到了失落的少女。他抱着她全身发抖，歃血为誓，再也不会让她离开一步——

那之后，直至星尊帝远征海国之前，他们果然谁也不曾再离开过谁。

当时，空桑六部各自为王，相互间征战不休，哀鸿遍野。而一直蛰伏在西方广漠的冰族趁机复出，想夺回大陆的控制权。一时间，整个大陆烽烟四起。

她几个兄长被征入伍，先后死于战乱，其中二哥更是卷入了党派之争，不但身死，更差点株连全族，亏了父亲用巨款各方打点，才渡过一劫。那之后，白家举家从叶城迁往望海郡，远离云荒的政治旋涡，也立下了“不许干政”的严厉家训。

他志在天下，不甘困于玑衡算筹之间做个星象师，也不甘入赘白家做一个碌碌商人，便想在这群雄逐鹿的云荒中拔剑而起；她也不是普通女子，游历中结识了诸多英雄豪杰，学得一身本领，眼见云荒生灵涂炭，亦立下愿来，要尽一己之力，靖平故园。

在全家族的反对中，他不退半步，亦不解释。到得最后，是她逆了慈父，一笔勾销了族谱上的名字，一剑截了长发改做男子装束，和他携剑出门，投身滚滚战火。

那一去，便是音信全无。

万里赴戎机，关山度若飞。将军百战死，壮士十年归。

归来时白家已然在战火中寥落，船队早散了，父亲亡故，姊妹都嫁了，只剩了一个七哥苦苦支撑，靠典当度日。而幼妹和夫君的衣锦还乡，无疑让这个没落家族重现辉煌——虽然昔日寄居门下时，七哥对琅玕多有刻薄，然而归来的帝王丝毫没有计较昔日恩怨。白家不但一路加官晋爵，甚至一步登天，成了白之一族的王。

她担忧七哥的品性不足以成王，然而对于仅存的兄长又满怀眷顾。

“云荒本就是你与我一同支配，让些好处与你兄长又有何妨？”帝王却是无比的宽容，他没有族人，便极力提携白家。虽然皇后极端得宠，平分天下权柄，然而白之一族的迅速扩张，却也暗中引起了其他五部的不满。

虽不动声色，五王却各自动了心机。

白薇皇后面容清秀，却算不上绝色美人，历经大小百战，遍身伤痕，额头亦有流矢破相，与星尊帝结发近十年，一无所出。于是五王中有人暗中结党，培植私军；更有人送族中美人入宫，以求分宠。一时间，刚统一平定、开始出现休养繁荣迹象的云荒上，便有奢靡安逸的甜香暗涌。

然而出乎意料，虽然为了安抚各部，那些美人并未被退回，但入宫后均不得宠；而帝王对于六部之间开始显露端倪的野心和斗争，也已冷眼了然于胸。在统一云荒的战争里，六部中各有精英跟随于他转战云荒，创下了开国功业。然而这些王在战乱中扩张着自己的力量，拥有各自的私军，天下太平后，感到获得的权柄不能满足期待，已然开始露出难耐的野心。

“削藩，撤军，势在必行。”帝王这样对他的皇后说，“但我需要一个机会。”

那时候，皇后出现了妊娠迹象，从王座悄然退回了后宫休养。战乱中，她已透支了太多的心血和精力，一直不能受孕，如今天下初定，她也已经年过三旬，这一次是无论如何都要保住腹中胎儿。

于是，对于朝野的暗流，皇后生平第一次无法顾及。

怀孕中的女子性格日益温柔慈爱，少女时的活泼明快完全转成了国母和慈母的心胸气度，顾惜一切生命，即便是一只蝼蚁也不肯随意踩死。星尊帝国务繁忙，来得也少了。她闲来凝视着右手上的戒指，想起那只戒指象征着的力量，不由得一阵敬畏。

她知道是因为继承着后土“护”之力量的缘故，才让她的性格有了如此的转变。

然而，对应着皇天“征”之力量的琅玕呢？

一念及此，她心里无端地就是一跳。那是破坏神的力量——虽足以在乱世中破除一切障碍，扫荡奸佞一统四方，可毗陵王朝建立后，那种力量又该如何收藏？那样狂热的杀戮之力，在云荒稳定后又会如何影响着丈夫的心？

那时候，待产的皇后尚不知道，星尊帝心中已然有了远征碧落海的打算。

此刻，国内弊端已现，对于国内的危机，掌握着“征”之力量的帝王，唯一的解决方式便是“战争”。星尊帝决定内战外行，要借着再次的战争，来削弱各藩，将云荒的统治彻底稳固。

那一日，她听说远方的碧落海国派来了使者，带来珍宝觐见云荒新的主人，希望能达成友好，再无干戈。多年来一直不曾忘记少时纯煌在海啸中的救助和璇玑岛上的愉快时光，皇后破例接见了海国的使节。席间殷勤打听昔日好友的消息，知道原来纯煌已然在成年后继承了海皇之位。

“那，以后便永为秦晋之国。”皇后喜不自禁，举杯。

然而刹那间的绞痛，她手中杯子跌碎在地，双唇之间全是鲜血！

皇后中毒了！满宫慌乱，连星尊帝都不知所措。当日，皇后早产下一个男婴，但她却因为中毒和失血而极度虚弱，陷入了长久的昏迷。

三日后，星尊帝以意图毒杀皇后和太子之名斩杀来使，旋即对海国宣战。

各族贵戚久已垂涎于海国的富庶，又知道那是海上商道必经之处，得此机会个个摩拳擦掌，调集部中军队，想早日出兵海外灭了那个遍布珍珠珊瑚的国家。星尊帝不动声色，如数准许这些掠夺者扑向碧落海，却将御前骁骑军留在帝都按兵不动。

三个月后，消息传来，说是水族得到了龙神的庇护，六部军队不敌，受到了重创，请帝君迅速增援。

拖了一个月，等六部的主力伤亡过半，几乎溃不成军，星尊帝才率领骁骑军，乘着船王白家所制的木兰巨舟，麾兵入海。

史籍和歌谣里，有着无数的篇章描写这一次海天之战的惨烈，传说中，碧落海成了一片血海。生性优雅、爱好艺术的鲛人国度里没有军队，也没有尚武之风。虽然海皇和龙神为了保护领土率领族人拼死战斗，却依然不是掌握了“皇天”力量的帝王的对手。

战争残酷万分，海国由此覆灭。

一年多之后，待得大病初愈的皇后听得外面传来的远征海国的消息，支撑着回到王座上想要问个究竟时，远征回来的丈夫手握龙神的如意珠，意气风发，将海皇的首级扔在她脚下，冷冷地道：“如今，你再也不用回碧落海找他。”

皇后愕然良久，最终呕血而退。

那是“白薇皇后”这个名字，最后一次出现在史籍的公开记载中。

后体弱，太初五年于朝堂呕血，次年病逝。余一子熵。帝大恸，罢朝三月。

——《六合书·白薇皇后本纪·十一》

“怎么会变成这样……”七千年之后，在星尊帝亲手设下的封印里，那双眼睛隐约闪烁着晶莹的泪光，似乎回忆起了当年的种种，“那一刻开始，我就不认得他了……他的眼睛完全变成了金色——那是破坏神的眼神！

“这种眼神，在以前并肩开拓时也不是没看过，但只在逼到绝境时才会显露。但那一刻开始，‘皇天’的力量完全操纵了他——他居然连我和孩子的安危都不顾惜，这个云荒，还有什么是他不可以拿来牺牲杀戮的？

“他为什么要灭海国？要杀纯煌？是为了私怨，还是为了国仇？

“如果不是纯煌，我在十四岁的时候已经死在了怒海之中——而琅玕来找我的时候，也几度遇到风暴，同样是鲛人将他从巨浪中救出。如果不是鲛人，我们两个人都不可能活下来。

“而且，在我们北归云荒的时候，纯煌挽留不住，知道我们有意逐鹿云荒，便用龙牙制成辟天长剑赠给琅玕，又将海国皇室最大的秘密告诉了我们。如果不是他的引导，我们根本无法在镜湖中心寻找到上古魔君神后的遗迹，用剑劈开封印，继承‘皇天后土’那样强大的力量。

“鲛人们早就知道上古力量所在，但他们无意于此，转而告知了我们。而我们，却最终用纯煌赠给的辟天长剑将他的故国覆灭！

“我曾和纯煌说过，要回去找他。然而投身战火后，岁月倥偬，身不由己，已然是渐渐淡忘。可这句十几年前的言语，琅玕却记得那般牢！一生中我从未离他左右，那一次流落海国经年，原来他一直不能释怀。

“魔性会扩张人心中的黑暗面，将一切欲望推到极致：勇武变成了黩武，刚毅变成了固执，关爱变成了独占欲……这些琅玕性格中原本的亮点，就这样不知不觉地被扭曲。他渐渐变得再也不是我所认识的那个人了。

“就在纯煌头颅落在我脚下的刹那，我知道，和琅玕这一生的路已到尽头。破坏神的力量已经在他体内觉醒，他停不下手！这个云荒上，如果我不阻止他，还有谁能阻止？

“对于云荒，我要的，是守护，是平安；而他要的却是征服，是支配——大约，这也是‘皇天’和‘后土’分别选中了我们两个人的原因吧？从十几岁时拿剑投入战火中起，我们注定走向的是两个终点。

“我开始调集自己麾下的人马，准备叛离。

“——是的，我必须要杀了他，然后，将他的力量封印。”

“白薇皇后……”白璎定定看着虚空中那双冷光四射的眼睛，喃喃叹息。那是她的先祖吗？这样决断有魄力，雷厉风行，却是这一世里温柔文静的她身上极少具有的——是七千年前的血，流到她身上的时候已经淡薄了吗？

“然而，那一战太艰难。当我渐渐落在下风的时候，我的兄长背叛了我，将我和我的军队出卖。苍梧一战后，我知道大势已去，便立刻遣散了麾下军队，孤身来到这里，想释放出龙神，结果……”

白薇皇后的声音渐渐低了下去，最终只是一声叹息。

想起帝后两个人最后惨烈的结局，白璎不敢接口，只好保持沉默。

“杀戮太重，唯我独尊，这样的空桑迟早会遭到报应。这个世上，从不存在‘绝对’的、没有‘制衡’的力量——只有破坏，而不懂建构，再强的王朝也会渐渐衰朽。

“七千年，从里到外糜烂出来的空桑，果然是灭亡了……而我果然只能在这里眼睁睁看着。如今，不知道他又在何处？他是不老不死的。但是，封印了‘后土’，‘皇天’的力量也会从失控到逐渐衰弱，他如今也不复从前强大了吧？不然，如何会看着自己一手创立的王朝灭于外族之手。”

白薇皇后长长叹息，眼睛合了一下。等这双眼睛再度张开的时候，已经瞬忽移动到了那条金色的巨大锁链旁，她看着白璎：“来，帮我把龙神的封印打开。”

白璎看着锁链上那双翼状的封印，诧然道：“我……可以吗？”

“当然可以。”白薇皇后微笑，“除了你，世上就没有人再能打开它了。”

冥灵女子有些迟疑地飘过去，沿着那条巨大的垂挂着的金索走上去。金光笼罩着她虚幻的身体，白衣女子仿佛是浮动在虚空中的光芒四射的神祇。

“把双手交错着放上去。”白薇皇后吩咐道，“左右手交叠的顺序和上面的相反。”

“可是……我还没有成为魔……”白璎望着封印上那一双交错如飞翼状的印记，迟疑片刻，但还是如皇后吩咐的将手放了上去。烙印上的那双手显然比她的手大得多，她将手放上去，恍如放入一盆金色的水中，转瞬淹没。

那一刻，白璎陡然觉得有一种吸引力从手上传来，竟似要将她的灵体吸入！她下意识地抽手，却发现手无法动弹，不由得失声道：“我没有办法打开……”

“专心！”白薇皇后那双眼睛里却放出了冷芒，厉叱道，“凝聚念力在‘后土’神戒上！”

那样的话语，是直接传入白璎心底的，带着压倒一切的力量，不容反驳。

仿佛那一瞬间被无形的力量操纵着，白璎全身一震，忽然间闭起了眼睛——在她重新睁开眼睛的一瞬间，苏摩陡然一怔：居然是完全陌生的眼神！那样叱咤凌厉、清冷如冰雪，一扫平日的优柔，如寒夜星芒，照彻天地。

“白薇皇后？！”他不由自主地脱口而出——果然，虚空中那一双眼睛已经无影无踪！

金光也在一瞬间大盛，仿佛要将站在金索上的那个白衣人影吞噬。然而仿佛有一把雪亮的剑忽然切开了金色的幕布，裂开黑夜。金光散开处，白衣女子站在封印旁，右手手指上凝聚了一道光华，划破虚空。

“后土”神戒戴上她手指之后，第一次回应出了如此夺目的光！

翻转手腕——结手印——左右裂开。这一系列动作快如疾风，当白璎以空手切入金光、裂开那个封印时，整条金索簌簌震动起来，连带着这个万年黑暗死寂的空间，都起了一阵奇异的颤抖。

然而震动忽然就凝滞了，仿佛有看不见的泥潭忽然出现，胶着住了那样凌厉的力量。那些四射的金光忽然也变得凝滞和朦胧起来，如雾气一样升腾，包裹住了白璎。

没能成功吗？暗夜里仰望着的苏摩脸色也是一变。

是因为白薇皇后被封印七千年，力量也随之渐渐衰弱了？原本，创世神和破坏神若有一方被禁锢，这个云荒便会失衡，而双方的力量都将会逐渐地衰竭。

千年之后，如今“后土”的力量已经无法解开那个星尊帝设下的封印？

看着金光重新将白璎淹没，来不及想，苏摩手指弹出，便急速地沿着那条引线掠去。然而在他掠入金光的一刹，整个漆黑的空间忽如骤停的心脏重新跳动一样，齐齐震了一下！虚空中的苏摩感到了一种突然而至的压迫力，他一惊，收缩！居然是这个空间骤然间收缩了一下！怎么会？一个封闭的、凝定的空间，忽然间有了巨大的变化？

金索在转瞬变成了金色的雾气，而雾气慢慢稀薄。与此同时，上空巨龙的双目忽然变成了赤红色，蓦然发出一声咆哮，奋力一挣！

咔啦啦——忽然间，这颗黑色的心脏骤然跳了一下。

仿佛是天穹裂了，一线灰白的光从头顶延展开来。先是一点，然后是慢慢延长的一线。然而不等那一线扩展开，一道金色的闪电霍然裂空而出，撞开了这黑色的铁幕，瞬忽消失。

那是——龙神！是脱离了金锁的龙神！

苏摩已经掠到了原先封印所在，然而却失去了白璎的踪影。那一刻他望着虚空中的裂缝，望着消失在其中的蛟龙，忽然便是一刹那的失神。就在那一瞬间，他感觉到一进入结界后变得无比宁静的心，又开始燃烧起来！

背后仿佛也有裂缝在延展，似有利爪在身内撕着，想从他身体里挣脱出来。

他的手因为剧痛而绞紧，那条引线切割着他的手指，滴落点点血红。傀儡师咬牙忍受着体内无数次反复发作的剧痛，将手伸向背后，他的手痉挛着，忽地用力抓住背后衣衫，连血带肉地将整片衣服撕下！

“龙！”他眼里的碧色更加深了，隐隐有妖异的惨绿，忽地低呼一声，“该出来了！”

在背后整片血肉被撕下的瞬间，仿佛同样有什么封印被解开，一道金光从傀儡师身体里裂体而出！依稀之间竟然也是龙的形状，在半空中盘旋了一瞬，便立刻扩大到无限，轻轻一绕，密室内顿时风云骤涌。

“去！”苏摩咬牙忍住撕心裂肺的剧痛，断喝了一声，“追你的肉身！”

那道从他体内出来的金光一个盘旋，旋即向着那一线裂开的虚空里追去——又是“咔啦”一声，在这道金光撞上黑暗空间的刹那，这个密闭的虚空忽然一个剧烈的颤抖，然后就如裂卵一样四分五裂！

“苏摩！”在结界破裂的瞬间，他听到白璎的声音，“出来！”

苏摩以手支撑着地，想从这个正在坍塌萎缩的空间里走出，然而背后完全是一片血肉模糊，仿佛无数利刃在身体上剖过，露出森森白骨。那样的伤势，超过他以前任何一次。他的手几次按着地面用力，然而却使不出力来。

空气再一次因为坍塌而收缩，密度忽然变大的空气让他窒息，宛如鱼离开了水，完全无法呼吸。

“苏摩！苏摩！”白璎声音从上方那一道越来越大的裂缝那端传来，焦急而惊恐——如果再不出去，在这个结界毁灭的一瞬，里面所有东西就要随之“湮灭”吧？

就在他再度使力却无法起身的瞬间，忽然觉得一种力量从手上传来。那种力量是细微而坚定的，凝成一线，瞬间将他从地上拉起，直向那个虚空拉去。

白璎？那是白璎，从时空的彼端将他拉了上去！

头顶上方，依然是灰白色，而脚下已经没有了黑色的汹涌波涛。

黄泉之水在结界破裂的瞬间被巨大的力量倒吸回地底，苍梧之渊的风浪也已然停歇。从困龙台上看下去，只看到巨大的金索直垂向不见底的裂缝，那一线地裂竟似真的没有底，她动用了灵力凝视着最深处，依然看不到终点在何方。

她的视线，被阻隔在了两界的边界上；然而她的手，却无法按住如此之多的伤口。

凭着那一线，不顾一切地将苏摩拉出深渊，白璎此刻却是束手无策。血从苏摩身体各个部位涌出，染红黑白两色的石台，冰冷而殷红，似是无法停止。

直到这时候她才明白偶人自己挣断引线的严重性——在这个封闭的、停止的空间内，一直受控于主人的傀儡竟然挣脱了引线！在时空都停止的空白区间内，由于偶人不愿意和苏摩一起赴黄泉地底冒险，出于自身的强烈意志，竟然自动割裂了和傀儡师的联系！

在这个禁域之内，镜像和本体第一次分离开来。

然而由于结界中一切都处于绝对静止的状态，所以即便分裂，平衡却不曾被打破，一切暂时都保持着原样。可如今封印一旦破裂，静止隔绝的结界就开始松动，慢慢重新融入外面的六合，阿诺挣脱后的恐怖后果便显露出来——对应着偶人身上引线的位置，苏摩每一处关节都仿佛被拆开，出现了一个个的血洞，不停地流出血来！

“白薇皇后，白薇皇后！”她用尽了所有方法，依然无法阻止苏摩身上恐怖的流血，终于忍不住脱口呼唤，在台上往虚空里顾盼，希望能寻求到那个人的帮助——然而在结界裂开，返回深渊之上的困龙台后，那双眼睛再也没有出现过。

“不用……”仿佛听到她向着虚空求援，苏摩忽然微弱地摇头。

虽然处于极度衰弱中，傀儡师身上具有的惊人力量却依然如往常那样保护着鲛人脆弱的肉体——在关节上的伤口出现时，会有一种看不见的力量在催着那个血洞迅速地愈合，肌肉生长的速度几乎是肉眼可见。

然而，旧的伤口刚刚愈合，立刻就会有新伤口再度凭空出现！

仿佛傀儡被拔去了引线后，身上留下引线的洞，那几个血洞顽固地出现在苏摩的各处关节上，无论怎样催合伤口都不管用。

她将“后土”神戒放在他伤口上，想用灵力给他治伤。然而不知为何，方才神戒上那斩断金索的巨大力量此刻居然半点效果也不见。血越来越多，渐渐浸润了整个石台，让黑曜石和白玉的台子染上了淡淡的红。

为什么？她居然无法动用“后土”的力量？难道是……因为她没有成魔，所以“后土”的力量只闪现了一瞬就不再出现？

冥灵女子仓促之下直接用手去按住伤口，只想让血流缓慢一点，然而鲛人的血从冥灵虚幻的手掌之间穿过，冰冷而殷红，不停地带走傀儡师的生命。

“白薇皇后……白薇皇后！”白璎徒劳地张着手，看着血一滴滴从掌心流过，她终于压不住内心的恐惧，对着虚空颤声呼喊，“快来！救救他！”

“啪！”忽然间虚空里一声脆响，一击猝然落到了她脸上，打得她一个踉跄。

“自己去救！这般没出息！”头顶那一线灰白里，无声无息浮现出了那双眼睛，冷芒四射。白薇皇后终于出现，然而对着自己传人的第一句话，却是这样的呵斥和责备，毫不容情。

那一掌将白璎从恐惧急切中打醒，她愣了一下，讷讷道："我……我还未成魔，真的能继承'后土'的力量？可我、我没法把'后土'的力量用出来……"

"那是你心神根本没凝聚！"白薇皇后在虚空中怒斥，"所谓成魔，不过是试试你。你知道'护'的代价是什么？隐忍、牺牲、悲悯，这些如果你都具有了，才能继承我的力量——我就是要知道你为了空桑，能牺牲到什么样的地步！"

白璎低声："为了空桑，我什么都可以牺牲。"

仿佛是怒气稍缓，白薇皇后凝视着白璎，微微叹息："是，你决心很大，那我就成全你。其实冥灵并非不可继承力量，只是——冥灵不能转生，一旦我将力量传给了你，在你消散后，力量也将湮灭，那么，'后土'一系就将自你而绝！事关重大，所以我一定要知道自己最后一个血裔，是不是值得托付。"

原来如此！白璎恍然，只觉忽然间不敢和那双眼睛对视。那样的压迫力……白之一族的先祖，空桑王朝的国母，千年后依然有着这样的气势！

也只有这样的女子，才能和星尊大帝并肩天下吧？

"你的本心纯善，完全符合'护'之本心，所以我将力量传承给你，同时在'意识'还未消散之前，我会尽可能地指点你。可是……"白薇皇后的眼睛再度冷凝，审视着抱着苏摩跪在血泊中的白璎，"你的性格太柔弱仁慈，临大事决生死之时，竟慌乱如此。七千年后，我的血裔真成了娇小姐了吗？"

白璎低下头去，一句话不敢说。那样毫不留情的怒斥，也只有在少女时代独居白塔神殿时，才听训礼女官说过吧？

她默默地低下头，手指在"后土"神戒上抚过，忽然间感觉到了汹涌的回应，似乎有波涛在她的双手之间汹涌而来！

那……那就是"后土"的力量？

她再不敢多说，凝聚起了全部的心力，竭力去体会、控制着那种忽然间汹涌而来的力量，将那种奔腾的力量在双手之间凝定，然后一分分地融入自己的灵体。当那种力量和她渐渐产生共鸣的时候，她再度将其注入了苏摩体内。

"怎么那么慢？"白薇皇后的语气依然严峻，"身为我的血裔，连'后土'的力量都无法掌握！拥有'护'之力量，却救不了想救的人？！"

“哈……只知道骂别人。七千年前……你也有‘护’的力量……”垂头听训间，她忽然听到一个微弱的声音传出，虚弱却冷嘲，“那时候……你，你可曾救回了你想救的人？”

一语既出，虚空中那双冷芒四射的眼睛，忽然间凝定了。

“苏摩！”白璎诧异地看到一直处于半昏迷中的傀儡师睁开了眼睛。那自幼就盲的双目中依然是混沌的碧色，然而眼里、嘴角，全是锋锐的笑意，他用力从血泊中支撑起身子，看着虚空中的眼睛，断断续续地反问。

白薇皇后静静凝视着这个鲛人，眼睛黯淡下去。

“虽然有着一样的脸，可你一点儿也不像纯煌。”静默了半晌，忽然，半空中一物“啪”的一声跌落，“是不是因为这个东西的原因，所以你一点儿也不像纯煌？”

仿佛被扯着引线拉回，一个偶人仰面朝天地跌落，正好落在苏摩怀里。

偶人手脚上还有丝丝缕缕断了的引线，线头上滴着血。然而偶人脸上，却交织着痛苦和快意、恶毒和讥诮的神色——白璎只看了一眼，就忍不住脱口低低“啊”了一声。

不是错觉……这一次，绝不是错觉！

只是从结界里转了一趟回来，阿诺居然又长高了半尺！

“不错，它是在长大。”仿佛洞察自己血裔的任何心思，白薇皇后将那只意图逃脱的偶人从虚空里扯回主人身边，眼睛里带着厌恶的神色，“龙神出世，海皇的力量也随之觉醒——本体和镜像之间一荣俱荣，所以这个东西也长大了那么多。”

“可如果继续长下去……”白璎陡然想起，自从见到这个傀儡娃娃起，它似乎就在不知不觉地慢慢长大，她不由得倒抽一口冷气，喃喃道，“它会……”

“会长到和我一样大……就如孪生兄弟。”停顿的刹那，苏摩忽然冷笑着回答，将那个扭动挣扎的偶人抓在手里——他的手还在流着血，然而在抓住阿诺的刹那，他的气色就明显地好转了。

傀儡师拎着那只偶人，将一根一根断裂的引线重新接了回去。每接上一根，偶人的扭动挣扎就微弱一分。当一半的引线接上时，阿诺就安静了。

然而，它的眼睛却是一直不安静的，幽绿的光在小小的眼底转动，如同萤火。

“它本来就是被我在母胎内吃掉的孪生兄弟。”傀儡师看着不停长大的傀儡，眼底转瞬笼罩了往日一贯的阴冷和邪异，他用滴血的手指勾起阿诺软软耷拉下来的头，冷笑道，“你看……它已经懂得要挣脱我了。将来就算它反过来想吃掉我，也是不稀奇的。”

“苏摩！”虽然对方是用这样玩笑的口气说话，白璎却已然觉得不祥，她想一把夺过那个偶人，“扔了它吧……这种东西如果不扔掉，真的迟早会吃了你的！”

“不要管我。”苏摩只是冷笑，凭空轻轻一动手指，“可以还我了。”

白璎一怔，低头才发现手上那只穿着引线的指环已然落回了他手里。

傀儡师将指环小心地套上阿诺的关节，然后将断裂的引线续上。在做这些事情的时候，他眼底的阴枭和邪异一分分地浓重起来，仿佛又恢复到了往日那样的喜怒莫测——无法想象，就在片刻前的水底结界里，他曾这样凭着一线，牵着她走过那样漫长无尽头的路，安静而温柔。

“纯煌的后裔，已经沦落至此了吗？”看着偶人和傀儡师之间的关系，被苏摩方才迎头一问镇住的白薇皇后重新开口，叹息道，“身上的‘恶’，已经到了濒临极限、压倒你自身意识的时候了……怎么会这样？要知道纯煌身上，是一点点的阴影都不曾有啊。”

“是吗？一点点都不曾有？”傀儡师接完了最后一根线，看了她一眼，嘴角忽地弯起，“若不是出于私心，他怎会泄漏海国的秘密，让你和琅玕继承那种上古的力量？”

白薇皇后的眼神猛然一动，不再说话。

是的，当年，在她离开海国之时，还是皇太子的纯煌将海国皇室世代相传的秘密告诉了她：在镜湖中心的那座孤岛上，封印着上古魔君神后的力量，只要能泅渡过飞鸟不渡的镜湖，她便能获得无上的力量，足以平定当时的云荒乱世。

回到云荒之后，她把这个秘密告诉了琅玕。他们历经艰苦，双双来到了镜湖中心荒芜的岛屿上，打破了上古的封印，将被埋葬已久的巨大力量收为己有，镇入“皇天”和“后土”两枚神戒之内，携归云荒。获得了那样的力量，他们才并肩起于乱世，征战四方，最终得以一统天下。

“魔君神后的力量，在上古之时已经被封印，沉入湖底。这个秘密本该只有我们鲛人一族知晓，”苏摩的声音冰冷而讥讽，“可是，他知道那是你的心愿——为了让一个小姑娘完成这一生原本无法达到的心愿，纯煌他擅自泄露了族里相传的秘密，将上古早已封印的力量释放。”

“不……你不知道当时云荒是什么样的惨景！各方征战，民不聊生，”半空里的眼睛失去了平静和冷澈，反驳道，“纯煌他虽是来自海国，但应该也希望云荒大陆能平安，不再延续战乱，所以才把力量借给了我们。”

“是吗？”苏摩忽地大笑起来，“我不知道我的先祖曾如此伟大……伟大到，要去悲悯云荒大陆上的空桑人！他不知道他给海国带来了什么样的命运吗？如果不是他一时心软，海国会被族灭吗？”

白薇皇后的眼神黯了一下，似乎被刺中了痛处，垂目片刻，才叹息了一声：“连我都不知道琅玕后来会变成那样，他又怎么能预测未来的命运？”白薇皇后的眼睛平静里带着悲悯，看着纵声狂笑的傀儡师，“无论怎么揣测，心怀恶念的你，是无法了解纯煌的，因为你不曾完整地‘继承’海皇所有的力量。你玷污了海皇的血脉——所以，就算龙神出世，你继承了力量，也不能再继承先代海皇的所有记忆。”

“我为什么要去记？”苏摩冷笑，慢慢支撑着站了起来，“鲛人的寿命实在太长，我连自己的一生都已经快记不住，为何还要去记先代的事情？我只要继承那种力量，然后带着鲛人们回到碧落海去！”

白薇皇后忽然沉默——那，是这个傀儡师的愿望吗？把被俘虏的族人带回故乡，这就是这个海皇的愿望？为了获得这种力量，他才不惜用“裂”的方法，拆开自己的神魂，修炼邪术？

那一刻，虚空里的眼睛闪过了微弱的叹息，却不说话。

傀儡师微微动了动手指，十只样式各异的戒指灵活地闪动着。

“你说我无法揣测纯煌的心……可是，至少有一样，我是知道的。”顿了顿，仿佛是在想着如何措辞，苏摩终究在嘴角浮出一个锋锐的笑，“星尊帝杀他，也不算杀得冤枉。”

那一刻，白薇皇后和白璎都微微一怔。

苏摩看着她，眼里的恶意越来越浓烈，终于忍不住冷笑起来："这个头颅被扔到王座前的时候，你竟然没注意到？几千年来，你都没注意到？"

白薇皇后愕然："什么？"

"那个头颅上，有着男子的脸！"苏摩只是冷笑，深碧色的眸子隐隐有杀气，带着刻骨的讥诮，"你离开碧落海的时候他还不曾变身吧？鲛人只会为一个原因而选择性别——以星尊帝那样的性格，灭了海国后，如何能留着他？"

白璎恍然，却随之泛起一种说不出的悲哀来。

那样的话说出后，白薇皇后却没有立刻回答什么。虚空中的眼睛忽然合上了，仿佛是回忆着什么，仿佛又是掩盖着眼里的种种情绪。

不知是不是灵力合一后的影响，白璎虽然不知道皇后的表情，却感到凭空有种种激烈的悲愤如急流般涌上来，呼啸着，几乎将她内心充满。她忽然身子微微发抖，连忙用双臂撑住冰冷的石台，咬牙忍受着内心撕裂般的激流。

"等我回来找你！"依稀中，她仿佛又看到了那个镜像幻影，"再见，阿煌！"

那个声音是对着一个鲛人少年说的。碧海蓝天，风往北吹，木兰舟发。那个俊美的少年涉水而来，遥遥送别，龙在他的头顶盘旋，远远看上去宛如天神一般。然而，那种凌驾一切的美，的确是没有性别的。

是的，在她离开的时候，纯煌尚未选择性别。

是什么让他改变……风吹起他深蓝色的长发，鲛人少年眼睛里有千言万语，却只字未吐，而那个即将获得力量、准备回去完成梦想的红衣少女却雀跃而欢喜，恨不得立刻返回故乡。只在船头对着他说了那样一句话，便扬帆远去。这一去就是二十年，她再也没有回到碧落海。

不是没有感激，不是没有思念，只是，一切都抵不过少年时的梦。

她有着那样强势的性格，决绝而刚烈，从小起心里就藏着一般女人少有的霸图，千秋家国梦。那些年来不停地驰骋，腥风血雨见惯了，早已渐渐淹没了心里的那片蓝天碧海。她的一生，一直在血战中不断前行，那些跟不上她的朋友和部属，一个接着一个倒下或者离去；而到最后，身侧一直和她并肩前行的，只有那个后来成为她丈夫的男子。

二十年后，她已然君临天下。

帝都中，王座上，皇后偶然回想当初少女时的过往，也只依稀记得一个极亲切、极温柔，却也渐渐模糊的影子罢了。

都忘了吗？战火滚滚的云荒大陆之外，那片碧海之上，那个鲛人少年曾竭尽全力完成她的所有愿望，只希望她能快乐，能完成一生的梦想，甚至在她和那个人返回云荒的时候，都不曾阻拦半句——因为他知道，天生爱好搏击风浪的女船王，是无法留在这片平静的故土上的。

“等我回来找你！”那时候，她那样快乐而轻松地在船头对他喊，带着对未来的无限憧憬离去。殊不知，那是一个万难兑现的诺言，而他却真的在一直等待。

一直到，遥远的北方传来云荒一统、毗陵王朝建立的消息。

一直到，听闻那个开创新天下的皇后，封号为白薇皇后。

当头颅落在她脚下的时候，她是一眼就认出了他的——那样凌驾于一切种族的美，任何人看过一眼后都不会忘记。然而，她只震怒于丈夫的不告而战，失惊于丈夫陡然间的暴戾和阴暗，惊骇于破坏神本性的复苏——却没有仔细去看那一颗被斩下的头颅，其实已经分化出了性别！

七千年了，她居然一直不曾明白对方的心意，甚至到失去了形体，失去了自由，在那样漫长的岁月中，依然不曾知道他因何而死。

纷杂而巨大的记忆忽然间全部涌上了冥灵女子的心头，白璎忽然间有了某种时空错乱的恍惚，不知道自己究竟是谁——只是，那种悲痛和愧疚却是真真切切的，深沉而茫然，一分分在巨大的记忆激流中沉淀下来，逼得她几乎窒息。

“纯煌……”白璎忽然间低低脱口唤了一声，痛彻心腑——然而那两字似乎不是她发出的，而是内心无数的强大幻象压迫出来，是另一个人心里汹涌着，却极力控制的巨大念力，迫得她不得不吐出这两个字。

“纯煌。”片刻的静默，仿佛不再勉强压抑自己的情绪，那双眼睛蓦地睁开了，有两行泪水，隔了七千年，忽地从那双虚无的眼睛里滑落。

在白薇皇后开口的瞬间，白璎内心的压迫力陡然减轻，仿佛那些激烈的情绪忽然找到了出口，随着泪水奔涌而去。

她抬起头来，看到的却是黑衣的傀儡师抱着那个邪异的偶人，静静看着虚空中流泪的双眼。一模一样的脸，仿佛是鲛人也有再世轮回之身。

——只是那眼睛，那气息，却是截然相反的。

“我和琅玕对不起纯煌，而空桑对不起海国……”皇后的声音里第一次有了痛苦的颤抖，她注视着苏摩，仿佛看着七千年前的故人，“我们一起犯下来的罪啊。所以七千年后，鲛人才会沦落至此……所以，你才会变成这样。可怜的孩子。”

苏摩神色不动：“我要变成什么样子，是我自己的事。”

“如今，我能为你们做什么？尽管告诉我。”白薇皇后眼里充满了悲悯，开口道，“让鲛人返回故土，这个不用我答应，白璎也会尽力。我还能为你做什么呢，海皇？”

“什么也不用。”苏摩冷然回答，“我并不是纯煌，皇后。”

他抬头，无神的眼睛望向头顶那一线裂开的渊上——那里，灰白色已经开始流动、稀薄，渐渐如云开雾散，标志着这个存在了七千年的封印即将消失。从变淡的结界上空，依稀可以看到巨大的金色影子瞬忽掠过，腾空上下。

“龙神已经释放，‘后土’的力量也再现于世。这一次空海之盟，算是完成了一半。”傀儡师携着偶人站起，意欲离去，“既然空桑已经完成了自己的约定，那将南方的六合封印取回的事情，我们复国军定然也会做到——请转告真岚太子，我已令左权使炎汐前往鬼神渊，应不出三月便有回音。”

“好。”对方语气忽转，白璎有点儿会意不过来，只讷讷地答应。

“封印已开，走吧。”傀儡师不再多言，足尖一点，便已从困龙台掠起。

看着那一袭黑衣瞬忽变成一个小点，白璎怔怔地站在台上，有些茫然。似乎总是这样……这个人说话做事，充满着矛盾的突变，从来不让人知道他到底下一步会如何。

“走吧。”白薇皇后的眼睛一直在虚空里凝视着自己的血裔，轻轻提醒。

“是。”白璎蓦地明白过来，连忙点头。

然而不等她跟随着掠上深渊，一阵风过，却是苏摩重新掠了下来。

“怎么？”她一惊，问。

“外面有沧流的征天军团，龙正在和他们搏斗。”傀儡师的脸色苍白却透出杀气，“你先不要出去。”

白璎更惊，按剑而起：“那你下来干吗？我和你一起上去！”

苏摩沉默了一刹，说道：“外面此刻尚未日落，你还出来不得——多在渊下待一会儿，我和龙去打发那个巫抵足足有余。”

话音未落，那一袭黑衣再度掠起，消失在空中。

石台上陷入了沉寂，白璎有些失神地看着天空。而那个皇后的眼睛再度合起了，仿佛因为多年的封印而显得衰弱，又仿佛尚自陷在千年前不曾知道的感情激荡之中，久久不能平静。

白璎待在深渊下的石台上，坐在浓重的阴影里，仰头看着那一线天空中不时交剪而过的电光和风雷，听到了隐约的轰鸣和爆裂——想来，是新出世的龙神一上来就碰到了巫抵率领的变天部，从而引发了双方的一场激战。

苏摩和龙，是不是巫抵和比翼鸟的对手呢？

然而无法在日光下行走的她只能躲在暗影里着急，等待着时间慢慢流逝。

半空中有零星的血如雨一般飘落下来，然而落到她脸上都已冰冷，分不清是冰族的血，还是鲛人的血。不停地听到有机械爆裂坠落的声音——想来，应该是龙的力量占了上风吧？毕竟那一群只为“皇天”而来的沧流军队，根本不曾料到龙神会在此刻逃脱，猝不及防之下被打得落花流水，也不是不可能的事情。

厮杀声渐渐微弱，她目睹着那一线天空由湛蓝变为深蓝，由金瑔变成绯红，最后成为一种渐渐凝固的靛青的颜色。那一瞬间，她的心里忽然涌起了某种深沉的悲哀。

天已经黑了，该出去了吧？

然而，低下头的刹那，她却看到有一具尸体静静地躺在苍梧之渊的最深处——在黄泉之水终于全部回归地下的时候，这具苍白的尸体才浮出，正好躺在那一线天光映照之下。那样的安静，那样的熟悉。那是……

“那是我的尸身……”白薇皇后显然也看到了，眼睛里有感慨，“一直浸泡在黄泉里，竟是那么多年尚未腐烂。”

那双眼睛只是在自己的躯体上停留了一刹，便飘落在白璎掌心，转瞬湮灭。

“我们出去。”她听到皇后对自己说。

恍惚中身体不受自己控制，按照另一种意愿瞬忽动作起来——她足尖在石台上一点，身形掠起。困龙台居然在她脚下轰然碎裂，化为千百碎片坠落深渊。

在腾出苍梧之渊的刹那，她俯视着渊底那具躯体，挥手拂袖——

仿佛有无形的力量催着，那一道深渊居然缓缓闭合！

白璎愕然地看着那样强大的力量翻覆着天地，知道那是白薇皇后在处理着一切。她借了自己的身体，在处理着千年前留下来的残局。

抬起头来，看到的是满空纷飞的影子和闪电，风隼的轰鸣震动了天地。在变天部织成的罗网中腾挪飞扬着的，是七千年后一朝脱困的巨龙。满空闪电中，黑衣傀儡师手抚龙颈逆鳞，乘风直上，穿梭于满空电光中，衣袂翻飞。

“海皇。”看到苏摩的一刹那，白薇皇后低声一叹，“复活了。”

腾出深渊、看到结界封闭的那一刹，白璎忽然有一种恍惚——仿佛过去几千年一直延续着的、某段梦幻般的历史，在脚底万丈深渊轰然闭合的刹那，戛然结束。

而新的一卷历史，正在云荒上空缓缓展开，风云激变。

第五章

龙战于野

风从南边碧落海上吹来，带来盛夏即将到来的炎热气息。醺然的微风中，泽之国沉浸在一片浓重的绿意中。

源出天阙的青水到了春天开始骤涨，一路灌注着整个泽之国。青水涨了，河流和小溪的水面都比冬日宽了一倍多，淹没了驳岸，还在继续往岸上漾开。茂盛的藻类浮满了水面，密密麻麻，底下不时有一个个小气泡泛出——想来是各种鱼类也苏醒了，在水底追逐着嬉戏。

春草茂盛，萋萋生满了大泽水畔，几有一人高，大都是泽之国最常见的泽兰。大片的碧色中，星星点点开放着各色不知名的野花，随风摇曳，远远望去竟颇有风情。

然而，在这云荒北方，烛阴郡的郊外，这些方生的春草却被踩踏得零落。

无数的马蹄印和靴印，杂乱斑驳地印在官道上，似是有大批人马刚刚过去。火还在燃烧，一堆一堆沿着官道延向远方，风隼的呼啸也已经远在十里开外——显然，这里和别处一样，也刚经历过一场规模浩大的搜索。

这条朝向北方九嶷的官道两旁，所有建筑完全被焚毁了，连地上铺的石板都被用钩镰枪一块一块扳起，地毯式地搜索了一遍。而以官道为中心，那些搜索践踏的痕迹朝着两侧荒野展开，一直延续到青水旁。

暮色开始笼罩云荒大地，火还在燃烧，却已经是半熄不熄。

地面上没有任何活动的迹象。这片烛阴郡的远郊，忽然仿佛成了一片死地——在征天军团和地面镇野军团的联手搜索下，哪里还能剩下一丝人迹？

只有青水还在活泼地流动着，继续奔向九嶷。水面上开满了白萍，微微漾啊漾，底下不时有活泼的鱼类游弋，相互追逐着。有长着翅膀般双鳍的银色飞鱼忽地跃出水面，叼走水面的飞虫，然后也不落回水里，只是顺着水流的方向一直飞远。

暮色沉沉，死寂。没人注意到有两根高出水面一寸的芦苇，居然是活动着的，在顺流漂动。

“哗啦！”又一条银白肥胖的飞鱼跃出了水面——然而从急速拍动的鳍来看，这条鱼显然不是为了追逐虫子而跃出的，而是在落荒而逃。

水面破裂，一只白生生的小手从碧水中霍然伸出，一把揪住了鱼的尾巴。

“哎呀，抓到了！”湿淋淋的黑发从水里随之浮出，少女吐出了嘴里的芦苇，一手提着乱跳的飞鱼惊喜地大叫。

“那笙！”水中探出一只大手，将少女连同鱼瞬间一起摁回水底，“小心！”

水面在瞬间又恢复到了一片平静，片刻，前面那条吃了飞虫而离去的飞鱼迅速地逆着水流返回了，重新跃入了水中。然而没有游走，却在一棵浮萍下长久地停着，摇头摆尾，吐出一串气泡，似乎在呦呦地说着什么。

忽然，那些水面漂浮的白萍散开了，密集游动的鱼类也很乖地让开了路，仿佛水下的一切生物都听到了无声的指令——蓝色的长发如水藻一样泛起，四名鲛人在暮色中浮出了水面，看了看四周，飞鱼停在其中一人的肩头，两鳃鼓动。

“西京大人，现在你们可以出来了。军队走了。”为首的鲛人道。

水面再度裂开。一个魁梧的男子和一名娇小的少女一起浮出水面，两个人均穿着紧身水靠，出水后身上竟滴水不沾。

“我就说外头的人早就走开了嘛，你偏不信。”吐掉了嘴里咬着的换气用的芦苇，那笙横了西京一眼，然后手脚伶俐地游向岸边，一边还不忘把抓到的鱼用草叶穿了鳃，扔在岸边。旁边的鲛人在她腰上一托，少女便轻盈地跃上了河岸，钻进了泽兰丛中：“闷死我了，我先换下这鱼皮衣服啦！你们谁都不许过来。”

暮色中，一人高的泽兰簌簌动着，掩住了少女的身形。

“湍，你们三个去替西京大人寻一些食物，顺便探探明天的路。”为首的那名鲛人对其余三名同伴吩咐，“看看离苍梧郡的水路通不通，有多少冰夷军队把守。”

“是，队长！”三名鲛人无声无息地滑入水中，沿着青水潜行而去。

“多亏有你们带着我们从水路走，不然这漫天遍地的搜捕，我们是无论如何也难活着走到九嶷。”西京另外寻了一个地方上岸，坐在石上，将靴子踩在溪水里，将贴身的鲨皮水靠剥下，一边对着依然在水中警惕四顾的鲛人战士道谢。

“何必谢。空海之盟已成，既然少主吩咐要不惜一切代价送你们到九嶷，我们当然要全力以赴。”复国军队长静默地回答，声色不动——应该是尚未“变身”的鲛人，这个复国军战士身上有一种中性的气质，俊秀的脸上没有明显的性别特征。然而，虽然是这么客气地说着，还是看得出他对空桑人有着根深蒂固的敌意。

“天香酒楼的老板娘，也是你们的人？”西京忍不住诧异，回想起半个多月前自己在那里的经历，“可她……明明是个中州遗民啊，不是鲛人！”

复国军队长不出声地笑了笑：“我们复国军里，并不是只有鲛人。”

顿了顿，将落在肩头的鱼赶开，队长轻轻加了一句：“鲛人，也是有朋友的。”

西京心里一热。那个丰腴泼辣的老板娘，虽然名为“天香”，说话却粗野，穿着打扮也俗艳。然而，却有着一诺千金的豪爽侠气。当垆卖酒，结交天下游侠少年，巴掌上站得了人，胳膊上跑得了马——然而，这个老板娘却热衷于做需要巨额资金的鲛人买卖。多年来她一直从泽之国各郡购买鲛人，然后送到叶城去高价出售。种种奇异的行径，让她在康平郡一带人尽皆知，成了臧否不一的奇女子。

——却不料，竟是复国军的人。

“我有个好姊妹在康平郡开酒楼，将军到了那里会接应的。”几个月前从桃源郡出发时，如意赌坊的老板娘这样叮嘱。对于这个异族的手帕交，如意夫人却是如此推心置腹，完全地信任。

而天香只凭了好友那一句嘱托，便冒着杀身之祸，将受伤的他和那笙收留在酒楼，避开了沧流军队的好几次搜捕，帮他疗伤。后来再无法遮掩，她便紧急和复国军议计，让鲛人战士从水路带他们两个人去九嶷，自己则留下来独面盘问和追兵。

——这两个异族的女子之间，竟有这般男人中也罕有的情谊侠气。

“对了，一直没问你的名字。”沉默片刻，西京问那个鲛人队长。

“宁凉。”那个鲛人只是短促地回答，毫无热忱。

西京忽然明白过来，这座康平郡的天香酒楼，定然是传说中“海魂川”的一站——那是千百年来，帮助鲛人奴隶逃脱、回归自由的地下途径。

他从汀嘴里听说过那一条密道。据说海魂川成立于空桑的最后一个王朝——梦华王朝中期，一直延续了几百年。漫长的逃离途中，沿途一共设有九个落脚点，每个都有复国军专人负责，里面存储了大量的财物，以便给逃脱的奴隶提供最大程度的庇护。

成功逃离的鲛人奴隶，最后都会来到镜湖最深处的复国军大营，和同族会合。

后来沧流帝国建立，各方的统治不断加强，海魂川也受到了残酷的破坏。百年来九个驿站已被毁去五个，剩下四个更是深藏在云荒的各处，除了复国军之外没人知道。

“现在我们走的水路，就是‘海魂川’？”他脱口问。

那个鲛人战士微微一惊，显然是没料到这个空桑人如此了解。

“前面是，不过终点有改变，”鲛人回答，“你去的是九嶷。”

仿佛没什么可说的了，两个人之间便又沉默下去。正在尴尬之间，旁边簌簌一声响，一个人从泽兰中钻了出来，却是换好了衣服的那笙。

“饿了，吃饭吧！”她却是一脸轻松，俯身拎起地上拍打双鳍的鱼，对他们晃了晃，然后轻快地跳上了路边——废墟里还有残火明灭，正好可以用来烤东西。她高高兴兴地开始晚餐的准备：尖利的石片用来刮鱼鳞，树枝用来穿鱼烤，红芥的叶子可以包鱼吃。

“别吃那条文鳐鱼！”在她忙活的时候，却听到有人说，“快放了它。”

抬起头，看到的是那个一路死气沉沉的鲛人队长——他肩头还停着另一条鱼，不停鼓着鳃拍着鳍，盯着地上被草叶穿鳃的同伴看，鱼眼都快要弹出来了，一副焦急的样子。

“放了也可以，”那笙白了他一眼，“用你肩上那条来换。”

宁凉被她抢白，皱了皱眉头，按捺住火气，慎重道：“我们海国的习俗，文鳐鱼是不能杀的——这种鱼有灵性，朝游北海暮栖苍梧，可以和鲛人对话。海皇每次诞生的时候，它们便会簇拥在旁，为之歌唱。”

“可我肚子饿。”那笙没好气，拨弄着鱼鳍，“我又不是海国人。”

宁凉脸色青白，眼里有愤怒，却不知该如何和这个中州女孩沟通。

“唉，丫头，好歹看在炎汐也是海国人的分上，忍一会儿吧。”西京看不过去，在旁边懒懒说了一句，“再闹，我就把你收进酒葫芦关着啦！”

听得“炎汐”两字，宁凉的脸色却微微一动。

“你敢！”那笙蹙眉，傲然道，“你现在关不住我！我会破解那个法术了，哼！”

这一路上，起先她每日被关在葫芦里打包上路，大叫大闹也不管用，最后她想起了真岚给她的那一册书，便急急翻开，寻起了破解这个禁咒的方法。然而，不料一翻开那本书，苗人少女就不由自主地被书中各种神奇的法术深深吸引。

一个多月后，在西京遭到又一次围攻、重伤不支之时，葫芦里的少女自行掀开盖了冒了出来，用刚学会的拙劣咒术勉强抗住了剩下的残兵，扶着他匆匆逃入康平郡，踉跄跑去向天香酒楼的老板娘求助。

自从那一次后，她终于从那个残留熏天酒气的牢笼里逃出来了。

然而，听得炎汐的名字，那笙却服输了，叹了口气，将文鳐鱼放开：“算啦，不吃就不吃！我另外去找吃的就是，总不成饿死。”

银色的飞鱼一得了自由，便拍打着双鳍跃起，尾巴一卷，最后还不忘打了那笙一个巴掌，然后飞快地向着伴侣飞去，和宁凉肩上那条文鳐鱼一起，双双蹿入了水中。

“什么嘛……下次抓到一定烤了你！”捂着被鱼尾拍中的脸，那笙恨恨道，转身去树林里寻觅食物，准备当夜的晚餐。

宁凉望着那笙的背影，忽然问：“这位姑娘，她认识炎汐吗？”

“是啊。当然认得。”西京笑了起来，“你不知道吧？她就是那个让你们左权使变成男人的女孩……让人头痛的丫头啊。”

“哦？”宁凉低声应了一个字，神色奇异。

“你也认识炎汐吧？”西京挑着眉毛，问。

“何止认识，”宁凉淡淡道，神色不动，“多少年的战友了。”顿了顿，忽地冷笑，“还说什么为了复国舍弃性别……到最后，还是抵不过那一点本性萌动？早知今日，何必当初夸下那样海口。”

西京眼神蓦然一沉，不再接口，转头：“丫头，弄好了就过来！”

“哎！”那笙在那边折腾了半天，抬起头来，“酒鬼大叔你伤口没好，不能吃有腥气的，我得另外替你挖一些木薯来——对了哦，”她挽起袖子用短刀在泥地里挖，忽地转头问宁凉：“你们鲛人吃不吃鱼？不吃的话我多挖一点木薯好啦。”

宁凉却一直看着她，不说话。

风在旷野里吹拂，带来泽之国特有的温润气息，宣告着初夏的来临。

用前襟兜着一堆块茎，那笙欢喜地沿着道路往回跑。路面坑坑洼洼，跑得满脚泥巴，两边尚未燃尽的房子还在暮色中噼噼啵啵地响着。那笙看着明灭的火舌，却兴高采烈地想着：这样不用生火，就可直接在废墟上烤了。

挑了一处火还在烧着的地方，她拨拉着燃烧的木头——大概是坍塌下来的梁柱——扒出一个小坑来，然后将木薯用河边湿泥裹了，直接扔进火堆里去，用滚烫的灰焐上。这样，不出一个时辰木薯就会熟了。她自幼在中州战乱中流离长大，打理这些自然是熟极。

然而，在灰堆里扒拉着，忽然间扒出了一截黑乎乎的东西，扭曲着形如焦炭，上面似乎还吱吱冒着油脂，发出一种奇特的味道。

那笙刚开始还诧异地用小棍子拨弄着，把那一截焦炭翻转过来，放到木薯上，借着火力烤。然而让她吃惊的是在火焰已经熄灭的房屋角落里，接二连三地发现了堆叠在一起的同类焦炭，有一些分明是做着挣扎的形状。她陡然明白过来那是什么东西，发出了一声惊呼，扔了棍子向后退去。

“怎么了？”西京吃了一惊，连忙握剑起身。

“死、死人！”那笙脸色苍白地连连倒退，指着废墟的角落，“这里，一堆死人！”

西京将那笙拉到身后，然后踏入火场查看。光剑将横斜阻挡的木石扫开，在废墟的角落里果然发现了一堆被烧成了焦炭的尸体。挣扎着做出各种姿势，甚至有一具被烧成一团的女性尸身下，还护着一个同样被烧成小小一团焦炭的婴儿。

这些人生前大约都不愿被军队驱赶着离开故园，便躲在地窖里。然而他们没有料到征天军团和镇野军团在迁走居民后，坚壁清野，一把火将通往九嶷必经之处烧成了一片白地。烈火将地板烧塌，堵塞了出口。他们无法逃出，便活活地被烧死在内。

木薯埋在那些死人的灰烬里，被烈火和焦尸的余温慢慢烤熟。

“我们换个地方吧。”西京默不作声地查看着废墟，甚至用枯枝拨开灰烬翻动着死人的身体，灰里隐约传来金属撞击的轻响。最后西京却什么也没说，只是叹息了一声，拉着那笙头也不回地走开。

那笙脸色苍白地看着那一堆焦炭，静静咬着牙齿不让自己再惊呼出来。自从踏上云荒土地以来，一路经历了这样多的生死波折，这个小女孩也已经渐渐有了自制力——或许，就是一场场目睹的杀戮磨炼了她的忍受力，坚定了她继续跋涉的决心。

“等从王陵里取出了那只臭脚，”她轻轻咬着牙，声音却冰冷，“我非要把这群冰夷坏蛋杀了不可！”

西京却是摇了摇头，不作声。

“怎么？”那笙远远地离开那片废墟，在另外一个残破的石阶上坐下，问。

空桑剑圣凝望着北方上空的阴云，淡淡道：“一个飞廉，已经和云焕一样难应付了，何况这一次连巫抵都亲自来了……比翼鸟啊，丫头，你恐怕还不是对手。”

那笙还要说什么，却看见宁凉也在那边废墟里翻查了半天，手里拿着那几个从火堆里扒出的木薯，没有表情地扔过来：“已经熟了，吃吧。”

“不要！”那笙脱口叫起来，“这是死人的灰焐出来的！”

“人死了，和焦炭也没什么两样。”宁凉见她不吃，也不客气，一个人坐在路边的乱石上，剥开了一颗，无谓地摇了摇头，“不要浪费食物。”

那笙只觉得恶心，侧过头去。

刚开始看见宁凉的时候，那样清秀疏朗的眉目，总让她觉得这个尚未“变身”的鲛人战士应该是个秀丽的女子——然而此刻，她又觉得宁凉实在不像会变成女子的样子。

西京在一边看着，却离开那笙，坐到他身侧，摊开了一只手，示意。

“你也饿了？”宁凉挑着眉，随手把掰开的另一半木薯递给他。

西京接过，咬了一口，眉色却沉郁：“你也看见了吧？”

根本没有问空桑将军看见的是什么，鲛人战士自若地接了下去：“嗯，是一帮盗宝者。”

刚才两个人都默不作声地翻查了废墟灰烬，发现地窖里那一堆焦尸中，夹杂有砂之国盗宝者特有的金属利器：钢钎、镐头、鲛丝绳、鲸油灯。特别是那呈半圆筒形的铲子，可连上绳索和长木，挖出十丈下深洞中的土——铲子的内面可以带上一筒土，以此可以了解地下不同层位的土质、土色、包含物，判断地下文物遗存。

这，赫然便是挖墓时候才用得着的冥铲。

“那个小尸体，也不是婴儿。”西京遥点着，示意宁凉细看，“虽然烧焦了，可明显上肢比成年人还粗壮，应该是盗宝者中的‘僮匠’。”

几千年来，砂之国恶劣的生存环境和彪悍的民风，迫使那里的百姓不得不为了生活铤而走险，因此也出了无数豪杰大盗式的人物。其中不乏以盗墓为生的人群，被云荒上的百姓称为“盗宝者”。而大陆最北部的九嶷山号称帝王之山，遍布着空桑七千年来数百位帝王和皇后的陵墓，无疑成为盗宝者心中梦想的宝库，引其一批批舍生忘死地前来博命。

空桑梦华王朝末年，冰族入侵云荒，天下一片混乱，砂之国盗宝者趁机潜入九嶷，对历代空桑王陵进行了史无前例的大规模盗墓。

沧流历元年，冰族建立新的帝国后，青王辰被封为九嶷王，派人一一清点和考察王陵的状况，竟发现册子上有记载的三百七十六座王陵里，竟然有二百余座被破坏，墓中珍宝悉数被盗，流落云荒民间，大部分为叶城富豪所得。

所谓的僮匠，便是盗宝者挖掘盗洞后，为了下潜地底而专门寻来的体型矮小者。

为了节省物力，一般盗洞只掘到两尺见方，深达数百尺。而砂之国居民骨架魁梧居多，这般小的通道往往无法通过，便专门培养了体型矮小灵活的孩子来充任传递勘探之职。而这些“孩子”从贫寒人家购买而来，服用特殊的药物，体型便永远如童子般不会再成长。这些盗宝者中的僮匠都受过严酷的训练，身体虽然矮小，前肢却粗壮有力，能在狭小的洞窟内徒手破开障碍，攀爬前行。

“真是一群倒霉的盗宝者，”宁凉冷笑着，“还没到九嶷山，便被烧死在这里。”

西京三两口吃完了手中的木薯，抬头四顾，拿起一根尚未烧焦的木头，在青水旁就地掘了起来，准备将那些骨殖放在里面：“无论怎么，人死为大，好好安葬吧。”

“你还真有空，吃完了就赶路吧。”宁凉不以为意地冷嘲，“这群人靠挖你们空桑人的祖坟吃饭，你还给他们做坟？”

“本来死人就不该占着财宝。”西京手上拿着一段枯木，臂上蕴力，片刻便在河滩旁掘了一个深三尺广五尺的坑，不顾腥臭污秽，他将那一堆焦尸抱入了坑底，覆上浮土埋葬，“埋在地下浪费，还不如拿出来给活着的人。”

“哦？你还是空桑人的将军吗？居然支持挖了祖宗的坟？”宁凉微微一怔，忽然笑了起来。然而这一次，笑容里一直隐现的薄冰终于消失了。

其实一开始奉命来帮助空桑解开帝王之血封印，作为海国遗民心里不是没有抵触的，毕竟帝王之血是鲛人千百年来一切痛苦的缘起，令他憎恨入骨。然而海皇的命令是不可违抗的，何况面对着的，又是曾经对鲛人有过大恩的西京。

可一路行来，心底那一点抵触依然在。离九嶷越来越近的时候，心里的阴暗便越蠢蠢欲动，听到水上沧流军队来去搜索的声音，他甚至不自禁地想，不如直接把这一行人送到冰夷的风隼底下送命算了。

到底，他们奉命不顾生死保护的，是怎样的人？又会给海国带来怎样的结果？

但此刻，鲛人战士在暮色中看着在河滩上埋葬着盗宝者尸骨的空桑将军，眉间冰雪渐渐消融。无论如何，即使将来帝王之血复生，空桑人的力量重新壮大，也会有这样的人守在“皇天”的一侧吧？那样，或许稍可安心。

那笙在远处坐着，不想再朝这边看一眼，她自顾自地在另一堆废墟上用残火烤着食物。

那边，青水在南方碧落海吹来的景风中静静地流淌。水面上偶尔起几个旋涡，显然是水下鲛人在来往捕食，采摘水草和白萍。

那一对被放走的文鳐鱼此刻已经从前方悄然飞回，宁凉吃完了木薯，走到水边，俯下身，飞鱼一条停在他的手指上，另一条跳跃着栖在了他肩头，拍着鳍鼓着鳃，仿佛喃喃地汇报着什么。

宁凉脸色渐渐严肃，他蹙眉沉思。

火还在暮色中烧，然而气氛却是平静的。

就在宁凉出神，西京刚刚直起身的一刹那，那笙却发出了一声惊叫！

“有人！”她对着废墟惊叫，她看到那一片塌了一角的地窖里，有一双眼睛一掠而过。听得她惊呼，废墟里应声腾起了一道雪亮的电光，直切向她的脖子——居然有人还埋藏在这个焚毁的废墟里！是沧流帝国的伏兵？

宁凉惊觉回首，就看到第二道闪电随之腾起。西京低喝一声，光剑出鞘，惊怒之下剑芒吞吐几达三丈，然而依旧无法在刹那间抢身到那笙面前为她拦下这一击。

那笙惊骇之中想起了自己刚刚学会的那些法术，情急之下来不及起身，手指便在灰中迅速画出一个符来。然而毕竟不熟悉，手指才画了一道弧线，对方已然迎头击下！她尖声大叫起来，举手挡在眼前，徒劳地反抗。

就在电光石火的一刹那，蓝白色的光从她手上腾空而起，与对方斩来的光芒相击——那是“皇天”，又在生死关头再度保护了佩戴者。

“‘皇天’？”来人居然一眼就认出了那笙手上的戒指，惊呼。

轰然的巨响中，摇摇欲坠的废墟轰然倒塌，灰土飞扬。

“别让他跑了！”西京看到一个人影从地窖中闪电般掠出，想趁着飞灰之际急速奔逃，西京立刻低喝一声，点足扑了过去，手上光剑一闪，往对方后背刺去。那边宁凉已经回过神，也立刻从左侧飞速掠上，斜向拦截，手指间一动，已然扣住了三枚晶亮的暗器——如果这个人是沧流帝国埋在这里的伏兵，就万万不能让其走脱报信！

那个人一击不中，便立刻逃离。然而似乎是力气不济，速度并不迅速。

只是一眨眼间，西京和宁凉已经双双赶到，低喝一声同时出手，分别取向对方的侧颈和后心，凌厉不容情。

“呀！”那笙闭上眼睛不敢看，以为瞬间便要血溅三尺。

然而只听得西京的声音低低传来：“留活口！”

一声闷哼，一切便又归于寂静。

那笙睁开眼来，看到那个地窖里突然冲出的人已经躺在地上。高而瘦，脸被烟火熏得漆黑，只有一双眼睛亮如寒星，直直盯着他们三个人，眼里满是仇恨。

“说，为什么在这里？”宁凉冷笑起来，一把提过那人，“是不是沧流帝国的人？”

“哼。”那个人冷眼觑着他，同样笑了一声，带着轻蔑，“鲛人？”

宁凉眼神一变，一掌将那个人打得直飞出去：“信不信我把你的鱼鳞剐了？”

“别打，”西京却拦住了他的手臂，“他伤得很重。”

宁凉斜了西京一眼，西京用脚尖踢了踢地上的人，果然已经昏迷过去。

“那么不经打。”宁凉冷笑，看着西京将那个昏过去的人提起，搜查着周身，宁凉继续说道，“我看不是冰夷的人——沧流军队里的人，至少能挨上三天拷打。”

“你看看他的伤。”西京回头招呼，脸色凝重。

宁凉俯身看去，忽然脸色一变——那人衣襟被撕开，胸腹之间长达三尺的巨大伤口赫然在目，血肉模糊，发出一种奇异的焦味。一般人受了这种致命伤早该立毙当场，而这个人居然还能支撑下来，并试图逃脱。

“是风隼上的破天箭。”鲛人战士喃喃低语，看着这种伤。

这个人，方才和沧流帝国的军队交过手？

居然能在风隼下生还，身手可算了得。

“不像是泽之国的人，他的骨架很高大。他身上带着的是什么东西？”西京继续搜索着这个俘虏，拿出了一串金属片和一个类似沙漏的东西，西京一惊，翻过那人的肩，撩开乱发，指着后颈一处，“你看这个！”

没有沾上焦灰的皮肤是浅褐色的，颈椎部位上，文着一只展翅的白色飞鹰。

“萨朗鹰？”宁凉脱口而出，霍然明白过来了。

那是北方砂之国盗宝者中最著名的一个团伙的标志。萨朗鹰栖息在砂之国最高的帕孟高原，风起的时候就随着狂沙飞遍大漠。而卡洛蒙家族，帕孟高原上世代从事盗宝的一个家族，便以萨朗鹰作为他们的家徽。

这个家族出来的人不但个个技术精绝，而且性格坚忍，领导力强。几百年来，在砂之国那么多大大小小的盗宝者中一直是佼佼者，具有很强的号召力。

空桑梦华王朝末年那一场盗宝者的狂欢中，便是卡洛蒙家族趁着云荒大乱，带领其余七大盗宝家族出尽精英，洗劫了数以百计的空桑帝王陵，从此富可敌国。

沧流帝国建国后，虽然律法严苛，但对前朝遗迹却没有任何保护的律令，更不曾追究当时盗掘王陵的大盗。所以沧流建国百年来，盗宝者依旧活跃于云荒大地，屡屡越过苍梧之渊去往九嶷王的属地，对那些埋藏在地下的财宝下手。

卡洛蒙家族一直在同行中保持着极高的影响力，每当盗宝者们又瞄准了哪个目标，多半先要来请示——这个人应该是这一队盗宝者的头领吧？

“原来也是一个盗宝者。”宁凉喃喃，忽地笑了，“卡洛蒙家的人，骨头都很硬啊。”

西京确认了来人的身份，身上的杀意便消散了，将那人平放在地，查看伤势。这个人和前头那堆废墟里的盗宝者应该是一伙的，显然是为了保护同伴，他自己曾冲出来试图引开那些军队，中了风隼上的破天箭，伤重之下才躲入了另一座房子的地窖里，逃过了那一场大火。

这个盗宝者身上已经找不到完整的皮肉，伤势之重让西京越看越惊，连忙封了他几处经脉，再拿出剑圣门下秘制的药来给他敷上。那笙一直在旁探头探脑，此刻连忙拿出手巾去青水里浸了，递给西京。

“还是个孩子。”擦去对方满面的尘灰，西京叹息，“就出来搏命了。”

盗宝者的头领居然是个十五六岁的少年，眉目间隐隐还有稚气，昏迷中依然用牙齿紧紧咬着嘴角，不肯哼出一声来。西京迅速替他止血上药，发现这个少年身量虽高，却极轻，显然身子尚未长成，一手拿着剑，另一手死死握着放在胸前。

掰开他的手，手心里却握着一枚金色的罗盘。

那一刻，西京脱口惊呼：“‘魂引’？！”

一寸大的金色罗盘在指尖旋转，雕刻着精美华丽的图案和古怪的符咒。盘上浮着一枚细细的针，无论罗盘如何旋转，针始终指向云荒的最北端——埋藏着几千年巨大财富的九嶷山。

西京喃喃："想不到，居然是卡洛蒙家的世子。"

"什么叫作世子？是不是大儿子的意思？"那笙好奇地看着那个旋转的罗盘，几次想伸手拿，却被西京阻止。空桑将军似乎在研究着这个小小罗盘上的奥妙，并没听见那笙的问话。

"正好相反，是家族里最小的儿子。"宁凉一直在看着那个昏迷的少年，回答道，"按照西方砂之国的习俗，兄长们成年后便要分家独立，只留下幼子守着祖业——这个金色的罗盘，就是传说中卡洛蒙家族只传给世子的神器'魂引'。"

那笙撇嘴，不屑一顾："这种东西在中州可不稀奇，我们管它叫司南。"

宁凉看着这个自以为是的少女，不由得冷笑："你以为卡洛蒙家会拿一个普通罗盘当宝吗？'魂引'自然有其特殊的力量。"

"什么力量？"那笙好奇道。

"穿越九冥黄泉路，指引魂魄之所在。"西京骤然开口，指尖轻抚过罗盘上环绕镌刻的符咒，眼神凝重，"盗宝者，就是凭着这支金针的指引，才穿过机关无数的地宫，找到帝王灵柩的确切位置。"

顿了顿，他摇了摇头："除了指引幽冥路，'魂引'应该还有其他的用处……不过可能只有这个孩子才知道了。"

"我们带他一起走吧！"那笙叹了口气，在少年身边蹲下，看着那张苍白的脸，用手巾替他擦去因为剧痛而冒出的冷汗，"荒郊野外，扔下他不管他一定会死的！说不定到了王陵里，他还能帮上我们的忙。"

西京点头，宁凉却冷笑了一声："不成。"

"为什么不成？"那笙急了，跳起来，"你见死不救？"

"还是想着救救自己吧！"宁凉抬起手，指着前方远处，"文鳐鱼飞回来告诉我，前头苍梧之渊上，冰夷集结了大批的军队！他们在等着我们自投罗网呢，到王陵之前能不能活下来都尚未知。你带这个人去，是要他一起送死？"

那笙吃惊地望着道路的尽头——夜色已经笼罩了大地，看上去一片阴郁。

“那山上，有星星？”她没看到军队，却一眼看到了九嶷上闪烁的星光。

北方尽头有闪烁的光，仿佛天上的北斗七星坠落凡间——

“那不是星辰，而是空桑王陵享殿里，七盏数千年来不熄的长明灯。”西京遥望着北方回答，神色有些沉郁。

据说那七盏灯象征着空桑帝王和六部，灯亮则国运兴隆风调雨顺，灯暗则天下动乱天灾人祸。七盏巨大的灯里盛满了油，这些用极渊里深海中的白鲸之脑炼制而成的灯油，自从星尊帝的衣冠第一个入葬九嶷后就一直燃烧，穿越七千年，竟然从未熄灭。

唯独梦华王朝末年的那一场劫难里，在六部之王自刎于殿中时，七灯无风齐灭。

而青王取得九嶷控制权后，为了平息当时地底亡灵的愤怒，不但杀尽妻子，更不得不重新点燃享殿里的长明灯，召集所有巫祝神官跪在灯前，长夜向着九嶷山上历代帝王的神灵祷告。由此，一度熄灭的七灯重新燃起，如亘古的星辰闪烁在九嶷山上。

那笙怔怔看着暗夜里的七灯，忽然看到百里外有光芒隐约下击，裂开了夜空。

“闪电？”她喃喃道。

宁凉脸色凝重：“不，是风隼和比翼鸟。”

返回的两条文鳐鱼带来了前方的消息：苍梧之渊旁，大批沧流军队严阵以待，封锁了通往九嶷郡的所有路口——甚至，连巫抵都亲自驾着比翼鸟抵达阵前！

“奇怪……他们现在在和谁交手？”西京目力远比那笙好，他看着那里，蹙眉迟疑。

那一道道裂开夜空的电光分明是比翼鸟在急速的飞行中乍合又分，划出的流光！他们一行尚未抵达九嶷边界，巫抵带领的征天军团，又是与何人已然激烈交战？

正在沉吟，夜色里“哗啦”一声响，水面裂开，是前去查看前方水路的鲛人战士返回了。

“队长！”一冒出头，甚至来不及上岸，那鲛人战士就在水里喊，脸色苍白，全身战栗，“队长，前、前面……你快去看！”

“是什么？”宁凉看到向来稳重内向的湍这般面目，心下一震，“见了鬼吗？”

“不、不是……”湍身侧的另外两个鲛人抹了一把脸上的水珠，眼神却是直直盯着苍梧之渊的方向，神色极为奇异，“你快去看！好像是……好像是……”

“是什么？”宁凉终于不耐起来。

鲛人战士急促地喘息着，终于说出一句话来：“是龙神出关了！”

一语既出，四野俱寂。

死寂的旷野上是一片烧杀过后的惨淡，然而在那一瞬间，似乎拂动的风都凝滞了。那样的寂静里，隐约能听到暗夜里远处传来的隆隆雷鸣，沉闷而低哑，仿佛不是穿行在云里，而是从地底下传来。战云密布的北方，隐隐看得见闪电下击。

仿佛，只是密云不雨。

然而随着返回的两名鲛人战士惊骇的语声，巨大的光芒忽然从北方尽头的暗夜里绽放出来！

夜空忽然被撕裂，无数金光穿破了乌云，甚至湮灭了那些闪电惊雷。

轰然盛放的金光在夜幕上投射出巨大的蟠龙形状，照彻整个云荒。龙在空中旋舞飞扬，似在和什么搏斗。龙口中吐出火光，利爪撕裂了虚空。那些围绕在周身的闪电纷纷被击溃，一道一道坠落向大地。然而那两道乍合又分的银白色电光，却一直缠绕着巨龙，甚或几度直刺龙目而去。

仿佛不堪其扰，巨龙长啸一声，摆尾昂首直冲上九霄，直震得天地失色！

鲛人战士仰首望着战况正酣的九嶷上空，呆若木鸡。

“龙神……真的是龙神！”宁凉怔怔望天，第一个说出话来，声音狂喜，“真的是龙神，腾出了苍梧之渊！”

那一刻，他忽然失去了站立的勇气，踉跄着跪倒在苍穹之下，对着战云密布的夜空伸出手去。那样矜持冷淡的人，声音居然因为激动而有了哽咽的迹象：“海国……海国复生啊！龙神！海皇！我们的王，归来了！”

另外三名鲛人战士随之跪倒，望着夜空中飞腾而起的蛟龙，战栗不能言。

连西京都被那样盛大的景象眩住，一时间神为之夺。

七千年。已经过去了那么漫长的岁月，被空桑开国皇帝镇在苍梧之渊下的蛟龙，终于在今天挣脱了金索，飞上九天！这，是宣告了一个时代浩劫的结束，星尊帝在这片大陆上遗留的最后影响力的消失？

再也顾不得别的，宁凉撑起身，向着北方急追而去。

“喂，你们、你们干吗？等一等啊！”那笙疾呼，却只见夜幕下青水激起几个小旋涡，鲛人战士们已然向着九嶷方向泅游而去，甚至忘了还负有护送空桑人的职责。

“他们失心疯了？就算看到龙，也不至于这么激动啊。”苗人少女喃喃道。初来乍到云荒的她，却并不知道龙神的复生对于海国和鲛人来说是什么样的意义。她蹲在废墟里，照看着被宁凉遗弃在一边的少年盗宝者，拿着手巾擦拭着对方额头的冷汗。

“苏摩和白璎可能就在前面，我们快走！”西京凝视着夜空，也催促着她上路。听得那个傀儡师和太子妃就在前方，那笙的眼睛亮了一下，立刻跳起来，然而又踌躇了一下：“那么，我们就扔下这个人不管吗？”

“哪里管得了那么多。”西京不耐烦地将金色罗盘放回少年手中，拉着她上路，“快些！”

那笙却不从：“扔在荒郊野外，他会死的！”

“轻重不分。”西京已然有点儿恼怒，却知道这丫头一根筋，“不过是一个路人，我们已尽力，生死由天去吧！”

“救人不救彻底，算什么尽力！”那笙大声抗议，然而声音未落，她眼前陡然一黑，酒气熏天——原来是西京故伎重施，将磨蹭着不肯上路的她收入了那个酒壶中。

“放我出去！”她气急，敲着金属的墙壁大呼，然而外头的人根本不理睬。

“好，那我自己出去！”她发狠，准备按照书上的方法破开这个法术，手指在壁上画着，迅速便布好了符咒，最后手掌一拍，低喝一声，“破！”

然而，还是黑暗，还是漫天酒气。

“咦……难道画错了？可我记得就是这样的啊，怎么不管用了？”她诧异地喃喃道，手指急切地在壁上涂来抹去，“难道是这样？这样？还是……这样？”

可一连变换了几种画法，那个破解之咒都没有生效。

“哎呀，还是得翻书。”她无计可施，从怀中拿出真岚赠予的那一卷《法术初探》，从怀里拿出一个火折子，盘腿在酒壶里坐下，急急翻开书查找起来。

那只酒壶悬在剑客的腰畔，随着急速的奔驰一下一下地拍击着，发出“空空”的声音——以剑圣门下“化影”的轻身术，到百里开外的苍梧之渊应该不用一个时辰吧？只怕还能抢在宁凉他们前头。

西京默默地想，忍住伤痛，提着一口真气，将身形施展到极快。

一行人转眼走散，烛阴郡外的官道两旁又只剩下一片废墟。

脚步声刚刚消失，一直昏迷的少年便动了动，缓缓睁开了眼睛，眼神清冽无比。

他摸了摸方才被宁凉包扎好的伤口，又看了一眼河滩上新筑起的坟墓，微微吐了一口气，眼神复杂。然后，将手中的金色罗盘打开，轻轻转动了一下上面的指针，喃喃低语了一句话。

又是许久无声。残火明灭，在风中跳跃，风里隐隐传来一种奇异的声音——不是远处的交战声，细细听去，竟然类似婴儿哭泣，邪异而悲凉，从远处急速掠过。

空气中，忽然有了无数翅膀拍击的声音，仿佛有成群的鸟儿忽然降临。

“好多死人！快来快来，可以吃了！”空中有惊喜的声音，然后黑色的羽翼从半空翩然而落，覆盖了大大小小的废墟，在死尸上跳起了狂欢的舞蹈。

那是泽之国的鸟灵，闻到了屠杀过后血和灵魂的味道，奔赴前来享用盛宴。

“罗罗，慢着点，不会饿着你的。我们这次是接到召唤才来的，得找到人才行！”佩戴着九子铃的少女蹙眉，看着吃相难看的一只小鸟灵。这次征天军团大规模清扫，扰得天怨人怒，泽之国东边六郡接到总督下达的手谕后，积怨已久的当地军队纷纷起兵反抗，转眼泽之国陷入了一片混乱之中。

而在这反抗和镇压中，无数的生灵涂炭，他们鸟灵更是享用了连番的盛宴，好不快活。

“哎呀！”那只小鸟灵却忽然惊呼，“噗拉拉”飞起，“幽凰姐姐！你看！活人！”

所有正在享用血肉的鸟灵都被惊动，瞬间转头看过来——那里，明灭的余火下，一点金色的光刺破了黑夜。而那种奇异的光芒却居然有着某种不可思议的力量，让一贯凶残暴虐的鸟灵瞬间变得无比温驯。

“神器‘魂引’！你……你是音格尔·卡洛蒙？”鸟灵的头领喃喃，看着少年手里的金色罗盘，脸色奇特，却依然做出了不得不服从的姿态，“卡洛蒙的世子啊，是您召唤我们赶来这里的吗？有什么需要我们效劳？”

少年苍白的脸上有一种不相称的冷郁，看着这一群恶魔，却并无丝毫畏惧的神色，只是声音微弱地开口：“鸟灵之王幽凰——五十年前我的祖父将你从空寂之山释放，你对着神器许下血咒，可为卡洛蒙一族完成三个愿望。”

说到这里，他微弱地喘了一口气，道：“我的父亲曾使用过第一个愿望。如今，这是第二次动用这个誓约……”

少年盗宝者吸了一口气，似乎强忍着胸口的剧痛：“我的同伴都已经死在半途，而我，依然想要前去九嶷——请你带我飞越苍梧之渊，避开那些混战的军队，抵达九嶷王陵的入口。我要前往地底最深处，星尊帝的墓室。”

“一个人也要去？”幽凰诧异地看着少年，眼里有讥诮的表情，“音格尔，五年前你哥哥带着那么多人想去盗掘星尊帝的王陵，都一去不复返。你一个人？”

音格尔的脸色苍白，手指却稳定地抓着那个金色的罗盘，上面指针一动不动地指着正北的方向。他的声音也执着而冷定：“我并不是一个人，还有一批先行的同伴，已经在前方等我。我要去那里把哥哥带回来，哪怕是他的尸骨——我的母亲只有两个儿子，她已经哭得眼睛都瞎了。”

“这么看重手足之情？要知道清格勒对你可算不上好——”幽凰觑着他，忽地冷笑起来，“为了让自己当上世子继承家业，他几次试图把你弄死。是不是？”

音格尔没有回答，脸色却微微一变。

那一次夺嫡的事情尽管被一再掩饰，然而却瞒不过鸟灵们的眼睛。

“那是我们的家务事。”他低声道。

鸟灵幽凰冷笑着："你哥哥那般对你，你还要回去救清格勒吗？"

"不。"他回答，平静从容，"我只是要拿回那张'黄泉谱'而已。"

鸟灵微微愣了一下，在夜色火光中看着这个少年。

"没有'黄泉谱'，我无法正式继承卡洛蒙家族，"少年音格尔脸色沉静，"父亲去世后，各房一起刁难，说按祖宗规矩，没有掌握两大神器的世子，不能成为族长。"

"哦……原来如此。我说你怎么会为那个家伙冒这么大的险。"幽凰若有所思地看着音格尔，微微扑了一下翅膀，"你都安排好了？"

"是的。"音格尔点了点头，"这次行动，我早已安排好——这一批和我一起来的人虽然全被灭了，但前面一批的人应该已经抵达王陵之下等我了。我现在受了伤，只能求你带我飞跃苍梧之渊，去王陵入口处和他们会合。"

"原来不是个傻子。"幽凰忽地笑了起来，"可是，你为什么不直接要求我去把那张'黄泉谱'拿回来呢？"

音格尔薄薄的唇角也露出了一丝笑意："鸟灵，是无法接触那件神物的吧？"

能显示一切地下迷宫平面图的"黄泉谱"，和能指引一切灵魂所在的"魂引"一样，具有让九冥之下一切阴灵恐惧的力量，百年来一直是卡洛蒙家族的传家至宝，卡洛蒙家族正是靠着这两样东西纵横地底，成为盗墓者中的无冕之王——即便是比鸟灵修为高出千年的"邪神"，也不敢靠近这两件神器，何况是幽凰。

幽凰女童模样的脸上有恼怒的神情，却没有发作，她扑棱了一下翅膀，探出利爪，轻轻地抓住了音格尔的腰，放到旁边鸟灵罗罗的背上："走吧。"

黑色的羽翼"呼啦"一声如风卷起，遮蔽夜空。

"前面好像在打仗呢。"小鸟灵怯生生地看着远方道。

"那边到底在做什么？"幽凰展翅飞起，掠上高空，凝望着那一道道光芒，脸色忽地变了，低呼，"是龙神……和苏摩？"

漫天的流火，仿佛天穹的星辰在纷纷坠落。耳畔有钢铁木材断裂的声音，刺耳地穿破风隼的护壁，仿佛一颗巨大的钉子瞬间钉入。

“渝！小心！”飞廉失惊，顾不得颠簸的风隼已让人无法站立，立刻扑过去，想击碎外面那支断裂后倒刺而入的铁条——然而急速旋转着下坠的风隼完全失去了控制，他一松开壁上的护具，他的身形也跟着踉跄着失去了控制。

“噗”，一声闷闷的钝响，那根铁条从风隼头部刺入，刺穿了鲛人傀儡的腹部，将娇小的鲛人钉死在操纵席上。

“渝！”飞廉脱口惊呼，然而渝却感觉不到疼痛一般面无表情，只是用尽全力地转过舵，将失控坠落的风隼拉起。精确的操控下，风隼在瞬间几乎是沿着原路折返回来，避开了如雷霆扫到的一击。

然而半空里降落的火柱还是舔到了这架风隼。烈焰映红了夜空，那一瞬间风隼表面的软银都开始融化，整个舱房就如浸泡在沸腾的温泉里。

“大家小心，抓紧护具！不要松手！”在天地逆转的那一瞬间，飞廉对着背后机舱里的下属大声提醒。然而，一轮急遽的旋转过后，却没有听到任何回答。

他回过头去，才发现在方才那一轮生死擦边的交战中，所有同机的战士都已然从这个风隼上消失——不是负伤后从机中坠落，就是被穿破舱壁的火焰吞噬。在巨龙吐出的烈焰和带起的狂风中，这些训练有素的帝国战士就好像纸折的人一样，轻飘飘地坠落，在半空燃烧成灰烬。

那究竟是一种什么样的力量！连十巫那样的长老，都不可能不感到畏惧吧？

巫抵大人下了死命令，让他追杀空桑人一行直到烛阴郡境内，甚至将通往九嶷的官道旁所有一切夷为平地。他带了自己下属的玄天部，执行完这个命令后，回头就看到了九嶷上空密布的战云——先前，他以为那只是巫抵大人为迎接自投罗网的空桑人布下的阵势。

他虽然年轻，但出生以来就每日见识权谋斗争，却让他明白了眼前的微妙局势。巫抵大人是想借他来消耗空桑人的力量，然后等其进入九嶷后再自己来一网打尽。追回空桑至宝“皇天”，那是多么巨大的功劳——如何会甘心将其落入外人手中？

贵族出身的少将微微苦笑起来，却带着无奈和无所谓。虽然武艺出众，血统高贵，可他自小就喜欢琴棋书画多过争权夺利。虽然二十多岁就升任少将军衔，可在帝都所有人眼里，飞廉似乎更像一个翩翩浊世佳公子，而非一名铁血军人。

为了避免让巫抵以为自己抢功，他干脆不再继续追击搜索，命令下属们在烛阴郡附近飞翔，自顾自地观望着远处严阵以待的变天部。

然而，惊变在仓猝之间发生——

他看到有什么巨大的金光从苍梧之渊飞腾而起，在瞬间直抵九天！虽然那边有巫抵大人带了比翼鸟压阵，然而整整一支变天部依然在他赶回之前覆灭了。

那是……什么东西？那是什么东西！

如此恐怖的力量，超出了沧流至今以来穷尽心力研究的机械力之极限——几乎是洪荒天宇的力量，铺天盖地而来，将所有一切灭为齑粉！

风隼在虚空中如浪里小舟一样地颠簸，他凝望着半空中时隐时现的金光，隐约认出那是一条巨大的龙。那一瞬间，他想起了自己在皇家藏书阁里偷偷阅览过的前朝文献，想起了和此地相关的一个远古传说——

龙神！那是七千年前被空桑星尊帝镇在苍梧之渊的龙神？

那个传说，竟然是真的？

飞廉在颠簸的风隼中极力稳住身形，死死注视着夜空中那庞大到只能看清一鳞半爪的巨龙，他的手指扣住了风隼上尚未发射的破天箭的机簧，目光凝定，喝令："渝，稳住风隼！左转，将右翼拉起来！"

渝一边咳着血，一边却面无表情地听从了主人的指令，极其艰难地将即将四分五裂的风隼勉强拉起——又是一个大幅度的回旋，机舱里已经能听得见外壁在撞击和高温下"咔擦"的碎裂声。

鲛人用尽了全力将破碎的风隼拉起，直冲云霄而去。

在逆转而起的瞬间，飞廉看到无数流星如银河划落，又如烟火般在半空四散而开——他知道，那是他带来的玄天部军团，也在那种恐怖的力量下纷纷溃败。

没有办法……没有任何办法和这种远古洪荒的力量对抗的！巫抵大人呢？比翼鸟呢？他们为什么不出手相救？一边将濒临碎裂的风隼拉起，他一边急速地巡视。

然而，什么都看不到。

"逃吧……"心底里有个声音在说，"你还能做什么呢？螳臂当车。"

连巫抵大人都敌不过这般恐怖的力量，他又如何能抵挡？趁现在还有一线生机，还能全身而退——失机的罪自有巫抵担去大半，他一个下属少将，倒不会怎么受上头责难了。而一旦回到了帝都……啊，帝都——

一念及那两个字，无数温暖的、苍凉的、旖旎的、蕴集的思念和记忆就涌上了心头。

“葳蕤就要开了，等你回来，正好一起看。”一个笑语在耳畔盈盈，那是碧在他出行前对他说。

帝都的别院里，碧还在等着他……如果他死了，碧就要重新沦为奴隶了吧？

一定要活着回去，逃吧，逃吧！

那个声音在心底不停地说，越来越大，几乎湮没了他的意识。温文蕴藉的贵公子在漫天战云中长长叹了口气，握着剑的手有些颤抖，心中生之眷恋越来越浓。

“渝！转头！转头向南！”下意识地，他回头遥望着那座巨大的白塔，低叱，说出了逃跑的指令——然而，那个娇小的鲛人傀儡，他的新搭档，却已经再也不能回答他了。

渝被断裂的铁条钉在座位上，血流纵横。在用尽全力按主人的吩咐将风隼拉起，避过巨龙的致命一击后，她便已经死去。然而临死前，鲛人傀儡将纤细的手臂从舵下穿过，握住控制架上的铁条，双臂交错扭结，死死固定住了舵柄——

这个鲛人虽然死去，可风隼却一直往上冲去，未曾显现丝毫颓势。

“渝……渝！”飞廉只觉心里一震，热血直冲上来，悲痛莫名。

这些傀儡……这些被奴役着的、操纵着的鲛人，没有思想，不会反抗。有的，只是对主人的绝对服从和爱护，至死不渝。那种愚昧的、盲目的力量和信念，竟比爱情和死亡更强烈坚定！

死亡，战争，无辜者的牺牲——这一切，究竟何时才是个终结？！

风隼的去势转眼到头，速度渐渐缓慢。飞廉知道，在到达顶点后会有一刹那的静止，然后便会如碎裂的玩具一样坠向大地。而他，必须在那一瞬的静止里，从这个即将毁灭的机械里跃出，打开一面巨大的帆，以风的力量延缓自己下坠的速度。

他屏住呼吸，静静地等待着速度的极点。

那短短的一段时间却仿佛极其漫长。一路的上升中，耳边只听到连绵的、巨大的爆裂声，那是一队队的生命如烟火般在夜空中陨落，美丽而残酷。那么多的战士、那么多的生命划落在苍穹，却甚至连一声悲鸣都发不出。那，都是他一手带出来的下属战士。

救我……救我，少将！

在那些破裂的风隼一掠而坠的瞬间，他不停地看到战士们在机舱内苍白扭曲的脸。那些来自帝都门阀贵族的少年一生优裕，凌驾于各种族之上，然而，在面临死亡的那一瞬，却和云荒所有的普通年轻人毫无两样。

他的手紧握着舱壁的扶手，看着死去的渝和坠落的战士们，他的脸色渐渐苍白。

在达到顶点的那个瞬间，他看到了巫抵大人的比翼鸟——

应该是和鲛人傀儡分别驾驶着裂开后的比翼鸟，此刻两道银光如梭般灵活地穿过了半空卷起的火云，直刺向当空悬挂的两轮明月——那应该是巨龙的双目吧？

然而，半空中忽然出现了无数道交错的银光，仿佛交织的闪电！

那些闪电网住了比翼鸟，一寸寸收拢、绞紧，仿佛有人操纵着漫天的银色丝线。仿佛是感到了压迫力，比翼鸟转瞬合而为一，化为一支巨大的利剑，刺破了罗网。就在这破网而出的一瞬间，仿佛终于抓到机会，半空中蛟龙一声低吼，滚滚的火云笼罩了半个夜空！

刺目的光芒。剧痛，灼热。失速流离——就在这一刹那，飞廉看到巫抵大人驾驶着比翼鸟冲入了火云之中，竟是毫不迟疑。不愧是元老院十巫之一！

也就在这一刹那，破碎的风隼到达了顶点。

短短一刹那的静止，却仿佛是永恒。似乎时空都凝固了，只有心在剧烈地跳动，有另一个声音在心底忽然爆发出了呼喊：飞廉，你要临阵脱逃吗？身为军人，如何能在这个时刻退却？多少兄弟都死了，连巫抵大人都在生死不顾地战斗，你，又如何能退却？

今日退了这一步，日后又如何面对这一瞬？

心头瞬间热血如沸，飞廉来不及想什么，扑到操纵席前，用双手全力地扭转了舵柄，让风隼歪歪斜斜撞向巨龙，同时他的脚用力踏下，踩住了那一排发射破天箭的机簧——如果没有记错，按空桑古籍记载，龙神的弱点除了双目，便是颈下的三寸逆鳞!

在剧烈的颠簸中，他踩下了机簧，厉啸声划破夜空。

中了！在发射的瞬间他就有一种直觉。果然，那两轮巨大的明月忽然变成血红色，然后又瞬间暴涨。他听到巨雷般的轰鸣在半空炸响，气流急遽地旋转，带着火云，在空中形成火焰的旋涡，将他那架四分五裂的风隼迅速卷入。

尽力了……他在风隼碎裂的瞬间长长舒了口气，向着舱外扑出去，夜色和天风包围了他。

“少将！少将！”旁边一架同样在下坠的风隼上，传来下属的惊呼。

“龙，小心！”眼看那架风隼在坠落前一刹那居然还发出了如此凌厉准确的一击，扶着双角乘龙飞驰的傀儡师一声低喝，手指上的丝线灵活如蛇，瞬间卷住了十几支劲弩。然而，还是有四五支巨大的破天箭，直直钉入了蛟龙颈下的逆鳞中。

那是龙最脆弱的部位。巨龙的眼睛瞬间睁大，然后变成了血红，开始不顾一切地摧毁周围一切。

风云骤起，天地旋转，比翼鸟在烈火中碎裂成千百片。一道黑色的闪电从中激射而出，破开了烈火，直取龙神双目——那是巫抵撇了座驾，不顾一切地发出了最后一击!

龙伸出利爪，当空便是一抓，仿佛是两种巨大的力量交锋，夜空里瞬间闪出夺目的光来。巫抵的身形宛如破裂的偶人一样四分五裂，然而龙全身都剧烈地震动了一下。

“喀喇……”苏摩隐约听到一声响，似乎是骨头碎裂的声音。他用手按着龙的顶心，连连喝止，然而甚至连他都无法控制这头被激怒的神兽。龙在击溃巫抵后，依然狂怒地摆动着尾巴，挥舞利爪，吐出红莲烈焰将所有残留的征天军团吞没!

然而就在此刻，他听到远处有翅膀扑簌的声音，是天马展开双翅的声音——他看到无数冥灵战士浮出，向着交战地奔来。领头的是赤王红鸢，手捧金盘，带着空桑军队奔向刚刚从苍梧之渊里出来的白璎。

想来，空桑人担心他们的太子妃也已经很久了吧。

傀儡师忽地冷笑了起来，干脆不再控制，只任凭一朝腾出苍梧之渊的蛟龙发泄着七千年积压的怒气。天火坠落如雨。

不知为何，在龙神归位的时候，他不但没有感觉到自身力量的提升，反而觉得有一种奇异的疲乏感——精神越发地恍惚起来，身体里有一种诡异的虚弱，仿佛是……对了，仿佛就像当年刚刚学成操纵傀儡之术、造出阿诺的那一刻。

“咯咯……”想起了那个偶人，他耳边便听到了一阵轻轻的笑声。

回头看去，只见靠着长长的引线挂在龙角上，那只偶人如风筝一样地飘在夜空中，正仰头望着无数滑落的烈焰和消失的生命，发出了奇特的笑声——一眼望去，苏摩的眼神骤然凝聚了，甚至闪现出一丝恐惧和嫌恶：

居然……居然又长大了！

那个偶人，那个他用孪生兄弟尸骨做成的偶人，竟然又长大了！

离开苍梧之渊只有片刻，这个偶人居然又悄无声息地长高了一尺有余！从困龙台到黄泉结界，再从深渊到夜空——不过短短一日，阿诺居然两度迅速地成长，从原来的三尺多长到了五尺高。

此刻的它，恍如一个身形初长成的俊美少年，随风翻飞在落满烟火的夜空里，对着满空的死亡和鲜血发出了惊喜而天真的笑声。

那一瞬间，傀儡师一直阴枭冷漠的眼睛里，也闪过了无可掩饰的恐惧。

他终于明白，在每一次他的力量获得大幅增长的同时，作为镜像存在的孪生兄弟却能分得比他本人更多的力量。因为每一次力量的获得，都伴随着无数死亡、恐惧、愤怒，这些，都能给这个原本就象征着“虚无”和“毁灭”的偶人注入更强大的动力。

苏诺，居然在比他更快地成长！

苏摩的呼吸不易觉察地加快了，眼睛里闪出一种决绝的杀意。

“龙啊……”在他的手刚刚伸出之时，忽地听到了一声低呼，那样熟悉的声音让他微微一震，转过了头去——虚空中，白色的天马展开了双翅，托起了自己的主人，雪一样的长发在焰火中飞扬。

纯白的冥灵女子乘着天马飞起，来到狂怒的龙面前，轻轻抬手抚摩着龙颈下的逆鳞，将上面的长箭小心拔出，轻声抚慰：“平息你的愤怒吧。征天军团已经被尽数歼灭了，不要祸及下面大地上无辜的百姓啊。”

白璎抬起头，对着巨龙柔声说着话。

奇迹出现了。在白璎微笑的刹那，狂怒的龙忽然平静下来，熄灭了复仇的火焰。

龙垂下了头，长长的胡须拂到了白璎脸上，鼻子里喷出的气由急促变得缓慢，最后渐渐平息。龙的眼睛如同两轮皎洁的明月，一瞬不瞬地看着这个白衣女子，显得温和从容，仿佛低下头，在和空桑的太子妃喃喃说着什么。

“失去了如意珠，力量减弱了很多吧。”白璎叹了口气，抚着逆鳞下的伤口，那样的语气，似乎兼具了太子妃和白薇皇后的两种性格，“一定要从沧流那边把它寻回来啊……还有海国，还有鲛人……你和海皇都要为之奋战了。”

龙轻轻摆了一下尾，搅起漫天风云，点头。

“我也会竭尽全力的，为了弥补带给你们的伤害。”白璎轻轻叹气，天马翩然转身，在半空中一个盘旋，飞向不远处的空桑族人，“来日再见。”

那里，有着数百名黑衣黑甲的冥灵战士，以及手托金盘的美丽赤王。

金盘上那颗头颅一直遥遥望着她，却没有上前打扰她和龙神的对话。

“我要走了。”天马折返的时候，白璎注视着苏摩，轻声道，“你……多保重。”

傀儡师乘龙当空，黯淡的碧色双眸中没有表情，手指却不易觉察地握紧。

“保重。”显然是被白薇皇后的意志所控制，虽然白衣太子妃一再回顾，却依然片刻不停地抖缰催马离去，她眼神里有一种依依却无奈的神色。苏摩霍然一惊：不知为何，那种蕴藏着千言万语却缄口的表情里，隐约有诀别的意味。

白璎克制住了自己的啜泣和泪水，只是频频回首，沉默地离去。除了和她共用一个灵体的那个魂魄，只有她一个人知道，这一别，是再也没有相见的机会了。

封印解开后，她获得了巨大的力量，然而相对地，也承担了更艰难的使命。此次跟随白薇皇后归去，便要兑现自己的诺言，为空桑而舍弃一切——这一去，只怕再也不会回来。六合八荒，千变万劫，永不相逢。

而苏摩……苏摩啊，你又该怎么办?

但愿上天保佑你，千万不要被虚无和毁灭所吞噬。

白璎一直回头望着，望着那个少女时代起就眷恋着的人，忽然间泪水夺眶而出，洒落在虚无的形体上——这一生，原来就是这样完了。不生不死不人不鬼。

那边空桑人迎回了太子妃，看到一切顺利完成，齐齐发出一声欢呼。

“恭喜龙神复生，也希望海国能由此复兴——不过，海皇，我们得先回去了。”金盘里的头颅对着这边微笑，一直对这个带走他妻子的鲛人保持着礼貌风度，“我们会一直对沧流作战，也等着你们从鬼神渊带回我的左腿。”

然而，直到所有空桑人消失在夜空里，苏摩一直没有抬头。

引线却深深勒入手心里，割出满手冰冷的血，一滴一滴无声地落在龙鳞上。仿佛是感觉到了海皇的血，龙蓦然一震，回首看着新的海皇，也看着他身边那个逐渐长大的偶人阿诺，龙目里满是宁静和悲哀。

“真像……”龙的声音忽然在他心底响起，直接和他对话，“真像纯煌当年啊。”

只有隐忍，只有压抑，无望而沉默的等候——宛如时空逆转了七千年。

虽然两代海皇，是截然不同的性格。

在漫天飘落着死亡的焰火里，傀儡师一直默然低着头，用沉默遮盖了告别时哀伤的眼神。宁静中，只有偶人阿诺迎着风上下翻飞，发出诡异的笑，那是“恶”的孪生，在为又一次死亡的盛典而欢喜。

那样长久的沉默中，仿佛心里某一根弦忽然绷紧得到了极限，苏摩的手颓然松开，爆发出了一声啜泣——那声音犹如一头被困的兽，知道自己那么孤独、那么绝望，却一点办法也没有。

几千年来，海国的子民被从故乡掳掠到云荒，经受了无穷无尽的虐待、凌辱和践踏。然而，最可怕的事情并不是肉体上的痛苦，而是他们的灵魂在那样漫长的岁月里也被渐渐地扭曲——这才是鲛人一族真正意义上的“覆灭”。

要如何对她说，自己一直以来都是以怎样绝望的心情，仰望那个纯白高贵的空桑少女，却无法逃避心里强烈的自卑和骄傲。

要如何告诉她说，在多年来颠沛流离的苦修中，自己曾无数次地将她想起，又是多么盼望着回到云荒去看她一眼。

然而，再回头已是百年身。

又要如何对她说，原来自己一直无法释怀的，并不是当年她的决绝，而是自己与生俱来的怀疑和不信任，对一切造成了无法挽回的伤害。然而，就算回到九十年前，在那样的情况下，他又该如何去爱？在连尊严和自由都没有的时候，一个鲛人奴隶，又能怎样地去爱空桑未来的皇后！

多少的自卑、猜忌和阴暗，在她从万丈白塔上一跃而下的刹那烟消云散——死亡在瞬间撤销了所有的屏障。然而，一切都不可挽回了。一切，也都开始于结束之后。

在那一场邂逅里，她已然倾尽所有，所以无论最后如何，都得以无愧无悔。

然而，他呢？

——那是他始终无法直面自己的最终原因。

在远望着她离去、回到族人和丈夫身边时，他仿佛感受到了某种说不清楚的绝望，隐隐明白这将会是最后的相见，他第一次不再压制自己激烈变化的情绪，放纵自己在九天之上失声痛哭。

无数的明珠落在龙的金鳞上，发出铮然的长短声，然后坠向黑而深的大地。黎明的天色渐渐变成黯淡的深蓝，风从九嶷上掠下，吹散战火的气息。

而白云之下，又是新的一天。

“我的少主啊……”仿佛是知道了他心中的想法，龙的叹息响彻在他心底，“没有谁能够救得了谁……对抗‘虚无’的唯一方法，只有‘创造’和‘守护’。”

傀儡师全身一震。这句话！就是这句话！

几个月前回到云荒时，翻越慕士塔格雪山中途，那个苗人少女那笙在雪地上扶乩，写下了对他人生的三句预言。

“一切开始于结束之后”——第一句“过去”已然应验。

第二句“现在”，却是和此刻龙神说出的话一模一样！

“对抗虚无的唯一方法，唯有创造和守护。”苏摩表情漠然地回忆着那句写在雪地里的预言，心里却在激烈地翻覆着，山呼海啸。

——那，是对他一生中“现在”的概括吗？

那么，他所没有来得及看到的第三句，他的“未来”，又是如何？

恍惚之中，耳边传来了龙神深沉睿智的低语，是提议：“海皇，去帝都吧……去寻找如意珠，去寻找复国军，去把族人们带回到大海。去吧！”

还不等苏摩的情绪重新平静，耳边却忽然听到了低哑的哭泣，一片片传来，分外诡异："上天啊，龙神……龙神！您终于归来了吗？我们的神归来了！"

一惊回首，烧杀一片的旷野里，却什么都没有。

"海皇终于带回了我们的龙神！"那些狂热的呼喊却充满了大地，"海国复生！"

一支雪白的藤萝忽然从土里伸出，然后展开，变成了修长的四肢。蓝发从土里冒了出来，一张张绝美而惨白的脸浮凸出来，带着狂喜的表情，看着从天而降的蛟龙，膜拜着。然而他却被这些奇怪东西身上的死亡腐烂的气息，逼得倒退了一步。

那些女萝，竟然渡过了已经枯竭的苍梧之渊，寻到了这里！

"我们的神啊，您终于归来了！"带头的女萝深深地将额头印在地面上，泪流满面，仿佛自惭形秽，不敢抬头看巨龙，"我们的眼睛就算化成了土，能看到这一刻，也是瞑目了。神啊，请将那些万恶的冰夷和空桑人灭亡吧！让海国复生，让鲛人成为六合间至高无上的霸主吧！"

龙盘在空中，静静凝视着那些惨白的面孔，眼神无限悲悯。

它的子民，本该是天地间最美的生物：生于蓝天碧海之间，能歌善舞，美丽而骄傲，只为爱而长大，有着千年的生命——如今，却变成了面前这些游走的腐尸，满怀恶毒和仇恨！

"安息吧……"龙注视着自己的子民，忽然吐出了低低的吟哦，尾巴轻轻一摆，凭空便起了剧烈的风暴！仿佛有闪电交剪而过，那些匍匐在地的女萝甚至来不及抬头，就在瞬间被化为齑粉。

殉葬用的革囊全部碎裂，黄泉之水瞬间流空。那些惨白的鲛人躯体裸露在空气中，仿佛死去已久的藤萝——然而，苏摩诧异地看到无数白色的雾从那些革囊中冉冉升起，幻化出一个个美妙的人首鱼尾剪影，最后汇聚成了一片孤云，升上天空。

"海的女儿们啊，不要被仇恨腐蚀，回到天上去吧。"龙的眼睛深沉悲悯，声音似乎是从六合中同时响起，"化成云和雨，回到碧落海去，回到故国去。"

随着龙的声音，那一片云在九嶷清晨的微风中轻盈地升上了天空，飘然离去。

——那是这些被杀殉葬的鲛人，毕生从未有过的自由和幸福。

黎明前的暗夜里，一片乌云贴着地面急飞，小心地避开高空上的那一场激战，向着北方九嶷山飞去。鸟灵的翅膀交织成云，迅速掠去。

“下雨了吗？”小鸟灵罗罗扑扇着翅膀，拂去一滴掉落在脸上的雨水，却忽地惊呼出来：“姐姐，你看！是珍珠——天上、天上在掉珍珠！”

背着重伤的盗宝者飞翔，幽凰闻言诧然抬头，忽然一震。

那……那难道，竟是他？

传说中那条困于苍梧之渊的巨龙已然挣脱金索，腾飞于九天。而乘龙御风的，便是那名黑衣蓝发的绝美傀儡师！然而不知经历了什么，那样冷酷阴枭的人，此刻居然在高高的天宇中掩面痛哭。

那样的绝望和无助，宛如一个找不到路的孩子。

幽凰忽然间怔住了，仰头看着那一幕，任凭半空的珍珠接二连三地坠落在脸上。

这个喜怒无常的人，竟然也会如此哭泣吗？他……又是为了什么而哭？

那一瞬间心里有无穷无尽的复杂感受，爱恨交织。虽然是远望着，她也能感觉到这个人内心的痛苦，虽然感到报复的痛快，却也隐隐有一种说不出的心痛直直刺入她心底。

远处还有翅膀扑扇的声音，举目望去，有大批的天马消失在九嶷神庙方向——最后一骑是纯白色的，远远落在后头，一边走一边依然在回顾。虽然遥远到看不清面目，然而那样熟悉的感觉，即使隔了几生几世依然一望而知。

那是她的姐姐……那个夺去了她一切的异母姐姐：白璎。

她恍然明白，原来那一场痛哭，竟还是为了那个已然死去百年的女子！

那一刻，疯狂的嫉恨重新笼罩了鸟灵的心。幽凰顾不得答允盗宝者要先送他去九嶷帝王谷的要求，瞬间振翅飞起，直向半空中的苏摩冲去！是的，一定要杀了他……一定要杀了这个不把她放在眼里，又给整个白族和空桑带来灾祸的鲛人！

“咯咯，”还没等靠近巨龙，半空中忽地有清脆的笑，“又见面了啊。”

不知为何，还没见人，那个声音一入耳幽凰便有一种惊怖的感觉，凌空回首，九天黑沉空洞，哪里有半个人影——是谁？是谁在说话？

“我在这里呢。”耳畔那个声音轻而冷，偏偏带着说不出的天真欢喜，让她心头无故一惊，立刻回顾，眼前闪现出一张俊美少年的脸——“苏摩？”幽凰脱口惊呼，转瞬却发现那并不是傀儡师。她惊怖地睁大了眼睛：那是……那是……

一个在风里上下翻飞的偶人？！

缝制的关节软软地耷拉着，随着风轻轻甩动，然而那张和傀儡师一模一样的脸上却带着诡异的笑，天真而又冷酷，愉快而又残忍。

她忽然间不敢相信自己的眼睛，不过短短几天不见，那个偶人阿诺居然长大了这么多！这一路，到底，发生了什么事情？

龙神飞出苍梧之渊，苏摩在虚空中哭泣，而那个偶人，转眼却成为了一个少年！

在鸟灵背上的少年盗宝者，手里握着一个金色的罗盘，那个罗盘的指针在瞬间剧烈颤抖起来，在飞快地转了几圈后，直指面前这个飘浮的傀儡——“魂引”是感觉到了某种强烈的“死亡”气息吧？面前这个诡异的东西，绝非善类！

“别和它说话！”幽凰还没开口，背上的音格尔却动了动，挣扎着说出一句话来，“这、这东西是‘恶’的孪生……快……快走……”

即便是鸟灵，也感觉到了某种惊怖，幽凰下意识地便绕开了偶人，向着北方飞去。

“你不恨天上的那个家伙吗？”然而，在她刚起飞的时候，阿诺的声音从心底细细传来，带着说不出的诱惑力，“他害死了你全族，还那般折辱你——想让他死吗？你很想，是不是？”

“别回头！”音格尔在背后低声警告，然而幽凰还是忍不住回过头去。

阿诺在黎明前的夜风中翻飞，双眼发出摄人魂魄的幽暗绿光，音格尔只看得一眼，心中便是一阵恍惚。手中的“魂引”忽然跳跃而起，金针狠狠刺入他指尖，让他痛醒。

然而就在这短短一瞬，偶人和鸟灵似已交换完了想法。

他听不懂它们的交流，也不知道它们之间达成了什么协议，却看到引线一荡，阿诺翻着跟头飘了开去，而幽凰亦展翅飞向北方的九嶷。

鸟灵急速地飞翔，眼里似乎有火焰在燃烧，仿佛刚才偶人那一席话在她内心点燃了某种可怕的复仇之火。

音格尔伏在鸟灵背上，用手指沾了族中秘制的伤药抹到伤口上。被风隼打伤的地方剧痛无比，在清凉的药膏下开始愈合。他痛得发抖，他咬了咬牙，只恨自己的身体为何如此脆弱，这番模样，又如何能去星尊帝的寝陵里救清格勒出来？莫离带领着前一批人去寻找执灯者，此刻应该已经在谷口等待了吧？

音格尔咬着牙，仿佛下了什么决心，从怀中拿出了一个瓶子，把里头的药粉全数倒了出来，狠狠抹在自己的伤口上——那是从沙魔的唾液里提炼出的药，和可以蜃气结城的怪物一样，这种药也有着暂时麻痹躯体覆盖伤痛的功效。

然而在药力退去后，苦痛将会以数倍的力量反噬而来。

但，只希望到了那时候，自己已然从王陵里返回，清格勒已然在身边……远方的母亲还在苦苦期盼，他一定不会让那双渴望的眼睛落空。

幽凰降低了高度，缓缓朝着谷口飞去。

第六章 盗宝者

黎明将至，四野里却并不寂静，隐隐听到一阵阵的惨呼痛哭。

——那是被从天而降的灾祸毁灭了家园的百姓的哭声。

那么平常的一个夜晚，九嶷郡的百姓如往日一样沉睡，然而睡梦中却有无数的流火从天而降，伴随着燃烧的钢铁和木头，砸落在房间里。好多人甚至来不及醒来就被直接送入了黄泉之路。

一个十五六岁的女孩子从睡梦中惊醒，手一动便摸到一摊血，侧头看到父亲血肉模糊地躺在地上——茅屋的顶破了一个大窟窿，似乎有什么天火坠落，房子猎猎燃烧起来。

那一瞬间，她惊得呆住了。这……这是怎么回事？难道是前几天爹偷偷带回来的那群人干的？那群西方荒漠来的人，虽然改作了泽之国的打扮，还是掩不住一种枭厉的气息。是他们为了得到父亲秘藏的那包东西，便下了毒手吗？

“娘！娘！”下意识地，她揉着眼睛坐起来，哭喊着。

在另一头睡的母亲应声而起，同时骇然尖叫。女孩向母亲伸出手去，然而一向重男轻女的母亲却是利落至极地俯身，一手抱着一个弟弟冲出门，丝毫不顾着火的屋子里还有两个女儿。女孩儿怔了片刻，终于“哇”的一声哭出来。一边哭，一边爬到父亲尸体旁，从枕头下摸出一件东西放到怀里，踉跄地赤着脚出逃。

刚出了门，忽然想起什么，又连忙跑回门边，叫着妹妹的名字，却看到才八岁的哑巴妹妹正惊慌地往桌子底下直钻进去。

女孩儿连忙惊呼：“晶晶，快出来！房子要塌了！”

然而小孩子被吓坏了，蹲在桌子底下，闭上眼睛抱住头，不肯再动一下。

“咔啦”一声，大梁被烧断了，整片屋架砸落下来，桌子下的孩子尖叫着抱紧了脑袋，身体仿佛僵硬了，然而就在这一瞬间，她感觉到有一双手将她紧紧抱住。

“哇！”睁开眼睛，看到的居然是姐姐惊恐的眼睛，孩子骤然大哭起来。

“晶晶不要怕……不要怕。”去而复返的姐姐一边颤抖，一边紧紧抱住妹妹，不停地安慰着，自己却也闭上了眼睛，不敢去看顶上不停坍塌的房子。虽然是怕得要命，她还是在房子倒塌的一瞬间折身返回，护住了妹妹。

爹死了，娘不要她们两姐妹了，如果她没了晶晶，还有什么呢？闭着眼紧抱着晶晶，她听到了头顶上的又一声裂响。她颤了一下，下意识地抱紧妹妹退缩在桌子下。

衣领忽然被人揪住，窒息之中身体飞速掠起，却不忘紧紧抱着怀里的妹妹。

“出来！两个小笨蛋！找死啊？”

耳边有厉喝，伴着粗重的喘息。那双揪着她衣领的手也是粗粝的，动作却很温和，将她和妹妹分开。她死命挣扎，却感觉到自己被拦腰抱着夹在腋下，飞速地从火场逃离。

脸孔朝下，视线晃荡得看不清东西，只看到颊边是一条腰带，腰上别着一个银色的圆筒状东西，还系着一个葫芦，随着奔驰一下一下地拍击。她忽然有些害怕，一手捂着襟口生怕怀里揣着的那物件掉落，另一手却摸索着攀住了那个陌生人的腰带，紧紧攥在手里，同时大叫着妹妹的名字。

“咿！咿！”耳畔立刻有熟悉的声音回答，同样带着惊惧和恐慌。

从那人身前看过去，看到了妹妹近在咫尺的脸——在那个人另一边腋下，妹妹同样紧紧攥着腰带，惊惶失措地寻找着她，发出哑女特有的咿呀声。

女孩儿松了口气，努力伸过手去，绕过腰上系着的银色圆筒和空葫芦，紧紧拉住了妹妹满是冷汗的小手。同时在颠簸中尽力仰起头，想看清楚是谁救了她们。

一个方方的下巴上，生着短短一层铁青的胡楂。

她还要再仔细看，忽然听到脸侧的那个葫芦里发出了奇怪的声音——仿佛里面关了什么小动物，在努力地拍打着想要爬出来。“嗒，嗒，嗒”，有节奏地敲打。她的脸和葫芦近在咫尺，忽然间就吃惊地听到了里面居然类似咒语的声音——那是人的声音！

是……是什么东西在那葫芦里面？她惊呼起来。

然而不等她惊呼完，腰间的葫芦里仿佛有什么陡然爆炸，一震，塞子“噗”的一声反跳而出，从里倏地透出一道光来。

“呀！”她和妹妹齐声大叫，感觉那个带着她跑的男子也停了下来。

“哈哈，终于出来了！”耳边乍然响起了一个清脆的声音，带着三分得意七分淘气。身体一松，女孩被放到了地上，踉跄着站稳，犹自还握着妹妹的手。

“那笙，你怎么又胡闹？！”听得那个男人怒斥，“多危险，赶快回去！”

回去？回到那个葫芦里去吗？她吃惊而好奇地想，抬头，总算是看清了那个救命恩人的模样。

一个落拓的汉子正在训斥一个不知何时出现的少女，他浓眉蹙起，显然是十分生气又无可奈何。那个被称为那笙的女孩子和她同龄，却嘻嘻哈哈地跳着脚走在前面，不当一回事，只看着她们两个：“哎呀，西京大叔，快别骂了，你看她们两个一直在看你呢！好漂亮的姊妹花，叫什么名字呢？”

原来那个恩人叫作西京？她忽然红了脸，低下头去，拘束地回答：“青之一族的闪……闪闪。那个是我妹妹晶晶。”

“闪闪和晶晶？”那笙笑了起来，“真好听。”

“青之一族……”那个落拓的中年人却是沉吟着重复，眼神复杂，“上百年了，这片云荒上，还有人以六部来称呼自己吗？”

闪闪眨了一下眼睛，并不明白恩人的意思。自她生下来起，九嶷郡上的人都是那样称呼自己的——虽然她也不明白“青之一族”到底是什么意思。

“小心！”在她眨眼的时候，忽然听到厉喝，她下意识地退开一步。

抬头的时候，她和妹妹双双惊呼——天上又掉下了一个烟火！在近地三十丈左右的地方爆炸开来，四散而落。

身侧仿佛有一阵风过，西京整个人向上掠去，迎向掉落在她们头顶上方的一片火光，手里陡然闪现出一道闪电，“咔啦”一声，将那一大块燃烧着的巨木铁块在半空中击得粉碎。

西京认出来，那正是风隼的残骸。他抬头看着黎明前的夜空，看到了巨大的龙盘绕在虚空，无数闪电和烈火环绕着。

那样强的征天军团，在龙神的面前也如破碎的玩具般不堪一击吗?

闪闪看着不停掉落的天火，下意识地哆嗦了一下，手捂紧了衣襟，感觉那包物件火一样烫。这是他们家里的传家至宝，父亲昨天还说，如果这几天他有什么不测，她一定要带着这件东西逃走，躲到安全的地方去。

她想，父亲也是对前几天来到家里的那群西荒人，心里隐隐感到不安吧。

然而，没有想到灾祸会来得那般迅速。

“你们……你们是谁呢？”她看着两个来人，被那样的力量所震惊，九嶷人信仰神力的习俗，让她脱口喃喃，“你们……是天上下来的神吗？”

“神？”那笙怔了一下，笑起来，“才不是，我叫那笙，这个大叔是……”

“是玄之一族的西京。”旁边的男子已经收剑，从空中翩然折返，落在身侧低声回答。

闪闪一惊：“玄之一族？云荒上有这个族吗？”

西京不答，眼睛里有一种深远的哀痛——过去了百年，在沧流帝国坚壁清野的铁血统治下，前朝的一切都被抹去了，这个九嶷郡里残留的十几岁的小姑娘，当然也已经不知道自己的故国。

那样强大辉煌过的民族，居然从历史中被抹去！

“咦，天上下雨了？好大颗啊，打在脸上很痛呢。”在他们对话的时候，那笙却是自顾自地走开来，仰着头看着天空中零落的烟火，忽然惊讶地抬起手，接住了什么东西。然后只是一看，就惊诧地跳了起来。

那不是雨水！是一粒晶莹明亮的珠子，在她手心里熠熠生辉。

——那是泪滴形的珠子，从高高的夜幕里坠落，落在脸上的时候犹有些微的柔软，溅到手上却随即变得冷而硬。

“这颗珠子是……鲛人泪？”那笙怔怔望着手心的珠子，喃喃，抬头望着天空，“龙神出关了……有鲛人在天上哭了吗？”

西京却是听到了半空中什么声音，诧然抬头——有一大片黑色的云，移动着从上空急速飞过，带起诡异的风。

怎么是鸟灵？西京下意识地握紧了剑，提防着。然而那一群魔物毫不停留地飞掠而过，直扑不远处的九嶷山而去。那一片乌云里，隐隐闪着某种奇异的金色光芒。

那群魔物……去往九嶷山干吗？

传说中，它们的先祖，那些修炼到千年以上的鸟灵，会发生可怕的变异，成为毁灭一切的“邪神”。空桑历代先帝为了维护百姓，都以“皇天”的力量镇压那些邪神。每一任皇帝在驾崩之前，都会将一只可怕的魔物带入地宫，以自己的灵魂设下封印，永远地镇压，不让它再逃入阳世。

因为有着那种封印，所以九嶷山一向是鸟灵避而远之的地方。这一次大群的鸟灵前来，又是为何？

西京一时间有些出神，而那笙只是极力地往天上看，终于看清了夜空中巨大的龙，她一惊一乍地呼叫：“龙神……快看！天上飞着的是龙神！”

忽然间，她的声音戛然而止——那是一种戛然断裂的停止，仿佛是硬生生被某种无名的恐惧斩断。西京和闪闪都掉头看过去，只看到那笙睁大了眼睛，看着头顶三尺高某处的一个东西，脸上流露出难以掩饰的恐惧。

一个五尺高的俊秀少年，随着一阵夜风飘来，掠过树林，悬浮在她头顶。手足关节似乎都断了，头也毫无力气地垂着，与蓝色的长发一起随着风微微晃荡。

“哎呀！”闪闪先是一惊，接着却是欢喜地叫了起来，“是偶人！好漂亮！”

仿佛受到了某种难以抗拒的诱惑，两个女孩子争先恐后地伸手，想去触摸那个漂亮非凡的东西。西京脸色一变，掠过来一把将两姐妹拦到了身后：“小心！”

就在他说出这句话的同时，那个垂着头的偶人忽地动了。

抬头，扯动嘴角，露出一个诡异的笑。

“哎呀！”三个女子同时惊叫起来，齐齐往后退了一步。

“它、它会笑！”闪闪下意识地护着妹妹，一手压在胸口的衣襟上，掩藏着衣襟里那个物件，颤声脱口，“它是活的？它是活人！”

哑女晶晶却是又怕又好奇地躲在姐姐背后，看着那个会动的偶人，咿咿哦哦地比画着什么。奇怪的是那个傀儡也抬起了手，歪着头笑，比画着，仿佛逗着这个哑巴女孩儿。

“居然长那么大了。”西京意味深长地看着那个飘荡的偶人，眼里有难掩的担忧与厌恶，“不过分别短短几个月而已……苏摩呢？”

仿佛被牵动了脖子后的引线，阿诺瞬地抬起头，脖子以诡异的角度扭曲，眼睛翻起，顺着丝线看向黎明前黛青色的夜空高处。然后，似乎突然又被扯动，偶人翻了一个筋斗，急速往天空飞回。

“等一下！”西京一声断喝，不等阿诺飞起，足尖一点迅速掠起。手指一并，夹住了那根看不见的引线。只是稍稍用力，剑客便如大鸟般翩然凌空上升，追逐着偶人，沿着线一直飞去，瞬间成为目力不能及的一点。

“啊？”那笙呆了，看看天，又看看手里的珠子，讷讷道，“苏摩……苏摩在上面吗？那么，这个、这个是……他哭了？”

“苏摩是谁？”闪闪忍不住问，那笙却只是发呆，没回答。

黎明渐渐到来，四野的风温柔地吹拂着，吹散战火硝烟的气息，隐约已经听得到村庄各处废墟里传出哭天抢地和呼儿唤女的声音——那是被突兀到来的战乱惊吓了一整夜的百姓回过了神，开始哀悼。

“爹……爹呢？”妹妹的身子微微发抖，依偎在怀里抬头问。

这个才八岁的妹妹，在三岁的一场大病里没有得到及时的治疗，损伤了声带，从此被病魔夺走了声音。她从小只能发出极简单的单音节，靠着手的比画，结结巴巴地和人沟通。闪闪姐姐心里只觉一堵，眼泪夺眶而出，口里却只道：“爹娘他们一定是分头逃出去了，现在外头乱糟糟的，等下就会回来找我们的。”

“呃……弟，呢？”晶晶又问，小小的手努力比画着，担忧。

“嗯。三弟和四弟，应该是被娘救出去了，不用担心他们。”闪闪应着，想起火中被母亲奋不顾身抱走的两个弟弟，眼里陡然有某种怨愤。

晶晶急不可待，拉着她的衣角：“姐！”

“好，好，我们就去找他们。”明知爹爹是再也找不回来，闪闪却不得已地应承着，眼睛躲躲闪闪地不敢和晶晶对视，生怕一看到妹妹懵懂期盼的眼神，便会止不住地落下泪来。

“多谢姑娘和……和这位游侠的救命之恩……”她拉着妹妹，对着那笙深深一礼，说到半途顿了顿，眼睛看向黎明淡青色的天空，“无论今生来世，必当报答。”

那笙一直抓着手心的珍珠，望着天空出神，此刻才回过神：“啊，你们要走了？”

然而不等闪闪开口，旁边就听到一个妇人的尖厉叫声：“闪闪！你个死丫头，总算找到你了！那东西肯定在你那里！”

三个女子骇然回头，举目所及都是烈火焚毁的村庄废墟。一座废墟后忽然跳出了一个披头散发的中年妇人，直奔过来一把扯住了闪闪。

“娘！”闪闪和晶晶又惊又喜，脱口。

“快，快拿出来！”那个妇人身材臃肿，粗眉大眼，此刻完全顾不得和两个女儿叙什么大难之后的庆幸，居然一手就探入了大女儿的衣襟里，“快把那宝贝给我！”

“不！”陡然明白母亲并不是来找她们，闪闪眼里的泪直落下来，一向秀气的女孩儿刹那倔强起来，捂住衣襟拼命挣脱了母亲的手，含泪道，“不能给你！爹说过了，家传之物只由家长来挑选传人，不能擅自给别人！”

“别人？”妇人冷笑起来，一把揪住她的发髻，“我是你娘！快给我，再顶嘴给我去跪钉板！现在可没爹护着你了！”

“你……你都不要我们了！我们才没这种娘！”挣扎中，闪闪的头发散了，狼狈中她忽然爆发似的哭喊了起来，“你早就不要我们了！”

晶晶年纪小，还不明白到底发生了什么，只看着娘又开始打姐姐，她噤若寒蝉。闪闪横了心第一次反抗母亲，然而毕竟力气单薄。妇人一把揪住女儿的头发，另一只手已经从她衣襟里掏出了一物，妇人眼睛发光：“就是这个！果然被你这个小贱人拿了……这回可好了！”

妇人正待往回跑，忽然觉得身体不能动了。

“坏心肠的后妈！”那笙弯着腰，把地上那个符咒的最后一笔画完，看着那个被定住的女人，愤愤不平道，“抢女儿的东西，真是过分！”

“不是后妈……”闪闪将那个盒子拿回，低声喃喃道，“是亲娘啊。”

“啊？连自己生出来的女儿都要打，那更坏了！”那笙一愣，更加气愤。也是第一次将学到的法术加以运用，小姑娘心里充满了打抱不平的豪气，觉得自己就像是西京那样的游侠儿。

“那笙姑娘，把我娘放了吧。”闪闪看着身形定住、眼睛却在骨碌碌转动的妇人，叹息道，“其实郡里很多娘，也都是这样——谁叫我们青之一族里，向来男尊女卑呢？”

“咦？怎么和中州一样？”那笙吃了一惊，不明白，“我听说空桑不是这样重男轻女的啊——从星尊帝白薇皇后开始，帝后就是平权的！我记得赤王还是一个女的呢，白王也是！怎么青之一族又变成这样胡来了？”

“空桑？那是什么？”闪闪却听得有些迷惘，茫然问了一句。

那笙一怔，又不知从何解释。

“听说上百年前这里曾经打过一场仗，族里男人都死了，剩下很多女人。所以王准许一个男人可以娶许多妻子，而且生出儿子来的就给奖励，生出女儿来的就当场扔到黄泉之水里去……”闪闪说着，抱紧了妹妹，眼神黯然，“虽然十几年后郡里的男丁又多了起来，这个风俗也废止了，但很多家里一看生了女儿，还是会扔去黄泉里的。唉……当年若不是爹，娘早把我们姐妹扔掉了。”

“啊……”那笙张大了嘴巴想说什么，最后却只是轻轻叹了口气。一路走遍了半个云荒，所见所闻早已告诉她，这片土地和中州一样充满了血和火，和想象中的世外桃源完全不同。

“那个盒子里，是什么呀？”毕竟还是忍不住好奇心，那笙冒失地问。

闪闪看了一眼满脸冷汗的母亲，不顾对方脸上强烈反对的神情，还是把盒子对着这个陌路相逢的异族少女打开了：“我也没看过呢，据说是我们家祖传的宝贝。我爹说，不能随便打开。”

然而，一边说着，她一边还是开了那个古旧的盒子。

“啊？”那笙叫了起来，有点失望，“一盏灯？”

只是一座高不盈尺的古铜色的灯，分开七枝，作七星状，七个盏里隐隐有着幽蓝的光泽。似乎已经很久没有用过了，积着一层铜锈，惨绿暗红，层层叠叠。

那笙乍然看了一眼，手上的“皇天”忽然就隐隐亮了一下。仿佛被无形力量催动，那笙的手不自禁地抬起，拂过那盏灯，一瞬间，七点烛火齐齐点燃！

“哎呀！”这回轮到了闪闪惊叫，“你、你怎么可能点燃它？”

这盏世代相传的灯，只有家里的执灯者才能点燃——而这个陌生的少女只是手指一拂，就将七点灯火全数点燃！

“我想起来了……”那笙却有点恍惚，看着手上的“皇天”戒指，仿佛有什么影像在脑海里翻腾，“这盏灯……这盏灯，和九嶷神庙里的七盏天灯一模一样啊！怎么会在这里……”

“听说几百年前，我家一个先祖，曾是神庙里最强的巫祝，他守护着这盏灯。”闪闪低声解释，眼神奇特，“他爱上了来神庙朝拜的赤之一族的公主，于是主动废去了所有的灵力，返回到了山下的云荒大陆。这盏灯，就是他回到尘世后一并带来的。”

那笙茫然地看着那盏明灭不定的灯火，忽然看到那幽蓝色的火焰里，居然有七个小人儿在不停地舞蹈！她吃惊地睁大了眼睛，定定地看——

那些小人的舞蹈，飘忽而热烈。然而他们却有着七种色泽各异的眼睛，无论身形如何舞动，却是始终注视着云荒的各个方向，眼神凝定。

那是……那是焰之灵？

她刚看过真岚赠予的那册《六合书·法术初窥》，知道一些云荒的远古传说。

这七星天灯，原本是星尊帝寝宫内书案上的一盏普通铜灯，伴随着这个空桑第一帝王批阅了无数奏折文卷，见证了风云起落。后来云荒一统，国务渐渐繁忙，星尊帝长夜处理国政，精力不支，经常在灯下不知不觉睡去。

为了不耽误政事，帝王便将天上的七颗星辰降至灯内。每当灯燃起，这些神灵便会睁开眼睛眺望云荒大陆，将所见的一切禀告给帝王，无论他是在清醒还是睡梦中。

这七盏灯，是空桑帝王的眼睛，可以时刻注视着天地间的一切。

星尊帝驾崩后，并未留下遗骸，传说魂归于极北方上古神人葬身的轩辕丘。帝王谷里只留下了他和白薇皇后的衣冠冢，伴随着无数陪葬珍宝。同样地，这七盏灯和他生前佩带的辟天剑也被当作遗物，供奉在九嶷山的神殿里。同时，模仿这盏灯的形状，下一代空桑帝王在神殿里布置了巨大的七星灯，用来为空桑帝王和六部祈福。

“私带天灯下山？这不是星尊帝的陪葬品吗？怎么也被人盗出来了？”那笙茫然叹气，问闪闪，“你知道这灯的用途吗？”

闪闪摇了摇头，又点点头：“我只知道这灯，能让家里丰衣足食。”

百年前一场动乱后，青族遭到了空桑历代先王的诅咒，九嶷郡饿莩遍野，人丁寥落。当时村庄里十室九空，邻居都已经开始易子而食——而唯独他们家保全了下来，并且有能力去救济村里的其他百姓。据说，全凭了那一盏神灯。

“丰衣足食？”那笙有些糊涂了——可没听说过这灯能变出吃的东西，或者能召唤那些焰灵出来当奴仆。

这盏灯，除了“守望天地”之外，没有任何用途。

那些焰灵在不停舞蹈，美丽不可方物。然而在灯火燃起的一瞬，闪闪漆黑的眼眸忽然变了，同时焕发出了七种色泽，宛如映着彩虹！

“啊……我看到了！我看到了！”惊喜地，少女茫然叫了起来，看着眼前的虚空，“天啊……我、我都能看到了！我成了执灯者吗？”

闪闪的眼睛里闪动着美丽的光，向着虚空伸出手去。

“你看到了什么？”那笙吃了一惊，凑过去看着烛台，却什么也看不到。晶晶一直瑟缩着不敢开口，此刻看到姐姐这般失控，吓得大哭起来。

“九天上的龙和鲛人，比翼鸟上的女神……那是三女神中的慧珈！她来九嶷做什么？西方有人返回了帝都……啊，破军……那是破军的星星在亮！”灯的七种色彩映照在青之一族少女的眼里，闪闪梦呓般地看着火焰，喃喃道，“我看到万丈地底下的泉脉在流淌，向着黄泉奔涌……多么瑰丽啊……我都能看到了！”

那笙目瞪口呆地听着她的叙述。这个平凡的少女，转瞬间居然有了洞彻六合的能力！

目眩神迷地看着火焰里的一切，闪闪恍然明白过来：父亲死后，她身为长女，自然而然便继承了“执灯者”的力量吧？

“姐……”晶晶畏缩地拉着她的衣襟，比画着询问，“爹？”

“爹爹……”闪闪的眼睛转瞬黯淡了一下，然而执灯者在观看焰灵舞蹈时，却是无法说任何谎话的，她叹息了一声，对妹妹说，“在九冥的黄泉路……”

晶晶还不知道什么是黄泉路，然而看到姐姐的表情，也知道那是不好的事，她“哇”地哭起来。闪闪没法分心去安慰她，只是注视着焰灵的舞蹈，眼里却有大颗大颗的泪水落下，掉在火焰上，嗞然化为白烟。

火焰熄灭。少女眼里的七彩色泽也消失了，她宛如平凡女子一样，捂脸痛哭。

她的母亲在一边看着，看到女儿居然继承了神灯，眼里不自禁地露出嫉恨恶毒的神色，忽地眼睛一亮，对着远处废墟里奔来的一行人大叫：“在这里！我找到那个死丫头了！她和灯都在这里！不关我们的事情，快把我儿子放了！”

三个女子悚然一惊，转过头去，却对上了一行风尘仆仆的彪悍男子。骨骼明显比泽之国的人高大，古铜色的皮肤，深栗色的头发微微卷曲，五官深刻清晰——一眼看去，即便是尚未去过西荒的人，也知道那是砂之国的来客。

闪闪一眼就认出了那是前几日来到村里、投宿在她家里的神秘客人。

“你、你们……快把我弟弟放下来！”看到领头的西荒人手里提着的两个孩子正是自己的弟弟，闪闪脱口而出，“你们想干什么？”

“想干什么？”领头的西荒人笑起来了，露出一口整齐的牙齿，他轻而易举地拎着两个少年晃荡，“你爹死了，现在你是执灯者了？那么，就轮到你来履行我们的约定了。”

“什么约定？”闪闪原本是个胆小的人，然而此刻却不得不表现出勇气来，她护着妹妹，直面那一群来自西荒的盗宝者，“先把我弟弟放了，再来谈什么约定！”

“呵呵，放就放。也不怕你们跑了。”领头的盗宝者看着强作镇定的女孩，大笑起来，手臂一松。两个男孩落到了地上，痛呼了半天起不来。盗宝者眼露轻蔑之色，踢了一脚：“东泽的男人就是没用，娘儿们一样，还不如一个小女孩儿有胆气。”

“别踢我儿子！”母亲一旁看得心急，脱口大叫起来，恨不能立刻跑过去。

那笙看着这群人来意不善，又个个凶形恶状，不由得蹙眉，暗地里念了一个咒语，试图将那些人定在原地——然而咒语念完，那帮人却依然若无其事。

她诧异地发觉，原来对方并非容易打发的普通人。西京大叔呢？她情不自禁惶急地抬起头，在黎明的天空里寻觅那个凌空飞去的人——然而天上一片空荡，连云都没一片，更不用说什么龙和人影。

西京大叔……是找那个苏摩去了吗？到底要做什么啊。

她急切地四顾，没法应对面前这种遇上的劫难。

“那笙姑娘，帮我把娘身上的符咒除了吧。”出神时，旁边闪闪推了推她，恳求道。那笙哼了一声，老大不情愿地过去，帮那个胖妇人解了定身咒。妇人一得了空，立刻哭喊着儿啊肉啊，朝着两个躺在地上哼哼唧唧的少年扑过去，抱在怀里揉搓。

“那笙姑娘，拜托你一件事，”眼看着盗宝者在一旁虎视眈眈，闪闪低声对那笙说了一句，暗地里把妹妹的手放到她手心，“我去和他们周旋，你带着晶晶赶快离开吧。村里的人受过我家大恩，就算晶晶成了孤儿也会善待她的。”

“怎么可以！我不会丢下你不管的！”那笙脱口，声音太大，引得那边盗宝者一阵观望，她连忙压低声音，“那你呢？我看这一群人都很凶啊，你就不怕被他们……”

她打了一个寒战，终究没说下去。

“我有神灯，”闪闪拿着七星灯，安慰那笙，“焰灵会保佑我的，不怕。”

“可这灯，只有‘观望’的力量而已啊……又不会召唤出什么东西保护你。”那笙绝望地喃喃道，抬头望着天空，“该死的西京大叔，每次危急的时候他总是不在！实在是太不靠谱的人了！”

“小姑娘，还不拿着灯过来？”那边的盗宝者却是不耐烦了，粗声粗气道。

“我再跟妹妹说一句话。”闪闪向着那头大声应了一句，转头却是低低对那笙道：“不用担心，他们一日需要这盏灯，我便一日平安无事。以前我爹也是和他们认识的，应该不会太为难我——晶晶，你要听话，啊？等姐姐回头找你。”

那笙拉着晶晶，只觉那只小小的手不停地发抖，宛如受惊的小鸟。一时间，那笙心里热血上涌，陡然觉得自己长大起来，如母亲般地将那个小姑娘护在怀里，大声道："你放心，有我在呢，晶晶一定不会有事！"

"多谢你。"闪闪粲然一笑，便执灯走向了盗宝者。

"你们可不许欺负她！"那笙看着那帮凶形恶状的西荒人，心里不安，扬头大声警告，"不然我一定找你们算账！"

"好凶的小姑娘……"那头却爆发出了一阵大笑，领头盗宝者饶有兴趣地看着那笙，龇牙道，"好，我不欺负她——那我们来欺负你好不好？"

"你、你……"那笙负气道，却不知如何回嘴，"你敢！"

那头又爆发出了哄笑，盗宝者的头领"呸"的一声吐出了嘴里咬着的草叶，看着脸色苍白却强作镇定的闪闪，拍拍她瘦弱的肩膀，笑起来："别傻了，我们盗宝者才不欺负女人和孩子——你爹替我们提灯引路已经几十年了，如今换了个年轻漂亮的妞儿陪我们，兄弟们都高兴得很，怎么会欺负你呢？"

闪闪吃惊地抬起了头："什么？你说、你说我爹……和你们合伙盗墓？"

"那是。"盗宝者的头儿竖起拇指，反点自己胸口，"我就是莫离，你爹没跟你提起过？"

"我爹怎么会和你们这群盗宝者合伙？！"闪闪却叫了起来，带着厌恶的表情，激烈反驳，"我家……我家是巫祝的后代，怎么会去做这种卑鄙的事情？你骗人！"

"嘁，居然看不起盗宝者？"莫离古铜色的脸上浮出冷笑的表情，眼神渐渐锋利，"你们这些空桑遗民，亡国了还自以为高人一等吗？当年若不是我们盗宝者施舍一口饭，你们家早就饿得绝子绝孙了！巫祝后代有个屁用！"

"啊？"闪闪抬起头，怒视着这个盗宝者，然而莫离比她高了一尺多，她仰起头才能看到对方灰色的眼睛，"你、你是说那一次饥荒里，是你们，是你们救了……"

"对。是我们盗宝者救了你们一家。"莫离低下头，看着这个青之一族的小女孩，冷笑道，"如果不是我们冒死越过苍梧之渊，把泽之国的粮食捎带到九嶷郡，不但你们家，连这个村庄都早就灭绝了！"

顿了顿，西荒来客指着那盏灯："作为报答，你的曾祖父提着这盏七星灯陪我们下到王陵，盗取了一批宝藏——这盏灯，可以照亮地底的幽冥路，让我们看清'黄泉谱'和'魂引'的标示，成了我们的引路灯。"

"可是，他为什么要拿着神灯，帮你们去盗墓？"依然无法接受这个事实，闪闪双手痉挛地抓紧了那盏灯，"那是我们祖先的墓啊……"

"死人重要，还是活人重要？你曾祖父是条好汉子。"莫离冷笑起来，一把提起了身形娇小的少女，闪闪来不及惊呼就已经坐到了他宽阔的肩膀上，"你看看！"

指着远处的燃烧着废墟和支离破碎的尸体，莫离冷笑起来："这是什么世道！给不给穷人活路？凭什么那些皇帝老儿在世时候作威作福，死了还要把财宝带到地下去陪葬？"

闪闪略带惊慌地坐在莫离的肩上，抓着他的手，生怕跌下去。

西荒的盗宝者大踏步往前走，穿过那些燃烧着的废墟和哭天抢地的孤儿寡母："我们西荒不比泽之国，还有鱼米为生。你没去过那边，不知道那里的恶劣环境——地上的人都要活不下去了，那些死人却占着活人的财富！这公平吗？我们从腐烂的死人手里夺回这些珍宝，让地上那些活着的人不至于饿死，又有什么不对？"

闪闪望着那些平日熟悉的街坊邻居，看到狼藉的尸体和燃烧的废墟，眼睛里也渐渐湿润了。她低下头去，抓住了那只古铜色的大手："你说得对……"

她掰开那只扶着他的手，跃下地，抬头看着莫离："我带你们去。"

"你倒是比你爹通情达理，一说就明白了。"高大的男子咧嘴笑起来了，露出一口雪白整齐的牙齿，"好姑娘！不愧是执灯者！"他赞赏地拍了拍闪闪的肩。闪闪痛得皱起了眉头，勉强笑了笑。

"走吧，我们和少主约好、今晚要在九嶷山下碰头的。"莫离继续大步流星地走开，"可别迟到——少主对属下严厉得很，若是打乱他的计划，我可保不住你喽！"

"少主？"闪闪几乎是小跑着才能追上他的步伐，喃喃纳闷。

"嗯，音格尔·卡洛蒙少主。"莫离低下头，将这个名字告诉少女，眼神肃穆，"记住这个名字——他是我们盗宝者之王。"

九嶷山近在咫尺，青黛色的山宛如一面巨大的屏风徐徐展开，从北向环抱着云荒大地，阴冷而潮湿。山上处处游荡着白色的雾，仿佛是地底下那些埋葬了千古的帝王皇后的魂魄出没山中，到处游弋，发出低沉的叹息。

而帝王谷，则隐藏在这青色的山峦中。

沉睡千年的星尊大帝啊，你曾一手开创了一个时代，缔造了称霸云荒千年的民族……如今，请容许一行西荒的盗宝者惊扰你的长眠吧。

第七章 海皇

黎明到来之前，九嶷一片动乱。

无数百姓在睡梦中被坠落的天火惊醒，赤脚从燃烧的房屋内出逃，躲避着半空中激战坠落的风隼残骸，拖儿带女，到处一片呼唤亲人的哭喊。

一些百姓侥幸躲到了安全的地方，大着胆子抬起头看向天上，却不由得倒抽了一口冷气——漫天都是纵横的闪电，闪电中，隐隐呈现出一条巨大的金色的龙，在夜空里吞吐着烈焰，张牙舞爪地和征天军团的风隼搏斗，落下漫天的残骸来。

“天啊……那，那难道是龙神？”九嶷的百姓们怔怔地望着虚空，相顾失色——被封印了七千年的龙神腾出了苍梧之渊！难道，云荒上又要风云变色了？

遥远的彼方，镜湖中心高高的白塔上，有许多双眼睛也看到了这一幕。

龙神出渊了？然后，那些眼睛闪烁了一下，相互对视，却始终没有人说出话来。此刻已是深秋，风从西方尽头的空寂之山吹来，带来亡灵的叹息。

“巫抵死了。”

卜出了最坏的结果，巫姑松开了手里的筮草，苍老的声音有些发抖。听得那样的判词，周围的长老们身子都不易觉察地一震，再度相互望了一眼，眼里有再也无法掩饰的震惊和不可思议——

自从裂镜战争结束之后，十巫里还是第一次有人被杀！

“龙神——是龙神出渊了啊！”只有巫姑神经质的声音响彻白塔顶上，她枯瘦的手直伸出去，指向北方尽头闪电交错的天空，“你们看那里！看那里！龙神在苍梧之渊上空和我们的军队交战！巫抵已经死了，巫彭，你是帝国元帅，得赶紧想办法！”

“巫彭今天没来，告病了。”旁边有人漠然地回答，却是国务大臣巫朗，“他闭门不出已经好几天了。”

巫姑愣了一下，鸡爪一样的手揉捏着筮草，啐了一口：“装什么死！”

旁边，一直静默聆听的秀丽女子脸色倏地苍白，转过了脸去——那个女子不过三十多岁的容颜，然而一头长发却是星星点点落满了霜花，竟是比巫咸、巫姑那些活了百年的长老都显得苍老憔悴。

那，却是巫真云烛。

这里白塔上的所有人都知道云家和巫彭的渊源，自然也都知道巫彭元帅一直闭门不出的原因。他一手扶持的破军少将云焕，近日因为从西荒带回了一颗假的如意珠而下狱。巫真云烛为了替弟弟开脱罪名四处奔走求援，然而昔年一直扶持云家的巫彭，不知为何一反常态袖手旁观。云烛一次次地去元帅府拜访，可得到的一直是巫彭抱病在床不见外人的回答。

谁都知道，这一次巫彭元帅不会救那个一手培植的破军少将了。

然而，如果连巫彭元帅都不再插手，那么国务大臣巫朗就更加肆无忌惮了——那个一直以来阻拦了飞廉前途的云焕，此次看来势必要被置于死地了！

得不到巫彭的帮助，孤立无援的云烛一夜之间白了头发。

所以此刻就算是看到了北方龙神出渊，云烛也是毫无关注的兴趣——在这个圣女的眼睛里，一切，都比不上弟弟的生死重要。

听到巫姑用讥讽的语气提起巫彭元帅，国务大臣巫朗的嘴角也露出了尖刻的笑——斗了那么多年，只有这一次他才是占尽上风。能趁着这个机会将云焕扳到，不啻是将巫彭培植了多年的一棵佳木连根拔起！

最年长的巫咸抖动了一下花白的长眉，微微咳嗽：“咳，我说，在这个当儿上，你们就别再窝里斗了。”

元老们的窃窃私语停止了，望向首座长老。

“事到如今，我们还是一起去觐见智者大人，请他给予谕示吧！”巫咸将身子往前倾了倾，恳切地望着神游物外的巫真云烛，“龙神既然出渊，海皇的觉醒也不远了——事情发展到了这种程度，非得惊动智者大人不可了——还请圣女转达我们的请求。”

然而尽管首座长老以如此恳切的态度说话，云烛的眼睛还是凝望着天空，没有说一个字，仿佛思绪飞到了极远的地方。

这个帝国变得怎样，和她又有什么关系？

她不像在座的这些元老。他们有着根深蒂固的权势和巨大的财富，把持着帝国上下，所以才对国家的变动如此关注——而她，不过是云荒上普通的冰族百姓。她所关注的，也只有寥寥几个亲人的性命。

巫真云烛的这种沉默，引发了其他元老的不安。

要知道在全族里，能解读智者谕示和智者对话的唯有历届圣女。而上一届的圣女云焰不久前被洗去了记忆逐下白塔，现在整个云荒，也只有云烛能做到了。如果巫真不去请示，智者大人可能一直如往日那样置身事外袖手旁观。

“呵……知道讨价还价了嘛。”巫姑低声冷笑，显然是将云烛刹那间的走神当成了某一种沉默的威胁，嘀咕道，“云家的小贱人。”

巫咸横了一眼巫姑，却顺着云烛的视线望出去——

那里，那颗破军星已经很黯了。

终于明白云烛的死结在哪里，首座长老叹了口气，发话道：“好了，巫真，我知道你担心什么。我答应你，如果你去替我们请动智者大人，元老院就可以暂缓对你弟弟的死刑。”

“啊！”沉默的女子全身一震，短促地惊呼了一声，果然回过神来了。云烛望着巫咸，眼神奕奕，张了张口，用咿咿喔喔的声音询问着这个承诺的真伪。然而国务大臣巫朗却变了脸色，脱口而出：“绝不可！云焕两次贻误军机，按帝国军规罪无可赦……”

“巫朗！此时此地，不是追究这件小事的时候！”百年来一直和稀泥的巫咸却忽然一拍扶手，蹙眉厉喝，“我是首座长老，有权力代表元老院执行赦免！”

百年来第一次看到巫咸发怒，巫朗和巫姑对视了一眼，略微收敛地低下了头，暗暗切齿：云焕是个什么样的人，他不是不知道——那家伙是一头嗜血的狼，如果不能斩草除根，只怕随之而来的报复会是难以想象的酷烈！

巫真云烛听到了巫咸的承诺，眼里却露出了狂喜的表情，深深一弯腰，便跪着退入了神庙。

“……”巫朗咽不下这口气，胸口起伏着望向巫咸。

“啊，别激动嘛，”看到云烛已经退了进去，巫咸摸着花白的胡子对着巫朗笑了一笑，“我是说赦免破军少将的死刑，但是，死刑未必是最可怕的惩罚啊……巫朗，你难道忘了‘牢狱王’了吗？把破军交给他处置不是更好？”

“啊？对！”巫朗身子一震，发出了低呼，眼神转瞬雪亮，“我怎么忘了！”

有“牢狱王”之称的辛锥，成名于二十年前复国军叛乱那一仗。那一战极其惨烈。复国军战士悍不畏死，一旦被捕往往立即自尽，就算是被阻拦活了下来，也多半是至死也拷问不出什么来，让帝都方面大为气恼，出榜向天下征求能让那些鲛人乖乖招供的方法。当时，还是铁城里一名小铁匠的辛锥自告奋勇地来到了皇城脚下，揭下了榜。

那个才十四岁、身高不过四尺的矮人小铁匠“才华横溢”，发明了种种闻所未闻的刑罚，甚至让元老院里的十巫都觉得匪夷所思。比如，他曾将鲛人俘虏放入瓮中，水里加入了诸多药物，让人感觉到加倍的痛苦，却又能一直保持着神志清醒。然后在底下点燃炭火慢慢烤，在身体被完全煮熟之前，再坚定的战士也会因为长时间的剧痛和恐惧而松口。

再比如，他结合了平日冰族酷爱摆弄的机械原理，发明了一种“转生轮”。将受到拷问的犯人固定在一只带铁钉的大轮盘上，然后令人慢慢摇动手柄。轮盘每次绕轴转一圈，固定在地面上的铁刺就会剐下一条肉来，转个十来圈，犯人基本上就被扯碎了。然而巧妙的是，铁刺设置的位置正好避开了要害，所以除非执刑者发慈悲，犯人将一直不能死去。

他甚至可以代替那些屠龙户，为那些尚未变身的鲛人俘虏执刀破身——据说一刀下去，尾椎便整整齐齐地居中裂开，左右不差一丝一毫，比最资深的屠龙户还精巧准确。

即便是最简单的剁指，他也做得与众不同——并不是简单地把犯人的十根手指用刀截下，而是令人生生地连着指骨和掌骨拽下来，令很多犯人受刑之后都死于剧痛。

然而，他同时也是一名灵巧的医生，那些恐怖的伤口他都能迅速地处理，也能调配奇妙的药物来延续那些有继续拷问价值的犯人的生命，直到榨出最后一点所需要的情报。

二十年前的那一场战争里，一半的鲛人战士死于战争，而剩下的另一半，却是死于牢狱里的残酷刑罚。

那时候，辛锥不过是个十四岁的小铁匠，而身高却如一个十岁的儿童。之后，他便一直执掌帝国大狱，虽然身体一直再也不曾长大，但是这个侏儒还是成为了云荒大地上令人闻声色变的酷吏。

无论是怎样铮铮铁骨的硬汉子，只要到了牢狱王手下无不被折磨得不成人形，最终精神崩溃。而凡是他想要的资料，也从来没有拷问不出来的。

就算是云焕那小子骨头再硬、脾气再倔，也硬不过辛锥的刑具吧？留着他一条命又算什么……有的是方法让他生不如死。想到这里，巫朗的嘴角就露出了一丝笑意，不再反对巫咸的安排。

然而，等了很久，直到天色开始发亮，却一直没有看到巫真出来。十巫相互沉默地对视了一眼，心里有某种不好的预感：在冰族所有子民里，智者对于巫真云烛的宠爱是超出常人的，难道这一次连云烛也无法请动那个圣人了吗？

正在揣测的时候，神殿的门无声无息地开了。

白衣的圣女从里面跪行而出，脸色苍白。她无法开口说话，只能仰起脸摊开双手，做出各种手势，缓缓比画——

“请等待星宿的相逢。”

看懂了巫真的意思后，一众长老霍然变色，面面相觑。

什么意思？难道智者大人是说，他将袖手旁观这一次的争斗？！

在十巫心有不甘地悻悻离去后，巫真掩上了神庙的门，全身瘫软地坐在了门后的黑暗里——方才，她第一次说了谎话！

因为此刻的智者大人，又出现了“神游”的情况。

多年前，因为巫彭元帅的引荐，出身寒微的她获得了额外的恩宠，在白塔顶上陪伴了这个高不可攀的神秘人将近二十年。这十几年来，她的所见所闻都匪夷所思，然而她始终忠实地沉默着，从未对外吐出过一句话。

也只有她知道，在某些时候，那个无所不能的智者是会暂时消失的。帘幕后那个声音会长久地沉默，仿佛沉睡过去，游离到了另一个世界。

那样的日子或长或短，有时候只是一两天便恢复，但有时候会长达数月。没有任何人知道智者在那一段时间去了哪里。

也幸亏沧流建国以来，智者一向深居简出，极少直接干预国事，所以也从来没有哪一个长老曾在这样的时刻来请示过圣意——然而，却不料，在她最需要帮助的时刻，智者却又一次“神游”了。

为了安定十巫的情绪，拖延巫朗对弟弟下毒手的时间，她第一次大着胆子假传了智者大人的口谕——却不知能拖延到什么时候。

云烛长跪在神庙里，膝盖在冰冷的黑曜石地面上渐渐僵硬，心里也一分分地冷下去。

遥远白塔上充斥着钩心斗角时，九嶷这边却是一片战乱过后的狼藉。

那些来自西荒的盗宝者簇拥着闪闪离去，恍如一群恶狼裹去了一只小羊。晶晶望着姐姐，抽泣着，不知如何是好。

那笙拉着晶晶的手，一边安抚着失去姐姐的哑巴女孩，一边仰望着苍穹，愤愤不平——该死的，西京大叔跑到天上怎么去了那么久？这个只知道喝酒的人，真是不靠谱。

而九天之上，却是一场静默的对峙。

只凭了那一线鲛丝便纵上九霄，空桑新剑圣站在龙背上，定定看着那个黑衣的傀儡师，脸色凝重。

“快斩断吧——趁着你还可以控制这个东西。”西京看着那个偶人，眼里有再也压不住的焦急，“它长得实在太迅速了！不当机立断，迟早会被它反噬！”

他“咔嗒”一声抽出光剑，倒转剑柄递过去。剑柄上那颗金色的小星隐隐生辉，阿诺身上的引线忽然颤抖了一下——面对着剑圣之剑，便是那个诡异的偶人也露出了避忌之情。

然而傀儡师眉梢挑了一下，带着一贯的桀骜和孤僻，对西京递过来的剑视若无睹，却露出一个讥讽的笑容：“关你什么事？”

“现在我们是盟友。”西京没有缩手，将光剑直直地横在他面前，“我不希望看到你有事。苏摩，你身负着千年的使命，如果这个东西吞噬了你，你的子民、你的国家又将如何？”

苏摩面无表情地听着，目光一直望着北方，似乎并无反应。然而，那一群空桑冥灵早已消失了踪影，黎明的天空里只有风和云在相互追逐，发出呼啸。傀儡师的眼睛是一片茫然的碧色，对旁边剑圣的劝诫置若罔闻。

然而茫然散漫的眼睛，无意对上了半空中飘着的偶人时，却不由得微微一凝。

那个偶人在笑……他弟弟在笑！

阿诺无声无息地笑着，在半空里飘摇，随风翻飞，带着一种自由而恶毒的快乐。苏摩悚然一惊——他的孪生兄弟，那个在母胎之中就因为败给他而永远不能来到人世的苏诺，此刻居然如此快乐——甚至比一生下来就苦苦挣扎于这个浊世的获胜者，拥有着更多的欢乐！

看着逐渐成长为英俊少年的偶人，苏摩的眼睛里，渐渐凝聚起了一种憎恨和苦痛：虽然身为海皇，他却如那些苦难的凡人一样，先生后死，生之欢乐在靠近死亡时渐渐萎缩；而阿诺，他的兄弟，却是先死后生，在死亡中绽放出生的快意来！多么不公平的事！

如果时光倒流几百年，他还在母亲的胞衣中与孪生兄弟手足相接。他是吞噬了自己的兄弟而诞生的——他一生下来，身上就流着罪孽的血。

然而来到这个世间后，那样漫长的几百年里，他所有的一切都被逐步践踏得粉碎。多少次，在苦痛中，他会想：如果那时候若知今日种种，他还会选择来到这个世间吗？他会不会把生的机会让给孪生的兄弟？

“壮士断腕，时犹未晚。”西京沉声开口，手一直平举在他眼前——剑圣之剑上，那一颗银色的小星光芒四射，发出凛然不可侵犯的光芒。

傀儡师陡然间有一种恍惚，抬手握起了那把银色的剑，低头看着自己的双手——十指各色奇形戒指上，那些引线飘忽而透明，纠缠难解，恍如命运。龙发出了低低的吟哦，回应着空桑剑圣的提议。苏摩明白，龙神是在表示赞同。

它在告诉自己：腾出苍梧之渊后，“海皇”的力量将随着它一起复生，所以即便是他因为斩断引线，消散了后天苦修而来的全部灵力，龙神也会让他继承先天属于海皇的力量，而阿诺，就只能成为毫无力量的真正傀儡了。

这样的结果，其实也是他这些年来所希望得到的吧？如今，还犹豫什么呢？当断不断，反受其乱！

手腕微微一转，吞吐出剑芒。苏摩提剑望向那个风中飘飞的偶人，眼神一刹那极其可怕：母胎里那一场争夺，它输给了他；而出世后他们之间的争夺却从未停止过——它一次又一次地将阴暗和猜忌散布到他心中，推动着他在每一个命运的选择中失去所想要的——最后，居然还想将他在这个世间仅剩的所有，一并清扫干净？！

怎么能再这样下去……怎么能再这样被它拖向更深的黑暗！

苏摩低头半晌，霍然提剑而起，望向那个偶人。

是否，挥剑一斩，便能和过去一刀两断？

仿佛感知到了傀儡师心中骤然而起的杀意，阿诺眼里恶毒的笑更加明显了，它咧开嘴巴，转头望向这边，身子却渐渐飘远。

“它想逃！”西京明白了偶人的意图，陡然惊呼，“快动手！”

随着剑圣的低喝，傀儡师一剑挥出，决绝而酷烈。剑圣之剑在他手里划出一道闪电，带着重生般的勇气切向半空中飘飞的引线——然而就在同一瞬间，轻微的噼啪声一连串响起，十根引线在光剑接触到之前，居然根根断裂！

“你，逃不过的！”主动挣脱了引线，那个偶人在空中更自由地翻飞着，周身滴落鲜血，却发出了真真切切的声音，大笑道，“苏摩，你吞噬了我而诞生，又以我为血鼎去承受反噬，以求自己的修为提升！今日，我终于有了足够的力量离开你！苏摩，苏摩，你逃不过的！”

在引线全部断裂的一瞬，傀儡师恍如抽去了筋骨一样踉跄着跪倒在龙的脊背上，全身各个关节处迅速涌出鲜血，浸透了黑衣。

镜像和本体脱离的刹那，他和它都处于极度衰弱的状况。

西京闪电般地一伸手，将苏摩掉落的剑执在手中，足尖一点，便向着那个飘飞的偶人扑出——必须要马上杀了这个东西！如果不趁着这个机会，将这个恶的孪生彻底消灭，将来必定会成为云荒一个可怕的祸患！

然而在他扑出的瞬间，阿诺已经顺着风远去，恍如轻不受力的风筝。唯有长长的丝线还在风中飞舞，晶莹透明，在飞舞中一滴一滴甩出血来，落在西京脸上。

西京踏着虚空掠出，手指如闪电般探出，抓住了引线的末梢，收紧，拉回——然而那些锋锐而坚不可摧的引线在瞬间再次断裂，脆弱得犹如蛛丝。就那么一滞，那个偶人已经向着北方尽头飘去，刹那消失得只剩下一个黑点。

“龙！追啊！”空桑剑圣准备继续追出，对着背后龙神低喝。然而巨大的蛟龙一动不动，背着全身是血的傀儡师，只是在半空里注视着那个偶人飘走。

“嘻嘻，除了苏摩，谁都杀不了我。”半空中那个偶人的声音传来，带着欢喜恶毒的笑意，渐渐远去，“等着我……等着我！我一定会回来……苏摩，我要吃了你的心……等着我！”

“不用追。”苏摩挣扎着吐出一句话，阻止了西京，“你，你杀不了它。”

西京一惊停步，惊骇地看着仿佛从血池中走出来一般的苏摩。

虽然只是十指上的丝线被斩断，然而仿佛他成了断了引线的傀儡，身体各个关节上出现了细而深的洞，血无休止地涌了出来，浸没了龙的金鳞，滴滴坠落。

“你……你怎么了！”西京大吃一惊，顾不上再去追那个傀儡，一个箭步冲到苏摩身旁，“怎么会这样？那东西居然能把你伤成这样？”

“拆骨斩血啊，必然会一时溃散如废人……”苏摩微微笑了一下，“不过，它定然也好受不到哪里去。只是不想，它居然比我先下了决裂的心。”

傀儡师抬头望着近在咫尺的苍穹，眼神淡漠而疲倦。那么多年了……它忍受着他，他也折磨着它。因为心知一旦离开对方，彼此都会付出极大代价，他将失去通过“裂”得来的所有修为，而它在未长成之前若失去他在力量上的支持，也会像断掉脐带的婴儿一样夭折。他们都在内心存了奢望，希望某一日能彻底地吞噬对方的精神和肉体，从而获得完美的、至高无上的新生。

然而，终究没能等到那一天，他们就已经决裂。

仰望着苍穹，苏摩忽然虚弱地笑了一声。那么多年来，他们在相互牵扯中不停地往深不见底的黑暗里坠落——时至今日，终于可以解脱。

西京暗自忧心，看向了一旁懒洋洋挥动尾巴的蛟龙，诘问：“龙，为什么不趁机除了后患？它现在也很虚弱，不是吗？”

“无论，无论它多虚弱……除了我谁都杀不了它。你最多只能封住它一段时间罢了。”苏摩的声音逐渐低下去，眼里的碧色涣散开来，似乎体内的血都已经流尽了，“在这个世上……力量从不可能被凭空创造或是凭空消灭。只能相互转换，或者，或者保持着一种均衡……它，只能和我转换。”

傀儡师的精神力在涣散，龙急急地回过头来，卷起尾巴将他包裹——可失去了如意珠，龙的力量也减弱了很多，一时间居然无法立刻止住苏摩身上如泉涌出的血。苏摩缓缓说着，吐出的却是一切术法者都必须遵从的至高无上准则——

“和阿诺对应的……”苏摩筋疲力尽地合上了眼睛，“只有我。”

“下一次遇到它时，我……一定会不惜代价地将它消灭。”

“天啦！这、这是……怎么回事！”抹掉又一滴掉在脸上的血，那笙仰头望着天空，急得跳脚，“这是谁的血？谁的血？是大叔还是那个苏摩啊？”

然而，不管是谁的，都让她心急如焚。

再也顾不上什么，把晶晶带到一个僻静的地方后，她对着小姑娘竖起了食指：“嘘，你先待在这里一会儿，我上去看看，立刻就下来——你可别乱走啊。”

“嗯。”晶晶怯生生地点了点头，看着这个姐姐从怀里拿出了一卷书摊在地上，急翻。

“在这里！”找到了自己想看的那一页，那笙脱口叫了一声，然后从地上捏起了一撮土，喃喃祝诵，“土，为其穴；木，通于天……接着是什么？撮土为坛，截无本之木……木在哪里？”

苗人少女临时抱佛脚翻出了书，惶然四顾，寻找作法用的原料。

然而昨夜漫天的烈火焚烧了一切，那些树木早已成了焦炭。

“喏。”晶晶爬在篱笆上，从火没有烧到的地方折了一支娇嫩的藤萝下来。藤萝上面还星星点点开着红色的六芒星状花朵——这是九嶷郡特有的铃兰，据说在一年一度的广莫风从九嶷山掠下时，这些花会一起发出歌唱般的声音。

那笙来不及挑剔，连忙接过那段藤萝插在那一撮土里，然后一手拿书，一手开始画起了符咒。八岁的晶晶在一旁看得好奇无比，眼睛晶亮。

“破！”在最后一笔闭合结界的刹那，那笙咬破手指将血滴入，一拍大地，一声低喝——“啪”的一声轻响，那段折下的藤萝忽然破土而立，径自发芽开花起来！晶晶惊喜交加，发出了“啊啊”的欢呼，揉了揉眼睛看着那株凭空长出的植物。

藤萝在迅速成长，在藤长到三尺高的时候，那笙一手拉过，缠绕在自己的腰间，绕了一圈又一圈。

“起！”又一声低喝，那根藤如活了一般，按照号令从地面冉冉升起，向着空中生长。

“呀！”晶晶仰头看着那根藤越长越高，不由得拍手大笑起来。

藤萝在瞬间唰唰地又高了几丈，带着那笙升往虚空，她觉得有点儿头晕，连忙对底下仰头观望的小女孩嘱咐：“别乱跑，等着我下来！”

那笙第一次运用木系术法，心里也是忐忑得很，她紧紧抓着那根藤，不敢看一下脚下的大地，只是抬头四顾，看着巨龙的影子越来越近，从一点慢慢变成一片。

“醉鬼大叔！你们、你们在上头吗？”她鼓起勇气，对着天空大呼，“我上来找你们了。”

声音未落，头顶的黑影忽然铺天盖地笼罩下来！

“啊！”那笙吓得惊叫了一声，咒术一松懈，那根一直向上长着的藤萝瞬间软了，几乎是瘫痪一般向着地面掉落，她也随着一头栽下去，高声尖叫，手在虚空中徒劳地扑腾，然而此刻手指上那枚“皇天”戒指却好像忽然失灵了，毫无跳出来保护主人的迹象。

“胡闹！”一声霹雳般的大喝，黑影上忽然掠下来一个人，一把揪住了她的衣服，一把拎起，“不要命了？！”

那笙被他拎着衣领，闪电般地往上升起，脚终于踩到了踏实的地方。她惊魂方定，看清抓住自己的是西京，她立刻就“哇”地哭起来。西京显然也被吓了一跳，怒喝道：“第一次用木系的术法，居然就敢培出无本之木？还拿着一株藤来滥竽充数！万一掉到地上摔成肉泥怎么办？！”

那笙惊魂方定，跺脚：“你还说！你还说！闪闪被那群西荒强盗掳走了，你人都不知道跑到哪里去，还来骂我？！”

西京陡然张口结舌，不知如何应对这责难。

“别跺！”那笙正发作，却听有个声音不满地喝止。

“就跺！关你什么事！”那笙一边跺着“地面”，一边喃喃说道，忽然睁大了眼睛，“哎呀——哎呀！”

脚下，居然不是土地，而是金光闪闪的鳞片！这是哪里？这……这地好像还在动！这才发现自己是到了蛟龙背上，少女失声惊呼。然后目光一转，又看到了满身是血的傀儡师，不由得再度失声：“苏摩！你怎么啦？”

只是一瞬，龙带着他们几个人从空中飞舞落地，降落在一片旷野上，舒展开爪牙，轻轻将背上驮着的傀儡师放到地上，忽地仰天发出了一声长吟。

龙吟九天，响彻整个天地——仿佛在召唤着什么。

“他、他怎么了？”那笙看得触目惊心，拉紧了西京的衣袖，指着苏摩，有点儿结巴起来，“死了吗？怎么会这样……他被人杀了？谁能杀得了他呀！”

“没死。”西京顾不上和这个女孩说话，忙着帮苏摩止血。

也许是觉得落地后行动不便，蛟龙将庞大的身躯在地上一卷，忽然间就缩成了三尺长。然后灵活地转过头来，吐出真气，催合着苏摩身上的伤口。每一口气吐过，苏摩身上的伤口就缩小了一分。

“咦？”看到那样庞然大物瞬间就变得如此玲珑娇小，那笙脱口吃惊，只觉得好玩——龙可大可小，或潜于渊，或战于野，千变万化无所不能。

西京查看着苏摩的伤势，急促开口：“龙，快想办法，苏摩的身体快不行了——这不是肉体的伤，而是灵体断裂产生的！他这个身体已经到崩溃边缘了！”

“啊，不用急，”那笙倒是胸有成竹地安慰西京，气定神闲，“我记得苏摩他有一种术法，可以自己愈合伤口的！就算砍下他脑袋来，都会自己长出一个新的呢！”

“你知道什么！这种术法不能多用。”急切间，西京毫不客气地呵斥那笙，“苏摩会操纵自身的时间，使其加速或者放缓——但这种术法却是损耗自身的！他采用了‘缩时’之术，将几个月甚至几年的时间压缩到一两天，作用在自己身上，才会获得这样迅速的痊愈！但每次使用，他的寿命就会相应折损。这种方法不啻自杀，怎么能用？”

“什么？那……那不就是自残吗？”那笙听得目瞪口呆，想起从慕士塔格雪山上初见苏摩时，就看到他一次次地自残和恢复，不由得觉得一阵寒意从心头透上来。

这个人……为什么一直以伤害自己和别人为乐，又不停地透支着自己的生命呢？他是不是脑子有毛病啊？

龙神回头看着血泊中一动不动的傀儡师，眼神凝聚起来，再度仰首九天，发出一声长吟。龙的清吟回荡在天地之间，隐隐约约，风里竟似传来了回响——那回声来自九天之上，仿佛正有什么东西听到了召唤，急速飞掠而来。

苏摩在不停地流血，然而这个活了几万年的神祇却依旧是一副慢吞吞的样子，用大智者一样不紧不慢的语调说：“不用担心……鲛人的身体太脆弱，已经不能支持下去了。他，也该换一副躯体了。”

“什么？”西京和那笙同时脱口诧异。

“她们已经到了……是时候了！”龙忽然长吟了一声，摆尾直上九天！

仿佛被看不见的线牵引着，苏摩的身体直飞起来，卷入了龙神搅起的漫天风云中。龙盘起身子，围绕着苏摩上下飞翔，发出长吟。无数金光忽然从九天之上直射而落，织成了密密的网，令地上所有人不敢直视。

“这是、这是什么……”那笙用手挡着眼睛，结结巴巴。

“海皇复生！”另外一个由远及近的狂喜的喊声答复了她，“龙神……龙神腾出苍梧之渊了啊！海皇复生，海皇复生啊！”

西京和那笙诧然回头，看到匆匆赶来的却是宁凉和另外两名鲛人战士。

他们跪倒在地，对着天空伸出双手，带着狂喜的表情，然后开始不停叩首，直到鲜血从他们白皙光洁的额头渗出。

“他们、他们怎么疯了一样……”看到那样狂热的神色，那笙隐约觉得害怕，往西京背后退了一步。

“别怕，没事。”西京安慰地拍拍她的肩——这个孩子，怎么能了解受尽了苦难的鲛人们此刻的心情。海皇复生，那不啻是鲛人重生的宣告啊。

天上忽然起了轰然的巨响。金光碎裂了，以一种汹涌澎湃的力量四射开来，宛如红日般耀眼，让地上那些虔诚的鲛人都不敢仰视。

轰然盛放的金光中，浮凸出一个人的影像。

那个影子出现在遥远的南方碧落海上空，峨冠博带，广袖长襟，一头蓝发在风中飞扬，右手上缠绕着蛟龙，左手平举，托起一颗光芒四射的宝珠——只是一瞬的凝聚，这个幻象又轰然碎裂了，随着四散的金光一起化为千百片，消失无踪。

“海皇。”龙的低吟响彻了这一片天空，“复生！”

金光中幻象重新凝聚，然而，那个王者的脸却换成了苏摩。

那笙“咦”了一声，只见幻象里苏摩静默地闭着眼睛，阴枭妖异的脸上呈现出从未有过的宁静和安详，仿佛在无始无终的光阴里沉睡。他的右臂上缠绕着金色的龙，左手握着宝珠，轻轻放在胸口，珠光流动在他身上，他的眉心缓缓透出一线碧蓝的光。

忽然，那一线光急速扩大，无数的幻象从沉睡的眉宇间飞出，遍布天地。

碧海蓝天，幽冥水底，龙和鲛人，巨大的宫殿和无数的宝藏……那些幻象无穷无尽地飞出，短促地在天地间浮凸一刹，又宛然湮灭无踪——仿佛是烟花的盛放和消散。

“天啊……”那笙怔怔仰着头，望着虚空里不可思议的一幕，“那是什么……”

“是往世。”西京同样在仰头看着，静静回答，“苏摩正在龙神的帮助下，继承着历代海皇的所有记忆和力量。”

在所有记忆碎片如烟火般湮灭的瞬间，龙发出的低吟震动了天地。

风云在瞬间聚拢，九嶷上空风起云涌，雷电呼啸！

无数的闪电穿透了云层下击，发出“咔啦啦”的巨响。然而那些电光却是金色的，宛如一柄柄巨大的利剑从九天之上刺落，交织成一道光网。

那样刺眼的光，让所有地上的人不敢仰望。

然而在这金色闪电的间隙中，却露出了三双巨大的黑翼——如云的黑翼之上，隐约看得到三个女仙御风而来，那些金色的光芒，就是从她们手心里放出的。

“天啊！”那笙再一次惊叫起来，指着闪电交错的天空，她认得那是天阙山上见过的魅婀，“三女神！这是不是传说中的云荒三女神？她们怎么来了？”

“海皇复生，惊动天地。”西京感慨万千，对着天空低下头去，同时也按下了那笙仰着的脑袋，“不要看。”

“为什么？”那笙恼怒地扭着脖子，惊奇不已，“我要看神仙！”

“敬仰天上的神明，和热爱自己的国家一样，都是必要的。”西京叹了口气，感觉到她不停地扭动挣扎，最后还是放开了她，“不过，你毕竟也不是云荒上的人。不勉强你。”

他一松手，那笙立刻抬起头，继续望着天空中神奇的景象。

漫天的金色闪电里，云荒三女神听到了龙的召唤，乘着比翼鸟御风而来。曦妃、慧珈和魅婀静静地在空中停住，手里放出金色的闪电。以三位女神为中心，那些闪电纷纷击落在一处，到最后汇集成了巨大的金色光球。

龙神围绕着光球上下飞舞，仿佛用尽全力在催化着什么。

女仙们在比翼鸟上合起双手，静默地对着天地祈祷。有丝丝缕缕的光从合十的掌心里透出，汇入居中那个金色光球，而苏摩的躯体就沉睡在那里面。

在天宇间的闪电完全消失的瞬间，那个巨大的金色光球轰然盛放！

光在天空中裂开，幻化出各种奇怪的形状，如飞鸟，如奔马，如游鱼……在金光中，一个人的身影浮现出来，在虚空中不受力似的飘浮，深蓝色的长发如同水藻一样飘拂。

然而这种静止只是一刹那，那个光芒中诞生的影子便忽然从九天之上坠落了！

坠落的速度越来越快，到最后几乎化成了一道电光——然而，那样惊人的速度，在落到水面的刹那却忽然静止。仿佛被看不见的手托住，那个从天上掉下来的人轻轻地躺在青水上，衣襟和长发刚刚接触到水面，青水无声荡漾，就仿佛是一个刚刚诞生的婴儿被安然地放上了摇篮。

“苏、苏摩？！”那笙跟着那几个鲛人战士奔到水边，探头一看便惊呼起来。

还是一样的容貌，但是躯体却在刹那间完全变了——片刻前还支离破碎、血流不止的苍白身体，此刻奇迹般地全部愈合，变得如同玉石般光洁，没有一丝伤痕。

“海皇！”宁凉带着鲛人战士跪倒在岸边，恭谨地呼唤，“海皇！”

深碧色的眼睛缓缓睁开了，先是看着天空，然后再看岸上的一行人，眸子里有某种变化——仿佛茫然，又仿佛释然。

“咦！”在他睁开双眼的刹那，那笙却忍不住脱口惊呼了一声。

不对！这、这眼神不对！这不是苏摩的眼神！

那甚至已经不再是盲人的眼睛！那双眼睛是明亮而有光彩的，里面流转着种种困惑、坚定、欢喜和悲伤的光彩，完全不像是以往那个阴枭的傀儡师所具有的——甚至，也不像任何同一个人所具有的！

西京叹息了一声，了然于心。在方才的刹那，龙神召唤出了历代海皇所具有的那种力量，注入苏摩体内，并赋予了他全新的身体，取代了原本伤痕累累、濒临崩溃的躯体。同时，也将历代海皇所有的记忆，一并注入。

现在的苏摩，已然不是过去的那个傀儡师。

在族人的召唤声中，新生的海皇睁开眼睛。他的容颜依然是那样俊美，宛如旭日初升，无可比拟。

青水在他身下荡漾，仿佛受到了某种操纵，用一种温柔的力量托着他，瞬忽升起了一丈，形成了一个透明的水的王座。文鳐鱼飞过来，亲切地吻着他的衣襟，旋绕着在他上下飞翔。天地间骤然响起了波涛汹涌的回响，拍击在天际，仿佛七海五湖都在欢呼王者的归来。

“……”苏摩在水的王座上低下头，用手撑住额际，似乎脑海里有什么在搏斗——之前无数世的记忆汹涌而来，冲乱了他本有的记忆。那一瞬间，他的意识是空白模糊的，甚至不能确切地知道自己究竟是谁，又在哪一个时空里。

经过方才那一次召唤，龙神仿佛也有点疲倦，再向着九天上三位女神致意感谢之后，缓缓从空中降低了身姿，向着他飞来。龙的躯体慢慢缩回三尺，盘绕在海皇的右臂上。

过了许久，忽然间，王座上的新海皇抬起了头，仿佛终于在无数记忆的重压下清醒过来了。碧色的双眸闪闪发亮，闪烁着一种奇异的光彩，他坐在水的王座上，平平伸出右手，对着底下的子民吐出了复生之后的第一个词——

“自由！”

鲛人战士们被那两个字悚然惊起，抬头望着自己的王，举臂高呼，重复着这个让所有族人心神激荡的词：“自由！”

随着呼声，新的海皇在水的王座上缓缓将手竖起，指向苍天——随着他的举手，整条青水都沸腾起来！就在那一刹那，不止青水，整片浩瀚的镜湖，甚至远在大陆外的七海，都一瞬间波涛翻涌，涛声回响在天地。

一切有血有水之处，便是海皇无所不能之处！

汹涌的波涛声里，碧色的眼睛闪烁了一下，薄唇顿了顿，仿佛在努力搜索记忆里最闪亮的东西，许久才吐出了第二个词：

“白璎……”

所有人都呆住。连龙神都不自禁地翘首，诧异地观望着这个新生的海皇。

白璎？新的王，在说“白璎”？那么多生生世世的记忆扑面而来，在如此纷繁复杂的洪流里，他在醒来后，竟然迅速就寻找到了那一个影子？那是怎样刻骨铭心的记忆！

王座上的人张开手来，俯视着掌心的纹路。他的手也已经换了新的肌肤，光洁如玉石，那些凡人所具有的手掌心的纹路，居然在瞬间消失了——宛如昔日的一切都被悄然抹去。

然而手指上十个样式奇特的戒指依然赫然在目，断裂的引线飘然垂落。

海皇看着那些断裂的引线，似乎看到了某个被截断的时空——那些引线连着的，是某种“过去”和“往昔”。

“只要循着这条线，无论身处哪个时空，都能返回彼此身侧。”

即使在无数生无数世的回忆重压下，那一句话依然清晰地浮凸出来，回响在重生后的心灵上空，将一切不愿意忘记的记忆唤醒。

“白璎……”水的王座上，那个新帝王抬起头，看着天际重复了一遍，眼神有某种变化。他缓缓握紧手指，将带着引线的手放在胸口正中的心脏位置，微微蹙眉，仿佛那里感觉到细微的疼痛。

是的，记起来了……都记起来了。管它什么重生幻灭，什么前生后世——他只是苏摩，属于他的记忆只有那一份，历代千秋七海六合都不会再忘记。

白璎……白璎。他一遍遍地回忆起那个名字主人的音容笑貌，回忆起在一起的短暂时光。那个几乎从不曾说出口的名字复活在他胸臆里，并且将永远地活着，直到和他一起化为灰烬。

在反复念着这个名字的刹那，执念一起，脑海中那些呼啸汹涌闯入的激流就安静下来了，在某种强大的力量下平息、沉淀了下来，潜伏在心灵的深处，不再和“本世”的记忆争锋。

那一瞬间，那笙重新看到了往昔熟悉的眼神——冷冷的、空洞的、似笑非笑，带着某种颓然无望的锋锐，仿佛暗夜的黑。

那笙抬头看着他，不知为何反而松了口气，觉得莫名的欢喜。

“苏摩！”她在岸边叫起来了，对着那个鲛人的王者招手，“你没摔坏脑子吧？记得我是谁吗？”

苏摩蹙了蹙眉：“那笙？”

然后，不去理会苗人少女的欢喜笑声，他望向这片被烧杀过后的九嶷土地，眼神一直投到了半山的宫殿里。沉默了良久，忽然冷冷地吐出了几个字：“青王……青王！”

所有人又是悚然一惊。

居然还记得！经过了上百年，两次脱胎换骨，然而那些人加之于这个少年身上的极端的屈辱和仇恨，居然还这样深刻地烙在这个鲛人的灵魂深处，至死不忘——那是什么样的一种可怕力量！如此的坚定深刻，只有死和爱可以与之相比。

九天之上，闪电乌云都已经消散。神鸟的双翅如云般铺开，三位女仙静默地低头，望着青水之上诞生的新王者。

“海皇苏摩啊……纯煌之后，鲛人一族里终于诞生了新的王。”曦妃轻轻叹息，“七千年前的宿缘终于在今日结束。”

那一瞬间，她望着慧珈手心里守护着的那一缕白光，眼神复杂。

“是的，我们对这片大地的守望，也终于结束。”慧珈微微一笑，也低头望着自己手中那一缕从黄泉路上迎回的魂魄，“我们完成了对离湮少城主的承诺，但今日之后，我们不能插手下界的兴亡成败。”

曦妃神情寥落：“自从少城主离开后，我们已经等了太久太久——七千年前纯煌死后，我们就只能在天上一直等待着新海皇的诞生。”

“反抗大城主的命令，是要付出极大代价的……即便是少城主。”魅婀轻轻叹了口气，摇了摇头，“别说了，还是赶紧将少城主的灵体送回云浮吧——七千年了，好容易等到了她可以重新返回天界的时刻。”

她望着慧珈手里捧着的一缕白光——那一缕光华流转不定，在慧珈手心温柔地闪动，是刚刚被她们从黄泉之路上迎接回来的灵魂。这是多么熟悉的气息啊……离湮，她们的少城主，云浮最美丽也最慈悲的女子。

七千年前，为了挽救濒临灭绝的海国，她不顾城主的禁令插手了下界的兴亡更替，替纯煌保管了海皇的力量，以保海国一脉不至于从此灭绝。然而，她也因此触怒大城主，被打落轮回，从此在下界生生世世地轮回漂泊，无法返回九天。

转瞬间，竟已是七千年。

魅婀望着那一缕光，眼神渐渐悲哀，轻声道：“走吧，不要再注视着人世了——如果违反了天规，我们也会被大城主处罚的。”

三位女神脸色齐齐一凝，不自觉地抬起头，望向黎明前黛青色的天空深处——那里，连飞鸟都不能到达的九天之上，隐约可以看到一点白色的光，仿佛晨曦里的一颗明珠。

那是云浮城。她们最后的一座城池。

人世的传说里，三女神居住在天界的云浮城。那座城，和仞俐天的善见城一样，是天人们的居所。关于三女神和九天之上云浮城的种种传说流传于云荒大地，然而有谁知道，其实最初的最初，她们这一族也是诞生于这片大地和海洋之上。

在第一缕日光洒落大地之前，三位女神齐齐展开了背后的双翅，离开比翼鸟，向着九天上的云浮城飞了回去。她们背后的羽翼是洁白的，展开的时候就如同白云升起。

她们的手心里，守护着那缕从黄泉带回的洁白的灵魂。

天上的女神化为飞鸟离去，然而地面上的人都未曾留意。复苏后的苏摩毫不迟疑地向着九嶷王宫乘龙飞去，眼里带着腾腾的杀气。

宁凉带领着其余鲛人战士也想跟随而去，却被坚决地阻止。

"你们回镜湖大本营去！"重生的恍惚只是延续了刹那，很快新的海皇便恢复了神志，对着战士下令，"已经过去三个月了，左权使炎汐应该从碧落海鬼神渊返回。你们替我回去迎接他，然后，把他带回的那个石匣拿到无色城去，转交给……"

顿了顿，湛碧色的眼睛投向遥远的白塔倒影，语声放轻："给白璎。"

等到身体复原，她的丈夫——空桑人的王，便可以复生了吧。

而她呢？那些冥灵，在复国大愿完成后，又该如何？会湮灭吗？

苏摩颓然低下了头，用苍白的手扶住了额头，感觉尚自混沌的内心里有某种激烈而深刻的潜流涌起，压住了所有其他思绪。或许，让空桑万劫不复比较好一些？这样，她就会永远作为冥灵活下去了吧？

然而这个可怕的念头一动，身侧的龙神霍然感应到，回身凝视着海皇。那目光无声却宁静，直到他将心头的恶念压制下去。

"可是，王，你不跟随我们返回吗？"宁凉领命，却不解地看着苏摩。

"不。"新的海王重新看向九嶷上的宫殿，嘴角再也无法克制地涌上杀意，他霍然一拂袖，便乘龙飞去，"我要先去杀一个人！你们在镜湖等着我。"

"是！"宁凉不敢迟疑，立刻带着下属战士离去。

苏摩乘龙飞去，只有那笙有些发呆地站在了当地。

"多少年的血债，终于要偿还了。"西京望着高耸入云的九嶷王宫，叹了口气，丝毫没有过去插手的意图，"虽然成了海皇，可苏摩的心里还是沉积着那么多仇恨啊。"

虽然和青王辰也算是昔年旧交，然而即便是悲悯的剑圣，也没有救这样一个十恶不赦之人的打算。

"我们走吧。"他拉了拉那笙。

"去哪里？"那笙有些发呆。

"继续上路。"西京拉着她往九嶷王陵的帝王谷入口处奔去，语气急促，"苏摩去报仇，正是个好机会——我们得趁着他把九嶷王宫搞得大乱，赶快去神庙里把真岚的右脚拿出来！"

"啊……那只臭脚，居然被放在了神庙里吗？"那笙喃喃道，忽地觉得好玩，笑了起来，“好，我们赶快去拿那只臭脚，先不管苏摩了！”

两个人的身影转瞬消失在九嶷山麓的苍青色里。

经历诸多变故后，心情急切的那笙为着肩上的使命奔波，直奔九嶷而去，一时间竟然完全忘记了还有一个孩子翘首痴痴地等待着她归来。

“我上去看看，立刻就下来——你可别乱走啊。”在升上天空时，她对着这个八岁的哑巴孩子叮嘱，于是胆小听话的晶晶就找了个偏僻的水边草丛躲了起来，乖乖地抬头看着天空，期待着那个腾空而去的神奇姐姐回来找她。

外面是一片战乱后的哭号之声，晶晶有些害怕地抱肩躲在水边一人高的泽兰丛中，咬紧了嘴唇，等待着那个小姐姐回来找她——然而，她眼睁睁地看着那条藤断裂，半空中的光芒消失，那个小姐姐却再也没回来。

怎么办好呢？孩子渐渐觉得害怕起来。

不知不觉到了中午，晶晶觉得肚子饿了起来，便悄悄地往水边蹭过去，去寻找一些可以果腹的东西——毕竟是穷人家孩子，知道野外哪些东西可以吃。打捞着漂浮青水上的植物，剥出一粒粒洁白圆润的菰米，塞到嘴里。

水边的草丛里蚊子奇多，她忍不住噼噼啪啪地打起来，满耳是嘤嘤嗡嗡的声音。

然而，那种扰人的嘤嘤声里，忽然夹杂了另一个微弱的声音，仿佛苦痛的呻吟。她低下头，霍然看到清澈的青水里蜿蜒着一缕血红色！

“啊！”晶晶吓了一跳，缩回了草丛里。

然而那个声音还在继续，茫然而苦痛，似乎也不是对着她发出的：“碧……碧。”

八岁的女孩子终于忍不住好奇心，从草丛后探出头，小心翼翼地循着血流的方向看了一眼，不禁脱口叫起来。

一个人！水边的软泥上陷着一个人！

仿佛是落到了水里，又拼命挣扎着上岸，一路拖出了长长的血迹。那个面色苍白的人全身是血，在青水岸边昏迷过去，身上长长短短地戳着好几个血洞，无数的蚊子和蚂蟥聚集过来，在伤口上吸血。

咦，不认识啊……似乎不是村里的人呢。晶晶好奇起来，大着胆子靠近这个昏迷的人，替他赶走伤口上那些讨厌的东西，轻轻推了推他，喉咙里发出轻轻的呼喊：“咿？咿？”

然而那个人一动不动，随着她的一推，发出一声闷哼，身上的血流得更加快了。

晶晶吓坏了，不知如何是好。

急切中，她无意地低头，注意到那个人身上的衣服颇为奇怪——完全不像这一带村民穿的长袍短衣，而是用一种没有见过的料子织成，虽然浸在水里，居然没有湿。显然也受了烈火的舔舐，有些发黑，却没有焦裂。

他衣服的前襟上，用金丝银线，栩栩如生地绣着一只飞鹰。

如果换了是九嶷郡的大人们，多半立刻就会明白眼前这个人是征天军团的军人，而且军衔颇高——然而八岁的晶晶却还不懂这些，只是有点儿好奇地往前凑了凑，掬起水，用柔软的草叶擦去了这个人满脸的血污和淤泥。

“咦……”看到那张因为失血而显得惨白的脸时，晶晶发出了一声简单的低呼。

军人的剑眉紧蹙着，显露出痛苦的神情，在昏迷中断断续续地呻吟，用手捂住胸口上的贯穿性伤口——然而这个人的眼角眉梢却有一种让孩子都觉得安全的气质，毫无杀戮和攻击的味道，那样安静和无辜，仿佛一只落入猎人网中的白鸟。

“啊。”迟疑了片刻，哑女晶晶仿佛下了什么决心。

她挪动双膝到了他身侧，一粒一粒地，将手里剥出来的菰米喂到他嘴里，然后折了一片泽兰的叶子，卷了一个杯子，去河边盛回水，用叶尖将水一滴滴引入他干裂的嘴角。

“碧……碧。”那个人在昏迷中喃喃醒来，吃力地睁开眼睛。

头顶是斑驳的青色，一点一点，洒下金色的阳光，投射在他苍白的脸上；耳边，有着淙淙不断的水流声音——

这……这是哪里呢？

然而很快，他就恢复了中断的记忆。是的，昨夜凌晨时分，征天军团变天部和玄天部，全军覆没于九嶷郡苍梧之渊上空！

他没有当一名逃兵。在孤注一掷刺中巨龙后，他的风隼在狂怒的烈焰里四分五裂。他被抛下了万丈高空，向着九嶷大地坠落，最后在轰然的巨响中失去知觉。

原来……自己还活着吗？

“嘻。”耳边忽然听到了一声欢喜的稚嫩笑声。他努力转过头，尚自模糊的视线里看到了一张满是血污的小脸。那个孩子正对着他笑，明亮的眼睛里满是欢喜——不是鲛人，也不是空桑遗民。这、这是……九嶷的百姓吗？

他忽然间感到庆幸——如果不是被一个不懂事的孩子发现的话，作为这场灾难的制造者，他会被那些九嶷百姓在愤怒中撕成碎片吧？这样想着，他不由得对着这个孩子伸出手去，嘶哑道：“你……叫什么名字？”

“咦？”晶晶歪着头，显然听得懂他的话，却不能回答，只是咿咿喔喔地比画着。看他还是不懂，就急了，低下头在河岸的软泥里划了两个字，指给他看：晶晶。

他看清楚了，却微微叹息了一声——是个哑巴孩子吗？

“晶晶，带我回你的家，但不要让别人知道，好吗？”他叮嘱这个孩子，同时吃力地从怀中拿出一个锦囊，“这里有钱……麻烦你替我去买一些药——我得尽快离开这里。谢谢你。”

金铢从锦囊里叮当坠地，那是足以让九嶷一般百姓劳作一年的收入。然而晶晶却是一动也不动，她转头看着远处依然烈火升腾的村庄废墟，眼里忽然落下大滴大滴的泪水。

“家……”她喃喃发出一个单音节，哭了。

怎么？难道家里人都死了？那一瞬间，飞廉的心里陡然有一种难以言表的痛苦，让身经百战的军人低下了头，不敢直视。

那样的眼神……孩子的眼神。

他是军人，是门阀子弟，是十巫门下新一代年轻人里的佼佼者，一生下来就注定要成为帝国的居上位者——然而，他却知道自己和那些同僚完全不同。

他不喜欢杀戮，不喜欢征服，他不明白为什么战争和杀戮会是必需的，为什么所有的种族不能在同一片大地上和平相处。

云焕曾经说过他是个优柔寡断的人，耽于理想化的臆想，却缺乏对现实的行动力——他不得不承认同僚那句尖刻的评价是正确的。是的，他是个软弱的人……连所爱的女子，都没有公开出来的勇气——因为碧只是叶城的一名鲛人歌姬，被所有族人歧视的卑贱奴隶。

他花了巨款替碧赎身，让她秘密地住在了帝都的外宅里。然而作为巫朗一族的第一继承人，门阀的贵公子，他依然不得不奉命去缔结一门门当户对的婚姻。

无能为力……他一直反感着现实里的一切，却缺乏云焕那种彻底反抗的勇气。他这种懦弱的人，将遵循着这种铁一样的秩序逐步长大，享受着荣华富贵，直至逐渐老去、死亡——然而他的心，却会在漫长的一生里一直受着折磨，不能安宁。

是的，不能安宁。特别是每次看到孩子的眼神之时。

他将毕生无法忘记第一次从军，出发去平定砂之国一个小的部落叛乱的情形——那里的牧民不肯听从帝都的命令搬入造好的定居点，坚持着自古以来游牧的生活方式，认为在马背上生长和死去，是天神赋予他们的骄傲，宁死也不能放弃。为了杀一儆百，安定西荒，帝都断然下令将这个不服从的小部落彻底灭绝。

仅仅为了这种事，就要杀人？牧民愿意过着逐水草而居的日子，又有什么不对？

作为一个新战士，他在内心激烈地反抗着，不情不愿地和云焕一起跟随齐灵将军出征。

双方的力量是悬殊的，不过十数天，征天军团就全数歼灭了反抗者。

作为新战士的他，被那一场惨烈的血战深深地震惊：砂之国的最后十多名战士在被追杀到穷途末路时，齐齐驰马来到空寂之山脚下，对着暮色中巍峨的高山跪下。那些桀骜的西荒战士爆发出了一阵惊动天地的哭泣，对着神山举起双手，狂呼着他听不懂的话，任凭追赶上来的风隼从背后洞穿他们的胸膛。他们的血，如红棘花一样绽放在荒凉的大漠里。

那种宁死不屈的反抗眼神，让他震撼莫名。

然而让他永生难以忘怀的，却是那个部落里的一个小女孩。

族里的青壮年都战死了，只留下一些老弱妇孺。齐灵将军对着这些西荒人宣布了帝都的命令，说明他们这些人只要肯放弃游牧生活，杀死骏马，焚毁帐篷，安分地住到帝国建造的定居点里去，就不会受到进一步的处罚。

然而那些老人和妇女却是一样的桀骜不驯，他们漠然地听着，然后一口啐在将军脸上，个个眼里有着野狼一样疯狂的亮光。

没得商量了。齐灵将军愤怒地回过身去，下令将所有叛乱的牧民处死。

帐篷被焚毁，骏马被杀死，牛羊被分给了另一个驯服的部落。这一支小小的牧民村寨，最终是消失在了历史里——一个深深的百人坑，活埋了剩下的不服从的牧民。

然而在死亡面前，那些老弱妇孺没有丝毫的失态，只是静默地一个接一个地走入挖好的坑里——那静默并不是一种麻木和怯懦，而是包含着无比的勇敢和尊严——没有哭闹，没有呼号，连被老人抱在怀里的孩子都很安静。

他在一边看着，铁青着脸，控制着自己发抖的手。

当云焕在一旁下令将砂土铲入坑里的时候，一个五六岁的女孩子忽然踮起脚尖，扒住了大坑的边缘，仰头看着头顶上的靴子和军人们漠然的脸——这个孩子的父亲已经在前些时间的交战里死去了，而家人们还骗着她，只说是父亲出了趟门，很快就会回来找她。她逡巡了一圈，最后视线落到了他脸上，她扯住了他的衣袂，怯生生开口："叔叔……能不能把我埋得浅一点？我怕爹回来的时候，找不到我。"

所有征天军团和镇野军团的战士都在那一句话后沉默下去，停止了动作。连云焕都有点儿出神，一时间忘了催促战士们继续着最后的清洗。

他却在孩子的眼睛里崩溃。

那个瞬间他爆发出了一声低喊，踉跄着跪倒在坑旁，不顾一切地对着那个孩子伸出了手，将她抱了出来，往回便走。那些木然站在坑中的牧民也被惊动了，眼睛里再度燃起了亮色，仿佛火焰跳跃。

"云焕，拉开飞廉！"齐灵将军断喝，"拉开他！他疯了！"

云焕扑了上来，从背后死死地抱住他，断然地采用了格斗里的手法，将激烈反抗的同僚从坑边拖走。他手里的那个孩子被夺走，扔回到了坑中。在那些牧民开始反抗之前，泥沙如洪水般倾泻而下，淹没了那双眼睛。

他疯了一样地挣扎，一个回肘，用力撞在云焕的肋上。

然而云焕沉默地承受了那一下击打，却不放开他，只是毫不犹豫地封了他的穴道，然后松手，让他瘫倒在活埋坑前。

泥土倾泻而下，将上百的牧民活生生埋葬。随即，无数的战马赶拢来，在镇野军团的指挥下，呼啸着在这个刚刚埋葬了数百人的大坑上来回驰骋。铁蹄踩踏之下，一切都归于无形了。

他在同僚面前失态，为了一个贱民的孩子恸哭。如此的软弱。他永远做不到如云焕那样无动于衷——所以，虽然出身比云焕显赫，但在军团中的晋升速度却落后于同僚，也是应该的吧。

那之后，他再也不曾被派出去执行这种任务，是他自己刻意地逃避，也是叔父对他的照顾。都已经过去那么些年了……那双明亮的孩子的眼睛，也该在深深的沙子里腐烂，化成了土吧？

然而，为什么他的心里，却一直难以忘记呢？

多年之后，在苍梧之渊上空，征天军团全军覆没。

战争再度张开了吃人的巨口。仅仅一夜之间，那些多年来亲如兄弟的战士，全都将年轻的生命留在了这一方天空里。连巫抵大人都死了……而他，却还活着。

在九嶷郡青水畔的泽兰丛中，他看到了一个有着同样眼睛的小女孩——那一瞬间他有些恍惚，觉得是多年前那个被活埋的孩子终于被归来的父亲找到了。她从浅浅的沙土下爬了起来，回到了他面前，笑吟吟地看着他。

“别，别哭啊……”他茫然地伸着手，想去擦这个小孩子脸上的泪水，然而负伤的手却衰弱无力，“对不起，对不起。我……带你回帝都吧。”

他喃喃说着，感觉神志又开始模糊了。

晶晶怔怔地看着他，不知道这个人是怎么了。然而，垂死军人眼睛里的某种神色感动了这个孩子。她哑然地沉默了一会儿，终于决然地拿起金铢往村里跑去。

很多年后，后世在议论到这一段历史的时候，都说飞廉是幸运的。

因为以当时九嶷民怨沸腾的情况来看，如果不是一个八岁的孩子捡到了少将，这个沧流帝国的军人必然会被当地暴民们群起杀害，而云荒将来的历史，也将因此而改变；然而，没有人想到，其实那个哑女也是幸运的。

她的生命原本平凡，却因为那一刻的选择，而和历史上诸多传奇人物的命运轨道有了交错——不再如她的母亲和弟弟那样，过着平凡庸俗的生活，在田地和水泽里劳作，庸庸碌碌一直到死。

她在一个月后随着这个陌生的年轻军人返回了帝都——那个云荒的心脏。

十大门阀为之侧目，整个军队都覆灭了，飞廉却带回来一个九嶷的哑巴孤女！沧流帝国军令严苛，政局复杂，虽然战死的巫抵作为这一次行动的主帅，承担了最大的责任，然而飞廉少将依然要为这一次的失败而受到严厉处罚。

他被从军中解职，勒令回家思过。然而被革职的少将反而长长松了一口气，并不在意这种处罚，也没有做出任何的努力去挽回这个局面。

将翅膀上系着的黄金解下，白鸟才可以自由地飞翔；将那些名利的枷锁抛弃，他才可以按照自己的意愿选择生活方式。

眼看他的前途毁于一旦，巫礼一族的未婚妻当即反悔，退掉了联姻。他却毫不挽留。

巫朗那一派的门阀贵族在竭力培植了飞廉多年后，终于不得不承认这个年轻人始终不堪重任，他们放弃了努力，转而另立新人，全心全意地去对付那个从西荒返回帝都复命的云焕，力图置其于死地。

飞廉的生活散淡下来。他居住在别院里，和鲛人歌姬碧朝夕相对，不再和以前军中那一帮朋友来往。同时，他收养了那个九嶷郡的青族孤女，不顾整个阶层的耻笑，耐心地教导她学习诸多的知识技巧，带她出来见识各方人士。

仿佛从九嶷郡逃生后，他失去了对权势的任何兴趣，渐渐地变得懒散颓靡。

然而没有人知道，正是经过了这一次的死里逃生，那个优柔散淡的贵公子心里，某一种力量终于坚定起来，让他不再一味地对眼前这个铁一样的制度匍匐顺从。

而几年以后，正是这个轻袍缓带、与世无争的贵公子，参与了那场扭转时局的剧变——他实现了昔日的夙愿，成为了改变这个国家的人。

第八章 帝王谷

天马的双翅掠过黎明的天空，向着无色城归去。

龙神出渊，“后土”归位——然而顺利地完成了如此一件大事后，空桑人的队伍里却是反常的沉默。六王和冥灵战士们只是静静地按辔返回，想赶在太阳的光辉降临前，回到水底那个城市。

方才的驻足遥望中，所有空桑战士都看到了太子妃和那个鲛人傀儡师话别的一幕。而返回到队伍的短短路上，太子妃不停地回望着昔年的恋人，依依不舍。

于是，所有的空桑遗民都沉默下去。

百年前，所有空桑人都将这段畸恋视为奇耻大辱，甚至不惜动用火刑来维护本族的尊严；然而亡国灭种之后，这一段不光彩的历史在浓重的血腥下变淡了，作为战士守护了空桑百年的白璎获得了所有遗民的尊敬。她和真岚皇太子一起，作为空桑人重见天日的最大希望，被所有族人仰望。

然而，直至今天，所有人才发现，百年前的故事，原来尚未结束。

“没事吧？”

“还好。”

短暂的问答后，仿佛有什么看不见的屏障延展开来，让小别重逢的皇太子夫妇沉默下去。

白璎从赤王手里接过金盘，托在自己肩膀上，乘着天马向着无色城归去。

不知为何，她心里有一种极其强烈的倾诉欲望，却终归说不出什么。盘里的头颅一直望着妻子，眉头微微蹙起，似乎也在考虑着什么，同样的沉默。

“等空桑复活后，按自己的意愿去生活吧。”忽然间，真岚吐出了这样一句话，转过头去看着后方天空里巨大的蛟龙和新的海皇，“等到这一切都结束，请你自由地去生活吧……不要再被束缚住了。”

白璎震了一下，看着金盘里孤零零的头颅，喃喃道：“说什么傻话。”

她已经是冥灵——和其余五王一样，在九嶷王陵的神殿里自刎时，她许下了唯一的心愿：献出自己的魂魄，让空桑复国，让族人在这片云荒大地上重新好好地生活！然后，她的头颅落入了神殿前的传国宝鼎里，六王的血注满了这件神器，打开了无色城的封印。

六星陨灭，无色城开！

她成了靠着这一念存在的、游离于生死之外的冥灵，一旦心愿完成，便会烟消云散。

“不是傻话，是能够实现的愿望。”金盘上的头颅嘴角浮出一个笑意，“我记得古籍上记载有一个交换的法则，是逆着‘六星’的预言来的：无色之间可以互转。献上极大的力量，同样可以获取新的生命——白璎，你用‘后土’的力量去交换新的生命吧！”

“用‘后土’的力量？”白璎惊呼了一声，想也不想地否定了这一提议，“这怎么可以？这是白之一族自古传承的守护空桑的力量啊！”

“呵，”真岚微微笑了一下，眼神却是黯然的，“你若死了，白之一族还有人吗？”

白璎一怔，沉默下去，无言以对地抓紧了马缰。

皇太子眼里却有一种深沉：“我曾经想，如果空桑复活了，那应该是一种彻底的‘复活’，埋葬掉以前那个腐烂的空桑，摒弃多年积累下的偏见、腐臭、特权和种族仇恨，让这个国家和这个云荒，重新地活过来！”

金盘上的头颅顿了顿，又轻声说了一句：“当然，也包括每个人的全新的生活。”

天马飞翔，已然将近无色城入口。

“你回头看吧……他哭了。”真岚低声道，望着背后虚空里的那个人，眼神复杂地变幻着，“他是不是真的爱过你——那，不是你百年来心里一直不能忘怀的疑问吗？只要回头看一看，你就知道答案了……”

白璎的手剧烈地抖了一下，她握紧了缰绳，眼睛里慢慢笼罩上了一层雾气。

真岚……为什么你要我回头呢？你以为我若回头，便会得到拯救吗？如果我得到了拯救，那么，这个国家，整个空桑，又由谁来拯救呢？何况，若再度踏入那种泥沼一步，我便将会被再度灭顶。

她没有回头，只是加速催马前行。

不能回头……不能回头！

心头有一个声音强烈地响起，严厉地对她说——再回头也已是百年身，倥偬的时光中终究成了错过的路人，到了如今，回头又有何用？你应该知道你现在肩上的责任。

那是……白薇皇后的声音？

白璎身子微微一震，终于还是强行克制着没有回头看上一眼。催马一跃，返回了水底的无色城。

波浪在头顶盘旋着，闭合起来。

光之塔下，六王归位。

“你不回头吗？”金盘上的头颅却是茫然地叹息，没有半丝喜悦，“其实，仔细想起来，你真的从来都没有机会去过自己想要的生活吧？”

“是的，”白璎终于开口承认，却看着他，“其实，你也一样。”

皇太子微微动容，却无言以对。

“我们是一样的人，走着同一条路，也必须背负起同样的命运，”白璎咬着嘴角，声音却是坚定，“就如当年开国时的星尊帝和白薇皇后一样！”

真岚却茫然地看着背后的虚空，喃喃道：“不，我就是怕和他们一样。”

“为什么？”白璎霍然问。

“因为他们不是一个好榜样。”真岚吐了一口气，“而我，却希望你幸福。”

太子妃忽然沉默下来，将天马交给战士带走，自顾自静静地看着金盘中丈夫的头颅——她的表情，忽然间也有了奇异的变幻。

“你……身上真的是流着琅玕的血吗？”她喃喃道，伸出手去捧起头颅，放到和自己齐高的地方，凝视着，叹息道，“不一样啊……七千年以后，已经不一样了！琅玕的血裔怎么会变成这样？”

“你是？！”那一瞬间感觉到了变化，真岚脱口惊呼，看着面前白璎的眼睛。

眼睛里面，又有一双眼睛。

双瞳里，隐藏着两种表情和两个灵魂，一起凝视着他。

外面的，是哀伤而悲悯的，带着熟悉的温柔。内里的那双却是坚定明亮的，隐隐带有一种男子也罕见的气概。那双重瞳望了他一眼，然后，内里的那双眼睛渐渐游离了出来——最后，离开了冥灵的身体，漂浮在无色城的水底。

“白薇皇后？！”在看到那双眼睛时，空桑皇太子和大司命都怔在了原地，说不出话来，“是……是你？！”

这一座虚无缥缈的无色城，终于迎来了七千年前的缔造者！

“琅玕的血，在流到你身上时，已经变淡了吗？”那双眼睛一瞬不瞬地审视着真岚，仿佛能看透一切，默默地衡量着，忽地变了语气，“不对……不对。你没有继承他全部的力量！为什么？‘皇天’也不在你手上。”

“‘皇天’……”真岚刚开始还未从震惊中回过神，说了两个字，语调终于恢复了常态，挑了挑眉毛，“‘皇天’被我送人了。”

“什么？”白薇皇后眼里流露出震惊的表情。

“圣后勿怪……皇太子殿下需要借助那个人的力量，去寻回被封印的各部分躯体。”大司命也回过了神，结结巴巴地替真岚解释，“那些冰夷用车裂的方式镇住了‘皇天’，夺走了帝王之血的力量——皇太子殿下必须六体合一，才能恢复。”

“车裂？”白薇皇后却皱了皱眉头，“不对。光靠车裂，怎么可能镇得住琅玕的力量？！”

“……”大司命和皇太子伉俪听得此言，齐齐震惊。

“可、可是，《六合书》的术法《化境篇》里，就是如此记载的啊……”大司命不敢质疑眼前这个千古一后的说法，只能搬出历代司命秘藏的典籍来，“唯一能够封锁帝王之血力量的方法，便只有车裂躯体，分镇六合！”

白薇皇后眼里有怀疑的神色：“《化境篇》？是谁著的？”

“是……是星尊大帝暮年留下的著作之一。”大司命迟疑着回答，“这卷书和《六合书》的其余部分一起，成为皇家和六部王族的必读之书。”

“琅玕写的？”白薇皇后喃喃，眼里有说不出的表情，忽地一笑，“难道琅玕在死前留下遗书，说用车裂可以封印帝王之血？”

“是的。”大司命恭谨地低下了头。

“呵，梦呓！”白薇皇后冷笑起来了，眼里光芒四射，“魔之左手的力量，只有神之右手可以抗衡，怎么可能仅仅通过车裂来封印？”

大司命苍白着脸，不敢再说下去：“可是，百年前的那场灾祸里，分明是……”

百年前，冰夷的确是靠着这种方法，封印了皇太子的力量！

“是有些奇怪……”虚空里那双眼睛瞬了一下，投注在真岚脸上，凝视着。

“不像……真的不像啊……”白薇皇后最终还是喃喃叹息，闭合了眼睛，“你是我和琅玕的后裔，我儿子姬熵的第一百八十六代子孙——可是在你身上，那所谓的帝王之血，为什么已经有了如此大的改变？”

“你说血统？”真岚眉梢一挑，回答道，“我的母亲，来自砂之国。”

“哦？”白薇皇后的眼睛霍然睁开了，看了他一眼，“不是白族人？”

“都怪你们白族的白莲皇后死活生不出孩子。”真岚无谓地转过头去，抬起右手抓了抓头发，“所以帝都派兵，把我从母亲那里强行夺了回去，塞到这个王位上。”

白薇皇后忽地微微笑了：“哦？看来，的确和血统无关。”

“嗯？”大司命诧异地脱口。

“应该是从琅玕写下那一卷书之时开始，帝王之血便已经改变了，变得可以以人世的术法来封印住。”注视着金盘里的头颅，默默地竭力追溯，白薇皇后眼里有了迟疑的光，“能做到这一点的，没有别人……难道，是琅玕他自己？”

皇太子伉俪和大司命已经跟不上她的思绪，只是有些莫名地看着那双眼睛里的表情不停变幻，喃喃自语。无色城的虚无幻影里，白薇皇后的眼睛如同一双美丽的蝴蝶，瞬忽移动，不停地俯仰观望。

七千年后，她终于回到了这个亲手创造的城市。

然而，所有的一切，都已经是如此陌生，远远不同于当日她设下结界之时——或者，对于光阴和历史而言，她是一个逆流而上的悖逆旅人，本不该出现在这个时空，干扰历史的流转。

“不，魔之左手的力量还存在着……就算被封印在苍梧之渊，几千年来我依然能感觉到！”白薇皇后的眼睛微微抬起，顺着光之塔看向头顶无尽的蓝色，眼神凝重，“琅玕，还存在于某一处，虽然衰竭，却未曾消失。”

眼睛雪亮如电，忽然看了过来，盯住了一直未曾说话的太子妃——

“白璎，我的血裔！我已然衰竭，所以将所有力量转移给了你。如今唯有你能封印魔之左手——在我的灵体消散前，我们一定要寻到那个毁灭一切的魔，将其封印！”

“是！”白璎微微震了一下，无声地垂下了眼帘。

那样艰难的任务，几乎是有死无生的。然而，在下了舍身成魔的决心时，她就已经不畏惧这些——其实，获得力量之后随之而来的新使命，白薇皇后已经在苍梧之渊就详细地告诉了她。

因为，作为白族最后一个可以承载“后土”力量的女子，她已经是不能复生的冥灵。而且，白之一族已然没有任何血裔。一旦她烟消云散，“后土”的力量便再也无法传承下去。

所以，她必须要在自身消亡之前，封印住魔之左手。

从此，“皇天后土”，这两种代表创造和破坏的巨大力量就将进入一个漫长的相持阶段，保持着绝对的平衡，静止着，不让任何世人察觉到它们的存在——宛如七千年前，星尊帝和白薇皇后在镜湖中心发现这种远古神魔力量时的状态。

那是一个轮回的结束，和新一个轮回的起点。

苏摩站在空无一人的九嶷宫殿里，无言四顾。

几乎是夷平了整座王宫，却仍看不到那个该死的青王的影子——他站在废墟里，用幻力反复遥感，然而在九嶷这座空桑人的神山上结界的力量是如此强大，他的术法作用有些衰微，竟然时有时无起来。

那个该死的青王，躲去了哪里？！

深碧色的眼睛里泛起了愤怒，一挥手，又击毁了一面墙壁，轰然巨响中，空荡荡的别院里只留下了一座东西孤独地矗立。

那是望乡台上的往生碑。

——那是有着无数“过往”的东西，一眼看去，苏摩的视线也被吸引了，投注在那面空无一字的光洁碑上，久久凝视。

忽然，他走过去，缓缓弯下腰，握住了碑底的一物，微一用力。

雪亮的光腾起在废墟里！坠泪碑底座上，那个骷髅的嘴应声张开，吐出了那把衔着的剑，随即重新闭合——那一瞬间，仿佛是幻觉，九嶷山谷深处，响起了一阵低沉的叹息。

傀儡师轻易地拔出了那把几千年前先代海皇赠予琅玕的龙牙长剑，在日光下横剑凝视。深碧色的眼睛里有些微的变幻。他手臂上缠绕着的蛟龙也发出了一声应和的叹息。

辟天……这就是传说中星尊帝的佩剑辟天！

传说中，星尊帝和白薇皇后在年轻时曾一度流落海外，到了鲛人居住的海国璇玑列岛上。当时海国少主纯煌协助了这一对年轻人完成心愿，指点他们去寻求上古封印在镜湖中心的神魔力量，还以龙牙制成这把长剑相赠。

这件海国的神物从此流落云荒。在星尊帝暮年宣布停息干戈后，辟天剑被安放在九嶷山下的坠泪碑底座上，成了镇住碑上无数阴灵之宝。

七千年后，新生的海皇来到了九嶷山下，重新拔出了这把长剑。

“趁手。”微微一笑，他忽地转动手腕，划了半个弧——所到之处，土石飞扬。

那一瞬间，废墟的一面墙背后，有人发出了一声惊呼。

霍然望去，却是一名女子霍地缩了回去——虽然蓬头垢面，却难掩天姿国色，她惊慌地躲在一面墙后，看着傀儡师：“求、求求您饶了我吧！离珠……离珠愿听从您任何吩咐。”

“青王在哪里？”苏摩持剑在手，漠然地问——这个女子身上有一种让他觉得不舒服的气质，美得邪异，完全不像鲛人，却比鲛人更美。

“青、青王？”女子慌乱地问，“您是说……是说九嶷王殿下吗？”

苏摩懒得再说，垂下剑尖，遥遥指住了她。

“我、我只看到殿下他往神殿方向跑去了……”离珠指着北方山腰，结结巴巴，“从王宫北方的玄武门出去……左转，再过三道山门，就是……”

“带我去。”

话音未落，她就觉得腾云驾雾地飞了起来。

偏殿，花园，宫墙……玄武门。

出了北玄武门，就是后山。一片浓绿的碧色逼入眼帘，带着无处不在的游荡的白色雾气，仿佛一群群幽灵在山间徜徉。

那是九嶷神山的区域。

宽阔的辇道通向山上，中间是大块的平整石头，黑曜石和雪晶石交错铺着，雕刻出繁复美丽的花纹，那是帝后及大司命的专属道路；路两侧平砌着淡青色的砖，则是供随行妃嫔和百官行走的。

沿着辇道上山，穿过三道石砌的门楼，最先抵达的是位于山腰的祭祀先人的享殿。然后再上去，才是供奉着神灵的神殿。

随后的辇道折向山后，直穿入一座深深的山谷——那，就是著名的“帝王谷”。历史上所有空桑皇帝皇后死后的长眠之处。

从北玄武门到享殿，足足有十里左右的山路。而那么长的距离，居然就在一瞬间过去。离珠被人抓着腰带提在手里，晃晃荡荡地一路掠去，只吓得脸色苍白，不停地尖叫。

忽然，她感觉到那个黑衣人急速地刹住了脚步，无声地伫立。

她刚想抬头看，腰间的那只手霍然一松，她一声惊叫，脸朝下地跌倒在坚硬的黑曜石上。她反射般地抬手护着头脸，只觉双肘剧痛。

挣扎着起身，却看到那个诡异的黑衣人正站在享殿前，脸色苍白，表情激烈地变幻着，忽然下意识地转开了头去，仿佛不想看见某物。

怎么了？离珠诧异地从地上站起，看向前方。

在供奉着空桑历代帝后的享殿前，是一片玉栏围着的广场。玉阶晶莹，上面依稀有暗红色的血迹，百年未褪。层层台阶上去，居中放着一尊一人高的青铜鼎，正面用浮雕手法用阳线刻着手持莲花的创世神，背面用阴线绘有高举长剑的破坏神，黑眸和金瞳日月般辉映。

宝鼎上镌刻着繁复的符咒，在日光下发出淡淡的光芒，有着神圣不可侵犯的力量——那是星尊帝时期开辟这个帝王陵之初就铸造的传国宝鼎。奇怪的是，这个黑衣人看的不是宝鼎，而是围绕着宝鼎的六座栩栩如生的无头石像——

那，是百年前空桑灭国时，自刎于此的六王！

传说中那一战极其惨烈。穷途末路之下，空桑的六位王者杀出一条血路从帝都来到九嶷神庙，围绕着传国宝鼎一起横刀自刎，以性命作为交换，打开了通往另一个世界的无色城。

当六王之血在鼎内汇集的瞬间，虚实的界限被打破了。

空桑幸存的百姓，在一夕之间进入了无色城，躲开了冰族的侵略和屠杀。裂镜对峙的两国出现后，这六王的尸体便化成了无头石像。百年来不管风吹雨打，都伫立在享殿前，静静守护着王陵。

苏摩只看得一眼，便烫伤般地转过头去，不敢直视。片刻的沉默后，又艰难地缓缓转过头来，长久地凝视。

他眼中露出的表情让旁观的离珠震惊。

这个人，有着如此惊人的容貌……一定是鲛人吧？那种美是超越了种族和性别的，让一直以来被所有人都夸为世间最美的她都难以抑止地感到嫉妒——原来王的话果然没有错，这个世上最美的那个人，真的并不是她！

那个鲛人脸色苍白地看着六王，然后仿佛难以抑止地，举步向着台阶走上去。

“别过去！”离珠一惊，脱口，“那里有结界！”

然而那个鲛人疾步走上了祭坛，却并没有直奔传国宝鼎中的结界入口。而是在踏上最后一级台阶后微微迟疑了一瞬，然后仿佛终究难耐地，对着一尊无头的石像伸出手去。

一瞬间，随着她的惊叫，虚空中发出了耀眼的光芒！在触及石像的刹那，轰然的响声中，那人被结界中放出的光芒击中——完了，她想。这世上，从来没有活人能够触碰到九嶷山下这个通往无色城的结界，哪怕是十巫！

那一刻，她心里居然有某种释然。是的，自此后，世间再无比她更美之人！

就在她舒了一口气的时候，光芒散去，那个黑衣人赫然就在原地，毫发未伤。

怎么会？！

离珠惊讶地张大了眼睛。显然方才苏摩也是受到了相当凌厉的一击，他往后退了一步，脸色苍白。然而他的手，却已然是穿过了屏障，缓缓伸了过去，停止在那尊石像上方的空气中。

那尊石像的头颅早已被斩断，然而那个鲛人却痴了一样伸出手去，在虚空里轻轻触摸着，描摹着轮廓，他的眼神忽地变得说不出的哀伤和温柔，仿佛触到了那个死去之人的脸颊——那座石像是六王里仅有的两个女子之一，束着白色的战袍，上面绣有蔷薇的标记。

到了这一刹那，她才忽然明白过来了，低声惊呼——

原来是他！是那个鲛人！

那个九十年前被驱逐出云荒、一直背负着“倾国”和“堕天”之罪的鲛人——难怪会有着这样天地间独一无二的容貌，令日月都为之失去光彩。

离珠又惊又妒，却是难以自禁地目不转睛地看着这个黑衣的鲛人。越是看，越是绝望——枉她一生自负美貌，有着靠几辈子血统积累起来的美丽，然而这种刻意经营谋求而来的美，却依然难以和这天成的出尘之美相比。

如果说，她是尘埃里开出的凡世之花，那么这个人就是云上不染片尘的光。

仿佛已经忘了要追九嶷王，那个鲛人只是静静地站在祭坛边缘上，承受着结界的推斥力，凝望着那一座已然死去的石像。不知他用了什么样的术法，随着手指的描摹，断颈上的虚空里缓缓凝结出了一个淡白色幻象，如雾般恍惚。那是一个栩栩如生的女子头像，秀丽而宁静，眉心有着十字星的红痕。

离珠在一旁目不转睛地看着，暗自诧异，隐隐有些不屑。

想来，这个人就是死去的空桑太子妃了……然而这样的容貌，不要说和这个鲛人比，就是和自己相比也是远远不及，充其量也只能说是秀丽，根本不是什么绝色。

可为什么这个有着天下无匹容貌的人，会倾心于这样一张脸呢？

“咦，苏摩在这里！”在这一刻的寂静里，忽然听到辇道上传来清脆的惊呼声。

祭坛上那个鲛人一惊，手迅速地放下了。离珠应声转头，却是一个少女和一名中年男子正飞奔而来。

九嶷也真是乱了，居然接连有外人就这样闯入了宫殿后的神山禁区。

然而，少女身边那个落拓男子在看到那个六星结界时，也蓦然站住了。

“阿璎……”西京看着那个没有生命的石像，低低叹息，眼里掠过深重的悲哀。那笙粗心惯了，没有反应过来苏摩在干吗，只是诧异地嚷嚷：“咦，你不是说要去杀那个青王吗？怎么跑到这里来了？”

苏摩脸色微微一变，默不作声地侧过头，从祭坛上走下。

“啊？”那笙这时才注意到了祭坛上那几座石像，吃惊地打量，“这是什么？他们的脑袋哪里去了？被盗宝者偷去了吗？”

西京暗自扯了一下她的衣襟，示意这个叽叽呱呱的女孩子住嘴：“我们快去神殿！得赶快找到那个封印的右腿。”

“噢！”那笙毕竟还是知道好歹，被那么一提醒，直接飞奔上去。

“九嶷王……九嶷王就是逃去了神殿！”离珠想起自己身上那个秘密的任务，终于强自忍住了逃走的冲动，颤巍巍地开口，“他、他应该去神殿拿宝物了！”

“什么？”同时脱口的，却是三个人。

“我带你们去……”出乎意料地，离珠挺身而出，主动道，“我知道有一条小道，比辇道能更快地到神殿！”

“呀，真的？多谢你。”那笙也不去问这个和苏摩一起的女子是什么身份，只是感激。西京却只是哼了一声，并不搭话。

这个女子美得有点儿奇怪，让人一眼看去心里就觉得不舒服。云荒各族里罕见那样的美貌，然而又分明不属于鲛人一族——在经历风霜、阅人无数的剑圣看来，这个看似娇弱柔婉的女子身上有一种说不出的阴邪诡秘的气息，却让人说不出哪里不对劲。

然而，此刻却也顾不上其他。

这个女子显然是九嶷王的宠妃，此刻却是主动请缨为敌方带路，显然是恨九嶷王入骨。此刻，也不妨先相信她一次吧！

他们跟着离珠奔出，在快到神殿的时候，忽然间听到了一种奇异的祝诵之声。

“啊，那些巫祝还在那里！”离珠只一听，脸色便变了一下，停下了脚步，“这、这可怎么好……我以为他们这些巫祝看到变乱来临，会吓得跑掉，想不到他们还在那里死守着！那么我们这次是进不去了！”

“怕什么。”那笙却是不以为意，指了指同伴，“有苏摩和西京他们两个人在，谁能挡得住啊？除非是十巫一起来呢。”

“苏摩和西京……”离珠一惊，难掩脸上的惊讶，脱口，“果然是你们！”

“嗯？”那笙没反应过来，西京却是一扬眉，冷笑起来，“怎么，你认得我们？看来是有人指使你来的吧？不然哪有那么好心。”

离珠脸色白了白，眼眸中有一种妖艳的恨意：“不错，我是奉世子之命，来带你们几个去杀了九嶷王！”

“世子？”西京眉毛一挑，沉吟道，“那个老养子，想篡位了吗？”

“世子怕有生之年再也触不到王座。”离珠却是老老实实地一口承认，眼里有一种亮光，“他知道这次苏摩回来是寻王报仇的，于是说，如果我引得你们趁乱杀了王，就可以烧毁我的丹书，还给我自由。”

这样的一席话，让一行人都沉默下去。

西京心里是信了八九分，然而却顾忌着苏摩是否同意——毕竟，这个脾气诡异的傀儡师怎能容忍自己被人利用？然而仿佛被离珠的话触到了某一处，苏摩眼里的神色慢慢平和下来，望着那个美得有几分邪异的女子，微微点了点头：“你，也想要自由吗？为了那个，不惜拿一切来换？”

离珠掩嘴微笑起来，眼神一瞟，语气锋利：“是啊，和你当年一样。”

气氛陡然为之一肃。瞬间，连那笙都想起了当年苏摩的经历，连忙乖乖地闭嘴，生怕自己一开口就会说错话——说起来，他们两个人还当真算是惺惺相惜的同类啊。

“那么，走吧。”苏摩合了一下眼睛，漠然道，“别让那家伙跑了。”

一语既出，便知道他是默许了此事。西京一拉那笙，往后山神庙掠去。离珠想跑在前面带路，然而她哪里能跟得上。苏摩微微蹙眉，手一伸，便将她提起，足尖一点飞掠出去。

“左边！推开那块假山石。”离珠指点着，一行人循着新的路飞奔而去。

一路穿过享殿，直奔位于山腰的神殿而去。

还未到神殿，便听到了如潮水一般涌来的祝诵祈祷之声，一眼望去，神殿前的广场上一片雪白：那是白袍高冠的巫祝们，在九嶷大难来临时对着神明祈祷。

那种虔诚的声调，让杀气腾腾掠近的人都下意识地放缓了脚步。这一次变乱来临时，一路上走来，连守护神山的士兵们都早已逃离，而这些神官居然丝毫没有离开神庙的意思，完全将生死置之度外，专心专意地对着神明祈祷。

殿内供奉着空桑人自古就信奉的神祇：孪生双神。创造神坐北面南，脸朝着神殿门口，俯瞰九嶷山下的土地。在她的背面，是她的孪生兄弟破坏神。神殿古旧，有九嶷特有的阴凉森然气息。暗淡的神殿内，只有黑瞳和金眸闪着隐隐的光，俯瞰着殿下的人群。

神像下，摆着七盏巨大的青铜灯——那个传说中和空桑王朝兴亡息息相关的七星神灯。

此刻，神庙里却传来奇异的咔咔声，仿佛什么机械正在缓慢转动，带动了七盏铜灯沿着地面镶嵌的轨道移动！灯火随着灯盏的移动，在暗色里飘摇。

“哎呀，不好！他想逃！”看到了灯火飘移，离珠霍然明白过来，惊叫着，指着神殿里一个金冠锦衣的老人背影，“灯下有秘道通往地宫，他想逃！”

变乱一起，九嶷王在离宫遥望，看到巫抵的军队全军覆没，早就知道事情不妙，立刻向着后山神殿方向奔逃，原来是想通过秘道逃离！

一语既出，一行几人同时发力，扑向神殿。

然而，虚空中仿佛有看不见的屏障，发出轰然的响声，白光弥漫。

苏摩在广场的最后一级台阶上止住了脚步，和西京一起讶然抬首。有结界！随着这些神官的祈祷，有一个无形的结界，笼罩了整座神庙和广场。

空桑王室供奉的巫祝，有着自古相传的自成一体的术法。在远古的传说里，这些巫祝力量非常强大。在魔君神后的时期，甚至曾以“人”的力量极限，在帝都的九重门里封印过处于衰弱状态的创造神！

而现在，这些巫祝是在保护着王者从秘道内逃走？

“快追！别让他逃了！”那笙焦急地喊起来了。因为此刻，她手上的“皇天”闪了一下，射出一道光，正投射在神殿内匆匆离去的人身上——九嶷王手里，拿着的正是那只封印了真岚右腿的石匣！

西京不等她说完，光剑已然出鞘，化为一道闪电直劈向虚空。这边苏摩一眼看到他动手，同时也是反手拔剑，用新佩带的辟天长剑合力砍在虚空里的同一点上。

轰然盛放的光芒中，神殿里的巫祝身子晃了一下，口吐鲜血，倒下了一大片。

然而虚空里的屏障，却依然微弱地存在着，阻拦着他们一行人的脚步。

神殿里的祝诵声还在继续，伴随着“咔咔”的机械转动声。七盏青铜灯按照地面上镶嵌的轨道变换着位置，最后“咯”的一声，仿佛卡在了某一个固定的位置。

那一瞬间，神庙里的神魔塑像发生了变化——庞大的雕像霍然转动，只是一瞬，创世神和破坏神便交换了位置！

逆位的破坏神转到了正位，金色的瞳子在暗淡的灯火里闪出光芒。雕像手里拿着的长剑忽然动了起来，在虚空中缓缓下劈，虽然慢，却力道千钧，最后一剑劈在灯前的供桌上。

“咔啦”一声响，那由从极渊里万年寒玉雕成的供桌竟然整齐地断裂了，露出一个深黑色的入口，深不见底，从中吹出冰冷的风。

应该也是感觉到了仇家的逼近，九嶷王在这个诡异的洞口前迟疑了一瞬，还是一咬牙，抱着神龛上的石匣，踏入了地道。

“不好！他把臭手的右脚带走了！快追啊！”眼见地道重新关闭，那笙焦急起来，不顾结界尚自存在，自顾自地跑去。

“小心！”西京急喝，然而那笙已然一步踏进了结界！

她自己也有些惊讶，不知所措地站住了脚，看着结界外的苏摩和西京，然后低头看了看自己的右手。对于“皇天”的佩戴者来说，这个结界居然宛若不存在？难道是空桑王室供养的巫祝的力量，是无法对“皇天”起作用的吗？

“快去追！”西京率先反应过来，低喝道。

那笙“啊”了一声，如梦初醒地回头过去，向着神庙急奔。

然而，轰然一声响，地道已然关闭。

“快打开！快打开！”她跑到神像下，焦急地用手捶着万年寒玉做的供桌，对着庙里那些白衣的巫祝大声叫喊，“快把它打开！”

那些巫祝只是用敌视的眼神看着她，其中几个似乎是刚才在阻拦住苏摩和西京时耗尽了灵力，再也无法支持下去，委顿在地。

那一刻，结界轰然倒塌。

“这个地道，只能用一次。进去后，就从里面毁坏机簧。”巫祝之首看着她，目光落在了她手上的“皇天”上，眼神变得极其复杂，“王已经走了，你们休想将他再从地宫里找出来。”

“可他把真岚的右腿带走了！”那笙看着岿然不动的供桌，急得跳脚。

苏摩和西京已然穿过了结界来到神殿，但也已经来不及阻拦九嶷王的逃离。黑衣的傀儡师蹙眉看着匍匐一地的巫祝，眼里有怒意，手指缓缓握紧。

“别动手！”西京生怕这个乖戾的傀儡师一怒之下又开杀戒，急忙低声阻拦。

“哈哈哈……动手吧，谁怕？”巫祝之首忽然大笑起来，看着眼前这个鲛人，眼里有一种不屑和冷嘲，“一个鲛人，居然还踏进了神庙！当年就该杀了你，王怎么会让你这种家伙活下来呢？这个玷污空桑荣耀的贱人！”

“嗍！”话音未落，他的喉骨忽然被人捏住，再也吐不出一个字。

苏摩只是抬了抬手，便毫不费力地卡住了这个白发老者的咽喉。傀儡师脸上没有表情，甚至没有像以往那样一被人刺痛就露出狂怒的表情，他只是漠然地一寸一寸地，将身形瘦小的巫祝提起，冷冷凝视着，手指慢慢加力，看着老人的眼睛凸出来。

“别……”那笙忍不住劝阻。

虽然这个老人言辞尖刻，可也不至于一抬手就要杀了他吧？

忽然苏摩嘴角露出一丝笑容，猛地一松手，巫祝之首如同一只破麻袋一样落到地上，他的同伴抢上去围住他，却忽然惊叫起来。

“你！你这个妖人对长老做了什么？”看到长老眉心的一点血迹，巫祝们知道发生了什么样可怕的事情，惊骇地抬头怒视着这个鲛人。

“他不是以身上空桑王室正统的力量为傲吗？那么，我就将他引以为傲的东西全击溃。我汲取了他的灵力，从此后，他和普通人没两样。”苏摩漠然转过身去，甚至连看一眼他们的兴趣都没有了。

西京默不作声地松了一口气——方才他已然是按住了光剑，想在千钧一发时阻拦苏摩。然而，不想这个诡异的傀儡师转变了性情，居然出乎意料地放过了这个肆意侮辱他的人。

想来，重生后的苏摩，也已经发生了某种深刻的变化吧。

“你们怎么能这样？！”看着那些仇恨的目光，那笙忍不住了，跳起来指着那些巫祝，“你们还是空桑人吗？那个青王……不，九嶷王，出卖了空桑，你们还为他拼命？”

然而那些巫祝毫不动容，冷冷地看着她。

“我们先是青族人，然后再是空桑人。”昏迷的长老醒来了，眼里有昏暗的光，吐出的话语却是坚定的，“我们不管你们如何指责我们的王……他毕竟保护了整整一族的人从战乱里幸存下来……别的五族都覆灭了，唯独我们活了下来……这还不够吗？”

“说什么民族大义？那是奢侈的。对普通百姓来说，大家只想好好活着。”

“所以，九嶷百姓，都爱戴我们的王……绝不允许，绝不允许你们……”

话音未落，筋疲力尽的长老头一沉，再度昏迷过去。然而他身边的其他巫祝，却毫无退缩地看着一行闯入的人，拦在前方。

被那样的一席话惊呆，那笙站在原地睁大了眼睛，说不出一句反驳的话。

原来……九嶷王在领地上是这样受到民众爱戴？那个阴暗龌龊、不择手段的家伙，竟然也有人爱戴？！

苏摩和西京同样沉默下去。那一席话，在他们两个人的心中也不啻惊雷落地。仿佛一瞬间涌起了无数回忆，两个人都沉默了很久，目光复杂地变幻，甚至没有察觉离珠已经悄悄走进了神庙，站到了身侧。

“我们走。”苏摩淡淡地说话，也不再去管那一地的巫祝。

“怎么走？”那笙有些茫然，“去……去哪里找呢？地道也不知道通向哪里。”

“我知道！”一个声音回答，是离珠又一次开口了，抢着说，“我知道秘道通往哪里！我可以带你们找另外一条路，跑到前头去截住他！”

“你！”所有巫祝回头，怒视着这个美艳异常的女子，怒斥道，“妖女，你居然也敢进神庙？快滚！你这个肮脏下贱的东西，怎么敢陷害我们的王！”

“通往哪里？”苏摩冷冷地问。

“最深处的墓室，星尊帝寝陵！”离珠回答。

苏摩漠然一挥手，那些拦在前方的巫祝神官惨叫着纷纷倒下，甚至连紧闭着的后门都轰然碎裂！沿着离珠手指指向的方向，现出了一条直通后山的道路来。

道路的尽头，是汹涌而上隔断阴阳两界的黄泉瀑布。

而瀑布的两侧，是壁立千仞的神山，飞鸟难上。

冷冷的风从中吹出来，一团团白色的雾气在山谷中游弋，宛如没有脚的幽灵。雾气中，是一片浓绿得让人迷失的青翠，其间高低错落地露出几点苍白或者金黄——那是各座帝王陵墓前的牌楼或雕刻，以一种迷宫状的布局排满了整座九嶷山。

那笙只看得一眼，便感觉到了莫大的惊惧，她下意识地退了一步，拉住了西京的袖子。

仿佛是察觉到了有人惊扰，深深的山谷里，隐隐传来一声长长的叹息般的低吟。

又听到了那种奇怪的低吟，盗宝者手一颤，没有拉住冥铲的提绳。

装了满桶土的铲子“唰”地滑落，重新落到了深坑的最底部，深深插入泥土。所有盗宝者都被惊动，顺着低吟响起的方向看去——这是帝王谷的最深处，正是星尊帝的墓室，传说埋葬着帝王的衣冠和无数珍宝。

九嶷山阴这块隐秘的空地藏在一个山麓里，方圆不过三丈，和山谷轴线垂直。空地上有金粉洒过的痕迹，无数的细线纵横交错，最后汇聚在那个挖掘盗洞的点上。显然，是有人进行了精密的计算，然后将位置锁定在这小小的一点。

那样小的一片土地上，竟井然有序地站满了十几个西荒人。每个人手里都拿着不同的工具，站在不同的位置上埋头工作。

在那些彪悍或者怪异的西荒汉子里，竟然有一个女性。那个脸色苍白的少女不过十五六岁的样子，一直战战兢兢地看着眼前的一切，她手里执着一座青铜色的烛台，躲在一个高大的西荒汉子背后。

在低吟响起的瞬间，所有盗宝者一起抬头。

然而，陵墓方向什么都没有发生，静静的山谷里雾气还是一样地飘移着。而地底却有微微的震动，仿佛有什么在一路潜行，所有盗宝者悚然往后退。

“是邪灵！”挖盗洞的西荒汉子抬起头来，脸色苍白，惊呼道，“是邪灵醒了！”

听得那一句喊，心底某种尚未说出来的恐惧猜测仿佛一下子落实了，所有人都愣了一下，然后不自禁地往后退了一步，做出了夺路而逃的准备。那个少女更是吓得浑身一颤，却不知往哪里跑，只是站在原地不知所措地左右观望。

惊呼未毕，“唰”的一声，一道红痕落在那个人的肩膀上！

“别瞎喊！”细细的长索执在一个少年手中，正是那群彪悍汉子的首领音格尔·卡洛蒙。手腕一抖，长索如同灵蛇一样缩回，盘绕在他的手臂上，他细长的眼睛里有冷冷的怒意，一眼扫过去，就镇住了全场的汉子。

“第一次出来的人就是这么大惊小怪！那些被压在地底的邪灵有那么容易复苏吗？”他抬起手，点着脚下的土地，冷笑道，“几千年了，哪一次听说过邪灵复苏的事情？你们父辈祖辈行走地下几十年，见过邪灵醒来吗？”

盗宝者们一阵沉默——以经验而论，这的确是不可能出现的事，可是……

“那边在交战，说不定刚刚有架风隼坠落在谷里。”音格尔淡然地吐出一句话，瞬间就消解了这些汉子的疑虑。

不错，来的时候九嶷就在打仗，那些该死的征天军团不知为何居然烧杀掳掠到了这里，还杀了和世子一起赶来的第二批同伴——那边打得如此激烈，长年寂静的帝王谷里有些声响也是理所当然。

所有人暗自松了口气，那个少女也放松了手里一直握着的烛台，抬起眼睛。

“执灯者，你叫什么名字？”显然也是注意到了少女的恐惧，音格尔上前一步，对她微微点头，“你父亲去世了，要你陪一群亡命之徒下到那样深的地底，真是难为你了……但无论发生什么事，我都会竭尽全力保护你——这是卡洛蒙世家和你们祖辈定下的誓约，我必会以性命来维护。”

“嗯……”显然是对“执灯者”这个称呼还感到不适应，少女有些畏缩地点了点头，讷讷道，“我……我叫闪闪。”

“好，闪闪，你相信我，”卡洛蒙世子对着这个小姑娘肃然起誓，手指压着后颈的那个纹章，“就算这一行人全死了，你也不会有事！”

“可、可是，”闪闪忽闪着眼睛，低声细细回答，“我……不希望你们有事。”

“妈的，个个都是娘儿们养的？”看到大家安静下来，站在闪闪身前的那个大汉趁机叫了起来，一把将方才那个脱口乱叫的家伙扇到了一边，“听一声响，胆都吓没啦？没胆子还来干这营生？邪灵，邪灵又怎么啦？有邪灵你们就不敢下去了吗？”

那个盗宝者是第一次来九嶷山，凭着以前从纸面上得来的经验，在方才的一瞬间受惊后大呼。此刻被世子和莫离总管一骂，脸色顿时一阵红一阵白起来。

“去，把铲子拎回来！”莫离推了他一把，抢步走到挖了十丈深的洞前，身子一横，“我站你旁边守着，你放心挖好了——就算什么邪灵真的出来了，老子也替你挡着！”

那个西荒汉子被那么一激，脸上浮出愤然之色：“老子不怕！让开！”

说着便一把推开莫离，走到了那个盗洞旁，探臂下去，想把散落的提绳重新拉起。

盗洞很深，绳子虽然挂在了半壁上，可他还是需要把整个身子都贴在地上，伸长手臂才能够到——那个盗宝者的脸压着地，扭曲得有点诡异，他的身子晃了几下，显然是在努力够着那条落下去的提绳。

“好了。”那个盗宝者松了一口气，屈膝，想要站起。然而就在这一瞬间，地底忽然又动了一下，仿佛有什么东西极其迅速地呼啸而来！

“啊——”那个刚要站起的盗宝者发出了一声骇人的惨呼，身子忽然被急速扯倒在地，向着地下缩进，仿佛手里的那根绳索在拉着他，整个人就往盗洞里栽了进去！

“老幺！”莫离大喝一声，立刻不顾一切地扑上，腾出手去拉那人尚露在外面的脚跟——然而只是那么短短一瞬，那个汉子已经全然没入了盗洞。

等莫离扑到洞旁时，十丈深的洞里已然空无一物，只有四壁上洒落着森然的血迹和一个个抓刨的手印——那显然是盗宝者被拉落时拼命挣扎留下的痕迹。

聚集到盗洞旁的所有汉子都变了脸色，说不出话来。

多么诡异的情况……站在这里看下去，这个挖到一半的盗洞底部还是夯实的泥土。这种九嶷山特有的白色稀土，表明眼下这个盗洞还只挖到了墓室的最外层封土上——离开墓道顶上的木结构层都还远，更不用说是核心的墓室，可是，那么精壮的一个汉子，居然就消失在这个可以看见底的小小盗洞里！

“邪灵……是邪灵！”这一次，不知是哪个，重新喊出了一句。瞬间所有盗宝者都不自禁地往后退去，再也不敢站在那个小小洞口附近。

空出来的中心里，只站着音格尔和莫离。

“世、世子……是邪灵……真的是邪灵！”手里拿着金粉盒的老者叫了起来，这个知晓一切盗墓常识的老人九叔是卡洛蒙家族的智囊，此刻也不自禁地感觉到了惊惧，“地底下的确有邪灵在动！它刚从封印中出来，应该很虚弱……正在寻觅血食……大家小心！”

邪灵？音格尔站在盗洞旁边，看着那个小小的洞穴，蹙着眉。

他记得《大葬经》里说过，邪灵是指存在了千年以上的鸟灵。这些邪灵因为漫长的岁月，身体都起了可怕的变化，和一般的鸟灵已然完全不同。凝聚了千年的怨念，这种东西的力量也是大到可怕，只要一只就能把天下搅得动荡不安。所以历代空桑的皇帝都以“皇天”的力量来镇压这些邪灵，在他们驾崩时，也会把生前收服的邪灵带入墓中一起陪葬，设下强大的封印，以自身的灵魂来束缚这些怪物。

他在家族历代相传的手卷里看到过邪灵的样子——然而，从来没有听说过邪灵复苏的事情——且不要说解除封印需要极大的力量，这个世上，又有谁会去释放那些可怕的东西呢？

然而，在他这一次踏上九嶷土地时，却遇上了这个传说中的邪灵！

是不是……是不是老天不愿他去到地底解救兄长？

音格尔凝视着脚下的盗洞，感觉地底的震动又迅速远去，忽然间，头也不回地一抬手，长索如同长了眼睛一样飞出，勒住了一个细细的脖子，将那个正悄悄四脚着地爬着离开的侏儒扯了回来。

“老三，你想逃吗？”莫离惊觉，看到那个不停挣扎的小个子，咆哮着怒斥，“你不想想，你走了兄弟们还怎么下去？！”

那个侏儒，是盗宝者团队里必不可少的“僮匠”。

这些贫寒人家的孩子自幼就受到残酷训练，在十岁不到就被人为地用药物压制了生长，身材如同幼童，可以在直径两尺不到的盗洞里自由出入。他们的前肢粗壮有力，擅长挖掘。一旦盗洞打得足够深，探到了墓道的上层，他们就被吊入洞中。在抵达木结构层后，他们可以在光线暗淡的地底熟练地破除一切屏障，在墓道上方打出一个洞来，将同伴一个一个接下去。

“世子……我、我……”那个僮匠脸色苍白，知道盗宝者团队里纪律严苛，这种临阵脱逃的一旦被发现便立刻要杀一儆百，然而他实在是忍不住恐惧，嘶声大喊起来，“那是邪灵！我不想下去！下去，下去的话……所有人都会死！”

听得这个出入王陵多次的僮匠发出如此惨厉的呼号，所有盗宝者莫不惊惶，相顾无言，心里暗自盘算。

“胡说！”莫离眼看人心动摇，当机立断勒紧了僮匠的喉咙，不让他再说话，雪亮的刀抵住了侏儒的咽喉，逼他张开口，“老三，莫怨我——你也知道一旦出现这种情况族里会如何处理……你认命吧！”

一粒黑色的药丸出现在总管的手中。裹着薄薄的糖衣，丸里尚看得出有一物微微扭动。

“不……不……”僮匠极力反抗，扭动着身体。莫离用了很大的力气才制服了他，将他力大无比的双手按住，强迫着他吃下那粒东西。

“老三，你吓破了胆，我只好用傀儡虫来替你壮胆。”放开了僮匠，莫离叹了口气，看着这个眼神开始痴呆凝滞的同伴，“放心，如果大家有命从地底下重新出来，我就给你解了傀儡虫的控制。”

旁边的盗宝者默不作声地看着，倒吸入一口冷气，原本有些动摇的人也停住了脚步。毕竟都是刀刃上舔血的汉子，干了这一行就早已有随时交出性命的觉悟。此刻虽然尚未进入墓室就遇到如此险恶的状况，但惊魂初定后，血气重新涌上，想起这一次要进入空桑千古一帝的墓室，不知有多少如山珍宝在地底等待着他们，个个便又恢复了常态，继续按分工开始动作。

一日一夜后，盗洞已然深达三十丈。长长的绳索吊着沉甸甸的冥铲放入洞底，发出了不同于插入泥土的“咔嗒”一声断响——仿佛有什么木质的东西断裂了。

“到了！”莫离耳目聪敏，凭着这一声便发出了一声断喝，“僮匠下去！”

为了避开陵墓正入口铜浇铁铸的封墓石，有经验的盗宝者一般依靠地形起伏来判断地底陵墓的布局走向，从墓道上方的覆土内挖掘盗洞，垂直挖通，直抵墓道中央的享殿区域——这样，便能大大缩短来到此处的距离，同时避开陵墓正门附近的重重机关。

根据经验，空桑王陵的墓道一般采用入土千年不腐的桫椤巨木构筑，四面均为木构。从地面的地宫之门开始，墓道以平缓的坡度倾斜，伸向地下深处。大约一百丈后，会出现一个开阔的地底石构墓厅。那里是供奉先王的享殿，明堂辟雍，金碧辉煌。享殿旁有大批殉葬的墓葬坑，其中分为牲畜、奴隶、器具、妃嫔几大类，其中珍宝无数。

享殿是地底唯一一处开阔的空间，也是通道汇聚的节点。

墓道到此分出了四条支路，除了墓室大门的那一支外，其余三条一模一样的路却是通向各处密室，那些密室有些储藏着珍宝，有些却封印着邪灵魔兽。

当然，也有一条是通向寝陵密室的正路。

听到断响，便知道已然挖掘到了墓道最上层的木构，莫离一声断喝，眼神痴呆的侏儒被一根长索吊着，缓缓放入了三十丈深的盗洞里。然后各种工具依次被放下。僮匠小巧的身躯没入狭窄的盗洞中。在这个普通盗宝者只能勉强塞入身子挪动前行的洞里，畸形的僮匠却能行动自如。

所有盗墓者以一种只有行内人才明白的奇异序列站好了位置，手里拿着各种奇形怪状的工具，每一块肌肉都绷得紧紧的，做好了随时发动的准备，脸色肃穆地听着地底发出的断断续续声响。

闪闪不知道要怎么做，只好亦步亦趋地跟在音格尔身边，手里握着那个烛台。

听到地底发出了“空”的一声响，音格尔便知道僮匠已然凿穿了墓道，他的手迅速从盗洞上方一掠，似乎“抓”了一把空气，放在鼻下一嗅，便已然知道端倪，做出了判断，“还好，没有积累的腐气——不用散气了，可以马上进去。”

“是！”听到世子吩咐，身后传来低沉的应和。

所有西荒盗宝者眼里此刻已然没有了恐惧，个个眼里都闪着光芒，仿佛一队训练有素、时刻准备扑出夺取猎物的猎豹！猎豹中，有一头悄无声息地走出队列，系上长索，手一按，便要跃入挖好的盗洞内——

作为首领，音格尔·卡洛蒙是必须第一个进入地底的。

“执灯者，你须跟在我身后。”在进入前，他微微顿了一下脚步，对着身后略显畏缩的闪闪低声吩咐，“请为我，照亮黄泉之路。”

第九章

古墓

下了盗洞，才发现这个小小的通道并不是垂直的，而是有一个微妙的坡度，可以让人攀着斜壁增加摩擦力，而不至于一下子落到地底。

音格尔赤手攀援着，一尺一尺地下去。而闪闪从未下过地底陵墓，地面上留守的盗宝者只能用绳子系着她的腰，缓缓地将她吊下去。

在她身后，是一行经验丰富的西荒盗宝者。

盗洞小而潮，直径不过两尺，就算闪闪身形娇小，一下去也觉得挤得无法呼吸。音格尔在前方引路，他的头在她脚下三尺之外。闪闪感觉头顶一黑，什么都看不见了，便立刻点起了那盏灯，用手护着，照着漆黑的洞。灯光照出了一张少年人的脸，眉直鼻高，眼睛狭长闪亮，有着鹰隼一样的冷意。看着前方用手抠着土壁缓缓下落的音格尔，闪闪心里暗自诧异这个少年身手的敏捷。

静默中，两个人磕磕碰碰地下降了数十丈，感觉地下吹出的风越来越阴冷。

然而就在此刻，底下忽然传来了一声清脆的响声。音格尔估计了一下此刻到达的深度，松开了攀着土壁的手，纵身一跃而下，准确地落到了下方实地上。

“位置完全准确。直接落到四条墓道的汇聚点。”音格尔在底下的漆黑中不知做了什么样的摸索，很快发出了断语，同时伸出手臂来，托着她的脚，“闪闪——跳下来！”

他的声音里有某种不容抗拒的决断，还在彷徨的闪闪听得最后一个字，不由自主地便是一松拉着绳索的手，往下跳去。一只手托住了她的脚，然后顺势稍微上托，抵消一部分冲力，便将她放下。

闪闪惊叫着穿过了盗洞的最末一段，落到结实的地板上，身子歪了一下，随即站稳。手中的七星灯摇曳着，映出了身侧少年苍白的脸——音格尔在最后一刻横向一揽，将她斜斜带开，缓冲下落的速度。

闪闪连忙站直身子，脸却红了，她迅速低下头去，不敢看身侧的人。

这个比自己大不了多少的少年，可一点儿都不像西荒盗宝者呢……那样俊秀苍白的脸，仿佛长年没见到过阳光，瘦削挺拔的身子，与那些被烈日晒着长大的、虎豹一样的西荒汉子完全两样。

可是为什么那些气势汹汹的大汉，全都听这个少年的指令呢?

音格尔却是心细如发，一瞥之间便看到闪闪飞红了脸，他还以为这个第一次下地底的女孩身体不适，不由得一惊："怎么了？你觉得不舒服吗？"他从怀里拿出药瓶，倒了一颗碧色的药丸，"陵墓阴湿，你含着这个。"

然后，依次倒出药丸，分发给后面陆续从盗洞里下来的同伴。

那些盗宝者显然是身经百战，知道陵墓里将会遇到的一切可能危险，此刻见到世子开始散发密制药丸，立刻熟练地把药丸纳入嘴里，压在舌下。大家服下药，整顿了一下行囊工具，便屏了一口气，借着灯光开始往各处摸索开去，探着附近的情况。

闪闪忸怩地接过药，却不知道那是含片，一咕噜就吞了下去。

音格尔来不及说明，就见她把药吃了下去，便又倒了一粒给她，示意她压在舌下，然后靠着呼吸将药气带入肺腑，以抵抗地底的阴湿气息。

闪闪知道自己又做错了事，红了脸，讷讷。

"你先把七星灯灭了吧，现在暂时还用不到，不要白白耗费灵力。"音格尔没时间和这个执灯者多说，自顾自燃起了火折子，查看着周围，脸上忽然有了一种目眩神迷的表情，"真宏大啊……"仰头看着巨大的石室，少年发出了一声叹息，仿佛是到了朝夕梦想的地方，"不愧是星尊大帝和白薇皇后的合葬墓。"

周围的盗宝者低声应和着，每个人脸上都有一种敬畏和兴奋的神色。

发了……这回真的是发了！

地面上盗洞的位置打得很准确，落下来的时候，他们正好站在了四条通道汇聚的中心点上，那是一个开阔平整的水中石台——王陵格局布置里的第一个大空间：享殿。

星尊帝的享殿居于九嶷山腹内，投入了巨大的人力、物力，凿空了坚硬的岩石，做成了一个石窟。这个石窟高达十丈，呈外圆内方布置，纵横三十丈。

而居中巨大的辟雍石台，居然是用整块的白玉雕刻而成！

那样凝脂般的顶级白玉，随便切下一块便足以成为帝王的传国玉玺——而在这个地底陵墓里，竟被整块地当成了石基。奇异的是，白玉上还有隐隐的光芒，让整座享殿都笼罩在一种宁静的微光中。

几个盗宝者细细看去，发现是台基玉石上用金线绘画出华丽的图腾，金线的交界点上凿了无数小孔，每个小孔里都镶嵌着夜明珠或者金晶石，所以只要有一点点光射入地底，整个享殿便会焕发出美丽绝伦的光芒。

“我的天哪……不用再下地底了，这里就已经够多了！”在看到脚底下踩着的地面上便有如此巨宝时，有个盗宝者脱口低呼起来，忍不住地伸出手，想去挖出地上镶嵌的宝物。

然而，仿佛想起了什么，他随即缩手不动，看向一旁的音格尔——盗宝者这一行规矩严苛。发现了珍宝后，不经过首领同意，谁都不可以先动手。

在大家的注视下，音格尔脸上沉静，脚踩着价值连城的白玉珍宝，却根本不为所动。他的目光，一直打量着石窟正中那一座小小的享殿。

那样华美的台基上，建着的却是如此不起眼的殿堂。

三开间的面宽，四架椽的进深，木构黑瓦，简单而朴素。

“我进去看一看。”打量了许久，看不出有任何机关埋伏的痕迹，音格尔终于下了决心，向着那个朴实无华的小小殿堂走去，“你们在外面等着，如果我一出声，立刻散开。”

“世子，小心！”身后，有同伴提醒。

音格尔微微颔首，脚步却不停。其实他心里也有些奇怪——空桑贵族历来极讲究等级和阶层之分，就算身后的陵墓里也时时处处存在着这种烙印。而以空桑千古一帝的尊贵，星尊帝的享殿，无论如何也该是按天子所有的九五之格建立吧？而眼前这个享殿的格局，却完全不似别的空桑陵墓里那样华丽庄重。

虽然用的是千年不腐的桫椤木，可这个享殿毫不起眼，没有雕梁画栋，没有金银装饰，看上去竟然和南方海边一些渔村里常见的房子一模一样。

他踏上了享殿的台阶，看到了两侧跪着的执灯女子石像。

那两列女子个个国色天香，手捧烛台跪在草堂的门外，仿佛是为主人照亮外面的道路。虽然已经在地下封闭了几千年，这些石像却犹自栩栩如生。

音格尔一眼望去，再度诧异——

星尊帝生前立过的妃子，居然只有四位?

他阅读过无数的典籍，深知空桑皇家安葬的古礼。因此，他也知道这些执灯的“石像”其实是用活人化成的——按王室规矩，帝王死去后，他生前所喜爱的一切便要随之殉葬，化为若干个陪葬坑分布在墓室各处。

而享殿前那一排执灯石像，便是他所册立的妃嫔。

那些生前受宠的女子，在帝王驾崩后被强行灌下用赤水中幽灵红藻制成的药物，全身渐渐石化，最后成为手捧长明灯的石像。那些石像被摆放在地宫入口处的享殿里，保持着永恒的姿势，静静地等待着传说中帝王“转生”时刻的到来，以便为他打开地宫之门。

空桑王室一贯奢靡纵欲，帝王后宫中妃嫔如云，因此每次王位更替时，后宫都为之一空。听说有些空桑帝王陵墓里，执灯石像多达数百，一直从地宫门口，延续到享殿——而星尊大帝那样震烁古今的帝王，富有天下，庭前竟然如此寥落?

音格尔心里有些诧异，穿过那四尊石像，小心翼翼地跨入了享殿。

一进去，他就迅速地掠到最隐蔽的角落，伏倒，仔细地查看四周。享殿外的那些盗宝者也是如临大敌，一声也不敢出。音格尔在片刻后做出了判断：没有机关埋伏。他吐了一口气，全身绷紧的肌肉放松下来，撑着地面抬起身。

然而一抬头，四个大字便跃入眼帘——

山河永寂

那应该是星尊帝暮年独居白塔顶端时写下的。那样龙飞凤舞、铁画银钩的字迹里，却有某种萧瑟意味扑面而来，让人数千载后乍然一见，依然不由得一震。

是什么样的心情，让那个目空一切、富有四海的帝王写下了这四个字？

音格尔缓缓从死角走出，小心地举目打量，发现这座享殿里完全没有牌位或者神像，而是一反常态地布置成了普通人家的中堂。这间小小的屋子里，没有一丝一毫的皇家气派，一切陈设都来自民间，带着浓厚的南方沿海气息。器物极其普通，桌椅都有些旧了，上面放着用过了的细瓷茶碗，细细看去，竟然没有一件是有价值的宝物。

外面的台基如此华丽珍贵，而享殿内部却是如此简朴？那样强烈的反差引起了音格尔的好奇，他没有因为找不到宝藏就立刻离开，反而开始饶有兴趣地查看屋子里的一切。

“望海·白”。翻转茶盏，他在盏底看到了几个字。

茶盏上，还用银线烫着一朵细小的蔷薇花，仿佛是某种家族的徽章——所有的其他陈设上，无不烙有同样的印记。

看着那个蔷薇花的徽章，音格尔忽然明白过来了——是了！这不正是空桑历史上三大船王世家里，望海郡蔷薇白家的家徽吗？他恍然地抬头四顾：这间房子，原来是昔年星尊帝和白薇皇后的旧居！

音格尔嘴角一动，露出诧异的神色，将茶盏握在手里，抬头四顾。不错，这间屋子，便是帝后两个人在成为空桑主宰者之前，一起度过童年、少年时期的地方。

原来，是星尊帝在死前，派出人手将望海郡白家的旧居拆掉，从千里之外丝毫不差地搬到了陵墓里？不知用了什么方法保存得如此之好，所有器物都没有朽烂的迹象。

那个帝王做出了这样的安排，让自己的一生首尾呼应——发迹于这间草堂，也长眠于这间旧居。这位伟大的帝王，拥有了六合八荒中所有的东西，足以只手翻覆天下，然而到了最终，他所想要的，原来不过是一间装有旧日记忆的房子？

看着这间旧居里的一切，音格尔恍惚觉得自己是站在了历史的长河里，逆流远上，抵达了那个海天龙战血玄黄的乱世。

地宫的时间是凝固的。千年无声无息地过去，而这里的一桌一椅、一茶一饭，却都保持着久远的原貌，发出简朴幽然的光泽。

桌上还铺着一张七海图，岛屿星罗棋布，朱笔在上面勾勒出一条条航线，纵横直指大海深处，在最大的一个岛屿前，有人注了四个字“云浮海市”——字迹秀丽洒脱，应该是白薇皇后少女时代的手笔。然而地图旁边，却是散放着一堆算筹，被摸得润泽。

那一瞬间，执着七星灯在外远远观望的闪闪忽然脱口低低叫了一声——

是幻觉吗？

在一眼看过去的时候，她恍惚看到了一位红衣少女匍匐在桌上看着海图，对着身侧的黑衣少年说话，朱笔在地图上勾画着，满脸神往雀跃；而那个黑衣少年则默不作声地摆弄着手里的算筹，仿佛在计算着命运的流程，仰头望天，有着空负大志的眼神。

然而，只是一眨眼，这一幕幻象就消失不见。

空洞洞的地底陵墓里，草堂千年依旧，人却早已成灰。

“山河永寂”——看着中堂里那一幅帝王临终的墨宝，这样短短的四个字里，又蕴藏着怎样不见底的深沉苦痛和孤寂。

音格尔细细地在享殿里走了一圈，想了想，只是卷起了桌上那一张七海古图，便没有再碰任何其他东西，静静地退了出来——西荒的盗宝者有着极其严格的祖训：对于无法带走和不需要的一切东西，无论价值大小，都必须原封不动地保留，不许损害一丝一毫。这样，也便于最大程度地不惊扰地底亡灵，也便于把器物留给下一批盗宝者。

走出享殿后，他对着满脸期待的下属摇了摇头，然后自顾自走到了白玉高台的中心，开始低下头查看玉上的种种繁复花纹——既然享殿里无甚可观，也不必在此处多留了，得快些进入寝陵寻找到星尊帝灵柩。

清格勒，九年前便是被困死在那间密室里的吧？

想到这个名字，音格尔的眼里便是一暗，不知是什么样的滋味。没有人知道，这一次酝酿多年的开掘千古一帝陵墓之行，其实并不是为了夺回“黄泉谱”，而只是为了寻找清格勒——那个曾如此残忍地想置他于死地的胞兄。

音格尔在享殿的玉台上拿出了神器“魂引”，将其放在玉台的中心，不出声地观察着，静静地注视着“魂引”上指针的颤动。

细细的金针，直指东方那条通路。

神器“魂引”，能指示出地底魂魄所在。空桑人以血统传承力量，只有王侯以上的尊贵灵魂曾经驻留之地，才能激起金针的反应。以前历代盗宝者都是凭着“魂引”的这一特性，准确地寻找到了真正的帝王墓室。

音格尔眼神忽然雪亮，毫不犹豫地抬起了手指，指向东侧道路：“去那里！”他的声音坚定而毋庸置疑，栗色的长发下，眼睛深邃不见底。

在世子做着这一切的时候，一行盗宝者都不敢出声地守在一旁。

闪闪也不敢说什么，只好捧着灯站在音格尔身旁。举目看去，这个地底享殿是外圆内方的，按照明堂辟雍模式，由一道圆形的水环绕着居中方形的享殿。

四条通路向着四方延展开去，然而通路却在水边止住，水波涌动，簇拥着中间方形的玉台，宛然成了孤岛——显然是封墓的时候便有机关启动，自行销毁了水上的吊桥，以免封墓石落下后再有外人闯入陵墓深处。

“不稀奇。”盗宝者里有人观察了一下，吐出了一句话，却带着略微的诧异，“才那么浅的水，连僮匠都能跳过去了。”

然而，此话一出，所有盗宝者便不由得一震，面面相觑，一起失色——僮匠！他们居然一直忘了那个先下到地底的僮匠！

盗洞是直落到享殿玉台上的，可那个小个子僮匠却不在这里！

已经被傀儡虫控制了心神，那家伙万万不可能有见财起意、独自先去揽了宝藏的野心。可这个享殿周围都是明堂水面，僮匠又能去到哪里？

“不用找了。”音格尔却是镇静地开口，“他在水里。”

在地底下的墓室里，这道不停涌动的“水”，却呈现出怪异的赤色。显然不是像空桑别的陵墓里一样，引进九冥里涌出的黄泉之水作为明堂水池。

然而，这赤色的水，却更让人触目惊心！

那“水面”在地底无风自动，不停翻涌，仿佛血池。挪进一步细细看去，竟是无数的赤色长蛇，密密匝匝挤满了池子，簇拥着相互推挤，一波一波地往池边蠕动！

那些细小的鳞甲在蠕动中发出水波一样的幽光，悄无声息。

闪闪毕竟是个女孩子，一眼分辨出那是蛇，便脱口惊呼了一声，往音格尔身后躲去，差点连手中的烛台都掉落在地。音格尔凝视着那一池的赤色长蛇，不说话。那一瞬间，这个少年眼里有着和年龄不相称的镇定。

他举手做了一个简短的示意，喝令所有盗宝者退回玉台中心，然后看准了某个长蛇最集中的部位，手指一扬，一把短刀从袖底飞出，准确地刺入池中。

群蛇哗然惊动，瞬间退开一尺。

在露出的池底上，露出一具惨白干瘪的尸体，遍身布满小孔，显然血液已被吸干。虽然面目全非，可从侏儒般的体型和反常强壮的前肢看来，这具尸体，赫然便是那名当先进入陵墓的僮匠！

盗宝者悚然动容。然而依然没人发出一声惊呼，只是相互看了一眼，把手里的工具握得更紧。

“烛阴之池……”沉默中，盗宝者里忽然有个人喃喃叹息了一声，“挖了那么多座墓，居然在这里看见了烛阴！”

闪闪回头，却是那个在地面上确定盗洞位置的老者在一边摇头叹息。

“烛阴？”音格尔脸色变了变，短促地接了一句。

> 云荒极北出巨蛇，名烛阴。视为昼，瞑为夜；吹为冬，呼为夏。人面蛇身，赤色，久居黄泉之下，此蛇出地，则天下大旱。毗陵七年，云荒大旱，烛阴现于九嶷。星尊大帝拔剑斩其首，血出如瀑，黄泉之水为之赤。

熟读《大葬经》的音格尔迅速地回忆起了那一段记录，手指渐渐握紧。

“九叔，他们……把烛阴镇在了墓室里？”音格尔迅速地瞥了一眼水池，语气里终于忍不住露出惊诧。那些长蛇在被那一刀惊退刹那后，立刻又簇拥了回去——然而，就在那一瞬间，他还是看到了池底露出的巨大鳞片！

那些小蛇不足挂齿，真正的烛阴，还伏在地底！

被音格尔称为“九叔”的老人点了点头，脸色严肃——不过是刚刚进入陵墓，就遇到这般恐怖的魔物，怎么能不让盗宝者心下暗惊？

“不过，看起来烛阴的封印还没真正被打破，”九叔跪倒在玉台上，细细查看着上面的图腾纹饰，“因为我们还没触动机关。”

机关？什么机关？闪闪想问，却看到音格尔毫不犹豫地一抬足，脚尖点住了图腾上一粒金色的晶石——那粒晶石被镶嵌在一朵莲花的中心，发出奇特的暗红色光。

“七步莲花图。”音格尔的眼睛落在前方另外几朵莲花花纹上，判断。

这是空桑陵墓里最常用的古老图式之一，《大葬经》卷一里就有记述。据说盗宝者的祖先刚遇到此图时，死伤甚大，在付出了极大的代价后才获得了破解方法，辨别出七个机簧的位置所在，而幸存者则把这一鲜血换来的图解绘制下来，传给新的盗宝者。

后来的数百年里，这个破解方法挽救了无数盗宝者的性命——因为在几乎所有的空桑王陵里，都存在着以七步莲花图为蓝本演化而来的机关。而在越古老的墓葬内，这种机关就用得越多——想来，大约是自从星尊帝陵墓里首次采用后，空桑后代帝王便依次沿用了下来。

依靠着先辈们鲜血换来的经验，此刻音格尔毫不犹豫地立刻辨认出了关键所在。

“别动！”看到世子一脚踩动机簧，九叔急忙呵斥，脸色唰地苍白，“如果触碰了，会把伏在地下的烛阴惊醒！”

“可总不能无功而返，或者被困死在这里！”音格尔脸色也沉了下来，狭长的眼睛里隐约有可怕的光，“九叔，我们必须继续走下去——神挡杀神，魔挡杀魔！”

“可没有想出应付之法前，不能贸然……”谨慎的老人还是在阻拦。然而音格尔不想和前辈多说，身形展动，已经扑了出去。足尖准确地按先后次序踩踏着七朵莲花，将这个机关启动。

“咔，咔，咔……”七声短促的响声过后，七朵莲花缓缓下沉。

然后，地底仿佛忽然活动了，整个玉台开始缓缓地转动。

“大家小心！”音格尔断喝一声，顺手把闪闪拉到莫离身侧，“等下浮桥一旦出现，立刻带着执灯者走东侧那条路！不要管我！”

“是！”没有丝毫犹豫，所有人握刀低首。语音未落，音格尔落到了最后，也是最中央的那朵金色大莲花上，一脚踩落！

整个玉台颤抖起来，绕着玉台的水池开始缓缓拱起，凸现四条道路。居中那朵莲花忽然动了，莲房打开，玉石裂开之处，伸出了一个巨大的蛇头！

“刺它的眼睛！刺它的眼睛！”九叔惊呼，看着那个有着一张人脸的恐怖蛇头。那颗被斩下的蛇头开始颤动，绕着玉台一圈的水池同时开始剧烈地动荡，赤色长蛇纷纷逃开——仿佛地底有什么要挣脱出来，来和这颗孤零零的头颅会合。

“快走！别管我！”音格尔一声断喝。

闪闪惊吓到腿发软，莫离如老鹰抓小鸡一样拎着她，迅速朝着东侧通道奔去。眼角余光里，看到那颗巨大的蛇头开始睁开眼睛，血红的眸子令人惊骇——就在那一瞬间，音格尔拔出了武器，两把短刀迅速而准确地刺入，将巨蛇的眼睛死死钉住！

烛阴的身体仿佛也感受到了剧痛，冒出地面，开始不停挣扎。

巨蛇的身体比享殿还粗大，长更有数百丈，整个开阔的享殿空间瞬间被赤色的蛇身塞满。无头的巨蛇看不到东西，庞大的身体只是一个劲地扭动。

整个石室开始摇撼，石屑纷纷坠落。

“快走！快走！”音格尔一边厉喝着催促，一边霍然拔地而起，冒着被巨蛇扫中的危险，拔出了匕首，一刀刺入蛇背的脊骨中！

烛阴吃痛，也不管敌人到底在哪里，整个身子猛然蜷缩回来，瞬间把音格尔包住。蛇的一片鳞片就比人脸还大，少年在巨蛇环绕中仿佛一颗小小的榛子。

那一瞬间音格尔觉得无法呼吸，胸腔里的空气都被挤压殆尽。烛阴收紧身子的时候，他听到了怀里发出“咔啦”的轻响——那是护心镜碎裂的声音。若不是衣内衬了这面护心镜，此刻断裂的，定然就是他的肋骨了。

在尚未失去神志之前，音格尔没有拔出那把刺入烛阴脊骨的匕首，而是用尽了全力迅速地下切，努力伸直手臂——这把匕首上，涂了从极渊里盲鱼胆汁里提取的毒素和赤水里幽灵红藻的孢子，几乎是一切魔物的克星。

然而就是这短短一个动作之间，音格尔已经两眼发黑，几乎断了呼吸。

“咔啦啦”一声脆响，巨蛇沿着脊柱被剖开！

那一瞬间，趁着缠绕身上的巨大力量稍微放缓，音格尔收起匕首，手腕一扬——那条长索从他袖中掠出，如同长了眼睛一般直奔石窟顶上那个盗洞，“唰”的一声缠上从地面上垂落下来的吊索，猛一使力，整个人从巨蛇中脱身出来，钻入了头顶那个洞中。

被剖开的烛阴在疯狂地扭动，却再也无法抓住那个惊扰了它长眠的人。血从身体里无穷无尽地流出，令人惊异的是，那些赤色长蛇都仿佛疯了一样，往母蛇身体的血肉里钻进去，大口地啃噬。

整个享殿瞬间变成了巨大的血池。

音格尔在盗洞里剧烈地喘息，一手攀着土壁，一手将衣襟内碎裂的护心镜一片一片地拿出。尖锐的碎片已然划破了他的衣服和肌肤，他闭上眼睛喘息良久，脸上才有了一点儿血色。

而底下是恐怖的沙沙声，万蛇在咀嚼着烛阴的血肉，听得让人毛骨悚然。

忽然，地宫里传来一声惨呼！

音格尔脸色一变，眼睛霍然睁开：东侧！是从东侧那条通路上传来的声音！是那个执灯者闪闪的声音！

再也来不及等底下的长蛇吃尽烛阴血肉，他冒着万蛇噬咬的危险从盗洞里重新钻出，踏着那些恶心的长虫，向着东侧通路急奔过去。

直径三丈的巨大石球从倾斜的坡道上迅速碾过，留下了一具惨不忍睹的尸体。

东侧石道高不过三丈，宽也不过三丈，向山腹抬高，不知通往何处墓室。然而他们一路小心翼翼行来，却不知在何处触动了机关，通道中忽然就滚落了巨大的石球。

刚开始听到地面传来低沉的隆隆声时，大家都还没有反应过来那是什么，只是以为地底又出现了异常，或者是邪灵再度出没。只有经验丰富的九叔感觉到了脚底石地的微微震动，脸色一变，喝令所有人立刻往回退。

然而，已经来不及了。

三丈直径的石球出现在甬道尽头，填满了整个通道，以越来越快的速度压顶而来！

墓室甬道的石壁坚固平整，左右没有任何可供躲藏的凹处。莫离首先反应过来，断然大喝一声，带领所有盗宝者返身奔逃——然而最先进入东侧石道的盗宝者最终没有逃开，在出甬道之前被瞬间碾成扁平，内脏摊了一地，白骨支离破碎。

闪闪被莫离拎着逃出了甬道，回到享殿空间，迅速闪到了一侧。

巨大的石球随着惯性飞速滚落，笔直地出了甬道后，直奔那群长蛇，一路将满室的赤蛇碾得血肉横飞，然后在烛阴巨大的骨架上卡住。

闪闪和其他盗宝者一起紧紧贴在甬道出口外侧的石壁上，看着这一切，惊得全身发抖。

“拿好了，”莫离脸色也是铁青，手却依然坚如磐石，将半路掉落的七星灯递回给她，“不用害怕，我们所有人就算死得只剩一个，也会护着你安全返回的——执灯者不能有意外，因为每一代盗宝者都需要借助你的力量。”

闪闪脸色苍白，说不出一句话。想起那个盗宝者支离破碎的惨象，她再也忍不住弯腰呕吐起来。

“真是的，那么脆弱啊……毕竟是第一次下地。”莫离摇了摇头，将手放在她背上轻轻拍着，“小心点，可别把含着的药也吐出去了。”

闪闪哽咽着，用力抓紧那盏灯，仿佛那是她的护身符。

莫离抬头，看到石窟顶上白衣一闪，脱口而出：“世子！”

长索如长了眼睛一样荡下，音格尔从天而降。然而一眼看到同伴们已经逃出了甬道，他却没有直接返回那边，半空中一个转折，准确地落到了巨大的烛阴骨架上，长索一扫，赶开了一群黏腻的赤蛇。

“等一下。”音格尔短短吩咐了一句，手上却毫不停歇，一刀横切开了烛阴的一节脊骨，“先拿走宝物。”

“咔”的一声轻响，巨大的骨节裂开，一粒晶光四射的珠子应声而落，足足有鸽蛋大小。此物一出，所有赤蛇都发出了惊惧的咝咝声，退后三尺不敢上前。

“辟水珠！”九叔惊叫起来，眼睛放光，“对了，我怎么忘了！烛阴这种上古魔物既然能引起天下大旱，身上必然藏有辟水珠！”

音格尔抬眉微微一笑，也不答话，手落如飞，只听一路裂响，转瞬已破开了巨蛇的二十四节脊椎骨。每个骨节里都掉落出一粒珠子，大的如鸽蛋，小的如拇指，音格尔用衣襟揽着这一堆珠子，手腕一抖，长索荡出，便风一样地返回，落到了同伴身侧。

“不要哭，”少年微笑起来，看着脸色苍白的闪闪，把一粒最大的明珠放到她手心里，“喏，这个送你玩儿。”

闪闪从小没见过这么漂亮的东西，毕竟是女孩子的天性，立时把心思转到了珠宝上。身子还在发着抖，但看着手心上那颗大珠子，破涕为笑，终于能说出话来了：“这么大……这么大的珠子，别人一看，会、会以为是假的啊。”

“傻瓜。”莫离又好气又好笑，拍了小丫头一下，“这一颗就够你吃一辈子了。”

音格尔却是微微一笑：“底下这种好东西还有很多呢，我们走吧。”又扬手，把一袋珠子扔给了老者，“九叔，你点数一下，留三份给死去的弟兄，剩下的平均分。”

留三份？闪闪有些错愕地看了看一行人，又看了看甬道深处那一具惨不忍睹的尸体，想起死去的另外两个人，不由得恍然大悟——原来，这些亡命之徒也是讲义气的，无论同伴是死在旅途的哪一点上，这些付出了性命的人，都将和幸存者获得一样份额的财宝。

因为有了头领的威信保证着这一切，所以大漠上的盗宝者们才如此不惧生死，只求自己搏命一次能给贫寒的家人带来财富。

“可是，怎么上去？这里的机关太厉害了……不、不如先回去吧。反正有了辟水珠和台子上这些东西，也够本进来一趟了。”盗宝者里有人现出了畏缩之色，迟疑着发声，左右看着同伴的脸色。

闪闪转头望去，却是个个头最大的络腮胡大汉，身高九尺，肩膀宽却有八尺，如一座铁塔似的，真难为他怎么从狭小的盗洞里钻下来。典型的西荒人相貌，一身肌肉纠结，手上没拿任何工具，只套着一副厚厚的套子。

闪闪好奇，想着这个没带任何工具下地的盗宝者，究竟有什么专长呢？

“巴鲁，亏你还是萨其部第一大力士！没想到却是个孬种。”莫离率先冷笑起来，生怕这个怯懦的同伴影响了军心，将身旁的闪闪一把揽过，“喏，就是这个第一次下地的女娃子，都比你强！”

一下子被推出来，闪闪倒是慌了神，左顾右盼，下意识地想躲到音格尔身后。

然而盗宝者的首领却挥了挥手，阻止了这一场小小的纷争，用一种不容争辩的语气开口：“巴鲁，你也知道每次行动之前，兄弟们都喝过血酒，对着天神发过毒誓的，宁死也不会半路退缩、抛弃同伴——如果你想违反誓言，那么作为卡洛蒙家的世子，我……”

冰冷狭长的眼睛扫过一行人，最后落到高大的汉子身上。仿佛猛然被利器刺了一下，巴鲁挺直了身子，脱口：“不！我不是……”

“我知道你不是个懦夫。盗宝者中懦弱比死更不可饶恕。”音格尔却是及时地给了他一个台阶下，谅解地对着西荒大汉微笑，那个笑容却又是少年般明亮真诚的，“只是你事母至孝。如今母亲病得厉害了，你急着拿到钱去叶城给她买瑶草治病，是不是？”

所有盗宝者悚然一惊，眼里的神色随即换了。

巴鲁低下头去，有些讷讷地看着自己的双手，眼眶红了一下：“巫医说……她、她怕是活不过这个月底了。我不怕死，但怕来不及给她买药……”这个粗糙的大男人显然不习惯在那么多人面前流露感情，立刻往地上唾了一口，低声骂，“我真该死，刚才竟说那种话！世子，你抽我鞭子吧，免得我又犯了糊涂！”

音格尔微微笑了笑：“你不用担心，我出发前就得知了你母亲的事，所以托管家拿了三枝瑶草过去，让他好生照顾。”

“啊？”彪形大汉诧然地张开了嘴，一时间不知所措地看着他。

“别担心，等你回去的时候，她的病说不定已经好了。”音格尔手指转动着长索短刀，微笑道，“这次出来是要做大事的，我自然会先帮你们打点好一切，让你们没有后顾之忧。你们尽管放心吧。”

巴鲁说不出话，全身的肌肉都微微颤抖起来，忽然号啕了一声，重重跪倒在他脚下。音格尔慌忙搀扶，然而对方力大，他根本无法阻止，只好同时也单膝跪下，和他平视，死活不肯受如此大礼。

闪闪看得眼眶发红，对这个和自己同龄的少年又是敬佩又是仰慕。然而旁边的九叔却意味深长地点了点头，向这个自己教导出的孩子投去了赞许的眼神——不愧是卡洛蒙家族的世子，天生的领导者，能让一帮如狼似虎的恶徒为自己肝脑涂地。

“大家跟着我，一定能下到最深处的寝陵！”扶起了巴鲁，音格尔朗声对着所有盗宝者喊话，“想想！星尊帝和白薇皇后，毗陵王朝开创者的墓！有多少宝藏在那里等着我们！”

所有盗宝者不作声地倒吸了一口气，眼里亮起了恶狼般的光——根据史料记载，当年灭海国后，光从璇玑列岛运送珍宝回帝都，就让一支船队花了整整三年，在这个墓室里更不知道埋藏了多少至宝！

“而且，空桑人欺压我们几千年，如今能把他们的祖坟都挖了，算不算名留青史的事情？”莫离看到大家情绪开始高涨，不失时机地吼了一嗓子，“按老子说，就算没钱，拼了一身剐能把皇帝拉下马，也不枉活了一遭！兄弟们说是不是？”

“是！”盗宝者们哄然大笑，举起了手里的武器，粗野地笑骂，“该死的空桑人！老子要去砸烂星尊帝的棺材，撒一泡尿写上‘到此一游’，才算是出了这口气！”

音格尔始终在一旁微微地笑着，平静地看着一切。只有九叔眼里流露出叹息，凑过来，低低地说：“世子……你也真狠心，只为了那件不能确定的事，明知道此行是送死，还引诱他们继续走下去。”

“九叔，各取所需而已。”少年眼里神色不动，嘴唇轻启吐了一句话，“我会把他们该得的那一份，丝毫不少地带回给他们家人。”

盗宝者们情绪重新高涨，开始忙碌地勘探地形。闪闪却是拿了七星灯照了照黑黝黝不见底的墓道，不敢看深处那一具支离破碎的尸体，转头怯怯地问音格尔：“可是……如今我们该怎么过去呢？”

九叔观望着那条墓道，仿佛想看出那个掉落石球的机关设置在黑暗里的哪一处。老人不停地弯腰用指敲击着地板，用手丈量着墓道倾斜的角度，沉吟着站直身子，和盗宝者们站在一起相互低声商量。

片刻，便有一人跃出，自告奋勇：“世子，我愿意上去试试！”

“咦？”闪闪看了看那个人，只见对方身形颇为瘦小，在一行西荒人中有鸡立鹤群的感觉，不由得诧异——那样的人，被石球一碾还不知道会成什么样子。

然而音格尔却是点了点头，仿佛心里早已料到最合适的人选会是这个人，只道：“其实，如果僮匠活着最好。不过现在也只能让你去试试了——阿朴，你的速度是一行人中最快的，缩骨术也学得差不多了。你贴着墙跑，千万小心。”

“是！”那个名叫阿朴的盗宝者仔细地聆听着世子的每一句话，表情凝重。

“我估计机关就在甬道尽头转弯处。”音格尔凝望着黑黝黝的墓道，抬起手，忽地将一颗从玉台上挖下的夜光珠扔了进去——细小的珠子没有招来石球滚落，滴滴答答地蹦跳着停住，珠光在墓道深处闪现，照亮了方圆三尺。

“阿朴，你必须在石球赶上你之前，起码跑到这一点。”音格尔脸色凝定，语气平静，“不然，你很可能再也回不来。”

“是！”阿朴估计了一下那段墓道的长度，断然点头答允。

“机关应该在那里！”九叔凝视着黑暗中那一点光亮，抬手指着某一点。闪闪也探首看去，然而她的目力远远不及这些盗宝者，什么也看不到。

然而，就在一刹那，盗宝者们的行动已然雷厉风行地开始！

“退开！”莫离一把揽住她，把她从墓道出口拉开。同时，所有盗宝者做好了各自的准备，每个人都神情紧张，额头青筋毕露，肌肉一块块凸起，仿佛一队猎豹绷紧了全身，开始对着猎物发起袭击。

在所有同伴撤离墓道的刹那，阿朴向着墓道深处直奔过去！

闪闪从未见过一个人奔跑时候的速度可以这样快，脚跟上似乎都擦出了一串火花。阿朴化成了一道灰色的闪电，没入漆黑的墓道中。他贴着边奔跑，脸几乎擦到了石壁。

“咔”的一声轻响，黑暗中，不知第几块石板上的机关被触动了。

隆隆的震动声响起，从墓室深处传来，由慢及快，由远及近。

那是死亡的脚步。

阿朴用尽全力奔跑，向着石球迎去——因为由高处落下的石球越到后来速度便越快，也越危险，他必须在石球速度没有加剧之前奔到会合点。所有人都紧张地在墓道外看着，大气不敢出。

夜明珠的微弱光辉里，终于看到了巨大的灰白色石球碾了过来！

等高的石球一瞬间充塞了整个墓道，一路摧枯拉朽地碾来。

“嚓”的一声，那粒夜明珠被轻易地碾成了粉末。

在光线消失的那一瞬，闪闪惊讶地看到和石球正面相遇的阿朴忽然“缩小”，然后“消失”了——然后石球仿佛毫无遇到阻碍地继续滚落，越来越快，越来越快，直奔自己而来！

“啊！”她忍不住惊呼起来，捂住眼睛不忍看，听着巨大的石球带着呼啸风声从身侧的墓道里滚落出来，撞在享殿的玉台上。

她知道石球滚过后，墓道里又会多出一具惨不忍睹的尸体。然而，闭上眼睛等了片刻，耳畔却听到了音格尔一声断喝：“好了，大家可以进去了！”

“啊？”闪闪被莫离拖着走，惊诧地睁开了眼睛。七星灯的映照下，墓道地面上没有出现第二具尸体。她惊讶万分地抬起头往里看，却看到了最深处的黑暗里有一个模糊的人形。那个盗宝者站在甬道的尽头，出声说话：“机簧已经破了，大家可以放心。”

那一瞬间，她惊讶得几乎叫出声音来——

阿朴……阿朴居然还活着？他居然躲过了石球！

一直到被莫离拉着走到墓道尽头的房间，看到阿朴活生生地站在一个神龛前招呼众人时，她还没回过神，抬起灯照了又照，想看清对方是人是鬼。

“傻瓜，”莫离看到她纳闷，笑着拍了她一下，“刚才阿朴用了缩骨术，从石球和墓道的死角钻了过去，关掉了机关——你以为他死了吗？”

阿朴还在剧烈地喘息，闻言咧嘴对着少女一笑，挥了挥手里掰断的机簧，示意着。那个机簧果然设置在墓道尽头的石室内，用极精密的精铁丝与墓道地面相连，只要稍微出现脚步震动，便会将储存在墓道上方甬道里的巨大石球投下。

盗宝者们顺利地到达了第一个玄室，燃起了熊熊的火把，映照出了室内的一切——这是一个用黑曜石砌就的房间，一切都是漆黑的，石头接缝之间抹着细细的泥金，金线在纯黑的底子上绘出繁复难解的图形。

奇怪的是那个图形一眼看去，竟隐隐接近一把弓的形状。

黑色石室里唯一的亮色，是阿朴身侧一个嵌在墙壁上的神龛：纯金打造而成，镶嵌着七宝琉璃，在灯光下耀眼夺目。神龛中供奉着云荒最高的神祇——创造神和破坏神。而破坏神手中举着的长剑已经被阿朴生生掰断。

原来，那便是石球的机关所在！

“别动！”音格尔却忽然严厉地喝止，一把将她拖回来，“站着！”

“怎……怎么了？”闪闪吓了一跳，抬头看着盗宝者的首领。

“这是这条路上的第一个玄室，不可大意。”音格尔脸色凝重，把闪闪一直推到了神龛前，按下去，“你坐着，不要乱动，等我们找到了下一步的方法，再来带你走。”

“下一步？”闪闪有点不服气，却隐隐害怕音格尔的威势，“这里……才一个出口嘛，应该就是从这个门出去吧？”

享殿东侧的这条墓道，大约有三十丈长，通往这个三丈见方的小室，然后转向，在另一边有一道门，继续向着九嶷山腹延伸。这条路长度大约是上一条墓道的两倍，末端还是一个同样的石室，坐在这个玄室里就能看到那边那扇紧闭的门。

闪闪正想问为什么不沿着唯一的通道继续走下去，侧头却看到音格尔和九叔开始商量什么。两个人眼神都很凝重，不停地在玄室中心点和拱门之间来来回回地走动，似乎丈量着什么距离。然后九叔忽然做了一个很奇怪的举动——趴了下去，用耳朵贴着地面倾听。

闪闪看到盗宝者的眼神在瞬间都严肃起来，仿佛注意到了什么可怕的事情。

她忍不住也学着将耳朵贴在地上，忽然，她听到了轻微的噗噗声，仿佛地底有一个个水泡在冒出，破裂。

那是什么？她悚然一惊。传言里都说，九嶷地下就是黄泉，可黄泉是阴寒的水，怎么可能发出沸腾一样的声音呢？

那些盗宝者显然是知道的，然而没有人有空来解答她的疑问。所有人都默不作声地在玄室内等待着首领的决定。音格尔和九叔商量了许久，最后两个人竟然坐在拱门的门槛内，从怀里掏出了一卷纸，不停地上下望着那条墓道的顶部和底部，迅速地用炭笔画着什么，进行繁复的计算。

周围的盗宝者没有一个人敢出声打扰。

“不行。”长久的计算后，九叔长长吐出一口气，划掉了最后一行演算数字，“超出了所有体力的极限，这里没有一个人能做到。”

“六十丈长，三丈高，底下还是血池。”音格尔也叹了口气——眼前这条甬道，地面是虚盖着的，一踏即碎，整条道路都会在三个弹指的时间内坍塌。血池里是沸腾的熔岩，无论任何人跌落进去，必然会被瞬间熔化！

“三个弹指的时间，连阿朴也跑不完这条路。”九叔摇头，有些无可奈何。

一时间，整个玄室陷入了沉默。

“六十丈？我可以试试。”片刻，喘息平定，阿朴站了起来，主动请命。

“你到不了。”音格尔蹙眉，望着那条通路，“你的速度，绝对比不上坍塌的速度——如果掉下血池去，就只有死。”

“那总不能在这里打了退堂鼓，窝窝囊囊地回去！”或许刚赢了一场硬仗，阿朴却是斗志昂扬，扬眉握紧了拳头，“做这行本来就是提脑袋搏命的事，谁怕过死来着？世子，让我试试。如果死了，麻烦你把我那一份带给我妹妹——她明年就该嫁人了，没有足够丰厚的嫁妆，婆家会看不起的。”

“好。”迟疑了一下，音格尔断然点头，然后轻轻加了一句，“抓着我的长索跑，如果你掉下去了，我拉你上来。”

一边说，一边将臂上一直缠绕的长索解了下来，把末端交到阿朴手中——世子习惯用长索配着短刀，然而谁都不曾知道这条伸缩自如的长索究竟有多长。

“多谢。”阿朴将长索末端在手腕上缠绕了一圈，点头，然后转向门外，深深吸了口气，竖起了一根手指。

“喝！”他发出了一声低喝，右足踩在门槛上，整个人忽然如一支箭般射了出去！这一次的速度比上次更快，闪闪还没来得及惊呼，他已然没入黑暗。

然而，却有火光在他身后一路燃起！

玄室外的墓道仿佛是纸做的，一触即碎。在阿朴足尖踏上的一瞬间就撕裂开了一条长长的缝隙，地面裂开，一块块地塌陷！

塌陷后的地面裂缝里腾起了火红色炽热的光，仿佛熔岩翻滚。那条裂缝在迅速无比地蔓延，向着阿朴脚下伸展开去，竟比人奔跑的速度更快。

“啊！”闪闪尖叫了一声，看着阿朴脚下的地面在瞬间坍塌碎裂。

“小心！”所有盗宝者齐声惊呼，看着同伴在离石门五丈的地方一脚踏空，向着地底血池直落下去。

音格尔苍白着脸，手用力一抖，整条长索竟被他抖得笔直！

已经延展开了五十多丈的细细长索原本根本不可能传力，但在他的操纵下，末梢竟然灵蛇般扬起，矫健有力地一挥，将那个坠落的人往上带起！

“喝！”阿朴发出了最后一声断喝，将胸腔内最后一口气吐尽，整个身体借着这股力上升了三尺，保持着向前冲刺的惯性，一下子又离甬道尽端近了三丈。

还有两丈，就能触到石门！

音格尔的薄唇抿成一线，脸色有些发青，显然方才那次已然是耗了真力。他再度扬手，抖动长索把末梢扬起——然而，就在那一瞬，地底的火光猛然蹿起，一物赫然跃出，瞬间就将阿朴的身形吞没！

“呵呵呵！”血池里有声音发出了模糊的笑声，诡异而邪恶。

“血魔！”九叔脱口，脸色苍白，“这底下……有血魔！”

长索上的力道猛然一失，空空地荡回。末梢上，只有支离白骨——只是一转眼，那样活生生的一个人就变成了这样！

所有盗宝者脸色都变得青白，但没有一个人惊慌失措，更没有一个人脱口叫出声来。只有闪闪在惊呼，转过头去不敢看，全身微微发抖，把头埋在手心里，感觉泪水一滴滴地沁了出来。

为什么？为什么要这样？生命不是轻贱的，可这些人，到底为什么这样不顾一切？为了珍宝？为了生存？还是为了义气？

“还有谁想试一试？”九叔沙哑的嗓音响起。

盗宝者们迟疑了一下，居然又有一个人越出，昂然抬头：“我。”

“不。”然而这一次挥手阻止的却是音格尔。他的脸色苍白，不知是因为目睹了同伴的死亡，还是方才发力过猛。他凝视着地底血池内潜伏着的怪物，眼神慢慢凝聚起来，“得先处理了这个怪物，否则再多的人上去，也是送死。”

九叔皱起了眉头——这陵墓里的种种妖魔，都是星尊帝在世时封印在地宫里的，一般人哪里能奈何半分？比如这个血魔，传说便是星尊帝灭了海国后，从漂满了尸体和鲜血的碧落海面上诞生的食人怪物。它以鲜血为水，吞吐怨气，潜伏在地底。又有什么能收服它呢？

音格尔忽然回头，对着闪闪说了一句话：“借你的灯用一下。”

然后，不等闪闪回答，他就夺了七星灯，快步走到门槛旁，俯身。

蒸腾的热气几乎灼伤了他的肌肤，然而他却尽力伸长了手，对着血池俯身——底下的魔物闻到了活人的气息，顿时兴奋起来，轰然跃出，一口向着他的右臂咬过来。

“哗啦啦……”忽然间，凭空起了一声惊雷般的巨响！

一团巨大的火光从半空盛放开来，轰然爆裂。

所有人都下意识地趴倒，莫离也死死地按着闪闪的头，把她护在身下。那个魔物发出了恐怖的哀号，竟然在接触到音格尔手腕的一瞬间变成了一团火，转瞬燃烧殆尽。

巨大的火光消失了，所有人抬起头来时，只看到站在门槛旁的世子。

苍白的少年被熏得满面烟火色，右手更是衣袖焦裂，但他站在甬道旁，那条狭长通道的地底却已然干涸——没有血，没有火，只有空荡荡的黑色裂缝，深不见底。

“天啊……居然、居然就这样消失了！”九叔第一个反应过来，不可思议地惊呼。音格尔点点头，将手中的七星灯交还给发怔的闪闪。

“就用这个？”九叔还是觉得匪夷所思，“七星灯能降服它？！”

“我也不过是试试而已，不想真的能行。”音格尔苍白着脸笑了笑，极疲惫，整条手臂鲜血淋漓，“七星灯是星尊帝留下的神物，我想血魔应该对其有所畏惧才对——所以才用一只手当诱饵，趁机把整盏灯都送到了它的嘴里。”

然后，那个巨大的魔物就仿佛被从内部点燃一样，轰然爆裂！

闪闪接过那盏灯，不由自主地抬头看着音格尔——那个正在用布巾擦拭着脸上烟火气的少年有着狭长冷锐的眼睛，眉眼还是少年人的模样，可眼神却完全是冷酷镇定的。然而，那种冷酷里，却有一种让人可以托付生死的力量。

她忽然想起：这个人，其实和自己一样也不过十七八岁。

第十章 密藏

没有了跑得最快的阿朴，地面又已经塌陷，眼前似乎已经是绝境。

对着那条六十丈长的裂渊沉思了一个时辰，音格尔还是坐在门槛旁丝毫不动。盗宝者纷纷献策，有说从侧壁一尺一尺打了钉子再攀援过去的，也有说冒险下去从裂缝里过去的——然而九叔每次都用一句话便否决了那些看似可行的提议。

“这是黑曜石的甬道！你去试试打入钉子？”

“九嶷之下是什么？黄泉！谁敢下去地裂处？”

所有盗宝者绞尽脑汁，想不出方法可以越过那条甬道。看到世子在出神地思考，他们不敢打扰，便悄悄退了下去。在莫离的安排下，所有人坐在第一玄室内，拿出随身带着的干粮开始进食，补充体力以应付接下来的生死变故。

昏暗的甬道尽端，是一扇紧闭的石门。

没有钥匙，即使到了彼方，又能如何呢？

看来，是当时的能工巧匠们将星尊帝和白薇皇后的灵柩送入最深处的密室后，在撤回的路上沿路布置机关，一路倒退着将这条甬道寸寸震碎，以免让后来人通过——想到这里，音格尔脸色忽然一动，瞬间抬头，死死盯着那扇紧闭的门。

不对……不对！白薇皇后比星尊帝早逝四十余年，这座王陵落成后，她的灵柩先运入墓室，多年后地宫第二次开启，她的丈夫才来到这里与她相伴——所以这个地宫落成的时候，不可能不留下第二次运送的余地！

从这边细细观测，彼方玄室的门也是整块黑曜石做的，上面有一个锁孔——奇怪的是，那个锁孔远远看去，居然是莲花状的。

音格尔看着身周无处不在的黑曜石，不出声地叹了口气——这种石头的坚硬程度在云荒首屈一指，用专门的工具花一个时辰，才能凿出一个手指大的坑来，如果要硬碰硬地破门而入，那基本是不可能的。

那么……星尊帝驾崩后，又是如何二度开启地宫，将灵柩送进去的？

必然有什么途径，可以不必触动机关而安全抵达最深处。

那个瞬间，音格尔仿佛忽然想通了什么，身形陡然向后转，面向玄室内，低头凝视。所有正在咀嚼的盗宝者都被吓了一跳，连九叔都不明白世子直勾勾地盯着地面在想什么，只是顺着他的眼光看去，落到地面上那个描金的图案上——那是由石块接缝里的泥金线条随意组合成的图形，看似杂乱无章，但隐隐呈现弓形。

“不对……不对。”音格尔喃喃自语，似乎是呕心沥血地思考着什么。他手指在那些线条上细细摩挲，仿佛想破解出地面上的什么秘密，试图一把将那个图形抓到手里，“应该在这里，关键应该就在这里！需要一张弓……可是……怎么弄到那张弓呢？”

九叔隐约明白了世子的意思，却不知如何说起。

“你想干什么？想把那张弓抓出来吗？”闪闪却是看得莫名其妙，看他徒劳地在地面上摸索，不由得好笑道，“那又不是真的弓！画饼要能充饥，除非你是神仙才能变一张出来啊！”

九叔恼怒这个丫头打岔，瞪了她一眼，闪闪下意识地往莫离背后一缩。然而就在这个瞬间，音格尔狭长的眼睛里却闪过了雪亮的光，霍然抬头！

“是了，是了！”他脱口低呼，一跃而起，“神仙！应该是这样的！”

他向着闪闪直冲过来，吓得少女连忙躲开。音格尔冲着那个神龛而去，一个箭步扑到神像前，用颤抖的双手合十向神致意，然后小心地握住基座，缓慢地扭动——“咔嗒”一声，创造神被扭到了面向那条甬道的位置上。

神像手中握着的莲花悄然下垂，末梢指着地面某一处地板。

“这里！”九叔这回及时反应过来，一个箭步过去，按住了神像所指向的那一块黑曜石地板。“咯！”轻轻一声响，玄室中心的地板果然打开了！

那一瞬间，所有盗宝者都倒吸了一口气，吃惊地看着地底下露出的东西——那并不是什么珍宝，而是……一张足有一人多高的白玉长弓！

玉弓平躺在地底石匣中，装饰着繁复美丽的花纹，发出千年古玉特有的温润光泽。

可是，放一张弓在这里，又是干什么呢？闪闪想问，却看到音格尔俯下身，缓缓将那张极重的弓拿起，转向门外。

“拿箭来。”少年凝视着黑暗的彼端，另一只手平平伸出，头也不回地对着身侧的九叔开口。

什么箭？哪里……哪里有箭呢？

旁边的盗宝者显然和闪闪一样莫名其妙，只有经验丰富的老人转头四顾，瞬间明白了世子的想法。他默不作声地低下头，从创造神的雕像上轻轻地拆下了那朵莲花，倒转花茎递了过去——那朵莲花也不知道是用什么雕刻的，精美绝伦，触手温润，莲房中粒粒莲子都绽放光华。

“大家躲开一些。”音格尔根本没有欣赏那件绝世珍品的兴趣，淡淡吩咐了一句，一拿到莲花，便反手搭到了弓上！

箭头直指黑暗，对准了几十丈开外的莲花状锁孔。

原来如此！盗宝者发出了恍然的低叹声，不知是震惊还是拜服。

音格尔紧抿着嘴角，一寸寸地举起了那张巨大的白玉弓，弓上搭着一朵莲花，对准了长长甬道尽端那扇紧闭的大门的锁孔，深深吸了一口气，拉开了弓弦。

拉开那样一张弓，是需要极大力气的；而在如此昏暗的情况下，瞄准六十丈外的锁孔，更是匪夷所思——这一行西荒人里，不乏射雕逐鹿的箭术高手，然而所有人里，自问谁也没有如此的把握能一箭中的。

音格尔微微眯起了细长的眼睛，拉满了弓，霍然一箭射去！

一朵莲花穿透了黑暗的甬道，准确无比地插入了六十丈外的锁孔，吻合得丝丝入扣——那一瞬间石门发出了“咔嗒”的响声，轰然打开！

打开的第二玄室内透出辉煌的光芒，刺得人眼晕。然而就在所有人视觉暂时空白的刹那，一道劲风猛然从中袭来，直射第一玄室。

“躲开！”音格尔再度发出了断喝，自己也立刻侧头躲避——玄室发出了轰然巨响，整个都震动起来，仿佛有什么极大的力量打了过来。

在短暂的失明后，大家终于看到了那个东西。

石门一开，立刻便有一条索道从第二玄室内激射而出，似被极强的机簧发射而来，末端装有尖锐的刺，飞过了六十丈甬道，直直钉入了神龛上方。

黝黑不见底的地裂上方，陡然架起了一座索桥！

想来，七千年前星尊帝驾崩后，第二次开启地宫门的时候，空桑王室便是这样将帝王的灵柩送入墓室去和皇后合葬的吧？

“原来是这样！”盗宝者们恍然大悟，忍不住激动地叫起来——不愧是盗宝者之王，天神定然将大漠里所有的智慧都给了世子！

然而，脸色苍白的少年在这一瞬间却仿佛力气用尽，一个踉跄往前跪倒，手中巨大的白玉弓砸落在地，发出一声清脆的响声，碎裂为数截。音格尔说不出话来，只是低下头去不住地喘息，抚摸着自己的胸口，不停地剧烈咳嗽起来。

“他……他怎么了？”闪闪看得心慌，连忙问旁边的莫离。

莫离却只是摇了摇头，仿佛已经见怪不怪：“没事。世子自小身体就弱，九岁时生过一场大病后留下了后遗症，一旦用力过度就是这样。”

闪闪扑闪了一下眼睛：“是吗……真可怜啊。”

“嘘。”莫离却是连忙按住了她，摇头示意，“可别让世子听见！他要强得很，最恨别人说什么可怜之类的话。”

闪闪侧眼看去，果真如此：一众盗宝者看着少主，个个眼里都流露出关切焦急，却没有一个人上前去询问半句，任那个倔强的孩子独自挣扎喘息。

虽然体力在一刹那间衰竭到了极点，音格尔的神志却一直是清醒的。他跪倒在地上，舍弃了玉弓，用手指急切地压着自己胸口的几处穴道，用力到肌肤发青，指尖苍白，才平息了体内乱窜的气脉，止住了喘息。

眼前一阵一阵地发黑，视觉又开始模糊——不行，时间……快要不够了！得快一些赶过去！他用手按着地面，想站起来，然而力量不够。手一软，整个人几乎向前跌倒。

然而一只手拉住了他，让他免于在下属面前跌倒。

“你没事吧？”在他下意识恼怒地甩开时，那个人却蹲下来了，低眼看着他。他的视线是模糊的，看不清楚对方的面容，但他知道那是执灯者——那双眼睛里没有下属们对他的敬重和顾忌，只有纯粹的担忧和关怀明亮地闪烁。

那样的眼神……他忽然恍惚了一下，仿佛记起了极其遥远的某个瞬间。

不知什么样的感受，让他不再抵触，顺从地握住了那个女孩伸过来的手，借力从地上站起。闪闪执灯，照着少年苍白的脸，眼里含着担忧的光。旁边的同伴这时才敢上前，递过了简易的食物和水：“吃点东西再上路吧，第二玄室那儿估计还有场硬仗要打。”

虽然心里焦急，迫不及待地想继续往地宫深处走去，但他也知道自己眼下的体力已然是无法支撑下去，便不再逞强，点点头拿了东西，靠在第一玄室的一角开始进食。

“喝水吗？”在他狼吞虎咽地吃着带来的食物时，闪闪在旁边递上了水壶。

眼前一阵阵的发黑终于缓解了一些，视线重新清晰起来。但是他知道，毒素的扩散已经侵袭到了眼睛，很快，他就要什么都看不见了。

这具身体，自从九岁时被胞兄下了剧毒后，就一直处于这种半死不活的状态。

在这不见天日的地宫里，他再一次因为疲倦和衰竭而精神恍惚。身侧有一双明亮的眼睛关切地看着他，递过来清凉的水——记忆里，只有在孩童时期，母亲才用这种眼神看过自己吧？但是母亲的眼神没有这般明亮清澈，而是始终带着一种神经质的疯狂。

他是卡洛蒙家族第十一代族长阿拉塔·卡洛蒙的最后一个儿子。按照族里世代相传的规矩，幼子将继承一切。当时阿拉塔已经将近六十高龄。当其余八个妻子预感再也无法怀上更幼小的孩子时，尚在襁褓里的他，便成了一切阴谋诡计的最终目标。

他有过极其可怕的童年。

母亲纱蜜尔本是个温谨的美丽女性，经历了几番明枪暗箭才顺利产下幼子，然而在这个过程中，她却渐渐变得脆弱而神经质，疑神疑鬼，觉得身边所有人都想要置他们母子于死地。

从音格尔诞生第一天起，她就屏退了所有侍女和保姆，坚持亲自照顾幼子的一切饮食起居。父亲宠爱母亲和幼子，听从了她的请求，在帕孟高原最高处建起了一座铜筑的宫殿，作为卡洛蒙世家新的居所。

那座铜筑的城堡位于乌兰沙海中心，高高地俯视着沙漠，不容任何人接近。城堡里，每处转角、走廊，甚至天花板上都镶嵌着整片的铜镜，照着房间的各个死角；房内日夜点着巨大的牛油蜡烛，明晃晃炫人眼目，连一只苍蝇飞进来都被照得纤毫毕现。

那座铜筑的城堡，成为他整个童年时代的牢笼。

他一岁开始认字，却直到五岁才开口说话。因为生下来就从未见过黑暗，所以他无法在光线阴暗的地方久留。房子里没有侍从，每次一走动，巨大的房间里就会照出无数个自己，而他就站在虚实连绵的影像中，怔怔地看着每一个自己，发呆。

他在与世隔绝的环境里长大，没有一个同龄伙伴。小小的孩子一个人攀爬在巨大的书架之间，默不作声地翻看着各种古书；一个人装拆庞大的玑衡仪器，对着瀚海星空钻研星象；一个人苦苦研究各种古墓结构和机关的破解方法。

一直到八岁，他竟只认得四个人的脸：祖母、父亲、母亲，还有唯一的同胞哥哥，清格勒。

清格勒比他大五岁，但沙漠里的孩子长得快，清格勒早已是一个驰马如风的健壮少年。哥哥和他完全不一样——彪悍、健康、爽朗，身上总是带着外面荒漠里太阳和沙尘的气息，是沙漠上矫健年轻的萨朗鹰。

不像被藏在铜墙铁壁后的他，哥哥十岁开始就随着父亲出去办事，到十三岁上，已然去过了一趟北方九嶷山——那所有盗宝者心中的圣地。

每隔一个月，清格勒就会来城堡里看望这个被幽禁的弟弟，给他讲自己在外面的种种冒险：博古尔沙漠底下巨大如移动城堡的沙魔，西方空寂之山月夜来哭祭亡魂的鸟灵，东方慕士塔格上那些日出时膜拜太阳的僵尸……当然，还有北方尽头那座帝王之山上的诸多迷宫宝藏、惊心动魄的盗宝历险。

只有在镜廊下听哥哥讲述这些时，他苍白静默的脸上才有表情变化。

清格勒是他童年时最崇拜的人，没有人知道他是怎样地依赖哥哥——以他的性格和境遇，如果没有清格勒，他或许连话都不会说吧？对孤独到几乎自闭的少年来讲，清格勒不仅是他的哥哥，更是他的老师、他的朋友、他的亲人……他所憧憬和希望成为的一切。

然而，童年时的快乐总是特别短暂——他不知道何时开始，清格勒看着他的眼里出现了嫉恨的光，不再同童年时一样关爱和亲密无猜。

随着年龄的增长，曾经天真的孩子渐渐明白权力和财富的意义，知道了这个弟弟的存在对自己来说是怎么样的一种阻碍。

后天形成的欲望在心里悄悄抬头的时候，他的哥哥，清格勒，便已经死去了。

母亲半生都在为他战战兢兢，提防着一切人，唯独没有提防自己的另一个儿子。当他八岁的时候，在喝过一杯驼奶后中了毒。那是他第一次在这个铜筑的堡垒里被人下毒——然而母亲及时叫来了巫师给他放血，挽回了他的生命。

家人百思不得其解，最后母亲终于连自己的亲生儿子都防备起来，不允许清格勒再接触幼子。然而他却激烈地反对，甚至威胁说如果不让哥哥来陪他就要绝食。母亲无奈之下只能让步，但却叮嘱他千万不要吃任何不是经由她的手递上来的东西。

他听从了，然而心里却是不相信的——然而终于有一日，半睡半醒的他，看到了哥哥偷偷往自己的水杯里投放毒药。

那一刻，他没有坐起，没有揭破，甚至没有睁开半眯的眼睛。

然而无法控制的泪水泄露了孩子的心情。清格勒在退出之前骤然看到弟弟眼角的泪水，大惊失色，生怕事情暴露，立刻跪在他面前痛哭流涕地忏悔。他没有说什么，只是毫不犹豫地当着惊惶失措的哥哥的面，将那杯有毒的水倒入了火炉的灰里，搅了搅，让罪证在瞬间消失。

第二日，他照旧要清格勒来城堡里陪他，仿佛什么事情都不曾发生。

没有考虑地，他宽恕了清格勒，因为他害怕再回到一个人生活的日子——在孩子的心里，对孤独的恐惧，竟然远胜过背叛和死亡。

然而自从那件事后，哥哥再也没有主动接近过他，连和他说话都仿佛避嫌似的隔着三丈的距离。似乎是为了给弟弟排遣寂寞，清格勒开始鼓弄一些花草，镜廊下从此花木扶疏，鸟雀宛转。在那些花盛开的时候，哥哥会搬几盆给他赏玩。

那一年，那棵藤萝开的红花真好看——他至今记得自己看到那奇特的如人眼一样的花瓣时，有多么的惊喜。然而没有人认得，那种美丽而诡异的花，是赤水中最可怕的幽灵红薄和沙漠里红棘花嫁接后的产物——花谢后，会将孢子散布在空气中。

那是一种慢性的毒，可让人的血肉石化。

呼吸着这样的空气，他全身骨肉慢慢僵硬——然而在身体慢慢石化死去的时候，脑子却是分外清醒。他终于知道他的哥哥早已死去，外面那个急切期待着他死去的清格勒，已经是欲望的奴隶！

所有的族人都云集在门外，准备好了天葬的仪式。只等孩子的最后一次心跳中断，便要让巫师持着金刀肢解他的躯体，将血肉内脏一块块抛给萨朗鹰啄食——那些飞翔在天宇的白鹰，将会把亡者的灵魂带到天上。

母亲抱着幼子哭泣，父亲则发誓要找出凶手。其余七房夫人带了各自的儿子坐在毡毯上，虽然裹着白袍，脸上涂了白土，却依然掩饰不住心底里的喜悦：按照族里规矩，世子一旦夭折，那么剩下的所有兄长都有成为继承人的可能。

整个灵堂上没有悲哀和哭泣，只有钩心斗角和窃窃私语。除了血肉相连的父母，谁又会真心为这个孩子的早夭痛心？

没有人注意到，裹尸布里那座石像一样的孩子的眼角，缓缓滑落了一滴泪水。

其实，他并不热爱生命，也不希望生存。

他一直不曾告诉清格勒，多年来，这种幽闭隔绝的人生，他早已厌弃。如果哥哥觉得他的存在阻挡了自己的路，如果觉得没有这个弟弟他将会活得更好，那么，只要告诉他，他便会以不给任何人带来麻烦的方式自觉离开这个人世。然而，哥哥始终不能坦率地说出真实的想法，只用阴暗的手法来算计着他的性命。而比攫取他生命更残酷的，是让孩子亲眼看到了唯一的偶像轰然倒塌，曾经最敬爱依赖的人成了凶手。

那一次，若不是父亲动用了神器“魂引”召唤鸟灵，开口向鸟灵之王幽凰求援，他大约如今已变成白骨一堆。

得知鸟灵出手救了弟弟一命，清格勒大惊失色，生怕弟弟这一次再也不会原谅自己。不想坐以待毙的他惶急之下偷走了族中另一件神物“黄泉谱”，带着自己的亲信连夜远走高飞。

那时候，清格勒十四岁，他九岁。

从此后，他再也没有见过这个唯一的胞兄。

后来，那批跟随清格勒逃离帕孟高原的盗宝者陆续返回。那些劫后余生的汉子说，清格勒为了获得巨宝铤而走险，想靠着能识别一切地下迷宫的“黄泉谱”闯入空桑第一帝王的寝陵，结果在一个可怕的密室内中了机关，被困死在里面，再也无法返回。

“自作自受，自作自受啊……”在听到儿子噩耗的时候，父亲喃喃自语，眼角却有泪光。母亲则歇斯底里地大叫起来，不可终止——自从得知毒杀幼子的凶手竟是自己另一个儿子时开始，母亲多年来一直绷紧的神经骤然崩溃，变成了一个疯子。

然而，让全族欣慰的是，死里逃生之后，那个自闭沉默的孩子慢慢变得坚强起来。他抛弃了少时所有的脆弱、忧郁和幻想，迅速地成长为一个合格的领袖。

他强势、聪明、缜密而又冷酷，让所有盗宝者为之臣服。

然而，儿时入侵的毒素虽然被鸟灵们用邪力压住，但依然存在于孩子的身体内。他被告诫要保持绝对的安静，不能剧烈地运动，否则，体内的毒素便会失去控制。

鸟灵之王说出这句话的时候，神色凝重。

不知为何，平日疯疯癫癫的母亲对那句话却是记得极其清晰，她近乎执迷地遵守了鸟灵们留下的话，立刻就把儿子重新裹入了襁褓中，不许任何人触碰——连他父亲都不可以靠近。

从鬼门关里回来的他面临着一种更可怕的生活：在发疯母亲的照顾下，他被迫困在襁褓内，一动不动地被喂养着长到了十一岁。而十一岁的时候，他的智力和身高都还停留在两年前，甚至在语言和行动能力上，反而退化回了幼儿。

那是怎样一段令人发疯的日子，他已经不再想去记忆。他不是没有恨过母亲的，但后来却渐渐明白，正是因为母亲这样疯狂的行为，才保全了他的性命。

在他十一岁的时候，父亲去世了，只留下疯妻和痴子。家族剧变由此到来，各房的兄长们汹涌而来，将母亲和他囚禁。

除了父亲在世时的宠爱，母亲没有任何外援。族中的九叔虽然喜爱音格尔，但在群狼环伺的情况下也不敢挺身而出保护这对母子。于是，哥哥们召开了族里大会，宣布废黜世子，把这对无依无靠的母子放逐到西海边的狷之原去——那里，正是出身卑微的母亲的故乡。

在被拉上赤驼，远赴边荒时，发疯的母亲没有反抗，只是心满意足地拍着襁褓中的孩子，对着那个毫无反应的孩子痴笑——在她混乱的心智里，唯一的愿望便是把仅剩的儿子守住，别的在她眼里根本如沙土一般不值一提。

他们母子在苦寒的帕孟高原最西方度过了漫长的五年，与那些凶猛的狷类为伍。九叔悲悯这对可怜的母子，暗地里托人给他们送来一群赤驼和羊，让他们不至于贫苦而死。

奇怪的是，虽然在乌兰沙海的奢华宫殿里的时候，母亲的神志极为混乱，但到了这个苦寒的地方，她反而清醒了起来，牧羊，挤奶，纺线，接生小赤驼……一切少女时做过的活计仿佛忽然间都记起来了。她开始辛勤劳作，养活自己和儿子。

他也终于因此得到了解脱。

因为繁忙，母亲不能再每时每刻关注着他，他终于能从那个襁褓里挣脱出来，尝试着自己行走和行动。十一岁的他瘦弱得如七八岁的孩子，因为长年不动，手足甚至有了萎缩的迹象，不得不四肢着地在帐篷里爬行。

他并不怕寂寞，因为自小就是一个人。孤独自闭的孩子没有一个玩伴，所以那些不会说话的书卷成了他最好的伴侣——从三岁识字开始，他就沉迷于家里的典籍，几乎把所有的书都啃了个遍。

他有着惊人的记忆力，那些读过的书，全部记在心头。

在荒凉的帕孟高原尽头，外面风沙呼啸，虚弱的孩子被困在帐篷内，无所事事。十一岁的音格尔开始百无聊赖地在沙地上默写那些书卷的内容，从盗宝者世代相传的至宝《大葬经》到空桑古籍《六合书》，从讲述星象的《天官》到阐述药学的《丹子》……他几乎在沙地里默写完了所有看过的书。

经历了那么多生死劫难，在严寒荒凉的狷之原上，伴随着帐外猛兽的咆哮声，他在那些浩如烟海的典籍里寻找到了改变自己一生的东西——智慧和力量。

他看到了那卷从王陵里挖出的陪葬物——《说剑·九章》。

没有人能说清游离于云荒之外的剑圣一门和空桑王室之间千年来千丝万缕

的关系，但那卷剑圣门下的著述却出现在空桑王陵里，在经过百年后，被卡洛蒙家族带出。不过盗宝世家一贯只重视珍宝器物，对这些古卷进行归类后便束之高阁——所以在八岁的音格尔把这卷落满了灰尘的书翻出来之前，还没有任何人注意到这是什么。

苍白虚弱的木讷孩子在西荒的帐篷内，一遍一遍在沙子上默写那卷书，然后按照上面的内容开始学习。一开始，只是觉得按照那些姿势做了一遍后，身体的不适便能缓和一些。后来，他渐渐地明白了那是一套深奥的技击之术，于是开始有意识地每日练习——没有师父，就按照自己的理解来比画；没有剑，就拿着割羊毛的短刀；刀太短，就顺手拿起了放牧用的长鞭作为补充。

每日的剑术练习调理了他的气脉，也重新激活了萎缩的肌体。

数年后，他渐渐活动自如，甚至可以走出帐篷去帮母亲放牧了——然而极度衰弱的母亲却保留着惊人的清醒和固执，无论如何也不让他走出帐篷，生怕他会折了寿命。

曾经锦衣玉食的母子就这样渴饮血，饥吞毡，在狷之原度过了漫长的岁月。而在那段时间内，卡洛蒙家族进入了五年内乱。

八位兄长明争暗斗，让整个家族大伤元气，五年里没有组织过一次盗宝行动。手足相残不仅让五位兄长先后去世或残废，更导致了外敌入侵。卡洛蒙家族几百年来在西荒盗宝者中的至尊地位受到了挑战，甚至，家臣里也接二连三地出现叛徒。那些内贼打开了卡洛蒙家族的宝库，将各种珍宝席卷而去，逃之夭夭。

但那些混乱，仿佛离开他的生活很远很远了……

那时候他在苦寒的沙漠里过着放牧的生活，和母亲相依为命，一直成长到十六岁，自始至终没有想到要杀回旋涡的中心，去得回他应有的。

一直到一场十年罕见的暴雪葬送了他家所有的羊。

暴雪中，母亲不顾一切地追出去，他不放心母亲，随之追出。追了上百里地，才在齐腰深的雪地里找到了暴雪中迷路的羊群。母亲抱着冻死的羊放声大哭，却不顾自己脸上和手上的肌肤都已经冻得僵死。

有一群饥饿的猛狷闻风而来，在旁虎视眈眈。他焦急地想拉走母亲，可母亲却痴呆地抱着死羊大哭，丝毫不知道畏惧——仿佛是自己的孩子死去了，而她只是哀痛的母亲。

那一夜，他在雪地里和这群猛狷对峙了一整夜。五个时辰里，他用长索短刀先后杀了十一条狷，才最终震慑住了那群恶兽。

天亮了，狷群不得已散去。他走上去想把哭了一整夜的母亲带回帐篷，母亲却赖在地上不肯走，只是哭着摸索那些被咬死的羊，忽然身子一倾，吐出了一口血。

“怎么办，怎么办啊……”母亲抬起眼，用一种他自幼就熟悉的痴呆疯狂眼神望着苍白的天空，不停地反复喃喃，“羊……全死了……清格勒和音格尔怎么办……孩子们要挨饿了……怎么办……怎么办啊！”

神志不清的母亲在幻觉里还以为清格勒活着，在如此境地下第一个想到的也是两个儿子——那口血在雪地上分外刺目，枯槁的容颜和飞蓬般的白发在他眼前闪动。

只不过五年，铜宫里的那个贵妇人，已然变成了这个样子！

“娘！娘！”沉默的少年忽然间哭出了声，把疯癫的母亲揽入怀中，声音发抖地安慰她，“没事，没事……娘，我们回乌兰沙海去！我们回家去！不要怕，我们不会挨饿，从此以后，我们一定不会再挨饿！”

少年的手握紧了短刀和长索，眼里有了某种锋利的光。

那一年，在卡洛蒙家族面临分崩离析时，十六岁的幼子音格尔从狷之原返回。

那个返回的孩子有着让所有盗宝者惊骇的身手，单挑遍了整个乌兰沙海，铜宫里的盗宝者居然没有一个人是他的对手！同时，他也变得冷酷决断，再也不是那个明知别人要害自己却一再容忍的音格尔——他毫不犹豫地用短刀取走了权力最大的兄长的性命，又将剩下的三个哥哥一一胁迫称臣。

两年后，在族中九叔的帮助下，少年重新坐上了世子的位置。

他做的第一件事，便是将母亲接回铜宫好好安置。然后，他开始了一连串的报复：所有当年胁迫他们母子的兄长都得到了严厉的惩罚，失去了权力或者生命；所有背离卡洛蒙家族的盗宝者都被讨伐；而那些浑水摸鱼，从卡洛蒙家族的宝库里窃走珍宝的内贼，则受到了更残酷的处罚——被绑在沙漠里，慢慢地晒死。

如此严酷的手腕让音格尔在盗宝者中建立了非同寻常的威慑力，卡洛蒙家族的权威被再一次确认了，无人再敢反抗。

十七岁时，他带着盗宝者远赴九嶷，虽然是第一次下陵墓，然而凭着博学和机敏，他带着手下成功地一连挖掘了三座王陵，带回了惊人的财富。

一切都做得很好，这个不满二十岁的少年，已然逐步成为盗宝者中当之无愧的王者！

然而，这十年来，随着一系列措施顺利实行，他却开始感到衰竭——他知道这是因为他违背了鸟灵当初的忠告，导致了堆积在体内的毒素逐年地扩散。

如鸟灵所说，他只有在余生里静止地待着，才能保证生命的延续；而一切剧烈活动，都会损害他的性命。然而，为了母亲和自己的生存，他却不得不竭尽全力和所有外力争夺。等到终于夺回了原本就属于自己的东西，他也耗尽了那一点微弱的生命之光。

如果不是因为那卷剑圣门下的秘籍，他根本无法支持到今天。

然而即便如此，近几年来，他已然慢慢觉察到了体内毒素的扩散，手脚有时候会冰冷、乏力，甚至眼睛都会出现暂时的失明——这种暂时的失明一开始一两个月出现一次，到后来频率越来越高，在十八岁的今日，竟然每日都会间歇出现一两次！

他知道，路已快走到了尽头。

他少年老成，做事一贯深谋远虑，对于身后事早做了打算。唯一放心不下的便是痴呆的疯母——他无法想象如果自己一旦死去，母亲的精神会受到怎样的打击。而如今咬牙收爪、虎视眈眈的族人们，届时又会怎样对待一个手无寸铁的女人！

九叔年事已高，担不起长久照顾母亲的重任，而族里，更无一人可以相托。

思前想后，他迟迟不能做决定。

每当面对痴呆的母亲，听着她反复喃喃着哥哥和他的名字，音格尔心里就出现了一种恍惚：如果……如果哥哥还活着就好了。无论如何，他会代替自己照顾好母亲吧？

记忆中，清格勒也是非常爱母亲的，每次来乌兰沙海的铜宫时，都要给母亲带来精心挑选的礼物，有时候是一条狐皮领子，有时候是一束雪原红棘花——可是，母亲把大半的关注都给予了最小的儿子，对长子反而冷落。

作为族中的世子，独占着父母的关爱和无限的财富，自己的确从哥哥身上夺走了很多东西。所以，难怪清格勒会恨他……随着成长，他慢慢懂得和理解了哥哥的怨恨。曾经绝望的心随着理解而宽容，融解了十年前沉积的恨意。

他开始探询哥哥的下落，试图将兄长的遗骸从不见天日的王陵地底带出——在他们部落的传说里，一个人死后如果不把血肉交给萨朗鹰啄食，灵魂就无法返回天上。

然而，在他探询的时候，族里的女巫却告诉了他一个惊人的秘密：清格勒或许还活着！因为他宿命里对应的那颗星辰虽然暗淡，却始终未曾坠落。

“还活着……在六合的某一处，”老女巫干枯的手指拨着算筹，低哑道，“介于生与死之间。”

介于生与死之间？

那一瞬间他想起了那些被女萝附身成为枯骨却无法死去的盗宝者，不由得全身寒冷。清格勒……清格勒被困在黑暗的地底，是否也遭受着同样生死不能的痛苦？

那个刹那，他忽然有了决定：如果清格勒还活着，那么他一定要将他救出，让哥哥来代替自己引领族人，照顾母亲。

因为不方便对族人说出真正的意图，他便借口成为卡洛蒙族长必须具备两大神器，而“黄泉谱”被清格勒带走，所以必须要从九嶷的地底下将其找回。于是，他开始谋划，做着一系列的准备，终于在时机成熟的时候，带领精英们来到了星尊帝和白薇皇后的陵墓中——九叔说得对，他只是为了个人的私心，才带着族人踏入了这个险境。

待在玄室内，望着架起的那道索桥，神思却游离出去很远。

音格尔机械地咀嚼着食物，直到肠胃不再饥饿地蠕动，才放下了食物——这么多年来，饮食对他来说只为了延续生命，一切奢华享受他都毫无热情。他活着的唯一目的，就是保护疯癫的母亲，让她丰衣足食，不被任何人欺负。

但是……他也知道自己的生命之火已然快要熄灭了。

怀里的“魂引”忽然又跳了一下，发出“咔嚓”的轻响。音格尔一震，迅速掏出神器，看着金针笔直地指向第二玄室深处。

“我们走。”抛下吃到一半的东西，少年翻身一掠，便上了索道。

“是！”下属们哄然回应，只有九叔眼里闪过担忧的光。

“少主，你要小心身体……这一路下来，我怕没到最后那个密室，你就……”白发苍苍的老人身手依然矫健，他紧跟在音格尔身后，低声叹息，顿了顿，又摇摇头，“何况，女巫的话怎么能全信——九嶷笼罩着强大的结界，族里女巫的力量也是达不到这里的，那个死老婆子定然是在骗你。”

“胡说！”音格尔脸色一沉，提高声音，第一次对这个长辈毫不客气。看到身后那些盗宝者都投来诧异的眼神，他立刻压低了声音：“九叔，我出来时经过叶城，便去求巫罗占了一卦，他也说——清格勒还活着。”

“巫罗？”九叔止不住诧异，知道那是沧流帝国的十巫，如今云荒大陆上法力最高的几个人之一，传说中他的力量已经接近于神，“他……他也那么说？”

卡洛蒙世家近百年来和巫罗过从甚密——这，他也是知道的。

自从空桑覆灭后，云荒改朝换代，盗宝者一开始以为从此能再无顾忌地“工作”，公然结队进入九嶷郡——然而，很快就受到了铁腕的帝国军队的狙击，损失惨重。后来，卡洛蒙世家终于找到了解决的方法——金钱。他们动用巨资，贿赂了十巫中最爱财的巫罗，才取得了帝国对他们继续洗劫前朝古墓的默许。从此后，盗宝者的“成果”每年都有相当一部分流向帝都，落入了十巫的囊中。

然而，九叔没有想到，音格尔居然为了求证清格勒是否真的活着这个问题，去惊动了巫罗大人。请动巫罗，又花了不少钱吧……对于十巫的判断无法质疑，九叔只好嘀咕。他无奈地摇头：“何必呢……清格勒那个家伙，活该被关在地宫里！你又为什么……”

话音未落，就看到音格尔冰冷的眼神扫过来，老人缄口不言，暗自叹息。

音格尔在索道上疾步走着，一脚踏入了第二玄室。在进入室内前，少年忽地侧头，对着长者低声：“九叔，我就要死了……除了清格勒之外，又有谁能替我照顾母亲呢？”

这一瞬间，他的眼里，隐隐有泪光。

老人忽然呆住，看着音格尔毫不犹豫地走入了金光璀璨的第二玄室，久久不能回答。

这个才十八岁的少年，却有着八十岁垂死之人的眼神。

有魔兽!

走入第二玄室的一瞬间，镇定如音格尔，都脱口低低惊呼了一声，瞬间忘记了正在和九叔交谈的话题，手指瞬间扣紧了刀柄。

然后，忽然间又松了口气，缓缓垂下手。

是假的。

那两只守在门口的巨大金色魔兽，只是栩栩如生的雕像而已——形如猎犬，四肢和鼻梁修长，显得敏捷迅猛，金毛垂地，眼睛却是紫色的，低着头做出欲扑的姿势，全身肌肉蓄力。

在音格尔踏入玄室的一瞬间，看到门口一对这种姿态的魔兽，不由得立刻握紧了刀。然而，旋即就发现这两只魔兽是被固定在基座上的，鼻翼僵硬，并无气息。再细细看去，那魔兽的全身金毛沉甸甸下垂，竟是纯金一丝丝雕刻而成。

“狻猊！纯金的狻猊！”盗宝者中有人脱口叫了起来，惊喜交加。

那样巨大的金雕，一尊就有上千斤重吧？解开成块带回，足够几生几世享用。就算不要金子，这魔兽眼眶里的紫灵石比凝碧珠更珍贵，一颗便值半座城池。

“天啊……”索道上的盗宝者都已经走到了门口，看到了第二玄室内的情形：

四壁上全部是纯金打造的柜子，一直到顶!

金柜上镶嵌有各类宝石，光芒刺得人睁不开眼。四面墙壁上，一面是通往下一个玄室的门，而其他三面上则各有一个神龛，绘满了天国的景象：云浮九天，天人们飞翔云间，背后生出洁白的双翅，比翼鸟在他们身侧翻飞，远处的九天之上隐现一座城池。神像用金粉和珍珠描绘而成，真人般大小，栩栩如生。

而神像四周，更有不计其数的珠宝。

“别动！”其中一个盗宝者的手情不自禁地伸出，想去触摸那些见所未见的珍宝，却受到了严厉的呵斥，一惊缩手。

音格尔站在玄室中央，面色严肃，隐隐苍白。

玄室中央空空荡荡，只有一个一尺见方的白玉台，罩着水晶罩，晶光流动，写满了朱红色的繁复咒语——设置在第二玄室的封印，由云荒三女神守护着，涂着用鲜血绘制的符咒，显然要比享殿里的烛阴封印更高一等。

然而，水晶罩中却空无一物！

音格尔脸色微微一变——难道这个封印里的魔物，已经走脱了？

“巴鲁，我哥哥当年被困在了哪里？”他转过头去，有些急切地问那位大汉——这也是当年清格勒一行中仅剩的几个幸存者之一，“是在这里附近吗？”

“不，不。不是这里，”巴鲁显然也被眼前的瑰丽景色镇住了，他结结巴巴地搓着巨手，“我们当初走的是另一条路……那条路上什么都没有！如果走的是这条路，半路看到这样的宝贝，我们早就返回了……才不会一直往里闯。”

“一直往里……”音格尔喃喃重复，“是到了最深处的密室吗？”

“我只记得经过了三个玄室，清格勒说可能走错了，于是我们开始挖掘地道，横向穿越了一个墓室，最后来到了一扇定时会落下的闸门前……”巴鲁极力回忆，显然十年的时间让回忆有些模糊了，“那个房间里一片漆黑，连火把也照不亮！”

“暗室！”听到这里，九叔惊呼起来，“那是星尊帝的寝陵！”

因为只有在帝王的墓室，才会出现这种“纯黑”的景象，一切阳世的光辉都无从照亮。

“是啊。可当时我们匆促而来，没有带上执灯者，”点了点头，巴鲁叹了口气，眼神黯淡下来，“清格勒摸黑先进去探路，让我们在外面等着——可是，他进去了就没能再出来……”

“第四个玄室……纯黑的阴界吗？”音格尔喃喃道，忽然声音转严厉，“大家谁都不许碰这里的东西！等我们找回‘黄泉谱’，返回时再带走，现在大家随我进入下一个玄室！”

“是……”盗宝者们的眼神在珠宝上逡巡，回答的声音已然不再斩钉截铁。毕竟对着眼前那些价值连城的珍宝，行进至此处已经疲惫交加的盗宝者都已经暗自心动，已经没有了一开始时往里闯的动力。

“走吧，”莫离对着闪闪低语，“跟在我后头，踩着我的脚印往前走，小心一些。”

“嗯……”闪闪点点头，紧跟着这个魁梧的西荒人。

莫离却是循着音格尔的脚印往前走的，步步都警惕。音格尔脸色沉静苍白，一步一步往前，注意着脚下落地处的声响，生怕一不小心触动了机簧。然而，什么都没发生。

但是他的神色却越发沉重起来——有煞气！

在这个地底下百丈深的迷宫里，有一种说不出的危机感在悄悄迫近。怀里的金色罗盘发出了轻微的“咔咔”声，“魂引”的指针在剧烈地跳动，直指第三玄室的方向——“魂引”如此反应，说明有一股惊人的魂魄灵力在不远的前方凝聚不散！

他暗自放缓了脚步，抬起眼睛看向第三玄室的方向。

第三玄室的门是大敞着的，长长的通道上没有灯，只零星镶嵌着一些明珠，光芒幽然。从第二玄室看过去，第三玄室就仿佛一个空洞的眼眶，里面没有任何情绪，深不见底。

那里有什么？那里的背后，就是寝陵密室吗？音格尔的手握紧了短刀长索，悄悄竖起手指，示意身侧下属戒备，准备自己出去探路。

“咯咯……”忽然间，在这个空旷的墓室里，听到了一阵轻微的笑声。那个笑声是介于孩子和少年之间的，轻快中透出诡异——明明是在极远的地方，可每个人听来却近如耳语。

那样的笑声让一行盗宝者悚然一惊，心中顿时有一层层凉意涌起。连那几个暗地里忍不住对珠宝动手动脚的盗宝者都被吓得停住了举动，茫然四顾。

闪闪吓得哆嗦，抓紧了莫离的袖子，躲到他身后。

“大家小心。”九叔低声提醒，“在原地不要动！”

就在一句话之间，陵墓深处又传来了一阵“啪嗒啪嗒”的跑动声，由近及远，仿佛有一个人在用尽全力地向这边奔逃，粗重的喘息声回荡在地宫。

“咯咯……嘻……”那个笑声在地底响着，飘忽不定。

“救命……救命！”那个脚步声从地底深处过来了，伴随着嘶哑的、断断续续的呼声，“别过来！别过来！救命……是邪灵……救命！”

邪灵！两个字一入耳，所有盗宝者都打了个冷战。

音格尔的视线立刻落到了那个空无一物的玉台水晶罩内，眼神雪亮——果然，那里面封印的，本该是邪灵！

尚未下地时他们便损失了一名同伴，九叔说那是寻觅血食的邪灵时，他还不大相信。毕竟空桑历代帝王设置的封印是极其强大的，从来没有任何一只邪灵可以逃逸。而且，又有谁会愚蠢到去放出邪灵呢？

然而，此刻，遥望着那个黑沉沉的第三玄室，明珠光辉的照耀下，他清清楚楚地看到了巨大的翅膀影子从室内掠过！

果然是邪灵复苏了！

“救命……救命！”仿佛是看到了第二玄室里火把的光，远处那个人挣扎着朝着这边跑过来，厉声呼救，挥舞着双手。

音格尔的手下意识地搭上了短刀，蹙眉——是谁，居然会在这个百丈深的陵墓底下？是另一行盗宝者吗？但没有经过卡洛蒙家族的同意，又有哪家盗宝者敢擅闯王陵？而且，那个人又是怎么下到那么深的内室的？东侧这条路之前分明没有人来过！莫非对方是从三条支路的另外一条直接到了核心的寝陵密室，然后因为遇到了可怕的邪灵，再从内部向着这个方向奔逃而来？

音格尔心念电转，却没有立刻出手相助。

“啪嗒啪嗒”的脚步声从黑沉沉的墓道那头传来，微弱的光线下，他看到了一个模糊的人形从黑暗中急奔而出——高冠巍峨，广袖长襟，居然是王者的冠冕装束！

那个王者装扮的人浑身是血，挥舞着袖子，狼狈奔逃，踉跄地喊着——那一瞬间，活脱儿就像地底死去的帝王复活了！

“啊呀！”闪闪忍不住惊叫出声来。

然而，那个奔逃的人没能跑到这边的光线里。仿佛是在内室受了极重的伤，那个人刚奔出第三玄室没几步，便力气用尽，跌倒在深黑色的墓道内。“咔嗒”一声，似乎手里有什么沉重的石质东西砸落在墓道上。

“救命！救命！”那个人绝望恐惧地大呼，在地上手足并用地朝前爬着。

莫离望了音格尔一眼，想知道少主是否想救这个地宫里出现的陌生人。然而在音格尔没有开口表态之前，一道黑影无声无息地飘近了那个人，只是一抬手，便将他的身体从地面上轻轻拎起。

壁上明珠的微弱光芒投射下来，终于依稀可以看到逃命的那个人的相貌：带着高冠，头发苍白，穿着帝王的装束。此刻却跑得筋疲力尽，绝望地瘫倒在墓道内，把手中的一个石匣抱在胸前，神经质地喃喃：“别、别过来！苏摩……苏摩……求求你……当年、当年我纵有千般不好，也有一日的好吧？你别……”

“我可不是苏摩……你可求错人了。”那个黑影眉梢一挑，低笑，“青王啊，你也有今日！”

“咯咯。”黑影轻轻笑着，弯下腰去，“咔嗒”一声扭断了对方的脖子，“嘻。如果苏摩知道我抢在他前面，扭断了你的脖子……一定会气疯了吧？”那个黑影诡异地轻笑着，从容地把王者的头颅扭到了背后，听着垂死之人喉中挣扎着发出的“咔咔”声，只是感觉好玩似的低语着，俯身拿起了对方掉落在地上的石匣。

忽然间仿佛觉察到了什么，黑影霍然抬头，看了第二玄室这边一眼，嘴角露出一丝笑。

所有盗宝者悚然一惊——那种隐藏在黑暗里的眼神！深不见底，充满了杀戮和邪异的气息，仿佛是地狱里逃脱的邪兽。

“喀！”音格尔手中的短刀不由自主地出鞘一寸，随时准备和这个来自地狱深处的黑影决战。然而就在剑拔弩张的刹那，远处的第三玄室内忽然发出了一声低吟，仿佛有什么在低语——忽隐忽现的光芒下，隐约有巨大的羽翼状阴影掠过墙面。

那、那是……邪灵？

“哦……那好吧，既然是你的熟人，就先放过这小子了。”仿佛听明白了邪灵那句低吟的意思，那个黑影应了一句，放手扔掉尸体，再度望了一眼第二玄室内的这群盗宝者，冷笑一声，径自飘然而去。

墙面上巨大的翅膀影子缓缓收起，然后消失。

那只邪灵没有从第三玄室内出来，仿佛和黑影一起消失在地宫的最深处。

这一切只发生在一瞬间，快如疾风闪电，让这边的盗宝者完全回不过神来。

只有音格尔看清楚了那个杀人黑影的样子——那是一个蓝发的少年。绝美的容貌，如闪电般照亮黑夜，几乎逼近神祇。那，应该是鲛人吧？但这个鲛人的眼神却是残忍而雀跃的，从陵墓深处鬼魅般地飘出，追着那个奔逃的人，出手快如鬼魅，只是一探手便取走了对方的性命。

“一个鲛人？”音格尔诧异地喃喃，脸色有些苍白，“奇怪啊……”

星尊大帝一生对鲛人深恶痛绝，他的寝陵内不大可能有鲛人陪葬，因此，此处的地底也不会出现其余空桑王陵内常有的女萝——那么，这个鲛人又是从哪里来的呢？而且，身手那么迅捷，显然不是普通人。

“大家小心，”音格尔出声，“千万别乱动身边的东西！”

在世子厉声呵斥的时候，一行中有一个盗宝者微微一震，不易觉察地垂下了手，将一颗偷偷抠下的宝石藏入了衣襟——狻猊眼睛上的这种紫灵石，比凝碧珠还珍贵十倍，带一颗回去就足够吃一辈子了。

然而，音格尔的话音未落，脚下的地面就是一震！

“糟糕！”九叔连退了几步，一眼看到门口的骇人变化，脱口惊呼起来，“大家快躲！狻猊……狻猊活了！”

狻猊活了？怎么可能？黄金雕塑成的死物，怎么能活？所有盗宝者下意识地后退，眼睛却看着门口的一对黄金雕像，脸色“唰”地惨白。

仿佛封印在一瞬间被解开，死气沉沉的“物”在一瞬间复苏。沉重下垂的金雕毛发在一瞬间失去了重量，变得又轻又软，黄金的脚爪动了起来，从嵌满了宝石的基座上跨了下来，重重踏落到玄室的地面上，耸身一震，发出了低低一声吼叫——那只失去了一只眼睛的狻猊，就这样活了过来！

“谁、谁动了那颗紫灵石？！”看到独眼的狻猊，九叔霍然惊呼，“快扔回去！”

那个盗宝者混在队伍里，惨白着脸连连后退，手却下意识地紧紧捂着衣襟。然而，那只狻猊似乎完全明白自己的眼睛被何人挖走，也不迟疑，低低咆哮了一声，眼露凶光，纵身便直接朝着那个盗宝者扑过来。

那名盗宝者骇然惊呼，拔足狂奔。

“不许救他！”在同伴们抽出刀剑准备和魔物血拼时，霍然听到了音格尔冷冷的声音，断然不容情，“他犯了戒条，谁都不许救他！退下！”

所有人齐齐一怔，下意识地让开一条通路。

狻猊呼啸着扑过来，直奔那个挖去了紫灵石的盗宝者而去。盗宝者心胆欲裂，不顾一切地向着地宫深处奔去，根本忘了片刻前那里还有过诡异的鲛人和邪灵出没。

狻猊发出低吼，毫不迟疑地跟着扑入大敞着门的第三玄室。

“啊！这、这是……”不知道看到了什么，刚刚奔入第三玄室的盗宝者忽然发出了一声惊呼，站住了身子，震惊得居然刹那间忘了背后魔兽迫近的恐惧。

然而，就在这一瞬间，狻猊一扑而至，发出了巨吼，终结了他的惊呼。

第三玄室内发出恐怖的咀嚼声，血肉摩擦的声音让所有盗宝者毛骨悚然。大家面面相觑，看着音格尔——狻猊冲入了第三玄室，堵住了前方的路。面对那种洪荒传说里复活的地宫魔物，又该如何下手？

“那东西……那东西在吃人吗？”闪闪听得恐惧，握紧了烛台，躲到莫离身后，颤声问。莫离的表情也有些凝重，拍了拍小女孩的手，默默点头：“不要怕。”

“嗯。”闪闪咬着牙，不再说话。

一行盗宝者都静默着，地宫里顿时一片死寂，远处狻猊咀嚼的声音显得分外刺耳——等这个魔物吃完了，就要回头与这一行打扰它的人算账了吧？音格尔的脸色也是阴沉的，睫毛不停地闪着，显然也是急速思考着对策。

九叔默默地凝视着另外一尊尚未复活的狻猊金雕，神色复杂，似乎在回忆着什么。

“对了！”霍然间，两个人同时脱口，眼神定在那剩下的一尊金雕上，不约而同地开口。然后，相互交换了一下眼神，嘴角浮起了一丝笑意，音格尔缓缓开口：“我记得《大葬经》上说过，狻猊生于天阙，生性专一，雌雄生死不离。因此无论驯化还是封印，都必须成对……”

一边说着，一边走近了那尊尚自被封印的金雕，伸出手，小心地触碰了一下。

“星尊帝的后裔用一对狻猊来给大帝殉葬，却把封印设在它们的眼珠上——可恨塔拉财迷心窍，居然不听我的号令擅动了它，真是死不足惜。”音格尔喃喃说着，看着那对被称为紫灵石的魔兽眼睛，忽然叹了口气，“那么，只能这样了。”

在盗宝者们诧异的目光里，他忽然一横刀，狠狠割断了雕像的咽喉！短刀锋利无比，一刀下去，狻猊的脖子顿时被切断，金粉簌簌而落。

陵墓深处传来了一声悲痛的吼叫，震得地宫颤抖。

第三墓室内的咀嚼声霍然停止，金色的魔兽仿佛觉察到了这边爱侣忽然发生不测，立刻扔下了吃了一半的食物，返身扑回，一边发出悲痛欲绝的吼叫，一边吐露着杀气，如同一道金色的闪电掠来！

“让开！”音格尔厉喝，阻止了那些剑拔弩张的下属，让他们退出一条路来。

他靠着门站在那里，一手拎着那颗割下来的狻猊的头颅，冷冷看着那只扑过来的发狂的魔兽，不动声色。等到那只狻猊扑到他面前三尺，忽然间一扬手，将那颗头颅远远朝背后扔了出去！

“呜——”想也不想，狻猊红了眼，追逐着那颗爱侣的头颅，扑向虚空。

那一跃，几乎是竭尽了全力。

音格尔微微侧身，躲过了魔兽疯狂的一扑——没有一丝犹豫，那只刚刚复活的狻猊就这样追逐着唯一伴侣的头颅，坠入了甬道深不见底的裂缝中。

很久很久，才听到魔兽落进去发出的扑通声。

所有人都长长舒了口气，没有料到兵不血刃就料理了这样难缠的狻猊。然而，只有音格尔的脸色是恻然的，静静凝视着深不见底的血池裂缝，微微摇了摇头——生死不离。这种魔兽身上，却有一种人世罕有的东西，倒比很多人类都高洁。

“最后一个玄室了！”神思稍微一个恍惚，耳边就听到九叔发出了振奋的声音。老人眼神闪亮，枯瘦的手指直指向敞开的大门，声音微微颤抖，“过了那里，就到帝王寝陵了！大家都准备好了吗？”

“好了！”所有人的精神都为之一振，声音回响。

“那么，我们走！”莫离也来了精神，将闪闪一拉，就大步踏出。

“大家要小心，”然而，音格尔的声音却再一次冷淡地响起，仿佛迎头一盆雪水，浇灭了盗宝者的冲动，“记得刚才塔拉进入第三玄室后的那句惊呼吗？那里头，只怕不简单。”

一边说，一边踏上了甬道。走到一半，音格尔忽然俯下身，查看着那具方才被鲛人幽灵扭断了脖子的尸体。细细看着，他的脸色一变，脱口：“九嶷王？！”

旁边的九叔听到那声低呼，身子一震，骇然探身过来：“什么？”

这个被幽灵追杀、死在地宫深处的高冠王者，居然会是九嶷王？

沧流建国后的近百年来，卡洛蒙世家用重金贿赂帝国高层，得到了帝国对于他们盗掘前朝空桑王陵的默许。盗宝者从此不再受到官方的追杀，于是，他们最大的宿敌便成了青族封地上的九嶷王。

这位空桑的前任青王曾经出卖了整个国家，从而保全了自己一个人和青族。百年来，青族生活在九嶷山，成为守护空桑王陵的一族。而青王自从被沧流帝国封为九嶷王后，仿佛为了赎罪似的，尽心尽力地守护着空桑的王陵，从不轻易让一个盗宝者得手。

因此对于这张脸，每个盗宝者都是深深记在心里的。

看着那个脖子以诡异角度扭曲，脸耷拉在后背上的尸体，所有盗宝者心里都是惴惴的——太奇怪了……堂堂的九嶷王，为什么会来到地宫？又为什么会被一个鲛人追杀？难道地面上的九嶷郡，此刻起了极大的变故吗？

“对了，那个石匣子！”音格尔喃喃追忆道，“我记得他从第三玄室里狂奔而出的时候，手里抱着一个石匣……那里头是什么？”

那个石匣，最后被那个鲛人幽灵所带走，消失在地底深处。

又是什么东西，值得九嶷王下到了地宫深处还死死抱着不放？

“右足……”忽然间，他听到那句被扭断了脖子的“尸体”，发出了断断续续的声音。猝不及防之下，他被吓了一跳——原来方才那个鲛人只扭断了九嶷王的脊椎骨，却不曾将气管和血脉同时扭断，只为了让眼前这人多受一些折磨，活生生地因为疼痛而死去。

此刻，那个被扭转到背部的头颅歪斜着，口唇却还在不停翕动，诡异恐怖：“帝王之血……六合封印……被苏摩……苏摩……”

右足？苏摩？盗宝者一怔，却不知这个人在说些什么。

闪闪看到这般恐怖的情状，吓得掩住眼睛转过头去。然而音格尔却是听得一怔，想起了曾经在一些空桑古籍上看到过“苏摩”这个名字，陡然好奇心起，不知觉地用手贴住了九嶷王的背心，努力护住他急遽微弱下去的心脉，想听到更多的秘密。

“魔啊！您来接我了吗？”得到了他的援手，垂死的人有了一丝生气，却忽然对着虚空举起了双臂，发出了一声清晰的呼喊。“咔啦”一声响，似乎是极力挣扎着，那颗被硬生生扭到背后的头，居然自己转正了回来！

闪闪吓得大声惊呼，连见多识广的盗宝者们看到如此诡异的情形，都不自禁地退了一步。

“我、我这一生，都在按照您的旨意行事……”被折断的头软奄奄地垂落在胸前，可九嶷王的双手却是直直地伸向虚空，指节大大张开，仿佛看到了什么，眼神狂喜，唇边吐出临死前清晰的话语，“魔，如今，您来度我了吗？”

那样癫狂错乱的话，让所有人听得呆住。

九嶷王的一生臭名昭著，玩弄权谋、背叛故国、杀死同僚……正是他的背叛，直接颠覆了空桑，让千万的同族死去。

而在临死前，他居然对着破坏神祈祷？

“魔度众生。”忽然间，地宫深处传来一声隐约的叹息，“龌龊的生命啊，尔可安息……”

那句话有着非同寻常的力量，从最深处传来，弥漫了整个地底，让九嶷王的双眼沉沉合上，也让此刻行进在地宫深处的人都怔住。

第十一章 邪灵

“魔度众生！”

九嶷地宫里的那一句话，并不响亮。然而在万尺深的水底，一个玉雕的莲花座上，一双眼睛却霍然睁开。

“你听！这是什么声音？”白薇皇后的眼睛在虚空里浮出来，望向北方尽头的九嶷方向，对着一旁静坐的白璎道，“我没猜错，魔的力量果然尚未消失！”

“是吗？”被皇后吓了一跳，白璎讷讷地问，“可是魔之左手的力量……不是被真岚继承了吗？‘皇天’都戴上了他的手啊，怎么还会……”

“真岚继承的，根本不是完整的力量。”白薇皇后望着远处金盘上的那个头颅——那个空桑的皇太子刚才打开水镜看了很久，仿佛消耗了太多的灵力，此刻正合上了眼睛休息。望着自己的血裔，白薇皇后眼里掠过一丝复杂的情绪，低声道，“如果真岚真的继承了破坏神的力量，那么，是绝对不可能被人间的术法所封印的。”

白璎倒抽了一口冷气，喃喃道：“那么说来，那个声音是……”

“我不能完全确认。但是我们要立刻去找！”白薇皇后断然道，那双眼睛飘起，浮在虚空中望着白璎，“要让云荒恢复平安，得先断绝了这个祸患！”

“好，是去九嶷吗？”白璎没有犹豫，问道。

白薇皇后摇了摇头，望着头顶离合的碧波，那双眼睛里闪烁出璀璨的光，沉吟道："不，他的真身，不在声音传出来的地方——方才那一刹那，我已经稍微感知到了声音的真正来源。我们立刻去帝都吧，要马上找出他来！"

"是，皇后。"白璎低下头去，握紧了手里的光剑，"去沧流帝国的帝都吗？"

她知道这是一件多么危险的任务，但还是毫不犹豫地应允下来。她身负着"护"的力量，如果要硬生生去封印力量与她对等的破坏神的话，最后的结果将会是两者一起"湮灭"，而作为冥灵的她，也会永久地消失。

然而她依然断然地答应了。

顿了顿，白璎轻声问："皇后，此刻已然是下半夜——到了白日我便无法在大陆上行走了，是不是……"

白薇皇后眼里闪过笑意，傲然道："这个你不必担心。如今你继承了我的力量，区区白昼日光怎能奈何你！"

"是吗？真的？"白璎惊喜地脱口而出，不自禁地抬头望向无色城上空——自从那一日自刎成为冥灵后，本以为会一直到灰飞烟灭都无法重新回到日光下了。

那一瞬间，虽然明知此去何等艰险，她眼里还是流露出渴盼的光。

"实现你对我说过的诺言吧！在你灰飞烟灭之前，我们必须封印住破坏神的力量！"白薇皇后望着自己最后一个血裔，威严的眼神里流露出一丝悲哀和爱怜，轻轻道，"你去和真岚告别吧……也许不再回来了。"

"是，皇后。"白璎轻轻低下头去。

远处的金盘里，淡淡的天光透过水面笼罩下来，形成一座巨大的光之塔。塔下的莲花玉座上，水镜平整如新，那颗百无聊赖的头颅正支着断臂，在金盘里歪着瞌睡，浑然不觉已然是到了生死诀别的时刻。

白璎轻轻走过去，站在旁边看着这孩子一样的睡容，竟然不忍心惊醒他。

他这一生里，也实在太辛苦了。

默默凝视了许久，她忽然低下头去，吻了一下他的额头，眼里簌簌流下一行泪来——冥灵的吻和泪都是虚无的，泪还没有落到肌肤上，就毫无觉察地化成了烟雾。

再见，再见，她在心里默默地说。那个声音是如此强烈，几乎要冲破她沉默的胸臆——对不起啊……我就要离去了，却没有勇气亲口对你说诀别的话语。真岚，我一直是这样优柔寡断的一个人，在这一生里我只勇敢过两次——一次在我十八岁嫁给你那天；还有一次，就是在今日——而可笑的是，我每次最勇敢的时候，都是在离开你的时候。

我要去做我应该也必须做的事情了，真岚。

无数的话语在胸臆里涌动，但最后只化为一声叹息。她侧头望向玉座旁的水镜，那里，开合不定的波光里隐约呈现出碎裂的景象——她怔了一下，认出了那是百年来真岚曾经独自默默注视过无数次的画面。

太子妃血色淡漠的唇边，露出一丝微笑。

一直以来，真岚在默默观望的，居然是一个美丽的少女？原来，即便是百年的相伴，他们两个人的心中依然保留着一方天地——那是属于彼此的秘密花园，掩埋着昔日血肉模糊的伤口。

他们是一对多么聪明的夫妻啊……熟稔如老友，密切如至亲，百年来他们相互扶持，走过了那片似乎看不到尽头的黑暗，相敬如宾。但是心中那份赤诚，却从未吐露。或许因为，在真正地相遇时，他们都已经过了那种可以歌哭无忌的少年岁月，所以在最后的离别来临之时，也只能这样沉默地告别。

真岚……希望，某一日空桑能复国，这水底所有的子民都能回到阳光之下。而你，将有真正配得上你的妻子，与你共同守护这片云荒大陆。

你一定会成为空桑最好的皇帝。

“皇后，我们走吧……”她没有久留，无声无息地走开，对着白薇皇后轻声道。

“好孩子。”那个一贯威严的皇后眼里终于流露出女性温柔的光芒，凝视着自己的血裔，叹息，“不要怕。”

“嗯。我不怕，”白璎轻轻摇头，浅笑道，“十八岁那年开始，我就什么也不怕了。”

天马扇动着洁白的双翅，消失在水面的巨大旋涡里。

在那个人消失后，许久许久，金盘里的那颗头颅依然没有睁开眼，只是脸上掠过了难以掩饰的表情变化，忽然轻轻开口，说了一句“再见”。

那两个字轻如叹息。

原来，在这一生里，他所在意的人始终都要一个一个地离他而去。

水镜里波光离合，一幅遥远的图像碎裂了又合拢。一个红衣女子的笑靥在水面上荡漾，带着明朗飒爽的气息，从西荒风尘仆仆地走入了一座繁华的城池，身后跟随着流浪艺人装扮的牧民。

那个与他命运相关的霍图部女子，终于也要来到叶城了吗？

九嶷山地宫。

魔度众生——进入星尊帝王陵的一行四人，全清晰地听到了这个声音。

“你听！你听！那是什么声音？”那笙吓得一哆嗦，拉住了西京的袖子，拼命扯。是破坏神？还是……还是这个陵墓的主人——星尊大帝？

他们一行人没有盗宝者的技术和经验，光为了确定哪一座是星尊帝的王陵就费了一天多的时间。而等找到了，又不能依靠挖掘盗洞缩短距离，是靠着苏摩和西京的力量，硬生生劈开了星尊帝陵墓的大门，一路从正门直闯进来的。

这样硬碰硬地闯入自然遇到了无数机关和埋伏，颇费了一些周折。因此，在那一行盗宝者都快到达陵墓最深处的时候，他们才刚刚来到享殿。

享殿里狼藉的血肉、巨大的蛇骨，让他们惊觉有人刚刚在之前到达过。看到前方出现了三条支路，苏摩和西京却并不急。苏摩用一个术法封住了那些四处蠕动的赤蛇，让离珠不再尖叫，便开始查看四周的情况，想知道那一行不速之客究竟是何方神圣。

在踏入享殿，一抬眼看到正中四个大字时，苏摩的脸色忽然有了微妙的变化。

山河永寂

长久地凝望着星尊帝写下的那四个字，海皇低下头来，发出了一声若有若无的叹息——然而，就在这个时候，他们听到了陵墓深处传来的深沉语声！

在那一瞬间，苏摩脸色一变，右手闪电般地翻出，死死摁住了袖中蛟龙探出的脑袋。

“龙，少安毋躁。”傀儡师望向深不见底的墓穴，眼神凝聚起了冷光，“这真的是‘那个人’的声音？你确定？怎么可能……他的魂魄竟还在这个世上？”

袖中的蛟龙鳞片剧张，眼里射出炯炯的光，完全没有了一贯的温和气度。

那个声音一入耳，便回想起了七千年前的国仇家恨，无限的怒火从地底熊熊燃起，将龙神慢吞吞的好脾气瞬间蒸发。然而，失去了如意珠的龙神力量大不如前，空桑人的地宫里又充斥着神秘的封印力量。被海皇按捺着，蛟龙不得不强自克制着积压了千年的怒意。

然而，龙神这般的怒意，显然印证了一件事——

古墓深处的那个声音，来自于星尊帝！

西京脸色也变了，下意识地握紧了手中的光剑，把那笙拉到身侧。只有跟着进来的美人离珠不明所以，站在享殿中间看着那具巨大的骨架发呆，听到陵墓深处忽然传出的那个阴沉声音，不自禁地就想拔腿回奔。

然而，一想起九嶷王世子的承诺，她又站定了。

那个已经白发苍苍的青骏世子说：只要她引着这些人去杀了九嶷王，就还给她自由——自由！一想起这两个字，她发软的腿就坚定了一些。

“我、我这里有一张图……”离珠从怀里拉出一卷帛，对着苏摩一行道，“是……是青骏世子交给我的。你们拿去看看……就能找到九嶷王的踪迹了……”

因为自知罪孽过多，九嶷王在位的近百年来疑心都很重。空桑亡国后，他就开始修筑通往山腹的秘道，以便有一天可以作为最后救命用的藏身之处。那条秘道一共修筑了十多年，入口在九嶷神庙内，由神官们守护着，尽端却在谁也不知道的地方——也不知道他的养子，那个七十多岁的老世子青骏费了多少力气，才得来了这张地图。

苏摩只是看了一眼，嘴角就浮出一丝诧异。

“走吧。”苏摩转头望着看不到底的黑暗隧道，淡淡说了一句，“里面已经有高手在了——我们可别落在了后头。”

地底深处那个声音刚散去，一行盗宝者却已然在首领的引导下来到了最后一个密室，直奔宝藏而去。魔又如何，邪灵又如何，这一切，始终无法压倒这些刀口舔血的盗宝者。

一路上，闪闪护着那盏灯走在前头，一直在揣测第三玄室内到底有什么。然而在踏入大门的一刹那，音格尔却抢先了一步，轻轻一拉，将她拉到了背后。

"啊？"她的视线被少年瘦削的肩挡住，却听到音格尔刹那间发出了低呼。莫离在一瞬间将她护住，一把将她推出门去。所有盗宝者异口同声地发出惊叹，之后全部不由自主地倒退了一步。

闪闪被推出门槛，差点跌倒。那一瞬间，她终于看到了巨大的魔物！

第三玄室出乎意料的宏大，内部面积足足有一顷，高达百尺，让一行人进去后渺小得犹如蝼蚁。然而，这样大的一个墓室却没有任何别的出口。石室的尽头是大片的石壁，层层颜色分明，似是万古沉积岩的截面——盗宝者们一看就明白那是九嶷山的山体岩层，显示着这座庞大地宫的路径已然是到此为止了。

然而，让所有盗宝者惊呼的，却是那大片石壁前那个巨大魔物！一只足足有十丈高的赤色魔物，张开了双翅，拖着九条触手，火红的眼睛盯着这一行闯入的不速之客，正狰狞地从岩壁里飞出来！

"邪灵！"九叔一眼看到那个魔物，失声倒退。

然而，他的肩膀被一只手稳定地托住。"大家别怕！"音格尔稳住了老人，眼睛却一直盯着前方狰狞的巨兽，扬声道，"仔细看！那不是活的，只是一个幻影！"

一边说，他一边急弹了一枚石子上去，击在那只邪灵身上。

石子从中毫无阻碍地穿过，落到地上。邪灵一动不动。

"只是一个幻影。"音格尔感觉沁出一身冷汗，轻声地安慰周边同伴，"大家别乱了阵脚……真正的邪灵不在此处。"

所有人这才从惊慌中稳下了神，站定了侧头望去。

那只巨大的魔物仍然狰狞地张翅扑来，每个细节都栩栩如生。九叔定了定神，也弹了一枚暗器过去，暗器穿过了魔物虚无的身体落到地面，发出铮然的响声。老人长长舒了口气，小心地上前几步，来到魔物正下方抬头观测——巨大的幻影浮在半空，双翅张开后足有十几丈，拖下来的触手垂落到九叔的脸上。那是一种奇怪的淡淡荧光交织成的立体幻象，宛如真实一般。

然而，这个墓室的最深处没有一丝光线，这个幻影又是怎样凝聚而成的呢？

九叔看着头顶那对红色的魔瞳——这只邪灵被封印在星尊帝寝陵内已经七千年，年深日久和周围融为一体。所以，就算它忽然消失了，它的影子还会暂时存在于原地。

“在来的路上你们留意到没有？第二个玄室内那个白玉台上的水晶罩已经碎裂了。”音格尔叹息了一声，“而且，是刚刚被人打碎的——看来真正的邪灵，已然在片刻前复活离去！”

“什么？复活了邪灵？”盗宝者们纷纷惊呼，“谁？这不是害人吗？”

“应该是方才那个杀掉青王的鲛人干的吧……”音格尔笑了一笑，低下头去，轻轻抚摩着那面石壁——青王临死前叫那个鲛人“苏摩”。苏摩，这个名字很熟悉，似乎在某本史书里看见过。那个“苏摩”放出了邪灵，夺走了石匣，到底想干什么呢？音格尔想了想，找不到答案，挥了挥手，“好了，先不想这件事——只剩下最后一道门，我们很快就能抵达星尊帝的寝陵了！”

所有盗宝者精神为之一振，哄然欢呼。

音格尔来到那个巨大的邪灵幻影下，仔细观察——那个邪灵保持着攻击的姿态，被封印在这面石壁前数千年，显然是空桑人用来守护星尊帝寝陵的。然而，那个邪灵身后却只有一面石壁，并无任何通向寝陵密室的门户。

音格尔穿过了那个幻影，来到它身后的那面石壁上，从怀中拿出“魂引”，反复地端详。然而，那面岩石上什么都没有。

“莫离。”忽然他抬起头来，叫了一声，“拿一个火把过来。”

“是！”莫离应声而至，举起了一个火把，用手护着，让上面熊熊的火光投射到这片光洁的岩壁上。音格尔却是全神贯注地看着手中正在飞速旋转的金色罗盘，一瞬不瞬。“咔嗒”一声，他手中的“魂引”倏地停住了转动，指针一动不动地指向一个方向。

“在那里！”寂静的墓室中，音格尔倏地举起手臂，指着石壁上的某一处。所有人的视线跟着他的手指点处——目光落处，却是三丈高的石壁某处。

那里什么都没有。九嶷山特有的青岩在这里沉积出奇异的纹理，横截面上那一道道如荡漾碧波，在灯光下折射出微弱的晶体光芒。但即便是面对着一面空墙，一行盗宝者还是如临大敌，纷纷退开围成了扇形。

等同伴都退开做好了准备，莫离一扬手，飞出一枚暗器准确地敲击了一下那个点，听着发出的声音，蹙眉迟疑：“少主，听这声音……”

“就在这后面。”音格尔却开口拦住他的话，手中长索忽然飞出去，如灵蛇探首，轻轻点了点三丈高的上方石壁，“你们看，只有这一个点，和别处不一样。”

所有人悚然一惊。

是的，那是目力罕见的一个小小的点，纯粹的黑色，隐没在青色的岩壁纹理中——在整面墙壁都笼罩在七星灯的光芒下的时候，只有这一点依然是黑色的！！

仿佛那是一个湮灭之点，能将所有光线都吸入。

——所有盗宝者都知道，在空桑王陵里，只有一个地方才有这种现象。那就是安放空桑皇帝灵柩的寝陵密室，那个无法被一般的光线照亮，号称“纯黑之地”的最终玄室！

“从这里挖下去，封石的裂隙应该就在那里。”长索轻轻点了点石壁，石壁果然“咔啦”一声，裂开一条细微的缝，音格尔的眼里也有压抑不住的激动光芒，一字一句地吩咐下去，“莫离，你带领大家开始干活——小心生死锁，你也知道那个锁一旦受到外力，便会立刻自行内部毁坏并引发机关。”

“执灯者，你先让开。”顿了顿，他招招手，让闪闪到他身边去，“大家都是几进几出地宫的人了，应该知道小心吧？都快到寝陵了，加把劲！”

“是，少主！”所有人发出哄然的应和，摩拳擦掌地开始工作。

闪闪伸长脖子看，迫不及待地想知道这面石壁后沉睡几千年的王者寝陵是如何模样，然而音格尔微笑着摇了摇头，拉着她来到偏远的角落坐下：“执灯者，不要急，所有的王陵里，最后一道门都是最难解开的，最快也得用一天一夜。”

“一天一夜？”闪闪吃惊地睁大了眼睛，“要那么久啊？”

“嗯。你先休息，”音格尔从行囊里拿出食物和水，放到她身边的地上，又将一卷薄毡子打开铺在玄室的角落里，对她点点头，竟是分外关切，“等寝陵的门打开后，就要真正劳烦你了——此刻好好养精神吧。”

“啊，终于用得着我了？”闪闪却是高兴起来，“你们要我做什么呢？”

这一路来她只是跟在后头，处处受庇护，竟似成了一个累赘，心里暗自不安，此刻终于听说快有了出力的机会，如何不喜？然而音格尔只是沉默地望了她一眼，眼神里分明有惊讶和不解的神情，又浮现一丝悲悯，喃喃道：“原来，你还并不知情？你知道七星灯的秘密吗？”

闪闪有点不好意思地低下头去，绞着自己的手指：“嗯……爹死得突然，还没来得及教给我。我、我虽然能操控这盏灯，却还不是一个合格的执灯者……”

“不知道也好。”音格尔沉默片刻，却只是短短说了一句，“你等会儿只要举着灯，给我们照亮那个房间就行了。”

一语毕，便转过身去，再不与她说话。

少年站在那巨大的邪灵幻象下，仰头望着石壁上迅速搭起的脚手架，定位的金钉银线纵横展开，剩下的几个盗宝者已经开始熟练地工作了——那，都是他们一行世代积累下来的经验，做起来无不迅速干脆。

他静静地等待着机关发动、石门开启的瞬间。

他也预料到了这个千古一帝的最后一道防御会有多坚固，对入侵者的反击会有多狠毒——所以，他的眼睛时刻不离那个纯黑的点，手指在袖中握紧了短刀和长索，微微颤抖。

清格勒……清格勒，哥哥，十多年了，你还被困在那里吗？你有没有想过我会来到这里？

他将手按在那面沉默了千年的岩石上，低下头去，肩膀忽然微微发抖。

闪闪刚刚吃完了一张薄饼，喝了一口水，却望见了他此刻的表情，不由得有些微的愕然。这个脸色苍白的少年一路上都是那样英明神武，每一句话都成为一行人的行动准则，而且从未出过错，宛如天神——然而此刻，他的表情却忽然像一个又激动又恐惧的孩子。

闪闪好奇地望望音格尔，又低头望望手里静静燃烧的灯，忽然想起了在第二玄室内看到的那个鲛人少年和扑簌的巨大翅膀，不由得打了个冷战——

对了，既然这个密室没有别的出路，那个鲛人和邪灵，如今去了哪里？！

“少主，可以了！”在她神思恍惚的刹那，忽然听到了莫离的声音，惊喜万分，似乎是没有想到事情进展得出乎意料地快。一阵“咔啦啦”的裂响传来，仿佛真的有什么巨门被打开了。

闪闪愕然抬头，忽然间眼前就裂开了一道银河。

那光是如此璀璨辉煌，仿佛地底闪出一道电光来！那一瞬间她只觉眼睛都要被刺瞎，下意识地低下头去。然而，偏偏那光只得一瞬，旋即消失——黑暗从最深处的墓室里透出，仿佛有生命一样地进逼！眼前一片空茫，她只听到一个低沉的声音响起，仿佛亡灵的叹息。

古墓的最后一道门打开了。

“大家小心！墓门开启了！”九叔在大呼，然而声音却是有条不紊，连番指挥下去，“避开飞箭！蒙住口鼻！巴鲁快上去撑住千斤闸！”

然而，就在那一瞬间，那只浮在虚空里的邪灵幻象消失了。那道裂缝里吐出了许多尖厉的呼啸，随即沉沉闭合，变成死寂的纯黑。呼啸声中夹杂着盗宝者们短促的惨呼，显然是有人躲避不及，中了机关。

“小心！是连珠弩、飞蛰和毒瘴！”音格尔在刹那间辨别清楚了一切，脱口大呼，身形飞扑出去，飞索在空中划出一个弧，将一部分飞弩与毒虫击落，然而毒瘴却在墓门打开的瞬间，势不可当地扩散出来。

幸而盗宝者早有准备，在进入墓室的时候每个人的舌下都含了解毒药。然而即便如此，在这一瞬间，还是有一半的盗宝者挂了彩。连莫离都未能幸免，左臂上被飞蛰咬了一口，迅速流出紫色的血来。

他来不及多想，眉头也不皱地将伤口附近的肉剜了下来。

一刹那的黑暗后，第三玄室里终于恢复了片刻前的光线。闪闪吓得缩在角落，护着烛台，不敢看那边的景象——当然她也没有发现，在那道裂缝开启之后她手里烛台光芒陡然大盛。然而诡异的是，烛光全部向着石壁方向投射过去，另一半空间则丝毫照射不到！

“快……快……”三丈高台上，有人发出了呻吟般的喘息。

躲过方才那一轮袭击的盗宝者们一惊，抬头看去。只见整面巨大的岩壁开启了三尺高的裂缝，而这座空前巨大的闸门下，一个魁梧的力士屈身蹲在缝隙里，呻吟着用双手和肩背扛住了整面落下的石壁！

原来，在这个玄室里，整面岩壁都是最后一扇门！

“巴鲁，撑住！”音格尔低呼，立刻掠过去，“大家快把支架拿过来！”

“是！”莫离抹了抹臂上的血，挥手带领盗宝者跟上去——折叠着的青钢架子被打开，一只只被放到裂缝中间，代替巴鲁撑住了三尺的空隙，每一只都有一尺的直径。

“好了，巴鲁。”在支架放好后，九叔上去拍了拍力士的肩膀，嘉许道，“你可以歇息了。”

然而那个跪在裂缝里托住千斤闸的魁梧汉子没有动——在九叔一拍之下，“咔啦”一声，似乎有什么被折断了。他整个人忽然向着闸门里倒下，腰椎以直角的方式刺出了皮肉，整个人仿佛忽然从中折断！

“巴鲁！”九叔惊呼，伸手拉住了他，用力拖出来。

所有盗宝者都惊骇地退开一步——那个号称西荒第一大力士的巴鲁全身瘫软如蛇，脊椎断成了数截，七窍都流出血来。他直直向前看着，睁大的眼睛里露出恐惧和震惊的表情，仿佛看到了墓室里极度可怕的景象。脸上插着四五支锋利的短弩，其中一支从左颊射入耳后透出，赫然已经气绝身亡。

大家都沉默下去。

很显然，在方才最后一道门打开的刹那，巴鲁奋不顾身地冲到了迅速重新闭合的千斤闸下，用身体托住了闸门，以万钧之力将其扛起——这，也是此行里，这个西荒第一大力士最重要的任务。

然而门内重重的机关随即启动，劲弩、飞蛰、毒瘴，这些东西在墓门打开的瞬间蜂拥而出，为了不让门重新闭合，巴鲁坚持一步不退，生生死在闸门下——重病的母亲还在等待他带着宝藏归去治病，而他却永远无法回到沙漠了。

“好了，大家准备，可以进去了。”最先回过神、打破沉默的是音格尔，他将巴鲁的尸体从门下拖出放在一边，举起了手，“执灯者，请过来。”

闪闪压抑着心里的惊骇和颤抖，从角落里拿着灯站起。音格尔握住她的手，神色肃穆地弯腰行礼，轻声道：“这是星尊帝的寝陵，没有任何凡世的光可以照亮的‘纯黑之地’——请执灯者引导我们前行。”

终于……终于要用到她了吗？闪闪忐忑不安地走过去，望着那一线黑沉沉的三尺空隙。里面的黑暗是如此深邃，似乎可以吸尽所有光线。那个千古一帝，就在里面安眠？

她又是一个激灵，打了个寒战。

然而，面对着音格尔和所有盗宝者的凝视，她还是硬着头皮弯下了腰。旁边的莫离握紧了手，全身肌肉蓄势待发。音格尔的脸色苍白而凝重，眼神隐隐激动。一行人正准备弯腰从那道裂缝里通过，去往最后的藏宝之地。

“哎呀，你们看，果然是在这里！我们来得正好呢。”

忽然间，一个清脆的笑声打破了这一刻的凝重气氛，脚步声从第二玄室纷沓而来——所有盗宝者大惊失色，悚然回头。

是谁？居然还有人跟随在他们之后进入了这座古墓！

这种现象以前也不是没有过，八成是想跟着来捡现成便宜、坐地分赃的另一行盗宝者——音格尔的脸色一变，眼里放出狠厉的光，手按上了腰侧的短刀和臂上的长索。

没有人可以在卡洛蒙世家头上动土！

然而，摇曳的光线下，外头进来的却是一个身材娇小的少女。

那个云荒上罕见的异族少女，黑发黑眼，手无寸铁，蹦跳地沿着甬道飞奔进来，望着开启的寝陵大门拍手欢呼，毫不介意面前一群恶狼般的盗宝者满脸杀气地盯着她。

“丫头找死！”一个盗宝者按捺不住，一柄飞刀激射向少女的心窝。

“啊！”闪闪惊呼起来，认出了来人，“别！她是……”

这个少女，分明是在村子里救过她们姊妹的那个苗人少女啊！怎么也会到了此处？然而不等她把话说完，盗宝者的刀已经投掷出去，又狠又准，执意要毙这个闯入者于刀下！

“叮！”轻轻一声响，白光闪现，那把飞刀在触及衣衫之前忽然粉碎了。一只手伸过来拉住了那个跑得高兴的少女，将她拉到身侧，教训道：“那笙，给我小心些，这里有群豺狼呢。”

那个落拓的大汉指间旋绕着白光，缓缓说着，抬头望向面前的盗宝者。在他抬起眼睛的刹那，所有凶神恶煞的盗宝者都不自禁地震了一下——这个人的眼睛！那双眼睛平静而毫无杀气，却蕴含着说不出的力量。那样一眼看过来，居然将对方即将爆发的杀气在瞬间生生扼住。

“盗宝者，我们无意与你们争夺这里的一切宝藏，”在音格尔一行开口之前，来人沉声说出了一句关键的话，稳住了对方的情绪，“我们只是来寻找一个人。”

“西京大叔！那笙姐姐！”不等音格尔表态，闪闪却叫了起来，“你们怎么到这里来了？”

西京？音格尔悚然一惊，侧过头来，失声道：“空桑的剑圣西京？”

“不敢当。”落拓大汉一笑，将东看西看的那笙紧紧拉在身边，眼神镇定，“这位看来是卡洛蒙世家的音格尔少主了？黄泉三尺之下的无冕之王啊，幸会幸会。”

“幸会。”音格尔低声回了一句，心下却闪电般转过了几个念头。

来的居然是空桑的剑圣？这可有些棘手……对方来意不明，虽然说了不争地底宝物，但又怎能凭一句话就相信？如果联合这里的所有人发动袭击，对方身边又有一个显然不会武功的少女，说不定也可以取胜……心里转瞬想了千百个念头，音格尔暗自握紧了手中的长索。另一只手放到背后，轻轻做出了一个“合围”的姿势。

莫离一眼望见，暗自点头，传令下去。一行盗宝者默不作声地散开，装作若无其事地包围了这一行人。

“贸然打扰，少主莫怪。”西京却仿佛不知道对方杀机已起，只是朗朗而笑，“我们是追着一个人下到这里的——那是我们的仇人。我们只求拿到这个人手里的东西，不会取这里的任何宝物。”

“哦？是吗？”音格尔微笑，恭谦有礼，“不知值得剑圣亲自出手的那个人，又是谁？”

“九嶷王。”西京没有隐藏，一口说出，“不知少主可有看见？”

“九嶷王？！”盗宝者齐齐一惊，相顾失色。

音格尔脸色变了变，心下顿时信了九分，放在背后指挥同伴发起攻击的那只手松开了，缓缓道：“哦，原来如此。难怪九嶷王会躲到这个地方来……”

西京喜道：“那么说来，少主是看到过他了？”

“不错。”音格尔点头，杀气稍缓，示意同伴暂时按兵不动，“只不过，在我们遇到他的时候，他已然被人杀了。”

“什么？！”西京和那笙齐齐脱口惊呼，“被谁？”

“被……”音格尔正要回答，忽然脸色一变，望着他们背后的甬道，脱口低呼，“就是被他杀的！”

所有人瞬间回头，望向背后。果然，无声无息地，有一个人从黑暗的甬道里走过来，手里拖着一件物体，不停磕碰着坚硬的地面，发出沉闷的钝响。一头蓝发渐渐显露，蓝发下是深碧色的眼睛，面容俊美如妖。

看到了墓室里那一行盗宝者，来人居然没有惊奇的表情。只是在墓室门口停下来，带着询问意味地望了望先来的两个人，却不料西京和那笙也同时满怀诧异地随着音格尔的手指看了过来。

“什么，你说是他？！”西京和那笙回头看着后面赶上来的同伴，大惊道。

“你们说苏摩杀了九嶷王？”那笙忍不住笑起来，“怎么会！他这一路是和我们一起来的，怎么可能分身出来……”

然而，话音未落，苏摩却抬起手，扔过来一样东西。

“啪嗒！”那个东西沉重地落到地上，毫无生气地瘫作一堆，王冠骨碌碌地从头颅上滚动下来，“叮”的一声撞到了墙壁上。

“九嶷王！”看到苏摩拖来的那具尸体，西京低呼，“怎么回事？”

他抬起头，有些不可思议地望着同伴：“真的是你杀的？怎么可能……你一路上都和我们在一起！你什么时候分身出去杀的人？”

“我只是在甬道角落发现了这具尸体。”苏摩的声音冰冷，隐藏着可怕的怒意，“有谁抢在我们前头，把他给杀了！连放置右足的石匣也不见了！”

“就是他！他在说谎！”看到了那个黑暗里走来的人，闪闪却惊呼起来，指着苏摩，瑟瑟发抖，“就是他折断了九嶷王的脖子，和邪灵一起拿走了石匣子……九嶷王管那个人叫苏摩！就是他！”

虽然方才只是乍然一见，但是那个鲛人的惊人之美却让所有人过目难忘。闪闪死死盯着那个过来的鲛人，一边惊呼一边往音格尔身后躲藏。

然而，她的指认出口，那一行人忽然间都沉默下去了。

西京看向苏摩，脸色凝重，连一向大大咧咧的那笙都明白过来，沉默下去。

“原来是阿诺……”苏摩的手指缓缓握紧，十个断裂了引线的指环熠熠生辉，他的表情瞬间变得极其可怕，厉声道，“是阿诺！它抢在我之前杀掉了九嶷王！该死！”

明知百年来他日夜以杀掉那个人为念，它才故意抢先一步！

苏摩霍然抬头，满眼杀气——是的，那个家伙分明是在挑衅！从出生以来，它就时时刻刻地在和他作对，让他失去所有想要得到的东西！

“嘻……”忽然间，一个声音轻轻笑了，极轻极冷，带着说不出的讥诮，清晰地环绕在空旷的巨大玄室里，“哥哥，你生气了？”

音格尔一惊，抬头。这个声音，分明不是在场所有人发出的！循着声音，他侧头望向那三尺宽的裂隙——那个细细的声音，居然是从那纯黑色的缝隙里传来的。

“哥哥，你生气的样子，真是赏心悦目啊！”黑暗里，那个声音细细地笑了，从寝陵深处传来，仿佛诅咒似的不祥，“虽然你在母胎里吞噬了我，但是，你这一生将永远永远得不到任何你真正想要的……无论是所爱的，还是所恨的。”

在听到声音的刹那，苏摩的手倏地抬起！

手指上一道银光直穿入了那道黑色的裂缝，向着声音来处狠狠扎下。“唰”的一声，引线的末端却仿佛被一只手接住了，保持了刹那的僵持。

“你要的王之右足，就在我手里，”阿诺在黑暗中轻笑，“有本事来拿啊……”

苏摩冷冷看了一眼那道缝隙，手指一收，拉紧那条引线，整个人瞬间就沿着那条线飞掠了过去！他的身形鬼魅一般滑入那道缝隙，速度之快，让在场的所有人都来不及阻拦。

“苏摩，小心！”西京在后面惊呼了一声——那个傀儡分明在故意激怒苏摩，寝陵的黑暗里安危莫测，不知埋伏下了什么机关暗算！

盗宝者们已然反应过来，纷纷拔刀拦在前方，不让这些外人抢先进入藏宝的寝陵。

“借过！”西京来不及多说，手指间腾起白光，光剑铮然出鞘，剑气在瞬间吞吐达数丈，直刺向那个黑暗的门后。盗宝者们的刀剑在瞬间被斩断了三四把，踉跄着后退。

“让他进去！”冷眼旁观的音格尔忽然沉声喝了一句，“大家退开！”

盗宝者悚然收手，纷纷退开，看着西京一俯身从裂缝里钻入门后。

“少主……”九叔吃惊地望着音格尔，不明白他为什么放了外人进去。

“以他们两个人的力量，我们根本拦不住，只是无谓折损人手而已。”音格尔摇头，望着那一线黑色，顿了顿，嘴角浮出一丝笑，“而且，既然方才杀了九嶷王的那个鲛人在里面，那么，邪灵一定也在里面！让他们先争个你死我活吧！我们等等再进去。”

九叔明白过来，击掌道：“不错，鹬蚌相争！”

果然，随着苏摩和西京的相继进入，寝陵的黑暗里充斥着呼啸声，仿佛里面有什么在激烈地搏斗。石壁上不时传来巨响，整个王陵都在震动！

盗宝者们一惊，齐齐后退。

音格尔点头：“大家先原地休息一下，等里面安定了……”

“啊，你这个人怎么这么恶毒！”他话音未落，旁边一个女声叫起来，手直指到他鼻尖上来，“这不是借刀杀人吗？你真是个坏人！”

一众盗宝者侧目看去，原来是和西京、苏摩一行一起进来的那个少女，此刻还留在玄室里。听到她公然辱骂少主，盗宝者中已经有人怒气勃发。然而音格尔却定定望着那只伸到他鼻尖上的手，眼神一变，微微摆手，示意手下安静。

“皇天”？在这个女孩手上，居然戴着空桑王室至宝“皇天”！

传说“皇天”不但本身蕴藏着力量，更能唤起帝王之血的力量——如今他们一行人身处星尊帝的寝陵，倒是不好对“皇天”的持有者骤然发难。

“那笙姐姐……”闪闪躲在一旁，拉了拉少女的衣角——这群盗宝者都是狠角色，那笙如果不知好歹惹翻了音格尔可大大不好。她很快把那笙拉过来，岔开了话题，“我妹妹怎么样了？你把她送回村子里了吗？”

“啊……呀！”那笙愣了一下，忽然明白过来，“你说晶晶？糟了！”

她的脸一下子涨得通红，说不出话来——自己只顾着跟西京跑往王陵，根本忘了那个哑巴小女孩还被留在原地！

“你把我妹妹扔了？”闪闪看到那笙的表情，立刻明白过来，急得快哭出来，“你……你怎么可以这样！你答应了照顾晶晶的！”

那笙的头直低下去，恨不得找个地缝躲起来：“我……我等下就出去找她！对不起对不起……她一定会没事的。”

"唉，你！"闪闪急得跺脚——没想到这个看起来爽朗侠气的女孩，却是一个不可靠的马大哈。

"不要急，执灯者，地面上的征天军团想来已经撤走了，令妹不会有事。"音格尔轻轻拍着闪闪的肩膀，温言安慰，"等出了寝陵，我们立刻帮你找晶晶，可好？"

"也只好这样了。"闪闪叹气，眼神焦急，望了望那座石门，"我们赶紧进门看看吧。"

"不能急，"音格尔却扳住了她的肩膀，眼神冷定，"再等一等。"

"再等什么？等里头两败俱伤吗？你可真是个坏人！"一听这话，那笙却是火了，愤怒地瞪了盗宝者们一眼，自己身子一弯，径自便进了那个黑暗的寝陵——西京和苏摩都在里头，别人见死不救，她可不能在外头看热闹！

"那笙……那笙！"闪闪看到那笙一头冲进去，大急道，"危险啊！"

"嘭！"就在那笙准备弯腰进入的刹那，黑暗里忽然爆发出一声巨响，仿佛有什么东西由内而外地爆裂开来！

"大家小心！"音格尔大呼，想也不想，一手将闪闪护在怀里急速后退，"靠墙角！靠墙角！不要站在中间！"

那面巨大的石壁忽然裂开了，无数的石块砸了下来，密布整个空旷的玄室——那种力量是极其可怕的，整面石壁在瞬间四分五裂，将外面站着的盗宝者也震得连连后退。

只听一声尖厉的啸声，石壁中冲出了一只巨大的怪物，双翅展开几达三十丈，下面拖着九条触手，双目血红，呼啸着从黑暗里冲了出来！

"天啊……邪灵！"盗宝者惊骇地叫了起来，心胆欲裂。

这一次不是幻影……这一次，绝对不是幻影！

从寝陵的黑暗里冲出了真正的邪灵，展开巨翅，吞吐着毒气呼啸而来，发出撕心裂肺的尖叫声，状若疯狂。一路上，它的触手上下翻飞，不断地抓取着地面上的活人，一旦被触及肌肤，人便瞬间在它触手的环绕中萎缩，所有血肉消融殆尽。

闪闪吓得缩在音格尔怀中，抓紧烛台，不敢去看头顶上掠过的那只巨鸟。

然而，那只从石壁中冲出的邪灵似乎受了重伤，踉跄地飞着，一头撞上了玄室对面的石壁，发出轰然巨响，颓然落到了地面上。绿色的血从它身体下的九条触手里渗透出来，它勉强抬起血红的眼睛，愤怒地望着寝陵的方向。

“苏摩……苏摩！”邪灵挣扎着喘息，忽然发出了一阵低呼，令人毛骨悚然，“我要杀了你！”

“苏摩！苏摩！你怎么了？”一地的碎石里传来那笙的惊呼。

方才进入寝陵的瞬间，她就感觉到空气中充斥着澎湃汹涌的力量，压得人无法呼吸。那些力量在交锋、搏击，最终将整面石壁都化为齑粉！她看到苏摩被压在了碎裂的石下，脸色惨白。

她不顾坍塌的石墙直冲过去，想从废墟里扶起不停咳嗽的傀儡师。

“别过去！”然而她刚一动，就被身边的西京扯住了，西京厉喝，“那不是苏摩！”

“哈……”那个废墟中的鲛人发出了一声短促的冷笑，抬起眼。

“啊……阿诺！”那笙一看到他的眼睛，就明白过来了，脱口而出，“是阿诺？！可苏摩……苏摩呢？他怎么了！”

“我在这里。”苏摩的声音从另一边响起，同样衰竭，“我拿到了封印。”

角落的碎石簌簌而落，一个人挣扎着站起，抖落满襟鲜血，缓缓地举起了手中抓着的石匣，脸色惨白如纸，右手不停地颤抖。

微弱的烛光中，所有盗宝者看到了匪夷所思的一幕——仿佛是空气中忽然出现了一面看不见的镜子，有两个一模一样的鲛人，在废墟中静静对峙！

同样的蓝发，同样的碧瞳，同样俊美如天神的脸和邪诡如妖的眼神……这世上，怎么会有两朵并世的奇葩呢？闪闪看得呆了，左看看右看看，感觉自己宛如做梦。

“几天不见，你居然长这么大了……难怪敢来挑衅。”虽然手臂几乎完全断了，苏摩却紧握着方才抢夺到手的石匣，静静望着废墟里的孪生傀儡，眼神冷酷，“不过，你也太小看我了——以为凭着一只邪灵，就能伏击我？”

阿诺看着苏摩，脸上泛起了诡异的笑：“咳咳……其实论伏击，邪灵的力量足够了。我只是没想到……还有空桑剑圣和你一起来了而已……”傀儡在废墟中咳嗽。有一根细细的引线穿透了它的心脏部位，将它钉死在废墟里。然而它的身体仿佛是虚无的，没有一滴血流出来。

它在笑，毫不惧怕："苏摩，你只是运气好而已……刚才如果不是西京帮你挡了一击……咳咳，你以为你可以逃得过幽凰的伏击？"

"幽凰？"这一次脱口惊呼的除了苏摩，还有音格尔。

鸟灵之王幽凰，在把自己送到九嶷山下之后，不是已然自行离去了吗？怎么此刻会出现在地宫里，而且变成了邪灵？音格尔震惊地望着那只重伤的庞大魔物——那个有着双翅九手的邪灵有着红火的眼睛和类似于鸟类骷髅的头颅，狰狞邪恶，完全看不出幽凰的影子。

"它是幽凰？"苏摩捂着胸口的伤，用幻力催合着心肌，有些不相信地望去。

他差一点点死在这个魔物手里。刚进入寝陵的黑暗时，尚未寻找到阿诺的所在，却被这只邪灵猝不及防地袭击——寝陵里的那种"纯黑"是湮没一切的，甚至连他一进入都出现了暂时的视觉迷失。而那个魔物潜在黑暗里，无声无息地等待着。他顺着引线掠入，想从阿诺手中夺回那个石匣，却没有注意到周围还有更大的威胁。

那只复活的上古邪灵蛰伏在黑暗深处，静默地收爪咬牙，等待着他的出现——在他将注意力全部放在阿诺身上时，它陡然掠到，又狠又准，一抓就洞穿了他的心口！

他旋即反击，用辟天长剑削下了邪灵的触手，然而那只魔物仿佛疯了，仿佛丝毫感觉不到疼痛，只是不管不顾地拼命攻击，不顾自身安危，只想置他于死地！

这只上古的邪灵，怎么会有那么强烈的恨意？

如果不是袖中的龙神在那一刹那飞腾而出，咆哮着将那只邪灵击退，他只怕当时就因为剧痛而失去知觉被吞噬了吧？而黑暗里，他那个孪生兄弟正虎视眈眈，想将他的心脏啖去。龙神和邪灵的缠斗给他带来了喘息的机会，然而苏诺却趁机靠近重伤的他，试图从伤口中挖取他的心脏！

它撕裂了他的胸膛，冰冷的手攫住了他的心脏，眼里带着狂喜的表情。

"我要吃了你的心……"那个脱离了引线的傀儡握紧了他的心脏，用疯狂的声音低语——那一瞬间，他几乎以为自己就会在这里死去。

然而，就在阿诺动手的瞬间，西京终于赶到，一剑将那个傀儡斩伤。那一刹那生死交错——在他活过的两百多年里，从未像这一刻这么接近死亡。

苏摩怎么也想不到，那个邪灵竟然会是幽凰。

阿诺逃脱后，怎么这么快就和幽凰走到了一处？他捂着破碎的胸口喘息，眼里却流露出阴郁愤怒的光——想来当初遇到幽凰时阿诺就极力表示亲近，坚持让她留在身侧，已经是存了不可告人的心计吧？

终于，它在逃脱后，寻找到了在九嶷附近徘徊的幽凰，达成了某种可怕的协议，来报复同一个敌人。这样恶毒的计策，定然是阿诺提出的——这个偶人实在太了解傀儡师了，知道他心里有着难以泯灭的仇恨，必然会来找九嶷王复仇。

他们首先跟随着九嶷王进入地宫，然后杀了九嶷王，夺走了六合封印，然后蛰伏在黑暗的地宫里，静静地等待苏摩来自投罗网。

然而即便如此，分裂后的阿诺已然没有任何力量，幽凰又不是苏摩的对手，于是，他们便孤注一掷地打开了地宫密室内的上古封印，让邪灵在幽凰身上复活！

苏摩捂着破碎的心从废墟里踉跄起身，望着那只垂死的邪灵——那对火红的眼睛里依然有着最深切的仇恨，仿佛要将他生生吞噬。

他记起了以前这个鸟灵之王的模样：那个叫作幽凰的鸟灵有着一张美丽的女童的脸，和白璎有几分像，却显得幼小而邪气。在寒冷的苍梧之渊旁，她展开漆黑的巨大羽翼包裹住了他……在他怀里，这只鸟灵没有邪魔的气息，完全像一个人世的少女。

在那个黑夜里，她的羽翼温暖而蓬松，笑靥和记忆最深处那张脸恍惚相似。

他拥抱了她，宛如百年来一次次拥着不同的人类女子入眠，只为不能抗拒独眠时的寒意——等到朝阳初起的刹那，他已然将那一夜遗忘。和以前无数夜一样，他们的躯体虽然融合，但灵魂却根本没有交会过。这种相遇，原本就和清晨的露水一样，在日出后就悄然消失，不会留下任何印记。

然而她却因此恨他入骨，不惜化身为魔来攫取他的心脏？

那个死去的白族女孩，有着和姐姐一模一样的执着，但心却是扭曲的，无论是爱得极致还是恨得极致，都蕴藏着巨大而可怕的力量。而阿诺……就是一直蛰伏着，引诱着，想利用她这种力量吧？

那样想着，傀儡师沉默下去，眸子里杀气渐渐消散。

“不认得我了吗，苏摩？我这个样子很可怕吧？”幽凰躺在血泊里笑了起来，然而骷髅般的脸上没有丝毫表情，嘶哑地叹息，“可惜……就差一点点……就差一点点，我就可以看到你的心了……就可以撕开你的心了！”

苏摩望着那只怪物，忽然道：“就算恨我，也不必将自己弄成这样。”

“那又如何？反正……无论什么样子……你都不会放在眼里。”幽凰扑扇着巨大的翅膀，拖着九条被截断的触手，想挣扎着站起来，浓绿色的血从身体里不断涌出。她嘎嘎地笑着，声音已然嘶哑，“我想看看你到底有没有心！我要把它挖出来看看……”

苏摩眼里忽然有某种悲哀，放开了捂着胸口的手：“那你看吧。”

被阿诺撕裂的胸臆内，有一颗心安静地躺着，四分五裂。鲛人的心脏是居中的，色为深蓝，左右心室等大，膜瓣上有鳃状的丝。此刻，那个恐怖的伤口正在幻力的催合下，以肉眼可见的速度快速愈合。

“原来……你的心……早已不跳了。”幽凰勉力抬了抬爪子，露出一个苦涩的笑，“不但是冷的，而且早就不跳了！哈哈哈！”

她大笑起来，那种怪异的笑声响彻地宫，让那笙吓得一哆嗦。

“好，好！既然你无心……那么就用命来抵吧！”大笑声中，旋风呼啸而起。巨大的翅膀扑扇着，垂死的邪灵用尽了全部力气飞起，扑向苏摩，利爪闪烁着寒光，伸出九条触手想将其撕裂！

“小心！”想不到那只奄奄一息的邪灵还会反击，那笙脱口惊呼。

就在这一瞬间，玄室内闪出了纵横的电光！

羽毛如雨而落，浓烈的血腥味弥漫。扑过来的邪灵被固定在半空，看不见的引线在瞬间洞穿了她的翅膀和触手，却没有割断她的咽喉。幽凰奋力挣扎，眼中冒出火光来：“杀我！有种你杀了我！”

“我不杀你。”苏摩却摇了摇头，望着一边的阿诺，“我要杀的，只有它。”

“孬种！我就知道你不敢！”幽凰极力挣扎，不顾那些锋利的引线随着她的动作一寸寸切割着肌体。然而她竟然丝毫不觉得痛，只是疯狂地大笑，“你不敢，是不是？杀了我，怎么和我姐姐交代？哈哈……卑贱的鲛人，你以为你是什么东西？还不是我们空桑人千年万年的奴才！你怎么敢杀我！”

苏摩微微蹙眉：“我当初是不该惹你——现在，可以闭嘴了吗？”

他是那样骄傲冷酷的人，对于他而言，那样的话已然是某种宛转的歉意——然而幽凰却仿佛疯了一样，根本停不下滔滔不绝的谩骂，眼睛因为兴奋而血红：“呸！你的底细谁还不知道？什么海皇？笑死人……分明是西市里出来的贱货，老爷贵妇们玩腻了就送走的奴才！被转卖到青王府之前，还不知道有过多少个主子呢！居然还敢觊觎空桑太子妃……”

“喂，你给我闭嘴！”那笙听得勃然大怒，挣扎着要上去揍她。

西京按下了她的肩膀，却是担忧地望向一旁的傀儡师。然而出乎意料地，苏摩竟然并未像以往那样对污言秽语发怒，他只是沉默地扣紧手中的丝线，束缚着那只不断扭动的邪灵，表情冰冷而漠然。

这样的恶毒语言，竟然完全不能激发他的怒意，只令人觉得恍惚。

即便如此难听，可这些恶毒的话其实讲的都是事实——从出生以来，他就被无所不在的黑暗和屈辱包围。那些话，就算不骂出来，也在所有人的心里隐藏着吧？自从他诞生在这个世上以来，种种摧折、侮辱、白眼和凌虐，无以复加。他一直忍受着，咬碎了牙也挣扎着活下去，发誓总有一天将报复所有的空桑人。

是的，所有空桑人——包括那个故作可怜、对他示好的白族太子妃。

……

仿佛多年来积压的愤怒和仇恨全部宣泄出来，幽凰不顾身上的剧痛，只是破口大骂：“也只有白璎那个贱人才会被你迷昏了头！天生的贱！她老娘放着好好的王妃不当，跟冰族人跑去了西海；她更青出于蓝而胜于蓝，被一个鲛人奴隶勾引，真是丢尽了空桑的脸……”

听到那个名字从她嘴里吐出，苏摩的脸渐渐变了，仿佛有火在眸中燃起。

“给我住口。”他霍然抬起头，眼神雪亮如刀，一字一句地低喝。

看到他脸上色变，幽凰却反而兴奋地大笑起来，她扭动着身子，竭尽全力地嘲笑：“我偏不住口！我就要说！整个云荒谁都知道白璎真是个天生的婊子，放着好好的太子妃不当，去和一个鲛人奴隶乱搞——啊，我倒是忘了，那时候你还不是男人，搞不了她。哈哈哈，真是讽刺！你们……”

滔滔不绝的恶毒辱骂，终结于一道雪亮剑光。

辟天长剑在瞬间雷霆般洞穿了邪灵的巨喙，将舌头连着一起钉住！

剧痛让幽凰拼命扭动着身体，锋利的引线一寸寸割入舌头，宛如凌迟，血顺着引线如雨落下。她却磔磔怪笑着，眼里有得意的神情——是的！终于激怒他了！起码，在这一瞬间，他的心是跳动着的吧？

她并不怕死……这样的生命，还有什么好顾惜的。她已然苟延残喘了百年，却寻不到生的意义。如果要终结，也希望是终结在某个有意义的人手上吧？

她要他记得她，所以不顾一切地刺痛他。

“我说过要你住口……既然你不听，”傀儡师鬼魅般地掠上了半空，一脚踩着邪灵的背，将剑从她口中拔出，对准了幽凰的顶心，冷冷道，“那么，就给我永远地闭嘴吧！”

一剑挥落，直插邪灵顶心，然后拔剑横削，瞬间便将头颅斩落在地！

“耳根清净。”苏摩凝视着那具抽搐的邪魔尸体，漠然扔下一句话。

他身上方才一瞬间爆发出的杀气，让整个玄室都陷入了静默。连一直旁观的阿诺眼里都有敬畏的表情——还是没有改变吗？即便是继承了先代海皇的记忆，这个傀儡师天性里的杀戮和黑暗还是没有消除，在忍耐到极限后，还是这样恐怖地爆发出来！

邪灵的头颅被斩下后在地上滚了一滚，蓦然缩小，变成了一个少女的螓首，容色娇丽如生——那个魔物，竟是在死前，恢复了原本的模样。

“天啊！”那笙被吓了一跳，望着那颗同龄人的头颅。

白麟的顶心里贯穿着辟天剑，一双眼睛一瞬不瞬地望着苏摩，目光亮得可怕，充斥着怨毒和绝望，竟似要化为厉鬼去啖食对方。然而毕竟生魂已散，孤零零的头颅只维持了片刻的神志，嘴唇开合着，吐出一句话，便再也不动。

“我恨自己……曾委身于一个鲛人。”

那句话过后，玄室内寂静无声。

西京望着地上那颗少女的头颅，想起百年前在帝都也曾见过白璎身边这个小小的女孩。当初白璎被送进帝都册封时，白麟不过六岁，是个粉团似的娃娃，在众人的簇拥之下，娇贵而专横。如今世事倥偬，百年后，这个白族的千金竟是在这座古墓里，以邪灵的形态死去。

那笙望着那颗死不瞑目的头颅发呆，许久，才大着胆子上前俯身想合起她的眼睛。然而白麟的眼睛一直大睁着，竟是怎么也无法合上。

“天哪，她一定很恨你啊……”那笙心有余悸，侧头望了望苏摩，而后者毫无表情，恍若无事。西京吐出一口气来，走过去拍了拍苏摩的肩，沉声安慰：“放心，白麟如今变成了这种模样，就算知道你杀了她，白璎也不会……”

“谁管她会如何？”苏摩忽地冷笑，截断了西京的话，“白麟是我杀的，她有本事就来杀了我为妹妹报仇！”

淡淡地说着，手中引线忽地如灵蛇抬起，对准了废墟中的阿诺。阿诺望着主人，眼神又是恐惧又是厌恶，手足发出微微的颤抖，显然是想极力挣脱。然而傀儡师一弹指，一根引线从傀儡的心脏部位呼啸穿过，将其钉住，不令他有丝毫逃脱的机会。

两个一模一样的孪生兄弟，就这样在废墟里静静对峙。

“你我之间，终需一个了结。就如当年母亲身体里的养分只能诞出一个婴儿一样——”许久，苏摩开口，望向自己的孪生兄弟，眼神平静冷酷，“无论如何，这第二次的争夺，还是你失败了……我的弟弟。”

十指一弹，戒指上的引线呼啸飞出，织成了一面无形的网。光网中，阿诺拼命挣扎，却逃不出那个罗网，钉在心脏里的那根引线反而越绞越紧。

“不甘心，是吗？没什么好不甘心的……你不曾活过，所以不知道其实活着，并不如想象中的美好……”望着绝望挣扎的偶人，苏摩的声音里流露出从未有过的倦意，喃喃道，“如果可以，我倒希望从一开始就将出生的机会让与你——这样，我这一生承受的，都不必背负。”

苏摩十指蓦地紧扣，引线根根如蛇般探首，倏地钻入阿诺的四肢关节，将它钉住。偶人张开嘴，发出一声听不见的嘶喊，苏摩的手控制着引线，将它狂舞的手足扯住，半晌终于定住了它，抓回了这个逃脱的傀儡。

在引线重新插入四肢关节的时候，阿诺眼里妖鬼般的亮色忽然就黯淡了，苏摩一扯引线，它的手脚“咔啦”一声垂下，仿佛又恢复到了傀儡的身份。

“我并不爱这场浮生——只是到了现在，却已不能中途放弃。我必须活下去……你明白吗，我的弟弟？”傀儡师的嘴里，吐出了最后一句低沉的叹息。十戒的光芒暴涨，竟然逆着戒指上的引线，缓缓向着虚空中的傀儡蔓延过去，宛如银色的火在一路燃烧。

“龙，帮助我。”苏摩握紧引线，扯住那个和自己等大的傀儡，开口道。

袖中金光一闪，龙应声飞出。

神龙将身子放大到合适这个密室空间大小，浮在空中俯视着众人。然而，它明月一样的眼睛里却有凝重的光，一瞬不瞬地望着地上那个瘫倒的偶人，并未响应傀儡师的召唤。

“放了它。”许久，从龙的嘴里，忽然吐出低沉的吟哦，“不能这样。”

所有人悚然惊动。苏摩下意识地抬起眼睛，诧异地望向半空中的蛟龙，却并未松手。龙的眼神却是认真的，望着连接双方身体的丝线，长身一卷，将那个失去支持的傀儡卷起，定在虚空里，忽地一张口，吐出一团火来！

那火席卷而来，汹涌迫人，然而等真正燃及，却竟然只有细细一线。

火舌准确地舔上了十根引线，将傀儡连着引线一起包围！

阿诺垂着头颅和四肢浮在空中，无数的丝线从它的关节上垂落下来，闪出诡异的银色光泽。烈火宛如红莲一样在它身周开放，舔着那个偶人——阿诺的手足在火里抽搐，脸也因为热力熔化而出现诡异的表情。

那笙睁大了眼睛，望着那个和苏摩一模一样的偶人在火中渐渐熔化。

龙神……到底要把阿诺怎么样呢？她有些不解地望向傀儡师，却看到苏摩眼里陡然泛起了妖异的碧光！

“龙，停手！”苏摩望着虚空中的那团火，忽然厉声大呼，眼里隐隐不甘，“让我亲手来处理！不要烧了它！要杀也要我亲手来！”

“不，”龙神吐出红莲之火，燃烧着那只象征着罪恶与黑暗的偶人，“不……绝不能……再连接彼此。如果你像方才那样将它‘化’去……它就会重新回到你体内，沉睡，蛰伏，孕育……直到某日苏醒。”

在赤红色的火光中，阿诺的身体渐渐熔化。

然而，被火舌舔着，偶人的手足都在抽搐，发出皮革焦裂的气息——苏摩陡然间有呕吐的感觉——这，分明是燃烧着他自己的血肉！

在那个憎恨一切的黑暗岁月里，他只感到无穷无尽的绝望和孤独，于是几近疯狂地用从自己腹中取出的婴儿尸骨做成了阿诺，为自己“造出”了一个伙伴——而这个傀儡身上的每一寸，都来自于和他一样的血。

此刻，火在一寸寸地将那个孪生兄弟燃烧，然而冷汗却从他额头上涔涔而下。

苏摩强撑着收紧了十指，苍白的肌肤上十只样式诡异的戒指闪出了光芒，焕发出妖异的光。引线那头的火里，隐隐传来绝望和愤怒的气息。

然而，奇怪的是阿诺并没有激烈地反抗，只是稍微抽搐了几下，便终归于沉默，任凭火焰包围焚化。

火光渐渐熄灭，那笙望向半空，惊呼出来："哎呀！没了！"

烈焰过后的密室穹顶，依旧闪烁出宝石的光辉，在密布的星图下，十根引线轻飘飘地垂落，轻若游丝。然而引线的那头，已然空无一物。龙神轻轻吐了口气，吹散剩余的火气，仿佛疲惫至极，一转身飞回苏摩臂上。

然而，火光熄灭后，"咔嗒！"虚空中传来轻微一声响。

那是一颗纯黑的珠子，凭空地凝结出来，掉落在地。

望着那颗珠子，苏摩眼神陡然有些恍惚。这个细微的东西上，透出那样熟悉的气息……宛如百年前在最隐秘的胎衣里所感知的。这……是阿诺留下来的东西吗？他不自禁地弯下腰，伸出手去够那颗珠子。

"别动！"在他伸出手的瞬间，龙神发出了咆哮。

那声巨响，甚至震动了整个地宫！然而纵使如此，也已经晚了——在疲倦的龙神阻拦之前，苏摩已然在恍惚中将那颗珠子握在了手里。

只一瞬间，那颗珠子凭空消失。仿佛从中飞出了一个缥缈的黑色影子，宛如蝴蝶一样一闪即逝，扑入苏摩的眉心，转瞬湮灭。刹那间，傀儡师的身体猛然一震，往前一倾，屈膝在地，用手死死按住了眉心！

龙飞了出来，绕着苏摩飞舞，发出低沉的叹息。

晚了……没有完全焚毁。那颗黑暗的种子，竟然还是留了下来！

自从失去如意珠后，被封印了七千年的龙神的力量也出现了减弱。而不久前为了让苏摩继承海皇的力量，呼唤出了九天之上的三女神，更是用尽了它的全力，此后暂时陷入了虚弱的状态。如今，吐出了所有三昧真火，却居然无法彻底焚毁那粒暗的种子！

苏摩用手按着眉心，然而那黑影针一样钻入，只觉眼前一暗，那疼痛就迅速消失在眉心。

原来，那个傀儡忍受着最终的焚心之痛并不挣扎，只是一直在积累着力量！靠着最后微弱的力量，将所有的怨毒和憎恨凝聚到一点，躲过了真火焚烧——然后，趁着所有人注意力松懈，再借机进入傀儡师的内心。

苏摩跪倒在废墟里，勉力用手支撑着地面，捂着自己的眉心，仿佛那里有什么在破体钻入，痛苦得无以复加。

那种痛苦沿着脊椎一分分下移，宛如有一把刀在他肺腑里绞动，将血骨生生拆开。然而更震惊的，却是他的心——阿诺消失了，然而它的憎恨和怨毒并未消散，深埋在了他的内心！这对在胞衣里曾手足相接的兄弟，终于重新回到了同一个躯体内！

融为一体之后，属于阿诺黑暗的那一面，将会被苏摩的精神力暂时压制。然而他也将承担这个傀儡身上的所有阴暗、悖逆和诅咒，他的痛苦将永远不会结束！

那笙看着血从他全身的关节里不断渗出，吓得不停地扯身边的西京，然而空桑剑圣只是微微摇头——血脉的分割和融合，都是极端痛苦的，就如拆骨重生。然而，这种痛苦旁人却从来不能分担一丝一毫。

那笙跑到苏摩身侧跪下，拿出手巾替他擦去额头滴落的血汗。

许久许久，苏摩的挣扎才减缓下去，发出一声低缓的叹息。在他仰起头的刹那，那笙诧异地看到他的眉心留下了一个清晰的刻痕，宛如一朵火焰的形状。

那，便是阿诺消失的痕迹？

龙神低低应了一声，将头蹭到他脸上，也是极度的疲惫。

“龙……我没事。无论如何，我总算把它重新关回去了……”苏摩微弱地笑了一下，低声道，“放心，我会一直把它关到最后一刻……与我同死。”

龙尾巴一摆，发出了一声低吟，有忧虑的表情。

苏摩却是听懂了，染血的唇边露出一丝冷笑：“没什么，如今我已经没什么可以失去的了……自生下来就知道，这一生只要活着，痛苦就将永无尽头。”

那样的话语，让室内所有人都静默了下去。

“嗒。”身边的一个石匣内发出了低低短促的声音，仿佛也感到了某种不安。仿佛也听到了封印内的声音，知道是谁在一旁同时听见了他的话，苏摩嘴角的冷笑消失了，顿了顿，看了看周围，皱眉转开话题："那群盗宝者呢？"

那么一说，那笙才留意过来——就在方才他们对付邪灵的时候，那群盗宝者竟然悄无声息地消失了！

"是去了内室。"西京往内看了看，"大约怕我们和他们争夺宝物罢。"

"可笑。"苏摩嘴角浮起一丝冷笑，踉跄着站起，将手里一直死死拿着的石匣丢给那笙，"把这个拿回去给真岚……这里的事情，总算是都做完了。"

那笙一惊，伸出双臂才堪堪接住那个沉甸甸的石匣，感觉上面冰冷的花纹硌痛了手——那里装的，就是真岚的右足？她想起苏摩方才正是为了夺回这个才差一点被阿诺和幽凰伏击，不由得满心地感激。

刚一入手，她就感觉到那个坚固的匣子里有东西在急切地跳跃，一下一下地敲着石匣的壁，仿佛迫不及待。与此同时，她右手一阵炽热，"皇天"焕发出刺眼的蓝白色光，照彻了整个昏暗的玄室！

"啊……这里头，就是那只臭脚吗？"那笙望着不断震动的石匣，喃喃道，"你们看，它在用力踹呢……要放它出来吗？"

仿佛回应着她的喃喃，匣子里的砰砰声越发强烈了，坚硬的石匣竟被踹开了一条裂缝。但是百年前的封印是如此强大，就算感觉到了"皇天"近在咫尺的呼唤，被封印的右足也无法破匣而出。想来，无色城里那只臭手此刻定然也是同样感觉到了身体的部分复苏，正在急切地想使用这只被割裂的右足吧。

然而那笙忽然放下了揭封印的手，哼了一声："封了一百年，这只脚不知有多臭呢——等真岚那家伙自己来取的时候再打开吧。"

"死丫头！还不放我出来！"再也忍不住，石匣里传出了熟悉的语声，更猛力地踹，"快放我出来！"

"才不！"一听那声音，那笙笑出声来，抱着匣子跳了一跳，低头对着裂缝说话，"你自己来拿呀——想让我抱你的臭脚，门儿都没有！"

"鬼丫头……"匣子里的震动停止了，仿佛是放弃了努力，恨恨地说道，"等会儿我过来了，非踢你屁股不可。"

"真岚。"忽然间，苏摩仰起头望着墓室上方，开口道。

"嗯？"仿佛没料到傀儡师会主动打招呼，石匣里面愣了一下，回答道。

"日前文鳐鱼告诉我，炎汐已从鬼神渊带出你的左足。我已经吩咐复国军将其送去无色城——我们约定的事情，也算是有了一个了断。”苏摩面无表情地说着正事，“你答允我的事情，请务必记得。”

真岚在匣中也是顿了顿：“也恭喜龙神腾出苍梧，海皇复生。”

“空海之盟的约定，算是完成了吗？”苏摩低头，忽地冷笑了一声，“你我各取所需而已。我先走一步了。”

那笙吓了一跳，脱口：“你要走了？怎么不等等？真岚大概一会儿就会过来了！”

苏摩却是漠然地摇头：“如果不是必要，我希望永远不要再看到他。”

石匣子里没有声音，真岚仿佛知道他的心意，竟也没有出言挽留。是的，对空桑皇太子而言，也未必希望再见到这个鲛人吧？

“我得去帝都伽蓝了。”苏摩轻抚着袖中龙神的双角，“龙神失了的那枚如意珠，终究得去寻回来——不然只怕难以对付十巫联手，更罔论方才墓里那个声音。”

“……”那笙见他去意已定，倒是有点依依不舍起来。

说到底，眼前这个鲛人是自己最熟悉的人了——从中州一路风尘仆仆来到云荒，就仿佛命中注定一样，无论到哪一处都能遇到。

“剑圣，后会有期。”苏摩再无半分留恋，便是转过身去——想了想，又忽地转身，指了指地上贯穿着白麟头颅的辟天长剑，对着石匣道，“这把剑，留给你。”

“呃？”显然有些意外，真岚反问了一声。

然而苏摩没有再回答，足尖一点，已然向着玄室外掠出，沿着墓道头也不回地离去，只留下西京和那笙在原地望着那把长剑发呆。

剑上，还刻有千古一帝的四句铭文：

长剑辟天，以镇乾坤。

星辰万古，唯我独尊！

龙万年一换形，遗下珍贵无比的龙骨。这把龙牙制成的剑，可辟天下一切邪魔——当初，纯煌将它送给了星尊帝，而星尊帝持此平定天下，最终灭亡海国。如今苏摩从坠泪碑下取回了海国故物，却将其留给了空桑最后一任皇太子——这中间的种种复杂情绪，令人一时难以了解。

到底从何时开始，这个鲛人少主无声地改变了？而重新握住这把剑的空桑王者，和新海皇之间，又将何去何从？

“拿回去给那臭手吗？”那笙小心翼翼地握紧剑柄，拿起。

剑尖上的白麟怒目而视，吓得她一松手。那笙看着那个死去的少女，喃喃道：“他也不怕白璎姐姐看了会难过。”

“他已经什么都不怕了……”西京一直凝望着傀儡师离去的背影，此刻轻轻叹了口气，“像他这样的人，经历过那么多事情，于今还有什么可畏惧的呢？”

经历过那么多的事情？他……那个令人害怕的傀儡师，到底有着怎样的过去？那笙望着白麟不瞑的双目，又一激灵打了个寒战，忽地想起了最后那番极恶毒的辱骂，不由得脱口而出：“啊……这个邪灵她、她说的那些，都是真的么？”

“哪些？”西京一边过去拔起辟天剑，一边随口问。

“就是那些……那些污七八糟的……说他有过很多主子什么的……”那笙的脸微微一热。虽然不大明白，但想起当时白麟的表情，也知道定然是极恶毒的话。

西京看了她一眼：“你不用去明白。这一切，谁都希望它从来没发生过。”

那笙被西京的目光镇住，不敢多问，老老实实地点头。

“真是自作孽不可活啊……”沉默中，石匣里忽然传出一声叹息，带着浓重的抑郁，“西京，这个空桑，实在是沉积了太多罪孽……亡，也是活该的吧……”

西京沉默了片刻，只道：“你快些来王陵取你的右足吧，反正这里离无色城的出口很近了。”

“好。”石匣子里的声音终于停止了。

第十二章

兄弟

苏摩离去，真岚显然正在赶来的途中，盗宝者不知所终——整个第三玄室此刻终于陷入了彻底的安静。

“我们在这里等真岚一下。”西京脱下大氅，在地上铺了一下，招呼那个丫头坐下，自己却走到正中那具无头的邪灵尸骸旁边，弯下腰去细细观察。

生存了几千年的邪灵尸体犹如一座小山，绿色的血从断头处涌出，将折断的翅膀和触手都泡在血里，发出刺鼻的腥味，熏得人几欲昏过去。

然而西京却不顾恶臭，仔细地围着邪灵的尸体看了又看，忽然间在巨大的翅膀下停住了，手腕微微一扭，“咔嚓”一声白光吞吐而出，随即闪电般一掠而下，剖开了整个肚腹。

西京持着光剑急退，绿色的血喷涌而出。他飞速地伸手，抄住了内腑里飞出的一粒红色珠子。

“咦，那是什么？”那笙看得奇怪，脱口而出。

西京握住那颗珠子，退回那笙身侧，低声回答：“内丹。”

他摊开手来，手心里那颗红色的珠子光华流转，似乎还在微微跳跃——这是魔物修了上千年才凝成的内丹。他望着那笙惊诧的表情，笑着将那颗珠子放到她手心里：“吃了吧。”

“什么？”那笙吓了一跳，甩手道，“才不！脏死了。”

“乖，吃了对你修习术法大有帮助。”西京耐心地劝说，“你不是想进境快一些吗？有了这个你就不用那么辛苦地炼气凝神了。”

“是么？”那笙迟疑了，抬头看看西京，“真的有帮助？不是骗我吧？”

“嗯。当然。”西京回答。

然而，话音未落，身后的黑暗里忽然传来了一阵惊呼，赫然是方才悄无声息消失了的一行盗宝者，尖厉而惊恐——“少主，小心！小心！”

来不及回头，西京只觉有什么东西在瞬间从背后的黑暗中呼啸着冲了出来。

那个黑影从内室直冲出来，尚未逼近已然能感觉到杀气逼人而来！西京只来得及将那笙往身边一拉，回过臂来，手中白光吞吐而出，拦截在前方。

“叮”的一声响，那个袭来的黑影停顿了。

大约没有料到外面还有人拦截，那个冲出的人猝不及防被光剑击中，踉跄退了几步。然而，立刻又疯狂地扑过来，想夺路而去。暗夜里西京看不清对方面目，只觉对方眼神亮得可怕，充满了不顾一切的杀气。

西京只是想将这个人阻拦在一丈外，不让他伤到那笙——可对方却是下手毫不容情，竟是你死我活的打法。三招过后，空桑剑圣眉头蹙起，有了怒意。在对方再度冲过来时，他光剑一转，再也不留情面。

“别……别！”然而一剑斩下，却听到背后断续的声音。西京听出了是音格尔的声音，微微一惊，却已然来不及。光剑的剑芒在瞬间吞回一尺，可那个人依然直直闯过来，不管不顾只想往外逃。

“噗”的一声，光剑刺入胸腹，血喷涌而出！

“哥哥！”音格尔在里面挣扎着惊呼了一声，撕心裂肺，“哥哥！”

随即，就听到了盗宝者们的一片惊呼：“少主，别动！”

哥哥？西京诧然松手，后退了一步——这个闯出来的人，竟然是音格尔的哥哥？

那个黑影受了那样重的一剑，却依然仿佛疯了一样往外闯，捂着胸口奔向玄室外的甬道，双目里神色恐怖。那笙被那样疯狂的眼神吓了一跳，情不自禁地让到了一边。然而那个黑影只是踉踉跄跄再奔了几丈，就再也无法支撑，跌倒在甬道口上。

西京暗自摇了摇头，被光剑刺中的人还这样强自用力，简直是找死。

“哥哥！”音格尔在里面惊呼，却被下属们七手八脚地按住：“少主，动不得！”

音格尔厉叱：“抬我出去！”

“是，是……少主你别动，小心血脉破了。”九叔的声音连声答应，招呼道，“大家小心些！抬着少主往外走！”

黑暗里，脚步声渐渐移动。一群盗宝者开始缓缓由内室往外走，应该是闪闪执掌着七星灯引路，亮光一层层移出来，渐渐外面的玄室也亮了。

在盗宝者们出来之前，西京走到那人身侧，微微俯身一探鼻息，便变了脸色，心知不妙，立时将那笙拉到身侧，一手握剑往甬道外退去。

“实在抱歉，”一边退，他一边开口，手心微微出汗，“方才令兄奔出突袭，在下猝不及防，下手重了。”

盗宝者们齐齐一惊，停在了内室门口。

“你是说……清格勒少爷死……死了？”许久，九叔才讷讷地问了一句。

清格勒？西京吃了一惊——他在受袭后断然反击，将这个冲出来的人杀死，不料如今竟是和卡洛蒙世家结下了这般仇怨！

一念及此，他全身的肌肉都紧绷到了极点，手稳定地持着光剑，默默调整剑芒的长度，迅速估计着昏暗室内的所有情况——人已经被他所杀，事情急转直下，已万难罢休了！于今唯一的方法，便是设法带着那笙离开，躲过这群恶狼的复仇，平安将石匣内的右腿交到真岚手中。

然而，奇怪的是，他一直退到了甬道口，一行盗宝者却并没有爆发出复仇的杀气，只是在那端沉默。

“报应……报应啊。”九叔走到尸体旁，低头看了看，吐出喃喃的叹息，摇着头走回去，“这是天杀他啊！……就算世子慈悲，清格勒也难逃这个下场……”

音格尔沉默着，没有说话。许久许久，他忽然吐出了一声低沉的叹息，消沉而疲惫，随即无声。

“少主！少主！”盗宝者们忽然乱了手脚，连忙将他放下，“糟了！九叔，你快来看，少主胸部的血脉破了！他昏过去了！”

“快快！找药出来……”九叔顾不得西京还在一旁，连忙跪在废墟里照料着昏迷的音格尔——然而胸部那个伤口实在太吓人，血喷出来怎么也止不住，连见过了无数大场面的老人都有点手足无措起来。

西京一直在全身心地戒备着，看着那边乱成一团，心中有些疑惑——不知道方才那段时间内，内室里又发生了什么事情。那群盗宝者分明看到他杀了卡洛蒙家族的人，却又不为对方复仇？

那笙定了定神，听到那片混乱里有少女的哭泣声，一怔："闪闪？"

执灯少女闪闪跪在音格尔身侧，不停地用袖子去擦流下来的血，眼里接二连三地掉下眼泪来。然而诸多盗宝者蜂拥而上，争着给少主敷药，立马就将这个外人挤出了圈子。她握着七星灯，在那里不知所措。

那笙对着闪闪招招手，一把拉住了她，低声问："怎么回事啊？"

"音格尔……音格尔被他那个哥哥杀了！"闪闪握着烛台，忽然间大哭起来，"他那个哥哥真不是人……真是个恶鬼！"

方才，趁着苏摩、西京一行和邪灵对峙，盗宝者们悄悄潜入了寝陵的内室。

闪闪作为执灯者第一个进入纯黑的内室，却在一瞬间被里面的光芒炫住了眼睛，一脚踏在满地的宝石上，几乎跌倒。她下意识地攀着站起身，却发现手里抓着的是一支高达六尺的血珊瑚。头顶上苍穹变幻，竟是石室屋顶上镶嵌了无数的凝碧珠和火云石，布成了四野星图！

她失声惊呼起来：天啊，这里有那么多各种各样的宝石！难怪，只要一点点光照进来，这里就会如此辉煌夺目。

闪闪手里下意识地抓了一把各色宝石，在王陵密室最深一间里茫然四顾，连惊呼都已经发不出来——那么多的珍宝！就像是在做梦一样。不，就算是在最荒唐的梦里，她也不曾梦见过这样奢华的场景！

那就是星尊帝和白薇皇后的墓室？

最后的这间密室是圆形的，居中有方形的白玉台，台上静静地并排躺着两座玉棺。石窟顶上有淡淡的光辉射落，笼罩在玉棺上，折射出神秘美丽的光。

这光，是从哪里来的呢？她下意识地抬头。

在她出神的时候，身后的盗宝者已然鱼贯进入，看到这样堆积如山的珍宝，齐齐发出哄然欢呼。在所有人都放下行囊开始掠夺的时候，只有一个人站在那里没动，对眼前价值连城的宝物连眉头都不动，只是细细地打量着这最后一间地宫里的一切。

白玉台上的两座玉棺里，左侧那座的棺盖有略微移动的迹象，里面露出一个精细的铜片，似在遇到外力时，触动了里面的机簧——星尊帝玉棺里设置的最后一道防护，想必力量极其可怕吧？不知那个搬动玉棺的盗宝者是否还活着。

最后，他的目光和闪闪一样，投到了玉棺的正上方——

“哥哥！”忽然间，盗宝者听到了一声狂喜的惊呼。

那是音格尔的声音，却因为喜悦而不成声。一路同行下来，诸人从未想象过一贯冷静的少主，竟会发出这样颤抖的声音。闪闪诧然抬头，循着声音看去，也脱口惊呼起来——有一个人！在这个离地三百丈、只有亡魂出没的地宫里，居然看到了一个活着的人！

那个人被一支锈迹斑斑的金色长箭穿胸而过，钉在密室的最顶端。

闪闪一声惊叫，手里的烛台掉在了地上。

那一瞬间，整个寝陵密室内重新陷入了寂静无比的漆黑——那是百丈地底，帝王长眠之处特有的“纯黑”，除了执灯者的七星灯，任何人间的火都无法照亮。

然而，音格尔的情绪却并不因光线的消逝而减弱。

“清格勒！哥哥！”他对着虚空呼喊，声音里有无法压抑的颤抖，“你听见了吗？是我，音格尔！我来救你了，哥哥！天可怜见……你果然还活着。”

所有盗宝者悚然动容——除了族里德高望重的九叔，一行人从未料到此次在星尊帝的寝陵密室内，竟然能见到失踪已久的清格勒大公子，不由得都在黑暗里呆在原地。

“咳咳，咳咳……”那个人却没有回答，只是低哑地咳嗽了几声。

“清格勒，再忍一下，我马上把你放下来。”音格尔急急地说，衣襟簌簌一动，跳上了玉棺，“我马上就放你下来！”

“少主，小心！”九叔在暗夜里疾呼，却无法阻拦少主的莽撞。

他也知道，少主自幼以来受这个唯一哥哥的影响极深，就算是清格勒三番五次对他痛下杀手，少主竟是宁可死也不揭穿对方——从最初的盲目崇拜和畸形依恋，到最终的决断和奋发，这中间的心路只怕是旁人无法领会的。

所以，尽管过了十年，尽管自己的身体一天不如一天，少主还是孤注一掷地冒了极大风险，带着人下到万丈地底，去解救这个企图杀害自己的唯一兄长。

“好险。”黑暗里有细微的响声，音格尔短促地啊了一声，避开了暗器，手脚却丝毫不停。暗室内只听长鞭破空，音格尔竟是凭着方才的一刹那印象确定了方位，长索如灵蛇般探出，卷住了石室顶上清格勒胸口的那支金箭。

顿了顿，他低声喊道：“哥哥，我要拔箭了！你忍一下！”

“唰”的一声轻响，长索卷住箭，唰地收回。只听头顶那个人痛呼了一声，音格尔抖动手腕倏地缩回长索，然后立刻伸出了手臂，去接那个从顶上坠落的身影，低呼道：“哥哥，小心！”

被钉住的黑影从顶上落下，落入了他的手臂。然而让音格尔震惊的是，那个八尺男儿竟然那么轻！

“哥哥……”一瞬间，音格尔的声音有点哽咽——被活活钉在墓室十年，哥哥是怎么活下来的？没有风，没有光，只有满室的宝物和死人的灵柩，这样的十年，怎能让人不发疯？他到底是怎么活下来的？

“音格尔……是你吗？”怀里的人终于发出了低哑断续的问话，冰凉枯瘦的手攀着他的肩膀，“是你……是你来了吗？”

他默默地点头，泪水忽然就沁出了眼角。身后当啷啷地响，是闪闪那个丫头在黑暗里满地摸索着她的宝贝烛台——然而他却宁可她晚一点再找到，免得自己如今满脸的泪水被那些下属看到。

“你来……干什么呢？”清格勒急促地呼吸着，吃力地问，“来杀我吗？”

随着语声，他嘴里吐出令人难以忍受的沉闷气息，带着腐烂的味道——仿佛是这个地底的死亡已然侵蚀了他的身心。

“我是来带你回去的，哥哥。”音格尔轻声道，扫开满地金珠，将清格勒小心翼翼地放到地上，“不要担心。”

“哈……”那个枯瘦的人笑了一声，喃喃道，“到底还是你有本事啊……我认输了。”

清格勒一手抓着他的胳膊，仿佛想吃力地站起来。

身后光一闪，似是闪闪找到了烛台，正在重新努力点火。就在这火光明灭的一刹那，音格尔看到了清格勒扭曲的脸——那样的脸，在余生里千百次地出现在他的噩梦里，带着某种狰狞和恶毒，深刻入骨。

“嚓！”一声极轻的响，胸臆中猛然一冷！

瞬间，火光已然熄灭，他下意识回手抚胸，却摸到了一截箭尾。刚脱离险境的清格勒，竟然反手就用拔出的金箭，插入了弟弟的胸口！

“哥……”音格尔嘴巴张了张，却没有发出一声惊呼或者痛呼——他知道只要自己一出声，随行的盗宝者就会惊觉少主受到了攻击，便会蜂拥而上将奄奄一息的清格勒砍成肉泥！

他的手剧烈地颤抖着，按着透胸而出的长箭，感觉到清格勒正在手足并用地从他身边离去，无声无息地接近密室的出口，狂奔而去。

他强忍着剧痛，没有出声——他要留足够的时间让清格勒逃走。

“哈哈！”终于，那个人平安退到了门外，在确认了在安全距离之外后，终于忍不住狂笑起来，“小崽子，少假惺惺了！追到这里想杀我？门儿都没有！”

“少主！”“少主！”听得那一声猖狂的笑，黑暗里响起了一片惊呼。

随即，只听“咔嚓”一声响，灯光终于重新亮起来了。闪闪执灯愕然地站在那里，望着满身血迹的音格尔——片刻前那支金箭，此刻居然钉在了他的胸口！

他那个哥哥，竟然想要杀他？

“音格尔！音格尔！”她脱口惊呼起来，抢步过去查看。血正急速地从少年单薄的胸膛里汹涌而出，音格尔的脸死一样苍白。望着那致命的伤口，她忽然间感到无穷无尽的害怕，“哇”的一声哭了出来。

“别死啊……”闪闪俯身哽咽着喊，推着音格尔，“别死啊！”

“别乱动！”忽然间她听到身后一声断喝，随着身子腾云驾雾，转瞬被人拎着挪开。

盗宝者们反应了过来，急速围了上去。莫离在人群最内侧，一看音格尔的伤，他的脸色也变了变，却来不及多说什么，出手点了伤口附近几个大穴，减缓血流的速度，然后从怀里翻出一堆药，迅速选了两种。

一瓶倒出是药粉，莫离撕裂衣襟，在那摊血里浸了一浸，将药粉倒了上去。药迅速融化，发出馥郁的香气。

莫离打开另一个瓶子，倒出的却是一枚碧色的药丸。

他撬开音格尔紧闭的牙关，将药喂了进去。等音格尔含住了药，莫离用眼睛示意一个盗宝者上去紧紧扶住少主，然后在闪闪没有反应过来之前，他猛然伸手，闪电般地将那支金箭拔了出来！

血喷出一尺高，莫离迅速拿起那块浸了药粉的布，按到了伤口上。血流立缓——在这个过程中，音格尔竟然以惊人的毅力控制着，没有叫出一句，仿佛在被兄长一箭当胸刺入的刹那，他的魂魄已然游离出去了。

只有当众人愤怒地准备出去追杀那个凶手时，音格尔才猛然撑起了身子。

“不！”他只来得及说出一个字，嘴里便喷出一口血来。

“好，好，我们不追。”九叔深知世子的心意，连忙约束众人，急急忙忙地查看伤势，“世子你快别动了！平躺，平躺！小心伤口附近的血脉！”

闪闪在旁边掌着灯，望着一群盗宝者手忙脚乱地救治自己的少主，手不停地发抖。怎么会这样……怎么会这样呢？少主历经千辛万苦来到陵墓的最深处，想解救被困在这里的兄长，却被哥哥想也不想地反手杀害！

她越想越难过，到最后几乎哭出来。

然而，就在这时候，他们听到了外间的打斗和低喝声——似乎是夺路而逃的清格勒和人撞上了，而且动起手来。她还来不及回过神，在那一瞬间，就听到了清格勒的惨呼。

“哥哥！”音格尔脱口大喊，想撑起身来，“抬我出去！”

被抬出外室，音格尔苍白着脸，望着地上已然死去的人，手捂着胸口急剧咳嗽，血染红了衣襟。他的眼神涣散下去，再也没有了一路上指挥若定的气度，只是默默低头望着被斩杀当场的清格勒，急促地呼吸，脸色苍白、目光游离。

“实在抱歉，”西京注意着他脸上表情的变化，一边开口解释，“方才令兄奔出，忽然发难攻击那笙，在下不得不还击，还望世子……”

“不怪你。”话音未落，音格尔竖起手掌，断然低语。

一语既出，所有人都松了口气。

九叔和莫离相互递了个眼色，暗自庆幸少主的克制力和理智——虽然他们都认为清格勒死有余辜，但如果少主激怒之下执意为兄长报仇，那么所有盗宝者都少不得和这位空桑的剑圣拼死血战了！

卡洛蒙家族发出的绝杀令，除非族里最后一个人死光，才会撤销。

而音格尔只是长久地注视着地上那个死去的人，面无表情。然而，闪闪却从他映着烛光的眼睛深处，看到了深不见底的悲哀和绝望。

“哥哥……”音格尔闭上眼睛，仰起头长长叹了口气，眼角有泪水渗出，忽地改了语气，低声命令左右，“从他身上，搜‘黄泉谱’出来带走。”

“是！”九叔应了一声，随即上前翻检尸体。

多年不见，清格勒的尸体瘦得可怕，简直已是一具骷髅，手脚上只有薄薄一层皮贴着骨头，胸口被金箭贯穿的地方早已结痂，仿似从中被穿了一个洞。一边搜身，九叔一边不自禁地想：大公子被钉在这个空寂的地宫里十年，没有任何外援，是如何能活到如今的？

九叔翻遍了清格勒全身上下，脸色一分分地沉下来。

“没找到？”莫离在一旁看着不对，压低声音问，也上来帮忙一起找，几乎是一寸寸皮肤地捏过来，却依旧没有找到那张“黄泉谱”。

“怎么可能……”莫离也变了脸色，不可思议地喃喃道，“地宫里没有别人，大公子不可能把身上的东西转出去啊。”

两个人商议良久，束手无策，不知如何回复音格尔。然而一回头，却惊呼出声来——音格尔胸口的血再度汹涌而出，浸透了半个身子。那个苍白单薄的少年仿佛躺在一片血泊中，渐渐消失了生气。

闪闪执着灯在他身侧，不住地掉眼泪。

“怎么回事？”九叔厉叱，望着莫离，“你的药不管用，根本止不住血！”

莫离也是惊得脸色发白，一个箭步冲回去：“不可能……”

“不关，咳咳，不关药的事……”音格尔微弱地辩解，指着自己的胸口，“那一箭、那一箭……正好刺破了我身体里……被鸟灵压住的幽灵红藫之毒……”

所有人齐齐一惊——幽灵红藫！

音格尔只觉身体慢慢冰冷、麻木，他知道是那种可怕的毒再度发作了——就如八岁那时候一样，他将会成为一座石像。

“找到‘黄泉谱’……拿走我身上的‘魂引’，带着这里所有宝藏，返回乌兰沙海去……”趁着还有一点点力气，他吃力地举起手，从怀中拿出那只金色的罗盘，“九叔……两件神器，都由你保管吧……直到确认下一个继承者为止。”

“世子！”老人痛呼，在他眼前，那个他从小看着长大的孩子正在慢慢死去。

“各位，拜托……拜托了。”音格尔觉得那种麻木已然蔓延到了胸口，连出声都开始困难。他用手指着西方，眼睛里有深切的哀痛，“我母亲……我母亲她……已经失去了两个儿子。莫要让人再为难她……拜托了。”

“少主！”所有盗宝者齐齐跪下，簇拥着那个垂危的少年，悲痛莫名。

肺也开始僵化了，音格尔努力吸进最后一口空气，眼里的光开始涣散，他喃喃道：“我要死了……拜托你们照顾我母亲……”

“哇……”闪闪实在忍不住，哭出声来，扑上去握住音格尔的手，“不要死！不要死啊！”

然而，那只手也已变得冰冷僵硬，无法动弹。

“执灯者……”音格尔这才看见了她，嘴角浮出一丝苦笑，喃喃道，“对不起，实在是对不起啊……”

“你没什么对不起我。”闪闪抹着眼泪，“你救了我很多次！”

她的泪水落到他脸上，炽热而湿润。音格尔嘴角动了动，望着这个明丽的少女，却终于没能说出话来——其实，一直有一个秘密没有告诉她：在七星灯点燃的时候，其中燃烧的，是执灯者的生命！

也只有生命之光，才能照彻这黄泉下的“纯黑”之所。每进入王陵密室一次，执灯者就会消耗一部分生命。所以，每一任执灯者，都活不过四十岁，包括她的父亲和祖父，也包括她自己——那是卡洛蒙家族保有的秘密，甚至执灯者一族都不曾了解。

为了弥补，每一次盗宝归来后，他们都赠予执灯者巨额的财富。所以说，双方也是你情我愿，并无亏欠。

然而，有什么财富能换回人的生命呢？

在弥留之际，望着这个少女，他心里就有无穷的复杂情愫，夹带着说不出的愧疚——如果能做到，真希望能好好补偿她啊……

但在想到这里时，他的视线已经开始模糊了。

“哇……”在看到他眼睛合起的刹那，闪闪大哭起来，不顾一切地抱住了少年冰冷的身体，直到莫离强行将她拉开。她瘫倒在地，哭得伤心欲绝。

“不要哭了……”一只手轻轻搭在她的肩膀上，声音也带着哭腔，“闪闪，你不要哭了。”

然而，听到那笙的声音，闪闪再也忍不住，反身扑到她怀里放声大哭出来。

那笙望着她，忽地问：“你喜欢他吗？”

闪闪吃了一惊，哭声低下去了。她把头埋在肘弯里，不说一句话。一路上悄悄滋生的情愫，年少的她自己都尚未发觉。直到在音格尔闭上眼睛的一瞬间，心中那种蛰伏的感情才汹涌爆发出来，才发现自己竟然会为了他那么难过——那一刻，她竟然几乎愿意代替他去死！

“唉……”那笙望着这个和自己一样大的女孩，轻轻叹了口气。

“别伤心了，或许还有救。”她拍了拍闪闪的肩膀，转过身来看着旁边那群悲痛欲绝的盗宝者，走过去，“喏，这个你们拿去试试，或许有用。”

“那笙！”西京一惊，脱口而出。

“没关系。”那笙扯着嘴角对他笑了笑，对着九叔摊开手心，“老伯，这个是邪灵千年炼成的内丹。你给音格尔吃了试试？”

内丹？！一群盗宝者都吃了一惊，齐刷刷抬头望着这个陌生的少女，那些彪悍汉子的眼里都有震惊的神色——这个半路相逢的少女和他们素不相识，竟然会将如此珍贵的东西交出来？

“真的是内丹！”九叔颤巍巍地接过来嗅了嗅，叫了起来，“真的是！少主……少主有救了！”

盗宝者中爆发出一阵欢呼，莫离抹去了眼角的泪光，一转身向着那笙跪了下来：“多谢姑娘的救命之恩！卡洛蒙家族和西荒所有盗宝者，都将感激您的恩赐，至死不敢忘！”

“多谢姑娘救命之恩！”随着莫离的带头，那些杀人不眨眼的彪悍强盗竟对着一个少女重重磕下头去，用力得密室的地面都在震动。

“别这样……别这样！”那笙吓了一跳，连忙去扶莫离。然而那个铁塔般的大汉力气巨大，她去扶他根本如蚁撼大树。那边的九叔心急如焚，顾不上道谢，已然在第一时间将内丹掰开，一半送入音格尔牙关，另一半直接摁入了胸前的伤口。红色的内丹宛如冰雪一般消融，沁入了音格尔的身体。

一分一分，那已经僵硬的身体和脸开始浮现出了血色，宛如冰河解冻。

“啊……”闪闪望着逐步恢复生气的脸，长长吐出一口气。

“谢谢你，那笙姐姐。”她拉了拉那笙的衣角，低声说，脸上犹带着泪水——原本她一直因为那笙没有照顾好晶晶而生气，此刻看到音格尔复活，那一点点芥蒂早已不复存在，只是满心感激。

那笙笑了笑，宛如一个姐姐一样地摸了摸闪闪的头发：“没事的，反正我留着也没用。”她笑了起来，牙齿洁白如玉，望着闪闪，“看到你那样哭，我忽然想起那个时候，我以为炎汐死了，就在火场里和你一样地哭……”

苗人少女在地宫里抬起头，望着上方镶嵌宝石、画满星图的顶，眼神忽然恍惚起来：“那时候，苏摩告诉我不用哭……那家伙，唉，那家伙其实是个好人呢……也不知道炎汐他、他什么时候才能从鬼神渊回来。”

“很快就会回来的。”西京静静地听着，此刻开口说了一句，“苏摩说过，他已经从鬼神渊取回了石匣封印。”

那笙满脸欢喜，拍着手笑起来，但还没说什么，西京忽然一声低喝：“谁？！”

光剑陡然出鞘，宛如闪电割裂昏暗的室内——有什么在瞬间缩入了地面。剑光过后，地上只留下一只雪白的断手。

而地上清格勒的尸体，居然已经消失得无影无踪！

“哎呀！”那笙和闪闪看得真切，吓得脱口惊呼，“鬼！”

“不是鬼。”西京护着两个人后退，眼睛却一直盯着地面，缓缓开口，“出来吧！”

地面起了一阵波动，迅速又平静。

西京冷笑道：“想逃？”他飞身掠出去，光剑划出一个圆弧，瞬间将地面割裂。地底下又是一阵波动，仿佛有什么被逼了回去。西京站定，握剑对准了地面某处，冷然道：“再不出来，我就用光剑将你钉死在地底！”

静默片刻，地面“哗”地裂开。仿佛一根雪白的藤凭空长出，四根雪白柔软的藤萝伸出了地面。然而那却是人的手足的形状，其中一只手齐腕而断。

“女萝！”莫离脱口低呼，盗宝者一阵耸动，个个如临大敌——那些游离在九嶷地底的鲛人死灵正是盗宝者的死敌，双方的仇怨由来已久。一旦被其捕捉，盗宝者将作为养料被生生吸干，痛苦非常。

雪白蔓生的四肢透出地面后，女萝的脸从地下缓缓升起，宛如毒药般不祥——然而在她的眼睛睁开的瞬间，所有人都忘记了她身体怪诞的状况，完全沉醉于她举世罕见的容色里。

那一瞬间，那笙也吓了一跳。她一直以为苏摩是最美的，却不料这张脸拥有着与之匹敌的美貌！

然而，那样一张脸却带着死气。

那个女萝浮出地面，望着面前的一群人，湿漉漉的蓝发如海藻一般爬满了赤裸的身体。她长得可怕的手上，缠绕着清格勒的尸体。

“你们已经杀了他。”女萝漠然地回答，“我只要带走他的尸体。”

西京微微吃了一惊，这个女萝的镇定出乎他的意料，似乎并不是碰巧出现在此处。

“你为何要带走他？”他问，“你认识他？”

“我？”女萝蓦然大笑起来，“我当然认识他！”

“我叫雅燃，星尊帝寝陵里唯一的陪葬鲛人。”她磔磔怪笑着，肢体相互缠绕，将自己的头转来转去，眼角瞟着盗宝者，“我是星尊帝时代最美丽的鲛人……怎么，你们吃惊吧？”

“你……在这座墓里待了七千年？”莫离喃喃，不可思议。

“是啊。我出不去……这里的结界太强大。”雅燃冷笑着，望着顶上的宝石星图，“我和烛阴、狻猊一样，只不过是星尊帝死前带入地宫的收藏品。哈哈。”

她磔磔怪笑起来：“多么寂寞啊……七千年！如果不是你们盗宝者时不时来陪我玩，我多寂寞啊！”她的手臂缠绕着清格勒的尸体，仅剩的一只手轻柔地抚摩着尸体瘦如骷髅的脸，眼神温柔而残忍。

“你……”莫离忽然明白了，脱口而出，“是你让清格勒活下来的？”

清格勒大公子闯入星尊帝寝陵后失踪，已然有十年。这十年里他被金箭钉在密室顶上，不饮不食，居然还能一直活到如今——这，也太匪夷所思。

而如今，盗宝者们终于揭开了这个谜。

"哈哈哈……"雅燃再度爆发出大笑，手忽然变得诡异的长，一直伸出去，竟触摸到了顶上的宝石，尖利的手指在星图上摸索着，生生抠下一颗宝石来，斜眼冷看着一行盗宝者，"不错！他是我的宠物，我实在是太无聊了……"

盗宝者们一惊，望着这个女萝说不出话来——从来只听说有吃盗宝者血肉的女萝，却还是第一次听说有女萝救了盗宝者。

"我原本被封印在朱雀位那条支路的尽端，结果这个人走错了，误打误撞放了我出来。我看他生得倒也好看，就说我可以带他去真正的寝陵——他心动了，就跟着我从地底穿越墓室，来到了这里。"雅燃托起清格勒的脸，凝视，冷然道，"我把所有真话都告诉了他，但却漏掉最后那一句——'别碰玉棺，里面有力量巨大的暗箭'……哈哈哈！"

女萝大笑着摇头："真是笨啊……他就这样被钉在了上面！我好容易找到了一个能陪我玩的活人，怎能轻易放他走呢？"

盗宝者的脸色渐渐变了——他们可以想象这十年来清格勒过着什么样的生活。或许，死去对他而言，反而是一种解脱吧？

"喏，我知道你们想找什么。"雅燃的手臂霍地缩回，从革囊里拿出一卷东西，对着盗宝者挥了挥，"是不是这个？"

那是一卷发黄的羊皮卷，然而奇怪的是，薄薄的卷轴里似乎有星光明灭，随着女萝的挥动在暗淡的室内划出一道道亮光。

"'黄泉谱'！"九叔和莫离脱口惊呼。

看到盗宝者们的脸色，雅燃得意地笑了："我没料错，这果然是你们的宝贝。"

她的手倏地伸长，将"黄泉谱"递过来："你们的东西，还给你们也无妨——不过这个尸体，还是给我吧。"

听到这个怪异的提议，九叔和莫离面面相觑，好生为难。音格尔尚在昏迷中，这个决定，却是他们不敢做的。

在盗宝者们看来，清格勒已然是十恶不赦，他的尸体如何处置自然不在考虑之内——然而，世子恐怕是不肯让兄长的遗体就这样落入女萝手里的。

在僵持中，西京忽地开口，问了一句："你为什么非要留下尸体呢？"

雅燃"哧"地一笑，冷然道："换了你，在这地底下待几千年试试？谁都会寂寞得发疯啊！好容易逮到一个有意思的家伙，却被你们杀了。等我把他的尸体浸入黄泉水中，做成行尸，也好继续陪我玩。"

那样的话从一个美丽绝世的鲛人嘴里吐出，所有人都倒抽了一口冷气。

"那么，"西京想了想，沉声问，"如果我们把你从地宫里带出去呢？"

"哈，说得轻松！骗小孩子啊？"雅燃大笑，讥诮地看着一行盗宝者，"我在七千年前被星尊帝亲自封印，哪有那么容易出去？你以为带我出去，和席卷那些宝贝一样容易？"

西京神色郑重道："我从来说话算数。"

雅燃猛地一惊，笑声歇止。她凝神望着这个落拓剑客，看到他手中无形无质的银白色长剑，喃喃道："啊……原来，是剑圣门下？难怪一剑可以刺穿地底泉脉，逼我现身。"

剑圣一门源远流长，在上古的魔君神后传说里便已存在。所以尽管在地底幽闭了数千年，她还是认出了眼前这个男子的特殊身份。

"居然是剑圣门下啊……那么，我相信你的承诺。"雅燃眼神变了，望着西京，忽地一笑，"我们来约定吧！如果你不能替我解开封印，那么你就得代替清格勒，留在这里陪我！"

西京想了想，点头道："好。"

"哎呀！"那笙叫出声来，拉着西京的衣袖，"别啊……万一真的带不出她怎么办？难道你要留在这里被活埋？"

"放心。"西京却是拍了拍那笙的头，一脸的镇定，"没事的。"

雅燃嘴角露出一个笑容，俯身将"黄泉谱"递过来，放在了地上。

九叔连忙将宝物拿回，护在怀里。

"很好，你眼里有一种力量，不愧是剑圣门下。真是有点像他啊……"雅燃望着西京，眼神倏地变得恍惚，仿佛回忆着什么遥远的往事，唇角露出一个微笑，"知道我为什么要留下你吗？很久很久以前，在我还没有被送到空桑帝都去之前，我有一个爱人，他也是剑圣门下……"

“也是剑圣门下？”西京愕然地望着雅燃。

“是啊……”双手轻轻绞着，雅燃嘴角浮出温柔而哀伤的笑容，“你不知道他，是吗？他是死在大海里的……那时候，外敌虎视眈眈，海国内部却起了分裂，我和哥哥为了王位争斗不休。最后，他成了牺牲品，被我哥哥用一只木筏，放逐到了大海深处……”

活了几千年的鲛人女萝嘴里吐出遥远的往事——历史已然过去了七千年，对于她描述的那个剑圣，他竟已然毫无所知。

“多么可笑的结局……四面都是水，他却在烈日下渐渐渴死……”雅燃缩回了雪白的双臂，捂着脸哭泣，无数明亮的珍珠从她眼角坠落，“我到处哭着求人去救他——可在那时候，连纯煌都帮不了我！”

纯煌？西京猛地一惊。这个名字，他是听说过的——那不就是海国的末代海皇吗？难道这个女萝，竟然是海国的王室？

难怪有着如此惊人的美貌，几可与苏摩匹敌！

“多好啊……几千年后，我居然又看到剑圣门下！”雅燃忽地望着西京笑起来，有几分疯狂，“我不要清格勒的尸体了！我要你留在这个地宫里陪我！反正你是无法带我出去的……我身上，有星尊帝的封印。”

她霍然扭过身，露出雪白的裸背——

一个血红的符咒，印在肩胛骨之间！

“他恨绝了我，所以要我生生世世不得解脱！星尊帝亲手用血画下的封印，无人能解。”雅燃的手忽地伸长，绕过肩膀，反手抚摸着那个殷红如血的封印，眼神却有几分冷酷，“何况，我也不想再出去了。”

“为什么？”那笙忍不住惊问，“你都被关了几千年了！”

“我有罪。即便被囚禁一万年、十万年，也不足以赎罪。”雅燃尖尖的十指，忽地抠入了背后那个封印，带着一种自虐的快意，将皮肤一寸寸揭开来！

然而，无论揭多深，那个封印仿佛入骨一般岿然不动。

闪闪不忍心再看，扭过头去。

那一边，九叔没耐心去听那番关于剑圣的对话，俯身将“黄泉谱”握在手中，急急翻看。

“这下好了，有了‘黄泉谱’，出入地宫就方便多了。”旁边有盗宝者低声说，如释重负。

闪闪望着那卷发黄的薄薄的羊皮，上面浮凸出隐约的线条，细细看去，竟是勾勒出一幅地宫的平面图来——更奇异的是，那卷羊皮上，繁星般浮动着点点绿色光芒，明灭不定。

“咦，那些东西，是什么？”她忍不住举着灯凑过去看，指着那些星星。

“你说呢？”莫离微笑着，俯下身指着某个绿点，“你看着。”

一语毕，他忽然间纵跃而出，落到三丈开外。

“哎呀！”闪闪惊喜地叫了起来，“这颗星星也动了起来！”

“当然了。”九叔没有莫离那样有耐心，蹙眉直接回答，“‘黄泉谱’上能自动浮凸出所在地宫的地形，以及显示地宫里所有人所处的方位。”

“每一颗星星，就是一个人？”闪闪明白过来了。

莫离笑着点头：“很神奇吧？”

“那么光芒弱一点的，是不是就是……”她侧过头，望着一旁在盗宝者照顾下昏迷的音格尔，担心地问，“身体不好一点的人？”

“嗯。”莫离简短地解释，“如果死了，就不会显示出光芒了。”

“真神奇啊……”闪闪惊讶地睁大了眼睛，认真地数了数，忽地问，“可是，为什么上面的星星，比这里的人多出两颗呢？”

一语出，所有盗宝者吃了一惊：“你说什么？”

“喏，这里还有两颗。”闪闪撇了撇嘴，抬起手，指着地图边缘的角落上——在入口处的享殿位置上，果然还有两颗星星在不令人察觉地闪耀！

有外人闯入了这个地宫！九叔霍然抬头，盗宝者们围了过来，眼神陡然变得凶狠。

“就算是苏摩还没走出地宫，这图上也不会多出来两颗啊。”莫离喃喃道，“这事情有点不对头……还有外人在这里！”

“先派个人出去到享殿看看。”九叔点了点头，指派了一个盗宝者出去，然后一挥手，断然下令，“此地不宜久留，带走所有能带走的财物，不能带走的绝不准毁坏——莫离，我看护少主，你去督促大家收拾东西。”

“好。”莫离点了点头，转身走向密室内。

一群盗宝者如狼似虎地起身，扑向那一室的稀世珍宝。他们进入地宫时轻装简从，似乎没带多少器具，但此刻居然不知从哪里变出了一个个革制的大袋子。每个袋子都足以装下十升的水，里面衬了厚而软的羊绒，以免损伤珍宝，是专业的盗宝工具。

“不要惊动死者。”在一个盗宝者冲向两座玉棺时，莫离抬起手臂阻拦。

“可是，这是星尊帝和白薇皇后的棺材啊！最珍贵的宝贝，一定被他们带进里头去了！”那个盗宝者直直望着白玉台上两座玉棺，眼神亮如恶狼，“老大，我们好容易活着进来了，如果不带走，只会白白烂在地底下啊！”

莫离一把将那人推搡了回去，厉叱道：“说了不许动就不许动！”

那人被推到一棵巨大的珊瑚树上，“咔啦啦”压断了一枝。莫离沉下脸，绕着密室走了一圈，望着那些忙碌搬运的盗宝者，扬声道：“现在我重复一遍卡洛蒙家族的三戒！都给我好好听着！

“一、死去的兄弟，和活着的一样平均地享有所有财富！

“二、不许惊动死者，严禁开棺取宝，损坏遗体！

“三、无法带走的东西，一律原地保留，不许破坏！

“违反者杀！大家听见了没有？”

“是！”盗宝者们哄然答应，一边训练有素地快速搜集着珍宝，分门别类地装入各个革囊。一袋是宝石明珠，一袋是金银器皿，一袋用来装珊瑚玉树，其余的袋子里装着各类杂物——字画、古镜、宝剑……

能进入大帝陵墓陪葬的，每一件都是价值连城。这一次收获之丰富，只怕要超过百年来的任何一次行动吧？所有盗宝者眼里都压抑不住狂喜的光，手足迅捷，将一捧捧宝石、金砂放入袋中。

那个被派出去查看的盗宝者已经悄然返回，在九叔耳畔低声回禀了一句。

“什么？除了那个鲛人，还有另外一个女人在享殿？”九叔有点惊讶。

“属下也没跟到那里——只是从第二玄室听外头有两个声音，是方才的那个鲛人和另一个陌生女子。”那个盗宝者低声禀告。但不知为何，他眼里却有一种惊恐的神色。

九叔微怒：“你为何不跟过去查看？”

“禀大人……因为、因为……索道断了！”盗宝者眼里的惊恐终于完全显露出来，一下子跪下去，颤声回答，“那条架在血池上的长索，被人斩断了！”

“什么？”九叔大惊，止不住地站起身来——他自然不会忘记进来之前，一行人在那条裂渊之前吃了多少苦头，才打开了这条索道。

如果索道被人斩断，无异于断绝了所有人的退路！

最后那句话也被所有盗宝者听到，那些疯狂收拾珍宝的人忽地一呆，手脚停滞了下来，面面相觑，仿佛片刻后才反应过来，眼里陡然有压抑不住的恐惧。

“去看看！大家快去看看！”莫离也慌了，抱着昏迷的音格尔站起来。所有盗宝者背起了打包好的东西，争先恐后地朝着甬道外头跑去。闪闪迟疑了一下，看到莫离已带着音格尔离去，不由得也紧紧跟了上去。

“啊，是谁斩断了那条索道？”光线随着闪闪的离去而迅速暗淡，那笙站在黑暗里，有点发呆。她抱紧了手中的石匣，感觉里头的断足安静得出奇，“是苏摩吗？那个家伙……一向喜怒无常啊。”

“他不会做这种无意义的事吧？”西京却是断然否定，望向黑暗的前方，“我们也过去看看。”

在享殿里的，果然是苏摩和另一个女子。

用引线刺穿虚空，系上对面玄室的机关，苏摩从裂渊上掠过，终于在地宫大门附近追上了那个意欲逃离的女子。他的手指一勾，细细的丝线勒着脖子，将离珠从墓室出口扯回来，她拼命挣扎，美丽的脸因为恐惧和痛苦而扭曲。

“索道是你斩断的吧？”苏摩望着那张脸，漠然问。

“嘿……”离珠在他脚下喘息，手里却还抓着一顶金冠——那分明是九嶷王的冠冕——原来她是有意落在他们一行后头，趁机从尸体上取得了这件信物！只要拿到了这个去向世子交差，她就能赎回自由。

“究竟为何？”苏摩蹙眉，本想一勾手切下她的头颅，然而却有些诧异，忍不住问，“你已完成使命——将信物带回去，九嶷那个老世子继了王位，自然会还你自由之身，又何苦再多此一举？莫非你不想看到盗宝者洗劫陵墓？”

“哈哈哈！”离珠忽然仰头大笑起来，笑声回荡在空旷的享殿里。

“我才不管那些粗陋的强盗！”她捂着咽喉上出血的伤口，喘息着坐起，在地上恨恨地望着傀儡师，眼里慢慢浮出一种疯狂的嫉恨，“我要你死！我只要你死！”

她伸出手，虚空里往苏摩脸上一抓，美艳的脸上充斥着狂悍的杀气：“凭什么？凭什么你有这样的美貌！我才是这世上最美丽的人！”

看着狂怒的女子，连苏摩都有点愣住了。

这个娇弱的女子在最后一刻痛下杀手，斩断裂渊的归路，将十数条人命统统断送在地底——这般毒辣手段，仅仅只为了这样一个原因？

“你已经很美了。”他淡淡道，放松了手中的引线。

“哈哈哈……当然！当然！”听到他的赞许，离珠再度大笑起来，回过手极度自恋地抚摩着自己的脸颊，喃喃自语，“我当然美貌……你知道为了得来这样的美貌，要付出多少代价吗？是整整四代人畜生一样被配对，驯养调教，才得来的这副容貌！我才是云荒最美的人！”

苏摩一震，却没有说话，缓缓松开了手。

离珠抚摩着脸，忽然间声音呜咽起来：“我的父母、祖父母、曾祖父母……他们都是从云荒各地买来的奴隶，因为容貌出众被挑选出来，勒令结成夫妻，以便生下更美貌的孩子——而我的父母更是亲兄妹，因为要保持最美丽的血统，不得不近亲乱伦。

“整整四代人的心血啊……到了这一代，我终于被所有人都称为云荒上最美的人！”离珠回过手，摸索着自己颈部的伤口，眼里的愤怒如火燃烧，恶狠狠地看着他，“可是……你居然敢比我更美丽！凭什么？你怎么敢践踏我们四代人一生的努力？

“你还弄伤我完美的肌肤！我下了多少功夫，才让自己全身上下的每一寸都完美无瑕……你居然弄伤了我！我要杀了你……我要杀了你！这个云荒上，最美丽的只能是我！你这个下贱的鲛人，怎么敢拥有如此容貌！”

她忘记了自己根本不是眼前这个鲛人的对手，愤怒地挥舞着手，忽地冲过去，伸出尖利的指甲去抓苏摩的脸。

苏摩没有躲避，任凭她一手抓下，指甲在肌肤上发出丝绸般的裂响。

血从他眼睑底下流出。望着那清晰而深刻的五道血痕，离珠也有些意外地呆住了，仿佛是不能相信短短一瞬间最美的东西就毁灭在自己手下。随即，却扬着十指，快意地狂笑起来。

然而笑着笑着，她的眼神凝滞了，震惊莫名——消失了！就在短短的刹那，苏摩脸上的伤痕，就凭空消失得无影无踪！

“你……你拥有无人能比拟，也无人能摧毁的美？！天啊……天啊！”她哑口无言地望着面前这张仿佛具有魔力的脸，步步后退，以为这个傀儡师会挥手斩杀自己于刹那。

然而她却只看到那双眼里深切的悲哀，并无丝毫自傲自豪。

离珠愕然地望着苏摩，忽然间觉得他碧色的眼睛是如此空茫而沉郁，一眼望过去就再也离不开——只是刹那，她的心神就完全沉下来了，再也没有片刻前的浮躁和狂怒。她忘记了害怕，也忘记了愤怒，只是怔怔望着那双眼睛，仿佛坠入了深不见底的碧海。

“世袭的奴隶啊，”她听到苏摩嘴里吐出了话语，低沉而悲悯，“你的心死了吗？你不是为美貌而活着的，也不是为了取悦那些奴隶主而活着的……你是一个活生生的人，你应该有自己的梦想。”

她茫茫然地望着面前的人，感觉他声音里有某种力量正一分分地侵入她心里。

“梦想？”她喃喃，茫然道，“我的梦想……只是做云荒最美的人。”

“这个世上，美貌只是取祸之源，是被人利用的工具。”苏摩冷笑。

眼前这个女子的美是极其罕见的，但她身上流的血也极其复杂，混合了中州人、西荒牧民、鲛人，甚至冰族的血……但是，每一代先人，都在血里沉积下了怨恨。对美无止境的追求，成了蒙蔽她心智的毒咒。

所以到了如今，失落的她才会走入那样疯狂的境地。

“而且你错了，我并不是云荒上最美的人。”苏摩轻轻叹息，摇了摇头，“真正的美丽并不是外表，而是内心里散发出的光芒。”

无论外人如何称许美貌，然而终其一生，他都无法直视那个纯白的女子。那个白族少女身上有一种由内而外散发的光芒，即使在他无法看见东西的时候，都能感觉到——那才是真正的美丽。一生里，他都在那样由内而外的光中自惭形秽。

“你……这样好看。可是，我却看到你痴迷于那个容色普通的白族女人……”离珠的眼光始终未能离开苏摩的脸，神思恍惚地喃喃，伸出手，仿佛是想去触摸那天神一般的脸，“苏摩？我听说过你的名字……百年前的堕天后……你、你心里的怨恨，已经消散了吗？这样……就能更美丽吗？”

“嗯。”苏摩望着那个女子，低声道，“希望你也能——因为，我们都是一样的。”

一语毕，他闪电般伸出手，单指点在离珠的眉心！一种汹涌的灵力透入，直冲向沉积黑暗的内心，离珠只来得及低低叫了一声，便失去了知觉，委顿在地。

苏摩缓缓收指，望了一眼地上的女子，转身走出了地宫。

“我们都是一样的。”

他本来应该杀了这个敌对自己不利的女人，但最终却还是放过了她。因为他们都是同样在被侮辱被损害中长大的、满怀仇恨的奴隶——受尽了践踏，心里积累起无法消除的“恶”，仿佛猛兽收爪咬牙，一等时机到来便疯狂地、不顾一切地报复所有的人。

他们因为仇恨而活下去，因为仇恨而奋斗。他们走出的每一步，都带着极其自负而自卑的扭曲脚印，根本不知道自己的终点和方向，只是被仇恨驱使着。

这样的一条路，又是怎样的悲哀。

但是，人的一生不应该仅仅是这样……他已经犯过错，如今再也不能回头——只希望别人，再也不要重蹈他的覆辙。

第十三章 千年

走出了地宫，外面的风迎面吹来，原来已是暮色渐起的时分。

风掠过耳际，宛如低语。那一瞬间，傀儡师的眼里有罕见的沉郁黯然——他方才只是用幻力暂时压住了离珠内心那股翻腾不息的邪念，但那种黑暗力量根植于人心，是否还会复苏就要看这个女子的造化了。就如他的体内也潜伏着黑暗的种子一样。

他所能做的，也只有这些。事实上，谁都不能为别人选择道路。

龙神从他袖子里轻轻探出头来，摩挲着他的手腕，眼里有赞许的光——自从继承历代海皇的记忆后，这个历史上最桀骜的海皇已然平和很多，整个人似乎在慢慢地复苏过来。虽然阴枭暴虐的脾气还时有发作，但已然不像以前那样一味嗜杀。

“龙，我们去帝都，帮你找如意珠。”最后望了一眼陵墓，苏摩回过手腕拍了拍龙神的脑袋，走向被切开一角的万斤封墓石，冷笑道，“没了那个东西，你简直就像条蚯蚓——连对付一只鸟灵都那么费力！”

龙神不平地咆哮了一声，用身子卷紧他的手臂，勒得发红。苏摩走到了墓门前，陡然发现门外影影绰绰有一个人影。

“谁？”想也不想，手中的引线便倏地刺出，直取对方。

那个影子抬了抬手，竟然轻易接住了那一击。

“苏摩，不必每次都这样招呼我吧。”来人微微笑了起来，松开了握着引线的手，“怎么说我也是冒险赶来啊。”

披着黑色斗篷的男子站在墓门外，挥着仅有的一只手，向他打招呼。在他身后，冥灵军团的天马收敛了双翅，纷纷落地。其中一位青衣少年牵着两匹天马，有点兴奋地望着这座王陵。

那，居然是六部之中的青王青塬？也只有在这昼夜交替的时候，帝王之血的力量才能和冥灵同时并存吧？

在看到真岚的刹那，苏摩下意识地侧开了头，不想去和他对视，眼里有一种阴郁迅速蔓延开来。没有办法……每一次看到这个人时，还是没有办法压抑自己内心的敌意和杀气！

“那笙在里面，”他往外走，不去多理会那个人，“石匣在她手里，你去拿吧。”

然而，真岚却站在门口，没有半分让开的意思。

“苏摩，”他抬起手，想去拍傀儡师的肩，却被苏摩迅捷地让了开去。真岚毫不介意，只问，“你有无听到那一声王陵深处传来的话？”

苏摩悚然一惊，回头低声：“魔度众生？”

九嶷王死之前曾经向破坏神祈愿，然后，陵墓里响起了一个声音。在那个声音响起的时候，他曾经因为那种无所不在的黑暗力量而满心惊惧，知道那是不容小觑的邪魔。难道远在异世界之城的真岚，也听到了？

那又是怎样一种力量啊！

谁都知道，在千年之前，星尊帝和白薇皇后分别继承了破坏神和创造神的力量，也就是魔之左手和神之右手——这种力量随着血缘代代传承，以“皇天”和“后土”这对神戒作为标记，成为空桑人统治云荒大地的根本所在。

但，自从白薇皇后被封印后，创造神的力量衰竭了，整个平衡瞬间被打破。

然而奇怪的是，不知为何，力量失衡后，云荒大地却没有巨大灾难降临，并没有重现上古时期因为御风皇帝强行封印破坏神后导致的天下大乱。

空桑人的王朝平安地延续了数千年，虽然逐渐地变得腐朽不堪，但这种变化依然是相对平稳的——没有战乱，没有饥荒，整个空桑王朝就如一颗果子一样，慢慢地从内部腐烂出来，却不曾在短时间内从高空坠落到地面，粉身碎骨。

所有人都以为，是高贵的帝王之血压制住了那种魔性。然而，却不曾料到在星尊帝的墓里，却听到了破坏神依旧安然存在的证据！

苏摩的唇边忽然绽放出一个冷笑，讥讽道："真奇怪……那之前，我一直以为你才是破坏神力量的拥有者呢，空桑的皇太子殿下！"

"我不是。"真岚没有理会他的讥诮，只是回答，"起码，我没有拥有破坏神全部的力量。"

"……"苏摩眼里闪过一丝锐利的光，仿佛在琢磨着这句话背后的含义，不答。

"方才那个声音虽然只短短说了一句，但白薇皇后的眼睛已然看到了某些东西——她带着白璎动身去查访声音的主人。"真岚淡淡地说着，看到傀儡师的眼睛不易觉察地波动了一下，"而我，带着青塬来这里取回我的右足，顺便看看声音的来源。"

听到这里，苏摩忽地抬起头，眼神雪亮："那是魔的声音！"

"是的，我也知道，魔之左手的声音。"真岚却淡淡回答，轻尘不惊，"是破坏神的力量，尚自留在人间。"

"那你还让白璎去？"苏摩的眼里一瞬间仿佛有闪电掠过，露出狂怒的表情，引线呼啸着卷上了真岚的头颅，勒紧了他的脖子，怒斥道，"明知是魔，你还让她去！那根本是送死！"

青塬看到皇太子被袭，惊呼一声冲上来，然而真岚却摆摆手阻拦了他。

"她必须去。"他缓缓道，眼里没有喜怒，平静如不见底的大海，"既然她继承了'后土'的力量，就必须去封印魔——没有人可以替代她去做这件事……那是她的责任。"

顿了顿，望着眼前的傀儡师，又轻轻道："就如，你我都有各自的责任。"

"为什么她要担这样的责任！这种事，你我来做就够了！"苏摩眼里陡然有暴虐的光，手指一勒，引线割断了真岚的咽喉——然而那个只有一颗头颅的人却没有显露出丝毫苦痛。

"她已经去了。"真岚平静地说，望着远处高耸入云的白塔，"你如果赶得快一点，说不定还能追上。"

苏摩一怔，再也不说什么，掠出了墓门飞奔而去，也不顾身上还留着重重伤痛，只是想也不想地带着龙神腾空而起，转瞬消失在去往帝都的方向。

真岚一个人站在阴冷的地宫里，眼前烛阴巨大的骨架森然如林。他直直地望着那个傀儡师，直到对方的影子消失，眼里才有一种悲哀的表情。

果然，他是爱她的……甚至比她所能想象的更爱。

犹记得她随着白薇皇后离开时的表情。虽然没有说出一句话，眼里却有千言万语——她的嘴唇轻轻印在他额头上，然后握着光剑头也不回地离开。他默默承受，却一直等到她离去才睁开眼睛。冰冷的触感还留在肌肤上，那样的语气和眼神，已然是诀别。

冥灵的亲吻和泪水，都是没有温度的。

或许在遥远的少女时代，她就已经消耗尽了心头的最后一点灼热，从此在漫长的岁月里平静如水，甚至面对着永久的消亡也毫无恐惧。

但是……却不管留下的活着的人心里，又是如何。

最初的相爱和漫长的相守，她的一生分给了两个人。但到了最终，谁也无法留住她。

空桑最后一位皇太子站在空旷的陵墓里，有些茫然地想着这些过往，无意识地侧过头去，忽然眼神就是一变——“山河永寂”。

那样的四个字扑面而来，每一个字都仿佛是巨锤敲击在他心里。

山河永寂，山河永寂！那一瞬间，他恍惚明白了那个震慑古今的祖先写下这四个字时候的心情——当踏过遍地的烽火狼烟，登上离天最近的玉座，剩下的却只有山河永寂。帝王之道，即孤绝之道。即便是星辰万古唯我独尊，又能如何呢？

站在这里的自己，在百年之后，是否也会有一模一样的结局？

旁边的青塬不敢说话，望着忽然间陷入沉默的皇太子。他从来没有在真岚脸上看到过这样的表情，一扫平日的漫不经心和调侃，沉重得让人不敢去看。

“你留在这里，”片刻，真岚终于回过神来，“我进去看看。”

青塬摇头，急道：“不行！地宫里既然有异常，怎么能让皇太子殿下一个人进去？”

真岚脸上又浮现出无所谓的笑意，摆摆手：“没事没事——我在这个地方怎么会有事呢？就算那里头有破坏神，那也是我祖宗啊！断无不保佑子孙的道理。”

青塬牵着天马，站在那里抓头，不知道怎样和这个皇太子说才好。

“好了，我很快就回来的。”真岚不想过多为难这个年轻的青王，他指了指外面的暮色道，“外面征天军团刚刚被龙神击溃，九嶷大乱，你大可以带着人马，趁机去收复你的领地。”

“我的领地？”青塬怔了怔，不明白皇太子的意思。

“九嶷郡是青族的领地，而你是青族的王，”真岚的眼里没有笑意，望着外面的天地，肃然道，“所以这里也是你的领地——虽然你生于帝都，一直没有回过这里，但你在成为六王殉国的时候，已经是青族的王了！”

青塬明白过来——这次皇太子带自己出来，原来竟是蕴藏了这般的深意！难怪这次要带出那么多的军队……皇太子，是一早就想好了全盘计划吧？

真岚望着这个最年轻的王，嘴角浮出一丝笑意：“去吧。这次变天和玄天两部被龙神和苏摩彻底摧毁，沧流做出反应尚需要时间——如今九嶷郡处于大乱之中，你大可趁机一举夺回你的领地。”

“啊？”青衣少年搓着自己的手，有点迟疑地低下头来，“皇太子是要我……要我带着军队去把叔父赶下台吗？”

百年前，年轻气盛的他憎恨叔父出卖了青族，怀着一腔热血，不肯和叔父一家一起投降冰族，毅然和空桑其余五部之王一起自刎在了传国宝鼎前——那时候他才十七岁。

从此后他再也不曾长大。

青塬的骨子里，毕竟流着章台夏御使的血——大司命说。但是，他也是六王中能力最弱的一个。如果不是当时情况危急，必须凑足六星之数打开无色城，皇太子也不会不得不阵前册封他为青之一族的新王。

其实平心而论，光以他的能力，是远远不足以成为王者的。虽然这百年来，他也长进了很多，但仍不能担负起一个王的所有责任。

“可是，就算今夜突袭成功，得到了九嶷郡，我们身为冥灵也不能久留。”青塬想了想，为难道，“到了天亮之后，又该如何？我们还是不能控制九嶷啊。”

真岚笑了起来：“青塬，你学了术法，又是用来做什么的呢？”

他侧过头，望着黑沉沉的墓室，不再绕圈子，直接将计划说了出来：“你带着军队趁乱夺宫，拿下九嶷王世子那个叛徒——不必杀他，只要控制住他的神志就够了，让他替我们管理九嶷。”

“是。”青塬恍然大悟，点头领命。

“青塬？就是那个空桑的末代青王吗？”忽然间，真岚听到一个声音问，声音清脆，“是章台御使和青王女儿的遗腹子？”

谁？是谁在这个地宫里听到了他们的谋划？青塬吃了一惊，左右顾盼。

然而真岚却没有意外，只是淡淡道：“你偷听得够久了——你是谁？”

巨大的烛阴骨架后，应声露出了一张绝美的脸，妖娆地微笑：“我叫离珠，是九嶷王畜养的女奴。”

真岚看到那张脸，心下也是微微一震：九嶷王以畜养娇奴美妾出名，然而这样的美貌却是近乎不祥——然而奇怪的是，这个女子身上居然看不到一丝邪气。不是鲛人，也不是邪魔，难道真有人类拥有这样惊人的美貌？

离珠已经无声无息地醒来片刻，正好听到了真岚和青塬最后的那番对话，念头急转，心里已然有了一个主意，在被真岚喝问之前，率先站了出来。

她望着青塬，一笑开口：“青王，不必那么费事，如今九嶷就是你的。”

手里捧起了一顶金色的冠冕，离珠的眼神如波光离合，恭谨地上前：“九嶷王已经死了……这个属于你了，少年英俊的青王。”

然而青塬却没能回答，只是怔怔看着这个手捧王冠的绝色丽人——那一瞬间，少不更事的少年王者被那样的丽色炫住了眼睛。这个女子……是地宫里的幽灵吗？怎么世上还会有这样美丽的人？

看到他发呆的表情，离珠“哧”地一笑。她将手中的金冠捧起，在眼前晃动，眼角瞥着那个少年：“这顶金冠，本来是要送去给九嶷世子青骏的，如今臣妾愿意献给您——不过，请您答应离珠一个条件。”

“什、什么条件？”青塬下意识地问。

无色城里沉睡百年，除了六王里的白璎和红鸢之外，十七岁的冥灵少年几乎没见过真正的女子。此刻乍然一看到这样的绝色美人，心里猛然紧张得要命，根本无法说出流利的话来。

“我把金冠送给您，帮您夺回王位——作为代价，您要烧掉丹书，还我自由，给我锦衣玉食的生活。”离珠将金冠握在手里，一字一字道，嘴角浮出一丝冷笑，“老实说，我可不相信那个老世子青骏会守信放了我……青王您既然是章台御使的儿子，选您当同伴，应该可靠得多吧？”

青塬一怔：章台御使……她居然也知道父亲生前的事迹？

“我自小受了各种教导，读过很多书。”离珠嫣然一笑，望着那个少年，“我很敬慕你的父亲——可惜，这样的好人往往是活不长的。”

也许是方才被苏摩驱逐了心魔，她那一笑美如春风，没有丝毫阴暗，让少年一瞬间呆了。

“这顶金冠，你到底要是不要？”离珠望着他发呆的样子，抿嘴一笑，抬起纤细如美玉的双手捧起金冠，递到他眼前，“放心，我不会害你的。我只想找一个好一点的同伴而已……这些年来，我也受够了。”

“……”青塬望了望真岚，见他没有反对的意思，最终还是迟疑着缓缓伸出手，拿起了那顶金冠。

“这样重。”在那一瞬间，他诧异地喃喃。

离珠微微一笑：“是的，王者的冠冕总是沉重的——可每一个获得的人，却终身都不愿意再放下。”

在她说话的时候，真岚一直在一旁默默读取着她的真实意图，然而的确没有感受到丝毫恶意，便暂时没有反对青塬接受这顶金冠。

“好，离珠，我答应你，一旦你帮助青塬夺回九嶷郡，你就将得到永久的自由之身。”真岚缓缓开口，竖起了手掌，“我们击掌为誓。”

离珠竖起手，顿了顿，忽地一笑：“皇太子殿下，和你击掌后誓约便开始生效了——如果我违背，应该会遭到你咒术的反噬吧？”

真岚望了望这个女子，有些诧异：这样一个聪明的女子，的确是读过很多书的吧？

“不过，”离珠爽快地伸过手，拍击在他掌心上，仰头道，“我还是和你立约。”

外面的暮色逐渐深浓，回头望去，冥灵军团的影子更加清晰地浮凸出来，每一个战士都沉默地骑在天马上，面具后的眼睛黑洞洞的。

“你们先去处理九嶷王宫那边的事情吧。如果万一有闪失，立刻联系赤王红鸢——我已令她随时准备接应你。”真岚不再多说，摆了摆手，向着地宫深处走去，“快去吧，在天亮之前结束一切。”

青塬站在那里发怔，又是兴奋又是忐忑，耳边忽然传来一句低语：“对这个女人，还是要小心一些。”

听到皇太子殿下在离开后暗自传音警告，他蓦然又愣住了。

“走吧！苏摩闯入王宫大闹，如今那里真的是空荡荡的没人守卫了，”离珠却没有察觉，对着那个少年催促，“九嶷王已经被杀，世子青骏一定还在眼巴巴地等着我带回这顶金冠给他呢……我们应该快点动手。”

说着说着，她眼里忽然有了再也压抑不住的大笑表情。

是的……是的，她，终于可以开始反击了！终于可以将那些践踏过她的人的头颅，一个接着一个踩到脚下！

她在大笑中落下泪来，无法控制地捂住脸痛哭出声。

“怎么、怎么了？”青塬怔怔地望着她，手足无措，带着怜惜。

“我太高兴了……终于等到了这一天啊！”离珠抹掉眼泪站起身来，头也不回地奔了出去，“我们走吧！”

第二玄室和第一玄室之间，被一条深不见底的裂渊隔开。

盗宝者们站在裂渊旁边，望着断裂的索桥发呆——底下直通黄泉，足以让一切坠落的人血肉无存。而少主受了重伤，还在沉沉昏迷。如今，竟是没有人能带领大家走出如此困境。

莫离和九叔在一旁低声议论，一时却无法想出适合的方法。

盗宝者的锐气在拿到珠宝的一瞬间被消耗殆尽，此刻也没了刚入地宫时的那种一往无前的勇气，各个手里拖着大袋奇珍异宝，没有一个人再主动站出来请命冒险。闪闪掌灯照了照裂渊，满眼的担忧。回不去了……这下可怎么办啊？晶晶还在上面呢。

“你别急，有大叔在呢，”那笙在裂渊前驻足，低头望着底下深不见底的黑暗，不由得吐了吐舌头，然后侧头望向一旁的西京，笑道，“大叔，你一定有办法的，对吧？你是剑圣啊！”

“死丫头。”西京刚刚在墙角坐了片刻，无奈地摇头站起，笑骂一句，摸了摸那笙的头，“老是支使我做这个做那个……我想先歇一下都不行啊？”

“别摸！”那笙跳了开去，不满地嚷嚷，“老被人摸来摸去就长不高了！”

然而那边九叔和莫离听到他们的对话，却齐齐惊喜上前，一揖到地：“请剑圣出手相助！”

“这个么……”西京却故意沉吟，不作答。

九叔老练，心念急转，望着西京赔笑：“若得剑圣相救，我们愿将此次所得珍宝与剑圣共享！”

“这还差不多……”西京眉头展开，嘿嘿笑了一声，弹了弹手里的光剑，刚要开口，却被那笙抢了先。

“你讹诈人家啊？”那笙看不过去，发作起来，“反正你也要带我离开这里，铺条路不过是顺手——人家的东西是拿命换来的，你好意思要？”

九叔连忙上前阻拦，连连作揖：“姑娘言重了，盗宝者一贯有恩必报，若得剑圣救命之恩，自然会倾尽所有报答。”

“倾尽所有，倒是不必。”西京靠着墙，懒懒道，“我只要一样东西。”

“剑圣请说。”九叔连忙侧耳过去。

“我进来的时候，看到享殿里烛阴的骨架了。”西京倒不客气，施施然摊开一只手来，“它骨节里的二十四颗辟水珠，是你们拿了吧？”

“哦……是，是！”九叔倒是没料到对方提了这么一个要求，连忙答应。

在如山的珍宝里，比辟水珠珍贵的也不在少数，剑圣单单提出要这个倒是奇怪。他望了莫离一眼，点头示意。莫离连忙搜索行囊，在一个皮囊里摸到了那袋辟水珠，交到西京手中。

“少了一颗。”西京只是随手掂了掂，便道。

“还有一颗在我这儿，”闪闪红了脸，从怀里摸出一颗鸽蛋大的珠子，却有些不舍，“是……是音格尔送给我的。”

西京笑了起来：“算了，既然都送你了，你就留着吧。反正也够了。”

那笙看不过去，气鼓鼓地开骂：“你还好意思抢人家小姑娘的东西？这都是什么剑圣啊？简直是无赖！”

“嗒”，声音未落，一颗珠子忽然被扔到了她手心，她下意识地握紧，抬头却看到了西京懒洋洋的笑容：“丫头，好好收着这个吧……将来用得着。”

“嗯？”握着辟水珠，那笙愕然。

“笨丫头，既然你要嫁给一个鲛人，那少不得要在水里过日子——有了这个，以后你去鲛人那儿找炎汐就方便多啦。”西京没好气地弹了一下她的脑壳，“我特意替你要来的，真是不识好人心。”

“哎呀！”那笙霍然明白过来，“啊，对了，拿着这个可以去水下！大叔你真是个好人！”想了想，忽然又问，“可你另外拿了那么多，用来干吗呢？”

“当然是卖啊！赌输了，还可以用来抵债——”西京坦然张开手来，得意洋洋，“当然，我也得自己留一颗，将来好去镜湖复国军大营，喝如意夫人酿的醉颜红。”

那笙望着这个人，说不出话来。

“好了好了，”西京拍拍衣襟，站起来，“礼物也收了，该干活了！”

盗宝者“唰”地退开，让出一圈地来，想看看这个空桑剑圣如何跨越面前几十丈的裂渊——早就听说空桑剑圣一门技艺惊人，分光化影、斩杀妖魔无所不能。但是，除非他有浮空术，才能越过那样深不见底的裂渊吧？

那笙也有点胆怯，望着底下深不见底的黑暗，拉了拉西京的衣角：“能……能行吗？跳不过去的话，会掉下去的啊！”

转过头望着那笙紧张的表情，西京笑了起来，顺手摸摸她的头：“没事，掉下去了也倒是省事，连收尸都不必了。”

那笙更加紧张，连头顶被摸都没发现，紧紧扯着西京的衣角：“那别下去了！我们把辟水珠还给他们好了。最多等臭手来了再想办法啦！”

“哈哈哈……骗你的，这点事情还不容易？我至少有三种方法能解决。”西京大笑起来，转头指了指角落里不声不响探出头来的女萝雅燃，“喏，她可以随意出入地底，如果她愿意，完全可以从墙壁里潜行到对面，然后从那边接上断裂的索道。”

"噢……也是。"那笙恍然大悟，看着手足上还缠绕着清格勒尸体的雅燃，蹙眉道，"可是她大约不愿意帮我们的——另外两个法子呢？"

西京耸肩："一个当然就是我自己跳过去了。"

"那可危险了！万一你跳得不够远，掉下去怎么办？"那笙望着黑咕隆咚的地底，急急问。话音未落，忽然觉得怀里一动——竟是那个石匣子忽然间剧烈地动了起来，里头的断足不停地踢着封印的匣子，似乎急不可待。

"搞什么啊！"那笙嘀咕着，腾出手去捧住那个乱动的匣子，然而手上的戒指忽然间放出一道白光，刺花了她的眼。

"好了，快打开封印！"西京望了望前方，忽然低声断喝。

那笙吓了一跳，没有回过神来——然而手上的光芒越来越盛，几乎照彻了整个漆黑的地宫！在"皇天"的光芒中，她又一次感受到了慕士塔格绝顶上曾经出现过的那种强烈召唤，右手被一种力量牵引着，不知不觉地就抬起了手臂，十指扣紧了那个匣子。

"嗒！嗒！"石匣内的动静也越来越大，仿佛那断足在用尽全力挣扎。

她的手抓住了匣的盖，上面雕刻的繁复符咒烙痛了她，然而她顾不得了，只是一味地用力，用力到指节发白——"嚓"，随着内外一起用力，那个石匣上出现了裂缝。

"打开！"西京再一次低声催促。

那笙一咬牙，手上的"皇天"忽地射出耀眼的光，宛如闪电一样带动了她的手臂，她也不知道自己做了什么样复杂迅速的动作，倏地将石匣剖为两段！

"唰！"就在石匣断裂的瞬间，里面一个黑影破匣而出，迅速掠去。

就在众人尚未反应过来的时候，西京却仿佛早已料到，迅速拿起了音格尔的长索，手腕一抖，长索便如灵蛇一样直飞出去，一下子套上了那个掠去的黑影！

"啊……那只臭手的脚跑掉了！"那笙望着空空的匣子，失声惊呼出来，"怎么办？"

她打开了封印，可封印里的东西却自己跑掉了，这下要怎么对真岚交代？

"真岚还没到，你干吗催我去把那个匣子打开？这回可糟了！"她气急败坏地对着他抱怨，然而西京却只是笑，手腕一抖，往里用力一拉，似乎是卷住了什么东西："别担心，没事的。"

那笙还是心慌，后悔不及地跺脚。

“丫头，乱叫什么！”黑暗里忽然传来了久违的爽朗笑声，“放心，这只脚已经好好地长回我身上了。”

暗淡的甬道尽头，裂渊对面，影影绰绰浮现出一个披着斗篷的人影。

“真岚？”那笙怔了怔，还以为自己看花了眼，揉了一下眼睛，终于大喜过望地拍手笑起来，“真岚？真的是你！是你来了吗？”

“是啊，路上遇到一点事，来得有点晚，抱歉。”真岚站在远处笑了起来，然而他的声音清晰传来，仿佛在侧，“西京你在搞什么？干吗要在我脚上套一根绳？”

“绳？”那笙一愣，却看到西京大笑起来，蓦地收紧了手里的长索。

“喂，别玩了！”剑圣的腕力不弱，然而对面那个人影却是岿然不动，只是有点恼火，“解开解开，牵着我干吗？我又不是马！”

西京笑道：“得，你快把绳系到那边墙壁上，拉条索道出来——这边有好多人过不去。”

真岚愣了一下：“好多人？”

星尊帝的地宫里，怎么会凭空出来好多人？

“何必架桥那么费事？你就喜欢捉弄我。”真岚一撇嘴，俯身以手按地面，低声念动咒语。“咔啦”一声，地底仿佛有一股力量霍然涌出，从甬道两边挤压而来，瞬间将裂开的地面重新一寸寸闭合！

一条光洁平整的甬道重新出现在大家面前，仿佛地面从未开裂过。

一群盗宝者都被惊呆了，不敢相信地望着前方甬道那一袭飘然而来的黑色斗篷——那个人，居然拥有这样精湛高明的术法！那是谁？

“啊……原来是盗宝者呀？难怪。”那个披着及地黑色斗篷的男子走了过来，看见了第二玄室里的一群人，有些恍然地点了点头，唇角露出一丝笑，望了望带头的莫离和九叔，“连星尊大帝的墓都敢盗，西荒人的胆子倒是越发大了啊。”

“呀，你别生他们的气！”那笙忽然想起这里是空桑人的王陵，连忙将闪闪拉到身后，“他们只不过想拿点东西换钱，绝没有动你祖宗的灵柩！你可别找人家麻烦啊……”

莫离看在眼里，心里打了个愣怔，来人高深莫测，还是不要轻易招惹的好。然而这边他打定了主意不招惹，那边忽然就起了一声尖厉的呼叫，几乎刺破所有人的耳膜。一个声音狂怒地叫起来了："什么？你，是琅玕那家伙的子孙？"

声音未落，雪白的光如同利剑刺到，倏地就直取来人的心脏！

闪闪和那笙失声惊呼，眼看着雅燃手臂暴长，忽然发难，向着真岚下了杀手。

"小心！"西京反手拔剑，剑芒吞吐而出，直切向雅燃的手臂——然而毕竟晚了一步，在他切断那只手的时候，雅燃已然从心脏部位洞穿了真岚的身体。然后，那只断腕才颓然跌落。

真岚退了一步，看着那只手掉到地上——手上没有一丝血迹。

"怎么会？"两只手腕已经全断，雅燃却似乎丝毫感觉不到疼痛，只是怔怔望着地上那只手，又抬起头望了望真岚破了一个洞的胸口，那里面空无一物，"你……你的身体呢？"

"被封印在另外一处了。"真岚望着这个女萝，也惊讶于这个鲛人不亚于苏摩的容貌——今天怎么了，居然净是遇到这些违反天理的东西？这样美丽的鲛人出现在先祖的墓地里，似乎隐隐让人觉得不祥。

"是六合封印？"雅燃忽然间明白过来，脱口而出。

真岚脸色倏地一变——这个地宫鲛人，居然能说出"六合封印"这四个字！他本以为除了冰族的智者，天下再也无人知晓这个可以封印帝王之血的秘密。

"天啊……真的有人用了六合封印镇住了帝王之血？有谁能做得到这样？"雅燃喃喃低语，脸色复杂，忽地大笑起来，"报应啊！星尊帝的子孙，终于还是被车裂！空桑亡了吗？告诉我，空桑亡了吗？！"

"是的，空桑亡国已近百年了。"真岚低声回答，"如今统治云荒的是……"

"啊哈哈哈哈！亡了！亡了！"根本没听他说后面的，雅燃爆发出了一阵恐怖的大笑。那笑声回荡在空旷的墓室里，仿佛瞬间有无数幽灵在回应着，"太好了！我终于等到了这一天！"

亡了——亡了——亡了。

她尽情地笑着，仿佛要将数千年来积累的仇恨和恶毒在瞬间抒发殆尽。所有人都被她这番大笑惊住，谁也不敢打断她。雅燃一直笑，一直笑，笑得那笙忍受不住掩上了耳朵，惊惧地躲到西京背后。

“她……她疯了吗？”那笙怯生生地问。

西京默默摇头，有些同情地看着那个疯狂大笑的鲛人。

那阵歇斯底里的大笑终于慢慢停止，雅燃喘不过气来，脸色惨白地俯下身去，扬起断腕，地上那只手蓦然反跳而起，准确地接回到了腕口上。雅燃伸出赤红色的舌头，轻轻舔了一圈，手腕随即平复如初。

笑了那么一场，她仿佛有什么地方悄然改变了。仿佛是积累在体内的怨气终于尽情地发泄完毕，她整个人开始变得平静，不再歇斯底里了。雅燃冷笑着看了一眼西京：“你方才信誓旦旦地说可以解开我身上的血咒，莫非就是想让这个人来出手？”

星尊帝的血咒，只有身负帝王之血的人才能再度解开。

“是我的先祖封印了你？”真岚霍然明白过来——在地底下被囚禁了七千年，怎能不让人发疯！他踏上一步，伸出手来，“我替你解开吧。”

“不！”雅燃触电般后退，“我不要出去！”

她望着黑沉沉的墓，嘴角忽然浮出一丝笑：“我再也不要出去……出去了，外面也不再有我的世界。我做了那样的事，活该腐烂在地底。”

她平静地说着，忽然间就从地底的紫河车里全部脱离出来，坐到了玄室黑曜石的地面上，盘膝端坐，舒展开手，开始整理自己水草般的蓝色长发。她的身体白皙如玉，完全没有在地底困了七千年的衰朽模样。

“哎呀！”那笙叫了起来，发现雅燃的身体竟然渐渐变得透明。

“不要惊讶……我本来早已死了，只是灵魂被拘禁，才不能从这个皮囊里解脱。”她坐在第二玄室的地面上，整理自己的容妆，爱惜地看着自己的身体，“我靠着怨气支持到如今，只想看着空桑怎样灭亡！”

顿了顿，她嫣然一笑：“如今，我总算如愿以偿。”

这样盈盈地说着，她的身体越来越淡，几乎要化为一个影子融入黑暗。

真岚一时无语。空桑历史上充满了血腥的镇压和征服，其间不知道造成了多少无辜的亡灵。那样的怨气，即使几千年之后也不曾消亡——这个鲛人，应该也是当年海天之战上的一个无辜受害者吧？

他无话可说，只问："你是谁？怎么知道的六合封印？"

那个鲛人女子端坐在玄室内，慢慢梳理好了自己的长发，将自己的容妆理了又理，终于仿佛心愿了结，抬起头对着所有人笑了："记住，我叫雅燃，是海国的末代公主。"

一边说着，她端坐的影子渐渐变淡。

在消失之前，她露出了一个遥远的笑意，喃喃地讲述了属于自己的那个故事："七千年前，我曾和大哥冰琰争夺海国的王权，结果败落。我的恋人被他杀死，我也被他强行送到陆上，去帝都伽蓝当空桑的人质。

"那时候我好恨！我不择手段地报复他！结果……两败俱伤。

"不过冰琰虽然赢了我，但也得不了多少好处——他重伤，半年后就死了。天意弄人……最无意于权势的二哥纯煌被推上了王位，然后代替冰琰死在了战争里。那场战争毁灭了整个海国！都是因为我的缘故！

"多么后悔啊……我竟然做出了那样的事！

"我再也没有回到过碧落海，我的灵魂整夜地在地宫徘徊——不能活，也不能死！有谁知道七千年来的种种滋味？那是上天给我的惩罚啊！"

她的声音渐渐淡去，带着哽咽。

"如今，空桑亡国了，我总算可以死去，但却只能在土里腐烂……我再也回不去大海，就如落地的翼族回不到云浮城。"

"不要担心，"真岚低声道，"我会送你的尸骸回去。"

"啊？"那个淡得快要消失的影子惊喜地叫了一声，随即反应过来，断然拒绝，"不！我宁可烂在地底，也不要……再受空桑人的恩惠。"

真岚沉默下去。

七千年的恩怨仿佛一条鸿沟，割裂了空桑和海国，任何异族想跨越过去，都难如登天。

"那么，我送你回去吧。"那笙轻轻道，对着那个逐渐淡去的幻影伸出手来，诚恳地说，"我是中州人——我送你回去。"

那个影子凝视着这个少女许久，才发出了低低的叹息："啊……中州姑娘，你有一个纯白的灵魂哪……谢谢……谢谢你……"

她的声音和影子一样慢慢地稀薄，宛如融化在了千载光阴中，终化流水。

地上只剩下那只委然的紫河车，空空的囊里剩下了一泓碧水，碧水里沉浮着一颗赤色的心脏——那个绝世的鲛人公主，到最后容颜散去，只留下一颗心魂不灭，期待着回到故国。

那笙俯下身，轻轻拎起那只紫河车。回过身，却发现那行盗宝者不作声地拿走了所有东西，竟然在悄悄退走。

“喂！你们怎么这样？”她吃了一惊，有些气愤地想追出去，“真岚救了你们，怎么一声谢谢也不说？”

“笨丫头，”真岚把她拉回来，不以为意地拍了拍，摇头叹息，“他们听说我是空桑的皇太子，自然怕我追究盗宝的事情——趁着我对付雅燃，干脆开溜。”

那笙明白过来，嘀咕道：“唉，真是以小人之心度……”

“算了，”真岚挥了挥手，不想再说下去，“我下寝陵去看看。”

“寝陵？”西京和那笙同样吃了一惊，“去那里干吗？”

然而真岚没有回答，在瞬间已经去得远了。

华丽的寝陵密室里空空如也，所有的珍宝都被盗宝者洗劫一空，只留下了白玉台上完好的两具玉棺，沐浴在淡淡的柔光里。

“啊？哪里来的光？”那笙跟着真岚走进寝陵，吃惊地四顾——盗宝者不是说空桑帝王的寝陵里都是“纯黑”的吗？如果没有执灯者手上的七星灯照亮，没有人能看得到东西。

“笨丫头，”西京拍了拍她的脑袋，“也不看看你自己的手。”

“啊？”那笙低下头去，惊讶地看到光线正是来自自己右手的中指。

神戒“皇天”凭空散发出了光芒，照彻黑暗。四壁上镶嵌的珠宝交相辉映，折射出满室的辉光来，整个寝陵仿佛沐浴在七彩的光线里，说不尽的华美如幻梦。

在光芒中真岚走近白玉台，静默地望着那两具金色的灵柩，长久地沉默。他先是绕着右侧的玉棺走了一圈，仿佛默读着灵柩上面刻着的铭文，脸色变得说不出的悲哀。然后怔了片刻，又转过身去看着左侧的玉棺，眼神倏地又是一变。

"他在干什么？"那笙压低了声音，窃窃地问。

西京摇了摇头——不知为何这次见到真岚，总觉得他身上发生了某种改变，仿佛内里有什么地方悄然不同了。连他这个自幼的好友，都已经不明白对方心里到底在想着什么。难道这段时间以来，无色城里又发生了什么变故吗？

然而就在他揣测的瞬间，那笙尖叫了一声。

西京抬头望去，赫然看到真岚霍地伸出手，一把推开了星尊帝玉棺的棺盖！

"你干什么？小心啊！"他吓了一跳，按剑冲过去，想把真岚拉开，生怕玉棺里面会忽然弹出机关或是咒术反击——然而，什么都没有发生。

真岚只是站在那里，随意地一推，就推开了那个千古一帝的棺盖。

然后低头默然地望过去，眼神剧烈地一变。

"真的是空棺……"他喃喃自语，茫然中带着一种宿命般的绝望，"是他。"

玉棺里铺着一层寒玉，上面衬着鲛绡，整整齐齐地放着一套帝王的袍带金冠。没有遗体——在原本应该是头颅的地方，帝服之上，金冠之下，只放着一面小小的铜镜，光泽如新。

千年之后，在真岚打开玉棺探首望去的刹那，赫然便看到了自己的脸！

那一瞬间他如遇雷击，脸色瞬间苍白。沉默了片刻，他控制住了自己的情绪，拿起那面铜镜，仔细地看着上面的铭文。仿佛有什么被证实了，空桑的最后一任皇太子失去了平日的控制力，回身猛地推开了另一侧的玉棺棺盖，扑到了灵柩上——也是空的。

没有遗体，只有白色的蔷薇堆满了那具灵柩。那是白族王室的家徽。

白薇皇后根本没有入土为安，她被丈夫所杀，尸体被封印在黄泉之下，只遗下一双眼睛没有化成灰烬，穿越了千年一直在凝视着云荒。而代替她放入棺中的，只有这一簇簇星尊帝亲手采下的蔷薇。

这七千年前被采下的花居然不曾凋谢，静默地在寒玉上开放，在玉棺打开的一瞬间，散发出清冷的芳香。

真岚伸出手拿起一朵白色蔷薇，指尖传来锋锐的刺痛。他长久地凝望着这朵七千年前被放入玉棺的花，眼神变幻不定。

"他在看什么啊……"那笙站在白玉台下，望着真岚，神色有些惴惴。不知怎么，她感觉到了某种不好的气息，不然那个臭手的脸色不会这么难看。

忽然传来一阵清脆的裂响，吓了她一跳，抬头看去，只见那面铜镜被扔了下来，在地上裂成了两半。不知道在镜中看到了什么，真岚猛然爆发出一种可怕的怒意，手心握着一枝白色蔷薇，拂袖而返，面沉如水。

他走过两人身侧，不说一句话。

玄室门口横亘着邪灵巨大的尸体，真岚看也不看地走过去，拔起了地上插着的一把长剑，转头问西京："辟天长剑，怎么会在这里？"

"哦，那个……我差点忘了，"西京有点尴尬地抓了抓脑袋，解释道，"这是苏摩从九嶷离宫里拿出来的，让我转送给你。"

真岚不置可否，看着剑上那个不瞑目的头颅："这又是谁？"

西京的神色有些尴尬，讷讷道："这个……是白麟。"

"白麟？"真岚脸色微微一变——他自然也记得那个差点成为他王妃的少女，白璎的妹妹，不由得诧异，"她怎么会变得这样？"

"说来话长……"西京抓着脑袋，觉得解释起来实在费力，只能长话短说，"反正，是白麟化身成邪灵袭击苏摩，然后被苏摩斩杀了。"

"哦……"真岚微微点了点头，望着那和白璎颇为相似的脸。

"如果白璎知道了，一定会伤心。"他叹了口气，将头颅提了起来，收起长剑，将开始枯萎的白蔷薇佩在衣襟上，转身沿着甬道默然地飘远。

"皇天"宛转流动着美丽的光，映照出石壁上宝石镶嵌的星图，流光溢彩。她站在这个辉煌的星空下，有些茫然地望着那两具玉棺，走过去捡起了那面裂成两半的铜镜——上面是蝌蚪一样的空桑文字，和臭手给她的《术法初窥》上的字类似。

然而她看了半天，才勉强看懂了上面铭文的大概意思，翻译过来就是这样的一句话："我的血裔：当你的脸出现在这面镜子里的时候，生与死重叠，终点与起点重叠。一切终入轮回，如镜像倒影。"

那笙茫然地将这段铭文看了几遍，心里陡然有一种莫名的恐惧。

这是星尊帝写的吗？他在七千年前，难道就预言了自己的子嗣会来到这里？她侧过头去，望着另一边白薇皇后的玉棺，里面的白色蔷薇在灵柩打开的一瞬间已经枯萎了，只余一室清香浮动——穿越了七千年，那满室的花香传来，宛如梦幻。

来自中州的少女站在云荒两位最伟大帝后的灵柩中间，手握着碎裂的铜镜，一种空茫无力的感觉铺天盖地而来，忽然间泪水就无声无息地滑下了她的面颊。

“这、这是怎么了？怎么忽然就那么难受啊？”那笙诧异地喃喃。

“从一开始，我就知道迟早有一天，她会再次离开——而且，再也不会回来。

“而我们，还得继续走向终点。”

出了帝王谷，一直往山下走去，便重新返回了神庙前。

九嶷动乱不安，神庙里的巫祝早已不见踪影，真岚穿过了空荡荡的庙堂，眼神掠过那尊孪生神像，又望向了外面。夜色中，神庙内只有七星灯的光芒依然盛放，照亮那尊黑曜石和雪晶石雕成的神像。

真岚走出神殿，外面已然是深夜。

他用右手抚摩了一下新生的足，转头对西京说了这两句话——到如今，躯体的近一半已然完整。躯体在一步步地复原，力量也在一分分地加强。在右足归来后，他居然已经能在夜晚维持形体，不至于坍塌。然而在一分分得到力量的同时，有更多的东西在逐步地失去。

他走出神殿，一直来到了阶下的传国宝鼎前，静静仰首凝视。

六王的遗像近百年来伫立在那里，保持着最后祭献那一刻的惨烈和悲壮——也就是那一刻，她选择了回到他身侧，以太子妃的身份与他并肩作战。然而他一直知道，迟早有一天她依然会离去，就如她百年前从白塔上毫不犹豫地一跃而下，投向大地。

那一刻他没来得及拉住她，而现在，他也未曾去试图挽留。自从白璎在这里横剑自刎，舍身打开无色城的那一刻起，这一天，迟早是会来临的。

一年年的抗争，向着复国每前进一步，她便是死去一分。在镜像倒转、六合封印全解的时候，空桑重见天日，真岚复生，而作为六王的她，便要永远地消失了。

如今，也不过是稍微提早了一些时间而已。

听了真岚的叙述，空桑的剑圣忽然间感觉到了无穷无尽的疲倦和无力，西京颓然坐倒在白玉的台阶上，将脸埋在手掌里，长久地沉默。他不再去责问为什么真岚不曾设法阻拦——因为他明白如果还有别的方法，真岚一定不会就这样松开手，任凭她去赴死。

因为，只有她才能封印住那个让天下陷入大乱的破坏神。

白璎，白璎……那个孤独安静的贵族少女，再一次从他脑海里浮现出来。

他记起了尊渊师父第一次将她带到自己面前，委托代为授业的情形，记起了被送上白塔前她哀求的眼神，记起了仰天望见她从云霄里坠落那一刹那的震惊……家国倾覆、沧海横流的时候，她苦苦挣扎于阴谋与爱情之中，曾经向他求助，但他没能顾上这个小师妹；国破家亡之后，她为复国四处奔走，他却沉醉百年，试图置身事外。到了最后的最后，知道她决然携剑去挑战天地间最强大的魔，他还是无能为力。

"真岚……一直以来，白璎她比我们任何人都勇敢啊。"西京用手撑着额头，低声叹息——他的小师妹有着那样温和安静的外表，然而那之下却掩藏着无限决绝，一旦决定，便是玉石俱焚也绝不回头。

空桑的皇太子望着那尊石像，嘴角露出一个微微的笑意："是啊……所以说，我们也要勇敢一些。"他的笑容里有某种孤寂的光，然而却坚定。

"你也够辛苦了。"西京抬起眼望着这个多年老友，叹息道，"以你这样的性格，把你拘禁在王位上本来已经是残忍，更何况要一肩担下如此重负。"

真岚只是笑笑："大家都辛苦。"

他从衣襟上取下那朵已然枯萎的白花，仰头望向天空——那里，千秋不变的日月高悬，在相依中共存。天地寂静，只有风在舞动。

皇太子嘴角忽然浮起了一丝微笑，深不见底。

"真岚，为什么你总是这样笑？"一直觉得心里不安，西京终于忍不住问出这样的话，"我记得你在西荒的时候并不是这样的——就是在亡国之前也不是这样的！你……为什么总是这样笑？你怎么能笑得出来呢？"

"那么，你要我怎样呢？"真岚侧过头，望着好友，轻声问，"自从十三岁离开西荒，我就是一只被锁上黄金锁链的鸟了。"

"那时候，为了让我回帝都继承王位，父王下密旨杀了我母亲，派兵将我从大漠里强行带回。"他轻声说着，表情平静，"那个时候，你要我怎样呢？

反抗吗？反抗的话，整个部落的人都会被杀。”

西京的脸色变了。是的，多年前的那次行动，他也是参与过的。帝都来的使者在霍图部的苏萨哈鲁寻找到了流落民间的皇子，为了掩盖真相，将军奉令杀死了那个霍图部的公主，将十三岁的少年强行带走。然而整个霍图部为之愤怒，彪悍的牧民们不能容许自己的族人被如此欺凌，群起对抗，引发了大规模的骚乱。

那时候他还是个少年兵，跟随着将军去西荒秘密迎接皇太子，却不料执行的是那样一场惨烈的屠杀——在无数牧民的血泊中，那个少年最终自行站了出来，默不作声地走入了金碧辉煌的马车，头也不回地去了帝都。

他犹记得，在那一刹那，那个十三岁的西荒少年嘴角竟噙着一丝笑意。

虽然那之后的一路上，他和真岚结成了知交，但那血腥的一幕他一直不曾忘记。他知道真岚一定也不会忘——不然，一贯温和随意的他，也不会在十多年后还找了个理由，处死了当年带兵的那个将军。

他一直看不透真岚的心，不知道在那样平易近人而开朗的笑容下掩藏着什么样的心思。这个混合了帝王之血和西荒牧民之血的皇子，看上去永远都是那样的随意，无论遇到什么事，嘴角都噙着一丝不经意的笑——在母亲被杀自己被带走的时候如此，在被软禁帝都的时候如此，甚至在被冰夷车裂的时候也是如此！

如今，在看着白璎离去的时候，也是如此吗？

“西京，你知道吗？我从不觉得我是个空桑人。我出生于苏萨哈鲁，我的母亲是霍图部最美的女子。我没有父亲，西荒才是我的故乡。”寂静的夜里，只有一颅一手一脚的人俯仰月下，喃喃叹息，“可是，我这一生都失去自由：被带走，被推上王位，被指定妻子……这又是为什么？因为身上我并不愿意接受的那一半血统，就将我套入黄金的锁里，把命运强加给我？！”

西京愕然地望着真岚，随即无声地长出了一口气。

终于说出来了吗……那样的不甘，那样的激烈反抗和敌意，原本就一直深深埋藏在这个人心底吧？这些年来，他一直惊讶真岚是如何能压抑住自己的情绪，不将这些表现出一丝一毫。

“于是，我一心作对，凡是他们要我做的我偏不做，不许我做的我偏偏要做——所以我一开始不答允立白璎为妃，后来又不肯废了她。”说到这里，真岚微微笑了起来，有些自嘲，“当然，那时候我还一心以为她和所有人一样，对这个位置梦寐以求呢。”

是的，他一开始是看不起这个被指婚的妃子的。直到婚典那一天，他才对她刮目相看——她飞坠而下的样子真的很美，宛如一只白鸟舒展开了翅膀，自由自在地飞翔。那是他在梦里出现过无数次的景象。

直到那一刻他才知道，原来他的未婚妻和他竟是一类人。

“就在我面前，她挣脱了锁住她的黄金链子，从万丈高空飞向大地——我无法告诉你那一刹那我的感受——西京，你说得对，她比我们任何一个人都勇敢。”

衣襟上的蔷薇已经枯萎了，但清香还在浮动，风将千年前的花香带走。

真岚低头轻轻嗅着那种缥缈的香气，苦笑起来：“真是可笑啊……直到那一刻我才爱上了我命中注定的妻子，可她已然因为别人一去不返——你说，我还能怎样呢？”

他嘴角浮出一丝同样的笑意：“于是，我自暴自弃地想：好，你们非逼我当太子，我就用这个国家的倾覆，作为你们囚禁我一生的代价！所以，刚开始那几年，我是有意纵容那些腐朽蔓延的，甚至，在外敌入侵的时候，我也不曾真正用心组织过抵抗——我是存心想让空桑灭亡的，你知道吗？”

西京霍然一惊，站了起来。

真岚的神色黯淡下来，喃喃摇头：“但无数勇士流下的血打动了我。你死守叶城，全家被杀；白王以八十高龄披甲出征，战死沙场；十七岁的青塬不肯变节，自刎在九嶷神庙——每一滴血落下的时候，我的心就后悔一分。”

他叹息着望向西京，哀痛而自责：“我终于明白，不管我自认为是空桑人还是西荒人，都不应该将这片大陆卷入战乱！是我错了。”

冷月下，空桑最后一任皇太子低首喃喃，将心中埋藏了多年的话一吐而尽。

对于空桑这个国家和民族，他一直怀有着极其复杂的情愫。

真岚伸出手，将那朵枯萎的白花轻轻放在白璎石像的衣襟上，嘴角浮出一丝笑容，淡淡道：“我错了……那之后的百年里，我终于明白，有些东西，要比个人的自由和爱憎更重要。”

西京长久地沉默，聆听着百年来好友的第一次倾诉，神色缓缓改变。

是的，这世上还有一种东西，凌驾于个人的自由和爱憎之上，值得人付出一生去守护，那就是族人和家国——无论是真岚、白璎、苏摩，抑或是他自己，都在为此极力奔走和战斗。

“真岚，”他终于有机会说上话，却发现自己的声音有些哽咽，“你……”

百年来的种种如风呼啸掠过耳际，他终究说不出什么话来，只是伸出手，重重拍了拍对方的手臂，眼里隐约有热泪：“努力吧。”

空桑皇太子扯动嘴角，回以一个惯常的笑容——然而那样明朗随意的笑容里，却有着看不到底的复杂情愫。

是的，即便一批又一批的人倒下、死去、消亡，他们依然要努力朝着前方奔走——哪怕，对这个国家和民族他并未怀有多深刻的感情；哪怕，一生的奔走战斗并非他所愿；哪怕，一路血战，到最终只得来山河永寂。

蔷薇的香气消散在夜风里，风里什么声音都没有了。

那笙此刻刚从陵墓内奔出，看到这样的情形不由得微微一愣——落拓洒脱的酒鬼大叔和那个总是不正经的臭手把臂相望、相对沉默，脸上的表情都是如此罕见，眼里有什么亮晶晶的东西。

他们……哭了？

第十四章 分离

黎明前的天空呈现出黛青色，那笙坐在冰凉的玉阶上，呆呆望着真岚和西京，不敢多说话——而后者正在低低议论着什么，似乎事情颇为复杂，过了好一会儿还未结束。

为什么还不走呢？回去说，总比待在这里好。

那笙有点不耐烦地挪动了一下身体，感觉地面的冰凉直沁上来，冻得她有点坐不住——毕竟已经是初秋，西方阊合风起，从空寂之山上带来了亡灵的叹息，驱走炎热，整个云荒即将转入金秋。

“好，就这样说定了。”那边的谈话终于结束，真岚用力握住西京的手，“我要返回无色城，泽之国这边的事情，就拜托你和慕容修了。”

“好。”西京点头答允，转过头望了一眼旁边呆坐的少女，有些担心，“但……剩下还有两个封印，谁陪她去？她一个人上路，只怕是……”

“什么？”那笙侧耳只听到最后一句，直跳了起来，“不许扔下我！”

“你不必担心，”真岚接口，阻止了她的发作，显然早已考虑周全，“我会找最妥当的人来带你去的。”

“最妥当的人？”西京有些诧异，“谁？”

能不分昼夜自由行走于云荒大地上的空桑人，除了他之外已然没有别人——那个“最妥当的人”，又从何说起呢？

“复国军左权使炎汐。”真岚嘴角浮起一丝笑意，淡然回答。

正准备抗议的那笙愣在那里，嘴巴张成了一个圆。

“我能感知身体各部分的情况，剩下三个封印里，其中左足已然由炎汐从鬼神渊带回——眼下他已穿过叶城，返回了镜湖大本营。”真岚望着张口结舌的那笙，笑了起来，拍拍她的脑袋，“西京刚才跟我说，你已经拿到了辟水珠。既然这样，你干脆先跟着我回无色城吧。等解开了左足的封印，我就拜托炎汐照顾你，再一起去寻找剩下的封印——好不好？”

“好啊好啊！”那笙喜不自禁，脱口欢呼。

西京苦笑，真想去敲她的脑袋——这个小丫头果然还是十足的重色轻友，一想起炎汐，就立刻把别的忘到了脑后，也不管片刻前还赖着不肯离开了。

那笙吐了吐舌头，望向西京，忽然也觉得自己就这样抛弃他有点不好意思，便拉着西京的衣襟：“酒鬼大叔，放心啦，等我找回了臭手的其他几个手脚后，就会回来找你的！”

“小丫头，你还会记得回来吗？”西京刮了一下她的鼻子，心里却是觉得高兴。不管如何，看到这个丫头这样欢喜，他心里的阴云也一扫而空，仿佛重新看到云荒洒满了阳光，无论什么事情都还有希望。

西京微笑着摸了摸她的头，这一回她没有恼怒地摇晃脑袋，只是认真地抬起头，望着这个相伴了一路的络腮胡大叔：“一定会的，我一定记得。”

西京望着这个一路同行的丫头，满眼的怜爱：“一路吃了那么多苦头，你也该学会很多了——以后让炎汐少操点心，知道吗？”

那笙嘻嘻一笑，一说到炎汐，她眼里的欢喜就似乎要溢出来。

“天都快亮了……”她轻声嘀咕，眼角瞥着真岚——怎么还不走呢？

“再等一会儿。”真岚回首望向九嶷离宫，眼神慢慢有些凝重。青塬带着军队，还在那边呢——收拾九嶷郡的事情应该不棘手，但这么久了，怎么还不见回来？军队不是已经平定外面的情况了吗？

他忽然想起了地宫里那个和他立约的美艳女子，心里隐隐不安。那个离珠身上有着某种妖异的气质，虽然身而为人，但体内却仿佛有魔物栖息。

或许，真的不该和她立约，让年少不更事的青塬和她同去吧？

长久的等待，没有等到离宫里的消息，却听到山下传来的脚步声。

三个人霍然回头，警戒地望着来处。

黎明前黯淡的树影里，走出的却是一行风尘仆仆的盗宝者。一队狼虎般彪悍的西荒汉子簇拥着居中脸色苍白的少年，静默地走过来，一直走到神庙前才停下，将手按在腰间佩剑上，齐齐低下头。

真岚挑了挑眉毛，有些诧异地看着这一行去而复返的人。

这些人拿到了价值连城的巨宝，自然应该连夜离开九嶷地界，前往叶城脱手转卖才对——怎么还会回来这里呢？莫非是地宫里还有珍宝没拿到手？

然而，就在他随意猜测的时候，忽然看到居中的少年越前一步，右手按在左肩，单膝跪了下来："西荒盗宝者音格尔·卡洛蒙，带领属下前来，向诸位感谢救命之恩。"

那个少年用西荒牧民中最隆重的礼节向玉阶上的三个人致意，在他开口的瞬间，身后所有彪悍的盗宝者都追随着他一起单膝跪下，低下了鹰隼般骄傲的头颅。

真岚看着音格尔，嘴角泛起了笑意："是你带着他们回这里的？"

这个少年有点意思——在第一眼看到音格尔的时候，他心里就做出了这个判断。这个少年在那群盗宝者里，就像一颗宝石被放到了一盘沙砾中，无论如何也掩藏不住自身的光辉。

很显然，是这个当时昏迷的人半途苏醒，听闻属下回禀方才的情形后，断然下令返回，决定不能就此一走了之。

"是。"音格尔回答，声音依然虚弱，"卡洛蒙家族恩怨分明，从无忘恩负义的人。既然三位都对在下一行有救命之恩，我们必当竭力回报。"

"哦，怎么回报呢？"真岚饶有兴趣地问，嘴角噙着笑意。

"阁下既然是我们的救命恩人，又身为空桑的皇太子，我们就不能再带走任何属于阁下先人的东西。"音格尔毫不犹豫地回答，一抬手，身后所有盗宝者将肩上的宝物齐齐放下，"这些东西，完璧归赵，并请您原谅我们的不敬。"

"哦……"真岚笑了一下，"九死一生才得来的宝物，倒也舍得。"

他忽地回首，指着远处的帝王谷："不过，为什么要把这些用你们性命换来的东西，重新放到地下腐烂？那里的死尸们，已然霸占了太多不属于他们的东西。”

盗宝者们震惊地抬起头，望着这个空桑的皇太子，不相信这个人嘴里居然会吐出属于盗宝者才有的狂悖话语。音格尔的眼神投注在真岚脸上，隐隐闪烁，不语。

“我知道无论是在前朝还是当今，西荒的牧民境况都不好——如果一个国家无法让百姓活下去，那么有罪的就是国家，而不是百姓！”真岚上前搀扶起了音格尔，语气低沉，“如果那些地下的财富能给地上的活人带来好处，那不妨把整个帝王谷都翻过来吧！我身为空桑的王室，并不在意你们这么做。”

音格尔没有说话，望着这个空桑皇太子的眼睛，发现里面是罕见的坦然。

他已经注意到在这番话落地的瞬间，身后的盗宝者里起了微微的骚动，显然那些刀头舔血的汉子已经被空桑皇太子这样的态度所打动。

那样的话，明明是拉拢己方的，却说得如此磊落坦荡，极具鼓动性。音格尔也算是见人无数，然而这一眼望过去，却怎么也看不透眼前人。这种坦然，竟然是无法琢磨的。坦然之下，隐藏着说不出的力量，宛如一口古井，虽然清澈却看不到底。

但是，这个人，无论如何也应该是比那些见过的贵族门阀好太多吧？

“非常感谢。”许久，音格尔才说出话来，眉头却微微蹙起，语气里有一些迟疑，“可是，救命之恩，又何以为报？”

那笙撇了撇嘴，在一边插话：“笑话，我们才不是施恩图报的人——如果不是看到那时候闪闪为你哭得那样伤心，我才不拿内丹救你呢！你要谢恩，先去谢谢她吧！”

音格尔眼神一闪，苍白的脸上泛起一丝红晕，却不说话。

真岚笑了笑，低下眼睛，却说：“既然你是这样有恩必报的人，那让你白白欠了一个人情恐怕也会一直不安——那么，我们不妨来立一个誓约。”

“咦？臭手，你……”那笙大出意外，脱口而出。

西京在一旁拉住了她，然而少女的眼里却露出愤然——她没有想到真岚也是那种斤斤计较的人，顺手救助过别人之后，就迫不及待地索取回报！

“好！”音格尔嘴角却露出一丝笑。果然，什么样的事情都是要有代价的。对方这样直接地开出价来，倒是让他心下坦然了很多。他抬起头，伸过手来，立誓：“救命之恩无以为报，以后阁下凡有嘱托，卡洛蒙世家定当全力以赴！”

真岚微笑着伸过手，与其击掌立约。

“你这样的人，若能成为西荒霸主，必定是好事。”击掌过后，真岚握了一下世子的手，吐出一句话，让音格尔和所有盗宝者失惊抬首。

沙漠荒凉，牧民饥馑，不得不世代以盗宝为生——特别是近些年，沧流帝国发布了定居令之后，几个部落相继受到了重创，灭族屠寨之事时有发生。帝都政令严苛，连牧民们对神的信仰也遭到了压制，西荒人的愤怒实在已到了顶点。那些失去家园的流民纷纷来到乌兰沙海，加入盗宝者的行列。

在盗宝者的最高圣殿“铜宫”里，对帝都不满的情绪已然是公开的秘密。

然而，畏惧于沧流军队铁血的镇压，盗宝者们尚不敢起来公然反抗帝都统治，而只能不断地用大量的金钱贿赂十巫里的几位，以求喘息生存。然而十巫的胃口越来越大，盗宝者出生入死的所得，已经越来越难以满足他们贪婪的索求。

音格尔执掌卡洛蒙家族这些年来，对于种种压迫也是体会深刻，然而却一直不曾有真正对抗帝都的决心，眼下一个机会摆到了面前，显然这位空桑的皇太子是在拉拢他，想将双方的力量联结——然而，这样的联手冒的风险又是如何之巨大，他心里也是雪亮。

此刻，望着与真岚相握的手，他忽然间觉得自己握住的是一把炽热的利剑。

是松手，还是拔剑而起？

“这笔人情不妨先记下——等有一日我需要你们帮助，自然会来找你。”真岚微笑着松了手，拍了拍音格尔的肩头，“当然，你首先要保重自己的身体。”

音格尔苦笑着咳嗽，血沫从指尖沁出。三番五次的折腾，不但幼年体内潜伏的毒素全数爆发，更是受到了清格勒的致命一击。他身体本来就孱弱，即便是服用了内丹，也是需要长时间的修养才能复原。

他伸手入怀，取出一物，慎重地交到了真岚手上：“无论何时，若阁下有所要求，便派人持此来乌兰沙海铜宫——只要阁下一句话，所有盗宝者都将听从阁下的驱遣！”

那是一片洁白的羽毛，挺括亮丽，迎着夜风微微抖动。

真岚知道那是西荒中萨朗鹰的尾羽，向来是卡洛蒙家族用来立约的信物。他将白羽握在手里，对着那个少年笑了笑："一诺重于山，却以一羽为凭——不愧是卡洛蒙家族的世子。"

"不敢当。"音格尔对着真岚、西京微微抱拳，便想带着属下转身离去，"我在乌兰沙海的铜宫，随时等待阁下的消息。"

"在前方某一处，我们定然还会相遇。"真岚微笑。

一行盗宝者沿着长阶离去的时候，那笙呆呆在一旁看着，回味着方才谈话里的玄机，忽然想到了什么，叫了起来："音格尔，闪闪哪里去了？"

领头的少年盗宝者怔了一下，转过身来："她一出来，就去找她妹妹了。"

"哦……找晶晶去了吗？"那笙恍然，又有点不甘心地问，"那么，你就这样回去了？"

"嗯？"音格尔有些诧异地望着这个异族少女，不解道，"就怎样回去了？"

"就是……就是这样……一个人回去了？"那笙跺了跺脚，忽地大声嚷出来，"笨！闪闪很喜欢你啊！你知不知道？你难道就这样扔下她回去了？"

所有人都愣了一下，然后低低笑出了声音。西京一把将憋红了脸的那笙拉回去："小丫头，不说话没人当你哑巴！少管人家闲事。"

听到那样直白的一句话，音格尔苍白的脸上忽然浮出一丝红晕，有些难堪地转过头去，也不说话，只是匆匆离去。盗宝者们在一阵发愣后回过神来，想笑又不敢笑，只随着世子沿路下山，相互之间交换着各种意味深长的眼神。

快走到山下的时候，来接应的人手已经在望。

换上了那些快马，直接奔向云荒最繁华的叶城，在一个月后就可以将这批珍宝折换成金铢，然后购买部族需要的物品回到沙漠。

莫离跟在默不作声的音格尔身旁，眼看他翻身上马，终于忍不住出声："少主，我们……真的就这样走了？"

"就怎样走了？"音格尔苍白着脸，冷冷问，胸口急剧地起伏，显然压抑着情绪。

“……”粗豪的西荒大汉抓抓头，不知道怎么回答。

真是的，少主性格也实在扭捏，一点也不像大漠上的儿女那样洒脱。如果真的喜欢那个青族的女娃儿，干脆就带回乌兰沙海的铜宫，娶了当老婆不就是了？人家愿意最好，不愿意最多抢了回去——说到底少主也已经成年，还一直没有立妻室呢。

“咳咳，”旁边的九叔眼看气氛僵持，连忙清了清嗓子，“少主……”

所有盗宝者都将目光投到了族里的长者身上，以为他将说出一锤定音的话来。却不料九叔只是咳嗽了几声，一本正经地开口：“说起来，我们还没把执灯者应得的那份财物交到她手上呢！这个规矩可不能坏，一定要回去找到她。”

这个理由冠冕堂皇，音格尔在马背上犹豫了许久，最终无言地点了点头。

“好，我们这就去村里找闪闪姑娘！”莫离欢呼了一声，所有盗宝者翻身上马，驮着金珠宝贝，大氅翻涌如云，已然绝尘而去。

在那群盗宝者离去后，那笙拉着西京的衣角，问：“那么，大叔你接着要去哪里？”

西京笑了笑，望向东南方：“去泽之国，息风郡。”

“去那里干什么？”那笙吃了一惊，“一路走来，泽之国到处都在动乱呢！”

“就因为动乱不安，才要赶紧过去。”西京望了望真岚，显然两者在刚才已经就此达成了共识，笑道，“你知道吗，泽之国的那些动乱，都是慕容修那小子搞出来的啊！”

“啊？”那笙吃了一惊——桃源郡如意赌坊一别之后，她已经好几个月没看到那个和自己一起来到云荒的中州商人了，差不多都要把这个以前花痴过的对象忘记，忽然听西京提起，不由得大大地愣了一下。

“那小子……有这个本事？”她结结巴巴地说，想起慕容修那俊秀的模样，实在不像可以舞刀弄剑挑起动乱的。

“他可聪明着呢，所谋者大，就是把你卖了你也不知道。”西京微笑颔首，刮了一下那笙的鼻子，“他手上拿着双头金翅鸟的令符，可以调度泽之国的军队——何况，还有如意夫人在息风郡的总督府里与他里应外合。”

“噢……如意夫人……”又听到一个熟悉的名字，那笙迷迷糊糊地点了点头，记起了赌坊里那个明艳的老板娘，“原来，他们这段日子以来，也没有闲着呀？”

“当然。”真岚负手微笑，“每个人，都有自己的责任。”

他的目光转向西京，点头道：“谋事需向乱中求。如意夫人控制住了高舜昭，暗地里坐镇息风郡——我们必须趁着帝都方面尚未反应过来，集中力量平叛之前，掌控住这边的局面。这将是我们对沧流进行合围时的一面铁壁。”

“是。”西京肃然点头。

“我的御前大将军啊，行军打仗才是你的长处。”真岚拍了拍好友的肩膀，微笑道，“让你保护这样一个丫头，实在是委屈了你。如今也该宝剑利其锋了。”

“喊！你……”那笙瞪了真岚一眼，正待反唇相讥——却发现对方眼睛里有一种不容拂逆的威严锋芒，竟让天不怕地不怕的她猛然一惊，捣乱的话到了嘴边又咽下。

“属下立刻启程前往息风郡。”西京单膝跪地，行了君臣之礼，断然回答，“皇太子殿下保重！”

“他日空桑复国，当与你痛饮于白塔之上！”望着好友远去的背影，真岚的声音远远送入了风里，伴随西京南下东泽。

冷月西斜，风从九嶷山上掠下。

呼啸的风里，忽然有翅膀扑簌的声音。真岚月下回头，望了一眼离宫方向飞驰而来的一队天马，领头的是青衣的少年——天都快要亮了，去了那么久，青塬终于将事情办好了吗？

冥灵军团在一丈前勒马，青塬纵身从马上滚落，单膝跪到了真岚面前：“殿下恕罪！”

“怎么？”真岚心里微微一惊，“莫非那个老世子青骏如此难对付？”

“不是……青骏世子已然被属下和离珠擒获，用傀儡术控制，从此九嶷郡听候皇太子殿下吩咐。”青塬抬起头，眼里光芒闪动，却嗫嚅不语。许久，才道，“只是，属下……属下想留在九嶷，不回无色城了——请殿下恩准！”

“哦？”真岚的眼角微微一跳，语气却平缓，“你本就是青族的王，留在自己的领地也是应该……不过，青塬，你是冥灵之身，离了无色城又能去哪里？”

“白天我可以待在王陵寝宫！”青塬脱口回答，想也不想。

“那个纯黑之地？”真岚有些意外，没想到这一层上，“倒也的确可以。”

“那殿下是恩准了？”青塬喜出望外，抬头望着真岚，热切道。

真岚笑了笑，侧头望着落月，忽然问：“是离珠怂恿你留下的？”

青塬脸上的笑容凝了一下，浮出一丝腼腆，低下头讷讷地“嗯”了一声，又连忙补上：“属下留守九嶷，也方便就近管理，一定会将这边的事情打理妥当——无论日后殿下有什么吩咐，这边所有力量都将会听从指派！”

真岚叹了口气，望着这个十七岁的青王，眼神变了又变。

“青塬，你确定要留下和这个女人在一起吗？”他伸出手，轻抚着少年的肩头，低声问，“冥灵军团是不能随着你留驻九嶷的，天一亮我们全都要返回——你确定要单身留下来冒险吗？只为那个才见了一面的女人？”

青塬的肩膀震了一下，炽热的情绪仿佛稍微冷却了一下，却随即截然道：“请殿下成全！”

“……”真岚眼睛里瞬间腾起了一阵混合着愤怒和失望的情绪，几乎带了杀气——错了！是他自己的失误，他根本不该让那个妖异的女子和青塬随行！那个不择手段的女人一旦找到了向上爬的机会，果然立刻就将涉世未深的青塬轻易降服。

年轻的青王执拗地跪在那里，重复：“请殿下成全！”

真岚深深地望着青塬，忽然间长长叹了口气：原来，在那个在十七岁时就毅然为国赴死的少年心里，百年来一直蕴藏着如火的热情。一旦爱上了一个人，便是赴汤蹈火也在所不辞！这个时候，什么大体，什么大局，统统都要靠边站了。毕竟还是少年郎啊……

“那好，我成全你！”片刻的沉默，最终真岚拂袖转身，留下一句话，“谅那个女人也不过是图荣华权势而已，这无所谓，都可以给她——但是，你要发誓：如果某一日阻碍了我们的复国大业，那个女人必须立刻除去！”

青塬脸色白了一下，随即低下了头，毫不犹豫：“好，我发誓！若离珠她某日心怀不轨，有碍空桑复国，青塬必然亲手将其灭除！”

“好。”真岚的脸色稍微缓和了一些，望了望天色，静默地竖起手掌。所有冥灵军团看到皇太子的手势，立刻无声地重新上马就位，勒过马头朝向南方镜湖的方位，整装待发。真岚走到少年面前，抬起了他的脸，注视着那双年轻而热情的眼睛，一字一句说出最后的嘱托：“别忘了，你是章台御使的儿子——若你玷污先人的荣耀，我绝不会宽恕！”

一语毕，他再也不回头，一手抓起听得发呆的苗人少女：“走吧，那笙！”

那笙还没反应过来就被他一手提上了马背，不由得惊呼了一声，死死抱住真岚。然而那袭黑色大氅之下却是空荡荡的，毫不受力。

“小心。”真岚环过手扶住她，眼睛注视着远处波光粼粼的水面，微笑着提醒，“我送你去镜湖大营。”

那笙在马背上坐稳，望着逐渐变小的大地，觉得冷月近在咫尺，天风在耳边吹拂，她不由得欢喜地笑了起来：“呀，这还是我第二次坐天马呢！上次在桃源郡，太子妃姐姐也带着我在天上飞……”

一语毕，她看到真岚脸上的笑容忽然就消失了。

他凝视着镜湖彼方的那座通天白塔，眼睛里忽然流露出一种光芒。那样的光，如同凄清的月华在水中流转，一掠而过，再也看不见。

“臭手……你怎么啦？”那笙心里忐忑，不安地仰头看着真岚。

“没什么。”他淡然回答。

“怎么会没什么呢？”她叫了起来，抓紧了他唯一的手，“一定是发生了什么事——这次见到你，你和上次很不一样了啊！”

“哪里有不一样啊。”他敷衍着这个单纯的孩子。

那笙却认真看着他的脸，伸出手摸了摸他的眉梢：“你看，眉毛都蹙起来了！……你知道吗？你都不会像那时候那样没心没肺地笑了！”

真岚怔了一下，低下头看着怀里这个苗人少女。她下手没轻没重，想展平他蹙起的双眉，嘴里还喃喃抱怨：“那时候你和酒鬼大叔说了什么？看你们的表情，我就觉得不对……还有你刚才和青塬说话的表情好可怕……我、我真怕你会打他啊！”

真岚勉强笑了笑，不再说话——刚才那一刹那，他的确愤怒到想去打醒那个少年。然而，终究还是忍住了。

“我不想打他……他那样年轻，从未爱过，却灰飞烟灭。”真岚望着遥远的天地间的白塔，叹息道，“他的一生，至少也要爱一次——无论爱上的是什么样的人。所以我成全他。”

“我听西京大叔说，青塬是六王之一。”那笙道，停住了扯平真岚眉头的动作，问道，“那等到空桑复国的时候，他就会死吗？”

“嗯。”真岚不再说话，避开她的手的揉捏，“你那个戒指，刮痛我了。”

然而那笙仰起头，怔怔望着近在咫尺的星空，想了半天，忽然轻声问：“那么……太子妃姐姐也是一样吗？到了那一天，她也会死吗？”

真岚许久没有说话，只是微微点了一下头。

那笙急了：“哎呀，那么，我们不复国了行吗？复国了，还是有那么多人要死啊！那还复国干吗呀？！”

“不行的……”真岚笑着摇了摇头，示意她去看身边所有冥灵骑士的眼神——无数目光在空洞的面具背后凝视着她，那种深沉却不可抗拒的谴责眼神，让那笙心虚，不再说话。

“啊……就算要死那么多人，你们也非要复国吗？”开朗的少女叹了口气，拉住了真岚的手，抬起头，郑重地嘱咐，“那么，你现在一定要对白璎姐姐好一些——我总觉得你比苏摩好，他只会让她哭，你却能让她笑。”

那句话仿佛是一句不经意的魔咒，让本已被牢牢禁锢的泪水从空桑皇太子的眼里长滑而落。他本以为，能继续不露声色地承受下去的。

“你怎么啦？”那笙惊在当地，看着无声的泪水濡湿了手指，不停地去擦，却怎么也擦不干。

天马的双翅掠过皎洁的明月，月下，那笙坐在真岚身前，回过头望着他近在咫尺的脸，忽然间明白过来，颤声惊呼：“臭手，白璎姐姐……白璎姐姐她怎么啦？是不是出事了？”

没有回答。真岚只是望了望欲曙的天色，忽地拉过马缰，一个俯冲进入了青水，轰然的水声掩住了她的问话。入水前，真岚做了一个手势，身侧的冥灵军团会意地点了点头，呼啸如风，转瞬消失在黎明前的暗色里。

“好啦，我带你去找炎汐。”他俯身在她耳边道，脸上已然没有方才的凝重表情，“让他们先回无色城。”

那笙没有在听，只是怔怔地看着他。水萦绕在他身侧，离合不定，衬得他的脸一片青碧色——在水里，没有人的泪水还会被看见。她有些茫然地伸出手去，想知道他是否哭泣，然而真岚侧过了头，蹙眉道：“别动手动脚的……炎汐看到了吃醋怎么办？”

说到后来，他的唇角又浮出了初见时那种调侃笑容。然而那笙怔怔望着那一丝笑，忽然间扯住他的衣角，“哇”的一声哭了出来。

“怎么啦？”真岚拍拍她，问道，“要见到他了，高兴成这样？”

“什么啊……”那笙哭得一塌糊涂，“我只是觉得心里难过……”

“为什么？”真岚诧异。

“我原来以为至少你是快活的啊！结果、结果，连你也不快乐！”那笙抽泣着，望着自己手上的“皇天”神戒，“如果复国了也不快乐的话，为什么还要复国呢？臭手，你、你是更想复国，还是更想白璎姐姐活着呢？”

真岚没有回答这个问题，只是侧过头，淡淡道：“白璎她早已死了……”

碧水在头顶闭合，那笙佩戴着辟水珠，身侧仿佛覆了一层膜，让水无法浸入。听到那句话，她心里陡然又是刀绞般地痛。

真岚带着她一路往镜湖方向泅游而去，默不作声地赶路，然而刚刚到了入湖口，冷不防身周有个影子忽地掠来，无声无息地停住。

定睛看去，却是一条雪白的文鳐鱼。

通灵的文鳐鱼一向是鲛人传递信息的伙伴，此刻这条文鳐鱼从青水里逆流而上，向着九嶷游来，在苍梧之渊旁截住了真岚一行。确认了真岚的身份，鱼儿鼓着鳃，拍打着鳍，摇头摆尾仿佛想表达什么，却发不出声音。

文鳐鱼，一向只能和鲛人一族对话。

那笙诧异地望着那条鱼，和它大眼对小眼。然而真岚却伸出手让鱼停在自己小臂上，凑近耳边倾听："是吗？复国军派出你们到处找我？鲛人们无法进入无色城，所以要我去镜湖大营拿我的东西？"

文鳐鱼拍打着鳍，翻起白眼望了一眼那笙。

真岚笑了笑："没事，这位是我的朋友，也是你们左权使的朋友——我和她一起去你们大营拿东西。"

鱼儿鼓了鼓鳃，"啪"地从真岚臂上弹起，一弯身滑入了水中，远远地游了开去。

"跟着它。"真岚拉了一把发怔的那笙。那笙身体不受力一般漂出，却犹自诧异："臭手！你居然能听懂鱼说话？"

"这不难的，"真岚笑道，望着前面碧水里那条活泼的游鱼，"是初级的术法而已……我给你的那本书里头就有啊——你一定没有好好看。"

"才不是！"那笙脸红了一下，反驳道，"我有好好学的！不过……不过我学的都是比较有用的东西而已。没学这种。"

"哦？那你学了什么？"真岚拉着她在水中疾行，一边随口调笑。

"这个。"那笙忽然顽皮地吐了吐舌头，手指在身前的水中迅速画了一个符咒，身体刹那间消失在水里。

"隐身术？"真岚笑了起来，却随便伸手往前一拉，立时又扯住了她，"学这种逃命的法子，倒是很适合你嘛。"

"呀！"那笙的声音在水里叫起来，气恼道，"你怎么看得见我？"

真岚松开手，大笑道："笨丫头，你忘了把你的辟水珠一起隐掉啦。"

"真讨厌！"水里有一只无形的手掠来，把那颗浮在水里的明珠一把握住。然后就有一股暗流急速地朝着前方涌动，引得水面上的白萍歪歪倒倒，鱼儿争相避让。

"哟，还学了轻身术？"真岚略微诧异，策着天马跟了上去，"果真不得了呢。"

"嘿嘿，被西京大叔关在葫芦里的时候，我可是无聊得每天都在认真学呢。"水里传来笑声，然而那笙得意了没多久，身形就重新渐渐浮凸出来。

"真是的！"她蹙眉跺脚，这个动作让身体立刻漂了起来，几乎飞出水面，"都修了那么久了，怎么还只能隐那么一会儿啊？"

"慢慢来。"真岚鼓励道，"这两个都是挺难的术法，有些术士一辈子也学不会呢。"

那笙撅起了嘴："早知道，我就不把那个内丹给那个小强盗啦！"

"呵呵……那时候假装大方，现在又后悔了不是？"真岚敲了敲她，侧过头认真道，"术法修习如果走捷径，留下的隐患也很多——你也见到苏摩为了修行都把自己弄成什么样了，还是老老实实靠着天分和努力来吧。"

那笙低下头"嗯"了一声，忽地又问："对了，苏摩去了哪里啊？"

真岚的身形顿了顿，忽然间沉默下来。

许久许久，他在水底下仰起头，隔着波光离合的水面望向南方——那里，晨曦的光照下，将白塔的影子投射在镜湖水面上，宛如一只巨大的日晷。

"他……应该是去了帝都吧。"真岚忽地不再去望白塔的影子，低头喃喃。

"去帝都？"那笙诧异地问，"是给龙神找如意珠吗？"

真岚摇了摇头，嘴角浮出一丝苦笑——那个黑衣的傀儡师，鲛人的王，在听说白璎去封印破坏神后，毫不犹豫直追而去。那一瞬间，他阴郁得看不见底的眼里第一次有了如此的清晰表情：那就是无论如何，也要阻止这件事！

九十年前，那个鲛人少年曾那样冷酷漠然地望着那个少女从白塔上坠落，眼里只有报复的快意和恶毒；而百年后，这个成为海皇的鲛人男子，却定然不会再度让那只手从他指间滑落——哪怕那只手，已然是虚幻。

他这个旁观者，甚至比白璎本人更清楚地知道苏摩内心真正的感情。

在说出白璎动向的时候，他就知道对方将会不计代价地去阻止，甚至以身相替地去面对那个亘古的魔，然而，他却并没有阻拦——他甚至是故意透露这个消息给苏摩的。

他不知道自己到底想做什么。

他只知道内心有一种声音在呼喊，告诉自己绝不能让白璎就这样死去。

然而，他什么都不能做。空桑亡国灭种的境遇如磐石一样压在他身上，作为皇太子的他被钉在了这个辉煌的位置上，承受着无数希冀炽热的目光，身上有着千万无形的束缚。他无力，也无理去阻止这样一件大义凛然的事。所以，只能寄希望于别的人，借助另一双手去实现那个深心里的愿望——哪怕这个人是苏摩。

从某一点上说，苏摩和白璎是同一种人，他们心里都有一座地矿，同样蕴含着炽热的火，静默然而绝望地燃烧。那种火一旦燃起，便会在心底燃尽一生。而相互之间，却永远缄口不言，平静如大地。

而自己……到底又是什么样的人呢？在开口对苏摩说出白璎的下落时，他心底有过什么样隐秘的打算？而在地宫里推开玉棺，俯身拾起那面古镜时，他又在千年古镜中照见了什么？

那一刹那的冷醒和恐惧，让他失手用力将古镜摔碎，然而那一刹那之前在镜中看到的景象，却永远如闪电般烙印在了心底，噩梦般无法忘记。

那才是他真正的哀伤所在。

青水在头顶荡漾，晨曦将白塔的影子投射在镜湖水面上，宛如一只巨大的日冕。那些光阴，那些流年，就这样在水镜上无声无息地流逝了吗？

在镜湖的入湖口，空桑皇太子怔怔望着，有刹那的失神。

纵然是七海连天，也会干涸枯竭；

纵然是云荒万里，也会分崩离析。

这世间的种种生死离合，

来了又去，有如潮汐。

可是，所爱的人啊……

如果我曾真的爱过你，那我就永远不会忘记。

但，请你原谅——

我还是得，不动声色地继续走下去。

失神的刹那，碧蓝色的水中，忽然荡漾起了一阵天籁般美妙的歌声。

真岚转头望去，只见有一行鲛人手牵着手，从镜湖的深处游弋而来。水一波一波荡漾，映着头顶投下的日光，歌声从镜湖深处升起，充满在整个水色里。

那样的声音，几乎可以遏住行云，停住流水，让最凶猛的兽类低头——鲛人是天地间最美的民族，拥有天神赐予的无与伦比的美貌和歌喉，因此也成为取祸之源。在海国灭亡后，无数鲛人被俘虏回了云荒大陆，沦为空桑贵族的歌舞姬。

百年前，在当着承光帝皇太子的时候，他也曾听过后宫鲛人美女的歌唱，并为之击节。光阴荏苒，此刻乍然听到这样一首歌，不由得恍如隔世。

“真岚皇太子？”在恍惚中，听到了一句问话，抬起头，就看到一双碧色的眼睛，一行披甲的鲛人齐齐躬身行礼，“奉左权使之令，来此迎接阁下前去镜湖复国军大营。”

言毕，那个为首的鲛人战士望了那笙一眼，仿佛注意到了少女手上戴着的“皇天”，眼神一变，却没有说话，嘴角浮起了一丝冷笑。

一看到那些眼睛，真岚眼神就凝了一凝：有敌意……在这些前来的鲛人眼里，依然保留着对空桑人的千古敌意！

然而他的手只握紧了一刹那就松开了，吐出一口气。也是，即使和苏摩结成盟约，成为暂时的同伴，但是两个民族之间沉积了千年的仇恨，又怎能一时间就立即抹去？只怕，这一次复国军下到鬼神渊夺回封印，也是做得不情不愿。

他不由自主地想将那笙拉到身后，然而那个丫头却急不可待地蹦了出去。

“左权使？”那笙听到这个称呼，止不住地欢呼起来，“炎汐知道我们来了吗？快，臭手，我们快去！”

不等真岚动身，苗人少女已然随着一股水流向前方急速漂出，转瞬变成一点。

“真是的……”真岚站在水里，望着那笙急不可待奔去的身影，嘴角缓缓浮出了笑意，摇头道，“原来这丫头学了轻身术，除了逃命，还有这样的用处？”

然而空桑皇太子并没有急着起身追赶，他的眼睛望着水面上浮动的白塔的倒影，眼神复杂，仿佛还在某种情绪里动荡不安。许久许久，他说了一句突兀的话：“方才那首歌……很美。”

旁边的那名鲛人虽然奉命来迎接，但对着空桑的皇太子，眼底里的光芒却隐隐如针，此刻听到这句话，忽地开口道：“传说中，这首《潮汐》是当年海皇纯煌在少年时，为送别白薇皇后而作。”

真岚身子微微一震，深吸了一口气，没有再说话。

复国军战士注意到了空桑皇太子脸上的变化，不再多说，只是俯身低声道：“前方战乱，水路不通，还请皇太子紧跟我们前往大营。”

“前方战乱？”真岚大惊。

“不错。沧流靖海军团对湖底我军大营进行围攻，战斗已经进行了数日。”复国军战士往前引路，淡淡回答，“左右权使都在指挥战斗，无法分身前来迎接。”

真岚却蓦地变色：“你们怎么不早说？那笙她已经跑出去了！”

那个鲛人笑了起来，神色里有某种讥诮：“我知道。”

真岚看到那种神色，心里蓦地一冷——这些鲛人，是故意的？

“这个戴着‘皇天’的丫头，便是让我们左权使炎汐违背昔日诺言，变身为男子的人？”顿了顿，来者的声音冷肃下去，隐隐愤怒道，“你们这些空桑人，竟然想用美人计离间我们复国军！长老们的愤怒让左权使几乎被免职，你知道吗？”

真岚怔住，默然地在水中凝望着那一行鲛人战士。那些战士里，一小半是鱼尾人身的原始鲛人，大半都是分身过的有腿鲛人。那些在水中的双腿显得如此怪异，让人不自禁地想起那里原本应该是一条曼妙灵活的鱼尾，然后不寒而栗。

复国军战士里，大部分都是从云荒路上奴隶主手里逃出来的鲛人奴隶吧？经历过分身劈腿的痛、榨泪取珠的苦，这些以各种方法出逃而投身于复国运动的鲛人，心里定然积累了深厚的苦痛，对空桑和沧流有着难以言表的深切恨意。

真岚望着那一双双充满了愤怒和敌意的眼睛，在心里叹息了一声。

在桃源郡，当他和苏摩的双手握在一起，定下空海之盟的时候，他就知道那道深不见底的裂痕依然存在。但是，这还是他第一次亲身感受到这种巨大的鸿沟。

迎客的歌声还在水中回荡。

潮汐涨落，亘古不变，而歌者却已换了多少人？

在七千年屈辱的奴役中，无数的死亡和仇恨如岁月的巨大足印碾过，踏碎了久远时海国和云荒之间曾有过的，那一点点可怜的温暖回忆——七千年之前的海皇纯煌和白薇皇后，是否预料过如今两族之间至今难解的种种深仇？

第十五章 大营

从古到今，这片云荒大地上，有多少人曾经来到过这万丈的镜湖底下？

碧蓝的水面在头顶闭合，下潜的过程中，光渐渐消失，宛如夜色降临。而天籁般的歌声还在水中荡漾，时近时远，仿佛无所不在的光，笼罩了光线黯淡的水底。

在黑暗的水底，文鳐鱼的两鳃上发出幽幽荧光，就像两盏小小的灯在前方漂移。那笙不自禁地被那样的歌声吸引，怀着兴奋的心情自顾自地跟着那条文鳐鱼往前闯，将真岚一行甩在了身后。

跟着这条鱼，就能看到炎汐了吧？

已经有快半年没有看到他了啊……苏摩和真岚那时候在桃源郡，说炎汐会变成男的回来娶她，不知道会不会是真的呢？如果变成了男的，他的相貌会改变吗？声音会改变吗？特别是，他会不会喜欢自己呢，就像一个真正的男子喜欢另一个女子一样？

那笙忐忑地东想西想，感觉心脏在怦怦地跳跃，她不知不觉地加快了速度。

因为佩戴着辟水珠，水在她的身前自动退让，开辟出一条道路来，直通深处。那笙踩着水底的沙石前进，忽地看到水道深处有幽幽的光，便欢呼着直奔过去。

然而奔得太快，她的脚绊到了某个横生的东西，“咔啦”一声响，那东西断裂。她摔了一个嘴啃泥，半晌才揉着脚踝站起。嘟囔着，借着胸前辟水珠的微光看去，只见水底支离破碎地摊了一地的嫣红，原来是一枝极美丽的珊瑚。

她这才站住了脚，细细看着万丈水底的美妙景象，目眩神迷。

这是梦幻的森林……幽暗的水底遍布着一丛丛的珊瑚和水草，色彩绚丽，一簇簇如同玉雕。在漂摇的水草中，不时有珠光闪动，是贝类开合着巨大的壳，吐出一串串气泡。微弱的珠光中，无数鱼类漫游而过，都是她从未见过的奇特外形。

很多鱼的头顶都有发光的珠子，仿佛镶嵌了一个小小的灯笼，披着美丽的磷光，剪着长尾骄傲如公主般游过。那些发光的鱼类在水中排成队，徘徊着游动，形成了巨大的旋涡，一直向着水上透入天光处升去。

那笙看得发呆，看到身侧一个黑灰色的大蚌壳正在打开，吐出一串气泡，她一时心痒，忍不住伸出手去捉里头的那颗珠子。

“砰！”手指方一触及柔软的蚌肉，整个蚌闪电般合了起来。

她吓了一跳，立刻抽出手指，险险被夹住。

那笙退了一步，正好又踩在方才那丛珊瑚上，里面寄居的小鱼们惊惶地出逃，四处游弋。“哎呀！”她有些歉意地望着那一丛被踩坏了的红珊瑚，觉得自己宛如一匹横冲直撞闯入了花园的野马。

然而，等她抬起头来，却发现那条文鳐鱼已然游入了碧水深处，再也看不见踪影。

“这下糟了！”她恼恨地跺脚，四顾寻觅，却只见一片黯淡的深蓝。

无数的光明明灭灭闪烁，躲在影影绰绰的黑暗背后。周围的水声悠长低缓，时不时有潜流涌来，将她的身子带得东倒西歪，仿佛有什么庞大的东西正在经过。

“喂……”方才的兴奋渐渐平息，那笙隐隐地害怕起来，不由得站定，颤颤地对着周围喊了一声，“喂，有人吗？”

只有水波的声音回答她。

“臭手！臭手！你……在哪里？”跑出了那么远，才发现自己迷了路，那笙不敢再乱走，她站在原地大喊了起来，踮着脚尖四顾，却看不到方才那一行鲛人战士和真岚的影子。

她壮着胆子边走边喊，勉力回忆着来时的方向，往回走。然而摸索着走了一段路，忽然脚下一软，不知道踩到了什么，整个人踉跄跌出，眼前忽然全黑了下来。

水的浮力让她在接触到地面后又迅速漂了起来，然而她的脸面和双手已然是插入了软泥中，等拔出来只闻见浓烈腐臭的气息——不知是水底沉积了多少年的淤泥。

她惊惶地抬起头，却发现头顶依然没有一丝一毫的光。连那些水底远远近近亮着的游鱼的荧光，此刻竟然也都看不见了。水流平缓地穿越，身周有奇特的簌簌声，有什么冰凉而湿润的东西抚上了她的脸。

是……是水藻吧？

她想着，解下项中佩戴的辟水珠，拿在手上当作灯笼。微弱的珠光，照出了头顶密布的巨大藤萝状森林，让她乍然一见，不由得脱口低呼了一声。

那些水藻长在镜湖最深处，雪白而修长，随着潜流跳着舒缓优雅的舞蹈。

真是美丽啊……镜湖水底下，居然有着这么多人世所不能见的奇特景象？无意中，手指摸到腰畔的一个革囊，那笙猛然想起那是雅燃托付给她的东西，她连忙解了下来。

水涌入了革囊，将雅燃的遗体在瞬间融去。

那颗心脏在水中悠然下沉，陷入了水底绿色的藻类中，仿佛那个受了七千年折磨的灵魂终于在水里安然闭上了眼睛。

那笙望着，不由得又觉得难过："雅燃公主，我带你回来了，好好安息吧！"

听到那句话，那些雪白的水藻丛仿佛蠕动了一下。那笙将手伸出去，用力在水里揉搓——这里泥沼的气味，也实在难闻了一点。她擦着手，忽然发现右手上的"皇天"戒指忽然发出了一道光芒！

她还来不及回过神，头顶忽然传来了巨大的呼啸声！

那种声音听起来如此熟悉，尖锐而具有穿透力，震得水波不停抖动，危险的气息从四面八方压了过来。那一瞬间，记忆里某个难忘的刹那苏醒过来了，那笙几乎要脱口惊叫出来：风隼！难道是风隼来了？！

和炎汐在桃源郡外遇到风隼，是她踏上云荒大陆后第一次惊心动魄的经历——那种恐惧刻在了心底，即使颠沛流离了几个月也不曾忘记。在听到熟悉的轰鸣声时，她立刻下意识地奔逃。然而身周的潜流被庞大的机械带动，汹涌而来，那笙站不稳脚跟，几乎一个踉跄又栽倒在水底淤泥中。

腐土的气息让她几欲呕吐。她挣扎着站起，忽然愣了一下，明白过来了：怎么会有风隼呢？真笨啊——这里是镜湖水底，怎么可能有风隼这种东西？想通了这一层，她的胆子稍微大了一些，悄悄从水藻丛中浮起，探头望向水上。

然而刚探出头，一道强烈的光忽然炫住了她的眼睛！

“在这里！”她听到有人大喊，那声音穿透了水流，显得闷闷的。头顶上那种尖锐的震动声直逼而来，戛然停止。

她被那奇异的白光照得睁不开眼睛：那、那是什么？水底下，居然能燃起如此耀眼的火？她下意识地往回一缩，想躲回水藻丛林里。然而一阵暗流涌来，似乎有什么在瞬间冲过来。在她把头缩回去之前，顶心一痛，一头飘散在水中的长发已然被人一把揪住。

那些奇怪的人，怎么能来得那么快！

头顶那只手是如此用力，痛得让她脑袋里一片空白——谁？是谁？在这万丈水底，是谁竟能这样灵活地来去，贸然揪住了她的头发？

她被那个人提着头发从泥沼里拎起，一路从水里浮起，一道耀眼的光笼罩下来。影影绰绰，她看到那个人周身布满了鱼鳞一样的纹路，双手双脚上连着薄薄的膜，一边扯着她，一边划动着手足，在水底吐出一串气泡来——她明白过来了——是鲛人！在这万丈深的水底，本来除了鲛人也没有别的东西了。

“放开我！”胆气一下子壮了起来，她愤怒地挣扎，“我是复国军请来的客人！苏摩都对我客客气气！你怎么敢这样对我？我要去告诉炎汐！”

“咦？”身侧那个人忽地发出了含混的声音，诧异地回头看着她，“这个……这个丫头，不是鲛人？”

随着他的发声，水里有吐出的气泡浮起。

“老三，不管她是不是鲛人，先带回船上再说！”又一个声音穿过了机械的轰鸣，在头顶闷闷传来，“你闭气的时间快到了！”

“嗯。”那个“鲛人”应了一声，一手抓着她，另一手则扯了扯腰间的拉索——拉索的另一头通向那个悬浮于头顶的巨大机械底部，那笙浮在雪白的水藻丛上，仰头望着那个圆形螺旋纹样的怪物，惊讶得说不出话来：这、这又是什么东西？木结构，泛着金属的冷光，却能在水底出没！

那个人扯动腰间拉索，另一端感受到了这边的举动，“唰”的一声将拉索往回收。那个“鲛人”的身子立时掠回，冲破了水流，速度竟快过了箭鱼。

啊，原来是这样！他刚刚如此迅速地冲过来逮住了自己，原来是有人在帮他！在被抓着往上拖的刹那，那笙恍恍惚惚地想着，心里觉得不安，却一时尚未明白对方究竟是什么身份。

然而，在她被带离水藻丛的刹那，忽然间感觉到了脚上有某种柔软的束缚，似是有什么东西将她从腰到腿都缠绕了起来，不让她被带离。

“咔！”金属的断响传来，原来是那条拉索被居中扯断。

那笙抬眼看去，忽地倒抽了一口冷气——水藻！那些雪白的水藻忽然活了一样，从水底纷纷探出来卷住了她和那个人，同时包裹住了那一条拉索！就如无数触手忽地探出，将他们截留下来。

裹住她腰腿的水藻力道轻柔，然而卷住那个人的水藻显然力道大不相同。她一抬头，就看到对方口鼻里喷出了血，张开嘴巴发出了最后一声凄厉的呼喊：“女萝！有、有女萝……水底森林……”

“咔啦”，那些雪白的水藻更加用力地卷住了他，那笙清晰地听到了肋骨一连串断裂的声音，宛如鞭炮细细响起。

断裂的拉索瞬间缩回了舱底，那个螺形的怪物发出了巨大的轰鸣，急速旋转着，周身发出了一道道白光。

“来这里。”那笙耳边忽然听到了轻微的声音，裹住她腰腿的水藻忽然用力一拉，她立刻就被拉到了贴着水底。腐臭的气息扑面而来，她忍不住“哇”的一声反胃呕吐。然而那些雪白修长的水藻却推搡着她，将她往最软最深的泥沼里按去：“小心螺舟，快躲进去！”

是谁……是谁在和她说话呢？那笙四顾，却看不到一个人。

声音未落，巨大的轰鸣在水中炸裂开来。螺形的怪物吐出了一道白光，呼啸着冲向这片水藻森林，所到之处，所有的珊瑚岩石都被摧毁，整片水域都在震荡！

那笙惊呼了起来——这，这个怪物是什么？竟力量惊人得如同风隼！

然而，就在那道白光快要击中她的刹那，无数的雪白水藻瞬间竖立起来，交织成了密密的屏障，裹住了那道白光。白光的速度凝滞了，然后在水中轰然盛放。无数的水藻在水中四分五裂，然而更多的水藻缠绕了上去，宛如触手。

那笙怔怔地匍匐在腥臭扑鼻的水底泥沼上，仰头望着这惊心动魄的一幕，忽然发现了这一刹那，整片水域都被染成了血红色！

这，这是……那些“水藻”里流出来的？

那些水藻……是活着的吗？

“逃……逃啊……”耳边忽然又传来微弱的声音，那些雪白的水藻在对她说话，“既然你自称是我们复国军的客人，就快逃去大营吧……这里让我们来挡……快逃……快逃！”

是谁？是谁？那笙手足并用地爬向丛林外头，顾不得肮脏泥泞，惊惶四顾。忽然，她终于看到了声音的来源：一双碧色的眼睛，浮凸在不远处的水底地面上，急切地望着她。

“啊！”她叫了起来，看着一个又一个鲛人从地底革囊中露出眼睛。

整片“水藻”都在浮动，那些鲛人从腐臭异常的水底钻出来，舒展开了雪白的手臂迎向那个巨大的怪物。她们缠住了那个东西，丝毫不在意自己的肢体被击碎，血液漂满了水底——她们的眼睛里都是死沉的碧色，没有生气，宛如在九嶷王陵中看到的女萝。

“我们来拦住螺舟，客人，你快逃啊……”一个又一个微弱的声音在耳边回荡，那些女萝密密麻麻从水底浮出，缠住了那个庞大的怪物。

那笙踉跄地奔逃，然而眼前全是雪白的丛林，仿佛无穷无尽。

哪里……哪里出来那么多的女萝呢？真岚他们去了哪里？复国军大营又在哪里？她逃得不知方向，连着绊倒了几次。然而，等最后一次站起时，眼前的水已然变成血红色，水中充斥了巨响和狂乱奔逃的鱼类。

她骇然回首，只看到那个叫螺舟的怪物在急速地转动，化成了一道白光。细细看去，那些白光却是锋利的刀刃，从螺舟的侧舷伸出，飞速旋转着，将一切缠上来的雪白手臂割断！

然而，那些看似柔弱无骨的双臂面对着那钢铁的怪物，却毫不退缩。

“呀！”她叫了一声，心里陡然一热，便不管不顾地停了下来。

仿佛察觉了这个水底来客的用意，附近的女萝们纷纷推了过来，用交织的手臂拦住了蠢蠢欲动的那笙。然而那笙望着那个疯狂旋转的杀人机器，脸绷得苍白，忽然间抬起手，在前方的水中画了一个符号。

只是一瞬间，她便凭空从水里消失了。

女萝们错愕地相互看着。背后的轰鸣声越来越尖锐，那架螺舟如同旋转的割草机一样推进过来，似乎要将这片海底森林夷为平地。

女萝们被连着紫河车一起从水底拔出，无数的断肢和蓝发飞扬在水里，染得一片血红。然而她们却毫不退却，依然用修长的手足交织成屏障，阻拦和撕扯着那架螺舟。那道白光渐渐微弱，螺舟旋转的速度明显慢了下来，无数的手臂立刻如藤萝般攀爬上去，将整个螺舟密密包围。

金属和薄木构成的螺舟发出了“咔啦”的响声，瘪下去了一块。然而那些触手四处攀爬着，却找不到可以继续下力的地方。旋转的轮片锋利无比，立刻将那些攀爬上来的触手截断！

忽然，有一道水流轻轻划过轮叶间，奇异的光一闪，只听“咯”的一声响，螺舟上飞旋的白光忽然停顿了一刹。

“该死！怎么卡住了？”螺舟里传出闷闷的叱骂。“咔”的一声轻响，方才射出长索的地方又移动开来，一个穿着薄膜制成衣服的人探出半个身子，敏捷地四顾，“奇怪，老大，轮叶好像被什么东西弄折了！”

“什么？”舱里有人怒斥，“胡说八道！精铁的叶片有什么能弄折？”

那个人迅速地浮出舱壁，如蛙一般蹬着，攀上外舱仔细检查，然后吐出一口气，又潜游回去，冒出头来禀告：“真的是断了！切口很整齐——不像是那些女萝弄出来的，会不会是复国军大营的人已经出来了？”

就在他吐出气泡、攀回舱内的刹那，身边的水也“哗啦”地响了一声，溅上了舱底。

舱里面有走动声，那位指挥螺舟的队长被惊动，朝着出口走过来：“不可能，没那么快——左权使炎汐如今坐镇镜湖大营，他知道我们这次的三师会战，调动了五十架螺舟，非同小可，他应该会坚守不出，绝不会贸然犯险。”

队长一边说一边走出来，忽然听到有人惊喜地“啊”了一声。

“老五，你怎么了？”他有些惊讶，问那个穿着膜衣的下属，“叫什么？”

“不是我叫的……”老五下意识地否认，眼神忽然凝聚，露出不可思议的表情——那里！空无一人的舱底上，忽然间就有两行湿漉漉的足印悄然延了进去！

有谁……有谁刚刚从水里爬入了螺舟？军人张大了嘴巴，望着那两行足迹……

“老大！老大！”他终于叫了出来，声音惊骇欲裂，“快过来！有鬼了！”

“鬼叫什么？”靴子的声音在舱口戛然而止，队长从舱内疾步而出，怒目而视，“扰乱军心，小心老子……”

甬道上没有一个人。然而那两行脚印却欢快轻巧地一个个印了出来，无声无息地向着舱内延伸，仿佛一个水的精灵在地上跳跃。队长看得有点发呆，只是一瞬间，那湿漉漉的脚印已经从他身侧通过。

有微风被带起，吹在脸上。

两名沧流军人下意识地回头，望着那个诡异的脚印的去向。那脚印一路沿着甬道跑到了内舱后，却停了下来，左右徘徊，竟似不知该去那里，将内舱踩得湿漉漉。

最终，脚印又是一跳，脚尖朝向了机械室的方向。

“不好！”那一瞬间，队长终于反应过来了，狂吼一声扑了过去，“大家小心，保护炼炉！”

炼炉内煅烧着脂水，乃是螺舟行进水下的根本力量之源，整个机械的核心所在，本身比较脆弱，如果一旦被外敌闯入摧毁，后果不堪设想。

仿佛是被他那一叫提醒，那个踌躇不前的脚印忽地动了起来，同时一个箭步冲向炼炉。也顾不得对方是如此的诡异，队长大喝一声拔出剑来，对着虚空砍下去，想阻拦这个看不见的敌人。

“呀！”虚空里，剑果然砍中了什么，有人低低叫了一声。

那声音，却是方才听到过的。

有血从虚空里凝结，坠落在地上，一颗颗如血红的珊瑚珠。然而那一瞬间，凭空里却放出了一道光华，照彻了整个内舱！那一刻，队长还以为是某位属下拿着银砂在水中燃烧，放出了这样的光芒。

可随之而来的爆裂声摧毁了他的侥幸猜测。那道光击中了乌金的炼炉，带着巨大的力量，将整个炼炉劈为两半。炼炉里正在燃烧的脂水顿时弥漫出来，遇到了高温的外壁，轰然燃烧！

整个舱内转瞬弥漫了焦臭的气息，脂水流到哪里，火就烧到了哪里！

“天啊……”老五叫了起来，惊惧地看着整个内舱陷入一片火海，倒退了几步——这架螺舟很快就要爆裂了！不行……得快点逃！他才二十一岁，可不能活活地憋死在水底，成了女萝们的肥料！

想也不想，他拔脚就跑——整个舱室里，他离水面最近，逃生的希望也最大。

然而，他刚急速地冲出，忽然听到耳后铮然的响声，就像是那些轮叶削入女萝的声音——然后，他就“看见”自己的双脚冲向了甬道尽头。

可是……自己的身体，为什么动不了？他骇然地惊呼回头，却看到队长铁青着脸，眼神狠厉如狼，执剑站在内舱通向甬道的方向，剑上的血一滴滴流下——哪里……哪里来的那么多血？

他的意识终止在那一刹那。

“啪嗒”一声，被拦腰截杀的上半身从半空里颓然落地，睁大着眼睛，血流纵横。而下半身顺着惯性，居然还继续跑出了五六步，“哗”的一声栽入了外面的水里。冰冷的水里立刻开出了一朵温热的红花。

“啊！”惊骇的呼声再次从虚空里发出，仿佛那个看不见的敌人也被如此血腥的一幕吓到了。无数士兵从火海中冲出，却看到了逃兵的半截尸体。

“临阵退缩者，斩！”队长堵在甬道口，执剑指向那群失措的战士，厉喝道。

所有人都被那样的杀气惊得一哆嗦，止住了逃生的步伐。

“给我回去灭火！一个都别想从这里逃掉！”队长咆哮着，剑点向其中几个士兵，“你，立刻启动备用炼炉！你，发信号出去请求最近的援助！立刻去！”

被那样的严厉和冷酷镇住，沧流的士兵们在短暂的失措和骚动后安静了下来，相互看了几眼，便有几个官阶稍高一些的站了出来，苍白着脸冲向各个位置——毕竟是帝国训练出的战士，有着铁一般的纪律，多年来的教导已经把服从和忠诚刻入了他们的脊髓，在危急时刻如条件反射般跃出。

队长铁青着脸，握剑站在甬道口。火蔓延到了他脚边，然而他忍受着火的灼烤，居然一动不动，眼睛里有狼一样的光，紧紧盯着内舱的某一处。

那里，那行湿漉漉的脚印已然停顿了多时，显然有些不知所措。

又一阵风吹过。

过来了！毫不犹豫地，他大喝一声对着风中一剑斩落！

“哎呀！”就在斩中的刹那，那个看不见的人发出了一声惊呼。然而随着惊呼，又有一道白光在瞬间腾起，居然将他的剑震得偏了开去。那行脚印立刻沿着甬道夺路而逃。

那是什么？那道白光……又是什么？队长虎口被震裂，握着手腕往前追去，却已经来不及。

他只看到那个脚印飞快地往前跑着，在奔跑的过程中，空气中忽然间微微显露出了一个人形，仿佛露水的凝结——那是一个异族装扮的少女，用右手捂着左臂，踉跄地奔逃。她的身形极快，只是一眨眼已经冲到了甬道尽头，扑通一声跳入了镜湖的水中。

“那……戒指？”最后的刹那，看清了那道光线来自对方右手的戒指，队长诧异地喃喃。然而来不及多想，他立刻回身加入了对火势的扑救。

在跳入冰冷湖水中的刹那，那笙才吐出了一口气，脸色苍白。

方才那一幕让她几乎恶心到吐出来。因为无法坐视女萝被杀，她用上了刚学会的隐身术，想去摧毁那架螺舟。不料那个钢铁的东西是如此坚硬，而“皇天”的力量在水中又远不如在陆地上，费尽了力气，也只能折断外面的轮叶而已——于是，她大胆地在对方开舱出来检修的时候闯入，想毁了内部机械。

然而，如此酷烈的景象，却让她惊骇到几乎不能举步。

在恍惚中，她无声地在水中下沉，掠过那朵缓缓洇开的血花。看到那半截尸体正在不远处缓缓下坠，落入女萝的丛林时，她又是一阵恶寒。

就在这个刹那，仿佛背后有一把无形的巨锤敲来，她的身体忽然猛地一震！身后的某一点爆裂了，潜流在瞬间向四面八方涌出，推向各处——银色光和红色的火交织着在水底绽放，发出了沉闷的响声，一瞬间后，便消失得无影无踪。

她骇然回头，眼角只看到了那朵银红的烟火泯灭的光。

那架螺舟，还是……爆裂了？

她抚摸着胸口的辟水珠，感觉心脏在急速地跳动——她本来应该觉得高兴的，可不知为什么心里却沉重得受不了。她闯入过那架可怕的机械，看到过里面那些普通士兵的眼神……那眼神里，同样有着对死的恐惧和对生的热望。

只是这短短一瞬间，那上百个年轻的生命，就这样随着爆裂消失了吗？

那笙怔怔地望着那处水面，望着散落下来的木片和铁块，知道那些混合着无数年轻人肢体和血肉的渣滓将会沉入水底，成为女萝们生存的腐土。那些活生生的年轻人，就这样死了吗？忽然间，她就想起了几个月前在桃源郡遇到的那个少将云焕。方才那个队长的眼神，真的和他十分相似啊。

那些沧流军人，个个都是如此不要命的吗？

湖水托着她缓缓下沉，受伤的左臂流出血来，拖出一缕血红。她却感觉不到疼痛一般，只是望着爆炸的那一点，发怔。

无数雪白的手臂伸过来，轻轻将她接住，温柔地抚摩着她的伤口，将血止住。那些女萝纷纷聚拢过来，惨白的脸上没有表情。

"唉，客人啊，你何必如此……于今生死对我们毫无意义。"女萝们托着那笙，缓缓放回到水底，那些死气沉沉的眼睛里没有悲喜，"我们早已死去多时了，不愿回到天上，才化身成女萝沉入湖底守护大营……客人啊，你让我们多么担心。"

轻轻地说着，女萝托着她，迅速朝着另一个方向游弋而去，那些深蓝色的长发在水中如水草一样逶迤。在女萝托起她的那一刻，那笙睁大了眼睛——

天啊！那么……那么多的女萝！

游鱼的光映照出的都是一片惨白。不知从哪里瞬间冒出来，无数雪白的手臂覆盖了水底，密密麻麻，仿佛无数的水藻随着潜流漂荡，一望无际。那些女萝织成了雪白的森林，相互之间却不说话，仿佛只是为了同一个目标而汇聚，彼此却素不相识。

那笙望着这蔚为壮观的景象，忽然间倒抽了一口冷气——那些女萝中，大部分是没有眼睛的！那些黑洞洞的眼窝深不见底，毫无表情，渗出阴冷狠厉的气息，让人不寒而栗。

镜湖下……哪里冒出来这么多的女萝？就算云荒大地上活着的鲛人加起来，只怕也没有那么多吧？怎么会有那么多的鲛人死在了这镜湖底下，成为万年不化的女萝呢？

她怔怔地想着。女萝托着她急速地潜行，向着战圈的相反方向而去，穿过了一片片颜色迥异的水底和乱石遍布的罅缝，最后停止在某处水流平缓的地方。

“权使，我们终于找到了这个走失的客人。”她被轻轻放了下来，听到身边的女萝轻声回禀，“我们带她来向您禀告。”

权使？是炎汐来了？是炎汐来了吗！

那一瞬间她不再走神了，倏地回头看去，果然只见一个白甲蓝发的鲛人站在水下石阶上，身姿挺拔。那个鲛人身侧站着的，居然是方才和她走散了的真岚！

想也不想地，她便挣脱了女萝，直冲了过去：“炎汐！炎汐！”

她欢呼着扑过去，却被一只手轻轻推了开去。

“我不是炎汐。”那只手按在她的肩膀上，撑开一臂的距离，正好让她碰不到自己的衣襟。那个鲛人将领低下头看着她，嘴边泛起一丝似笑非笑的表情，轻声道：“别用戴着‘皇天’的手来碰我……我不喜欢。”

那笙愣了一下，抬头望了望那个人。奇怪……总觉得熟悉。

这个前来迎接他们的鲛人将领有着这一族独有的俊秀面容，看不出性别。然而他的眼神却不像炎汐那样是刚硬的，而有着一种飘忽的魅惑气息，似笑非笑，在看着人的时候仿佛总是含着一丝讥讽。

极力地回忆，她忽然恍然大悟地叫了起来：“宁凉？是你！”

只不过短短几天没见，她几乎要把他给忘记了。

这个将她和西京从康平郡带到九嶷的鲛人战士，在龙神复苏后奉了苏摩的命令返回镜湖大本营。重见时竟是完全换了一副装扮，几乎让她认不出来。

“你是权使？”她有点惊疑不定，望着他身上披挂的白甲——如果他也是权使，那么岂不是和炎汐平起平坐了？

宁凉甲胄的右肩上文了一团金色的蟠龙，那是复国军中最高阶位——左右权使的标记。然而白甲上，却同时佩着一朵素白色的水馨花。

一眼望去，前来的所有复国军战士的甲胄上，都佩着同样一朵白花，清冷而哀伤。

“一个月前，寒洲牺牲于西荒博古尔大漠，随行战士无一返回，复国军全军上下为此哀悼。”宁凉嘴角嘲讽般的笑意终于消失了，他低下头去，将手按在右肩上，“眼下外敌入侵，军情如火，于是长老们决定让在下暂时代替。”

“啊……”那笙脱口低呼了一声，脸色急变，“那、那炎汐他呢？”

虽然不认识那个寒洲，但听到右权使身亡，她顿时就想到了身为左权使的炎汐——炎汐为什么不自己来接他们，而要让宁凉来？难道、难道他也是在鬼神渊取回封印的时候，被……她不敢想下去。

“炎汐没什么大事，只是变身刚结束，身体未曾复原罢了。”宁凉却讪讽地笑了一下，望向身侧，“他要我将封印交给皇太子。”

那笙顺着他的眼光望过去，果然看到真岚的手里捧着一个和地宫里一模一样的石匣。虽然在万丈深的水底，那个匣子还是在不停地震动，仿佛里面的东西在急不可待地敲击着，要挣脱上百年的束缚。

真岚托着匣子站在一旁，脸色有些静默。

他的眼神从方才开始，一直没有离开过远处的那场惨烈战斗——在战圈外围，水底升起了无数雪白的藤萝，女萝们一群一群地扑出来，织成密密的罗网，拦截着试图从外部攻入大营的靖海军团。这些水底来去自如的女萝有着优越的行动力，行动极其敏捷，无数乘着小艇出来的靖海军纷纷被那些水藻一样的手臂绞杀。

然而，对于那些螺舟，女萝们却没有多少实际的攻击力。

螺舟不像小艇一样以速度取胜，它是缓慢而坚不可摧的，一寸一寸地前进，摧毁遇到的一切。它坚硬的外壁，让所有不顾一切上去阻拦的女萝都支离破碎。

从螺舟里不停地飞射出小艇，艇上有披坚执锐的沧流战士。那些战士在靖海军团中受训多年，极擅水战，每个人身上的肌肤都遍布着水锈，能在水下屏息一炷香以上的时间。那些小艇风一样地冲出来，和鲛人战士厮杀在一起。

经常是两艘小艇同时被机簧飞射而出，艇上当先的沧流战士左右分持一张巨大的网，将前方的鲛人战士迅疾地裹住。然后，坐在后面的沧流军人便立刻手持精铁打造的军刀，从网中用力捅入，左右砍杀。

小艇的末端系有长索，在沧流军人水下屏息时间到达极限的时候便会猛然收缩，将战士连着小艇都收回螺舟的腹部。如此轮番出击，训练有素。

而鲛人战士则多用纤细锐利的武器——或是长剑，或是分水刺，凭借着身形的灵活和地形的熟悉来回游弋，敏捷性远非那些人类可比，往往小艇刚从螺舟里射出，还不等沧流战士展开进攻，鲛人战士已然迅疾地游了上去，一剑当先将持网的战士刺死。

这场战争进行得惊心动魄，只见血色不停地在水里扩散，将镜湖染得一片红。

然而螺舟仿佛坚不可摧的堡垒，在鲛人和女萝的联合抗击之下虽然速度减缓，却依然如割草机般缓慢地前进，将战线一分分推进。

沧流建国以来，镜湖底下这不见天日的战争就从未终止过。

由于和鲛人相比，冰族先天不足，无法在水中作战，靖海军团多次在水底遭到了败绩。然而，近年来随着巫即大人按照《营造法式·靖海篇》改进了螺舟，增加了乌金炉作为水下推进器具，采用了银砂遇水即燃的原理制出水下照明灯，并且找到将水转换为可以呼吸的空气的方法，种种措施之下，靠着新的作战工具，水底的局势开始扭转。

三年前，靖海军团就曾经成功地冲入过鲛人的大营。

然而那次的胜利也是有限的。虽然撕裂了复国军的防线，但是鲛人们却已经及时地从大营里撤退，在湖底隐秘的地方重新建立起了基地。

那之后，战争又持续了三年，大大小小数十役。而这次的规模是空前的。

获得了右权使寒洲和左权使炎汐都奔赴外地执行任务、大营中无人主持的密报，靖海军团三师联手，出动了五十架螺舟，全力出击——力求从各个方位锁定复国军大营的位置，一次性合拢包围圈，再也不让复国军如上次那样逃脱。

果然，在五个方向的同时进逼下，复国军大营被完全包围了，鲛人战士们开始殊死反击，竭尽全力不让那铁一样的包围圈缩小。

这场血战，已然持续了三天三夜。

宁凉刚奉命返回镜湖，便遇到了这样紧急的局面，来不及多想，便代替右权使披甲上阵，和同样刚刚从鬼神渊返回的炎汐一起指挥反击。然而，在战事进行得如此紧张激烈的时候，却还要分神过来应付这些空桑人。一想起来这就让他烦躁不安，杀气上涌。

顿了顿，宁凉眼里忽然浮现出一丝迟疑，他压低了声音，仿佛不愿被身边随行的鲛人战士听到。宁凉靠近真岚身侧，问了一句话："为什么苏摩少主没有和你们一起来？他去了哪里？他不是说很快就回镜湖来吗？"

真岚忽然间无法回答。

难道要他说：他们的少主，那个刚刚继承了海皇力量的人，为了所爱的女子去了沧流人的帝都？抛下了这里战乱中的族人和等待他带领的战士，毫不犹豫地去了另一处？

"苏摩他，去了帝都，"刹那的迟疑后，他还是开口这样回答，"他要去追回如意珠。"

"哦……是这样。"宁凉带着恍然的神色点头，"寻找如意珠的确也是当务之急，难怪他急着去了帝都。"然后，低了头，却极轻地说了一句，"等他找到如意珠，说不定，已然没有族人再需要他拯救了……"

冷冷一笑，宁凉望着那边的战况，蹙眉结束了这一次的谈话："既然封印已送到，这次空海之盟，也算是两清了。"他对着真岚颔首致意，"眼下靖海军团三师围攻镜湖大营，情况紧急，也就不远送两位了。"

他一点头，身侧的鲛人战士们便立即转身。

在两个人方才的对话中，所有在侧的鲛人战士均沉默地看着他们，不发一言，但是眼睛里无不对这一行空桑来客透露出敌意。此刻听到右权使说要走，个个随即离开，头也不回。望着他们转身，那笙有些愕然，回过神后忍不住叫了起来："你们怎么……怎么就走啦？炎汐呢？炎汐他呢？"

"左权使不能见你……呵，他可是曾经发过誓，要为复国舍弃一切。如今，全军上下都不会允许他违背这个誓言。"宁凉定住了脚步，回身，嘴边露出一丝冷笑，"他正在大营中指挥抗敌，没时间来见空桑人——所有该交代的，都由我来交代。"

"那我去和他一起抗敌好了！"那笙一跺脚，懊恼地嚷，"他没时间，我有时间！"

她对着真岚伸过手去，把石匣拿起，用戴着"皇天"的手在上面比画："臭手，我现在就替你解了封印——然后，我要去找炎汐啦！"

真岚却默默对着她摇了摇头，将她拉在身侧，低声道：“他们不会让你去的。”

“为什么？”那笙气愤地嚷，“他们凭什么不让？”

真岚苦笑，微微叹息：“你看看他们的眼睛。”

那笙愕然地抬起头，望过去，忽然间就打了个寒战——那些眼神……那些鲛人的眼神！充斥着敌意和排斥，冷漠和憎恨，无论是鲛人战士还是死去的女萝，都以那种眼神看过来，似乎在一瞬间将她冰封。

“他们……他们恨我？”那笙脱口低呼，微微退缩了一下，“为什么啊？”

“因为你和我在一起，”真岚叹息了一声，“因为你戴着‘皇天’。”

他望着水底无边无际的女萝，眼神黯淡——这片水底下，积聚着多少亡灵啊……空桑七千年的历史上，有多少鲛人被摧残了一生，死后双眼还被挖去制作凝碧珠，尸体被抛入镜湖。那些死去的鲛人不愿化为云和雨升入天际，就把怨毒都积累在水底，不惜化为死灵也要守护族人，守护镜湖大营。

复国军在这充满了仇恨的水底里驻守，面对着如此深重的仇恨，炎汐他作为左权使，又怎能轻易跨过这一步？

他，毕竟不是苏摩那样可以不顾一切的人。

“戴着‘皇天’又怎样？我是中州人啊！”那笙叫了起来，对着重新背过身去的宁凉大喊，“喂！我不是空桑人！我是中州人，和你们无冤无仇！求你们带我去见炎汐吧！”

然而，没有一个人理睬她。所有的鲛人战士在交出石匣封印后自顾自地离去，随着宁凉返回前方，宛如灵活的游鱼，瞬间消失在光线黯淡的水底。那笙急急施展起轻身术，跟了几步，然而终究比不上鲛人们的水中速度，被抛了下来。

她愕然地捧着石匣站在水底，望着不远处腥风血雨的战场，不知所措，心情从高峰骤然跌落到低谷。她怔怔愣了半天，又气又伤心，终于忍不住还是“哇”的一声哭起来。

“别哭，别哭……”真岚从她身后赶上来，轻声安慰道。

“炎汐……炎汐他为什么不来见我？”那笙站在水底大哭起来，泪水一滴滴地落入水中，随即消失无痕。她扯着真岚的袖子，哭得像个孩子，“他、他为什么不来？他不要我了吗？臭手，他、他是不是不要我了？”

真岚感觉她全身都在剧烈地发抖，一时不知如何回答。

“他为什么不来见我？”那笙哽咽着，断断续续地问，“他不要我了吗？”

“他不是不想来，只是不能来。”真岚想了想，低声道，望着水底那片激烈战斗的景象，眼神辽远起来，“你要体谅他的不得已。”

“怎么不能来！他是左权使，没人能命令他不来。”那笙不信。

“也没人能命令我，可我同样有很多不能做的事。”真岚嘴角浮出苦笑，微微摇头，叹息道，“我们只是受制于看不见的束缚。你要体谅他……回到了镜湖大营，他就不再只是你的炎汐了，他首先是复国军的左权使。他违背昔日诺言变身，只怕已然引起军中战友的诸多不满。而如今寒洲刚死，全军至哀，强敌压阵，何况，即便是我和苏摩达成了联盟，但空桑和海国之间数千年的仇怨并不能立刻由此消解——这种情况下，他真的很难来见你。”

真岚望向那些舍生忘死搏杀的战士，感觉流到面颊上的水流里充斥着鲜血的味道。他在水中长长叹息：“就如我不能去阻拦白璎赴死一样，都是不得已……我们活在一张看不见的网里，都有不能做的事。你能体谅他吗？”

他抬起手按在眉心，觉得头痛欲裂——那番话，其实无形中也是说给自己听的。

白璎……其实，我，才是那个被引线束缚着的傀儡啊。

我被钉在了这个金座上，子民们的愿望成为牵动我手足的引线，有些事情无论如何都要做到，而有一些则永远不能去做——但，我的愿望和念力要怎样强大，才能像苏摩那样挣脱尘世加之于身上的种种桎梏，不顾一切地去寻找你呢？

你……是否能体谅我的不得已？

“我不管！”那笙却叫了起来，根本不听真岚的辩解，“我要去找他！”

她也不知道炎汐究竟在这茫茫战场的哪一处，只是转过身准备一头冲进去：“我要找到他，问问他到底是怎么啦，是不要我了吗？这太没道理了……他怎么能这样！我一定要问！”

然而，在她用轻身术奔出的瞬间，真岚伸出手，一把将她拉了回来。

那笙大怒，恶狠狠地想把他的手推开。

“先把我的左脚放出来！”对着踢打不休的少女，真岚厉声怒喝，手臂一抖，抓住她晃荡了两下，让她安静下来，“给我先打开封印！这样我才能跟你一起闯进去找炎汐！”

“啊？”那笙忽地愣了一下，“你……陪我去？”

“嗯。陪你去。”真岚微微一笑，眼神温和起来，“丫头，你刚才这样生气，却依然没有说出不要‘皇天’的话。你没扔下我，我自然也不会扔下你不管的。”

那笙安静下来，望着他，眼睛亮晶晶，嘴巴一扁。

“好啦，别哭鼻子了，快点解开封印。”真岚敲了敲她的脑袋，嘬唇呼啸了一声——天马应声呼啸而至。真岚低下头，对着天马低语几句，拍了拍马头：“快去吧！”

天马仰头嘶叫一声，立刻在水中展开双翅，急速地掠了出去。

水流涌入鲛绡帐中，带来血的味道。

帐外，白光如同利剑，不时撕开万丈水底的黑暗。厮杀声在水底沉闷地传来，机械声隆隆不绝，已然是逼近耳畔。鱼类在水底惊惶地游弋，一群银鱼游入了帐中，躲藏在了鲛人们的身侧。

“左、左权使……外围的红苔地已被攻破！”随着水流涌入的，是一个浑身是血的鲛人战士，他在冲入帐中的刹那用尽了所有力气，踉跄着跌倒在案前。

那个少年鲛人用剑支撑着自己被轮叶割得支离破碎的身体，嘶声禀告着失利的消息，俊秀的脸上有说不出的恐惧和惊慌，望着帐中聚集着的复国军最高决策者们——那里，数位白发苍苍的老者簇拥着一个银甲蓝发的青年将领，正神色肃穆地说着什么。

“涓，我以为你半路上出事了。”鲛人将领放下了手中一直在看的地图，蹙起了眉，却没有多大的震惊表情，“已经攻破外围了？比预计的还快了半个时辰啊……那，战士们和女萝都撤回大营旁的巨石阵里了吗？有多少伤亡？”

“禀、禀左权使……”来的鲛人是一名男性，年纪尚小，依然保留着鱼尾，显然是一直在镜湖水底长大的，并未成为奴隶过。此刻声音微微发颤，显然已被外面这一场前所未见的屠杀惊住，“没有……没有计数过……太、太多了……第三队、第五队已经……已经差不多没有人了……”

帐中所有人均为之动容。虽然知道这一次靖海军团三师联手大举进攻，复国军从实力上确实难以正面抵抗，但是这样重大的伤亡还是超出了预计的承受力。

炎汐霍然站起，仿佛要说什么，但一股暗红色的湍流迎面急冲而来，将他的话逼回了喉中。他在一瞬间感觉到某种恶心，弯下了腰，将冲入嘴里的水吐出去——血——这股温热的潜流里，全是血！

按着胸口的护心镜，他的脸色有些苍白，默然了片刻。

“已经到这里了吗？”听到了帐外的轰鸣，感觉到水底营地都在一分分地震动，他按剑而起，仿佛做了最后的决定，低语道，“涓，你留在这里，如果等下万一大营守不住……”顿了顿，他回看了一眼帐中的诸位白发老人，然后抬手解下护心镜后的一枚钥匙，交到了涓手里，“就和长老们一起从‘海魂川’逃出去，知道吗？”

涓克制住脸上的恐惧之色，紧紧将钥匙捏在手里，只是点头。

海魂川，是鲛人最为秘密的通道，沿途设有多个驿站，从云荒大陆通往镜湖水底最深处——这条路也号称“自由之路”。几百年来，陆上被奴役的鲛人们都靠着这条秘密路径逃离，沿路得到驿站上的照顾，最后得以回归镜湖。

这条路关系着鲛人一族百年的生死，所以不到万不得已绝不会轻易动用。因为若是一旦被敌方发现，驿站里任何一个被破坏，整条路线便会废止——甚至还会株连到无数隐藏在陆上的自己人。

如今左权使不惜打开海魂川，那便是意味着大营今日到了存亡关头了！

“宁凉还没回来，我得先出去了，”感觉到水流里越来越浓的血腥味，炎汐的眼神锋利起来，仿佛有烈火在内心燃起，“就算有五十架螺舟，我们至少也能将沧流人阻拦到日落——涓，你赶快带着长老和妇孺离去，如果宁凉来了，请他务必不要恋战，必须先保护活着的族人离开！”

简短地吩咐完，手一按腰侧，长剑铮然弹出，跃入了他指间。那是极薄的软剑，在水中仿佛一叶水草一样随波流转，折射出冷芒。

炎汐转过手腕，将剑柄抵在下颌上，对着帐中的长老单膝行礼，仿佛在结束连日来的那番争执：“虞长老、清长老、涧长老，请原谅我曾违背昔日的誓言，而且并不为此忏悔……我尽忠于我的国家，却不能为无法控制的事情负责任。”

顿了顿，他微笑起身：“但是，事到如今，这一切也已经不再有区别了。”

炎汐大步走出帐去，外面急流汹涌，带起他的战袍衣袂飞扬。

从这里俯视深水区，整个大营尽收眼底。

外围的红苔地已然沦陷，巨石阵里硝烟四起，复国军战士撤退到了那里，仗着石阵的复杂地形在竭力和靖海军团周旋。那些螺舟被卡在了水底巨石之间，锋利的轮叶在石上敲打出令人牙齿发寒的声音。

炎汐走到了高台边缘，望见了那一幕，再也不多想，便要从台上一跃而下——必须趁着这一刻难得的喘息机会，将复国军们集结起来！

“涓，去，带着大家进入海魂川！”他头也不回地喊了一声，“我们来断后。”

他从高台上跃下，水流将他包围。那一瞬间，炎汐只觉得全身的血都在发烫——水里……水里全是血的味道！无数鲛人的血混合在冰冷的湖水里，将他包围。那一瞬间，他体内属于战士的血也沸腾起来。

那是他死去的战友，还与他同在！

他点足在石台蟠龙的雕刻上，身形蓄力，准备急奔而出。

“慢着！”忽然间，背后传来低哑的断喝。帐中的老人们一起抬头，那些活了将近千年的眼睛里，陡然放出了锐利的光。那个一直对他的变身感到极度失望的虞长老当先站了起来，抖了抖衣襟，将一群躲避在襟上的鱼赶走：“不。我们不走。”

老人枯瘦的手指在水里画着，勾出一个手杖的形状。

“铮”的一声，虚空里凝结出了一根金色的手杖，跌落在苍老的手心。

“咳咳……”握着沉重的手杖，长老眼里却放出了光芒，一顿，将手杖深深地插在地上，“我们至少还有施展术法的力量……这一把老骨头用来填那些螺舟的刀叶，应该还是有余的吧。”

虽然这几天来一直受到这些长老的苛责，但看到他们如今的举动，炎汐心里还是一热。他低下了头，请求道：“不，长老，海国不能失去你们。我们海国没有文字，所有的历史、风俗、历法，都记忆在你们这些智慧长者的脑海里，一代代口耳相传。如果失去了你们，海国的历史便将消亡了——所以，战斗的事情，还请交给我们战士来做好了。”

他恳切地说着，在高台下对着那些老人单膝下跪，将手按在左肩的金色蟠龙记号上，深深一俯首，然后便回身闪电一样地掠了出去。

扑面而来的带着血腥味的潜流让他无法呼吸，女萝的断肢在水里散落，随着潜流漂荡。包围圈缩小的速度让他暗自心惊——五十架螺舟同时出动，几乎是在一瞬间从各个方位展开了立体的攻击，让位于水底的复国军大营腹背受敌。

沧流军人的尸体也横陈在水底，无论多铁血的军队，血肉之躯也终归要腐烂。然而，五十架钢铁的怪物却只损失了不到一成，还在隆隆地逼近——极度缓慢，却无坚不摧！复国军战士不顾一切地冒着轮叶的切割扑上去，用剑、刀削砍着，然而螺舟的外壳只是稍微出现了几道凹痕，未受到有效攻击。

“左权使！”看到炎汐出帐，所有战士的精神都是一振。

“退出巨石阵！”他说到，第一句命令却是如此。

所有正在和沧流军队奋战的鲛人战士都吃了一惊，然而左权使的威仪震慑住了他们，没有人问为什么，他们立刻从激战中抽身，退出了巨石阵。而那些螺舟还被卡在那里，一时半刻尚无法追击过来。

遍体鳞伤的鲛人战士用剑支撑着身体，在大营的最后领地里喘息，殷切地望着将领，希望听到下一步的作战计划。这些年来，炎汐和寒洲共掌镜湖大营，已然带领大家击退过数十次的进攻。希望这一次阵势空前的来袭，也能被击退吧？

“大家现在必须做出选择了——要么，全部沦为奴隶！要么，就是战斗到死！”炎汐站在水底最高处的石台上，将剑高举而起，厉声对所有人喝问，“大家是怕成为奴隶，还是怕死？是要战，还是降？”

“不降！”听到“奴隶”两个字，大半鲛人战士浑身一震，显然是触动了昔日不堪回首的记忆，脱口而出，“战，战！战到死为止！”

“对，死也要死在这里，而不是那些奴隶主的牢笼里！”炎汐望着底下筋疲力尽的同伴，估计了一下眼下的情况，迅速做出了决定，“那么，现在有谁敢跟我去把敌人引到‘天眼’里？有谁？”

天眼！鲛人战士们齐齐一惊，一瞬间不能回答。

镜湖水底多怪兽异物，翻覆作怪，吞噬一切生物，所以水面上舟船不渡，鸟飞而沉。鲛人自从在镜湖底下扎营之后，一贯和那些怪兽井水不犯河水，小心翼翼地比邻而居多年，更是从未去过那个叫天眼的地方。

传说中，那个地方是蜃怪的居所。那个巨大的怪物躲在水底，吞吐着蜃气，结成种种幻象，骗取水上水下生物堕入囊中。那些幻象如幻如真，大到几乎可以结成一座城池。蜃怪躲在水底，水流急遽往着地底吞吐，形成巨大的旋涡，所有靠近的东西都会被吸入深深的湖底，再也无法返回。

那个地方，被所有水底的鲛人称为“天眼”。

“谁跟我去？！”看到战士们失神，炎汐再度高声问了一遍，“谁敢？”

那是必死的任务——然而第二遍问话刚一落地，就响起了无数的回应：“我去！”“我！”……那些留守大营的战士争先恐后地举起手里的剑，对着左权使晃动，每个人眼睛里都有不畏生死的光。那些眼睛看过来，炎汐只觉得心里猛然一震。

“好，出来五十个伤势不重的，跟我走。其余的，留下。”炎汐点出了其中几个，又将一个出列的战士推了回去，“冰，你不能去——你的剑术仅次于我，还得留下来将剑圣教给我们的剑法转教给大家。”

说到这里，他轻轻叹了口气：“可惜我们拿到剑谱的时间太短了……若是学了个一年半载，大家略知一二，也不会对螺舟如此束手无策。”

摇了摇头，仿佛想把这种想法赶走，左权使苦笑——西京剑圣能将不传之秘交给复国军已属大恩，怎么还能如此得陇望蜀？其实这个时候，该指望的不是这个，而是……他们的少主，那个刚转世的海皇。

苏摩，为什么还不来呢？

他不是说过去九嶷离宫复仇后，便会前来镜湖大营？如今已经派出了文鳐鱼到处寻访，将消息传递出去，他难道还没接到大营的告急信号？还是说……就像在桃源郡初遇时候那样，苏摩他根本不想当什么海皇？

一念及此，心中便灰冷了大半。原来，命运的道路终究要靠自己的血战去开辟，任何宿命的传言都不可信。炎汐不再多想，挥了挥手，脚步一踩地面，身体迅捷地从水流中掠了出去：“大家跟我去引开螺舟！”

五十个尚余战斗力的鲛人齐齐低喝了一声，全部出列，跟在了他的身后，朝着远处巨石阵里那些可怕的钢铁绞肉机掠过去——就仿佛扑向烈焰的飞蛾。

然而，水声一响，前方却有一个人急速掠来。

炎汐还没定下身形看清楚来人，却听到耳畔的复国军齐齐发出了一声欢呼："右权使！"

"宁凉，你回来了？"定睛看到来人，炎汐也止不住惊喜低呼，"石匣交给真岚了吗？"顿了顿，还是忍不住心里的关切，开口询问，"那笙……那笙有和皇太子一起过来吗？她如今离开了吧？"

宁凉望着他，笑笑不语，眼里的讽刺却越来越深。

"你让他们赶快离开了没？"炎汐却越发沉不住气，"你倒是说话啊！笑什么？"

"我笑你身负重伤，大军压境，却还是念着那个中州丫头。"宁凉忽地笑起来，眼里带着深深的讥讽，"炎汐，认识你两百年，何时变得这样没志气？"

那样放肆的笑让周围的复国军战士一时不知如何才好，他们有些尴尬地望着两位统帅。

"这种时候还说这些干吗？"炎汐微怒，望着这个一直阴阳怪气的同伴——虽然从小就认识，后来又在军中共事多年，他还是不明白宁凉这种喜怒无常的奇怪性格。然而此刻没时间与他在这个问题上纠缠，只道，"既然你回来了，那就好。我带人引螺舟去天眼，你赶快带着所有人从海魂川离开！"

"天眼？那儿怎么也轮不到你去。"宁凉却不让开，只是拦在前方，双臂交叉放在胸前望着炎汐，嘴角带着似笑非笑的表情，讥讽道，"逞什么英雄呢？也不看看自己身体都是什么状况，还想引开螺舟？"

听到右权使再三地提及左权使的身体状况，所有鲛人战士都略微诧异地看向炎汐——奇怪，日前左权使从鬼神渊回来便立即投入了战斗，身上似乎并未见有伤啊。

炎汐脸色微微一变，然而不等他反驳，宁凉忽地隔空对他挥出了一剑！

那一剑斩开碧波，无声无息，只有潜流汹涌而来。

炎汐下意识地转身急避，如闪电一样掠开，让剑气从耳畔掠过——然而，在他站定的刹那，周围的复国军战士却发出了一声惊呼，左权使的护心镜里，已然透出了斑驳的血迹！

他方待怒问，忽地觉得身体里一股剧痛透出来，再也压抑不住，吐出了一口血。周围的战士发出一声惊呼——左权使身上一直带着那么重的伤，居然没人看出来！

“刚变身完，总是行动不够利落。虽然从鬼神渊拿到了石匣封印，可也被水底地裂处的毒火伤到了肺腑吧？”宁凉冷笑着，语带讥讽，“回来一直忍着不说，是怕影响士气吗？但你难道不知，如此勉强而为怎能引开螺舟？只怕到半途就被斩杀了！”

炎汐望着同僚，有怒意却不知如何发作。身体里的伤势一经震动便彻底爆发，他一时间失去了强自支撑的那一口气，全身无力。

宁凉将他扶到了帐中坐下，示意一侧的涓上前照顾。

炎汐却忽地震了一下。不对！宁凉……宁凉的手……怎么会这么……

“拿自己的命冒险不要紧，你要送死也是你的事——但我怎么能看着兄弟们跟着你这样一个病人去冒险？”他心里尚自震惊，宁凉却头也不回地离去，将手一挥，呼唤那五十个被挑中的战士，“好了，大家跟我去！其余人带着左权使离开！”

“宁凉！”炎汐来不及多想，大喝一声，“回来！”

然而右权使宁凉头也不回，足尖在珊瑚石上一点，瞬忽如电般掠出，已然远去。

“宁凉，回来！”炎汐重重地拍着案，大喊，想努力站起。然而刚撑起上半身就猛地一个趔趄，大口的血从他嘴里沁了出来。

“左权使，别动！你、你的伤……”旁边那个少年鲛人涓小心翼翼地过来，拿出一块鲛绡手帕捂在他的胸口，很快薄薄的手帕就浸透了血，氤氲地扩散在水中，“左权使，你赶紧休息！不要乱动了！”

“别管我！”炎汐急怒之下，一把打开了少年的手，“快去把宁凉追回来！”

“这、这……”涓为难地蹙眉，眼见宁凉已然带领着鲛人战士冲入了巨石阵，他不敢上前，恐惧地垂下了眼帘，“右权使他已经去了……我……”

“炎汐，”旁边的长老也缓缓站了起来，“你身体不支，宁凉替你出战，也是应该，不必叫回他了。”

“他去不得！”炎汐厉喝，第一次忘了在长老面前保持恭谨，霍然回头，急切地分辩，“他……他的手在发热！你们都没感觉到吗？他在发热！在这种时候，他怎么还能战斗？”

所有长老在瞬间怔住，一时没有明白发热的含义。

“右权使……也是要变身了吗？怎么会这样啊？”许久，还是涓第一个问了出来，说完低了头不语——那个一百岁不到就变了身的少年，却有着这样纤细敏锐的触觉。

一语惊醒梦中人。仿佛一道霹雳从上打下，震醒了一众怔住的苍老族人，每一个长老脸上都有恍然和惊痛的神色，手里的金杖铮然落地，面面相觑：“怎么会？”

第十六章 重逢

水底似乎彻底沸腾了，无数刺耳的声音在水下裂响，惊得水族纷纷逃窜。珊瑚礁粉碎了，水草地夷平了，无数的贝壳被砸烂成肉泥，里面凝结了百年的珍珠在水底的污泥中发出黯淡苦痛的冷光。

战争残酷而激烈。巨大的机械一分一分地推进，将所有一切化为齑粉。

然而，四十架螺舟，却在巨石阵里困了将近一个时辰。舱里蓦地霹雳般响起一个声音，伴随着重重的踢打声：“你神游去了吗？怎么还卡在这里？”

“将军，这石阵……这石阵不知用什么筑成，连精铁都割不动！”从背后挨了一脚，舱房里的士兵痛得跪到了潮湿的地面上，断断续续地分辩。

“少跟我叫苦！”那个声如霹雳的将领却有着瘦削如山鹰的外貌，眼神凶恶，“时辰快到了，银砂燃尽之前不冲出阵去灭了那群鲛奴，这次行动必将功亏一篑！再不给我快点，回到帝都后老子灭了你满门！”

跪在地上的士兵全身一哆嗦，惨白了脸拼命点头，将身体拖着靠近了机械一些，用力掌控着那些翻飞跳弹的机簧。

巨石阵在颤抖，轮叶切割的声音令人齿寒。

终于，一根巨石倒了下去，震得水底的腐土飞扬飘散，夹杂着无数鱼类和女萝的断肢。那个士兵隔着水晶磨制的镜子看去，只觉得心里一阵恶心。然而，前方还有数根巨石拦挡，轮叶击打在上面，发出空空的声音，转动的速度已然明显放缓了。

“加脂水！快加脂水！”他回过头去对着同伴大呼，满头大汗的同伴连忙抬起一桶脂水，倒入了槽里。脂水流入了乌金的炼炉，发出轰然的响声，带动了机械的转动，轮叶再度加速。

然而，即便是这样，在银砂燃尽之前恐怕还是无法冲出阵吧？

士兵眼里布满了血丝，绝望地四顾，忽然看到了右侧前方的巨石阵里有一处出现了缺口。他大喜过望，将眼睛贴在镜上往外细看，却忽然对上了另一双眼睛——那双碧色的眼睛，就这样在一寸开外一瞬不瞬地看着自己。

他大骇，来不及惊呼，却只听一声裂响，一道白光刺穿了水晶的镜子，从外壁刺入，将他钉死在舱壁上！

“右权使，快撤！”外面有复国军战士大呼。

趁着方才脂水燃尽、轮叶速度减缓的瞬间，他们一行人逼近了这架螺舟，宁凉冒着极大的危险从飞旋的轮叶中游过去，贴上了螺舟的外壁，一剑将组织进攻的沧流战士格杀当场。然而一击得手后，失去控制的螺舟逐渐下沉，可轮叶的速度却已然重新加快！

宁凉双手攀住了螺舟外壁，沉下心凝视着飞旋的锋利轮叶，想在短短的瞬间找到可以脱身的空隙——然而，身体里的血似乎在沸腾，那团火在心头燃起，烧得他心神不定。

这……这是怎么了？已经四五天了，这个身体怎么一直有这样奇异的感觉？

他深深地呼吸着充满血的水，耳后的鳃开合着过滤血腥味，心却止不住地越跳越快。他想静下心来，却发现根本做不到！

“右权使！”周围的战士看到他迟迟不返，惊讶地一起呼喊。

而巨石阵的外延又起了一阵喧闹，无数的腐土从水底腾起，巨石不停倒下，螺舟纷纷让路，似乎沧流那边又有什么援兵来到了！

不能再拖下去了。

觑准了轮叶击到石柱上的一刹那停顿空隙，他双臂蓄力，整个人如一支绷紧的箭，闪电般向着这短短一瞬出现的空隙飞掠过去。

然而他在掠出的刹那变了脸色：不对！根本发不出足够的力量！

用尽了力气，这一跃所能达到的速度，却远远低于平日。连日里身体一直发热，手足好像忽然乏力。他的上半身准确地穿入了轮叶的间隙，然而穿越的速度却不够，在没来得及穿出之前，锋利的轮叶已然拦腰斩到！

他下意识地转过手腕，用剑去格挡那可怕的巨大利刃。

薄薄的剑和利刃相交，发出了清脆的断响，铮然落地。只是阻拦了短短一刹那，他身体尚未完全游离出来，轮叶已然切入了肌肤。他深深吸了一口气，用尽最后力气对着外面的同伴发出潜音：“走！别管我！去天眼！”

然而，就在那个刹那，他看到一道白光轰然掠来，割裂了黯淡的水底。

是沧流的银砂？

那道光却不只是照明的，随着光激射而到的，还有某种剧烈的力量。在照亮他眼眸的一瞬间，击中了高速旋转的轮叶，轰然四射开来。

轮叶在快要切入他小腿的刹那停止了转动，将他卡在了下面。

“快！”他听到一个声音急切地说，然后一只手伸过来，将他从沉没的螺舟下一把拉起。然后，仿佛是不小心被锋利的轮片割到了，发出了一声痛苦的惊叫。

那是一双温热纤小的手，掌心传递来人类才有的温度。

是谁？是谁？在努力从耀眼的白光中辨认来者的时候，宁凉的心再也止不住地震动起来，完全顾不得此刻腿上剧烈的疼痛——难道……是她？竟是她？怎么会是那个丫头！

“臭手，快过来！快过来啊！”果然，耳边听到那个熟悉的声音焦急地喊，将他从地上半扶半抱拉起，已然带了哭音，“宁凉、宁凉的腿被斩断了！怎么办……怎么办？你快过来！”

那一瞬间，他眼前一黑——真的是她！竟然真的被她救了！

他宁可死，也不要受这个中州丫头的恩惠！

那么多年了，他一直这样默默地和那个人并肩战斗，没有去想复国以外的任何事情。因为那个人保持着作为一个战士彻底的纯洁和高贵，发誓将毕生都奉献给复国大业。那么，他也只能跟随他一起，将自己的一生祭献——因为从少年时代开始他就在心底里发过誓，自己这一生都将和这个人生死与共。

按照海国的风俗，如果两个都未曾变身的鲛人相爱了，就必须要双双去禀告族中的大巫。大巫将为他们主持一种名叫“化生”的仪式，通过占卜，让上天来决定这两名鲛人哪一方该成为男子，哪一方该成为女子，然后成为夫妇——但是，因为百年来那个人始终没有选择性别，所以，他也没有成为任何一种人。

二十年过去了，无数的同伴倒下，无数的战士尸骨湮没，他却伴随着那个人一路血战至今。他一直是那个人的战友、同伴，是他身边最亲近的朋友——他的心底一直存着希冀，希望能在某一日，和那个人并肩杀出一条血路，一起回到那片浩瀚的碧落海去，自由自在地生活。

到了那个时候，那个人应该可以放下复国大业，来想想别的事情了吧？那个时候，他就会注意到百年来这样默默跟随等待着他的自己了吧？

然而，所有希望，却被这个蓦然到来的异族少女打碎！那个人居然为了一个外人而背弃了昔日的誓言，动了古井无波的心，选择了变身——这，怎能让他不一想起来就恨入骨髓？

然而，在这一次激烈的战斗里，自己却被她救了性命！

这算什么？这算什么！他宁可自己就在那一瞬间死在螺舟下，也不愿此刻这个少女扶着自己惊慌地哭叫，仿佛割断的是她的腿。那样纯净坦荡的眼眸，让他有一种无所遁形也无法报复的苦痛。

那个人爱上的是一个这样的女子，让人无可挑剔，也无从憎恨。

可是，难道连他心底那一点自傲和恨意，也要被剥夺得一干二净吗？

那一瞬间，空前强烈的愤怒从心底涌起。宁凉忘记了腿部剧烈的痛苦，他站起身，猛然一推那个扶着自己的人！那笙被推得一个踉跄，仰面跌倒在水底，宁凉的身体却凭着惯性，在水中向着相反方向漂开来。

“跟我走！”宁凉顾不上断腿的疼痛，低低用潜音吼着，对周围的战士发出最后的命令，狠厉疯狂道，“跟我去天眼！立刻！”

是的，战斗吧！战斗到死吧！到了如今，也只有不顾一切地战斗才能让他找到自身存在的意义——他将以血来证明自己这一生的奋斗并未落空。他宁可死在天眼里，也不愿承受这个外族女子的恩惠！

他向前游去，头也不回，有一种赴死的坦然。

在冲向蜃怪沉睡禁区的刹那，望着前方那些影影绰绰浮起的可怕幻象和毒瘴，他的嘴角却浮出一丝平日惯有的讥诮——这样的结局，其实也很好。

否则，他实在是想不出自己变成了女人后，会是什么样子。同样，也不能想象炎汐成为一个女人是什么样子——从小到大，他们两个的性格都是一样的坚毅刚强，好像任何一方变成女子都是不可思议的事情。然而，在听到炎汐已然成为男子的消息后，他身体的变异却已然无可改变地开始了。

那是他们一族无法解除也无法阻拦的魔咒吧？即便是力量强大如新海皇苏摩，都无法控制自己的身体朝着内心的愿望变化！

幸亏自己能及时地死去，否则，炎汐那个家伙如果看到自己出落成女人，不知道会有什么样奇怪的表情啊……嘴角那一丝讥诮越发深了，宁凉不再多想，只是朝着那处深蓝游去。

复国军战士们看到右权使拖着断腿冲出去，不由得个个为之动容。年轻的战士们眼里放出狂热的光，齐齐低首，随着宁凉往巨石阵打开的缺口外奔去，将生死置之度外。

背后的螺舟看到了这边复国军撤退的景况，立即纷纷涌了过来，追杀而去。

那笙从水底踉跄站起的时候，宁凉已然带着复国军战士远去，只留下伤腿上沁出的两缕鲜红血色，在碧波中萦绕不散，一路蜿蜒消失在远处。

她怔怔望着宁凉远去的方向，忽然间觉得心里有某种澎湃的激情，一时热泪盈眶——他们……都不怕死吗？每一个鲛人，都是这样不怕死？他们有着比人类长十倍的寿命，然而，他们却比一心奢望长生的人类更舍得毅然赴死。

那个阴阳怪气的宁凉，原来是这样令人尊敬的好男儿。

“小心！”刹那的出神，耳边却忽然听到一声厉喝，一股大力涌来，她被推出了一丈，几乎又是一个嘴啃泥。她踉跄着爬起，怒道：“臭手，你在干吗？”

但还没回头就听到一声巨响，潜流轰然激射而出，巨石散乱了一地。那一瞬间，那笙手中蓦然发出一道白光，笼罩了她的全身，将所有飞来的尖锐石头全部反射回去！

“你躲开一点，站在这里发什么愣？”真岚从碎裂的巨石中穿出，手上拿着那把龙牙制成的辟天长剑，微微喘息。一架螺舟被他劈中，轮叶支离破碎，机械残骸连着人的肢体碎末铺满了水底。

宁凉一行的奋不顾身，只吸引了一半的螺舟紧跟而去，而剩下的一半奉命留守原地，继续着清剿复国军大营的任务。而此刻的营地里只余下了老弱妇孺，正在用尽仅剩的力气，朝着海魂川入口处方向奔去。

“涓，你赶快拿着钥匙走！”炎汐夹在逃难的人流中，竭力维持着秩序，让长老和妇孺们先走，而自己和一些伤病的战士留下来断后。

螺舟发出了无数小艇追击奔逃的鲛人——然而那些乘着小艇出来的军人都被半路杀出的对手拦截了。

一个披着斗篷的男子从女萝森林里闯出，长剑纵横，将所有追出来的沧流战士都斩杀当场；而他身边那个少女也在帮他抵挡，手上也不时放出闪电一样的光，将那些小艇一一焚毁。

刹那间，靖海军团起了微微的骚动，显然一时间被打了个措手不及。混杂喧嚣的人流里，炎汐发现了那边追兵速度的减缓，诧异地趁乱回头看了一眼。忽然间，他的眼神凝了一下，露出了惊喜的表情：“那笙？！”

听到左权使的惊呼，很多双眼睛一起注视过来，带着不同的表情。

“天啊……这、这不是‘皇天’吗？”螺舟里，靖海军团的另一名将军看清了方才少女手上戴着的放光之物，失声惊呼——难道，这就是前些日子征天军团没截获的“皇天”神戒？连破军少将带了那么多人去，都没有将神戒带回。机缘巧合，这一次居然被他们的大军在镜湖万丈水底撞上了！

如果夺到皇天，这个功劳可比剿灭复国军大营更大！

螺舟上的靖海军团看到半路又杀出一行援军，为少女手上的至宝吸引，当下停止了追击鲛人，掉过头将真岚和那笙包围，希望能夺到“皇天”回帝都领功。

二十架左右的螺舟，从各个方位紧逼过来，压得人喘不过气来。

那一瞬间，激烈翻涌的水流似乎停滞了，那笙看到那样乌压压的大批军队，那些飞快转动着的锋利刀刃，有些害怕地往真岚身侧靠了靠：“臭、臭手……他们有好多人。你……打不打得过啊？”

真岚笑了笑，执剑侧身，嘴里却道：“打不过又怎么办呢？”

那笙跺脚着急：“打不过的话，就赶快逃啊！”

真岚严密地防守着周身，目光逡巡着辨认这一行螺舟中的旗舰所在，却看似漫不经心地回答：“我逃了，你呢？”

那笙嘟起了嘴，执拗道：“我要去找炎汐。”

顿了顿，又道：“不过不用你跟着。”

真岚微微一笑，然而眼底的神色却是逐渐肃穆——那么多的螺舟锁定了他们两个人，要对抗绝不是容易的事，而后援尚未到来，看来是不得不试着用那个法子了……希望那种力量可以帮到他们，避开这一次的大难。

他的目光逡巡着，最后定在了其中一架螺舟上，忽地道：“把‘皇天’还给我。”

那笙吃了一惊：“什么？”

“先把‘皇天’给我！”真岚加快了语气，将辟天长剑插在身前的水底地上，眼睛却一直看着前方不停压过来的螺舟编队，伸出手来，“快！”

那笙不解地瞪了他一眼，有些不情愿地伸出手来。

“等下我一出手，你就用轻身术冲出去，越远越好。”真岚低声嘱咐着，手指向上微微一收，也不见他如何动作，那枚紧紧扣着那笙手指的指环自动地铮然掉落他手心。真岚倒转手腕，手指竖起，“皇天”神戒仿佛有灵性一样，跃入了他的无名指，贴住了他的肌肤。

“啊？！”那一瞬间，那笙发出了低低的惊呼。不只是她，在场的所有人：沧流战士、鲛人复国军、女萝嘴里都发出了同样的惊呼！

戒指一套上手指，空桑的皇太子身上轰然放出一层金光，照彻了整个湖底——金光一闪即逝，然而真岚的眼睛蓦然睁开，眼神闪烁，却蕴含了说不出的汹涌力量！

仿佛只是短短一瞬间，他的身体里有什么苏醒了。

“那笙，快走。”真岚眼睛定定地望着前方，嘴里淡淡地吩咐着，却抬起手，握住了插在身前的辟天长剑，“也让鲛人们躲避。”

“啊？”那笙有些诧异地望着真岚拔出面前的剑，感觉他整个人都有点不一样了——这还是这个臭手自慕士塔格复苏以来，第一次戴上“皇天”戒指吧？那个戒指认他为主人，一被他戴上，似乎有什么地方骤然不一样了！

“快躲！”真岚蓦地怒喝起来，显然对于力量的控制已然到达极限。那笙吓得一震，下意识地足尖一点地面，闪电般朝着后面的鲛人营地掠去。

就在那个瞬间，真岚拔出了那把辟天长剑，贴住了眉心，侧转剑身——龙牙长剑将他的脸庞分成两半。而剑两侧的两只眼睛，却闪出了完全不同的两种表情：一种是狂，而另一种，则是痛！

手腕微振，一阵阵龙吟从长剑上发出，真岚的眼睛转成了璀璨的金色。

“长剑辟天，以镇乾坤。星辰万古，唯我独尊。”

他倒转手腕，以剑指地，垂目吐出四句话。忽然间，长剑一动，眉心有一缕鲜红色的血缓缓流了下来——他，竟然是以辟天长剑割破了自己的眉心！

“这是、这是……空桑的……帝王之血？”迫得最近的螺舟上，传来将领惊惧的低语，“啪”的一声，仿佛有什么摔落在地，“天啊……这是空桑的帝王之血！”

“快后退！快后退！”将军在舱里大呼，严厉的语气里充满了恐惧。

然而，坚不可摧的螺舟行动缓慢，在设计出来时就是有进无退的。无论将军在旗舰内如何嘶声下令，无论操作机簧和转舵的战士多么敏捷，螺舟的轮叶急速旋转着，可后退的速度却是依然缓慢。

真岚持剑割破眉心，血从剑锋上流过，忽然，整个长剑仿佛发出了可怕的金光！他持着辟天剑，手腕一分分下垂，指向了湖底——剑尖吞吐出了闪电般的光华。在剑尖接触到水底的刹那，仿佛有巨大的雷霆在地底爆发出来，镜湖震了一震，竟然裂开了一道深不见底的口子！

轰然一声响，那道裂缝从辟天剑尖延展开来，直直切割过去，将那架作为旗舰的螺舟居中一剖为二！

指挥三师会战的沧流将军来不及起身，就被连着座位切成了两半！“咔嚓”一声响，坚不可摧的螺舟有如一只巨大的蚌壳，被看不见的巨手一掰而开！

惊呼和惨叫响彻了水底。

在螺舟被切开的刹那，里面大多数沧流战士还活着，在水流汹涌而入的刹那，他们来不及穿上外出在水底行走用的鱼皮衣，拼命地挣脱支离破碎的机械，从中挣扎着游出。然而水底强大的压力挤压着他们的胸腔，让没穿上鱼皮衣的战士们窒息，血从他们的肺部不断沁出来，但求生的本能却让他们不停地挥着手足向上浮去。

然而，没有游多远，一朵朵暗红色的烟火便在水底绽放开来。脂水在炼炉里爆炸，将整个螺舟连着尚未来得及逃离的沧流军人一起化为灰烬。

那笙刚刚跑出巨石阵，背后的潜流随着爆炸汹涌往外迅速扩张，她觉得背后仿佛被人猛地推了一把，眼前一黑，立足不稳，惊叫了一声便往前栽去。

“小心！”在她额头快要撞上一枝尖锐的珊瑚时，忽然一只手伸过来，将她拦腰抱起。那笙奔出了那么远，还被外围潜流冲击得眼前发黑，只感觉到有人忽然冲出，带着她顺着潜流急速地往外退去，借此消减受到的冲击力。

她的脸颊贴在一个金属般冰冷的东西上，黏黏糊糊好生难受。她攀着那人的肩膀，挣扎着想站起，却听到那人在耳边低声道：“别乱动，我要抱不住你了。”

那一瞬间，她全身触电般一震，睁大了眼睛。

“炎汐！”她抬起头，望见了头顶上那张朝思暮想的脸，不由得狂喜地欢呼。

几个月不见，炎汐果然变了。以前她曾把他错认成清秀女子，然而此刻这张脸上却已然悄然转变成另一种气质，那种隐隐在内的沉静刚毅气质，无论谁在第一眼看见，都认为会是一位俊逸和沉着的年轻男子。

啊……他变得多好看呀！

“你来找我了？你没有不要我，是不是？炎汐！”那笙欣喜若狂，不自禁地张开手臂，一下子抱住了对方的脖子，将脸贴了上去，高声欢呼着他的名字，直到炎汐停止了后退，苦笑着摸摸她的头发示意她安静。

“我刚才只是没时间来找你……”低头望着怀里那个小兔子一样闹腾的少女，那一瞬间，从腥风血雨中杀出的战士的嘴角也不自禁地流露出一丝微带腼腆的温柔笑容，“对不起。”

在火光熄灭后，一团淡淡的红色雾气弥漫开来，带着血腥味。

真岚站在那朵血红色的花的中心，执剑指地，眼神肃杀——那双璀璨的金色眸子，宛如神魔再世，令人望之失神。

“天……这、这是空桑帝王之血的力量！”

虞长老停住了奔逃的步伐，回望着远处鏖战不休的军队，又将目光投注在阵前提剑指地的独臂皇太子身上，喃喃自语。他身周的长老们都停住了脚步，脸色苍白——那样璀璨的金色眼眸，和空桑人传说中的破坏神一模一样！

七千年前，就是有着这样眼睛的星尊大帝，戴着同样的“皇天”戒指，提着同样的辟天长剑，一击劈开了云荒大地，在镜湖和九嶷之间割裂出深不见底的苍梧之渊，将他们海国的神祇生生囚禁！

七千年后，历史重演了吗？

所有鲛人都停止了奔逃的步伐，望着那个提剑默立于镜湖水底鲛人祭坛上的空桑人。炎汐一刹那间忘了去和怀里的那笙继续说话，也只是抬起头凝望着那个孑然的背影，眼里闪过无数复杂的光芒，手微微一颤。

那个人站在万丈深的水底，一人一剑，镇住了汹涌而来的沧流军队，缓解了复国军的压力——然而，所有鲛人在望着那个空桑皇太子的刹那，眼神都是极其复杂的。

为什么？为什么在这样的危亡时刻，居然是一个空桑人来帮助了他们？！

少主呢？他们……他们的海皇，又去了哪里？

“你们的王，此刻带着龙神前去帝都，从龙潭虎穴里寻找如意珠，”仿佛知道这一刻鲛人们的心情，真岚一字一句地吐出一句话，声音响彻镜湖，“而空海既然结盟，海国有难，空桑必不会置之不理！只要有我在这里，绝不容沧流进犯复国军大营一步！”

真岚单手握着辟天剑，重新缓缓抬起，再次将剑立于眉间。

璀璨的金色眸子映在雪亮的剑身上，辉映出令天地胆寒的光。

“撤！快撤！”看到那样的杀气即将再度爆发出来，每一架螺舟上的人都不约而同地冒出了这个念头——面对这种力量，除非十巫到来，否则谁敢抗衡？

统帅已死，无人再组织下一步的进攻。那些庞大的机械纷纷掉转头，重新往零落的巨石阵里撤回，无数的飞索被收回，小艇上的战士被迅速地召唤回螺舟腹中，停止了与营地里鲛人的厮杀。

然而，他们刚一回头，就又变了脸色——万丈深的水底，影影绰绰的波光里，忽然如雾气一样浮现出大片披甲的战士！

那些战士居然在水底策马而来，汹涌逼近。那些纯白色的马肋下伸出双翅，在当先一匹额心长有独角的天马带领下，在水底如游鱼一样地飞驰而来。马上的战士手持武器，大氅铁面，面具后的眼睛都是黑色的洞，仿佛是个空心人。

“冥灵军团！”一贯铁血无畏的沧流战士，终于发出了惊惧的叫喊。

一声呼啸，天马吉光飞落在真岚身侧。背后，赤王红鸾、紫王紫芒、黑王玄羽策马而来，带来了大批的冥灵军团，从后方包抄战圈而来。

“诸王，将靖海军三师全歼于此！一个不许放过！”

真岚举起了辟天长剑，眼里涌动着璀璨的金色，对着冥灵军团厉声下令。

听到那样的声音，那笙在炎汐怀里颤了一下，也忘了表达自己重逢的热情，只顾回头看着那个忽然变了的人。臭手的声音里充满了战意和杀气，再也不同于以往那样的轻松调侃，油滑而又风趣。

而仿佛，是可以一语翻覆天地的神魔！

“是！”听到皇太子吩咐，赶来增援的军队发出了震动水域的声音——领到了皇太子的命令，三位王者旋即带着下属分散，只见一片大军瞬间如同雾气一样四散开来，在水里织成了罗网，将屡受重创的靖海军团残留部队包围。

厮杀再度开始的刹那，真岚手中的长剑垂落下去，身子忽然晃了几晃。

“臭手，你……你怎么啦？”那笙情不自禁地叫了起来，从炎汐怀里跳下地，奔了过去——她看到有一朵小小的血花，在真岚身侧的水里绽放开来。那是他眉心那一道伤口在扩大，流出无穷无尽的血来！

“先别过来！”然而，不等她奔近，真岚却蓦地横出手来厉喝，“皇天”在他手上闪出妖异的光，炫住了所有人的眼睛，“等……等我身上煞气消了再……”

语音未落，他眼里金色的光转瞬即逝，恢复了平日的深黑色。然而也就在那个瞬间，他再也撑不住，双膝一软，跪倒在水底的鲛人祭坛上。

“你怎么啦？”那笙跳过去想扶起他——然而触手之下，真岚的身体忽然间四分五裂！他披着的那件大氅忽然就软掉了，手脚如同断线的木偶一样散开，头颅骨碌碌地掉了下来，沿着祭坛一路滚落，最后在一堆女萝里毫无生气地闭上了眼睛。

“皇天”戒指从他右手上掉落，“叮”的一声滚落在她脚边。

那笙吓得发呆，一时间回不过神来。

那只臭手……那只臭手不是说，在拿到了右腿之后他的力量已经增加，可以不分昼夜地保持自己的外形了吗？何况，后来他又拿到了左腿啊！都已经凑齐一半了！现在怎么会这样呢？就像是一只散了线的木偶一样掉落了！

就在她出神的刹那，一个苍老的声音响了起来——

“杀了他！快些杀了他！”

白袍的长老拖曳着鱼尾冲过来，从远处捡起了一个东西，对着那群女萝嘶声大喊：“快！趁着他衰竭，杀了他！”

女萝们怔了一怔，然而一眼看到空桑王室的血脉，心里的仇恨很快就燃烧了起来——无数苍白的手臂立刻纠缠过来，将那颗暂时失去意识的头颅抓起，扯住了长发悬吊在指间。

可是……要怎样才能杀了这个空桑皇太子呢？

“把他的头，关到那个石匣里去！”虞长老大声喊着，把手里捡起的空石匣扔过去，眼里光芒闪烁，“把头颅封印进去，扔回鬼神渊，他就再也不能动了！”

然而，那个装过左腿的封印石匣在水中划出了一道弧线，却没有落到女萝手里。一个人如同闪电一样掠过来，劈手将石匣夺去！

“炎汐！”那笙认出了那个半途截去石匣的人，不由得脱口惊呼出来。

“右权使，你要干什么？！”虞长老厉声叱喝，用力蹾着拐杖，眼睛里充满了恐惧和愤怒，声嘶力竭道，“你没看到吗？那是魔，是破坏神！是千年前灭了我们的星尊大帝！此刻不把他封印，日后海国难逃灭顶之灾！”

然而炎汐苍白着脸，静默地望着一行长老，手里微微一用力——

“咔啦”一声，那只石匣在他手里成为齑粉！

“你……”虞长老气得说不出话来，指着一旁的那笙，“你、你为了这个妖女，要背叛海国吗？所有人都在战斗的时候，你竟然背叛海国！”

“不，”炎汐将手里的碎片洒落水中，眼神也慢慢锋利，一字一句地回答，“我，只是不准备背叛刚结下的‘空海之盟’！”

“空海之盟”，这四个字瞬间让激怒的长老们冷静了一下，握着拐杖的手顿了顿。

炎汐霍地转身，指着沉睡于女萝手臂中的那颗孤零零的头颅，声音也高了起来：“因为，我相信我们的王！如果真岚皇太子是星尊帝那样的魔君，海皇是绝对不会和他结盟的！难道你们不相信我们的王了？”

炎汐的手转向了远处滚滚的战场，指着那些和靖海军激烈交战着的冥灵军团，厉声道："从来没有这样的道理——要从背后偷袭一个帮我们挡住了敌人的朋友！虞长老，你要我们海国背负这样的耻辱吗？"

"左权使……"长老们在气势上被他压住了，涧长老仿佛要分辩什么，然而炎汐却只是回过头对着犹豫不决的女萝再度厉喝："给我放下他！"

女萝们吃了一惊，手臂一颤，真岚的头颅掉落下来。

那笙连忙张开了手接住，然后蹲下身把真岚的头颅和其余散落的手足放在一起，用大氅卷上——那包断裂的肢体宛如散了线的木偶。刚才那一剑，是用光了真岚的力气吧……不然他怎么会弄成这个样子呢？

生怕鲛人们再对真岚不利，她连忙捡起那枚掉落地上的"皇天"戒指，重新戴上，然后抱着真岚的肢体躲到一边，警惕地望着那些女萝和鲛人。

炎汐站在双方中间，仿佛一个坚定的缓冲带。那边的厮杀还在继续，然而很明显，慌乱中连遭重创的靖海军已然不是冥灵军团的对手。

炎汐直直地望着身后那些族人，与那些谅解或是愤怒的眼神对峙，然而身体里的血缓缓流走，逐步地带走他的力量。此刻，无论哪个族人只要有勇气站出来，哪怕轻轻推一根手指头，他就会轰然倒下。

他唯一还能维持着的，就只有眼神。

"你先带着真岚皇太子赶快走。这里的局势，我随时会控制不住。"炎汐没有回头，只是低声对着那笙说了一句。那笙撇了撇嘴，很想上去和他一起，然而想了又想，还是恋恋不舍地抱着真岚的肢体躲到了一边。

看目前的情况，如果真岚落到了海国这些人手里，不知道会受到怎样的对待呢！自己还是先用隐身术带着他用轻身功夫逃走吧……虽然是万般舍不得炎汐，但也不能让这只散了架的臭手就这样莫名其妙送命在这里啊！

这些鲛人真是太蛮不讲理了！

她这样想着，身体慢慢往巨石阵里挪动，眼里却满是留恋的光。似乎要在这短短的重逢里，把眼前这个人的模样烙在心里——一直到现在，她还没来得及和他好好说上一句话呢！

那样难得的重逢，却又转眼面对着分离。

"我会来找你，"在她慢慢地退入巨石阵空桑人那里时，耳边忽然传来了一句低低的嘱咐，简洁而又坚定，“等着我。”

“嗯！”那一瞬间，她脱口答应，止不住满脸笑容。

然后一回头，再也不看他，一溜烟地在水里消失了踪影。

看到“皇天”的持有者带着空桑皇太子消失在水底，那边被镇住的鲛人里再度发出了一阵骚动——无数不甘的眼神蠢蠢欲动，已然有年轻的族人往前踏出了一步，想越过炎汐追过去。

然而，看到前方为了他们而和沧流军队激战中的冥灵军团，又迟疑了一下。千古以来两族之间的恩怨情仇，一瞬间交织在所有海国人的心头。虞长老重重蹾了蹾手杖，仿佛要发出怒斥，然而最终只是叹了口气。

看到虞长老叹气的瞬间，知道已然安全，炎汐松了一口气，眼前忽然便是一黑。

长老们朝着炎汐奔过去，手挽着手结成一圈，将他围在中心，开始念动咒语。

“左权使，你必须休息了。”虞长老望着炎汐胸前那团始终萦绕的血气，低声道，“在整个‘变身’的过程里，你一直在战斗，已然严重影响了你的健康。”

他的手轻轻按在炎汐肩头。那样轻的力量，却让炎汐嘴里蓦地喷出一口血来。仿佛再也无法强自支持，他盘膝坐于祭台之上，任凭长老们各出一手，按在他的身体上，用幻术催合他的伤口。

然而，五位长老的力量加起来也无法和苏摩抗衡，这一次重伤的身体愈合得缓慢非常。炎汐听得那边的战争已然接近尾声，两军都开始逐步撤走，却不知道那笙是否带着真岚和冥灵军团的三王顺利会聚，不由得心下焦急。

那一刻，仿佛遇到了什么，身后的冥灵军团发出共同的呼啸声，准备齐齐撤走。

怎么了？他再也忍不住地站起身来。

战斗刚进入尾声，为何冥灵军团就要这样急速撤走？莫非是真岚下令让三王带兵返回，不再相助？他心里闪电般转过无数念头，脚下却忽然一震——就在同一刹那，整个镜湖的水忽然发生了剧烈的回流！

那样广袤而深邃的镜湖之水，居然在一瞬间变成了巨大漩流，仿佛有什么忽然打开了水底的机关，极其强大的力量将水流吸入地底，形成了恐怖的旋涡。

炎汐重伤之下，猝不及防竟然被汹涌而来的潜流整个卷了出去。就在瞬间，无数复国军大营里的妇孺老弱，都立足不稳地被卷走——幸亏有女萝在，无数雪白的手臂伸了出来，将那些被急流如草芥一样卷起的鲛人拉住。

整个澄静的水底忽然间变成了修罗场。水被彻底搅动，剧烈地回旋和呼啸。无数腐土、尘埃、草叶、鱼类和断肢一起扬起，将水流弄得一片氤氲。

一尺之外，已然看不到任何东西。

耳畔只听得无数断裂的响声，巨石在急流中一根接着一根倾倒，仿佛草梗一样滚动。而那些原本卡在巨石阵里的螺舟不能像冥灵军团一样瞬间转移，如硬币一样被抛起，吸入了旋涡，翻滚着消失在潜流的尽头。

“天眼！是天眼开了！”虞长老被一只女萝扯住了胡子，身体如同一片叶子一样在巨大的漩流里浮沉，然而却望着旋涡最深处那点幽蓝色的光，发出了撕心裂肺的大喊，“小心！天眼开了！”

那是水底蛰伏多年的蜃怪被惊动后张开了巨口，准备将一切吸入它的腹中！

蜃怪是虚无缥缈之物，身体无形无质，不喜光，沉默而独来独往。传说中，它居住在虚实两界的交替之处，在地底吐出蜃气，结出种种幻象，诱骗生灵进入腹中。蜃怪没有形体，也没有思维，吞噬是它唯一的生存目的。然而幸运的是，它的食欲有限，平日也非常懒惰，吃饱后便会在地底下一睡一年，绝不到处游弋。

而今日又到了十月十五，是它开眼进食的时候。

方才……是宁凉领着人闯入了它沉睡的地方，提前将这个恐怖的魔物惊醒了吧？不惜一切代价，也要将来犯的沧流靖海军团覆灭！

炎汐顺着潜流漂起身体，然而也感觉到那些飞快掠去的水流平整得如同光滑的刀子，几乎在切割着水底的一切——这次被提前惊醒，蜃怪只怕是在狂怒。这个天地之间，除了神祇，从来没有东西敢惊动它的沉睡！

宁凉……宁凉已经葬身于水底了？！

他望向旋涡最深处，那里闪烁着一点幽蓝色的光，仿佛真的有一只眼在静静凝视着他，带着一丝熟悉的不以为然、似笑非笑的表情。

那一瞬间，心里有一道细微却深切的震颤流过。他仿佛明白了什么。

水流在地底轰鸣，发出猛兽吞噬一样的吼声，无数螺舟仿佛硬币一样翻滚着，跌跌撞撞地被吸入最深的天眼里。碎裂的声音和惨叫在水中此起彼伏，无数断肢残骸在水流中翻滚，无数鱼类翻着白肚子成为牺牲品。

然而，不知道是不是幻觉，天眼深处却依稀传来缥缈的歌声——

这世间的种种生死离合，

来了又去，有如潮汐。

可是，所爱的人啊……

如果我曾真的爱过你，那我就永远不会忘记。

但，请你原谅——

我还是得，不动声色地继续走下去。

那，似乎是宁凉最喜爱的一首歌。

潜流的汹涌中，无数往事也如同洪流铺天盖地而来。

二十年前那场被沧流帝国镇压的大起义之后，无数族人被屠戮，复国军战士们的尸体被吊在伽蓝城头，竟然绕城一圈！

然而即便是受到了这样几乎是致命的重创，还是有一些侥幸生存下来的鲛人在镜湖的最深处重新聚集，重新创建了复国军大营，胼手抵足，并肩奋战，在腥风血雨中共同前进。

那个时候……每个人的血里都燃烧着火一样的激情吧？

在重建大营的时候，他们五个人曾割破自己的手，相互握在一起。五个人的血融入镜湖，缥缈地随着潜流远去。他们一起对着那缕流向碧落海的血，起誓：将为复国献出一切，有生之年一定要带着族人回到故土！

那之后，又是二十年。

二十年，对一个普通人来说，已然是一个时代的过去；然而对于他们鲛人的生命来说，只不过一生里的短短一段。这二十年里有过多少次的血战和抵抗，同时，又有过多少的背叛和死亡？

五个人的血誓，至今仍言犹在耳。

然而，他们几个人却奔向了不同的道路。内心最初的那点热血和执念，与流逝的时光相互砥砺着——那样巨大而无情的力量，让一些执念更加坚定锐利，如新刃发硎；然而，也有的只是在光阴中渐渐消磨和摧折，终至完全放弃。

湘失踪，寒洲战死，碧身陷帝都……最初的五个人里，剩下的只有他和宁凉了吧。

很多年来，他最好的战友一直是这样的阴阳怪气，言谈里总是带着讥讽的语气，仿佛对一切都看不顺眼。然而不知道为何，每次在两个人独处的时候，宁凉的眼里却会浮出隐约的茫然，仿佛不知道看到了何处，心事重重的样子。

那之前他满心都是复国，心无旁骛，也不明白宁凉的古怪脾气由何而来。直到几个月前在桃源郡遇险，遇到了那个中州来的少女——在生死边缘打滚过来，他心底某根弦忽然就被无形的手拨动了一下。

仿佛是一架喑哑已久的琴，终于被国手弹出了第一声。

那之后，仿佛是心里的第三只眼睛打开了，他慢慢地明白了很多以前并不了解的事情，特别是人与人之间微妙的情感——从鬼神渊回到镜湖大营后，他开始渐渐地觉得，宁凉的心底，应该也是藏着一个秘密的。

然而，却一直没有机会坐下来好好地问他。

直到今日蓦然发觉宁凉已然开始变身，才印证了自己的猜测——宁凉心里，应该也藏着一个人吧？可是，没等询问，他却已然带领着战士们奔赴绝境而去。那个未曾说出来的秘密，只怕会成为永久的谜了……

炎汐默默地望向天眼的最深处，忽地腾出一只手，摘下了肩甲上那朵被扯得支离破碎的水馨花——那，还是日前为悼念寒洲而佩上的。手指一松，那朵花被急速的潜流卷走，向着旋涡的最深处漂了过去，随即消失不见。

巨大的旋涡里，无数鲛人被女萝们用长臂束缚着，抗拒着急流。水流在耳边发出恐怖的轰鸣，相互之间已然无法交谈一句。然而，在看到左权使这一举动时，不用任何言语，所有的鲛人战士都纷纷摘下了别在肩甲上的水馨花，默默地扔入了急流。

一道雪白的光，向着地底最深处卷去。

宁凉……我对你发誓：在有生之年，我一定会带着族人返回那片碧落海！

请你，在天上看着我们吧。

巨大的旋涡外缘，那笙被赤王红鸢抱在天马上。

冥灵军团没有实体，可以自由穿梭于天地和水下。然而幻力凝结成的战士毕竟不是鲛人，在那样深的镜湖水底，凝结而成的灵体也无法长时间地承受如此巨大的水压，战斗进行了一半，便渐渐地感觉到了衰竭。同时，无色城里那一具具白石的棺木乍然裂开，里面那些沉睡水下的空桑人嘴角沁出了血丝——那是提供灵体的族人，已然无法承受。

在水底风暴初起的瞬间，所有冥灵军团已然携带着皇太子的身体在瞬间退回了无色城。然而，那笙这样的活人却无法进入这座虚无之城。所以只好留下赤王带着她，躲在风暴不能到达的角落，等待风暴平息。

两个人相对无语，天马静静在水中扑扇着翅膀。

那笙望着湖底那个幽蓝色的天眼，感受到身周无所不在的呼啸，天不怕地不怕的心里也有了战栗的感觉。

“真是不怕死啊……居然去惊动蜃怪来消灭靖海军团！”美丽的赤王勒马俯视着巨大的旋涡，眼里也流露出敬畏的神色，“这些复国军战士实在是让人佩服。”

“鲛人一直很了不起啊！”那笙望着水底，却是自然而然地附和。

“是吗？”红鸢望了望怀里这个小姑娘，不由得笑了起来，“也是，我在空桑族里长大，心里怎么都脱不开那个樊篱。”

“当然，”那笙转过头望着红鸢，认真地道，“你看，鲛人长得美，活得长，能歌善舞，连眼泪都能变成珍珠——哪一样不比陆地上的人好啊？”

红鸢勒马微笑：“可惜尽管他们有千般好，就是不会打仗，所以亡了国。”

“为什么要打仗呢？”那笙蹙眉，露出厌恶的表情，“他们本来活得好好的，谁也不得罪，为什么要逼得他们打仗！”她转过脸，认真地望着赤王，“你喜欢鲛人吗？听真岚和白璎说，空桑族里有很多人不喜欢鲛人——你也是这样的吗？”

“我……我……”一下子被问了个措手不及，赤王身子微微一颤，那两个字到了舌尖，却仿佛被无形的力量禁锢。

没有听到回答，那笙有些失望地撅起了嘴，对这个漂亮的女人起了抵触。她转过头去看着天眼，喃喃道："鲛人还有一点比人好——他们喜欢谁，就会为那个人变身。不像人那么虚伪，骗自己也骗别人……"

话未说完，她忽然觉得背后一震，赤王猛地抓紧了她的肩膀，吓得她忘了下面的话。再度骇然回头，却正对上了一双微红的眼眸。

"怎么、怎么啦……"她怔怔地望着赤王，发现赤王的眼睛里蓦然涌出晶莹的泪水，"哎呀，我说错话了吗？"

"我、我……"赤王用力抓着那笙的肩膀，仿佛生怕自己会忽然间失去控制。那两个字一直在她心里挣扎了百年，如今正要不顾一切地挣脱出来。最终，她还是说出来了——

"是的……我喜欢鲛人！"

那句话不顾一切地从嘴里冲出，仿佛暗流冲破了冰层。赤王眼里的泪水终于随着那句话悄然坠落，她带着苦痛的表情凝望着天眼深处，喃喃道："对，爱——确实，我是爱他的。一百多年了，我从来不敢说出来……"

"啊？真的？"那笙吃惊地望着马背上那个高贵优雅的女子——这个已然成为冥灵的赤王心里，原来埋藏着如此隐秘的过去，如火一样压抑着燃烧在心底。

仿佛尘封多年的往事忽然被触动，孤身站在水底，望着那仿佛可以吞噬一切的旋涡，赤王喃喃地说着——不知道是对身前这个异族少女，还是对自己一直故意漠视的内心坦白："整个云荒都没有一个男子比治修他更温柔……可是，我不敢。我不敢说……我不是没看到白璎的下场。"

"那个鲛人，叫治修吗？"那笙在她再度沉默的刹那，忍不住问。

"治修……对，治修……"赤王唇边露出一个惨淡的微笑，"多少年了，我从不敢说出这个名字——就像是被下了一个禁咒。"

她仰起头，望着上空荡漾的水面，眼神恍惚。日光在镜湖上折射出璀璨的光，巨大的白塔将影子投在水面上，仿佛一只巨大的日冕。

那些光阴，那些流年，就这样在水镜上无声无息地流逝了吗？

然而，就算过去了百年，成为了冥灵，连身体和后世都没有了，她还是不敢说出来——只不过是因为他们分属不同的种族啊……这是什么样的禁咒，竟然能将人的感情禁锢到如此！

“那么，后来他怎么了？”红鸾说了一句又沉默了，那笙忍不住继续问。

“在我大婚的那天，他沿着海魂川走了，”赤王望着水面，默默摇了摇头，“其实他早就可以走了的，我早已烧掉了他的丹书——我知道他为什么留下……他希望我能跟他一起返回碧落海。”

“多么美丽的幻想啊……”回忆着的女子蓦然笑了，“一起返回碧落海！”

“但我是空桑人，我会淹死在那片蓝色里啊……

“而且，我是赤王唯一的女儿，会成为下一任的王。

“我怎么能够走呢?

“在他走时我不曾去挽留，那之后，我甚至都不敢对任何人说起他的名字……我害怕这个秘密会成为我们这一族被其余几族耻笑和倾轧的借口——就像当年白族的白璎郡主迷恋那个傀儡师一样。

“我没有白璎那样的勇敢。

“我怕被人耻笑，我怕族人都会因此离弃我，赤之一族分崩离析。”

赤王忽然举手掩面，虚幻的泪水从指缝间流下，却是炽热的：“甚至在白璎被定罪那天，我都不敢站出来替她说一句话！哪怕那时候我心里是绝对站在她那一边的，可我竟不敢站出来反对青王对她的迫害……”

那笙怔怔地望着这个历经沧桑的女子，轻声道：“不怕了——如今臭手当了皇太子，没有人会再来耻笑你……”

那笙抬起手想去擦她的眼泪，安慰她。可是，她的手却穿透了红鸾的面颊。那笙怔住——她忘记了，眼前这个女子已然死去。所有爱憎，都已经是前世的记忆。

她举着手，望着赤王，不知道说什么才好。

天马拍打着翅膀，轻轻打着响鼻，仿佛在安慰着主人。周围的呼啸声在沉默里渐渐减弱，水流的速度也缓慢下来，仿佛风暴终于过去。

“看啊——”那笙忽然叫起来了，指着深处那点渐渐闭合的蓝光，“天眼关了！”

她一个鲤鱼打挺，从马背上跳了下来：“我要去找炎汐。”

顿了顿，她回头望了红鸾一眼：“你……跟我一起去吗？去找那个治修？他不是逃走了吗？大概就在复国军大营里啊！你跟我去问问说不定就能找到！”

然而，红鸢迟迟没有回答她，唇边露出一丝苦笑。

“我已经死了……还去做什么？”她望着镜湖的最深处，喃喃道，“说不定，他也已经忘记我了——而且，他们连戴着‘皇天’的外族人都敌视，何况是空桑的赤王呢？”

看到赤王摇头，那笙赌气道：“好，你不去，我自己去了！”

她转身沿着水底，奔出了几步，忽然间觉得后颈一紧，整个人被提了起来。

“喂！干什么？”她大怒，在水中悬浮着转动，想去踢那个揪住她的家伙。然而一转身，就遇到了一张僵尸般苍白木然的脸，她吓得一声尖叫。黑袍的老者悄然出现在无色城外，骑着天马，一手拎住了她的衣领，拖了回来。

“黑王，你做什么？”赤王也不禁有点怒意，斥道，“放开她！”

黑王玄羽却只是将苍白枯瘦的手臂平平伸出去：“在下奉皇太子之命，送那笙姑娘去叶城。”

“什么？为什么要我去叶城？”发现了这个僵尸一样的老者原来也不过是个冥灵，那笙大叫起来，用力去踢，却忘了冥灵的身体是虚幻不受力的，“我要去镜湖大营！我要去找炎汐！”

“那笙，别闹了。我的左手如今被霍图部的遗民带到了叶城……需要你去解开封印。”身后却忽然响起了一声叹息，“唉……而且，在这样的情况下，你还是别去给炎汐添乱了。”

熟悉的语声过后，虚空里仿佛烟雾凝结，一个头颅凭空出现在水里。

真岚显然尚未恢复到可以支持形体，急切间只好让大司命用金盘托着他的头走出无色城。他望着那笙，苦口婆心地劝告：“如今复国军遭到袭击，人心浮动，刚才他们对空桑的敌意你也看见了——你如果去了，我怕炎汐也保不住你。”

那笙哼了一声：“不怕，我有‘皇天’！”

真岚却忽然正色，厉声道：“可你总不想让炎汐和族人闹翻吧？！”

那笙怔了一怔，想起那群鲛人果然是对自己深怀敌意，一下子被问住了，但很快又恼怒地跺脚：“可是！难道你想让炎汐不要我吗？他说要我等着他……他如果还要我的话，迟早会和族人闹翻的！”

“我不是让炎汐不要你。”看到小丫头动了真怒，真岚的脸色缓和下来了，带着微微的疲惫道，“只是要你等一等。”

“有什么好等的？”那笙不服气，“等等等……我又不是鲛人，我一共也只能活一百年啊！”

“等苏摩回来吧……”真岚翻起眼睛，望向镜湖水面上空，“他是海国的王，如果他出面支持你和炎汐，长老们定然不好再反对下去。”

“嗯……”那笙迟疑了一下，却很快就想通了，欢喜地用力点头，“你说得也对！”

真岚笑了笑，将视线从天空中移开：“如果想一辈子在一起，就不能急在一时啊……小丫头，你不要太要强，非逼得炎汐在你和族人之间做选择——那是很不好的，知道吗？”

“嗯。你说的有道理。”那笙被说服了，乖乖地点着头，然后很快又急不可待道，“可是……苏摩他去了哪里？他什么时候回镜湖来啊？”

“他……”真岚再度将视线投向天空，却轻微地叹了口气，“他应该去帝都追白璎了……我不知道他会不会成功，也不知道他什么时候回来。”

那笙愣了一下，想起真岚曾经说到白璎此去凶险异常，那么，苏摩这次一定是去救她了？脑子里终于将事情理出了一个大概，她不自禁地脱口大叫：“什么？臭手……你是不是疯啦？”她跳了起来，几乎要去敲金盘上那颗头，“你脑壳烧坏了？你让他去追太子妃姐姐，自己却来这里替他和沧流人打仗！你……你不要你老婆了吗？”

“哪里。”真岚微微侧头，躲开了那一击，嘴角却浮出一丝苦笑，“我可清醒得很……丫头，你不明白。有些事情，他能去做而我不能；所以，另一些事情，我就不妨替他承担一下。”

那笙这次没听明白，然而心里不知怎么的也觉得不好受。

“你……你的身体散架了吗？”半晌，她才想起该说什么，望着金盘上那颗孤零零的头颅，问道，“还能拼起来吗？”

“放心，我没事，”真岚点了点头，难掩眉间的疲惫，“只是需要一点时间恢复。刚才那一剑实在过于耗费力量了。”

“刚才那一剑……”想起方才劈开地底的一剑，那笙忽然打了个寒战，

“厉害得叫人害怕啊……”

“当然厉害……我召唤出了血脉里的那种力量。”真岚苦笑起来，望着自己支离破碎的身体，“六体未全，血脉未通，我强行使用了帝王之血的力量，所以只能出一击而且迅速衰竭——小丫头，等我稍微恢复一些，就陪着你去叶城。”

“嗯。好吧，我等你好起来，去找你的左手——”那笙乖乖地点头，望着真岚，“这样你就只缺身体了。身体在哪里呢？”

“在白塔底下。”真岚微笑着回答，望向水面。

那笙吓了一跳，大叫起来：“什么？压在白塔底下？那怎么拿得出来？”

“先不去想这个了……船到桥头自然直。”真岚只是笑着，不急不躁地安慰这个受惊的少女，“一样一样来，我们先去找我的左手吧。”

“嗯，好。”那笙点头答应，很快却又在那里碎碎念，“等找完了左手，苏摩也该回镜湖了吧……他一定会帮我的，是不是？如果他不肯，我再去求太子妃姐姐好了……他谁的话都不听，就听太子妃姐姐的！”

她打着自己幸福的小算盘，天下苍生暂时被搁到了一边。却没有看到一旁金盘里那双眼睛，透出了越来越多的苍凉和沉重，一直望着镜湖水面上白塔的倒影，眉间锁着深刻的愁绪。

苏摩，你是否追上了她？

这边的战斗，我会替你挡下，而你，能否将她从必死的境地里带回？

开镜之夜过后不久，自从“皇天”出现后就一直动荡不安的泽之国出现了新的转机。

位于息风郡的东泽首府越城里，忽然出现了两位神秘人物，一位是中州来的青年男子，成为了总督的心腹幕僚，对其言听计从；而另一位是军人，得到了高舜昭总督的任命，成为东泽十二郡兵马的元帅——据泽之国的军队里传言，那个胡子拉碴的中年人竟然是刚刚诞生的新剑圣，前朝空桑的名将西京！

不管这个说法是不是真实的，所有士兵都确实看到了那个陌生男子在用兵上的帅才，在他的指挥之下，本来如同一盘散沙、战斗力远远逊色于沧流镇野军团的泽之国军队，居然开始能够组织起有效的抵抗。

晔临湖一役，西京和桃源郡总兵郭燕云相互配合，出奇制胜，第一次重创了镇野军团的第三军！

自从发起反抗以来从未取得过一次大胜的泽之国军队得到了巨大的鼓舞，原本开始涣散的军心再次凝聚。十二郡的总兵都开始心悦诚服地接受了这个新任命的陌生将领的领导，将自己的军队带到帐下听从调配。

那些因为一直对沧流军队的欺压掳掠深怀不满，从而借机起来反抗的东泽军队终于有了一个统一的将领，从而渐渐扭转了和沧流军队交手总是落败的局面。渐渐地，在西京的带领下，泽之国的军队仗着对当地地形的了解，甚至可以开始反守为攻，和镇野军团打起了游击战。

帝都原以为能在三个月内平定的泽之国动乱，竟以燎原之势蔓延开来！

息风郡越城的总督府里，高高的紫檀木座位上，坐着一个面无表情的傀儡。

手握着双头金翅鸟的令符，穿着和十巫一样的黑袍，戴着高高的玉冠——这，赫然是帝都元老院委派往东部泽之国的最高首脑——总督高舜昭。

然而，面对着堂下聚集的部下和幕僚，这个男子的眼睛里却已然没有了神采。

他的嘴巴不停开合着，吐出一句又一句的指令，然而每一句话的语气都是平板的，毫无起伏。身侧的白衣青年不时递上文卷，让他盖上玉玺，令指令生效。当盖下玉玺的时候，他的双手硬得如同僵尸，几度发出“咔嚓咔嚓”的响声，仿佛关节都已经生锈——没有人知道，总督现在已然是一具行尸走肉！

傀儡虫种到了他心里，蚕食了他的神志。

一面绣着东泽十二景的华丽屏风逶迤地延展在他身后，隔开了后堂里操纵的一切痕迹。如意夫人严妆坐在屏风后，倾听着堂下各方下属的意见，然后隔着薄薄的屏风，和那位侍立于总督左右的白衣青年低声议论着。

也幸亏有了慕容修在一旁谋划，这一切才能在神不知鬼不觉中顺利进行——这个来自中州的年轻珠宝商，有着罕见的野心和胆略，敢于插手云荒大陆的兴衰更迭，想以“谋国”来做成这笔一本万利的生意。

然而，他也有着与此相当的谋略和手段。自从在桃源郡和空桑皇太子有了约定以后，他拿着双头金翅鸟令符辗转于泽之国十二郡的滚滚战火中，冒着被沧流军队发现的危险，一个又一个地方地奔波。从策动民众动乱，到逐一鼓动十二郡军队叛变，再到在颓势里努力不让军心溃散……慕容修展示出了一个普通珠宝商所没有的沉着和深谋远虑，做事周全，心思缜密，令人叹为观止。

正是有了慕容修的谋略和西京的用兵才能，她才能以一介女流的身份坐镇总督府，通过操纵高舜昭总督牢牢地控制住了东部泽之国的局面。

他们三个人全力合作，所有的举措，都只为了一个目的——推翻沧流帝国的铁血统治。那，是他们海国和空桑遗民的最终愿望，也是空海之盟的唯一基础。

如意夫人示意那个傀儡抬起手，取下案上的玉玺，在慕容修拟定的文卷上盖下大印。堂下神木郡的总兵得了手谕，立刻叩首告退，回去准备一千艘木兰舟，以便和镇野军团在青水上展开血战。

傀儡的手臂僵硬地放下，将玉玺放回案头。

如意夫人隔着薄薄的鲛绡望着那个人的背影，轻轻地叹了口气，眼神黯淡。高舜昭，帝都委派的东泽十二郡总督，她多年的恋人，终于还是变成了她手底下的一个傀儡……

没有办法。谁叫舜昭他不肯背叛帝国，不肯站到海国一边？所以，她只能听从了苏摩少主最后的安排，将傀儡虫种到了恋人的心里。

她听着西京和慕容修在堂下和十二郡的总兵商量着如何对付沧流军队，嘴角不由得露出一丝笑意——够了，以她的缜密、慕容修的谋略、西京的将才，泽之国这边局势应该可以逐步地得到控制！

可是……舜昭啊，你我这一生的相爱，却只能得来这样不堪的落幕。

我知道你身体虽然被我控制，可心里却依然似明镜——我借你之口发动叛乱的命令，煽动泽之国的军队和你的国家对抗。你……恨我吗？

没关系，恨吧，尽管将那些憎恨都积累在心底吧！

等海国复国，等那些孩子都回到了碧落海，到时候我便会解了你身上的傀儡虫，将利剑倒转递到你手里，让你将所有的愤怒都尽情宣泄。

那也是，我们之间恩怨的最后了断。

第十七章

破军

十月，西方阊合风起，大地铺金。

镜湖旁一改往日的空旷，出现了三三两两的人群——那并不是偶尔出现的游者，从东方泽之国，到南方叶城，再到西方砂之国，到处都有人成群结队地来到镜湖旁，随身携带着檀香和洁白的衣裳。

十月十五，正是一年一度的“开镜”之日。

传说中，镜湖是创造天地的大神临死前倒下的印记，有着神秘的、洗涤人心的力量。它是横亘于天地间的一面镜子，分隔开了虚实两个世界。伽蓝城和无色城在此交接，而无数的谜题也隐藏在水面之下。湖中时常有怪兽幻象出现，不可渡，鸟飞而沉，除了南方叶城的水道，没有任何方法抵达湖中心的帝都。

云荒大地上，世代流传着一种说法：

在每年的十月十五，当满月升至伽蓝白塔上空时，镜湖便会呈现出一片璀璨的银光。那时候，只要人们俯身查看水面，便能看到一生里最想看到的景象——自镜湖存在以来，无数人曾被镜中的幻象诱惑，不自禁地投入其中，溺水身亡。然而如果在那个时候抗拒住内心的诱惑，在水中沐浴，便能将内心积存的黑暗罪恶荡然洗涤，获得洁白无瑕的灵魂。

每一年的这个时候，云荒上的人们便不远千里而来，在镜湖边上点起一丛丛篝火，守望着月亮升至中天——那些人里，有人是为了再看一眼最想看的情景，而更多的人，则是为了洗涤内心的黑暗。

那些准备洗去罪恶的人有备而来。在月亮移到白塔顶上的时候，他们白衣焚香，将丝带蒙在眼上，向着天神祈祷后涉水而下，将自己沉入湖中，解开衣衫让镜湖的水涤去内心的黑暗。而那些为了看到毕生梦寐以求景象的人显然与之相反，每个人脸上都带着殉道者一样的表情，涉水而下，俯视水中，如痴如醉地伸手想去触摸那个幻影。

镜湖上空，有个急驰着的人顿住了脚步，低头望了湖水一眼。

此刻尚未天黑，镜湖上笼罩着淡淡的薄雾，夕阳如同碎金一样点点洒落。在这样璀璨的光与影中，那个人只是无意低头看了一眼，便再也挪不开脚步。

那个影子……那个影子竟然是……

“龙。”他低低地说了一个字，手覆上座下龙神的顶心。龙神明白了海皇的意愿，摆了摆尾，在霞光中飞降到水面，俯视着下面的镜湖。

苏摩静静地低头望着深不见底的水，波光离合。镜一样的波光中，他的眼眸忽然起了某种深深的变化——霍然间，他不自禁地张开双臂，对着水面俯身下去。是的，就在那里……就在那里！

那个在月下的白塔上独自歌唱的少女，就在水的彼方，静静凝望着他，仿佛触手可及。

然而，就在他的手指接触到水面的瞬间，龙却忽然发出了一声低吼，霍地腾空而起！苏摩被带上了九天，远离了水中那个幻象。一瞬间，他眼里有一种狂怒，一把揪住了龙的双角——只差一点点！只差一点点，他的手指就可以再度接触到那个人的面颊了！

“那是幻象！”龙在虚空中扭动了一下身子，不肯再度降落水面，“海皇，你应知道，开镜之夜所有人都会在水中照见自己内心最想看到的东西，从而沉湎其中不可自拔……你看到的，只是幻象！”

苏摩眼神一闪，手指慢慢松开。

是的……那是幻象……那应该是幻象。白璎她应该已经去了伽蓝帝都。

然而，方才一刹那，隔着薄薄的水镜，他看到了那张脸——就像是千百次出现在他梦里的那样，那个白族的少女眉心依旧绘着红色的十字星封印，仰着苍白秀丽的脸，在水底望着他，缓缓伸出手来，唤着他的名字。

“苏摩……记住要忘记啊……”

她的声音一直在他耳畔萦绕，宛如堕天之前对他的最后嘱托。

可惜的是，他至今也不能忘记。夕阳中，他乘龙飞舞，望向那座通天的白塔，仿佛感受到了宿命中的某种召唤——那，还是他百年来第一次回到帝都，这个所有恩怨的缘起之地。那个孤高的绝顶上，曾经有过多么美好的岁月。

那是他黑暗的一生里唯一有过的接近光明的机会。

然而令人悲哀的是，在那个时候，他却并没有意识到这一点。

眼前仿佛有白云开了又合，散漫的夕照中，白塔壁立万仞。

遥远的记忆中，那个单薄的白衣少女的影子仿佛就在触手可及的地方——多么想能够回到从前，回到那些听她在月光下唱歌的夜晚。那样空灵干净的声音仿佛皎洁的月光，能穿透所有的黑暗。

那个靠在塔顶女墙上独自在月光下唱歌的白族皇太子妃只有十五岁。在他来到塔顶神殿之前，她是那样的孤独寂寞——没有一个人会听她说话，没有一个人敢和她聊天。十五岁的少女经常偷偷跑出来在神殿后放一只洁白的风筝，引线很长很长，会慢慢地放很久很久，最后扯断了轱辘上的线，让风将所有的禁锢带走。

她的影子映在暮色中，仰头望着天上飘走的风筝，似乎是寂寂地等待着什么。然后，在月亮升到白塔顶上的时候，她会唱起故乡的歌，怀念亲人和故土。

鲛人少年站在阴影里聆听那歌声，面无表情。虽然看不见，却敏锐地从中听懂了她的寂寞和孤独——虽然同样有着十几岁少年的外貌，但他却比她多活了上百年，经历过的苦难绝非这个养尊处优的空桑贵族少女可以想象。

他只用了短短的片刻，就洞察了这个少女空虚孤独的内心——她是他的猎物，在走上白塔的那一瞬间，他就已经非常清楚这一点。

毫不犹豫地，他对着她伸出手去，几乎是毫不费力地攫取了那只不懂危险为何物的鸽子。在那短短的一年多里，他轻易地走入了她空白一片的生活，成了她最亲密依赖的人。

她为他着迷，不顾一切地爱着这个鲛人少年。每一日黄昏，她都会坐在神殿后院的墙头等他，孤独地拉着风筝的引线，怔怔看着那一片白色的帛飞上天，听到他的脚步声就会开心得跳起来，一扫平日寡淡苍白的表情，扑入他的怀里。

她身上有着非常好闻的香味，依稀让人想起月下的蔷薇——她靠在他怀里，轻轻地和他说话，长长的璎珞从清丽的脸旁垂下，有一些稚气的脸上带着幸福的神情，隐约有些娇憨。他甚至能感觉到她轻轻的呼吸，宁静而美好，也充满了白蔷薇的香味。

那些只有星月注视塔顶的夜晚，只有风造访这座万仞的白塔。她和他说了很多话，几乎把他当成了这个荒凉世界上唯一活着的人。

有一度，他甚至恍惚有一种幻觉，仿佛自己不是一个鲛人奴隶，而她也不是这个大陆未来的女主人——他们只是一对无辜的少年，什么也不懂，什么也不曾经历，只是如此简单纯粹地相逢、相爱，也将会永远地相守。

然而，厄运之手始终紧扣着他的咽喉，从来不曾放松过丝毫——几番苦痛地挣扎，终于，在某一日，他再也不迟疑，摸索着抓住了那只柔软的手。他明显感觉到少女猛然颤抖起来。她僵在那里不敢动，甚至不敢抬起头来，仿佛做错了事一样手足无措，低头闭上了眼睛，微微仰起脸。

光彩夺目的少年眼里有说不出的阴郁神色，缓缓将少女拉入怀中，伸出手触摸着怀中少女羞涩的脸颊，低下头去，凑近她温润的气息，吻向眉心的印记，眼里却有某种决绝而残忍的神色。

是的，这是他的使命，是他被委派来这里的唯一目的！

“呀！”在额发被撩起的瞬间，仿佛定身术被解除了一般，少女蓦然脱口惊呼，将盲人少年往外推出去，“不可以！不可以碰那个！”

剑圣女弟子出身的太子妃急切间用上了真力，推得他踉跄着重重地撞上了墙。然而蓝发的少年一言不发，低头在那里站了片刻，忽地微微冷笑了一下，转过身去，摸索着墙壁走开，再无一次回顾。

“苏摩！”惊魂未定，少女捂住眉心那个印记，追上去拉住他的衣角，哀求道，“不要生气……只是、只是，这个东西真的是不能碰的。你……你相信我！”

“说谎。你一定还想做空桑人的太子妃，所以不想被一个卑贱的鲛人触碰。”脚步没有停，少年摸索着墙壁继续往前，“哧啦”一声，衣襟断裂。

少女怔怔地拿着一截布站在那里，因为矛盾和激动，身子微微发颤，然而自幼的教导还是占了上风，她不敢扑上去拦住那个少年，只是急切地分辩：“不是的！不是的！我、我才不想做什么太子妃……你相信我！”

然而，这样急切的说辞显然并未被接纳。

“这件事本来就够可笑的……你是什么身份，我又是什么身份？”鲛人少年的声音锋利而冰冷。一直以来，他都知道自己只需用一根手指就可以摧毁她——忽然一指外面萦绕的千重云气，冷笑道，“相信你？除非你从这里跳下去。”

“好！”耳边传来的回答，却是因为激动而片刻不迟疑的。

陡然间一阵风掠过伽蓝白塔顶上，一片羽毛轻飘飘地从云端坠落——仿佛失明的眼睛陡然间就能看得见了，他眼睁睁地看到那个女孩子决绝地横眉看了他一眼，身子忽然间往后倾斜，似乎没有重量一般，从女墙的豁口上跃向大地。

他被眼前的一切惊呆了，怔怔地看着那个从来拘谨温和的贵族少女第一次展现出的火烈性情，仿佛脱壳而出的雪亮利剑，瞬间划开他内心漆黑一片的天幕。

白璎！白璎！

他忽然间极其强烈地想喊出她的名字，然而咽喉仿佛被利爪紧紧扣住，无法发出一个字。蓝发的少年鲛人踉跄着冲到了女墙边，不顾一切地伸出手去，手指却只接触到了最后一丝向上拂起的秀发。

那个瞬间，眼前忽然又恢复到了一片漆黑，什么都看不见。

不是那样的……错了，不是那样的！他怎么会有那样的记忆……真实的过往并不是那样的……那一日，其实不是结束。

蓄谋已久的鲛人奴隶，成功地在那一日触碰到了太子妃眉心的那个印记，达成了多年来处心积虑谋划的企图。那个贵族的女孩脸色苍白地闭上眼睛，带着殉道者般的神色，任凭一个冰冷的吻落在眉心——空桑“不可触碰”的皇太子妃，就这样被一个卑贱的鲛人奴隶打破了婚前必须维持的纯白封印。

她必将被废黜，而另一个白族贵族少女将取代她的位置。

那都是青王的计策，而他，不过是一个如同阿诺般的傀儡——一个为了赎回自由而出卖了灵魂的傀儡，真正卑贱的鲛人。

他也没有看见真正的“结束”。

在大婚典礼上，惊呼声响彻云霄的时候，他耳边尚自回响着她的最后一句嘱咐，而那个人却披着霓裳盛装，从白云雾霭中如同白鹤羽毛坠落。那是他的手再也抓不住的东西。

“相信你？除非你从这里跳下去。”

她果然做到了。

那便是彻底的终结。

百年后，他乘龙御风，飞向昔日一切恩怨的起点。他在风中低下头，颓然抬起手抵住了额头，蓝色的长发如同水一样覆盖了他的脸。

白璎，白璎……喃喃念出的那个名字随着呼吸一起灼烤着他的心，将所有记忆焚烧。原来，从那个时候起，自己就爱着那个白族的少女。

然而那句话，却百年来一直不肯说出口。为什么不说？为什么不说呢？是什么样的诅咒，封印了这句本来只要一说出口就能改变彼此一生的话？这原本是他这黑暗龌龊的一生中，唯一接近阳光的机会啊！

那个纯白色的女子宛如长夜里的孤灯，照亮过他的生命。

但是，一切都已经完结了，一切的一切……时间不会无缘停在某一点，也不可能挽回已经化为流星坠落的宿命。永远不可能再回头了——遵守约定从白塔上一跃而下的那个少女，用死亡将一切定格在他的心底，从此一去不返。每一个来不及完成的心愿，都会在岁月里悄悄改变，化为蚀骨的烙印，刻骨铭心。

如果宿命给他的判词是“一切开始于结束之后”，那么，就让他回到这个起点，将命运的转轮逆反过来吧！

在他神思恍惚的刹那，龙神却发出了不安的长吟，将苏摩唤醒。

“水底深处似乎有战乱……海皇，你看到了吗？”龙望向镜湖最深处，眼眸里有一丝担忧，“今日是开镜之夜，但如今天色未暗，蜃怪却已然苏醒结出了幻象——不知有谁惊动了它？”

苏摩默默望向镜湖水底，眼神忽然微微一凝。

是的，他看到了，在那片深深的水底，的确正在发生一场激战！

“是复国军遇到了危险吗？”龙神也觉察到了，不安地摆了一下尾巴，抬头吟了一声，“海皇，我们还是先去复国军大营一趟吧。”

“不。”微微迟疑，却旋即吐出了斩钉截铁的话，苏摩将视线从水底移开，“我看到真岚了，他就在底下——不会有事，先去帝都。”

听到那样的回答，龙忽然发出了一声咆哮，一甩尾将苏摩从背上抛了出去！

“复国军的安危，难道还比不上你个人的恩怨？”龙狂怒地呼啸，眼睛转成了血红色，“你的族人在搏杀，你却为了一个女人弃他们不顾！你根本不配做海国的王！”

“我本来也不想做海国的王。”漠然地，苏摩嘴里吐出一句话，“是宿命在逼我。”

他抬头望向伽蓝帝都——夕阳如血，那里依稀可见一个白色的光点，应该是白璎带着天马已经飞临了帝都上空。

“我希望回到碧落海。如果可能，也会带族人一起走——不过，都七千年了，要复国，也不在乎拖那么一天，”他冷笑着转身，眼里光芒闪烁，桀骜不驯，“可是我的一生，可能只有这一天可以去扭转命运——就算是星辰坠落大地毁灭，也无法阻拦我！”

冷冷地说着，他拂袖一挥，自顾自地朝着晚霞深处掠去。

龙凝视了他的背影片刻，眼神复杂地变幻，然而最终只是低吟了一声，身子一旋，幻化为一道金色的闪电穿入了镜湖的深处，水波霍然裂开。

夕阳坠落到白塔背后之前，白璎乘着天马飞到帝都上空。

风从耳际掠过。望着那座通天的白塔，她默不作声地吸了一口气，眼睛里忽然透出一丝复杂的情愫——那里，是她度过孤独的少女时代的地方，伴随着一生里最激烈的爱与恨。到最后，将一切焚烧为灰烬。

别后相思空一水，重来回首已三生。

“走吧。”仿佛察觉到了她一刹那的软弱和犹豫，身体里的那个声音轻声提醒。她微微一怔，手指一勒马缰，天马展翅朝着城市中心那座白塔飞去——然而，刚刚跨入帝都外墙的上空，天马忽然间就是一声悲嘶，猛然一个踉跄，几乎将白璎从马背上甩落！

怎么回事？她翻身下马检视，赫然发现天马的前蹄有烈火灼烧的痕迹。

她伸出手去触摸面前的虚空，然而手指迅速被反弹了回来。冥灵的手同样感觉到了灼烤的热度——指尖探到的地方，虚空中忽然凭空凝结出了连绵的巨大“卐”字花纹，影影绰绰浮现，绕着帝都一圈，将她阻拦在外！

这是什么？笼罩在伽蓝城上空的，是什么东西？

她拔出光剑，尝试着砍开那个奇怪的结界，然而每一击却都仿佛刺在虚空里。那些连绵不断的花纹若有若无，仿佛经幛一样缠绕住了光剑。光剑是柔软的，可以随意扭曲，而那些奇特的花纹竟也能随之扭曲，毫不受力。

直到太阳从云荒西方落下，她的剑始终未能砍开一道裂缝。

“非天结界！”在她感到出师未捷的沮丧时，身体里的那个一直在默默旁观的人却蓦地惊呼了一声，带着恍然的震惊。她不由自主地一惊收手：能让白薇皇后也如此震惊，又是怎样强大的结界？

“居然设下了九重非天！这是传说中魔君的前身御风皇帝，曾经用来困住了神的结界！呵，是预知了我会来吗？”身体里那个声音沉吟着冷笑，忽地提高了声调，“好啊！白璎，少不得我们要和他好好较量一番了！”

“是，皇后。”白璎低首恭谨地回答着——身体里那个声音是如此的霸气十足，说出的每一句话都让她无从反驳，她只能听从皇后的安排，一步步地走下去。

何况，从一开始继承“后土”的力量起，她就有了为之牺牲的觉悟。

“看来是无法直接从空中去往神殿了，”白薇皇后沉吟着，眼神望向脚下暮色渐起的大地，星星已经一颗一颗地在头顶亮起来，“非天结界笼罩了整个帝都。但这个结界最薄弱的地方，在天和地交界之处——我们先下到帝都地面上去，看看能否破开结界。”

“是。”白璎点了点头，松开了马缰，拍了拍天马的脖子，示意它返回。

既然要从地上走，也就不需要天马的陪伴了。

仿佛知道主人此行凶多吉少，天马恋恋不舍地打了个响鼻，用鼻梁摩挲着白璎虚无的手，眼里陡然滚落一颗大大的泪珠，长嘶一声扑着翅膀腾空而起。

然而，就在天马回旋的刹那，半空里忽然出现了一个黑色的影子，风一样地掠过来，抬起手臂拦在前方。那个人的速度是如此之快，让她在瞬间以为是云上出现了黑色的闪电。但是在看清楚来人是谁后，白璎的脸上忽然出现了难以掩饰的震惊，脱口低低“啊”了一声。

苏摩？居然是苏摩？

他……他来这里做什么？

一瞬间的无措之后，心底里却涌起了某种隐秘的喜悦——其实苍梧之渊那一别后，她曾以为再也见不到他了。此刻居然还能有这样的相遇，实在是令她暗自欢喜的……就算什么都不说，她也希望能最后看到他一次。

“我杀了你妹妹。”然而，那个人站在她面前，身侧萦绕着云气，默然凝望了她片刻，却冷冷地说出了一句话。

那句话仿佛如巨锤一样砸落，白璎身子猛地一晃。她抬头望向拦在前方的傀儡师，眼里流露出震惊，嘴唇翕动了一下，却说不出话——这个人特意赶来拦住了她，原来就是为了告诉自己这个消息？

他是特意来欣赏自己的苦痛的吗？

“克制！”那一刻，身体里的声音在警告，“这个时候，别和他起冲突。”

“是。”她苦笑了一下，转过头不去看他的眼睛，极力让声音平静，“白麟早已成魔，这也算是个解脱。”她低声说着，眼里却忍不住有泪光，“如果没有别的事，就请你让开吧……我还要赶着去帝都。”

“白麟死之前，说了一句话，”苏摩却没有动，站在她面前，声音平静，“你想听吗？”

在这样一步一步的挑衅面前，白璎的脸色渐渐苍白，她极力克制着自己的情绪，低声道：“你……说吧。”

凝视着她，那双碧色的眼睛里，忽然间仿佛有烈火熊熊燃烧。

“她说，她憎恨自己居然曾委身于一个鲛人。”苏摩一字一句地吐出了那句话，眼睛却一瞬不瞬地望着白衣女子的脸瞬间苍白，忽地问了一句，“我想知道，你是否和她一样？”

那句话平静而锋利，仿佛刀子霍然剖开昔日伤口上的硬痂。白璎猛然一震，触电一样抬起眼，只看了他一眼，仿佛被其中静默燃烧的烈火灼伤，立刻又转开了头去。

“我……我……”她的手握紧光剑，忽然觉得心跳得快要失控，说不出话来。

真是奇怪……都已经成为冥灵了，怎么还会有这种心跳的感觉？就因这句突如其来的话，这个虚幻的身体仿佛都要燃烧起来！

“你是否跟她一样？”然而那个傀儡师却是执拗地追问，将这样一个她躲避了多年的尖锐问题送到她面前，“你后悔吗？”

他的眼睛里燃烧着静静的火，灼热而沉默，却可以烫伤任何灵魂。

“你就是来问这个的吗？”避无可避，白璎忽地抬头，豁出去似的望向对方的眼睛，唇角露出一丝苦笑，“为什么忽然想起来要问这个？那么多年了，还有什么意义？”

“我想知道。”苏摩却是执拗地站在前面，一字一句地追问，“有意义。”

在等待回答的过程中，他的手指拢在袖中，捏了一个奇特的诀，用力得指节隐隐发白。

“别再和他多说。”身体里那个声音终于开口，“我们走。”

然而，白璎这一次却没有听从白薇皇后的指令。身侧白云离合，她望着面前这个陌生而又熟悉的男子，从胸臆中吐出一声叹息，似乎终于在那样熊熊燃烧的眼光之下屈服了。她低下了头，雪白的长发从两颊垂落，冥灵女子苍白的颊上居然有淡淡的酡红：“我不后悔。因为……”

她的话没有说完，因为忽然间已然无法发声！

在第一句话刚刚吐出的瞬间，她的肩膀被蓦地抓住，猛烈地向前踉跄了一步。冰冷的唇重重地压了上来，仿佛要掠夺走她的灵魂。她惊惶地推着这个忽然间逼近身侧的人，然而对方显然是有备而来，早已结下了控制冥灵的虚幻形体的手印，压制了她的挣扎，就这样不容分说地俯下身来，用力地吻住了她的唇！

那一刹那，她的意识变得空白，手指无力地从对方肩头滑落。

隔了上百年，这第二个吻却是激烈而绝望，冰冷如雪，又似有熔化岩石的热度，仿佛要将她的魂魄融化。她的意识变成一片空白，感觉到他叩开了她的唇齿，她刚刚发出了一声叹息，却似乎有什么东西立即注入了她的嘴里，迅速溶去。

那是什么……那是什么？冰冷，带着某种奇怪的味道。

她惊惶地抬起眼，却立刻望进了近在咫尺的一双深碧色的眼睛里。

那一瞬间，她的灵魂都战栗起来。映着背后夜空里的无数繁星，那双眼睛里有着怎样的表情啊，多少苦痛的纠缠，多少黑夜的挣扎……只是一刹那，无数的往事穿过百年的岁月呼啸着回来了，迎面将她猝然击倒。原来、原来他竟是……

那种疼痛冷电般贯穿而来，她的心仿佛忽然被撕裂。

“你……”茫然中她只来得及说了一个字，泪水在瞬间滑落，然而随着话语，有什么立刻从咽喉里倒灌而下，冰冷而炽热，在瞬间将她的神志湮没。

那一刻，她觉得全身的血都在燃烧，刹那间消失了意识。

“竖子无礼！”这一瞬间，她身体里的另一种人格苏醒了，压制住了那个迷离无力的灵魂。她迅速推开了他，眼眸变得坚决，忽然爆发出了惊人的力量，光剑铮然出鞘，在瞬间推开了苏摩，反手就是一剑划去！

苏摩松开了她的肩膀，急退。因为离得太近，他没能完全避开那一剑，光剑斜斜掠过他的左胸，切开一个深可见骨的伤口。苏摩踉跄后退了几步，随即站定，残留着血丝的唇角却露出一丝奇诡的笑意。他抬起指尖，缓缓拭去嘴角的血丝，冰冷的眼里带着熊熊燃烧的火。

“白薇皇后，已经晚了。”他望着执剑的女子，明白那样的眼神来自于另一个灵魂，轻轻擦了擦嘴角，眼神满是讥诮，“星魂血誓已经完成了，星辰的轨道已经合并。”

星魂血誓？！白薇皇后的眼神变了，望着对方唇舌之间沁出的血。

这个人是疯了吗？居然采用了这种方法来挽留！

在术法中，血是最重要的灵媒，它承载着言语难以形容的种种宿缘和力量。在六合中流传着的各派最高深的术法里，有相当一部分需要以血为载体，其中也包括云荒大陆上的“皇天后土”两系力量。

而以“星魂”为名的血誓，则是血系术法中最高的一种。

这种术法罕见于云荒大陆，最初只在六合之中的西天竺一带流传，传说中只有寥寥几位造诣高深的术士可以施展。它的力量极其强大，甚至可以移动和合并星辰的轨道——但它的代价也是巨大的，不但施展者需要拥有极其强大的灵力，而且施展后都要付出一半生命作为交换。

裂镜之后，白璎的星辰已然属于有形无质的“暗星”，它依靠着冥灵临终前的念力而继续循着轨道运行，然而最终的方向却是指向“虚无”的幻灭。一旦心愿达成，就会烟消云散，甚至连魂魄都不剩。

而方才的一刹那，这个鲛人凝聚了惊人的愿力，咬破舌尖，将血注入对方的身体里——在血融合的瞬间，星辰的轨道改变了，新的海皇移动了自身的星辰轨道，将其与暗星的轨道合并，也将他们的宿命融合——从此，他们将分享同一个命运，一荣俱荣，一损俱损！

付出巨大的代价来寻求那样的结果，实在非疯狂者不能为之。

另一双眼睛从白璎的眸子里慢慢浮凸出来，游离在空中。白薇皇后望着这个黑衣的傀儡师，眼睛里有怒意：“苏摩，你到底要做什么？你难道想阻拦我们？”

“不。”苏摩的手指掠过胸口，剑伤开始一点点消失，“我只是想让她不至于消失。”

白薇皇后微微一愣，却随即反驳：“这是不可能的事——就算能成功封印破坏神，在那样巨大的力量交锋后，白璎的灵体也不可能安然幸存下来。你做的这一切，到最后可能只是白白的牺牲。”

苏摩低下头，望着手指尖那点血迹，忽地冷笑起来：“是的，如果光以你的力量去封印破坏神，只能玉石俱焚——可是，如果加上了我的力量呢？”

“什么？你要跟我们一起去？”白薇皇后眼里流露出不可思议的神情，望着这个鲛人的双眸，“这是我们空桑人自己的事情，你却非要插手其中！这究竟是为了什么？你想主导云荒大陆将来的命运吗？”

“云荒大陆的命运？”苏摩讥诮地笑了一声，抬起眼睛，望着天尽头湛蓝的海面，“我只想把握住自己的命运而已……你问我为什么，那不如去问纯煌当年为什么送你返回云荒吧！难道他也是为了插手你们空桑人的天下争斗？”

听到那个名字，白薇皇后的眼神剧烈地波动了一下，黯淡了一些。

“新海皇啊……请不要和纯煌那样。有些事，并不值得为之付出毕生的代价。”白薇皇后露出了一丝温和的表情，轻轻叹息，“你不惜用一半的血来交换与她生死与共的权利——可是，你是否问过她，她还如以前那样爱你吗？”

“不需要问她。”不等她说完，苏摩截口打断，冷笑道，“这是我一个人的事。”

他的手按在胸口，将伤口一分一分弥合。望着白薇皇后，他一字一字地重复道：“这，只是我一个人的事，与她无关。”

“……”白薇皇后长久地沉默，然后侧眼望向脚下的云荒大地，带着微微的惘然和恍惚，仿佛在追忆着什么。宿命和光阴的交错中，那样绝望而义无反顾的爱……隐约中带着某种不祥的意味，似乎不像是这个尘世所应存在的。

或许，那只是命运？只为着上一世她和纯煌的擦肩而过，而注定了这一世白族唯一血裔的空等，注定了新一代海皇的生死不忘——他们两族的命运，就这样在生生世世里相互交错。

那一瞬间她的眼神柔软下去，不再具有神祇般凛然的冰冷色泽。

“好吧。”许久，她叹息了一声，仿佛做出了某种妥协，“既然你用你的血和她结盟，共享命运——那么，我并不阻拦你。”

“我们一起去帝都吧。”

顿了顿，白薇皇后的眼睛里却隐约有一丝忧虑，望向苏摩的眉心——虽然七千年后，她再一次被海国鲛人的勇气打动，但是这位新海皇的眉心凭空出现的烈火刻痕，却不能不让她感到不安。

那个深不见底的眉心刻痕里，隐约透出如此强烈的恶毒邪气。

那样的气息，正是魔物栖息之地的表征——他的心里藏着魔。带着这样的人去封印破坏神，会不会是反取祸源呢？

十月十五，伽蓝帝都，开镜之夜。

那一夜极其璀璨，宛如梦幻。

在白塔顶上俯瞰下去，镜湖银光万顷，如开天镜。而围绕着这面银镜的，则是万点篝火，宛如一串红色的宝石镶嵌在镜旁，波光如梦。

“唉……愚蠢的人们啊……”白塔顶上，重重深门里，低垂的帘幕后忽然吐出了一声模糊的叹息，“年复一年，自甘沉沦……难道不知镜湖中种种幻象，只不过是蜃怪诱人入口饱腹的把戏吗？”

顿了顿，帘后的声音出现了微微的沉吟：“奇怪……今年蜃怪这一次的开眼……提早了？”

智者大人？在帘幕后透出第一声叹息的刹那，跪在帘外的白衣女子全身一震，眼睛在黑暗里倏地睁大。她那一头雪白的长发，也在夜色里熠熠生辉。

智者大人终于醒了吗？那么，弟弟总算有救了！

沧流历九十一年，迦楼罗第五十七次试飞失败，坠毁于博古尔沙漠，长麓将军殉职，如意珠丢失。破军少将云焕奉了元老院的指示，前往西方寻找如意珠，将功补过。

一个月后，他顺利完成任务，携带如意珠搭乘风隼准时返回。朝野为之庆贺。

看到少将奉上的如意珠，巫即大喜若狂，也顾不得其余十巫还在为破军少将的功过争论不休，只是自顾自地带着弟子巫谢起身，拿着如意珠奔赴铁城。他叫来了冶胄，三个人一起来到了那架造了一半的新迦楼罗面前。

那日从藏书阁翻到那卷空桑遗留的《伽蓝梦寻》后，巫即仿佛想通了某个关键的问题，立即下令征召了铁城里最好的工匠，画了图纸令他从头造起——虽然如今刚刚搭出了龙骨和大致的架构，随行而来的弟子巫谢还是一眼就看出了这架迦楼罗和前面坠毁的五十七架大不相同。

因为在原本应该用来安放如意珠的机舱核心位置上，竟固定着一名鲛人傀儡！

巫谢来不及问这是怎么回事，就看到白发苍苍的师父拄着金执木拐杖健步如飞地跃上了龙骨，在那个禁锢鲛人的舱旁停下，毫不犹豫地将手中的如意珠放入了那个鲛人的心口。

“这是干什么？”巫谢终于忍不住叫了起来，足尖一点，瞬间也出现在迦楼罗上，“师父，怎么弄了个鲛人放在这里？”

“别乱动！”巫即却忽然暴怒，那声厉喝几乎让巫谢猝不及防地跌落下去。

巫谢不作声了，只是惊讶地望着师父，难道，师父真的是研究迦楼罗走火入魔了？原本，迦楼罗这样超越了世间力量极限的巨大机械，就不是人所能制造出来的。百年前，智者大人带着他们从海上返回大陆，为了在短时间内夺取云荒，教授给了他们诸多秘密的技能：军队的训练、机械的制造，甚至还对十巫进行了术法的传授。

智者大人将惊人的力量传给了冰族，并写下了《营造法式》这样惊人的著作，教授了风隼和比翼鸟的原理以及详细的制造流程——然而，在传授到超越力量极限的迦楼罗金翅鸟时，却忽然间中断了，从此独居神庙。

“迦楼罗……是逾越界限的存在，还是不能教给你们……”

神庙里，那个神秘的智者大人曾经那样说。

那之后的一百年，尽管专攻机械力的巫即长老穷尽心力，带领着铁城的能工巧匠陆续成功地造出了风隼、比翼鸟和螺舟，并投入了军队的使用。然而，失去了智者的指点，迦楼罗的几十次试飞却没有一次成功。

为了解开这个谜，巫即已然呕心沥血多年。

年轻的巫谢望着那个崭新的迦楼罗骨架，不由得倒抽了一口冷气：机舱内，那个鲛人傀儡被固定在座位上，手足上均插入了诡异的细细银针，另外有一根极长的针，居然从她的顶心一直刺入，穿过了居中的心脏，硬生生地将她钉在了座位上！

巫谢转头望向师父，想确定他做出这种行为是否属于疯狂，却看到巫即抛掉了金执木拐杖，令冶胄在鲛人心口剖开一个伤口来。

那名铁城第一名匠毫不犹豫地跳了过去，一刀划开了那名鲛人傀儡的心。

血喷在他的脸上，毫无温度的冷，冶胄眼睛都不眨一下，干脆利落地剖开了心室——如所有冰族人一样，他有着一颗冷酷平静的心和极其稳定的手。何况，鲛人在他们眼里一直是某种“物”，在利用起来的时候和钢铁木材没有什么两样。

“干得好！”巫即夸赞了冶胄一句，颔首道，“不愧是铁城最好的工匠——你出刀的利落，几乎可与云焕媲美了。”

云焕，听到那个熟悉而遥远的名字，冶胄不自禁地微微愣了一下。

看来，巫即大人并不知道自己和如今显赫的破军少将相识。

那个流放在属地的冰族少年，有着一个美丽绝伦的姐姐，曾经一度居住在铁城的永阳坊里，每日和自己一起提水铸剑，辛苦劳作。在刚刚回到帝都的时候，那个孩子是如此孤僻，看着别人的时候永远带着某种警戒心——只是可惜，如今的他走了一条和自己完全相反的路，危险而有进无退。

在冶胄神思恍惚的一刹那，巫即已经开始了新一轮的试验。

那一刀居中剖开了心室，巫即看到了那颗青色的心在鲛人的胸腔里逐渐微弱地跳跃，他来不及多想，随即将那颗如意珠放入心室，眼里有焦急的表情：“难道这样也不行？这怎么可能！明明，明明就应该是……”

然而，就在他喃喃自语的刹那，那颗心已然完全停止了跳动！

被固定在座椅上的鲛人傀儡头微微一沉，断了气息，眼角落下一滴泪，铮然化为珍珠。

> 如意珠，龙神之宝也。星尊大帝平海国，以宝珠嵌于白塔之顶，求四方风调雨顺。然龙神怨，不验。后逢大旱，泽之国三年无雨，饿殍遍野。帝君筑坛捧珠祈雨十日，而天密云不雨。帝怒，乃杀百名鲛人，取血祭如意珠。珠遂泣，凝泪如雨。四境甘霖遍洒。

按照《伽蓝梦寻》记载推断的话，这颗如意珠能听到海国子民的心愿。如果迦楼罗的舱里用鲛人作为引子，应该可以引出如意珠内部的力量才对！

然而……怎么如今一点力量的波动都没有出现呢？

巫即眼里闪出绝望的光，多年来苦苦思索，最后才得出了唯一的结论，却不料一次验证之下即告失败。他的手徒劳地按着那颗宝珠，想把它更深地放入心室，不明白作为海国至宝的如意珠，为何不能和鲛人发生感应。只听“咔嚓”一声，那颗碧色的珠子居然硬生生被他压碎在鲛人的心口上！

巫即和巫谢一惊，同时脱口惊呼，脸色霍然变了。

是假的……云焕带回的这颗如意珠，竟然是假的！

一起变色的还有冶胄。那个身份卑微的铁匠在看到如意珠碎裂的一瞬间惊呼起来，仿佛碎裂的是云焕辉煌锦绣的前程。在巫即带着巫谢离开后，他一个人怔怔站在庞大的迦楼罗骨架前，望着那个被剖心而死的鲛人傀儡发呆——这一次，云焕要完了……

那个酷烈刚强的孩子，又要如何应对那些找到了下口机会蜂拥扑上的恶狼？

次日，朝堂激变。

借着假珠之事，巫朗霍然发难，十巫中的巫姑、巫罗和巫礼都随声附和，决定不再给失职者任何机会。云焕少将被当庭褫夺了一切军衔，即时下狱，严惩不贷。

国务大臣巫朗一贯视云焕为眼中钉，此刻一得了机会，自然是不择手段，力求将其置于死地——然而，首座长老却不愿将唯一能和智者沟通的巫真云烛逼上绝路，驳回了死刑的要求，以此为条件让云烛去请出智者大人。

云焕被下到了帝国大狱里关押，暂时延缓了死刑时间。

然而，在国务大臣的示意下，负责拷问破军少将的，赫然便是刑部大狱里令人闻名色变的酷吏辛锥——那是生不如死的选择，这摆明了是要将这个桀骜的少将慢慢折辱至死。巫真云烛为了弟弟四处奔走求救，然而帝都诸多权贵却避之不及，无一对她伸出援手。连一向提携他们云家的巫彭元帅，竟然都闭门称病，避而不见。

巫彭元帅对他们姐弟的放弃，终于让云烛一夜之间白头。无可奈何之下，最终发现自己只有一个地方可去——白塔神殿。

她已经跪在这里几天几夜，祈求智者大人出面相救，赦免弟弟的罪名。

然而，奇怪的是无论她怎么努力发出咿咿哦哦的声音哀求那个可以只手遮天的圣人，帘幕背后却一直没有回答，空空荡荡得仿佛那个人并不存在。

实际上，在数天前，北方九嶷郡出现“海皇复生”的重大危机时，十巫也曾联袂前来祈求智者大人的接见——然而，却得不到任何回应。为了安定十巫的情绪，拖延巫朗对弟弟下毒手的时间，她第一次大着胆子假传了智者大人的口谕，让十巫继续等待星宿的相逢，却不知能拖延到什么时候。

云烛的膝盖在冰冷的黑曜石地面上渐渐僵硬，心里也一分分地冷下去。在几乎绝望的时候，听到重帘背后发出一声低缓的叹息，她几乎是狂喜着扑了过去，抓住了帘幕下摆，跪倒在地，重重的叩首声响彻神殿。

一醒来就看到素日静默的圣女如此举动，连那个至高无上的人都有一些诧异地问：“呃……怎么了，云烛？”

低缓含混的语声从黑暗里传出：“你的头发……白了？”

仔细听来，这次刚刚醒来的声音里带着往日罕见的一丝关怀和暖意。然而绝望到几乎疯狂的女子没有辨别出来，只是急切地将额头抵在地面上，发出咿咿哦哦的声音。

"啊……是吗？云焕，已经回来了？"黑暗里的那个声音笑了起来，没有丝毫意外，"他带回了假的如意珠，所以直接被下到了狱里？已经是第二次失手了……呵，我的帝国，向来不会宽待失败者。"

云烛重重地叩首，血从她美丽光洁的额角流了下来，染红地面。

"你……为什么不去求巫彭呢？"听明了她的哀求，帘幕后的声音却饶有深意地笑了起来，"虽然二十多年来一直在我身侧……你的心，却一直是在他那里的吧？他一手栽培了你们姐弟，在这样的时候，莫非要袖手旁观？"

云烛身子一震，叩首的动作停止了，静静伏在地上，许久许久，忽然发出了一声啜泣，仿佛是再也无法克制自己这段日子以来的心力交瘁，她头抵着地面，痛哭失声。

听取着她断断续续的哭诉，帘幕后的声音陷入了长久的沉默。

"傻瓜……你们姐弟三人，只不过是巫彭用来和巫朗博弈的棋子啊……"低缓的语声响起，直接传入云烛的心底，带着一丝叹息，"愚蠢的女人……棋手永远不会对棋子有一丝顾惜。如今，云焕脱罪不易，云焰被我赶下白塔，云家如大厦将倾，他已然要'弃子'了……你如何能指望他？"

"反正，新一任的圣女大选，又要到了。"

云烛猛然一僵，仿佛被那样的话语冰封了内心，连哭泣声都停顿了。

她仰起脸，血从她的额头流下，覆盖了整张脸。黑暗中，那张清丽如雪的容颜狰狞恐怖，眼里充斥着绝望和悲哀。她用发抖的手扯住了帷幔，努力张开口，咿哦了半日，忽然清晰地吐出了一句话："求……求求您！"

她竟然说出来了！闭口十多年后，她居然第一次说出了完整的话！

长久的沉默夺去了她的语言能力，然而多年后，对亲人的关切居然让她再度开口发出了声音！那是多么强烈的愿力！

连帘幕后的人仿佛都被她这一刹那心里强烈的愿望所震动。默然良久，那人吐出了一声叹息："你要我去挽救你弟弟的命运吗？你可知他这番不能带回如意珠，便要成为朝堂势力角逐中的牺牲品？"

云烛嘶哑着，只是反复喃喃道："求求您……求求您！"

她的手紧紧抓着帷幔，额头流出的血在面前滴了一注，仿佛一条蜿蜒的小蛇，悄然爬入了重重帘幕背后。

然而帘幕后那个人却毫不动容，甚至笑声里还带着某种快意：“呵呵……审问他的，是‘牢狱王’辛锥？落到这般酷吏手里，这几日来，一定被折磨得很惨吧？能听到破军的呼号和惨叫，也真是难得啊……”

听到智者大人提起这个恐怖的名字，云烛的脸唰地如同死去一样惨白，下意识地拉紧了身上的衣服，身体僵硬。

“云烛……你在发抖。”帘幕后的声音低哑地笑了起来，带着某种洞察的尖锐，“你弟弟在辛锥手下挨了半个月，居然还活着？太神奇了……云烛，你为了让他活到我醒来，付出了什么样的代价？告诉我，我的圣女……你做了什么才延续了你弟弟的性命？你无亲无故，无钱无势，又有什么可以与那个侏儒交换呢？”

“啊……啊啊啊！”云烛忽然间疯了一样大叫起来，将头撞向地面，扯住袍子裹紧了身体，眼里再也压不住狂乱与绝望。

“可悲的女人啊……为了保全弟弟的命，竟然不惜忍受这样的耻辱吗？”这一次，帘幕后的声音带上了微微的悲悯，黑暗中仿佛有一阵风从内吹出，将帘幕轻柔地裹上了云烛的脸，擦去她满脸的泪痕，“流着世间最高贵的血的女子，竟被污泥里的猪狗所趁。”

帘幕轻柔地缠绕着，从云烛脸上一掠即回，智者的声音里带了叹息：“这样竭尽全力不顾一切地守护……究竟是为了什么呢？云烛，你知道千万苍生中为何我会独独留下你？因为有时候，你真的很像‘那个人’啊……”

“您答应……答应过我……”云烛身体的战栗在片刻后终于控制住了，她不再让自己去想这些天来的种种屈辱，只是用尽全力结结巴巴地表达自己的意思，眼里有绝望的光，“您答应过我的！”

是的！是的！智者大人明明曾经答应过她，如果弟弟能活着到帝都，就会让他免于遭到某种不幸！也就是为着那一句承诺，她才不惜一切代价，忍受着极度的痛苦和屈辱，一直等待下去！她是为了智者大人的那句承诺才苟活到今天的！

“嗯……我是答应过你……”帘幕后，那个声音低缓地笑了一声，“是的。你弟弟是个非凡的人物，他绝不会死在此刻——破军，会比天狼和昭明更明亮！”

听到这样的话，那一刻，云烛喜极而泣。

然而幕后那个人的声音却停顿了，仿佛是凝望着某处星空，淡淡道："只是……我的时间也已然不多……她就要来了。"

她？她是谁？云烛诧然，却不敢抬头。

"我在帝都设下了'非天结界'……不过，也无法阻拦她多久……我的力量其实已经不如她了……"智者大人低低地笑了起来，那笑声极其复杂，带着喃喃的叹息，"但，那之前，足够让我把所有事情交代完毕……"

"叮"的一声，一枚令符从黑暗中扔出，准确地落入云烛手中。

那是冰一样透明的令符，介于有无之间。

那个声音穿过了重重帘幕，抵达云烛耳畔："传我命令，带云焕少将来神庙！"

【龙战·完】